Magus Magellans Gezeitenwelt 3

Das Weltennetz

ROMAN VON THOMAS FINN

Zu diesem Buch

Ein verheerender Sturm ist erst der Beginn zahlloser tödlicher Gefahren, die der kurjamäischen Expeditionsflotte im Ozean des Morgens drohen, denn die Mission steht unter einem Unstern. Ausgesandt, den Kauffahrern Serkan Kataus das Geheimnis der Purpurgewinnung zu entreißen, stoßen die tapfere Kapitänin Surjadora und ihre Getreuen unverhofft auf ein uraltes Mysterium. Auf ihrer Irrfahrt durch die verwüsteten Länder begegnen sie alten und neuen Helden im Zwielicht einer Welt, die von Verschwörungen und Katastrophen heimgesucht wird. Sie alle eint die Suche nach einem Geheimnis, das hinter einem Gespinst aus Träumen, Intrigen und Liebe verborgen liegt – das sagenumwobene »Weltennetz« … Auch der dritte Band der Gezeitenwelt erzählt von der gewaltigen Katastrophe, von Seefahrern und Abenteurern, von Rätseln, Liebe und Magie.

Magus Magellan ist ein Pseudonym für die vier preisgekrönten deutschsprachigen Autoren Bernhard Hennen, Hadmar von Wieser, Thomas Finn und Karl-Heinz Witzko. In ihrem Epos über die Gezeitenwelt erzählen sie von der Wiedergeburt der Magie und fordern ihre Leser auf, ihnen in eine Welt zu folgen, in der Träume sich erfüllen und Legenden Wahrheit werden. Weiteres zum »Gezeitenwelt«-Zyklus: www.gezeitenwelt.de
Thomas Finn, geboren 1967 in Chicago, war Chefredakteur eines Phantastik-Magazins und lebt als Drehbuchautor in Hamburg. Aus Leidenschaft für romantisch-phantastische Geschichten veranstaltet er Seminare für Rollenspieler und andere Abenteurer, die mit Schwert und Kostüm durch Burgen und Wälder streifen. Weiteres zum Autor: www.thomas-finn.de

Magus Magellans Gezeitenwelt 3

Das Weltennetz

ROMAN VON THOMAS FINN

Piper München Zürich

Vom Gezeitenwelt-Zyklus liegen bei Piper vor:
1 Der Wahrträumer (Bernhard Hennen; auch Serie Piper 6541)
2 Himmlisches Feuer (Hadmar von Wieser; auch Serie Piper 6542)
3 Das Weltennetz (Thomas Finn; auch Serie Piper 6543)
4 Die Purpurinseln (Thomas Finn)
5 Das Traumbeben (Karl-Heinz Witzko)
Das Geheimnis der Gezeitenwelt (Magus Magellan; Serie Piper 6566)

Für Heike, Lars und meinen Patensohn Loki,
der während der Entstehung dieses Romans
das Licht der Welt erblickte

FSC

Dieses Taschenbuch wurde auf FSC-zertifiziertem Papier gedruckt. FSC (Forest Stewardship Council) ist eine nichtstaatliche, gemeinnützige Organisation, die sich für eine ökologische und sozialverantwortliche Nutzung der Wälder unserer Erde einsetzt (vgl. Logo auf der Umschlagrückseite).

Ungekürzte Taschenbuchausgabe
Juli 2005

Umschlagkonzept: Büro Hamburg
Umschlaggestaltung: Nele Schütz Design, München
Umschlagabbildung: gettyimages
Innenillustrationen: Caryad 2003
Karten: Franz Vohwinkel 2003
Satz: Satz für Satz. Barbara Reischmann, Leutkirch
Papier: MunkenPrint von Arctic Paper Munkedals AB, Schweden
Druck und Bindung: Clausen & Bosse, Leck
Printed in Germany
ISBN-13: 978-3-492-26543-0
ISBN-10: 3-492-26543-X

www.piper.de

Ich bin ein Träumer. Denn ein Träumer ist einer,
der seinen Weg nur bei Mondlicht findet,
und seine Strafe ist, daß er den Morgen
vor der übrigen Welt dämmern sieht.

Oscar Wilde

Bücher und Pergamente‹, so steht es in goldenen Lettern auf einer Gedenktafel am Eingang der Universität von Andhakleia, ›gleichen den Aschepuppen der Verstorbenen, die in kunstvoll geschnitzten Totenbarken zur letzten Ruhe geleitet werden. Denn so, wie die Aschepuppen dem wahren Abbild der Verstorbenen nur ähneln, vermögen auch niedergeschriebene Worte nur einen Teil der Wahrheit einzufangen.‹

Als ich jung war, habe ich mich oft gefragt, welcher Sinn in diesen Worten verborgen liegt. Erst heute, da ich eine gealterte Frau bin und mit dieser Chronik zu bewahren versuche, was einst mit unserer Welt geschah, verstehe ich jenen längst verblichenen Lehrmeister aus Andhakleia, der seinen Schmerz in Stein meißeln ließ. Und wie ein Fluch quält auch mich das Wissen darum, in dem Augenblick, in dem ich diese Zeilen schreibe, die Schöpferin dessen zu sein, was in Zukunft als Wahrheit gelten wird.

Wenn ich nun in meiner Chronik ein drittes Mal zu den Tagen vor dem großen Unglück zurückkehre, so geschieht es in dem Bestreben, der Wahrheit über die zurückliegenden Ereignisse auf unserer Welt in ihren vielfältigen Spielarten gerecht zu werden. Denn die Suche nach der Wahrheit ist zuallererst auch die Suche nach dem Beginn von allem.

Aus diesem Grunde sollen die folgenden Aufzeichnungen Geschehnisse würdigen, die in Kurjameos ihren Auftakt nahmen.

Maharadscha Mahatargos III. hatte in jenen Tagen eine geheime Expeditionsflotte in den Ozean des Morgens entsandt. Ihrer Besatzung sollte es vorbehalten sein, jenem Inselreich, das einst nur als Mythos bekannt war, einen festen Platz auf den Landkarten unserer Welt zu erobern. Die Rede ist von Coleopa, dem in den Weiten des Ozeans verborgenen Archipel, das heute ein jedes Kind die Purpurinseln nennt.

Doch der Zeitpunkt für die Expedition war mehr als unglücklich gewählt, denn die Coleopäer waren damit beschäftigt, eine königliche Hochzeit auszurichten – und ihren König zu stürzen.

Damit nahmen Ereignisse ihren Lauf, die das Bild der Welt, so wie sie unseren Vorfahren vertraut war, völlig veränderten.

Wenn man mich also fragt, womit all die schicksalhaften Begebenheiten jener Zeit ihren Anfang nahmen, lautet eine von vielen Antworten: mit einer Verschwörung! Es waren Ereignisse, die für sich gesehen nicht den Anspruch erheben, der Beginn von allem gewesen zu sein, mit Sicherheit aber einen Beginn darstellten …«

SCHWESTER DOLORES, CHRONIK EINER VERLORENEN ZEIT, BD. II, NIEDERGELEGT ZU CANTAMO IM 540. JAHR DER ABWESENHEIT GOTTES

Omen am Mauga Kara'tubo

An der Westküste von Peni'tapu, im Archipel von Coleopa,
am 11. Tag des Hitzemondes,
im 458. Jahr der Abwesenheit Gottes

Der königliche Katamaran näherte sich der Vulkaninsel Peni'tapu im metallenen Schein des Abendlichts. Als wollten die Wolken, die fern im Westen dahinjagten, sie einholen, glitten die beiden Rümpfe des Bootes gleich wütenden Zaikarhaien durch das glasigblaue Meer. Wo sie die Wasseroberfläche zerteilten, blieben zwei Narben aus Schaum und Gischt zurück, die erst weit hinter dem Segler im Auf und Ab der Wellen vergingen.

Buralofa, der sonst nichts unbeobachtet ließ, hatte indes keinen Sinn für die Stimmung dieses Abends. Er war auf der Jagd, und als Jäger galt sein Augenmerk der Fährte, die sein Opfer hinterließ.

Warmer Seewind fuhr durch sein purpurn gefärbtes Haar und ließ die geflochtenen Bänder, die seine Hand- und Fußgelenke schmückten, unstet flattern. Seine Haarfarbe verriet schon von weitem, daß er ein Gesandter des Königshauses war; doch nur wer die Perlenbestickung der Bänder zu lesen vermochte, der erkannte, daß er niemand Geringerem gegenüberstand als dem Obersten Richter Coleopas.

Wie alle Richter entstammte Buralofa einer der Hohen Familien des Archipels. Und wie sie rühmte auch er sich der Nachfahrenschaft des Gottessohns Eomes, welcher das Reich der Tausend Inseln einst mit Leben und Schönheit erfüllt hatte, um seinen Vater, den göttlichen Fischer jenseits des Himmelszeltes, zu erfreuen. Dessen Stimme konnte der Erleuchtete – so besagten es die überlieferten Worte Eomes' – im Brüllen der Brandung und im Gesang der heiligen Wale vernehmen.

Der Oberste Richter wußte, daß er unter den Bewohnern des Archipels als lebende Legende galt. Auf fast sechzig Jahresläufe konnte er nun zurückblicken, von denen knapp die Hälfte auf den Richterdienst für das coleopäische Herrscherhaus entfiel.

Niemals in seiner Amtszeit hatte Buralofa einen Verbrecher entkommen lassen, und niemals war er aus einem offenen Kampf als Verlierer hervorgegangen. Dabei war er ein Reisender, dem es vergönnt war, Inseln zu sehen, welche die meisten Coleopäer nicht einmal vom Hörensagen kannten – ausgenommen vielleicht die Hundertschaft der ihm untergebenen Richter oder die Schar der Fernhändler, die im gesamten Inselreich unterwegs waren.

Der Oberste Richter war stolz auf sein Amt. Viele Krieger des Reichs der Tausend Inseln versuchten zeit ihres Lebens vergeblich, die Aufmerksamkeit von König Halapua zu gewinnen. Die Ehre, von ihm zum königlichen Richter ernannt zu werden, galt vielen als das höchste aller Ideale.

Ein Richter besaß nicht nur die Befugnis, Urteile über die Mitglieder der Hohen Familien zu verkünden und ihre Fehden zu schlichten. Zu seinen Aufgaben gehörte es vor allem, Verbrechen zu ahnden; insbesondere solche, die sich zwischen den Inseln zutrugen und sich damit der Zuständigkeit der Solaren entzogen, wie die Inselstatthalter genannt wurden. Piraterie und Perlenraub waren die häufigsten dieser Vergehen. Meist wurden sie von heimatlosen Raubfischern begangen, die mit ihren Sippen von Insel zu Insel zogen, um so ihrer Ergreifung zu entgehen.

Die Solare nahmen die Dienste der Richter nicht gern in Anspruch, da dies allgemein als Eingeständnis von Schwäche gewertet wurde. Wenn sie dennoch nach den Richtern riefen, war dies stets ein Zeichen dafür, daß die Gefahr vom Territorium eines anderen Solaren ausging. Denn wenn die Hohen Familien des Archipels etwas noch weniger schätzten als die Einmischung der königlichen Richter in ihre Angelegenheiten, dann waren es die Übergriffe anderer Hoher Familien innerhalb ihres Herrschaftsgebietes.

Coleopa benötigte die Richter, um das Gleichgewicht der Kräfte zu wahren, doch man fürchtete sie auch. Buralofa stellte da keine Ausnahme dar. Im Gegenteil.

Erst vor zwei Jahren war wieder ein wenig Ruhe in sein rastloses Leben eingekehrt. Damals hatte ihm König Halapua die

Ehre angetragen, die Ausbildung seines einzigen Sohnes zu übernehmen: des Prinzen Nukulahi.

Der königliche Sproß sollte in wenigen Tagen verheiratet und zum neuen König des Reichs der Tausend Inseln gekrönt werden. Sieben mal sieben Jahre lebte der alte Herrscher schon, und die Tradition verlangte, daß er sein Amt nun an seinen Sohn abtrat.

Buralofa hatte sich oft gefragt, ob König Halapua sich an den Brauch halten würde. Mehr als nur einmal hatte der König gegen althergebrachte Traditionen verstoßen, vor allem, wenn es darum ging, die Macht der Solaren zu beschneiden. Dem einfachen Volk brachte Halapua oftmals mehr Wertschätzung entgegen als den Vertretern der Hohen Familien. Er beurteilte seine Untertanen nach ihren Taten und ihrer Treue und nicht nach ihrer Herkunft. Das hatte in der Vergangenheit oft für Unmut unter den Hohen Familien gesorgt. Das einfache Volk aber liebte ihn. Selten hatten die Coleopäer einen Herrscher so verehrt wie ihn.

Doch jetzt war ein Verbrechen geschehen, das sich gegen das Königshaus selbst richtete. Ein Verbrechen, das den Obersten Richter bis zu der Vulkaninsel am Horizont geführt hatte, die sich mit jedem Augenblick deutlicher aus dem Meeresdunst schälte.

Buralofa ergriff eines der Taue aus Kokosfasern und schwang sich unter dem großen, aus Guanußblättern geflochtenen Segel hindurch, um das Gewicht auf den backbordseitigen Rumpf zu verlagern. In einer fließenden Bewegung ließ er seinen Körper zurückfallen, so weit, daß sein narbenbedeckter Rücken fast die Meeresoberfläche berührte. Der gegenüberliegende Rumpf des Bootes hob sich einige Fingerbreit über die Wasseroberfläche, während der Katamaran eine langsame Rechtswende beschrieb. Zufrieden zog sich Buralofa an dem Tauende wieder nach oben, und der Katamaran hielt den neuen Kurs.

Der Oberste Richter dachte an die vor ihm liegende Aufgabe. Keine Woche war es her, daß König Halapua ihn zu sich bestellt hatte, denn auf der Königsinsel Nuku'atepe war die Grotte mit der geheimen Waffenkammer des Herrschers geplündert worden. Die entwendeten Waffen bestanden allesamt aus kostbarem

Eisen – ein Metall, das man auf Coleopa nicht zu schmieden vermochte.

Der Diebstahl, so lautete die Anordnung des Königs, mußte unbedingt geheimgehalten werden, denn die Waffen galten als unersetzliche Garanten der Macht im Reich. Sie stammten noch aus einer Zeit, die beinahe so bedeutend für die coleopäische Geschichte war wie die Erschaffung des Archipels durch den göttlichen Fischer: der Zeit des Überfalls der Fremden vom Rande der Welt.

Jeder Coleopäer kannte die Geschichten, die vom Vater an den Sohn weitergegeben wurden. Sie kündeten von grausamen Fremden mit schmalen Augen, die vor fünf Generationen aus einem großen Land weit jenseits des westlichen Meeres gekommen waren. Serkan Katau nannten die Schmaläugigen ihre Heimat am Weltenrand, und gleich nach ihrer Ankunft hatten sie vom König und seinen Solaren Unterwerfung gefordert.

Zunächst hatten die Hohen Familien geglaubt, der Gottessohn Eomes sei wie prophezeit zurückgekehrt, denn Wissen und Gerätschaften, die den Fremden zur Verfügung standen, waren Buralofas Volk gänzlich unbekannt. Sie gebrauchten Waffen und Rüstungen, mit denen es die Speere und Dolche aus dem weichen Metall seines Volkes nicht aufnehmen konnten. Und die weisen Männer und Frauen der Schmaläugigen kannten Heilmittel gegen Krankheiten, die bis dahin auf Coleopa den sicheren Tod bedeutet hatten. Am seltsamsten aber waren ihre palastartigen Schiffe. Mit ihnen konnten sie das Weltenmeer durchqueren, das sonst allein die Wale in seiner endlosen Weite durchmaßen. Die Fremden bezeichneten ihre Schiffe als Dschunken, und die Segel der schwimmenden Paläste waren aus Stoffen gefertigt, die man im ganzen Inselreich noch nie zu Gesicht bekommen hatte. Eines dieser Schiffe befand sich noch heute auf Lavaka'motu, im Osten Coleopas, das die Schmaläugigen zu ihrer Hauptinsel erkoren hatten, und rottete dort als stummes Zeugnis der Vergangenheit vor sich hin. Ein vergängliches Mahnmal, das die Bewohner Lavaka'motus gern als Zeugnis ihres endgültigen Sieges über die Eindringlinge vom Rande der Welt ansahen. Doch Buralofa wußte es besser ...

Entschlossen schwang sich der Oberste Richter unter dem Segel des Katamarans hindurch und richtete seinen Blick auf die Küste der Vulkaninsel. Peni'tapu galt als eine der Perlen des Reichs der Tausend Inseln, und ihr unberührter Strand aus Muschelkalk stand in auffälligem Kontrast zu dem dichten, immergrünen Urwald aus Palmen, Kinokbäumen und mannshohen Juwafarnen. Der Dschungel erstreckte sich von den Hängen des stolzen Mauga Kara'tubo, wie der Vulkan im Zentrum der Insel genannt wurde, bis hinunter zur Küste. Ein angenehmer Geruch nach Vanille wurde vom Wind über die See getragen.

Buralofa kannte die Insel bereits von einem früheren Aufenthalt her. Vor neun Jahren war er einer Gruppe von Raubfischern auf der Spur gewesen, die die Küsten Lolo'tumas unsicher gemacht hatten. Schon damals hatte er sich eingestehen müssen, daß die Vulkaninsel ein ideales Versteck für jeden war, der etwas zu verbergen hatte.

Der gewaltige Mauga Kara'tubo galt als heilig, und die Insel durfte nach dem Gesetz nur von Mitgliedern der Hohen Familien angelaufen werden. Die Legenden besagten, daß Eomes hier einst sein Himmelsschiff vertäut hatte, bevor er aus der heißen Lava des Vulkans jene beiden himmelsfarbenen Augen auflas, die er später dem König zum Geschenk machen sollte.

Die Berichte über die Waffendiebe hatten Buralofa zunächst bis zur Insel Wana'tapu geführt, doch dort hatten sich ihre Spuren verlaufen. Nach diesem Fehlschlag war ihm nur mehr ein letzter vager Hinweis geblieben, dem er nun nachging. Vielleicht wäre es klüger gewesen, zurück zur Königsinsel Nuku'atepe zu segeln, um den König um weitere Krieger zu bitten. Doch dort wäre Buralofa in die Hochzeitsfeierlichkeiten von Prinz Nukulahi geraten. Ohne einen stichhaltigen Beweis aber wäre es fraglich, ob ihm König Halapua gestattet hätte, unter der Festgesellschaft eine Hundertschaft Krieger auszuheben, um sie vor den Augen der Gäste auf die heilige Insel zu führen. Das hätte nicht nur zu unwillkommenen Gerüchten, sondern auch zu Unruhe unter den stets rebellischen Hohen Familien geführt.

Nein, Buralofa war sich im klaren darüber, daß er zunächst in

Erfahrung bringen mußte, ob ihn sein Scharfsinn getrogen hatte. Erst dann würde er eine weitere Entscheidung treffen.

Ungehalten schüttelte der Richter die sorgenvollen Gedanken ab und segelte weiter an der Küste der Vulkaninsel entlang, die scharfen Augen stets aufmerksam auf das Eiland gerichtet. Am Himmel über den Baumwipfeln waren bereits die plumpen Körper der faustgroßen Aiokkäfer zu erkennen. Wie immer kamen die Tiere um diese Tageszeit hungrig aus ihren Sandnestern gekrochen, um Jagd auf kleinere Käfer zu machen.

Bewußt hatte er einen Umweg von nahezu zwei Tagen in Kauf genommen, um sich Peni'tapu von Norden her zu nähern. Auf dem offenen Meer konnte sich niemand verstecken, und ihm war nur allzu klar, daß ein aufmerksamer Beobachter seinen Katamaran schon aus großer Entfernung erkennen konnte. Und so setzte er sein ganzes Vertrauen darauf, daß die Waffendiebe – falls sie sich denn auf der Vulkaninsel versteckt hielten – vor allem die südliche Meeresregion unter Beobachtung hielten. Denn diese Seite war den bewohnten Inseln des Archipels zugewandt, und von hier waren am ehesten Verfolger zu erwarten. Bereits vor neun Jahren war es Buralofa mittels dieser List geglückt, die Raubfischer auf der Insel zu überrumpeln. Im übrigen blieb ihm gar nichts anderes übrig, als fest darauf zu vertrauen, daß ihm Eomes noch einmal seine Gunst schenkte.

Das Meer hatte die Sonne am fernen Horizont bereits verschluckt, als der Oberste Richter sein Ziel erreicht hatte. Er steuerte den Katamaran in eine schattige Bucht, die von der offenen See aus kaum zu erkennen war. Und wie bei seinem Besuch vor neun Jahren war es auch diesmal ein imposantes Erlebnis, als er in die verborgene Lagune einfuhr. Der Mauga Kara'tubo türmte sich vor seinen Blicken wie ein schwarzer Koloß auf. Aus dem Dschungel um ihn herum drang das ohrenbetäubende Lärmen der Zirjakkäfer.

Buralofa raffte die Segel, und der Katamaran glitt durch die von süßen Düften getränkte Dämmerung. Seine Augen verengten sich zu schmalen Schlitzen, als er aufmerksam nach der Mündung des Schwarzen Flusses Ausschau hielt. So hatte er damals den träge dahinfließenden Wasserlauf benannt, der sich hier von der Inselmitte kommend ins Meer ergoß. Die Ausläufer der geronnenen Lava am Strand wiesen ihm den Weg. Wachsam schaute sich der Oberste Richter um. Kaum etwas hatte sich in all den Jahren an diesem Ort verändert. Schon bald würde er wissen, ob er den weiten Seeweg zu Recht auf sich genommen hatte.

Ein leichter Ruck ging durch den Katamaran, als die beiden Rümpfe den sandigen Untergrund berührten. Buralofa sprang ins Wasser, ergriff die an Bord bereitliegende Leine und zog den Segler an Land. Dann beugte er sich hinunter und griff prüfend in den Sand. Warm rieselte er durch seine Finger. Ein Gefühl der Zufriedenheit erfüllte ihn. Er hatte sein Ziel erreicht.

Tatsächlich, Buralofa war froh, endlich wieder festen Boden unter den Füßen zu wissen. Als junger Mann war ihm der Katamaran ein zweites Zuhause gewesen, und er hatte die Stille auf seinen Fahrten zwischen den Inseln stets genossen. Doch mit der Jugend schien auch seine Rastlosigkeit dahingegangen zu sein.

Nachdem er den Segler sorgfältig an einem schwarzen Felsen vertäut hatte, betrachtete er die machtvolle Wand des Dschungels. Noch immer brauste der Gesang der Zirjakkäfer durch die Dämmerung, und neben dem lieblichen Vanillegeruch, den Buralofa schon auf See wahrgenommen hatte, trug der Wind nun die süßen Düfte von Frangipani, Hibiskus und Kasuarinen heran. Nichts wies darauf hin, daß einer der Diebe seine Ankunft bemerkt hätte.

Entschlossen öffnete der Oberste Richter eine hölzerne Kiste neben dem Mast seines Seglers. Als er niederkniete, knirschten die Metallplatten seiner Kriegsschürze, die einander wie Fischschuppen überlappten. Neben den Nahrungs- und Trinkwasservorräten kam zuoberst ein langer Gegenstand zum Vorschein, der von einer gerollten Bastmatte umhüllt war. Buralofa entfernte die aufwendige Schutzhülle und zog seine Waffe hervor. Die Richter gebrauchten sie nur in Notzeiten, und ein Unkundiger hätte sie auf den ersten Blick für eine Mischung aus Speer und Axt gehalten. Stolz betrachtete er das uralte, dunkel verfärbte Metall an der Spitze des Holzschaftes und drehte es so, daß sich auf ihm schwach das Licht des aufgehenden Mondes spiegelte.

Es war nicht irgendeine Waffe, die er in Händen hielt, sondern eine heilige Hela – das Standessymbol der Richter. Sie war alt, und direkt unter der langen, metallenen Stoßspitze befand sich eine breite, gewölbte Axtschneide. An Härte brauchte eine Hela keinen Vergleich mit den Metallwaffen der Schmaläugigen zu scheuen, denn sie bestand ebenfalls aus Eisen. Ihr Schaft war aus dem zähen Holz der Kinokbäume geschnitzt und wurde regelmäßig ausgetauscht.

Den Legenden zufolge hatte Eomes selbst die heiligen Hela zurückgelassen, als er das Reich der Tausend Inseln mit seinem Himmelsschiff verließ. Nur achtundsechzig Waffen dieser Art gab es derzeit noch im gesamten Inselreich, und sie waren schon sehr alt gewesen, als die Schmaläugigen das erste Mal in Coleopa erschienen waren. Dreiundsiebzig Helas hatten sie allein im Krieg gegen die Invasoren einbüßen müssen.

Auch das Öl zur Pflege des Metalls, dessen Rezeptur unter den Richtern von Amt zu Amt weitergereicht wurde, konnte letztendlich nicht verhindern, daß die Zeit selbst die heiligen Waffen zerstörte, und heute reichte ihre Anzahl nicht einmal mehr aus, um alle Richter mit einer Hela auszustatten. Die jungen Richter mußten auf ihren Reisen längst mit den erbeuteten Metallwaffen der Schmaläugigen vorliebnehmen – Waffen aus jenem Bestand, der nun geraubt worden und ein schmählicher Ersatz für die Götterklingen war, aber doch von unschätzbarem Wert für den König.

Buralofas Augen leuchteten, als er den Schaft der Hela mit festem Griff umschloß. Dies war die heiligste und ehrwürdigste aller Helas – und sie war sein!

Unter den Richtern hielt sich hartnäckig die Legende, daß Eomes selbst sie einst getragen und ihr seinen göttlichen Odem eingehaucht habe. Kein Gesetzesbrecher, hieß es, werde ihrem heiligen Zorn entgehen, solange sie nur ein Krieger führte, der das Recht und Gesetz auf seiner Seite wußte.

Einen Augenblick lang überlegte der Oberste Richter, ob er

auch den Rest seines Rüstzeugs anlegen sollte. Zuunterst in der Kiste schimmerte das goldene Metall seines Brustpanzers und der Beinharnische. Daneben lag, in ein purpurfarbenes Tuch eingeschlagen, sein prachtvoller Helm, der mit einem Rankengeflecht aus getriebenem Metall verziert war. Schon streckte Buralofa seine Hand danach aus, doch dann rief er sich zur Vernunft. Er befand sich auf einer Erkundungsmission. Außerdem bezweifelte er, daß das weiche coleopäische Metall im Ernstfall den harten Klingen der Waffenräuber standhalten würde. Nein, in diesem Kampf mußte er sich allein auf seine Gewandtheit verlassen. Doch dazu sollte es nach Möglichkeit gar nicht erst kommen.

Entschlossen steckte er noch einen Dolch in den geflochtenen Gürtel seiner Kriegsschürze. Dann schnallte er sich die Wasserflasche und einen Beutel mit Nüssen aus seinem Vorrat um sowie eine Gürteltasche, in der er seine anderen Besitztümer verwahrte, darunter den einzigen Hinweis auf den Aufenthaltsort der Diebe. Anschließend wandte er sich von dem Segler ab und lief, die stolze Hela fest im Griff, über den Sandstrand auf den Fluß zu, der ihn zum Ziel seiner Reise führen würde.

Der Schwarze Fluß machte seinem Namen alle Ehre. Obwohl sein von heißen Quellen am Fuße des Mauga Kara'tubo gespeistes Wasser klar und sauber war, schluckte der dunkle, basaltene Untergrund des Flußbetts selbst tagsüber nahezu jeden Sonnenstrahl.

Beharrlich wie ein Jovokäfer huschte Buralofa am Flußlauf entlang. Immer wieder mußte er den Wurzeln der Mangrovengewächse ausweichen und hohes Schilf umgehen, das viele Dutzend Schritt tief in den Dschungel hineinwucherte. Mit dem letzten Zwielicht war das Lärmen der Zirjakkäfer verstummt, und nach und nach drangen die Brumm-, Schwirr- und Kratzlaute anderer Käferarten an Buralofas Ohren.

Endlich hatte er sein Ziel erreicht, eine breite Lichtung inmitten des Dschungels. Der Oberste Richter glitt lautlos hinter einen Baum. Mißtrauisch beäugte er die Umgebung und bemühte sich, seinen Atem unter Kontrolle zu bringen. Aufgaben wie diese waren etwas für Jüngere.

Längst hatten sich seine Augen an die Dunkelheit gewöhnt, so daß er Einzelheiten auf der Lichtung ausmachen konnte. Doch das, was er suchte, hätte zu dieser Tageszeit auch eine halbblinde Bastknüpferin finden können.

Buralofas Blick verweilte auf dem verwachsenen, uralten Tränenbaum, wie er ihn nannte, der sich am gegenüberliegenden Rand der Lichtung erhob. Der knotige, verdrehte Stamm hatte einen Durchmesser von nahezu sechs Schritt, und das weit ausladende Blätterdach des Baums reichte hoch in den Himmel. Das üppige Geflecht aus Luftwurzeln, das gleich dem wirren Haar einer vom Alter gebeugten Frau bis zum Boden hinabhing, trug das seine dazu bei, den Tränenbaum unverwechselbar zu machen.

Vielleicht lag es an dem aromatischen Harz, das gleich Tränen an der Rinde herabperlte, vielleicht lag es auch an einem anderen, für Menschen nicht einsichtigen Grund, aber überall inmitten des Wurzelgeflechts hatten sich Trauben von Leuchtkäfern niedergelassen. Es waren Hunderte, und sie glichen der Funkenglut eines Lagerfeuers. Der Oberste Richter lauschte. Leise vernahm er den summenden Flügelschlag der Tiere, die den Baumriesen regelrecht illuminierten und ihm etwas Magisches verliehen. Ein Anblick, so wundersam, daß Buralofa den Grund seines Kommens für die Dauer mehrerer Atemzüge verdrängte und hingebungsvoll den Baum betrachtete.

Nur mühsam gelang es ihm, sich von dem faszinierenden Anblick zu lösen und sich erneut auf seine Pflichten zu besinnen. Aus der Tasche an seinem Gürtel zog er einige geknickte Blätter hervor, die einen kleinen Gegenstand umschlossen. Vorsichtig, so als hielte er einen kostbaren Schatz in Händen, schälte Buralofa den Inhalt heraus.

Auf dem Blatt vor ihm lag ein weißes Samenkorn. Auch wenn es im Dunkeln nur schwer zu erkennen war, wirkte dieses Korn in seiner Beschaffenheit eigenartig, da es von einem mit hauchzarten Widerhaken besetzten, inzwischen platt gedrückten Geflecht feiner Pflanzenfasern umschlossen wurde. Den Fund hatte er nahe der königlichen Grotte gemacht, aus der die Waffen geraubt worden waren. Allein seiner von den Richtergefährten mitunter verspotteten Genauigkeit bei der Spurensuche war es zu verdanken, daß er auf das Samenkorn gestoßen war. Dieser Fund war der Grund für seinen Aufenthalt auf der Vulkaninsel. Buralofa war überzeugt, daß diese Art von Samen allein jene vor ihm stehende Baumart ausstreute – und Tränenbäume gab es seines Wissens nach nur auf Peni'tapu.

Vor neun Jahren hatte er erstmals Bekanntschaft mit den Leuchtkäfer anlockenden Bäumen gemacht. Viele Tage nach Verlassen Peni'tapus hatte er damals noch Samen in Haar und Kleidung gefunden. Sollte es den Waffenräubern ebenso wie ihm ergangen sein, bedeutete dies, daß sie ihren Raubzug von dieser Insel aus unternommen hatten.

Aber handelte es sich wirklich um einen Samen dieses Baumes? Oder spielte ihm seine Erinnerung einen Streich? Der Oberste Richter verfluchte den Umstand, daß er die Insel erst mit Einbruch der Nacht erreicht hatte. Bei Tage hätte er ohne Probleme herumliegende Samen des Baumes finden und sie mit seinem Fund vergleichen können. Jetzt aber war er gezwungen, in die Baumkrone zu klettern, um seine Vermutung zu überprüfen. Niemals brächte er die Geduld auf, bis Tagesanbruch zu warten.

Entschlossen wickelte er das Samenkorn in eines der Blätter, steckte dies in die Gürteltasche und schlich am Rand der Lichtung zum Tränenbaum. Dort lehnte er die Hela mit leichtem Bedauern gegen die borkige Rinde und machte sich daran, an den Luftwurzeln des Tränenbaums nach oben zu klettern. Umgehend stoben Dutzende Leuchtkäfer auf und umkreisten ihn, während er sich behende immer weiter nach oben hangelte. Die aufstiebenden Käfer tauchten den Baum in ein geisterhaftes Licht, so daß Buralofa die vor ihm liegende Kletterstrecke gut erkennen konnte.

Bald darauf hatte er die weit ausladende Krone erreicht. Wie er es von seinem letzten Aufenthalt auf Peni'tapu in Erinnerung hatte, fanden sich im Astgewirr hölzerne Knoten, von denen die Samen des Baums wie Kaskaden von Meerschaum herabhingen. Der Richter griff vorsichtig in eines der weichen Nester und zupfte einen der bauschigen Samen heraus. Dann holte er sein Fundstück mit der anderen Hand aus der Gürteltasche, verharrte reglos, bis sich wieder genügend Leuchtkäfer in seiner Nähe eingefunden hatten, und verglich die beiden Samen miteinander.

Buralofa nickte im stillen Triumph und verstaute seinen Fund sorgfältig. Es war so, wie er es sich gedacht hatte. Die beiden Samenkörner waren von der gleichen Art.

Dies war der Beweis, nach dem er gesucht hatte. Jetzt würde er König Halapua guten Gewissens um Krieger bitten können, um die Insel nach den Waffenräubern abzusuchen. Es würden gewiß zwei bis drei Hundertschaften nötig sein, um den dichten Dschungel zu durchkämmen. Doch das war noch das kleinste Problem. Peni'tapu war eine heilige Insel, der Ort, an dem Eomes, der Sohn des göttlichen Fischers, vom Himmel herabgestiegen war. Deshalb durften nur Krieger aus den Hohen Familien die Insel betreten. Es würde kein leichtes Unterfangen werden.

Mißmutig blickte der Oberste Richter in Richtung des stolzen Mauga Kara'tubo und sandte ein Stoßgebet an Eomes. Ein Taifun hatte vor Jahren in den Wald am Berghang eine breite Schneise geschlagen, so daß Buralofa einen freien Blick auf den weit entfernten Eomespfad hatte. Und als hätte ihn der Göttersohn erhört, sah er, wie sich eine ganze Lichterkette, aus dem Dschungel kommend, den Fuß des heiligen Berges hinaufwand. Fackelträger! Die Diebe waren also hierher zurückgekehrt.

Aufgeregt kletterte Buralofa noch höher in die Spitze des Baumes, um einen besseren Blick auf die eigenartige Prozession zu erhaschen. Die Unbekannten kamen von der Küste und strebten in langer Reihe auf die östliche Flanke des Mauga Kara'tubo zu. Der Oberste Richter führte sich in Gedanken alle markanten Punkte der Insel vor Augen. Als ihm klar wurde, was die Unbekannten dort taten, verschlug es ihm den Atem: Die Prozession zog über den alten Eomespfad, den zu beschreiten allein dem König und den Solaren erlaubt war! Nach allem, was ihm der König vor Jahren berichtet hatte, führte der Pfad zu einem Plateau nahe des erloschenen Kraters, wo einmal jährlich Eomes zu Ehren ein Opfer dargebracht wurde.

Vor dieser letzten aller Sünden waren sogar jene skrupellosen Raubfischer vor neun Jahren zurückgeschreckt, die es gewagt hatten, die Insel mit ihrer Anwesenheit zu besudeln. Keine Frage, er mußte den Fremden dort in der Ferne zuvorkommen und herausfinden, was diese auf dem Mauga Kara'tubo vorhatten. Doch beim Marsch quer durch den Dschungel würde er die Ausläufer des Vulkans bestenfalls bei Tagesanbruch erreichen – wenn er nicht zuvor in ein Nest mit Blutkäfern oder anderen beißfreudigen oder giftigen Krabblern liefe.

Buralofa dachte an den Schwarzen Fluß, der sich quer durch den Dschungel bis zu den Hängen des Vulkanberges hinzog, und plötzlich kam ihm eine Idee. Mit dem Außenschwimmer seines Katamarans sollte es ihm möglich sein, den Fluß zu befahren. So wäre er schneller als die Waffenräuber und könnte trotz ihres Vorsprungs dicht zu ihnen aufschließen. Buralofa kletterte an dem illuminierten Baum hinab und verließ geschwinden Schrittes die Lichtung in Richtung Strand.

Zwei Stunden später hatte Buralofa den Vulkanberg erreicht. Staunend betrachtete er den Mauga Kara'tubo, der vor ihm bis fast zum Sternenzelt emporragte. Er war den Fluß mit aller Kraft so weit hinaufgerudert, wie es sein von heißen Quellen gespeistes Wasser gestattete. Anschließend hatte er sich durch den Dschungel zur alten Prozessionsstraße durchgeschlagen und sich hinter die Waffenräuber gesetzt. Nun sah er die Lichterprozession der Frevler weit über ihm in der Flanke des Feuerberges. Ihr Vorsprung war deutlich geschrumpft.

Keine Frage, er würde sie einholen, wenn er nicht den weiten Kehren der Prozessionsstraße folgte, sondern wo immer möglich den Weg abkürzte, indem er die steile Böschung erklomm. Entschlossen machte sich der Oberste Richter an den Aufstieg.

Aus der Ferne dröhnten die schrillen Klänge von Buruganis an seine Ohren. Buralofa hielt inne und lauschte. Daß die Waffenräuber es wagten, hier oben die bauchigen Kriegsflöten anzustimmen, deren Klangkörper der Gestalt von Blutkäfern nachempfunden waren, zeigte, wie sicher sie sich fühlten. Aus der

Wahl der Lieder schloß Buralofa, daß es sich bei den Unbekannten nicht um einfache Raubfischer oder anderes übles Gelichter handelte, sondern um Männer, die der Gefolgschaft der Solare angehörten. Der Oberste Richter war angesichts dieser Entdeckung so empört, daß er seine müden Beine dazu zwang, auch die letzten Unebenheiten des versteinerten Lavabachs in Angriff zu nehmen.

Wundersam schlängelte sich der Eomespfad die Flanke des heiligen Feuerberges entlang. Von Fuß des Vulkans führte er in einer makellosen Geraden quer durch den Dschungel bis hin zur offenen See. An jeder Stelle war der alte Pfad des Göttersohns exakt vier Schritt breit, und sein einzigartiger Verlauf gab Zeugnis von der göttlichen Macht, mit der die Lava einst in ihre Bahn gezwungen worden war.

Stunde um Stunde hatte sich der alte Richter abwechselnd über den Pfad und die Böschungen nach oben gekämpft, und es war ihm nur ein schwacher Trost, daß die Frevler langsamer als er vorankamen.

Erst jetzt, da er sich endlich eine kurze Pause gönnte, wurde Buralofa des dunklen Nachtblaus gewahr, das den stolzen Vulkanberg einhüllte. Der Mond lag hinter einer faserigen Wolkenbank versteckt, und sein mildes Licht zeichnete weich die schroffen Gesteinsumrisse nach, ohne das Massiv seiner herrschsüchtigen Majestät zu berauben. Weit unter ihm, zu Füßen des Mauga Kara'tubos, erstreckte sich zu allen Seiten der Dschungel. Die Wellen brachen sich an den fernen Korallenriffen, welche die Insel gleich einem Gürtel umgaben. Weit entfernt, im Süden und Osten, meinte Buralofa die Silhouetten ferner Inseln zu erkennen. Der Oberste Richter schätzte, daß er sich fast tausend Schritt über der Meeresoberfläche befand. Bei Tage wäre der Ausblick von hier oben sicher atemberaubend.

Noch ein letzter Zug aus seiner Wasserflasche, dann machte er sich wieder an den Aufstieg. Inzwischen war er davon überzeugt, daß Eomes selbst seine Schritte gelenkt hatte. Das immer lauter anschwellende Dröhnen der Buruganis wies ihm den Weg zu den Verrätern.

Schließlich erreichte er einen schroffen Felsgrat, hinter dem das Plateau lag, auf dem der König und seine Solare einmal jährlich dem Göttersohn huldigten. Als Buralofa den nahen Fackelschein bemerkte, duckte er sich hinter einen großen Felsen. Im gleichen Augenblick verstummten die schrillen Melodien der Flöten.

Stille legte sich über den Mauga Kara'tubo, und der Richter versuchte, einen Blick auf die vom Feuerschein erleuchtete Szene vor ihm zu erhaschen.

Auf dem Plateau waren knapp dreißig Menschen versammelt. Sie bildeten einen Halbkreis um eine große, steinerne Stele, vor der zahlreiche, frisch aufgetürmte Opfergaben lagen. Die Gesichter der Unbekannten waren von silbernen Masken verdeckt, deren Augenschlitze und klaffende Mundöffnungen im Licht der Fackeln wie fahle Totenschädel wirkten. Ihr Anblick war gespenstisch.

Hinter der himmelragenden Felsstele führte der Götterpfad weiter hinauf zum Krater des Vulkans. Ein Weg, den allein der König beschreiten durfte. Wenigstens dieses letzte Tabu hatten die Gesetzesbrecher nicht verletzt.

Das kostbare Material der Masken, aber auch die Kleidung und das blinkende Rüstzeug, das die hier Versammelten zur Schau trugen, ließen nur einen Schluß zu: Die Frevler entstammten allesamt dem Kreis der Hohen Familien!

Und nicht nur das. Jeder der Krieger hielt eine jener kostbaren Waffen der Schmaläugigen in Händen, die aus dem Bestand der geheimen königlichen Waffenkammer stammten. Die Entdeckung grub eine steile Zornesfalte auf Buralofas Stirn. Er hatte die Diebe gefunden. Der König würde unendlich dankbar sein, wenn er jetzt noch herausfände, wer sie waren.

Einer der Krieger trat aus dem Kreis hervor und baute sich vor den anderen auf, ohne Zweifel der Anführer der Bande. Stumm sah er die Versammelten reihum an. Dann peitschte seine Stimme über das Plateau.

»Das Königreich krankt, Waffenbrüder! Schwäche und Torheit haben es überzogen wie ein Geschwür. Jeder, der Augen im

Kopf hat, kann dies erkennen. Und doch scheint es, als ob die meisten der Hohen Familien, durch deren Adern das Blut des Gottessohns fließt, mit Blindheit geschlagen wären.«

Erregtes Gemurmel machte sich unter den Zuhörern breit. Buralofa schob sich ein Stück weiter nach vorn, damit ihm kein Wort des Aufrührers entging. Dieser hob die Rechte, und umgehend kehrte wieder Ruhe ein.

»Wir, die wir uns an diesem heiligen Ort versammelt haben, sind angetreten, Eomes' heiligen Bräuchen wieder Geltung zu verschaffen!« Zustimmende Rufe krochen über das Plateau. Buralofa meinte, die durch die Maske hohl und gedämpft klingende Stimme des Anführers schon einmal gehört zu haben. »Wir, meine Freunde, wir allein sind Coleopas einzige, Coleopas letzte Hoffnung! An uns liegt es, das Geschwür, welches das Reich befallen hat, auszubrennen und die Schöpfung des göttlichen Fischers zu heilen. Mußten wir nicht viel zu lange mit ansehen, wie die heiligen Traditionen mit Füßen getreten wurden? Mußten wir es nicht viel zu lange hinnehmen, wie uns ein fetter Tor auf dem Thron nach und nach unserer angeborenen Rechte beraubt hat?«

Die Stimme des Aufrührers überschlug sich vor Eifer. »Ein Herrscher, dessen schwache Lenden ihm nur einen einzigen Sohn geschenkt haben! Seine Tage sind gezählt! Ebenso die Tage, da die Taten der Hohen Familien nach Gesetzen bewertet werden, die ausschließlich dazu dienen, das einfache Volk zu regieren.

Vorbei die Zeit, in der die Solare Fischern und Bauern gleichgestellt werden. Und vorbei die Zeit, da die Würde des Blutes mit Füßen getreten wird. Brüder, Freunde, jetzt ist die Stunde zum Handeln gekommen! Wir werden Coleopa in eine neue Zukunft führen!«

Ohrenbetäubender Jubel brandete auf, und Buralofa konnte nur mit Mühe den Wunsch niederringen, nach vorn zu stürmen und dem Verräter seine Hela in den Leib zu rammen. Mehrfach in der coleopäischen Geschichte hatte es Machtkämpfe zwischen den Hohen Familien gegeben, doch noch nie hatte es jemand gewagt, den Anspruch des Königshauses in Frage zu stellen. Wer war nur dieser Anführer? Er ahnte, daß er den Mann in der Mitte von irgendwoher kannte. Doch woher?

Der Aufrührer musterte seine Mitverschwörer prüfend. Er ließ einige Augenblicke verstreichen, dann bedeutete er den anderen wieder zu schweigen. »Ich weiß, daß wir gezwungen sind, einen Weg zu beschreiten, der ohne Beispiel ist. Und ich weiß auch, daß manch einer von euch im Zweifel ist, ob dieser Weg mit Eomes' Geboten in Einklang steht.«

Ein grimmiges Lächeln breitete sich auf Buralofas Gesicht aus. Genau das war der Schwachpunkt dieses Plans. Aufrührerische Reden zu schwingen war das eine, diesen auch Taten folgen zu lassen etwas völlig anderes. Scheiterte das Unternehmen, dann war das Leben all dieser Männer verwirkt.

»Doch etwas Wunderbares ist geschehen!« Der Aufrührer verharrte, um die Wirkung seiner Worte zu unterstreichen. »Eomes selbst befiehlt uns zu handeln! Ich habe euch nicht ohne Grund an diesen Ort geführt. Ich hatte euch ein Zeichen versprochen. Einen unzweifelhaften Beweis seiner Gunst.«

Etwas in der Haltung der Maskenträger änderte sich. Man konnte fast körperlich fühlen, wie die Spannung unter ihnen stieg. Buralofa fragte sich besorgt, was der Maskenträger wohl im Schilde führte.

Der Aufrührer trat einen Schritt zur Seite und gab den Blick auf die alte, steinerne Stele frei, um die herum die Opfergaben lagen. In einer pathetischen Geste ergriff er eine der Fackeln und hielt sie an dem großen Fels empor. Eigenartige Symbole wurden im flackernden Feuerschein sichtbar, die tief in den Stein eingeritzt waren, Kreuze, Kreise und geschwungene Linien. Ihr Sinn erschloß sich Buralofa nicht, und doch schienen sie so alt wie der Stein selbst zu sein. An der Spitze der Stele aber, alles überragend, thronte ein achtzackiger Stern.

»Seht ihr den Stern? Dieses Bildnis, so heißt es, wurde von Eomes selbst in den Stein geschnitten. Der Stern ist sein heiliges Zeichen. Ein Geheimnis, um das allein die Solare wissen. Und jetzt, Brüder, wendet euren Blick nach Westen, und sagt mir, was ihr dort seht!«

Die Köpfe der Verschwörer ruckten herum. Ihre Blicke wanderten suchend über den wolkenverhangenen Horizont. Auch Buralofa konnte sich der Eindringlichkeit dieser Aufforderung nicht entziehen.

»Habt Geduld!« klang beschwörend die Stimme des Aufrührers durch die Nacht. Die Zeit verrann zäh wie erkaltende Lava, und im Herzen des Richters keimte die Hoffnung auf, daß sich die Frevler bald gegen ihren Anführer wenden würden.

Da zerriß das Wolkenband am Firmament.

Dicht über dem Horizont stand ein neuer, weißer Stern am Nachthimmel. Ein Stern, der einen hellen Schweif hinter sich herzog. Erregte Rufe wurden unter den Maskenträgern laut. Auch Buralofas Augen weiteten sich voller Staunen. Bei Eomes, was hatte dies zu bedeuten?

»Ein Zeichen!« Ergriffen und überwältigt deutete einer der Maskenträger auf den neuen Stern. Als hätten diese Worte den Bann von der Menge genommen, brach ohrenbetäubender Jubel aus, in den sich Anrufungen an den Göttersohn selbst mischten.

Buralofa war sprachlos. Die selbstbewußten Worte des Aufrührers, der eigentümliche Stern am Himmel ... konnte er sich denn in allem so geirrt haben? Sollte es wirklich Eomes' Wille sein, daß das Recht auf seiten der Verschwörer lag?

Blitzende Waffen wurden dem Nachthimmel entgegengestreckt, und ein halbes Dutzend Männer riß sich im Überschwang die Silbermasken vom Gesicht. Vier der Krieger waren Buralofa fremd, aber zwei von ihnen erkannte er als die Zwillingssöhne des Solars von Vavas'katepe. Aus ihren Blicken sprach fanatische Ergebenheit.

Der Jubel endete so schlagartig, wie er aufgebrandet war. Man hätte den Panzer eines Käfers fallen hören können, so still wurde es plötzlich auf dem Plateau.

Buralofa zuckte zusammen. Erst jetzt bemerkte er den Fehler, den er begangen hatte: Beim Anblick des neuen Sterns hatte er sich aus seiner Deckung erhoben. Dreißig Augenpaare waren nun auf ihn gerichtet und musterten ihn in einer Mischung aus Entsetzen, Zorn und Verblüffung.

Der Oberste Richter umklammerte seine Hela mit festem Griff. Wie hatte er sich nur so vergessen können! Jetzt, da er all den Kriegern in ihren aufpolierten, stattlichen Rüstungen offen gegenüberstand und sich der Vielzahl der Waffen aus dem harten Metall der Schmaläugigen bewußt wurde, fühlte er sich das erste Mal in seinem Leben nackt und verletzlich.

Er hob sein Haupt, trat hinter dem Fels hervor und machte sich zum Kampf bereit. Er wußte, daß es kein Zurück mehr gab. Hier und heute würde er sein Leben beenden. Aber er wollte wenigstens seine Ehre bewahren. Entschlossen sprach er den Anführer der Verschwörer an.

»Enthülle dein Gesicht, Verräter! Du stehst dem Obersten Richter Coleopas gegenüber. Zeig, daß du bereit bist, die Verantwortung für dein Tun zu übernehmen.«

Auch die letzten der Verschwörer zogen ihre Waffen blank und schauten sich unsicher nach allen Seiten um. Es dauerte einige Atemzüge, bis sie begriffen, daß der Oberste Richter allein gekommen war. Verunsichert blickten die Krieger zu dem Mann in ihrer Mitte. Der lachte erst leise und dann immer lauter.

»Sieh an, der Oberste Richter Halapuas. Hat der alte Mann seine Nase wieder in Angelegenheiten gesteckt, die ihn nichts angehen?«

»Noch einmal fordere ich dich auf, mir dein Gesicht zu zeigen! Ich bezichtige dich, so wie jeden anderen hier, des Verrats am Herrscherhaus und der Übertretung heiliger Gesetze. Für diese Verbrechen kann es keine Gnade geben. Mein Urteil ist gefällt. Es lautet auf Tod!«

Buralofa trat nach vorn und wünschte, seine Stimme möge die gewünschte Festigkeit haben. Doch insgeheim befürchtete er, daß in ihr jene Unsicherheit mitschwang, die sich seiner seit dem Anblick des neuen Sterns bemächtigt hatte. Hoffentlich bemerkte niemand, daß er ... zu zweifeln begonnen hatte.

»Du alter Narr!« Der Anführer machte keine Anstalten, auch nur einen Schritt auf ihn zuzugehen. Er verhöhnte ihn damit nur noch mehr. »Vor dir steht der neue König Coleopas. Das alte Herrscherhaus hat sein Erbrecht verwirkt. Ich werde die Schande, die es über das Reich gebracht hat, mit Blut reinwaschen. Du bist meiner nicht würdig. Gib auf, Richter, und ich verspreche dir einen schnellen Tod.«

Die Maskenträger hatten derweil einen Ring um Buralofa geschlossen. Stumm blickte er den Aufrührer an. Niemals würde er sich ergeben.

Der Fremde zuckte bedauernd mit den Achseln und wandte sich an seine Männer. »Tötet ihn – und bringt mir die Hela.«

Umgehend sprang ein halbes Dutzend der Maskenträger vor und umtanzte den Obersten Richter mit gezogenen Waffen. Buralofa wartete kühl ab und nahm trotz seiner vom Aufstieg schmerzenden Beine die Kampfstellung *Wind auf Stein* ein, bereit, auf jeden Angriff mit einem tödlichen Konter zu reagieren. Er hob die Hela in Brusthöhe und drehte den Schaft so, daß die gewölbte Schneide nach oben zeigte. »Wer von euch Aufrührern möchte als erster sterben?«

Buralofa wußte aus jahrzehntelanger Erfahrung, daß solche Worte nie ohne Wirkung blieben. Beunruhigt schauten sich die Krieger an, und der Oberste Richter nutzte diesen Augenblick der Unsicherheit, um anzugreifen.

Speer in Brandung. Buralofa ließ seine Waffe mit tänzerischer Eleganz herumwirbeln, und das harte, schwarze Metall der Hela schnitt tief in die weiche Rüstung jenes Mannes, der ihm am nächsten stand. Ein schmerzerfüllter Schrei erklang unter der Silbermaske. Blutüberströmt taumelte der Krieger zurück. Die Umstehenden antworteten mit zögerlichen Angriffen und versuchten mit ihren Hieben und Stichen seine Deckung zu durchdringen, doch Buralofa hatte keine Mühe, den Klingen auszuweichen und die Hiebe seiner Gegner zu parieren. Es war unverkennbar, daß die Männer die fremdartigen Waffen der Schmaläugigen noch nicht lange führten. Einige der Maskenträger schienen überhaupt über wenig Kampferfahrung zu verfügen. Der Oberste Richter lächelte bitter. Noch vermochte er die Übermacht mit der überlegenen Kampfkunst der Richter abzuwehren, doch wie lange?

Lauf des Jovo, Dach der Brandung, Welle des Südens. Buralofa tanzte den Tanz des Todes mit jener meisterlichen Vollendung, die einem Obersten Richter angemessen war. Drei weitere Krieger bluteten bereits unter ihren Rüstungen, und die Männer wurden noch vorsichtiger. Keiner der Aufrührer lachte mehr. Doch Buralofa wußte, daß seine Kräfte bald erschöpft wären. Und seine Gegner mußten das auch wissen. Warum sollten sie ein Wagnis eingehen?

Wieder und wieder bemühte er sich, einzelne Männer durch Finten dazu zu verleiten, ihre Deckung zu öffnen. Doch seine Gegner waren jetzt gewarnt und blieben außerhalb seiner Reichweite.

Ein stechender Schmerz durchfuhr Buralofas linken Oberarm. Eomes, wie hatte er den Angreifer in seinem Rücken übersehen können?

Flug des Aiok. Wütend wirbelte der Richter herum, und mit einem blitzschnellen Tritt hatte er dem überraschten Verschwörer die Waffe aus der Hand gefegt. Doch bevor er mit einem tödlichen Stoß seiner Hela nachsetzen konnte, wurde von allen Seiten Gebrüll laut, und die Angreifer drangen zugleich auf ihn ein.

Buralofa kämpfte den Kampf seines Lebens, doch dem sich schließenden Ring war er nicht gewachsen. Das Plateau war von Kampfeslärm erfüllt, und die Angreifer gebärdeten sich jetzt wie ein Schwarm Morakäfer. Immer wieder schnitten scharfe Klingen in Buralofas Fleisch. Der Oberste Richter spürte mit jedem Tropfen Blut, wie das Leben aus seinem geschundenen Körper wich.

Über allem aber lag das höhnische Gelächter des Anführers. »Entreißt ihm die Hela!« rief er seinen Getreuen zu.

Niemals!

In einer letzten Kraftanstrengung spannte sich Buralofa, um die Hela mit einem lauten Schrei auf den Lippen in die Nacht zu schleudern – dorthin, wo sich die Flanke des Vulkanberges in einen zerklüfteten Abgrund auftat. Da bohrte sich eine Klinge in seine Hüfte, und ein weiterer Schnitt riß sein rechtes Bein der Länge nach auf. Der Richter schrie vor Qual. Benommen stürzte er zu Boden, und die Hela, die er vor dem Zugriff der Verräter bewahren wollte, entglitt ihm. Sein Leib schien nur mehr aus

Schnitten, Wunden und Schmerzen zu bestehen. Jeden Augenblick erwartete er den tödlichen Streich. Als es ihm gelang, den Kopf zu heben, erkannte er einen der beiden Söhne des Solars von Vavaska'tepe. Haßerfüllt wollte dieser ihm die Klinge ins Herz treiben. Ober- und Unterlippe des Kriegers waren durch einen klaffenden Schnitt entstellt. Offenbar hatte er ihm zuvor mit der Hela das Gesicht aufgeschlitzt. Eine Narbe, die den Mann bis ans Ende seiner Tage zeichnen würde.

Doch bevor sich der Sohn des Solars am Obersten Richter rächen konnte, fielen ihm seine Kameraden in den Waffenarm. Unter jammerndem Protest ließ er sich fortziehen. Um Buralofa her flimmerte die Welt und verschwamm in einem Nebel aus Blut. Wie ein Traumbild erschien ihm der Anführer der Verschwörer, der sich nun über ihn beugte.

»Ich muß zugeben, daß du tapfer gekämpft hast, alter Mann. Dennoch ist Eomes' Waffe jetzt mein.«

Der Richter wollte ihm einen Fluch entgegenschleudern. Doch alles schien jetzt ohne Bedeutung. Alles, bis auf …

Schmerz und Blutverlust sorgten dafür, daß die Worte nur als leises Krächzen über seine Lippen drangen. »Zeig … dein … Gesicht.«

Mit einer ruhigen Bewegung nahm der Anführer die Silbermaske ab und lächelte. Für einen winzigen Augenblick kehrte Leben in Buralofas Glieder zurück. »Du?!« stieß er ungläubig hervor.

»Ja, ich. Und glaube mir, wenn ich erst König bin, beginnt eine neue Zeit. Nichts wird mehr so bleiben, wie es war! Du wirst es leider nicht mehr erleben, alter Mann.«

Buralofa glaubte, etwas wie Bedauern im Gesicht des Anführers lesen zu können.

Dann scharte dieser seine Getreuen um sich, die sich auf sein Zeichen hin zum Abstieg bereitmachten. Niemand achtete mehr auf den Obersten Richter.

Buralofa wurde kalt. Es war eine Kälte, die langsam zu seinem Herzen kroch. Leise stöhnte er, dann fiel sein Kopf zur Seite. Das letzte, was er sah, war der neue Stern am Horizont.

Der Federschnabel

Palast von Colepa'Taru, Hauptstadt der Königsinsel Nuku'atepe, Archipel von Coleopa, 15. Tag des Hitzemondes, im 458. Jahr der Abwesenheit Gottes

»Ihr wolltet zur fünften Nachmittagsstunde geweckt werden, Prinz.« Nur schwach drangen die Sonnenstrahlen durch das kleine Fenster und tauchten das Badezimmer des Königspalasts in ein geheimnisvolles Licht. Es duftete nach Zitronengras und Kokosmilch. In der Ecke blubberte das Wasser auf einem steinernen Ofen und trieb Nukulahi angenehm den Schweiß auf die Stirn. Alle paar Augenblicke zischten feine Dampfschwaden auf, die sich träge im Raum verteilten.

Der coleopäische Prinz wurde durch ein wohliges Kitzeln an der rechten Schulter langsam aus seinem Traum geweckt. Es war eine weiche, fast zärtliche Berührung, die ein prickelndes Gefühl auf seiner Haut hinterließ.

Nukulahi blinzelte und sah sich in dem Bad um, dessen Wände von farbenfrohen Mosaiken geschmückt wurden. Sie stellten Wale und andere Meeresbewohner dar.

Mit leiser Überraschung entdeckte er Lumelume, eine junge Palastdienerin, die direkt neben ihm auf dem Beckenrand ein silbernes Tablett mit zahlreichen Leckereien abgestellt hatte. Die Spitzen ihres langen Haars hatten ihn gestreift, und doch war ihm, als hätte sein Traumbild in ihr auf wundersame Weise Gestalt angenommen. Denn seit Jahren schon, besonders aber in den letzten Tagen, galten all seine Gedanken und Sehnsüchte einer ganz bestimmten Frau: seiner Braut. Und wie zuvor hatte er sich auch heute vorzustellen versucht, wie sie wohl aussehen mochte ...

»Ich bin nicht hungrig. Stell das Tablett dort auf den Sims.« Nukulahi deutete gedankenverloren zu einer Stelle nicht weit vom Ofen entfernt. Die Dienerin tat, wie ihr geheißen, und der Prinz musterte sie verstohlen. Ob seine Braut wohl ebenso hübsch wie Lumelume war? Es wurde wirklich Zeit, daß er heiratete.

Die junge Frau griff nach einem Tuch. »Wünscht Ihr, daß ich Euch abtrockne, Prinz?« Etwas an dem Blick, dem sie ihm zuwarf, verriet Nukulahi, daß die hübsche Dienerin seine Gedanken erraten hatte. Verlegen räusperte er sich.

Im Umgang mit Frauen war er nicht gerade erfahren. Lumelume wußte das, jeder Colepa'Tari wußte das. Vielleicht lachte die Dienerin innerlich bereits über den künftigen König? Ein Wink von ihm, und sie würde zu den Färberhütten versetzt werden, wo die Arbeit hart und anstrengend war. Nukulahi schämte sich seines Gedankens. Solche Niedertracht war eines künftigen Königs nicht würdig. Hatte ihn sein Vater, König Halapua, nicht gelehrt, ein Herrscher müsse stets verantwortungsvoll mit der ihm gegebenen Macht umgehen? Das Mädchen konnte doch nichts für die alten Traditionen, der sich die Herrscherfamilie zu beugen hatte.

Nukulahi atmete tief ein und lachte. Seine strahlend weißen Zähne standen in angenehmem Kontrast zu seiner dunklen Haut. Er strich sich die langen Haare aus dem Gesicht und nahm Lumelume das Tuch entschlossen aus der Hand. »Nein, ich habe soeben den Entschluß gefaßt, daß die einzige Frau, die mich von nun an berührt, meine Braut sein soll. Ich habe schließlich lang genug darauf warten müssen.«

Die junge Dienerin schaute ihn verblüfft an, schmunzelte und fing dann ebenfalls an zu lachen. »Wenn mir die Bemerkung gestattet ist, so hat Prinzessin Tuilaepe allen Grund, ihrer Vermählung mit Freude entgegenzusehen.«

»So, hat sie das?« Nukulahi schaute Lumelume zweifelnd an und hoffte, daß seine Braut ähnlich empfinden würde.

Prinz und Prinzessin wurden einander bereits im Kindesalter versprochen, doch der coleopäische Brauch sah vor, daß sie sich bis zu ihrer Hochzeit nicht sehen durften. Man hatte Tuilaepe stets von ihm ferngehalten. Allerdings war es ebenso Tradition, daß die beiden gegen den alten Ritus verstießen und sich kurz vor der Hochzeit heimlich am heiligen Nooga'Ka'ata, dem Walfriedhof, trafen. Morgen nun war die Hochzeit. Doch heute abend schon hoffte Nukulahi seiner Braut endlich in die hübschen

Augen schauen zu können. Hoffentlich stand ihm da keine böse Überraschung bevor.

»Wie wagst du es, mit dem Prinzen zu sprechen?« Die heitere Stimmung zerstob. Im Eingang zum Bad stand mit finsterem Blick Tongaro, Sohn des Solars von Lavaka'motu und Nukulahis bester Freund. Die Augen in seinem kantigen Gesicht blitzten. Sein schwarzes Haar war auf lavaka'motische Art zu zwei seitlich herabhängenden Zöpfen geflochten, und wie immer trug er stolz das Rüstzeug der coleopäischen Krieger. Um seine Hüfte war eine golden blinkende Kriegsschürze geschnallt, deren Metallplatten sich wie Fischschuppen überlappten. Arme und Beine hingegen wurden von metallenen Röhren geschützt, die mit purpurnen Bändern festgezurrt waren. Sie glänzten im Wettstreit mit Tongaros muskulöser Brust, die er sorgsam mit Ölen eingerieben hatte. Um seinen Hals aber trug er eine Kette mit scharfen Haifischzähnen, die sich in strahlendem Weiß von der dunklen Haut abhoben.

Schlagartig verstummte das Lachen der Dienerin. Offenbar entsetzt darüber, daß ihr die kessen Worte entschlüpft waren, hielt sie sich die Hand vor den Mund und schaute den Prinzen unsicher an. Wie lange mochte Tongaro dem Gespräch wohl schon gelauscht haben?

Der Prinz zwinkerte Lumelume verschwörerisch zu, um ihr die Angst zu nehmen. Dann erhob er sich, schlug seine langen schwarzen Haare zurück und begann sich abzutrocknen. Nukulahi war hochgewachsen, und sein kräftiger Körper brauchte den Vergleich mit seinem Freund nicht zu scheuen. Im Gegensatz zu Tongaro hatte er jedoch ein schmales Gesicht, und seine schräg stehenden Wangenknochen und der vorwitzige Schwung seiner Augenbrauen, unter denen helle, wache Augen blitzten, verliehen ihm ein kühnes Aussehen.

»Soll ich das Mädchen persönlich bestrafen?« Tongaro wechselte unvermittelt in die kehlige Himmelssprache, die der Gottessohn Eomes einst den Hohen Familien als Geschenk hinterlassen hatte. Während er die junge Dienerin betrachtete, spiegelten sich in seinen Zügen Wollust und Empörung zugleich.

»Laß es gut sein, Tongaro.« Nukulahi antwortete ihm in derselben Zunge, während Lumelume ihren Blick gesenkt hielt und, am ganzen Körper zitternd, eine Wasserlache zu Füßen der Wanne fixierte. Was mußte das Mädchen bloß denken? Traditionell nutzten die Hohen Familien die Himmelssprache nur bei rituellen Anlässen oder wenn es wichtige Entschlüsse wie etwa Urteile zu fällen galt. Er wandte sich daher erneut der jungen Dienerin zu und sprach sie freundlich auf coleopäisch an. »Du kannst jetzt gehen.«

Die Dienerin schenkte ihm ein erleichtertes Lächeln, raffte ihren bunten Wickelrock und schlüpfte geschwind aus dem Bad. Tongaro sah ihr grinsend hinterher und betrachtete dann beiläufig Nukulahis kräftigen Körper. »Ist hübsch, die Kleine. Also, ich hätte gewußt, was ich an deiner Stelle gemacht hätte.«

»Ja, ja, ich weiß. Du läßt es ja schon seit Jahren nicht aus, mich damit zu verspotten, daß ich wohl die einzige männliche Jungfrau zwischen hier und Vavaska'tepe bin. Aber ich bin nun einmal der künftige König. Ich muß unsere heiligen Traditionen befolgen.«

»Traditionen, Traditionen. Du bist inzwischen neunzehn Jahresläufe alt. Glaube mir, niemand würde sich darum scheren, wenn du zwischenzeitlich ein paar Erfahrungen gesammelt hättest. Glaube mir, den Mitgliedern der Hohen Familien liegen die Frauen zu Füßen. Du bist doch ein Mann, oder?« Tongaro grinste zweideutig.

Nukulahi, der inzwischen seine Kriegsschürze umgeschnallt hatte, blickte seinen Freund stirnrunzelnd an. »Einen Mann, mein Freund, zeichnen vor allem Ehre, Charakterstärke und Treue aus. Nicht die Zahl der Frauen, die mit ihm das Lager geteilt haben. Das gilt insbesondere für den Herrscher eines Volkes, der seinen Untertanen mit leuchtendem Beispiel voranschreiten muß. Du magst wer weiß wie viele Frauen gehabt haben. Ich aber«, der Prinz schaute seinem ausdruckslos vor ihm stehenden Freund in die Augen, »ich warte auf die eine wahre Liebe meines Lebens. Im übrigen werde ich die Frau ehelichen, die dir für immer versagt ist und die als die schönste von allen gilt. Deine Schwester!«

Tongaro mustere ihn mit eigentümlichem Blick, und Nukulahi befürchtete schon, seinen Freund verärgert zu haben. Doch plötzlich lachte dieser.

»Du bist unverbesserlich, Nukulahi.«

Mit spitzbübischem Lächeln schlug der Prinz seinem Freund auf die Schulter. »Komm, heute ist der Tag der Tage. Bitte beschreibe mir Tuilaepe noch einmal.« Nukulahis Stimme senkte sich zu einem Flüstern, und er schaute sich vorsichtig nach unliebsamen Zuhörern um. »Ich kann es kaum abwarten, ihr endlich persönlich gegenüberzustehen.«

Tongaro schnaubte, ließ sich auf dem Beckenrand nieder und fächelte sich die feinen Dampfschwaden aus dem Gesicht, die ihm den Schweiß aus den Poren trieben. »Glaube mir, du hast so viel Glück, wie es allein dem künftigen Herrscher zusteht. Tuilaepe ist die schönste Frau im gesamten Inselreich.«

Nukulahi hing an den Lippen seines Freundes, der nach den passenden Worten suchte und dessen Blick nach innen gewandt schien, beinahe als wäre auch er ein wenig verliebt in die Schönheit seiner Schwester. »Ihre Haut ist makellos, ihre Brüste und Schenkel sind fest und wohlgeformt, und ihr schwarzes Haar glänzt so seidig wie der Panzer eines Aiokkäfers. Ihre Augen sind wie Nachtperlen, und ihr Lachen erobert das Herz eines jeden, der es vernimmt. Sie ist eine Meisterin in allen Figuren des heiigen Copbuh. Ich habe noch keine Tänzerin gesehen, die ihr darin gleichkommt. Von meiner Mutter vielleicht abgesehen.« Tongaro blinzelte Nukulahi zu. »Jeder, sei es Mann oder Frau, ist von ihrem Liebreiz eingenommen. Sie ist eine geborene Königin und so strahlend wie der neue Stern, der am Himmelszelt aufgegangen ist.«

Nukulahi lächelte in sich gekehrt. Der neue Stern. Wie ein heftiger Wind hatte sich die Nachricht von seinem Auftauchen über ganz Coleopa verbreitet. Er war in den letzten Nächten immer größer geworden, und sein Vater, König Halapua, war davon überzeugt, daß er ein Glücksbote war. Mehr noch, er sprach sogar davon, ihm, Nukulahi, werde Großes in seiner künftigen Königsherrschaft bevorstehen. Heute, an seinem vorletzten Tag als Gebieter der Tausend Inseln, ließ sich sein Vater von den bereits eingetroffenen Solaren und ihren Familien noch einmal die Aufwartung machen. Nukulahi ahnte, daß der neue Stern ebenso Gesprächsthema war wie die anstehende Hochzeit. »An dir ist ein Dichter verlorengegangen, Tongaro. Wenn du nicht Tuilaepes Bruder wärst, würde ich dich als mutmaßlichen Rivalen persönlich in den Krater des Mauga Kara'tubo werfen lassen.«

Beide Männer lachten, und Tongaro erhob wieder die Stimme. »Und jetzt zu den Dingen, die ich dir verschwiegen habe.«

»Bei Eomes, ich wußte, daß das kommen würde.«

»Meine Schwester ist stolz, mein Freund. Nur ein Krieger wird diesen Stolz brechen und sie bezwingen können.«

Nukulahi hob verwundert eine Augenbraue. »Ihren Stolz ... brechen? Ich dachte eigentlich eher daran, sie für mich einzunehmen. Sie ist doch nicht mein Feind.«

Tongaros Gesichtsausdruck wechselte ins Überhebliche. »Du lernst es schon noch, wie man mit Frauen umgeht. Die Liebe gleicht einer Schlacht. Entweder du gewinnst, oder du unterliegst. Ein König kann es sich nicht leisten, sich von einer Frau beherrschen zu lassen.«

Verwundert sah Nukulahi seinen Freund an. Er kannte Tongaros herrschsüchtige Art, und ihm war in den letzten Jahren nicht entgangen, daß ihn manche Solarssöhne deswegen gar zu fürchten schienen. Oder war es Neid? Tongaro gehörte einer der vornehmsten Solarsfamilien an, und es gab im Reich der Tausend Inseln kaum einen sportlichen Wettkampf von Bedeutung, den er nicht für sich entschieden hätte. Auch wenn ihm nachgesagt wurde, nicht verlieren zu können und sich unlauterer Mittel zum Sieg zu bedienen, glaubte er, Nukulahi, nicht daran. Und doch ... Noch immer hielt sich das Gerücht, Tongaro habe bei der letztjährigen Katamaranwettfahrt das Boot seines ärgsten Rivalen in der Nacht vor dem Wettstreit von Perltauchern anbohren lassen. Aber das war gewiß nichts als üble Nachrede. Nein, er konnte sich keinen treueren Kameraden als Tongaro vorstellen und war stolz, ihn zum Freund zu haben. Er beschloß, das Gespräch in eine andere Richtung zu lenken.

»Und? Wird sie kommen?«

»Natürlich wird sie kommen.« Tongaro lachte herausfordernd. »Sie ist bereits mit meinem Vater und seinem Gefolge auf Nuku'atepe eingetroffen. Unten im Süden, bei dem Fischerdörfchen Noa'tari. Eure Perlenfischer und ihre Familien haben ihr einen begeisterten Empfang bereitet. Der Ort ist voller Menschen, die der zukünftigen Königin ihre Aufwartung machen wollen. Wie die Tradition es verlangt, wird sie dem heiligen Nooga'Ka'ata morgen zur Mittagszeit ganz offiziell einen Besuch abstatten, um die sterbenden Wale um Weisheit für ihre Amtszeit zu bitten. Bis zum Nachmittag wird mein Vater sie zu eurer Hochzeit nach Colepa'Taru führen. Und was wir nicht vergessen sollten: Morgen abend schon wird ein neuer König über Eomes' wunderbares Reich gebieten.« Tongaro lachte, als hätte er einen Scherz gemacht. »Wie ich gehört habe, hat dein Vater bereits alles für das Zeremoniell vorbereiten lassen. Wenn du mich fragst, wird das morgen ein Tag, den niemand in Coleopa vergessen wird.«

»Jaja, ich weiß.« Nukulahi seufzte ungehalten. »Ganz Colepa'Taru steht schon seit Wochen Kopf. Die Hochzeit eines Prinzenpaares und noch am selben Tag die Ernennung zum König, das hat es schon seit über zweihundert Jahren nicht mehr gegeben. Ich bin froh, wenn die Aufregung vorbei ist. Wahrscheinlich kann ich dankbar sein, daß man mich wenigstens heute nachmittag ein paar Stunden allein gelassen hat. Aber, Tongaro, eigentlich will ich wissen, ob Tuilaepe kommt. Heute abend, meine ich.«

Tongaro lächelte noch breiter. »Wäre ich sonst hier? Überrascht es dich wirklich, wenn ich dir sage, daß sie – insgeheim – dem heiligen Walfriedhof bereits heute um Mitternacht einen Besuch abstattet?« Augenzwinkernd zog er ein kostbares Perlmuttblättchen hervor, auf dem sich die Zeichnung eines kleinen Wals befand.

»Wie versprochen habe ich ihr einen von euren Warakkäfern gebracht, der das vereinbarte Zeichen ihres Einverständnisses vor einer Stunde in den Palast getragen hat.«

Die kostbaren Warakkäfer fanden selbst dann zu ihren Nestern zurück, wenn man sie mehrere Inseln entfernt aussetzte. Nur ein Sturm konnte sie von ihrem Flug abbringen, und schon seit vielen Generationen nutzten der König und seine Solare diese Form der schnellen Nachrichtenübermittlung, indem sie untereinander heimische Käferarten austauschten.

Nukulahi griff berührt nach dem Plättchen und streichelte vorsichtig mit seinem Daumen darüber. Vor wenigen Stunden erst hatte Tuilaepe das Zeichen ihres Einverständnisses mit eigener Hand darauf gemalt. Ob sie wohl ebenso aufgewühlt war wie er?

Dann blickte er auf. »Wußtest du, daß meine Mutter die gesamte letztjährige Tributleistung an Perlen in die Hochzeitsdekoration hat einarbeiten lassen? Seit etlichen Monden sind die Perlensticker und Kunsthandwerker ganz Nuku'atepes damit beschäftigt, deiner Schwester den prachtvollsten Empfang seit dem Einzug Eomes' zu bereiten.«

Tongaro zuckte gleichmütig mit den Schultern. »Ich glaube kaum, daß selbst der prachtvollste Schmuck ihr an Schönheit gleichkommen wird.«

Nukulahi lachte. »Meine Güte, einen besseren Fürsprecher als dich hätte sich deine Schwester wirklich nicht wünschen können. Und? Hast du ihr auch mein Brautgeschenk zukommen lassen?«

»Ja, ich habe ihr das merkwürdige Tier überbracht.« Wie schon am gestrigen Morgen, als er Tongaro den Käfig anvertraut hatte, war dem jungen Krieger sein Mißfallen deutlich anzumerken.

»Das ist kein merkwürdiges Tier«, begehrte Nukulahi empört auf. »Ich frage mich, was du gegen dieses Geschenk hast? Es handelt sich immerhin um einen lebendigen Federschnabel. Sie stammen vom Rande der Welt. Du weißt selbst, wie selten man sie auf den Inseln erblickt. Die Schlupf- und Majokkäfer bohren Löcher in ihre Kalkeier, so daß sie hier nicht überleben können. Und wenn sie Pech haben, fallen Zaikars über sie her, während sie schlafen. In Gefangenschaft aber vermehren sie sich nicht. Das haben schon die Alten vergeblich versucht. Ich habe ihn selbst vor zwei Tagen hier im Palast entdeckt und eingefangen. Das war das kostbarste Geschenk, das ich deiner Schwester machen konnte.«

»Und ich sage dir, daß du diesem Federschnabel gleich den Hals hättest umdrehen sollen. In meinen Augen sind sie nichts als Unglücksboten. Die gleichen Federschnäbel sind auf einem Muschelrelief abgebildet, das sich im Palast meines Vaters befindet. Mein Großvater hat mir berichtet, sie seien kurz vor der Invasion vom Rande der Welt zusammen mit den Schmaläugigen auf den Inseln aufgetaucht. Es heißt, daß die Tiere mit ihren Riesenkatamaranen zu uns kamen. Sie sind Lästerungen der Schöpfung. Allein die heiligen Wale sollten in der Lage sein, vom Weltenrand zum Reich der Tausend Inseln zu reisen. Nur was auf den Inseln des göttlichen Fischers selbst gedeiht, ist dazu bestimmt, sein Auge zu erfreuen – so lautet der Wille des Gottessohns. So und nicht anders. Vom Rand der Welt kommt nur Unglück über unsere Inseln. Du solltest das besser wissen als jeder andere.«

Nukulahis Euphorie war verflogen, und er verbiß es sich nachzufragen, ob Prinzessin Tuilaepe den gleichen Standpunkt vertrat wie ihr Bruder. Vielleicht war ihm mit diesem Federschnabel tatsächlich ein schwerer Fehler unterlaufen? Er kam sich plötzlich sehr töricht vor. Dabei hatte er Tuilaepe doch bloß etwas Unvergleichliches schenken wollen. Etwas, das ihr zeigen sollte, wie einzigartig sie für ihn sein würde. Vielleicht fragte sich Tuilaepe bereits, wie pflichtvergessen ihr künftiger Gemahl war? Tongaro hatte recht, er mußte diesen Fehltritt wiedergutmachen. Kein Schatten durfte über ihrer ersten Begegnung liegen.

»Und wenn schon.« Tongaro schien plötzlich wie ausgewechselt und schlug einen vergnügten Plauderton an. »Morgen abend wird sich ohnehin niemand mehr den Kopf über irgendwelche Federschnäbel zerbrechen. Das verspreche ich dir. Meine Schwester schon gar nicht. Und jetzt kümmere dich um deine anstehenden Verpflichtungen. Ich werde zwei Stunden vor Mitternacht mit meinem Katamaran unten im Hafen auf dich warten und dich dann zu ihr fahren. Bringen wir dieses Zeremoniell hinter uns. Ich hoffe für dich, daß du dein Lied gut einstudiert hast.«

Der Prinz schaute überrascht auf, und seine Niedergeschlagenheit war dahin.

»Deine Schwester mag ja eine Meisterin im Copbuh-Tanz sein, Tongaro, aber im Gesang hat mich mein Vater höchstpersönlich unterrichtet. Du weißt selbst, daß er damals als der begabteste Sänger im ganzen Königreich galt. Zumindest mit meinem Gesang sollte ich vor Tuilaepe bestehen können.« Schmunzelnd trat er einen Schritt zurück. »Hör nur, welches Lied ich für sie einstudiert habe.«

Nukulahi hielt die Rechte an sein Herz, während er die langen Haare zurückwarf, tief einatmete, um seine Brust zu weiten, und mit der Linken eine langsame, weit ausholende Geste beschrieb. Leise begann er zu singen. Rein und klar erklang seine Stimme, und das uralte coleopäische Lied, das die vollkommene Schönheit der Welt pries, hallte von den Wänden des Bades wider. Federschnäbel hin oder her, es war wie immer, wenn er seine Stimme zu einem Lied erhob. In solch einem Augenblick fühlte sich Nukulahi eins mit der Welt. Tongaro verzog zwar spöttisch das Gesicht, doch der Prinz bemerkte sehr wohl den leisen Anflug von Neid, mit dem sein Freund ihm lauschte. Nun war der künftige König davon überzeugt, daß sich dieser Teil des alten Werbungsbrauchs als die leichteste aller Übungen erweisen würde.

Die STERN VON ANDHAKLEIA

Ozean des Morgens, 70 Seemeilen östlich von Coleopa, an Bord der Karavelle Stern von Andhakleia*, zur selben Stunde*

Ein leises Knarren ging durch den Rumpf des Schiffes. Kapitänin Surjadora hielt inne und legte das harte Maisbrot, mit dem sie eben noch gegen die Tischplatte geklopft hatte, um die darin befindlichen Maden zu vertreiben, neben die flache Suppenschüssel. Sie lauschte ... und wurde in Gedanken eins mit dem Schiff, von dessen Planken aus sie bereits die Wunder der halben Ehernen Liga erblickt hatte. Stumm betete sie um Wind. Doch das Knarren wiederholte sich nicht.

Surjadora erhob sich unruhig und trat an das Fenster ihrer Kajüte. Ihr Blick fiel durch die bunte Bleiglasscheibe auf das hinter dem Heckkastell hängende Beiboot. Die Bänder am Rande des Segeltuchs, mit dem es abgedeckt war, hingen schlaff herab. Kein Lüftchen regte sich. Die See war glatt wie ein riesiger Spiegel, der sich von Horizont zu Horizont spannte.

Von der *Bavakuleos*, der zweiten Karavelle unter ihrem Oberkommando, war nichts zu sehen. Sie mußte ein Stück voraus liegen, jenseits des engen Blickwinkels, den das Fenster gewährte, genauso unbeweglich mit der gläsernen Oberfläche der See verschmolzen wie die *Stern von Andhakleia*. Dennoch, das Knarren von vorhin konnte nur eines bedeuten: Eine leichte Brise war über das Schiff gestrichen und hatte sich in den Segeln gefangen.

Diese verdammte Flaute mußte endlich ein Ende haben!

Surjadora verharrte am Fenster und lauschte. Über ihr, auf dem Deck des Heckkastells, waren die Schritte von Lakshapheus, ihrem Steuermann, zu hören, und auf dem Hauptdeck erklangen gedämpft die Rufe einiger Seeleute. Sicher hatten sie den Wind ebenso gespürt wie sie. Am liebsten wäre sie an Deck gestürmt, um gleich den anderen hoffnungsvoll nach weiteren Anzeichen einer aufkommenden Brise Ausschau zu halten. Doch ein solches Getue wäre mit der Würde eines Kapitäns unvereinbar. Also würde sie kühle Gelassenheit wahren. Wenn sie eines in den siebenundvierzig Jahren ihres Lebens gelernt hatte, dann war es die schlichte Tatsache, daß eine Mannschaft nur mit eisenharter Disziplin und der Zurschaustellung vollkommener Selbstbeherrschung in den Griff zu bekommen war. Je mehr Respekt die Besatzung vor dem Kapitän hatte, desto besser war es für das Schiff. Das galt insbesondere für sie, Surjadora, die einzige Frau im Kapitänsrat von Andhakleia.

Surjadora war sich sehr wohl des Umstandes bewußt, daß die Männer an Bord – ebenso wie die Kapitäne und Würdenträger der Hauptstadt – nur auf ein Zeichen ihrer Schwäche warteten, um dann hinter ihrem Rücken mit bitterem Spott über sie herzufallen. Man verzieh ihr nicht, daß sie nie in den Stand der Ehe getreten war. Als *Trägerin des Kontorschlüssels* der Familie Kerishades galt sie schließlich als gute Partie. Jedenfalls damals, als sie noch jung war.

Bewerber hatte es genug gegeben; sie hatten sich um sie geschart wie Kaufleute um eine Ladung kurjamäischer Glaskaraffen. Doch hätte sie einen von ihnen zum Gemahl erwählt, wäre er als Familienoberhaupt zum neuen Träger des Kontorschlüssels ernannt worden. Sie hätte nicht länger zur See fahren können, sondern hätte daheim langweilige Repräsentationspflichten übernehmen müssen. Wenn es aber eine Sache gab, der ihre ganze Leidenschaft galt, dann war es die endlose Weite des Meeres. Die Weite des Meeres und ...

Aufgeregtes Rumpeln ertönte auf der Treppe vor der Kajütentür, dem Augenblicke später ein zaghaftes Klopfen folgte. Surjadora nahm Haltung an und zog ihren Sari glatt, der im strengen Blau der kurjamäischen Handelsmarine gehalten war. Sie trat zurück an den Tisch, so daß es aussehen mußte, als hätte sie sich gerade erst von ihrem kärglichen Mahl erhoben.

»Herein!«

Die Tür öffnete sich, und Tvashi, der zehnjährige Schiffsjunge, betrat mit geröteten Wangen den Raum. Sein dunkelbraunes Haar war zerstrubbelt und die Stupsnase in seinem sommersprossigen Gesicht mit Pech verschmiert. Das übergroße graue Hemd, in dem er herumlief, seit Surjadora den Jungen vor gut sechs Monden aus dem Waisenhaus des *ordo nostrae dominae myrea* in Andhakleia aufs Schiff geholt hatte, hing an der Seite aus der schmutzigen Pluderhose heraus.

»Kapitänin, Bootsmann Brahthos schickt mich. Wind! Seit fünf Tagen hat eben das erste Mal wieder ein Lüftchen geweht!«

Surjadora mochte die Art des Jungen. Sie fuhr mit der Hand zum Mund und räusperte sich leise, so als hätte sie sich an dem trockenen Maisbrot verschluckt, damit er ihre Belustigung nicht bemerkte. Dann hatte sie sich wieder in der Gewalt, und ihr Gesicht ähnelte dem Antlitz einer der ernst dreinblickenden Statuen im pompösen Palastgarten von Maharadscha Mahatargos III., in dessen Auftrag sie unterwegs war.

»Es ist nicht so, daß mir das entgangen wäre, Schiffsjunge Tvashareo. Hat dir der Bootsmann noch etwas anderes mit auf den Weg gegeben?«

Tvashi blickte die Kapitänin aus großen Augen an und grübelte verzweifelt darüber nach, ob er irgend etwas vergessen hätte. Seine Stimme hatte etwas Verzagtes, als er fortfuhr.

»Bei der Galeere des heiligen Myriander, hat Bootsmann Brahthos zu mir gesagt. Tvashi, lauf mal eben zur Kapitänin und sag ihr, daß da ein Furz von Wind aufgekommen ist. Das war alles.«

»Soso, das war also alles?« Surjadora hatte wiederum Mühe, ihren strengen Gesichtsausdruck zu wahren. »Ich vermute mal, daß dies ein paar mehr Einzelheiten waren, als Bootsmann Brahthos mir zukommen lassen wollte ... Gut. Richte ihm aus, daß ich an Deck kommen werde.«

»Mach ich!« Tvashi drehte sich um und wollte schon die Tür hinter sich zuschlagen, als Surjadora ihn noch einmal zurückrief.

»Schiffsjunge Tvashareo!«

Der Kleine drehte sich ängstlich um.

»Wie heißt das?«

Tvashi bemühte sich, Haltung einzunehmen »Jawoll, Kapitänin Surjadora.«

»Jetzt darfst du gehen. Ach ja, wenn du bitte dein Hemd richtig in die Hose stecken würdest. Dein Äußeres ist nicht dazu angetan, die Disziplin an Bord zu stärken.«

»Jawoll, Kapitänin Surjadora.« Verlegen stopfte sich Tvashi sein Hemd in die Hose, und der Blick der Kapitänin fing ein kleines, halbmondförmiges Muttermal ein, das sich auf der Bauchdecke des Jungen abzeichnete. Vorsichtig schloß er die Kajütentür hinter sich, und Surjadora hörte, wie ihr Schiffsjunge in großen Sätzen die Treppe hinaufeilte.

Die Kapitänin schob ihr Essen beiseite. Jetzt endlich erlaubte sie sich, unbefangen zu lächeln. Sorgfältig wickelte sie ihren Turban und überprüfte seinen Sitz mit einem kritischen Blick in den kleinen Spiegel, der neben dem leomannischen Zierdolch hing, den sie auf einer ihrer Reisen erworben hatte. Surjadora runzelte die Stirn. Einst mochte sie eine gute Partie gewesen sein. Doch jetzt zeugten tiefe Linien in ihrem Gesicht von dem rauhen Leben auf See. Das war der Preis dafür, daß sie ein Leben nach ihren eigenen Vorstellungen geführt hatte. Dennoch überfielen sie in Zeiten wie diesen, da sie nichts tun konnte, um auf die Ereignisse um sich herum Einfluß zu nehmen, auch Zweifel ...

Ihre Mannschaft erwartete sie an Deck. Surjadora setzte wieder die Maske unerschütterlichen Gleichmuts auf. Ihre Züge glätteten sich; so sah sie sogar ein wenig jünger aus. Dies war das Gesicht, das sie der Welt zu zeigen gedachte! Niemals würde sie klein beigeben. Sie würde dem Buckligen, dem unheiligen Zweifler, Zauderer und Unglücksbringer, bis zu ihrem Todestag tapfer die Stirn bieten und ihn im Namen aller Hochheiligen verhöhnen – gleich welche Schwierigkeiten er noch für sie und ihre Männer ausbrütete.

Mit festem Schritt machte sich die Kapitänin auf den Weg nach oben.

Als Surjadora das Zwischendeck betrat, verstummten die Seeleute auf dem Hauptdeck und hielten gespannt in ihren Tätigkeiten inne. Es war heiß, und den Männern floß der Schweiß in Strömen über die nackten Oberkörper. Das einzige Geräusch, das die Ruhe störte, war das Kreischen zweier Möwen, die die Karavelle seit ihrem Vorstoß in den Ozean des Morgens begleitet hatten.

Surjadora bedauerte es, daß sie gut einen Kopf kleiner war als die meisten Männer an Bord. Aus diesem Grund schätzte sie es, ihre Kommandos von oben vom Achterdeck aus zu erteilen. Aber natürlich ließ sie sich diesen Gedanken auch heute nicht anmerken. Sie schlug die Hände hinter dem Rücken zusammen. »Weitermachen!«

Umgehend kam wieder Bewegung in die Mannschaft.

Zwischen Fock- und Großmast hatten die Männer ein großes Sonnensegel aufgespannt. Der Geruch heißen Teers hing in der Luft. Auf der Steuerbordseite des Vorderkastells, knapp unterhalb der Galionsfigur mit dem großen, sich aufbäumenden Elefanten, waren vier Seeleute unter Anleitung von Schiffszimmermann Tarjixes damit beschäftigt, die Außenplanken des Schiffes zu kalfatern. Andere Seeleute schrubbten das Deck, besserten das Tauwerk aus oder ölten die Rundhölzer ein. Geschützmeister Bashorides hatte derweil sechs seiner Leute auf dem Vorderkastell Aufstellung nehmen lassen, um mit ihnen an den Siebener-Elephantinen zu exerzieren, Torsionsgeschützen, die in einer leichteren Version auch auf den Rücken der kurjamäischen Kriegselefanten eingesetzt wurden. An den Anblick von Soldaten auf ihrem Schiff hatte sich Surjadora noch immer nicht gewöhnen können. Aber bei einer Expedition ins Unbekannte durfte man auf eine solche Vorsichtsmaßnahme nicht verzichten.

Sie schüttelte unmerklich den Kopf und musterte wieder ihre Mannschaft. Die Aufmerksamkeit der Männer an Deck galt eher dem eigenartigen Stern am Himmel, der seit zwei Tagen dicht über dem Horizont sichtbar war, als ihren eigentlichen Aufgaben.

Kapitänin Surjadora merkte sich die Namen der diensthabenden Offiziere. Sie würde sie am Abend in der Messe auf ihre nachlässige Art ansprechen, wie sie die Mannschaft führten. Dann trat auch sie an die Reling, um den fernen Wanderer am Horizont zu betrachten. Surjadora hatte über dieses Himmelsphänomen schon ausführlich mit den Navigatoren der beiden Karavellen gesprochen, doch man war sich nicht einig geworden, wie das Erscheinen des Sterns zu deuten war. Sicher wußten die Kosmographen daheim an der andhakleischen Himmelswarte, was es damit auf sich hatte. Vielleicht gehörte der fremde Gast am Himmel ja auch lediglich zu den Merkwürdigkeiten, mit denen man so weit westlich der bekannten Schiffahrtswege rechnen mußte? Niemand auf den beiden Schiffen wußte das Omen zu deuten. Bootsmann Brahthos in seinem Aionarseifer fand sich bereits dreimal am Tag auf dem Vorderkastell zum Gebet ein und faselte ständig von göttlichen Vorzeichen. Bisher belächelten die Männer seine Aufregung.

Die Kapitänin erklomm über eine Treppe das Achterkastell, wo Steuermann Lakshapheus, ihr Erster Offizier, seinen Dienst versah. Neben ihm standen Bootsmann Brahthos und Garuleos, der Schiffskoch, dem man ansah, daß er noch lieber aß als kochte. Brahthos rieb wie immer geistesabwesend über den achtzackigen kupfernen Gottesstern. Surjadora konnte sich nicht erinnern, den stämmigen Mann jemals ohne das schützende Medaillon gesehen zu haben, das er an einem roten Seidenband um den Hals trug.

Alle drei grüßten die Kapitänin knapp, und Lakshapheus deutete nach achtern. Von dort rollte dumpf das rhythmische Wummern einer Kriegstrommel über die See, dem die Schmerzensschreie eines Mannes folgten. Die Kapitänin blickte ausdruckslos zu der *Bavakuleos* hinüber, die keine sechs Mastlängen entfernt auf dem spiegelglatten Meer lag. Kapitän Vanakinos ließ wieder einmal einen seiner Männer auspeitschen.

Surjadora konnte es sich nicht leisten, gegenüber ihren Untergebenen ein Urteil über den Kapitän abzugeben. Doch jeder wußte, daß Vanakinos ein überheblicher Seeoffizier war, der seine Launen gern an den Untergebenen ausließ. Die Kapitänin ahnte, daß Vanakinos es insgeheim nicht verwinden konnte, daß der Maharadscha ihr, Surjadora, einer einfachen Handelskapitänin, das Oberkommando über diese Expedition anvertraut hatte. Und das, obwohl Vanakinos vor fünf Jahren mit der Erstürmung der Piratenzitadelle von Kalikatto eines der ruhmreichsten Kapitel in der Geschichte der kurjamäischen Kriegsmarine geschrieben hatte. Aber Vanakinos hatte eben nicht der späteren Lieblingsgattin von Mahatargos III., Fatihia, das Leben gerettet, als das Brautschiff, das die damals neunzehnjährige Prinzessin von Antilopia zur Hochzeit nach Andhakleia bringen sollte, von zwei Piratenseglern aufgebracht worden war. Ehrlich gesagt hatte Surjadora keine Ahnung gehabt, welch hoher Besuch an Bord dieses Schiffes geweilt hatte, das sich damals vor den Krabbenlagunen von Urtumbra so verzweifelt gegen die Übermacht der Freibeuter zur Wehr gesetzt hatte. Doch für Surjadora war das Bündnisversprechen der Ehernen Liga mehr als nur Tinte auf einem Pergament. Vor allem seit ihr Vater bei einem Kampf gegen Piraten den Tod gefunden hatte.

Seit der Rettung Fatihias stand sie, die einfache, unbequeme Handelskapitänin, in der Gunst des Maharadschas. Und sei es auch nur, weil Mahatargos' Gemahlin bei ihm stets ein gutes Wort für sie einlegte.

»Das ist schon der vierte in zwei Wochen.« Lakshapheus strich sich beim Anblick der *Bavakuleos* nachdenklich über den gepflegten Wickelbart, und sein Kommentar war wie immer von einer gewissen Nüchternheit geprägt. Wie Surjadora trug auch er einen weißen Turban, der seine dunklen, tiefgründigen Augen hervorhob.

»Ja, bei der Knute des heiligen Chrysantho! Wir sollten ebenfalls härter durchgreifen.« Brahthos' Finger schlossen sich tatendurstig um die Reling. »In den letzten Tagen ist es mit der Disziplin an Bord nicht ...«

»Bootsmann Brahthos, ich lasse Euch wissen, wann ich Euch um Eure Meinung bitte.« Surjadora fixierte Brahthos scharf, der sich überrascht zu ihr umwandte und sogar vergaß, an seinem achtzackigen Gottesstern zu reiben.

»Ihr habt den Schiffsjungen zu mir kommen lassen?«

»Äh, ja, Kapitänin. Aber die Hoffnung auf Wind war offensichtlich etwas übereilt.« Der Bootsmann leckte sich fahrig über die Lippen.

»Das werden wir noch sehen. War noch etwas?« Surjadora waren körperliche Züchtigungen zuwider. Die beiden Karavellen waren schließlich keine Kriegsschiffe, trotz der vierzig Seesoldaten, die sie an Bord hatten. Der Bootsmann verneinte, und Surjadora entließ ihn mit einem Kopfnicken.

»Dafür muß ich Euch sprechen, Kapitänin.« Garuleos, der Koch, senkte die Stimme, so daß diese nur von ihr und Lakshapheus gehört werden konnte, und kratzte sich den Bauch unter dem fleckigen Hemd. Bei der Mannschaft hielt sich das Gerücht, daß der Schiffskoch früher in der Palastküche des Satrapen von Biritemon, einem der Statthalter Seiner Majestät, gedient habe. Zumindest so lange, bis er sich zu einer Affäre mit dessen Tochter habe hinreißen lassen. Ein anderes Gerücht besagte, der Schiffskoch habe einen Pakt mit Gischtmaiden geschlossen, die ihm bei der Zubereitung der Speisen heimlich zur Hand gingen. Auf dieses abergläubische Geschwätz gab die Kapitänin nur wenig. Aber auch sie wunderte sich darüber, wie es dem Mann gelang, mit den kargen Beständen an Bord derart köstliche Gerichte zu bereiten. Gutes Essen sorgte für eine gute Moral. Ein Mittel, das allemal besser geeignet war als die Peitsche …

»Die Wasservorräte werden langsam knapp. Und mit den übrigen Vorräten steht es auch nicht mehr zum besten. Wir haben nur noch siebzehn Säcke Maismehl und zwanzig Säcke rote Bohnen. Frisches Obst und Gemüse sind seid zwei Wochen aufgebraucht. Die Männer werden krank werden. Und wenn wir die Rationen nicht kürzen …«

Surjadora und Lakshapheus tauschten einen kurzen Blick. Sie fuhren schon so lange gemeinsam zur See, daß sie einander wortlos verstanden. Der Schiffskoch räusperte sich und fuhr leise fort. »Ich meine, wir kreuzen nun schon seit nahezu drei Monden im Meer des Morgens und haben in der ganzen Zeit kein Land gesehen. Ich weiß ja nicht, wonach wir suchen, aber so weit im Westen war bisher niemand zuvor. Die Kataueken vielleicht, aber wir? Mißversteht mich bitte nicht, Kapitänin, aber …«

Surjadora bemühte sich um eine ausdruckslose Miene. »Ich weiß, wie es um die Nahrungs- und Wasservorräte bestellt ist, Garuleos. Ihr haltet mich ja jeden Tag darüber auf dem laufenden. Kürzt die tägliche Wasserration von morgen an auf eindreiviertel Krug pro Mann. Mich eingeschlossen.«

»Wie Ihr wünscht, Kapitänin.« Aus Garuleos' Stimme sprach unverhohlene Besorgnis, doch Surjadora wußte selbst, was es für Männer bedeutete, bei dieser Hitze vorwiegend von Salzfleisch und hartem Maisbrot zu leben und dann auch noch die Wasserration gekürzt zu bekommen.

Garuleos eilte wieder zum Vorderkastell, wo seine Kombüse lag. Auch in Lakshapheus' Haltung war etwas, das Surjadora sagte, daß sich andere Kapitäne schon längst dazu entschlossen hätten, zum Festland zurückzukehren, anstatt immer weiter nach Westen zu segeln. Sie ließ es sich nicht anmerken, aber im Inneren ihres Herzens hatte auch sie die Sorge beschlichen, es in ihrem Ehrgeiz zu weit getrieben zu haben. So war sie über die Flaute regelrecht dankbar, da ohne Wind ohnehin jede Kurskorrektur unmöglich war.

»Steuermann«, wandte sich die Kapitänin an Lakshapheus. »Bitte überprüft angesichts der verminderten Vorratslasten möglichst bald, wie es mit den Laderäumen bestellt ist. Ich denke, es ist Zeit, an das Trimmen und den Ausgleich der Gewichte zu denken.«

Unten im Laderaum der Karavelle befand sich ein ganzes Warenlager an Dingen, die verrieten, daß sich die Expeditionsflottille keinesfalls auf einer Spazierfahrt befand: ein regelrechtes Waffenarsenal an Entermessern, Piken, Bögen, Wurfspießen, Schilden, Panzern, Schulterblechen und Sturmhauben. Hinzu kamen Feldschmieden, Reservemasten, Segel, Ballastsäcke, Flaschenzüge, Pumpen, Werg, Teer und Häute zum Abdichten. Auch an ein Tauschlager war gedacht worden: Zinnober, Kupfer, Elfenbein, Blei und Alaun, dicke Tuchballen sowie Trinkgläser aus kostbarem kurjamäischem Glas. Selbst Blechgeschirr und fünf Sack Glasperlen befanden sich im Schiffsbauch, wie es die Eingeborenen ferner Länder wie Esanuk liebten. Angeblich tauschten sie solchen Glitzerkram mitunter sogar gegen Gold. Doch da durch den Verbrauch der mächtigen Last an Nahrungsmitteln große Löcher im Laderaum klafften, konnte bereits mittelschwerer Seegang dafür sorgen, daß die Ladung verrutschte und das Schiff kenterte.

»*Bavakuleos* gibt das Zeichen, äh, daß, äh, ich glaube, daß Kapitän Vanakinos an Bord kommen möchte.« Die helle Stimme kam von oben und überschlug sich vor Aufregung. Die Mannschaft grinste unverhohlen. Surjadora fiel erst jetzt auf, daß jemand Tvashi in den Ausguck geschickt hatte.

»Schiffsjunge Tvashareo! Signalisiere zurück, daß ich Kapitän Vanakinos an Bord der *Stern von Andhakleia* erwarte.«

»Äh, das kann ich nicht, Kapitänin. Ich ...«, die Stimme wurde vor Verlegenheit leiser, »ich hab die Flaggen vergessen.«

Selbst auf dem Vorderkastell, bei den Seesoldaten, war rauhes Lachen zu hören. Nun, solange die Männer noch lachen konnten, ging es ihnen gut. Tatsächlich waren die Kriegstrommeln, die die Auspeitschung an Bord der *Bavakuleos* begleitet hatten, schon längere Zeit verstummt.

Vanakinos hatte es offenbar ohnehin nicht für nötig empfunden, auf eine Bestätigung von der *Stern von Andhakleia* zu warten. Er ließ in diesem Augenblick bereits sein Beiboot klarmachen. Die Kapitänin warf ihrem Ersten Offizier einen verärgerten Blick zu, den dieser mit hochgezogenen Augenbrauen erwiderte.

»Vanakinos soll nicht glauben, daß ich ihn persönlich an Bord willkommen heiße. Tut Ihr das für mich, Lakshapheus, und kommt dann in meine Kajüte. Ach ja, und holt mir den Jungen da oben aus dem Ausguck.«

Surjadora ging unter Deck und ließ sich Zeit, als es endlich an ihre Kajüttür klopfte. Verärgert zählte sie im stillen bis zehn. Dann ließ sie ein gedehntes »Herein!« hören.

Vanakinos betrat die Kajüte noch vor Lakshapheus und verbeugte sich steif. Der Schwung seiner schmalen Lippen verriet Arroganz, und so wie sie war auch er darum bemüht, einen möglichst gelassenen Eindruck zu erwecken. Doch das leichte Beben seiner Nasenflügel über dem dichten Vollbart verriet ihr, daß der Mann seine gesamte Selbstbeherrschung aufbrachte, um ihr jenen Respekt zu erweisen, der ihr als Kommandantin der Expedition zustand. In Wahrheit verachtete Vanakinos sie.

Demonstrativ hatte der Kapitän seine eiserne Kriegshaube unter den Arm geklemmt und ließ seine Kommandierende damit wissen, daß er – im Gegensatz zu ihr – kein Zivilist war. Sein Helm war mit einem Band aus ineinander verdrehten, grünen und weißen Seidentüchern umschlungen, an dem ein kleiner Smaragd inmitten eines goldenen Sterns befestigt war. Dieses Ehrenzeichen erhielten Kapitäne, die an mindestens zehn siegreichen Seegefechten beteiligt gewesen waren. Außer Vanakinos war bislang nur einem einzigen weiteren Offizier der kurjamäischen Kriegsmarine dieses höchste aller Ehrenzeichen verliehen worden.

»Ich freue mich über die Einladung, an Bord kommen zu dürfen.«

Das war ja wohl der Gipfel der Frechheit. Surjadora nahm die Beleidigung mit einem zynischen Lächeln zur Kenntnis.

»Gab es schon wieder Probleme mit Eurer Mannschaft?«

Vanakinos' Linke ballte sich zur Faust. Jedem im Raum war klar, daß ihm Surjadora damit Führungsschwäche unterstellte. Ungefragt setzte er sich an den Klapptisch, und nach einer kurzen Aufforderung von seiten Surjadoras ließ sich auch Lakshapheus auf einer Seekiste nieder. Vanakinos behandelte den Steuermann wie Luft.

»Ich denke, ich verrate nicht zuviel, wenn ich darauf hinweise, daß die Mannschaft langsam unruhig wird. Ehrbare kurjamäische Seeleute sind schließlich keine kataukekischen Tangfresser.«

»Wenn wir den Katauken ein Schnippchen schlagen wollen, dann sollten wir uns vielleicht an den Gedanken gewöhnen, daß auch kurjamäische Seeleute in unbekannte Gefilde vorstoßen können. Habt Ihr Euch schon einmal gefragt, warum wir das Meer direkt vor unserer Tür *Ozean des Morgens* nennen? Und das, obwohl in Kurjameos wie überall auf der Welt die Sonne im Osten aufgeht? Weil diesen, wie sagtet Ihr so treffend, *katauekischen Tangfressern* die Meere gehören. Sie benennen die Ozeane, und wir, die wir uns kaum außer Sichtweite der Küsten wagen, übernehmen ihre Namen, auch wenn sie uns noch so unsinnig erscheinen. Mit ihren Nauken und ihren geheimen Navigationsgeräten gelangen sie an Orte, die für uns unerreichbar in der Weite des Ozeans verborgen liegen. Selbst die verdammten Merkantilier wissen nicht, wie die Katauken das zuwege bringen. Und das, obwohl sie in Maganta schon weit länger Handel mit ihnen treiben als die Staaten der Ehernen Liga.«

»Inzwischen haben wir zwei Monde lang kein Land mehr gesehen. Die Nahrungsmittel gehen zur Neige, und ich kann keinen Sinn darin erkennen, daß wir weiterhin …«

»Kapitän Vanakinos!« Surjadoras Augen blitzten. Es war an der Zeit, die Machtverhältnisse zu klären. »Ihr mögt mit Sicherheit ein tapferer Seesoldat und exzellenter Stratege sein. Aber was Seefahrt und Navigation anbelangt, solltet Ihr Euch besser auf mein Wort verlassen. Ich bin Zivilistin, kein Soldat. Wenn ich ein Wagnis eingehe, dann nicht aus blindem Gehorsam, sondern aus wohlbedachten Gründen.«

Vanakinos, der sie verschnupft anblickte, mußte nicht wissen, daß sie ruiniert wäre, wenn die Expedition fehlschlüge. Das wußte noch nicht einmal Lakshapheus, und der gehörte schon seit fast zehn Jahren zu ihren engsten Vertrauten.

»Ich bin mir sicher, daß wir alle die Hoffnung, die Maharadscha Mahatargos III. in uns setzt, erfüllen werden. Eine Expedition wie die unsere ist schon seit unzähligen Generationen nicht mehr unternommen worden. Es ist eine Ehre, daran teilzuhaben.«

Vanakinos sah sie mit unbewegtem Gesicht an. »Es steht mir nicht zu, Eure Entscheidungen in Frage zu stellen, Kapitänin. Aber ich mache darauf aufmerksam, daß ich die Pflicht habe, Euch über den wachsenden Unmut unter den Seeleuten in Kenntnis zu setzen. Vor allem, da Eurem Ersten Offizier dazu offenbar der Mut fehlt.«

Kapitänin und Vanakinos lieferten sich mit ihren Blicken ein stummes Duell, das indes keiner von beiden für sich zu entscheiden vermochte. Surjadora war sich darüber im klaren, daß sie vor lauter Wut auf Vanakinos' überhebliche, maßlose Art drauf und dran war, ihn sich endgültig zum Feind zu machen. Dabei wußte sie doch, daß sein Ärger vor allem auf seiner Unwissenheit beruhte. Allerdings wollte sie nicht riskieren, daß er sich beim nächsten Sturm absetzte, indem er auf nördlichen Kurs ging – was sie ihm durchaus zutraute.

»Gut, Kapitän Vanakinos.« Surjadora seufzte. »Da dies keine Expedition der kurjamäischen Kriegsmarine ist, werde ich die Geheimniskrämerei beenden und mein Schweigen vor der Zeit brechen. Euch mag dies angesichts der Lage, in der wir uns befinden, überraschen, aber ich bin mir sicher, daß wir unser Ziel schon bald erreicht haben werden. Wenn wir noch ein wenig durchhalten, dann wird uns eine der größten Entdeckungen unserer Zeit glücken. Und beim heiligen Myriander, ich bin mir sicher, daß uns das Schicksal gewogen sein wird!«

Beide Männer musterten Surjadora mit unverhohlener Neugier.

»Wie bereits bekannt, besteht unsere Mission darin, im Auftrage von Mahatargos III. das Purpurmonopol Serkan Kataus zu brechen. Ich brauche sicher nicht weiter auszuführen, welche ungeheuerlichen Verdienstmöglichkeiten sich daraus für Kurjameos ergäben, falls uns das gelänge. Den Herren sind die Gerüchte bekannt, daß die Katauеken den kostbaren Farbstoff von einem Ort beziehen, den sie Purpurinseln nennen?«

»Ein Ort, der angeblich unerreichbar fern auf der anderen Seite der Welt liegt«, wandte Lakshapheus ein.

»Warum kreuzen wir dann im Meer des Morgens?« Vanakinos ärgerte sich ganz offensichtlich darüber, daß der Steuermann von Dingen wußte, die ihm nicht bekannt waren. »Ich dachte, es ginge letztlich darum, eine dieser verdammten Nauken aufzubringen.«

»Kapitän ...« Surjadoras Stimme hatte etwas unsäglich Geduldiges. »Wir wollen den Katauеken nicht eine ihrer Schiffsladungen abnehmen, sondern gedenken ihr Monopol zu brechen.«

»Ich hatte eher an ein Verhör eines dieser arroganten katauekischen Nautiker gedacht. Nahe der Küste können wir es uns natürlich nicht leisten, einen offenen Konflikt zu provozieren. Wer will schon riskieren, daß diese Tangfresser plötzlich mit einer ganzen Flotte vor der Küste Andhakleias stehen? Aber hier, so weit weg vom Festland ... das bekäme doch niemand mit.«

Surjadora stöhnte innerlich. Vanakinos glaubte offenbar tatsächlich, daß man mit den Katauеken ebenso einfach fertig würde wie mit ein paar Küstenpiraten. »Ich glaube, Ihr unterschätzt die Kampfkraft der Pfauenschiffe. Nach allem, was ich weiß, verfügen sie über mysteriöse Wunderwaffen – Vögel, die Feuerfedern verschießen, und Krieger, die aus lebendem Stahl geschmiedet sind. Nein, wir kreuzen in diesem Gewässer, weil es Hinweise darauf gibt, daß die Purpurinseln *direkt vor unserer Haustür* liegen.«

Vanakinos schnappte ungläubig nach Luft, während Lakshapheus einen kleinen Pfiff ausstieß. »Wie bitte? Und warum haben wir diese Inseln dann nicht schon längst entdeckt?« In Vanakinos' Stimme lag ein trotziger Unterton.

»Wünscht Ihr eine ehrliche Antwort?« Surjadora erhob sich und verschränkte die Arme hinter dem Rücken. »Weil wir stolzen Ligisten im Vergleich zu den Katauеken nichts anderes als einfache Küstenfahrer sind. Ebenso steht es um die Merkantilier. Es heißt, daß die Katauеken jede Quadratmeile der Welt vermessen haben und sie jeden beliebigen Ort zielgenau ansteuern können. Leider wissen wir nicht, wie sie das machen. Schon immer haben unsere Kapitäne nach Landmarken navigiert. Deshalb fürchten sie die offene See. Und warum hätten sie es auch anders halten sollen? Warum das Wagnis eingehen, auf das offene Meer zu segeln? In Ajuna erreicht man jeden wichtigen Handelshafen, indem man an den Küsten entlangsegelt. Von jenen Mutigen, die auf den Breitengraden entlang nach Westen aufgebrochen sind, hat man nie wieder etwas gehört. Allenfalls mit dem Nachbarkontinent Esanuk wird noch hin und wieder Handel getrieben, aber es scheint eher Glückssache zu sein, auf welche Eingeborenen man dort gerade stößt. Vor sechs Jahren soll ein Schiffsverband der unabhängigen Kirchenstaaten mit Missionaren und ausgesuchten Rittern des *ordo miltis dei* einen Versuch unternommen haben, an der Küste Esanuks entlang nach Westen vorzustoßen. Die Flotte war angeblich fünf Monde unterwegs und hat doch nichts anderes gesehen als Esanuk selbst. Dann gerieten die Schiffe in einen Sturm, dem die meisten der Karacken zum Opfer fielen. Die Priester brachen die Expedition daraufhin ab. Nur zwei der Schiffe kamen wieder zurück, und an Bord hatten sie keine Schätze, sondern das esanuksche Fleckfieber. Acht Wochen sollen sie vor dem Hafen von Gardiamara in Quarantäne gelegen haben. Am Ende waren nur noch sieben Seeleute am Leben. Von Serkan Katau aber hatte niemand auch nur einen Sandstreifen gesehen.«

»Darüber ist mir nichts bekannt.« Vanakinos schaute Surjadora ohne erkennbare Gefühlsregung an. »Die Kirchenstaaten sind jedoch auch nicht für ihre seefahrerische Tradition bekannt.«

»Was ich damit zum Ausdruck bringen will«, schloß Surjadora ihre Ausführung, »ist, daß uns einfach die nautischen Möglichkeiten fehlen, Serkan Katau zu erreichen. So sehr das auch schmerzt.«

»Auch das ist alles sehr akademisch, Kapitänin«, bemerkte Vanakinos kühl.

»Richtig. Bleiben wir bei den Fakten.« Surjadora bat Lakshapheus, sich von der Seekiste zu erheben, schloß diese auf und holte ein in Samt eingewickeltes Glasrohr heraus. Darin befand sich ein zusammengerolltes Pergament, das sie behutsam herausgleiten ließ.

»Dies hier, meine Herren, ist die detailgenaue Abschrift einer alten Seekarte, die der Oberste Berater des Maharadschas, der Hohe Philosoph Ramaogeus, Leiter der andhakleischen Universität und Mitglied im Kosmographenrat der Himmelswarte, in der Palastbibliothek gefunden hat. Das Original ist leider zu brüchig, als daß man es mir hätte mitgeben wollen. Aber mir wurde versichert, daß wirklich jede Einzelheit, und sei sie noch so klein, auf diese Abschrift übertragen wurde.«

Surjadora glättete das Pergament auf dem Klapptisch und beschwerte zwei der Ecken mit kurjamäischen Glaskugeln, die sie einst wegen ihrer Größe und hübschen Färbung erstanden hatte.

»Eine alte Seekarte, die das Innere des Meeres zeigt!« Lakshapheus war verblüfft. Man merkte ihm an, daß ihm die Worte fehlten, um zu beschreiben, was jenseits der Küsten in den Weiten des Ozeans verborgen liegen mochte. »Dort am Rand ... sind das Abbildungen von Eingeborenen? Männern, Frauen und ... Was sollen all diese Käfer?«

»Wie alt ist das Original?« wollte Vanakinos wissen.

»Die Philosophen schätzen das Alter der Karte auf mehrere hundert Jahre. Womöglich stammt sie aus der Dunklen Zeit vor der Fleischwerdung Aionars. Die Linien, die wir hier am rechten Rand sehen, meine Herren, deuten wir als Teile der Küstenlinie der heutigen Ehernen Liga. Leider ist das Original an dieser Stelle zu beschädigt gewesen, so daß wir lange Zeit herumgerätselt haben, welche Küsten gemeint sein könnten. Wie unschwer zu erkennen ist, sind in der Mitte der Karte Inseln eingezeichnet –

offensichtlich ein ganzer Archipel. Und dabei, meine Herren, handelt es sich mit einiger Wahrscheinlichkeit um die Purpurinseln.«

Vanakinos beugte sich tiefer über die Karte.

»Wie kommt Ihr darauf, daß es sich dabei um die Purpurinseln handelt? Der Schriftzug neben den Inseln lautet *Insulae coleopterarum.* Das ist *lingua dei.* Korrigiert mich, Kapitänin, aber das heißt *Käferinseln*, wenn ich mich nicht irre.«

Surjadora überging lächelnd Vanakinos' Frage. »Kommen wir auf die Tinte zu sprechen, mit der das Original gezeichnet wurde. Es handelt sich dabei nicht um die Mixtur eines Tintenmachers. Das gesamte Original wurde in kostbarem Purpur ausgeführt. Und Purpur«, die Kapitänin machte eine kurze Pause, um die Bedeutung der folgenden Worte hervorzuheben, »war nach allem, was wir wissen, bis zu seiner Einführung vor neunzig Jahren durch die Kataueken in Ajuna unbekannt.«

»Trotzdem, das sind alles äußerst vage Hinweise«, beharrte Vanakinos skeptisch.

»Ich weiß, Kapitän. Aber wenn die Schlußfolgerung des Hohen Philosophen zutrifft, dann ist diese Expedition jede einzelne Golddubokine wert, die in sie gesteckt wurde.« In Surjadoras Blick lag das verheißungsvolle Funkeln einer Händlerin, die kurz vor dem Abschluß eines guten Geschäfts steht. »Wir haben die einmalige Gelegenheit, den hochmütigen Kataueken einmal in diesem gottverdammten Leben in die Suppe zu spucken! Wenn wir diese Inseln finden, dann können wir den Tangfressern das Purpurmonopol streitig machen.«

»Und dieses eingezeichnete Gittermuster, das über der gesamten Karte liegt? Beim Abwesenden Gott, sind das dort etwa Breitengrade?« Lakshapheus' Wangen röteten sich, und aufgeregt fuhr er sich wieder über seinen Wickelbart. »Dann müssen diese Linien hier ja ... Längengrade sein!« Seine Stimme senkte sich zu einem ungläubigen Wispern.

»Richtig. Das vermuten auch der Maharadscha und der Hohe Philosoph. Zusammen ergeben sie das geheimnisvolle Weltennetz, über das die Priester-Navigatoren des heiligen Myriander angeblich geboten haben.«

Surjadora war sich bewußt, daß sie hier von einem Mythos sprach. Die Deutung der Breitengrade war kein Geheimnis. Mit Hilfe von Sonne, Sternenstand und einem Oktanten war es jedem Seemann möglich, den entsprechenden Breitengrad zu ermitteln, auf dem er fuhr. Die sichere Bestimmung der Längengrade aber war ein geheimes Wissen, das schon zu Zeiten der Entrückung Aionars verlorengegangen war.

»Meine Herren, entscheidend ist dieser Breitengrad hier oben auf der Karte. Leider ist der gesamte linke Rand der Originalkarte eingerissen. Wir können nicht ausschließen, daß dies sogar mutwillig geschah. Die Philosophen haben dort aber die Zahl 0 identifiziert. Man geht davon aus, daß damit der zehnte oder zwanzigste Breitengrad Süd gemeint war.«

»So wartet«, schnaubte Vanakinos skeptisch. »Ich habe oft genug Karten dieser Regionen studiert. Der Verlauf der Küstenlinie auf dieser Karte kommt mir mehr als seltsam vor.«

»Ja, ich habe selbst eine gewisse Skepsis bekundet«, gestand Surjadora offenherzig ein. »Es mag sein, daß die Vermessungsmethoden, die uns heute zur Verfügung stehen, ungenauer sind. Aber dieser Küstenverlauf deckt sich nach Aussage des Hohen Philosophen Ramaogeus mit jenen, die man auf anderen alten Karten gefunden hat. Wie dem auch sei, Ihr könnt Euch darauf verlassen, daß der Maharadscha uns nicht ohne Grund auf die Reise geschickt hat.«

Vanakinos schien noch immer nicht recht überzeugt. Surjadora überging seine Skepsis und kam wieder auf die Breitengrade zu sprechen. »Da man die Küstenlinie hier oben wegen des eingezeichneten Leuchtturms« – Surjadora tippte auf ein kleines Zeichen – »als die südliche Küste Danakingas deutete, wo der Turm uns Seeleuten seit Hunderten von Jahren den Weg weist, gingen wir davon aus, daß der 20. Breitengrad Süd gemeint war. Aus diesem Grund bestand unser Auftrag darin, zunächst an der Küste entlangzufahren und dann Kurs westlich des Meeres des Schlafes zu nehmen, um schließlich hier«, Surjadora deutete auf eine der waagerechten Linien, »etwa auf Höhe des 22. Breitengrades weiter nach Westen zu segeln. Ihr werdet bemerkt haben, daß wir über Wochen erfolglos in dieser Meeresregion gekreuzt sind. Aus diesem Grund habe ich unsere Flottille am 20. Tag des Roten Erntemonds Kurs Nord-Nordwest setzen lassen.«

»Warum? Ganz offensichtlich handelt es sich bei der Karte nur um einen schlechten Scherz.« Vanakinos schnaubte mürrisch, während sich Lakshapheus mit einem Urteil zurückhielt. Er wußte von anderen Gelegenheiten her, daß seine Kapitänin solche Entscheidungen nicht grundlos traf.

Surjadora zog ihren Sari straff. »Ganz einfach, Kapitän. Die Berechnung der Philosophen muß nicht stimmen. Es heißt, daß an der Südküste der Halbinsel Gwanapur, auf Höhe von Markomassa, und zwar auf den Keridischen Sirenenfelsen, in den alten Zeiten ebenfalls ein großer Leuchtturm stand. Jedenfalls behaupten das die dortigen Küstenfischer. Wer Zimt, Nelken und Ingwer aus Danakinga einhandeln will, kommt an dieser gefährlichen Felskette vorbei, etwa zwei Seemeilen vor der Küste. Der Ort gilt als verflucht, weil in diesem trügerischen Gewässer immer wieder Schiffe zerschellen.«

Vanakinos stand jetzt ebenfalls auf und drehte die Karte so, daß er einen besseren Blick auf sie werfen konnte, während Surjadora fortfuhr. »Die Ruinen dieses Turms kann man heute noch erkennen. Man muß nur den Mut haben, nahe genug an die Sirenenfelsen heranzufahren. Wenn nun aber dieser alte Leuchtturm gemeint war, dann, meine Herren, haben wir die ganze Zeit zu weit im Südosten gesucht. Dann ist nicht der 22., sondern der 12. Breitengrad gemeint gewesen. Und auf dem befinden wir uns schon seit geraumer Zeit. Gemäß meinen Berechnungen bin ich davon überzeugt, daß wir diese verdammten Inseln, wenn sie denn existieren, schon lange erreicht hätten – hätte uns der Bucklige nicht den Wind aus den Segeln genommen.«

Die Männer schwiegen nachdenklich, und Surjadora wußte, daß es ihr gelungen war, ihren Entdeckergeist anzuspornen. Zufrieden nahm sie zur Kenntnis, wie Vanakinos seinen Widerstand aufgab.

Plötzlich war wieder ein Knarren aus dem Schiffsbauch zu hören, dem ein schweres Ächzen folgte, das sich durch den gesamten Rumpf zog. Die beiden großen Glaskugeln auf der Karte rollten über den Klapptisch – direkt in Surjadoras Hand. Gedämpft waren von oben die Rufe der Matrosen zu hören.

»Meine Herren, tun wir das, was wir am besten können. Schiffe führen!« Und wenn es nicht ihre Ausführungen gewesen waren, die die gereizte Stimmung in der Kajüte hatten verfliegen lassen, so doch in jedem Fall diese knappe Aufforderung. Die Kapitänin rollte die Karte wieder zusammen und verstaute sie in ihrer Seekiste. Dann eilte sie mit den beiden Männern an Deck, wo hektische Betriebsamkeit ausgebrochen war. Ein halbes Dutzend Männer holte bereits das Sonnensegel ein.

Kapitänin und Steuermann überzeugten sich mit einem kurzen Blick davon, daß Bootsmann Brahthos am Steuerrad Posten bezogen hatte. Der Wind hatte von einem Augenblick zum anderen aufgefrischt und harfte nun mit großer Kraft in den Wanten.

»Braßt die Segel, Männer!«

Der Befehl kam Surjadora mit großer Genugtuung über die Lippen. Unverzüglich kletterte ein Dutzend Seeleute die Takelage zu den Rahen hoch, während Lakshapheus eine weitere Gruppe Männer aufscheuchte.

»Auf, auf, auf! Holt die Steuerbord-Vorbrassen!«

Die Seeleute rannten zur Reling mit der Nagelbank, lösten die Taue zu dem Rahsegel und holten wie beim Tauziehen Stück für Stück die Fockbrasse ein.

»Hol weg! Hol weg!« Die Kommandos des vordersten Seemannes gellten über das Schiff, während die gleiche Anzahl an Männern die Backbordbraß fierten und sich das Großsegel langsam in den Wind drehte. Die Segel blähten sich, und die Besatzung der *Stern von Andhakleia* bekam zunehmend den aufkommenden Seegang zu spüren.

Auch Vanakinos hielt jetzt nichts mehr. Nach einem knappen Abschiedsgruß eilte er zu seinem Beiboot, wo bereits seine Männer warteten, um ihn wieder zur *Bavakuleos* überzusetzen, auf der ebenfalls Seeleute die Wanten geentert hatten.

Bei all der Aufregung an Bord bemerkte Surjadora erst jetzt, daß weiter vorn, nahe dem Bugkastell, vier Männer der Freiwache etwas umringt hatten. Ihre Haltung drückte gleichermaßen Anspannung wie Ekel aus. Einer von ihnen hielt einen Belegnagel fest in der Faust.

Als Surjadora und Lakshapheus hinzutraten, fuhren die Männer hoch. Tvashi stand mit schuldbewußtem Blick und einem Eimer in der Hand vor seiner Kapitänin. »Bootsmann Brahthos hat mir aufgetragen, beim Deckschrubben zu helfen. Aber als ich den Eimer mit dem Meerwasser hochzog, war das eklige Ding drin. War schon tot, aber ich hab zur Vorsicht noch mal draufgetreten. Und jetzt krieg ich den Fleck nicht mehr weg.«

Auf den nassen Planken lag ein zertretener, fast fingerlanger schwarzer Käfer. Um ihn herum aber hatte sich ein Fleck ausgebreitet, dessen Farbe auf den ersten Blick an Blut gemahnte. Auf den ersten Blick ...

»Wo ein Käfer ist, ist irgendwo auch Land!« stellte Lakshapheus trocken fest und betrachtete seine Kapitänin bewundernd.

»Nicht nur das!« Surjadora steckte ihren Finger in die verfärbte Pfütze neben dem Käfer, warf einen prüfenden Blick auf ihre Fingerkuppe und lächelte Tvashi an.

»Gut gemacht, Junge! Und daß mir keiner jemals den Fleck hier entfernt. Der bleibt so lange an Deck, wie ich Kapitänin dieses Schiffes bin.«

Die Männer schauten sich verwundert an, während Surjadora ihren Steuermann zur Seite zog und ihm den verfärbten Finger vor das Gesicht hielt.

»Das ist Purpur, Lakshapheus! Versteht Ihr? Echter, kostbarer, wundervoller Purpur! Bei den Nüssen des heiligen Guelfo! Und mir wollte dieser verfettete katauekische Tangfresser damals in Gautamar weismachen, das Zeug stamme aus den Drüsen von gottverdammten Meeresschnecken.«

Hochzeitsvorbereitungen

Palast von Colepa'Taru,
in den frühen Abendstunden desselben Tages

Nukulahi war aufgeregt wie nie zuvor in seinem Leben. Nachdem er und Tongaro sich getrennt hatten, hatte ihn die Hektik der Festvorbereitungen schnell eingeholt. Wohin er sich auch wandte, traf er auf emsig arbeitende Diener, die damit beschäftigt waren, den alten Königssitz in seiner ganzen Pracht erstrahlen zu lassen. Und wo immer er auch auftauchte, verneigten sich die Palastbewohner in tiefer Ergebenheit vor ihm.

Er fühlte, daß die Freude der Diener echt war und sie ihm seinen Festtag von Herzen gönnten. Türschnitzer und Tuchweber, Rüstgießer und Silberschmiede, Vergolder und Perlensticker, Käferbäcker und Blumenbinder – Nukulahi gab es irgendwann auf, die Heerschar an Bediensteten zu zählen, die in diesen Tagen die Flure und Gänge des Palasts bevölkerten. Er war sich längst sicher, daß es keinen fähigen Handwerker in ganz Colepa'Taru mehr gab, der nicht zum Dienst in den Palast einbestellt worden war. Viele der Diener waren eigens dazu eingeteilt, die Solare, die bereits eingetroffen waren, mitsamt ihrem Gefolge zu beköstigen. Die einzigen, die eine gewisse Ruhe in das aufgeregte Treiben brachten, waren die Palastwachen in ihren blinkenden Kriegsschürzen. Ihre nackten Oberkörper waren mit duftendem Öl eingerieben, und mit ihren prachtvoll schimmernden Prunkschildern und Speeren glänzten sie wie die Felsen an der Küste Nuku'atepes im Sonnenlicht. Und wie diese Felsen, so wollte es ihm scheinen, hielten sie dem Auf und Ab der Brandung um sie herum gelassen stand.

Nur wenig später hatte ihn seine Mutter, Königin Hai'pale, in der Perlschnurbibliothek des Palasts aufgespürt, kaum daß er den Hofbarbier mit einem unaufschiebbaren Besuch beim Schärpenknüpfer, diesen mit einer Anprobe beim Sandalenmacher und jenen wiederum mit dem Barbier vertröstet hatte.

Die Königin war in ein schulterfreies, purpurnes Wickelkleid gehüllt. Ihr hochgestecktes Haar wurde von einem schlichten goldenen Kamm gehalten. Passend dazu trug sie einen Gürtel, bestehend aus goldgefaßten Gemmen, die allesamt die Gestalt von Jovokäfern aufwiesen.

Selten nur hatte er seine Mutter so aufgeregt erlebt wie in den letzten Tagen. Ohne Unterlaß sprudelten aus ihrem Munde Ermahnungen und Anweisungen, wie er sich morgen zu verhalten habe und was man von ihm erwarte. Er kannte, wie er lächelnd feststellte, jede einzelne von ihnen; Mutter und Vater wiederholten sie bereits seit Wochen.

Im Grunde seines Herzens verstand er, wie seine Eltern fühlten, und es erfüllte ihn mit Freude zu sehen, wie sie mit ihm fieberten. Immerhin galt es, das Fest der Feste auszurichten, und immerhin standen für ihren einzigen Nachkommen die beiden bedeutendsten Ereignisse seines Daseins an. Und beide sollten an einem einzigen Tag geschehen.

Hai'pale auf dem Fuße folgte ein ganzer Troß von Tuchwebern, Gürtlern, Färbern, Bilderstechern, Gelbgießern und anderen Bediensteten, die alle noch einmal Maß an ihm nehmen, seine Meinung zu diesem und jenem wissen oder sich einfach nur ins rechte Licht setzen wollten. Währenddessen besprach seine Mutter mit ihm die Einzelheiten des Festmahls und ging mit ihm noch einmal alle Namen der dreiundvierzig Solare und ihrer wichtigsten Familienmitglieder durch.

Der Prinz lächelte innerlich, als ihm plötzlich gewahr wurde, daß seine Mutter nicht nur so aufgeregt, sondern auch so anhänglich wie selten zuvor war. Aber vielleicht ging dies allen Müttern so, wenn sie ihre Söhne mit einer anderen Frau teilen mußten.

Mit einemmal fiel die Hektik der vergangenen Tage von ihm ab und machte dem Gefühl einer tiefen Liebe und Verbundenheit Platz. Er betete zu Eomes, daß ihm genau wie seinen Eltern das Glück einer friedvollen Ehe beschieden sein werde. Vor allem nahm er sich fest vor, seine künftige Frau ebenso in Ehren zu halten, wie es sein Vater zeit seines Lebens mit seiner Gattin gehalten hatte.

Tuilaepe ... Es war der Name der ersten Menschenfrau, die durch ihre Liebe zu Eomes Vollkommenheit erreicht hatte. Es hieß, erst mit ihr habe die Schönheit Einzug in die Welt gehalten. Keine Frau kam ihr an Vollendung gleich. Eine der ältesten Legenden des Reichs der Tausend Inseln, die Sage von der *Walbraut*, schilderte, wie Eomes beim Anblick Tuilaepes verzückt zu singen anhob. Seinen Gesang aber hörte der ferne Weltenvater, und so sandte er den verdienstvollsten und stärksten seiner sterblichen Krieger aus: den König der Wale. Er war der einzige seines Gefolges, der stark genug war, das Weltenmeer von einem Ende bis zum anderen zu durchschwimmen. Als Eomes das Reich der Tausend Inseln verließ, tröstete der Krieger des Meeres sie in ihrem unstillbaren Schmerz. Über Jahr und Tag verliebten Tuilaepe und der Wal sich ineinander, und so feierten sie Hochzeit. Ihren Kindern aber war es von nun an und für alle Tage bestimmt, über das Inselreich zu gebieten. Eines Tages jedoch starb Tuilaepe, und der Walkönig weinte bitterlich um sie. So legte auch er sich in Eomes' Inselreich zum Sterben nieder, und von diesem Tage an hielten es alle Wale des Weltenmeeres wie er. So entstand der Nooga'Ka'ata, der heilige Friedhof der Wale.

Diese Geschichte kannte jedes Kind auf Coleopa. Konnte es also ein besseres Vorzeichen geben, als daß seine Braut den Namen ihrer aller Urmutter trug?

Nukulahi schreckte aus seinen Träumereien, als ihm seine Mutter eine lange Perlschnur überreichte. Der Schnur war zu entnehmen, daß als einziger Inselherrscher Fatafehi, der Solar von Jama'tape und bester Freund seines Vaters Halapua, abgesagt hatte. Er war von einem Fieber niedergeworfen worden, was ihm die lange Reise zur Königsinsel unmöglich machte.

Der Prinz bedauerte das Fernbleiben Fatafehis, da er den alten Solar sehr mochte. Noch viel mehr würde die Absage allerdings seinen Vater treffen. Bisher hatten die beiden nahezu jedes wichtige Ereignis in ihrem Leben gemeinsam bestritten. Nicht ohne Grund galt Fatafehi als Halapuas treuester Verbündeter im ganzen Inselreich. Daß auch seine Gemahlin und seine sieben Söhne die Reise nicht angetreten hatten, zeigte ihm, wie ernst es um den Freund seines Vaters bestellt war.

In den Augen seiner Mutter sah er, daß seine Eltern ähnliche Befürchtungen hegten. Sanft strich er seiner Mutter über die Wangen. »Ich bin mir sicher, daß es dennoch ein wundervolles Fest werden wird.«

Hai'pale lächelte ihm dankbar zu. »Natürlich, mein Sohn. Schau, was dir Fatafehi als Hochzeitsgeschenk hat senden lassen.«

Die Königin klatschte in die Hände, und ein Diener, der nur darauf gewartet hatte, kam dienstbeflissen aus einem Gang auf sie zugeeilt. In seinen Händen trug er zwei große silberne Käfige, in denen mehrere faustgroße Käfer mit himmelblau gesprenkelten Flügeldecken brummten.

»Bei Eomes«, Nukulahi sah seine Mutter überrascht an, »das sind Solajuvis. Gleich ein ganzes Dutzend!«

Die Käfer waren außerordentlich selten und ihr Wert mit Perlen und Gold kaum aufzuwiegen. Hinzu kam, daß sie ausschließlich auf Jama'tape und einer kleinen Nachbarinsel zu finden waren. Sie zu fangen war bei Androhung der Steinigung verboten, denn ihr Besitz stand ausschließlich den Solaren zu. Legte man sie auf einen heißen Stein, zirpten und pfiffen sie in ihrem langsamen Todeskampf in einer wundervollen Melodie, die kein Mensch nachzuahmen vermochte. Ihr Sterbegesang machte auf einzigartige Weise melancholisch; manchen Zuhörer rührte er gar zu Tränen, andere inspirierte er zu Großtaten. Es war kein Geheimnis, daß viele begabte Sänger der Inselwelt schon deswegen die Nähe der Solare suchten, um dadurch einmal in ihrem Leben dem Sterbegesang eines Solajuvis lauschen zu können.

»Sieh sie dir noch einmal gut an, Nukulahi.« Die Königin lächelte wehmütig. »Ich bin mir sicher, daß die meisten von ihnen ihr Todeslied gesungen haben, wenn sich die morgige Nacht dem Ende zuneigt.«

»Vielleicht sollten wir ein paar von ihnen für die Zeit nach dem Fest aufbewahren«, schlug Nukulahi vor und faßte nachdenklich an sein Ohrläppchen.

»Da wären unsere Gäste aber enttäuscht. Fatafehis Geschenk

hat sich nämlich schon herumgesprochen.« Hai'pale schmunzelte und bedeutete dem Diener mit einem gebieterischen Wink, die Käfer zurückzutragen. Anschließend wurde ihre Aufmerksamkeit wieder von einem Schneider in Anspruch genommen. Nukulahi mußte noch immer an die Käfer denken. Konnte es etwas Entzückenderes auf dieser Welt geben als ihren Gesang?

Zumindest seinem Vater zufolge konnte es das. Der hatte ihn vor einer halben Woche zu einem Gespräch zwischen Vater und Sohn bestellt, bei dem er ihn, wie es die Tradition verlangte, knapp in die Pflichten und Freuden der Hochzeitsnacht eingeweiht hatte. Doch hatte Nukulahi bei alledem weit weniger erfahren als das, was ihm Jahre zuvor bereits Tongaro ausführlichst geschildert hatte.

Was ihm sein Freund allerdings vorenthalten hatte, war, daß die pure Vorfreude auf die Nacht mit einer Frau einen Mann des eigentlichen Höhepunkts dieses Zusammentreffens berauben konnte. Ebenso der übermäßige Genuß von Kokoswein und anderer berauschender Getränke. Sein Vater sprach vom *Speer, der vor der Zeit stumpf wird*, und daß er sich deswegen, gerade in seiner ersten Nacht, kühl und beherrscht ans Werk zu begeben hätte.

Vielleicht traten solche Probleme ja auch nur in seiner Familie auf? Er wagte es deswegen nicht, Tongaro auf diese merkwürdige Warnung hin anzusprechen, nach dessen Schilderungen die Nächte mit einer Frau eher der Einnahme einer gut gesicherten Festung glichen.

Bei Eomes, was stand ihm da bloß bevor? Ob seine Braut wohl ähnliche Sorgen plagten?

Was, wenn er morgen, wie schon bei dem Geschenk mit dem Federschnabel, erneut einen Fehler beginge? Würde ihn Tuilaepe dann jemals respektieren können? Sicher nicht. Und so kam es, daß sich seine Aufregung in immer weitere Höhen steigerte, je näher der Zeitpunkt rückte, zu dem er Tongaro im Hafen treffen sollte.

Einige Stunden und viele weise Ratschläge später befürchtete Nukulahi bereits, seine Mutter und all die Diener würden ihn bis weit nach Mitternacht in Atem halten. Im Geiste suchte er schon verzweifelt nach einer Möglichkeit, sich davonzuschleichen. Da beschloß die Königin viel früher als erwartet, er solle sich besser zu Bett begeben, um für den morgigen Tag Kräfte zu sammeln. Erst da erinnerte er sich daran, daß sie ja von dem heimlichen Ritual vor der Hochzeitsnacht wissen mußte. Doch bevor er sich ihr gegenüber dankbar erweisen konnte, war sie schon mitsamt ihrem Gefolge verschwunden. Das erste Mal seit seinem Aufenthalt im königlichen Bad kehrte wieder Ruhe ein.

Nukulahi rüstete sich nun auf seine Weise. Er wusch seine Hände und Füße und rieb sie dann mit einem Öl aus wilder Minze ein. Seine rotgoldene Kriegsschürze behielt er an, schmückte aber Hals-, Hand- und Fußgelenke mit ziselierten Goldreifen, die seine Prinzenwürde unterstrichen. Dann kämmte er sein schulterlanges Haar aus und setzte sich zur Probe den schlichten Goldreif mit dem *Linken Auge des Eomes* auf, wie der funkelnde Saphir genannt wurde, den der Sohn des göttlichen Fischers einst dem König von Coleopa zum Geschenk gemacht hatte. Es handelte sich bei diesem Edelstein um den zweitgrößten seiner Art; den größten, das *Rechte Auge des Eomes*, trug sein Vater, der König.

Der Prinz beugte sich über sein Spiegelbecken, neben dem Diener zuvor einige brennende Kerzen aus dem Wachs der Morolarven aufgestellt hatten. Der prüfende Blick auf sein schwaches Abbild, das sich in dem flachen Wasserbehälter aus dunklem Basalt abzeichnete, stellte ihn zufrieden. So konnte er Tuilaepe entgegentreten. Allerdings würde ihn in diesem Aufzug ein jeder in Colepa'Taru erkennen. Er griff daher nach einem bereitliegenden Körpertuch, wie es die Palastdiener in kühlen Nächten trugen. Dann klemmte er den Goldreif mit dem kostbaren Saphir neben die Scheide mit dem perlengeschmückten Langmesser, das ihm sein Vater bei seinem Mannwerdungsfest geschenkt hatte, und machte sich auf den Weg.

Die Flucht aus dem Palast glückte ihm leichter, als er erwartet hatte. Die Wachen vor seiner Tür waren ebenso verlegt worden wie jene auf dem ausladenden Balkon am Ende des folgenden Ganges, der in den Palastgarten führte. Von dort aus war es nur noch ein Zirjaksprung bis zum Orchideengarten mit der Palastmauer, die zu überwinden einem geübten Kletterer wie Nukulahi ein leichtes war.

In der Stadt, auf dem Weg zum Hafen, ging ihm wieder der Vorfall mit dem Federschnabel durch den Kopf. Sollte Tuilaepe die Schönheit des Vogels wirklich nicht zu würdigen wissen? Dieser Gedanke ärgerte ihn. Dabei wußte er selbst, daß jeden im Reich der Tausend Inseln die Angst plagte, Coleopa werde eines Tages erneut durch einen Angriff vom Rande der Welt bedroht werden. Aber waren die Federschnäbel nicht ebenso wie die heiligen Wale Schöpfungen des großen Fischers? Wie konnten sie dann Unglücksboten sein?

Nukulahi gingen wieder die Geschichten durch den Kopf, die man sich von den Invasoren erzählte. Als sie vor vier Generationen mit ihren Riesenkatamaranen über das Meer kamen, hielt man sie zunächst für das vorauseilende Gefolge des Gottessohns, dessen Rückkehr die Legenden von jeher ankündigten. Die Fremden erklärten, Eomes regiere als *Herr der tausendzweihundertdreiundzwanzig Kammern* die Geschicke der Welt – was auch immer das zu bedeuten hatte. Heute war man der Ansicht, die Invasoren hätten gelogen. Doch damals erfüllte die Botschaft die Herzen der Coleopäer mit Hoffnung und verleitete sie zur Unvorsichtigkeit. Nur wenige Mitglieder der Hohen Familien wagten, offen am Wahrheitsgehalt dieser Geschichte zu zweifeln. Ihr Hinweis, keiner der Fremden beherrsche die heilige Himmelssprache, die der Gottessohn einst König und Solaren zum Geschenk gemacht habe, vermochte nur wenige zu überzeugen. Erst als die Schmaläugigen sogar die Mitglieder der Hohen Familien wie einfache Untergebene behandelten, gestanden sich auch die Gutgläubigsten ein, daß die Fremden Feinde waren – Feinde, die es allein auf die Reichtümer in Eomes' göttlichem Inselgarten abgesehen hatten.

Immer zahlreicher kamen sie mit ihren Schiffen über das Meer gefahren, entehrten die Frauen des Archipels, ließen die Männer grausame Frondienste leisten und raubten mit falschen Versprechungen und Waffengewalt sämtliche Schätze, derer sie habhaft werden konnten. Ihre Krieger durchkämmten Insel für Insel und drangen immer tiefer in das Reich ein.

Als die Schmaläugigen aber das erste Mal von dem Nooga'-Ka'ata hörten, forderten sie mit Waffengewalt, zu dieser allerheiligsten Stätte im Reich der Tausend Inseln geführt zu werden. Dann trieben sie Deiche in den heiligen Nooga'Ka'ata und begannen, das Wasser abzugraben.

Dies war der Zeitpunkt, an dem der damalige König Coleopas, Nukulahis Ururgroßvater, zum Widerstand gegen die Gelbhäutigen aufrief, die man so lange hatte im Archipel gewähren lassen.

Es entbrannte ein zehn Jahre andauernder Krieg, wie ihn das Inselreich zuvor nicht erlebt hatte. Tausende Coleopäer kamen durch die Strafaktionen der Fremden ums Leben, doch man begann von den Schmaläugigen zu lernen. Wo die Coleopäer an Kampfkraft unterlegen waren, hielten sie mit Mut und List dagegen. Dennoch, wäre es dem König und den freien Solaren nicht gelungen, nach den überlieferten Weissagungen des Gottessohnes das gefürchtete Eomesfeuer zu brauen, so hätten sie den Krieg gewiß verloren. Das Eomesfeuer war ein schreckliches Brandöl, das aus den Schätzen der Vulkane und der Erde hergestellt wurde; einmal entfacht, war es selbst mit Wasser nicht zu löschen. Erst als die haushohen Schiffe der Feinde eines nach dem anderen in Flammen aufgingen, gelang es den Vorfahren, die Schmaläugigen aus Coleopa zu vertreiben.

Die Herstellung des Eomesfeuers war bis heute selbst den Solaren verboten. Wer gegen dies Gesetz verstieß, mußte befürchten, bei lebendigem Leibe gehäutet zu werden. Doch selbst sein Vater vermochte nicht zu sagen, wie viele der Hohen Familien noch heimlich die heilige Rezeptur hüteten.

Seit jenen Tagen war nichts mehr wie zuvor. Ganz Coleopa einte die Angst, einst würden erneut Fremde von jenseits des Horizonts das Inselreich heimsuchen.

Als neuer Herrscher hatte Nukulahi auf diese Ängste Rücksicht zu nehmen. Vielleicht hatte Tongaro ja doch recht, und er ging zu leichtfertig mit alledem um? Immerhin war da auch noch die Sache mit dem neuen Stern. Vielleicht war der Himmelswanderer kein Glücksbringer, sondern eine Warnung? Hieß es nicht, daß am Rande der Welt mehr Feinde lebten, als es Käfer auf den Tausend Inseln gab? Und hieß es nicht auch, ihre Inseln seien so groß, daß man ein ganzes Leben lang in eine Richtung gehen könne, ohne auch nur einmal das Weltenmeer zu sehen?

Zumindest letzteres hielt Nukulahi für übertrieben. Er konnte sich keine Insel vorstellen, die so gewaltig war, daß man von ihren höchsten Bergen aus nicht zumindest am Horizont das Meer erkennen konnte.

Wie unglaublich fremd und erschreckend mußte dieser Rand der Welt sein! Und doch … wie gern würde er ihn einmal in seinem Leben mit eigenen Augen sehen.

Begegnung am Nooga'Ka'ata

Königsinsel Nuku'atepe, eine halbe Stunde später

Der alte Königspalast aus weißen Korallenblöcken hob sich selbst bei Nacht wie eine strahlende Perle der Ruhe von dem finsteren Gestein des Tarupiberges ab. Ihm zu Füßen erstreckte sich die Königsstadt mit ihren hohen Eomes-Schreinen, den Pfahlbauten, Häusern und Hütten bis hin zum Meer. Da Stein, insbesondere aber die weißen Korallenblöcke auf Coleopa als Baumaterial allein den Hohen Familien vorbehalten waren, hatten die Einwohner Colepa'Tarus eine Vorliebe für luftige Häuser aus Kinokholz entwickelt. Die Dächer der Pfahlhütten waren den Flügeldecken von Käfern nachempfunden, und wie die Solare versuchten sich auch die reicheren Bürger mit üppigen Ornamenten an den Außenfassaden ihrer Häuser gegenseitig zu überbieten. Die Colepa'Taris waren stolz auf den Palast, gemahnte sein Anblick doch einen jeden an die Zeit seiner Erbauung – eine Zeit, als die Erinnerung an den Gottessohn Eomes noch jung war.

Doch der Eindruck der Ruhe täuschte. Unter den geschwungenen Schilfrohrdächern des Palasts brummte es vor Betriebsamkeit wie in einem Morabau.

Niemand wußte das besser als Nukulahi, der nun einen letzten Blick zurückwarf. Inzwischen lag der Palast ein ganzes Stück hinter ihm. Eingehüllt in das Körpertuch, war es ihm ein leichtes, sich unerkannt durch das Gewirr aus Pfahlhäusern und Pavillons zum Strand durchzuschlagen. Es war bereits eine Weile her, daß er die Königsstadt das letztemal betreten hatte. Im wesentlichen kannte er seine Heimatstadt nur von festlichen Anlässen her und von jenen Gelegenheiten, da er sie in Begleitung Tongaros oder seines Lehrmeisters, des Obersten Richters Buralofa, aufgesucht hatte. Der Prinz wunderte sich darüber, daß er den alten Richter schon seit Tagen nicht mehr zu Gesicht bekommen hatte. Wahrscheinlich war Buralofa von seinem Vater ausgeschickt worden, um einen Gesetzesverstoß zu ahnden. Denn wenn ein Mann dem Gesetz zügig Geltung verschaffen konnte, dann war es der Oberste Richter selbst. Das war ebenso unzweifelhaft wie der Umstand, daß sich die schmackhaften Moralarven eines Tages zu gefräßigen Schwarmkäfern entwickelten, die die Kokosernte ganzer Inseln zunichte machen konnten. Wie auch immer, der Prinz hoffte sehr, der Richter werde bis zum morgigen Tag wieder zurück auf der Königsinsel sein.

Trotz seiner Aufregung nahm sich Nukulahi die Zeit, um auf seinem Weg heimliche Blicke durch die Fenster der Häuser zu werfen. Warmes, flackerndes Licht drang durch die hölzernen Fenstergitter und überzog die Wege zwischen den Gebäuden mit einem wabenförmigen Muster aus Licht und Schatten. Wie es wohl war, so nah beim Königspalast zu leben und als ganz gewöhnlicher Colepa'Tari sein Tagwerk zu vollbringen – unbeaufsichtigt, ja erlöst von Dienern, Wachen und gesellschaftlichen Zwängen? Sicher aber nicht frei von Nöten. Nukulahi lauschte still in die Nacht und erfreute sich am Lachen und dem Geschrei kleiner Kinder. Hoch über ihm stand der Mond, und der Duft von Holzrauch und feuchten Grasmatten erfüllte die Luft.

Schmerzhaft wurde ihm bewußt, wie unfrei er als König sein würde, und er beschleunigte seine Schritte.

Kurz darauf stieß er auf eine Gruppe junger Fischer, die nahe eines Kopraspeichers gemütlich und gut gelaunt um ein Lagerfeuer saßen und ihn kameradschaftlich zum Käferkampf einluden. Alle Coleopäer liebten es, die handgroßen Pawis, die so merkwürdige Knurrlaute ausstießen, gegeneinander antreten zu lassen und darauf zu wetten, welcher der Käfer als erster auf dem Rücken läge. Nukulahi erklärte ihnen, im Auftrag des Palasts unterwegs zu sein, und so drückten sie ihm ohne Umschweife eine Schale Kokoswein in die Hand und stießen mit ihm zusammen auf das künftige Königspaar an. In diesem Augenblick verstand Nukulahi seinen Vater, der dem einfachen Volk oft mehr Wertschätzung entgegenbrachte als den Mitgliedern Hoher Familien.

Höflich teilte er ein paar Schlucke mit den Fischern, dann entschuldigte er sich und eilte voller Sorge, zu spät zu kommen, seinem Ziel entgegen.

Tongaro wartete wie abgesprochen im Schatten eines großen Pfahlbaus auf ihn, in dessen Umgebung es durchdringend nach Fisch stank. Im Gegensatz zu ihm hatte sein Freund es nicht für nötig gehalten, seinen hohen gesellschaftlichen Rang zu verbergen. Er trug sein golden schimmerndes Rüstzeug und hatte sich einen purpurnen Umhang übergeworfen. Tongaros Blick war fest auf den neuen Stern am Himmelszelt über dem Meer gerichtet, dessen Strahlen allein von dem hellen Leuchten des Vollmondes übertroffen wurde. Immer wieder flammten Sternschnuppen am Himmelszelt auf und zogen von Ost nach West ihre Bahn. All das erschien Nukulahi so unwirklich, als nähme dort oben am nächtlichen Firmament ein glitzernder Fischschwarm Reißaus vor einem großen Jäger. Tatsächlich! Wirkte der neue Stern mit seinem Schweif nicht fast wie … ein Wal?

»Es heißt, eine geheime Sehnsucht gehe in Erfüllung, wenn man eine Sternschnuppe sieht.« Tongaros Mienenspiel wirkte fremd und abwesend, während er zum Nachthimmel aufschaute. »Ja, man könnte meinen, es sei Eomes' Wille, daß nun alle verborgenen Sehnsüchte in Erfüllung gehen.«

Nukulahi, dessen einfaches Dienergewand von einer warmen Meeresbrise angehoben wurde, bewunderte das himmlische Schauspiel ebenso fasziniert wie sein Freund. Seltsam, so märchenhaft schön der Anblick über ihm auch war, etwas daran gemahnte ihn zur Wachsamkeit und zur Vorsicht. Nukulahi kannte dieses Gefühl aus seiner Kindheit. Es war wie damals, als er unter einer Palme des Palastgartens gespielt und sich plötzlich eine überreife Kokosnuß gelöst hatte, die ihn beinahe erschlagen hätte – wäre er nicht in letzter Sekunde zur Seite gesprungen.

Der Prinz löste sich vom Anblick des Sternenhimmels und wischte einen vorwitzigen Käfer beiseite, der sich brummend auf seinem Oberschenkel niedergelassen hatte. »Kannst du dir eine solche Welt wirklich vorstellen? Ich meine – eine Welt, in der alle verborgenen Wünsche und Sehnsüchte in Erfüllung gehen? Eine solche Welt wäre doch ein Alptraum.«

Tongaro sah Nukulahi fragend an. »Wieso ein Alptraum?«

»Na ja, hast du dir schon einmal überlegt, wovon andere insgeheim träumen? Ehrlich gesagt bin ich ganz froh, daß mir das verborgen bleibt. Manches davon wollte ich sicher lieber nicht wissen.«

»Ein ungewöhnlicher Gedanke. Letztlich würde es wohl doch wieder darauf hinauslaufen, daß es Gewinner und Verlierer gibt. Man müßte sich eben wünschen, auf der Gewinnerseite zu stehen.«

Nukulahi lachte. »Was mich betrifft, habe ich sowieso nur einen Wunsch. Ich will jetzt endlich deine Schwester sehen.«

Tongaro nickte ihm schweigend zu und führte ihn zu einem der Katamarane am Strand. Gemeinsam schoben sie das schwere Boot ins Wasser und setzten Segel. Die nächtliche Fahrt an der Küste Nuku'atepes verbrachten die beiden Freunde schweigend. Es war fast Mitternacht, als sich in der Ferne eine weite Bucht abzeichnete, deren Wasser im fahlen Schein des Mondes schimmerte. Zur Inselmitte hin erhoben sich steile Felsen, die die Bucht in einem Halbrund einrahmten. Diese waren ihr Ziel. Dort oben würde er seine Braut treffen.

Tongaro steuerte in respektvollem Abstand zu der heiligen

Stätte das Ufer an. Nachdem die beiden Freunde den Segler mit einer Kokosleine an einer schräg aus dem Sandstrand ragenden Palme vertäut hatten, warf Nukulahi endlich sein Dienergewand ab und setzte sich den Goldreif mit dem *Linken Auge des Eomes* auf. Er zitterte vor Aufregung.

Tongaro öffnete derweil eine Kiste neben dem Mast und kramte eine Laterne hervor, die er zweimal heftig schüttelte. Hinter dem feinen Holzgeflecht stoben zahlreiche Leuchtkäfer auf, und die nahe Umgebung wurde von ihrem grünlichen Schein ausgeleuchtet. Ganz wie die Tradition es verlangte, würde sich das Brautpaar im Schein zweier Laternen kennenlernen.

Nukulahi mußte an sich halten, um den schmalen Weg hoch zum Klippmassiv nicht zu rennen, sondern sich ihm gemessenen Schrittes zu nähern. Wie lange hatte er auf diesen Augenblick gewartet! So kurz vor dem Ziel seiner Wünsche kam ihm in den Sinn, daß Tongaro seiner Schwester allzu sehr geschmeichelt haben könnte. Was, wenn Tuilaepe in Wahrheit häßlich wie ein Beulenkäfer war?

Doch als er den Scheitelpunkt der großen Felswand erreichte, der die heilige Bucht im Süden überragte, war zunächst jeder Gedanke an die Prinzessin vergessen.

Direkt vor und unter ihm erstreckte sich der heilige Nooga'-Ka'ata in seiner ganzen majestätischen Pracht. Die Bucht maß viele tausend Schritt im Durchmesser und wirkte von hier oben aus wie ein riesiger, geheimnisvoller See. Nur an einer Stelle befand sich ein Durchbruch zum offenen Meer. Erst jetzt, da er mit Tongaro auf den Klippen stand, trug der Wind den leisen, getragenen Gesang sterbender Wale an ihre Ohren. Und nicht nur das. Ein unangenehmer süßlicher Geruch, den auch der Seewind nicht vertreiben konnte, schwängerte die Luft. Der Mond, der neue Stern und unzählige andere Lichtpunkte am Nachthimmel über ihnen tauchten die heilige Stätte in geheimnisvolles Silberlicht. Am Rand der Bucht, dort, wo sich der Untergrund sanft dem Küstenniveau annäherte, ragten bleiche Knochen schritthoch aus dem Wasser. Nukulahi konnte Hunderte, nein Tausende von ihnen ausmachen. Die Bucht strahlte eine geradezu verzweifelte Schönheit aus. Gleichzeitig wirkte sie auf Nukulahi wie der Schlund eines gewaltigen Hais – in der Mitte alles verschlingende Schwärze, am Rand Kränze aus riesigen weißen Reißzähnen …

Hin und wieder waren schwache Bewegungen im Wasser zu erahnen, und der langgezogene Sterbegesang der Krieger des großen Fischers ward zu einer klagenden Melodie, die Nukulahis Herz mit Melancholie erfüllte.

»Ich hatte völlig vergessen, wie wundersam dieser Ort ist«, flüsterte der Prinz ergriffen. Ein flüchtiger Seitenblick zu Tongaro zeigte ihm, daß auch er den heiligen Walfriedhof mit einer Mischung aus Respekt und Demut betrachtete. Nukulahi hatte den Nooga'Ka'ata erst ein einziges Mal in seinem Leben gesehen, damals, bei seiner Mannbarkeitsfeier. Doch das war bei Tageslicht gewesen, und der gesamte Grund der Bucht hatte im Licht der Sonne kupfern geschimmert.

Sein Vater behauptete, der Nooga'Ka'ata sei eine Wunde in der Schöpfung selbst und verweise auf den alten Mythos, nach dem der göttliche Fischer hier, an dieser Stelle, einst von seiner Himmelsbarke aus im Ozean gefischt habe – jenem Schiff, das er später Eomes geschenkt habe. Mit einemmal, so lautete die Geschichte, habe er ein ungewöhnliches Gewicht in seinem Netz verspürt. Da er geglaubt habe, ein besonders großer Fisch sei ihm ins Netz gegangen, habe er mit aller Kraft die vermeintlich fette Beute aus dem Wasser gezogen. Er habe gezogen und gezogen. In Wirklichkeit aber habe sich sein Netz an einem Felsen am Meeresboden verfangen. Der große Fischer habe sehr gestaunt, als aus dem Wasser riesige Felsen aufgetaucht seien, immer mehr und immer größere. Der Grund des Meeres sei schnell emporgestiegen, und es hätte sich vielleicht eine einzige, gewaltige Insel gebildet, wenn nicht in diesem Augenblick das Netz gerissen wäre. Was bereits an die Wasseroberfläche getreten sei, habe fortan Coleopa gebildet, das Reich der Tausend Inseln. Als der Göttersohn Eomes erkannt habe, was sein Vater vom Meeresgrund emporgezogen hatte, habe er beschlossen, das Inselreich mit Leben und Wundern zu füllen und es ihm zum Geschenk zu machen.

Nukulahis Lehrmeister Buralofa glaubte, daß der rote Untergrund des Nooga'Ka'ata vom Blut der Wale herrühre, die sich hier zum Sterben einfanden. In Wahrheit aber wußte niemand mit Sicherheit zu sagen, wie es zu der Verfärbung kam.

Nukulahis Blick wanderte zum zweiten Wunder dieses Ortes. Inmitten der Bucht erhob sich, schwarz und finster und wie ein mahnender Zeigefinger, der heilige Nuku'a Maui – der *Fels der vier Gesichter.* An diesem mächtigen Dorn hatte sich, so hieß es, seinerzeit das Netz des Gottessohnes verfangen. Lotrecht ragte er etwa fünfzehn Schritt aus dem Wasser des Nooga'Ka'ata, und seine Form war überaus ungewöhnlich. Aus der Ferne wirkte er wie ein aufrecht stehender Holzbalken oder – besser noch – wie ein riesiger Nagel aus schwarzem Basalt, der am oberen Ende von einer durchbohrten, meisterhaft geformten Gesteinskugel abgeschlossen wurde. Die Kantenlängen des Nuku'a Maui mochten vier Schritt messen, und es hieß, daß jede der vier Seiten unterhalb der Wasseroberfläche ein Gesicht trug. Bei Ebbe konnte man angeblich die Stirnansätze der Gesichter erkennen.

»Da ist sie!« Die Stimme des Freundes holte Nukulahi auf der Stelle in die Wirklichkeit zurück, und sein Blick folgte dem ausgestreckten Zeigefinger Tongaros. Tatsächlich, von der anderen Seite des Klippmassivs her kamen ihm drei Gestalten entgegen, die sich dem geheimen Treffpunkt aus südlicher Richtung angenähert hatten. Wer die beiden Begleiter Tuilaepes waren, wußte Nukulahi nicht zu sagen. Aufgrund ihres Ganges vermutete der Prinz, daß es sich bei ihnen um Frauen handelte – wahrscheinlich zwei treue Dienerinnen aus dem Gefolge der Prinzessin und darüber hinaus erfahren im Umgang mit Katamaranen. Auf Lavaka'motu war die Perlenfischerei Frauensache, und ohne Katamaran hätte Tuilaepe die Entfernung zwischen dem Fischerdorf Noa'tari und dem Walfriedhof niemals in der ihr zur Verfügung stehenden Zeit überwinden können. Nukulahi atmete noch einmal tief durch. Nun war er also da, der große Augenblick.

Seine Füße wollten zu ihr, sein Atem stockte, sein Herz raste.

Doch Nukulahi rührte sich nicht. Hilfesuchend blickte er

seinen Freund an. Der reagierte ungnädig. »Worauf wartest du? Jetzt geh schon!«

Entschlossen drückte Tongaro ihm die Laterne mit den Leuchtkäfern in die Hand und versetzte ihm einen leichten Stoß. Nukulahi seufzte, tat den ersten Schritt und spürte, wie die Angst der Freude wich. Mit fliegendem Herzen näherte er sich Tuilaepe und ihren Begleiterinnen, die noch immer nur als Schemen zu erkennen waren. Auch die Prinzessin nahm eine grünlich leuchtende Laterne zur Hand und kam ihm entgegen. Wie Leuchtkäfer bei ihrem Hochzeitstanz näherten sich die beiden unsteten Lichter und mit ihnen Braut und Bräutigam.

Der erste Eindruck, den Nukulahi von seiner Braut erhielt, war der betörende Geruch, der von ihr ausging. Sie hatte Duftöle aufgetragen, die auf Nuku'atepe fremd waren. Es war ein Hauch von Vanille, Mango und etwas Unbekanntem, der sie umschmeichelte und der den unangenehmen Geruch verdrängte, der vom Nooga'Ka'ata zu ihnen heraufwehte. Ihre Gestalt war schlank. Sie hatte ein prachtvoll besticktes Copbuh-Kostüm angelegt, das bei Sonnenlicht sicher ein Fest der Farben war. Überdeutlich wurde ihm bewußt, wie sehr das Gewand ihre Weiblichkeit unterstrich. Tuilaepe trug ein perlenbesticktes Blütenkorsett, und ihr langes schwarzes Haar war zu einer turmartigen Frisur hochgesteckt, in der an Perlenbändern zahlreiche Edelsteine funkelten. Ihre Gestalt überwältigte ihn. Doch leider war ihr Gesicht noch immer von einem luftigen Schleier verhüllt, wie ihn die Frauen aus der Rinde des Puri-Puri-Baums woben. Der Prinz nestelte unbeholfen an seinem Stirnreif mit dem *Linken Auge des Eomes,* und das Gefühl, etwas von Gewicht sagen zu müssen, machte ihm das Sprechen noch schwerer.

»Ich ...«, begann er und verstummte umgehend wieder. Nein, bitte, jetzt nur nicht stammeln. »Ich, äh, ich freue mich, dir hier«, Nukulahi räusperte sich, »hier am Nooga'Ka'ata gegenüberstehen ... äh ... zu dürfen.«

Am liebsten wäre er vor Scham im Boden versunken. Er hatte sich eigens eine Begrüßungsrede zurechtgelegt, doch jetzt, da er Tuilaepe direkt gegenüberstand, erinnerte er sich an kein einziges Wort. Bei allen Blutkäfern, bisher hatte ihn doch noch nie etwas so leicht aus der Fassung bringen können. Er galt als mutiger Perlentaucher, Buralofa hatte ihn bei den Kampfübungen als den fähigsten seiner Schüler gelobt, und eine steile Felswand bezwang er ebenso unerschrocken wie ein Klippkäfer. Und jetzt das!

Nukulahi nahm eine leichte Bewegung unter dem Schleier wahr, und in seiner Magengegend bildete sich ein unangenehmer Kloß. Tuilaepe lachte.

»Ich freue mich auch, dich zu sehen.« Völlig unvermittelt traf ihn ihre melodische Stimme. »Ich bin froh, daß du nicht allzu sehr meinem Bruder ähnelst. Viel hat er mir nämlich nicht über dich verraten.«

Nukulahi war sprachlos und mußte sich zwingen, sich nicht zu Tongaro umzusehen. Er hatte seinem Freund doch eigens aufgetragen, Tuilaepe möglichst viel über ihn zu erzählen. Nur das Beste natürlich.

»Besonders gefreut habe ich mich über den Federschnabel. Da wußte ich, daß du nicht alle seine Ansichten teilst.«

»Er hat dir ... gefallen? Wirklich?« Nukulahi lächelte glücklich. »Ich ... ich habe ihn eigens für dich gefangen, um, na ja ...« Nukulahi begriff, daß ihm Tuilaepe helfen wollte, seine Verlegenheit zu überwinden. Und mit einemmal sprudelten die Worte nur so aus ihm hervor.

»Dein Bruder hat mir in all den Jahren jedenfalls sehr viel über dich erzählt. Ich habe gehört, daß du eine Meisterin des Copbuh-Tanzes bist. Ich kann dir gar nicht sagen, wie sehr ich mich darauf freue, dir dabei zusehen zu dürfen.« Nukulahis Gesicht überzog sich mit Röte, und er war froh, daß die Dunkelheit seine Verlegenheit verbarg.

»Dazu wirst du während der Hochzeitsfeier sicher Gelegenheit haben. Und du? Man sagt, das Sangestalent deines Vaters sei auf dich übergegangen. Mir wurde prophezeit, einst werde ein großartiger Sänger meine Liebe für sich gewinnen.«

Nukulahi erinnerte sich plötzlich wieder daran, was die Tradition dieser Nacht von ihm verlangte und wie die rituellen Worte lauteten, die ihn sein Vater gelehrt hatte.

»Kostbarste Perle im Inselreich«, schon wieder hatte er diesen Kloß im Hals, »darf ich hoffen, mit meinem Gesang den Wind für uns zu zähmen, die Wellen zu bändigen und beide zu bitten, uns zu helfen, unser beider Herzen zu vereinen?«

Tuilaepe antwortete ihm, ohne zu zögern.

»Stolzester Sänger im Inselreich, zähme den Wind, bändige die Wellen und bitte sie, unsere Herzen zu vereinen. Denn dann werde ich dein sein.«

Offenbar hatte seine Mutter Hai'pale der Prinzessin die rituelle Antwort in den Mund gelegt. Woher hätte sie den genauen Wortlaut sonst wissen sollen? Er mußte schmunzeln. »Wirst du dann den Schleier heben, so daß ich dein Antlitz sehen kann?« Diese Worte entsprachen nun wirklich nicht dem Ritus.

Wieder dieses leise Lachen. »Erst will ich deinen Gesang hören.«

Nukulahi biß sich auf die Lippe, sonst hätte er ebenfalls anfangen müssen zu lachen. Woher nahm Tuilaepe bloß ihre Selbstsicherheit? Jetzt neckte sie ihn bereits. »Gut, dein Wunsch ist mir Befehl.«

Der Prinz atmete tief ein, dann begann er zu singen. Wie schon am Nachmittag trug sein Lied ihn mit sich fort, ließ die Furcht vergehen und einte alles, was er fühlte. Er besang die Schönheit der Welt, den Glanz der Schöpfung, den nur jene zu sehen vermochten, die Harmonie auch in sich selbst fanden. Sein Gesang wurde vom warmen Seewind weit über den Nooga'-Ka'ata getragen. In diesem Augenblick war ihm, als würde dort unten in der Bucht das Lied der sterbenden Wale lauter, so als wetteiferten sie mit ihm um Tuilaepes Gunst. Verunsichert ließ der Prinz seinen Blick zum Wasser schweifen und begann noch lauter zu singen. Als er wieder zu Tuilaepe sah, bemerkte er, wie diese ihren Schleier hob und ihn aus zwei strahlendschönen Augen anblickte. Ihr Gesicht war vollkommen, und die Wangen leuchteten selbst im grünen Licht der beiden Käferlaternen. Ihre Lippen aber waren etwas ganz Besonderes: Sie waren voll und weich wie das süße Fruchtfleisch der Rambutanen. In ihm wuchs die Sehnsucht, sie zu küssen. Ihr Anblick war so vollkommen, daß Nukulahi meinte, sein Lied werde ihr nicht gerecht. Nicht die Schönheit der Welt, ihre eigene Schönheit hätte er besingen müssen. Um ihr Herz zu gewinnen, hätte er sich die Mühe machen müssen, ihr ein eigenes Lied zu widmen.

Vom Nooga'Ka'ata her erklang noch immer der Gesang der sterbenden Wale, und die Melodie, die der Wind an seine Ohren trug, klang spöttisch. Entsetzt bemerkte der Prinz, daß er seinen Gesang mitten im Lied beendet hatte.

»Warum hast du aufgehört?« Tuilaepe schaute ihn aus großen Augen an, und in ihrem Blick stand Besorgnis. Das erste Mal an diesem Abend ließ sie Unsicherheit erkennen. »Gefällt dir nicht, was du siehst?«

»Nein, nein, bitte denke das nicht!« Nukulahi nahm völlig verwirrt die Hand der Prinzessin, ging überwältigt auf die Knie und verstieß damit gegen den Brauch, daß sich Prinz und Prinzessin erst in der Hochzeitsnacht berühren durften. »Du bist das Schönste, was ich je in meinem Leben gesehen habe. Ich ... mir ist nur eben bewußt geworden, daß dir mein Lied nicht gerecht wird. Ich will ... ich möchte, daß du erkennst, wie ernst es mir um dich ist. Ich will nicht irgendein Lied für dich singen. Du solltest spüren, wie sehr mein Herz für dich schlägt.«

Nukulahi fühlte sich wie zerschmettert und befürchtete einen bangen Atemzug lang, Tuilaepe werde sich von ihm abwenden. Doch sie blickte ihn gerührt an und schloß nach einer Weile ihrerseits die warmen Finger um seine Hand.

»Du bist ein seltsamer Mann, Nukulahi«, flüsterte sie lächelnd. »Ehrlich und geradeheraus. Noch nie ist mir jemand wie du begegnet. Die Tür zu meinem Herzen hast du schon einen Spalt geöffnet.«

Nukulahi erhob sich erleichtert und blickte seine Braut offen an. »Eines Tages werden wir beide noch einmal an diesen Ort zurückkehren. Und dann sollst du erfahren, wie es ist, wenn wahre Liebe aus einem Lied spricht.«

Die Prinzessin neigte den Kopf. »Ich werde mich an deine Worte erinnern.«

Nukulahi stimmte ein neues Lied an. Leise und feierlich, die

Weise von der Walbraut. Jene Stelle, in der sie und ihr Gemahl sich das feierliche Gelöbnis gaben, füreinander da zu sein und sich bis an ihr Lebensende die Treue zu halten. Sanft verklang die Melodie, und Prinz und Prinzessin blickten sich tief in die Augen. Nukulahi wußte, daß dies ein feierliches Versprechen war. Dann löste Tuilaepe zögernd ihre Hand aus der seinen und nahm ihren Schleier ab. Mit feierlichem Ernst reichte sie ihn Nukulahi. »Dieses Pfand soll dich stets an dein Versprechen erinnern …«

Entschlossen nahm sie ihre Laterne wieder auf und wandte sich dann mit einem Augenzwinkern ab. »Sieh zu, daß du morgen nicht zu müde bist, mein schöner Gemahl …«

Nukulahi schüttelte ungläubig sein Haupt, während er den Schleier in seiner Hand betrachtete. Schon jetzt vermochte er es kaum zu erwarten, Tuilaepe wiederzusehen. Dann eilte auch er zurück zu Tongaro und konnte, als dieser ihn fröhlich auf die Schulter klopfte, sein breites Grinsen nicht verbergen.

»Und? Ist alles gutgegangen?«

Nukulahi warf die Laterne übermütig in die Luft und fing sie mit einer Hand wieder auf. In ihrem Innern brummte es wütend.

»Nein, kann man nicht gerade sagen. Es ist eigentlich so ziemlich alles schiefgelaufen, was schieflaufen konnte.« Der Prinz lachte. »Ach, glaube mir, Tongaro, heiraten ist einfach schön. Du solltest das gelegentlich auch mal in Erwägung ziehen.«

»Das werde ich, mein Freund. Das werde ich. Und ich werde bei der Wahl meiner Braut bestimmt nicht weniger Ansprüche stellen als du.«

Nukulahi achtete kaum auf die Worte Tongaros. Seine Gedanken weilten bereits bei der Hochzeit und den Stunden der Nacht. Alle Zweifel, die ihn seit dem Nachmittag gequält hatten, waren verflogen. Sein Geschenk hatte ihr gefallen! Sie hatte ihn nicht zurückgewiesen! Nukulahi war sich sicher, daß das Glück auf seinem Gesicht in dieser Nacht selbst den Glanz der Sterne überstrahlte.

Der nächste Tag brach an, und auf der coleopäischen Königsinsel Nuku'atepe begannen nach altem Zeremoniell die Hochzeitsfeierlichkeiten – ein prunkvolles Fest, das am Abend mit einem großen Gelage seinen Höhepunkt finden sollte. Der alte König Halapua und seine Gemahlin Ha'ipale holten ihren Sohn Nukulahi aus seinen Gemächern ab, um ihn durch den Palast und dann durch die Stadt zu begleiten. Der junge Mann wirkte ausgelassen, obwohl er, so viel darf angenommen werden, in dieser Nacht kaum Schlaf gefunden haben mochte.

Der Vormittag verging mit endlosen Aufwartungen der eingetroffenen Gäste aus den Hohen Familien. Am Mittag lud König Halapua, der dafür bekannt war, daß er die Freuden der Festtafel über alles schätzte, zu einem ersten großen Essen, das trotz aller Üppigkeit nichts im Vergleich zu dem sein sollte, was am Abend auf die Geladenen wartete. Musiker von allen Inseln verstanden es, die Hochzeitsgesellschaft zu unterhalten, bis die Blütenjungfern eintrafen.

Dreißig der hübschesten Mädchen Nuku'atepes schritten, einen wahren Teppich bunter Blüten auf dem Weg vor ihnen ausstreuend, voran, während Nukulahi in einer prunkvoll verzierten Sänfte aus Kinokholz durch Colepa'Taru getragen wurde. Zwanzig Mann der Palastgarde begleiteten ihn in ihren blinkenden Rüstungen und entlockten ihren Buruganis feierliche Töne. Dann folgten der König und die Königin, die Solare und ihre Familienangehörigen sowie zahlreiche hochgestellte Palastdiener. Allein am Umzug beteiligten sich achthundert festlich geschmückte Insulaner, und Tausende waren von nah und fern herbeigeeilt, um Zeugen der Festlichkeit zu werden. Die Hochzeitsgesellschaft kam nur langsam voran, da natürlich jeder Colepa'Tari dem Bräutigam seine Segenswünsche mit auf den Weg geben wollte. Doch der Prinz achtete kaum darauf. Er fieberte der Ankunft des prächtigen Zuges am Hafen entgegen. Am späten Nachmittag endlich war es dann so weit.

Dort war nun auch Tuilaepe auf einer Flotte festlich geschmückter Katamarane eingetroffen. Nukulahi wollte die Prinzessin nach altem Ritus persönlich willkommen heißen, um sie anschließend auf ihren künftigen gemeinsamen Wohnsitz zu führen. Als der Prinz samt Gefolge am Strand eintraf, erwarteten ihn dort bereits Berge von Hochzeitsgeschenken, die emsige Diener in den kommenden Stunden zum Palast tragen würden. Doch keines der Geschenke kam in den Augen Nukulahis der Schönheit seiner Braut gleich, die ihn mit der gleichen Aufregung erwartete wie er sie.

Noch zur Mittagsstunde sahen die meisten der Anwesenden voller Freude den Feierlichkeiten zur Vermählung und Krönung entgegen. Niemand konnte ahnen, daß es drei völlig andere Ereignisse sein sollten, die diesen und den folgenden Tag auf immer unvergeßlich machen würden.«

SCHWESTER DOLORES,
CHRONIK EINER VERLORENEN ZEIT,
BD. 11, NIEDERGELEGT ZU CANTAMO IM 540. JAHR DER ABWESENHEIT GOTTES

Fremde Gestade

Küste von Nuku'atepe, später Nachmittag des 16. Tages des Hitzemondes, im 458. Jahr der Abwesenheit Gottes

Mit leisem Kratzen fuhr der Federkiel über die Seiten des Logbuchs der *Stern von Andhakleia*, das aufgeschlagen vor Surjadora auf dem Klapptisch ihrer Kajüte lag. Als sie mit ihrer Eintragung fertig war, überflog sie die Zeilen noch einmal, streute dann ein wenig Löschsand über die Schrift, blies ihn fort und schloß das Buch. Unruhig wanderte ihr Blick zu dem kleinen Fenster. Verschwommen sah sie durch die Bleiglasscheiben die backbord liegende Küstenlinie einer riesigen Insel mit weitem Sandstrand und dichtem Dschungel, in deren Mitte sich ein gewaltiger Bergzug erhob. Bereits seit der Mittagszeit kreuzten sie in etwa einer halben Seemeile Entfernung vor der großen Insel.

Die idyllische Welt, die sie kurz vor Sonnenuntergang des gestrigen Tages am Horizont hatten auftauchen sehen, war in ihrer Schönheit unbeschreiblich. Schon eine halbe Stunde nach Entdeckung des seltsamen Käfers, dessen Reste jetzt wohlverwahrt in einer kleinen Glasflasche in der Seekiste der Kapitänin ruhten, hatte der Ausguck »Land in Sicht!« gemeldet. Und bis zum Abend hatten die beiden Karavellen die ersten der Inseln passiert, auf denen allerlei fremdartige Dschungelgewächse in üppiger Farbenpracht gediehen.

Die größeren der Inseln schienen hauptsächlich aus schwarzem Basalt zu bestehen, und auf manchen von ihnen waren die Kegel kleinerer Vulkane auszumachen, die ehrfurchtgebietend in den Himmel ragten.

Am erstaunlichsten aber war die Tierwelt des Inselreichs. Sie bestand vor allem aus Käfern – und nirgendwo sah man Vögel!

Wären nicht die zwei Meeresschildkröten gewesen, die sie einige Stunden zuvor erblickt hatten, so hätte man beinahe den Eindruck gewinnen können, daß im gesamten Archipel nur Insekten lebten. Zuweilen waren ganze Schwärme von schwarzen Punkten am Himmel über den Inseln auszumachen, und die

Mannschaft hatte bereits eine Sammlung von elf verschiedenen Käfern angelegt, die sich bislang zu der *Stern von Andhakleia* verirrt hatten. Der größte und schwerfälligste von ihnen hatte die Ausmaße eines halben Unterarms. Der panische Zimmermann Tarjixes hatte das brummende Ungetüm noch in der Luft mit einer Planke erschlagen. Doch diese Art schien harmlos zu sein. Anders bestellt war es mit einer ziemlich aggressiven roten Käferart, die einen Seemann vor drei Stunden in den Unterarm gebissen hatte. Er hatte das Vieh ebenfalls erschlagen, aber sein Arm war schmerzhaft angeschwollen. Noch liefen unter der Mannschaft Wetten, wie viele unterschiedliche Käfer es bis zum Abend sein würden, und die Kapitänin wollte den Männern ihren Spaß nicht nehmen. Aber diese roten Biester hatten den Beweis geliefert, daß die Inselwelt trotz des idyllischen Eindrucks, den sie auf den ersten Blick vermittelte, Gefahren aufwies, die man wegen ihrer Fremdartigkeit nicht unterschätzen durfte.

Surjadora hatte während der Nacht nicht etwa Anker werfen lassen, sondern das helle Licht des Mondes dazu genutzt, noch tiefer in den geheimnisvollen Archipel vorzudringen.

»Kein Grund!« Beständig konnte man den monotonen, in der Kajüte gedämpft klingenden Singsang des Lotgasts in den Rüsten hören, der unablässig die Tiefe des Fahrtwassers überprüfte. Das neu entdeckte Inselreich war unbekanntes Seegebiet, und überall konnten Sandbänke und Schlimmeres lauern. Die Kapitänin wollte keinesfalls das Risiko eingehen, daß der Kiel des Schiffes plötzlich auf Grund lief oder der Schiffsbauch von Felsen aufgerissen wurde, die unter der Wasserlinie lagen.

Die aufregendste Entdeckung hatten sie am frühen Vormittag gemacht. Nahe einer Insel waren sie auf einen merkwürdigen Segler gestoßen, der aussah wie ein Floß, das auf zwei schlanke Schiffsrümpfe gesetzt worden war. Auf ihm hatten sich zwei Eingeborene befunden, die schreiend Reißaus vor ihnen genommen hatten. Dieses Segelfloß, wie die Männer es genannt hatten, hatte sich als überraschend schnell erwiesen. Es war ihnen nicht möglich gewesen, die Verfolgung aufzunehmen. Eine Stunde später waren sie nahe einer Lagune an einem kleinen Fischerdorf vorbeigekommen, dessen Hütten auf Stelzen standen und dessen Bauweise bei näherer Betrachtung durch Surjadoras Fernrohr überaus kunstfertig wirkte. Die geschwungenen Dächer der Hütten ähnelten den Flügeldecken von Käfern, und die planvolle Anordnung der Stelzbauten wie auch die prachtvolle Ausführung der Holzarbeiten ließen erkennen, daß hier im Archipel keineswegs primitive Wilde lebten.

Doch die Dorfbewohner hatten offenbar ebenfalls die Flucht vor ihnen ergriffen, denn Strand und Dorf waren menschenleer gewesen, als sie darauf zugesteuert hatten. Surjadora hoffte auf Einheimische zu treffen, die nicht wegliefen und mit denen man Kontakt aufnehmen konnte.

Energisches Klopfen an der Kajütentür riß sie aus ihren Gedanken. Steuermann Lakshapheus trat ein. Er wirkte aufgeregt, was für einen sonst so beherrschten Mann wie ihn recht ungewöhnlich war.

»Kapitänin, das müßt Ihr Euch selbst ansehen. Es hat den Anschein, als wären wir soeben auf eine große Stadt gestoßen.«

Surjadora zögerte nicht lange, sondern folgte ihrem Schiffsoffizier an Deck. Ihr Eintreffen verursachte diesmal nicht viel Aufsehen, da die meisten der Männer an der Backbordreling standen, wo sie staunend die vor ihnen liegende Küste beobachteten.

Die beiden Karavellen hatten soeben eine langgezogene Landzunge passiert, hinter der im Licht der Nachmittagssonne das Dächermeer einer großen Stadt aufgetaucht war. Die Bauweise der Häuser ähnelte jener, die sie bereits am Vormittag erblickt hatten. Surjadora schätzte, daß dort drei- oder viertausend Menschen leben mochten.

Über der Stadt aber, am Hang eines dunklen Basaltberges, thronte eine palastartige Festung aus strahlendhellen Gesteinsblöcken, die sich stolz von der Kulisse der Pfahlbauten abhob.

Surjadora klappte ihr Fernrohr aus und blickte hindurch. In der Bucht vor der Stadt wimmelte es von den Segelflößen der Eingeborenen. Eine unübersehbare Menschenmenge war am Strand versammelt. Viele von ihnen waren in prachtvolle Gewänder gehüllt. Strand und Boote schienen festlich geschmückt, und eben noch hatte man die schwachen Klänge von Musikinstrumenten gehört, die jetzt aber, da die Karavellen vor dem Hafen der Stadt in Sicht gekommen waren, abrupt verstummten. Surjadora konnte fast körperlich fühlen, wie sich Hunderte von Augenpaaren auf die beiden Schiffe richteten. Aufregung machte sich unter den Fremden breit.

»Hat hier niemand etwas zu tun?« donnerte Surjadora mit schneidender Stimme, während sie mit einem Ruck ihren marineblauen Sari straffzog. Schuldbewußt gaben die Seeleute ihre Aussichtsplätze an der Reling auf und machten sich eilig wieder an die Arbeit.

»Scheint, daß uns diese Eingeborenen schon erwarten. Mit denen sollten wir zur Not leicht fertig werden.« Bootsmann Brahthos' Augen leuchteten, und seine Finger rieben einmal mehr aufgeregt über seinen Gottesstern.

»Ich habe es Euch schon einmal gesagt, Bootsmann: Wenn ich Eure Meinung hören will, dann frage ich Euch danach. Bis dahin verschont mich bitte mit Eurem unreifen Gerede.«

Brahthos duckte sich wie ein geprügelter Hund und ließ seinen Ärger über Surjadoras Zurechtweisung umgehend an zwei grinsenden Seeleuten aus, die noch immer an der Reling standen. Surjadora wandte sich angewidert ab.

»Bashorides!«

Der Geschützmeister war unverzüglich zur Stelle.

»Laßt die Söldner an Deck antreten. Außerdem wünsche ich, daß die Elephantinen besetzt werden.« Surjadora deutete zu den Torsionsgeschützen auf dem Vorderkastell. »Ich will kein Wagnis eingehen. Das ist eine reine Vorsichtsmaßnahme. Eure Männer werden sich bedeckt halten, damit wir nicht mißverstanden werden. Wenn es zu einem einzigen voreiligen Schuß kommt, ohne daß ich oder Steuermann Lakshapheus den Befehl dazu gegeben haben, werde ich den betreffenden Richtschützen am Mast aufhängen lassen. Haben wir uns verstanden?«

»Jawoll, Kapitänin!« Bashorides schien die bevorstehende Begegnung mit den Eingeborenen nicht im mindesten zu beeindrucken. Surjadora wußte, daß der Geschützmeister als äußerst

zuverlässig galt. Kapitän Vanakinos hatte den Mann vorgeschlagen, und in diesem Fall hatte sie sich auf sein Urteil verlassen können.

Im Hintergrund bellte der Geschützmeister seine Befehle über das Deck, und zwanzig Mann in klirrendem Küraß nahmen geduckt ihre Position hinter dem Schanzkleid der Schiffskastelle ein. Bewaffnet waren sie mit Langbögen und Säbeln; um die Hüften hatten sie Köcher geschnallt, die prall mit Pfeilen gefüllt waren.

»Steuermann«, Surjadora sah zu ihrem Ersten Offizier auf, »veranlaßt bitte, daß Signal gesetzt wird. Ich wünsche, daß auf der *Bavakuleos* die gleichen Vorsichtsmaßnahmen getroffen werden.«

Lakshapheus warf einen Blick nach achtern, wo die zweite Karavelle lag. Sein Kommentar fiel wie gewohnt trocken aus. »Nicht mehr nötig, Kapitänin. Kapitän Vanakinos scheint nur auf diese Gelegenheit gewartet zu haben.«

Surjadoras erkannte jetzt ebenfalls, daß auf dem Hauptdeck der *Bavakuleos* und hinter dem Schanzkleid der beiden Schiffskastelle Seesöldner in Gefechtsbereitschaft gingen. Vanakinos hatte überdies die gesamte Mannschaft mit Entermessern bewaffnen lassen. Die *Bavakuleos* wirkte wie ein zum Entern gerüstetes Kriegsschiff.

»Dieser verdammte Idiot!«

Das erste Mal seit Reisebeginn machte Surjadora ihrem Ärger über Vanakinos vor der gesamten Mannschaft Luft.

»Signalisiert, daß ich umgehend das Feuer auf die *Bavakuleos* eröffnen lasse, wenn die Söldner nicht umgehend die Köpfe einziehen.«

Lakshapheus mußte dem Matrosen mit den beiden Flaggen in Händen nur zunicken, der bleich die Befehle ausführte. Trotzdem dauerte es eine Weile, bis die Söldner der *Bavakuleos* nicht mehr zu sehen waren.

»Das wird noch Folgen haben!«

Wütend warf Surjadora einen Blick durch ihr Fernrohr. Unter den Insulanern hatten sich Gruppen gebildet, die erregt zu diskutieren schienen. Schwach waren die Klänge von Hörnern zu vernehmen. Ein Blick hoch zum Palast bestärkte den unangenehmen Eindruck. Von dort eilte eine Hundertschaft mit Speeren und blinkenden Schilden bewehrter Krieger in Richtung der Bucht.

»Bei den Locken der heiligen Sarmantha! Scheint, daß wir mitten in eine Festgesellschaft geplatzt sind. Wir sollten deutlich machen, daß wir in friedlicher Absicht kommen.« Surjadora wandte sich zu Brahthos um.

»Bootsmann, laßt das Beiboot klarmachen. Ich werde übersetzen.«

»Kapitänin!« Die Stimme von Lakshapheus klang äußerst besorgt. »Das da drüben sind möglicherweise Wilde. Wir wissen nicht, ob sie die Gesetze der Gastfreundschaft respektieren. Sollte ich nicht lieber ...«

»Steuermann, Eure Besorgnis in allen Ehren, aber wenn wir nicht die Initiative ergreifen, werden die dort es tun.« Damit deutete sie auf die halbnackten Krieger mit ihren blinkenden Speeren und Schilden, die vor der Festgesellschaft als schützendes Spalier aufmarschiert waren. Wieder warf sie einen Blick durch ihr Fernrohr. Angeführt wurden die Krieger von einem halben Dutzend Männern mit purpurnen Haaren, die mit Hellebarden bewaffnet waren.

»Nein, den ersten Kontakt muß ich schon selbst herstellen. Signalisiert Kapitän Vanakinos, er soll ebenfalls übersetzen. Allein, nur mit vier Matrosen als Bedeckung, keine Soldaten! In dieser Situation habe ich ihn lieber an meiner Seite als auf dem Achterdeck eines kampfbereiten Schiffes.« Surjadora lächelte bitter. »Wenn wir versagen und Vanakinos und mir dort tatsächlich etwas zustößt, dann seid Ihr, Lakshapheus, noch immer der führende Offizier der Expeditionsflotte.«

Der Steuermann nickte zögernd. »Da drüben scheinen sie etwas zu feiern«, merkte er an. »Ich werde mit Eurer Einwilligung einen Stoßzahn Elfenbein und eine Kiste mit kurjamäischem Glasgeschirr aus dem Laderaum holen lassen. Scheint mir, daß Ihr nicht ohne ein Geschenk übersetzen solltet.«

»Sehr gut.« Surjadora schob ihr Fernrohr mit einem Klicken zusammen. »Falls es zu einem Kampf kommt, deckt uns mit den Geschützen. Versucht ihnen Eindruck zu machen, aber richtet kein Blutbad an. Und schickt uns einen Stoßtrupp. Doch laßt euch keinesfalls auf ein Landungsmanöver mit allen Truppen ein. Was immer auch geschieht: Riskiert nicht, daß mein Schiff in die Hände der Wilden fällt.«

Die Kapitänin öffnete den Verschluß einer Kette um ihren Hals und drückte sie dem Steuermann mitsamt dem daran hängenden Schlüssel in die Hand.

»Hier habt Ihr den Schlüssel zu meiner Seekiste, Lakshapheus. Wenn mir etwas passiert, findet Ihr dort ein Schreiben mit weiteren Anweisungen. Ich weiß, daß Ihr den Verband in meinem Sinne führen werdet. Seid auch weiterhin vorsichtig. Falls mir etwas zustößt und ich entkommen kann, werde ich versuchen, ein Signalfeuer zu setzen … Geht aber keine unnötigen Risiken ein, um mich zu retten.«

»Jawoll, Kapitänin!« Lakshapheus' Stimme klang gepreßt.

Surjadora blickte nachdenklich auf das Beiboot, das mittlerweile im Wasser lag.

»Wenn ich nur wüßte, wie wir denen unsere friedliche Absicht klarmachen können. Das übliche Vorgehen innerhalb der Ehernen Liga wird hier wohl niemand verstehen.«

»Mit Verlaub, Kapitänin, aber ich hätte da eine Idee …«

Der Plan des Steuermanns war riskant und doch in sich stimmig. Surjadora zögerte …

Die Sprache Gottes

Bucht von Colepa'Taru, eine Viertelstunde später

Die Ruderboote schrammten über den Grund der Bucht, und die Seeleute, die die Kapitänin übergesetzt hatten, sprangen mit bangen, gen Land gerichteten Blicken ins Wasser. Dann zogen sie das Beiboot der *Stern von Andhakleia* zwischen all den mit Blumen geschmückten Segelflößen an Land.

Ebenso hielten es die vier mit Entermessern bewaffneten Matrosen, die sie Kapitän Vanakinos zugestanden hatte, welcher natürlich, wie wäre es anders zu erwarten gewesen, nicht auf sein soldatisches Auftreten verzichtet hatte. Seine blinkende Rüstung saß wie angegossen. An seinem Helm prangten die Ehrenzeichen seiner Siege, und im Waffengehänge an seiner Seite baumelten ein schwerer Säbel und der Parierdolch. Beide waren so plaziert, daß er sie innerhalb eines Atemzuges ziehen konnte. Es war leicht zu erkennen, daß Vanakinos kein Mann des Friedens war.

Die Kapitänin trug wie gewohnt ihren Sari im strengen Blau der Handelsmarine. In ihrer Schärpe steckte lediglich der kleine, mit Löwenköpfen verzierte Schmuckdolch, den sie vor Jahren in Leonien erworben hatte. Sollte es tatsächlich zum Kampf kommen, dann würden sie gegen die hier versammelte Übermacht ohnehin nicht standhalten können.

Surjadora bemühte sich, Angst und Anspannung zu verdrängen, indem sie die Menschenmenge am Strand eingehend betrachtete. Es mußten inzwischen weit über tausend Insulaner sein, die sie und Vanakinos aufmerksam beobachteten. Und jeden Augenblick wurden es mehr. Die Eingeborenen hier hatten samtdunkle Haut, so wie man es sich von den Wilden in Esanuk erzählte. Die meisten Männer waren halbnackt. Sie trugen ein einfaches Tuch um die Hüften, und ihr langes Haar bändigten sie auf weibische Art mittels Zöpfen, Bändern, Spangen und Kämmen. Das Haar der Frauen hingegen war zu aufgebauschten Frisuren hochgesteckt. Sie waren in bunte Wickelröcke gehüllt, behielten die Schultern aber unbedeckt. Frauen wie Männer schmückten sich mit Halsketten, Ringen und Ohrgehängen aus Perlen, Korallen und zuweilen auch Silber. Manche der Männer hatten ihre Gesichter mit wulstigen Schmucknarben verunstaltet.

Es war leicht, die vornehmeren unter den Insulanern auszumachen.

Wie die Krieger, die sie umringten, trugen sie golden glänzende Kriegsschürzen sowie Arm- und Beinschienen. Die farbenprächtigen Wickelkleider der wohlhabenderen Frauen hingegen ähnelten entfernt den Saris ihrer Heimat. Schmuck aus Gold und Edelsteinen wies auf ihre edle Abkunft hin.

Was Surjadora aber ganz besonders fesselte, war die Farbe der Tücher und Umhänge. Purpur! Die Farbe der Kirchenfürsten und Satrapen.

Neben sich hörte Surjadora das Räuspern von Kapitän Vanakinos. Er musterte die Fremden mit Raubvogelaugen, und es war ihm deutlich anzumerken, daß er sie lieber über eine aufmunitionierte Elephantine hinweg beäugt hätte.

Alle Gespräche unter den Insulanern waren verstummt. In der Luft lag eine Spannung wie kurz vor einem Gewittersturm. Auf den Gesichtern der Fremden spiegelten sich nicht nur Angst und Unsicherheit, nein, auf vielen war blanker Haß zu lesen. Vor allem die Krieger, die sich schützend vor die Festgesellschaft gestellt hatten, wirkten wie auf dem Sprung. Ein knapper Befehl, und man würde sie vom Leben in den Tod befördern.

»Wollen wir nicht lieber wieder umkehren?«

Tvashis helle Jungenstimme unterbrach die Stille, die sich ahnungsvoll über den Strand gelegt hatte. Nichts hätte in diesem Augenblick mehr fehl am Platz klingen können. Furchtsam blickte der Knabe zu den Fremden hinüber, die inzwischen einen weiten Halbkreis um sie gebildet hatten. Sein mit Sommersprossen besprenkeltes Gesicht war totenblaß.

»Ganz ruhig, Tvashareo.« Surjadora legte dem Jungen eine Hand auf die Schulter und verfluchte sich im stillen dafür, daß sie sich auf den Vorschlag ihres Steuermanns eingelassen hatte, den Schiffsjungen mitzunehmen. Sie würde es sich niemals verzeihen, wenn ihm etwas zustieße. Doch jetzt war es zu spät, sich darüber Gedanken zu machen. Jetzt würde sich zeigen, ob die Insulaner eine unbewaffnete Frau mit einem zehnjährigen Jungen an der Hand als Bedrohung empfänden. Andererseits, wer wußte schon zu sagen, welchen Status Kinder in diesem Inselreich genossen? Wohin sie auch blickte, überall sah Surjadora nur Erwachsene. Hatte man womöglich die Kinder vor ihnen in Sicherheit gebracht?

»Die tragen allesamt Waffen und Rüstungen aus Bronze«, zischte ihr Vanakinos verächtlich zu. »Scheint, daß die Eingeborenen hier kein vernünftiges Eisen kennen!«

Die Händlerin in Surjadora machte sich gedanklich eine Notiz. Dann gab sie ein Zeichen, und die Matrosen hinter ihr begannen die mitgebrachten Geschenke auszuladen. Kurz darauf lagen vor ihnen im Sand ein gewaltiger Elefantenstoßzahn und eine geöffnete Kiste mit zerbrechlichem kurjamäischem Glasgeschirr. Kapitän Vanakinos hingegen hatte lediglich einen Sack mit bunten Glasperlen mitgebracht.

Die Insulaner verrieten mit keiner Regung, ob ihnen diese Geschenke zusagten.

Ein schillernder Käfer umschwirrte plötzlich Vanakinos' Helm. Der machte eine herrische Bewegung, um das Insekt zu verscheuchen, und sofort ging ein Ruck durch die Reihen der fremden Krieger. Unzählige Speere wurden auf sie gerichtet, und erregtes Gemurmel machte sich unter den Insulanern breit. Die Kapitänin hob beide Hände in einer beschwichtigenden Geste.

»Das hier sind Geschenke. Versteht jemand meine Sprache? Wer ist hier der Anführer?«

Suchend blickte sie sich um. Hatte sie nicht vorhin eine Sänfte durch ihr Fernrohr gesehen?

Wieder waren unter den Insulanern erregte Stimmen zu hören, die unvermittelt von einer tiefen, melodischen Baßstimme übertönt wurden. Eine Gasse bildete sich in den Reihen der Umstehenden, und gedeckt von einigen Kriegern, trat ein unglaublich dicker Mann in purpurfarbenem Gewand auf sie zu. Sein Haupt war mit einem Reif aus Gold gekrönt, in dem der größte Saphir funkelte, den Surjadora je in ihrem Leben gesehen hatte. Hinter ihm war ein junges Paar in Festgewändern zu erkennen. Der Mann trug gleichermaßen einen Goldreif samt Saphir auf dem Haupt. Die junge Frau an seiner Seite hingegen war in ein farbenprächtiges Gewand gekleidet, das mit einer solchen Vielzahl an Perlen bestickt, daß Surjadora der Mund trocken wurde. Das Kleid mußte mindestens 500 Goldduboki-nen wert sein. Dazu der Blumenschmuck und all die anderen Geschenke ... Hatte sie nicht vorhin durch ihr Fernrohr ein geschmücktes Pärchen erkannt?

Bei den Goldsäcken der heiligen Narcissa! Sie waren offenbar in eine Hochzeitsgesellschaft hineingestolpert. Eine fürstliche, vielleicht sogar königliche Hochzeit!

Der Inselfürst fixierte sie mißtrauisch, rückte den purpurnen Stoff zurecht, der sich über seinen massigen Bauch spannte, und begann in einem melodiösen Baß auf sie einzureden. Verärgert fuchtelte er mit seinen fleischigen Fingern in der Luft herum. Surjadora verstand kein Wort. Sie deutete auf sich.

»Ich bin Kapitänin Surjadora! Das hier«, sie deutete auf den Seeoffizier an ihrer Seite, »ist Kapitän Vanakinos. Wir kommen aus einem Land weit jenseits des Meeres.« Sie beschrieb eine weit ausholende Bewegung und betonte sorgfältig jedes Wort. Doch der Inselfürst vor ihr bellte nur wieder los und deutete auf die beiden Karavellen.

»*Tu moai Katauke? Tu lava buro bu nauko tene!*« Das letzte klang wie eine wütende Drohung, dann schlug er sich mit der Faust bestimmend vor die Brust.

»*Mo moai Halapua!*«

Die Festgesellschaft jubelte laut, und die Krieger taten es ihr gleich, indem sie wild ihre Waffen schwenkten. Nein, das lief ganz und gar nicht gut. Der Inselfürst schob sich schnaufend näher, stemmte seine Arme in die ausladenden Hüften und schaute hochmütig auf Surjadora und Tvashi herab. Dann betastete er den Sari Surjadoras und warf einen flüchtigen Blick auf den Jungen. Herrisch fuhr er sie wieder an.

»*Tu moai Katauke? Tu nelo Halapua!*«

Katauke? Hielten die Fremden sie für Bewohner Serkan Kataus? Wie konnte das sein? Surjadora zuckte entschuldigend mit den Schultern und wandte sich dann vorsichtig an den Kapitän der *Bavakuleos*, ohne dem Blick des Königs auszuweichen. »Vanakinos, uns sollte schleunigst etwas einfallen. Ich habe das Gefühl, daß das hier sonst nicht gut ausgeht.«

»Das habt allein Ihr zu verantworten, Kapitänin«, zischte Vanakinos aufgebracht. »Ich wäre niemals so verrückt gewesen, diesen Wilden einen Besuch ohne Bedeckung abzustatten.«

»Um damit einen Krieg vom Zaun zu brechen? Nein.« Wütend überging Surjadora die Worte des Kapitäns. So kamen sie nicht weiter. »Vanakinos, versteht Ihr Euch noch auf andere Sprachen als Kurjamäisch?«

»Ich kann ein wenig Elephantinisch und etwas Markomassatisch.«

»Na los, probiert es!«

Man merkte deutlich, wie sich Vanakinos verzweifelt darum bemühte, einen Satz in diesen Sprachen zu bilden. Doch mehr als Gestammel kam dabei nicht heraus. Der dicke Fürst wandte sich jetzt dem Seeoffizier zu, doch es war offensichtlich, daß er auch ihn nicht verstanden hatte.

»*Tu moai Katauke?*« fuhr er den Kapitän der *Bavakuleos* an, und es wirkte, als verlöre der Inselkönig langsam die Geduld.

»Wie lange sollen wir uns noch mit diesen Wilden herumärgern?« zischte Vanakinos.

Surjadora bemerkte in diesem Moment, daß ihr Begleiter einen kleinen Signalspiegel unter seiner Kleidung hervorgezaubert hatte. Ein kurzer Blick über die Schulter offenbarte ihr, daß die *Bavakuleos* inzwischen so nah heran gekommen war, daß die Torsionsgeschütze an Bord den Strand bestreichen konnten. Wenn dieser verdammte Mistkerl jetzt das falsche Signal gab … Surjadora trat einen Schritt zur Seite und stellte sich wie zufällig zwischen Vanakinos und dessen Schiff.

Tvashis Jungenstimme war wieder zu hören. »Die Priester im Waisenhaus haben immer gesagt, daß es nur eine Sprache gibt, die die Menschen in aller Welt verstehen. Die *lingua dei*, die Sprache Gottes.« Tvashi blickte zu der Kapitänin hoch, und seine

Stupsnase bebte leicht, während sich seine Hand vor Furcht auf die ihre legte.

»Junge, ich glaube kaum …«

Doch als Tvashi die Worte *lingua dei* erwähnte, fuhr der dicke Inselfürst herum. Auch einige der prächtig gekleideten Insulaner hinter dem Spalier der Krieger starrten den Kleinen an und begannen erregt miteinander zu diskutieren. Der Eingeborene beugte sich zu Tvashi herab.

»Tu wata linguleve dei? Tu nelo Halapua! Tu nelo!«

Beim Abwesenden Gott! Konnte das sein? Tvashi fing vor Furcht an zu weinen. Surjadora trat energisch dazwischen, schaute zu dem Inselfürsten auf und fuhr ihn empört und mit aller zu Gebote stehenden Schärfe in der *lingua dei* an: *»Ista ratione cum liberis vos agitis?«*[1]

In diesem Augenblick war es ihr gleichgültig, wie der Insulaner reagieren würde. Dieser wandte sich von ihrem Schiffsjungen ab, und Surjadora zog den Jungen hinter sich. Da donnerte der Dicke seinerseits los: *»Quomodo fit, ut lingua dei loquamini? Vos estis catauecienses? Responde!«*[2]

Es dauerte eine Weile, bis sich Surjadora an den fremdartigen Dialekt gewöhnt hatte, mit dem die Einheimischen hier die *lingua dei* aussprachen. Wieso wollte dieser Inselfürst wissen, ob sie Katauеken waren? Sollten die Einheimischen nicht besser wissen, wie Katauеken aussahen? Immerhin trieben sie Handel mit ihnen. Oder etwa nicht? Sie versuchte, ihrer Stimme wieder einen ruhigen Klang zu verleihen.

»Non sumus catauecienses! Nos quidem a terra ultra mare sita venimus, sed …«[3]

»Iterum nos non decipietis!«[4] unterbrach der Eingeborenenkönig Surjadora.

---

1 »Ist das die Art, wie ihr mit Kindern umgeht?!«

2 »Wie kommt es, daß ihr die Himmelssprache sprecht? Seid ihr Katauеken? Antworte!«

3 »Nein, wir sind keine Katauеken! Wir kommen zwar auch von weit jenseits des Meeres, aber …«

4 »Noch einmal werdet ihr uns nicht täuschen!«

Seine Rechte war bereits in Richtung der Krieger ausgestreckt, als sich der junge Mann einmischte, der auf die Kapitänin den Eindruck eines Bräutigams machte. Er trat an die Seite des Inselfürsten, und Surjadora erkannte erstmals eine gewisse Ähnlichkeit in ihren Gesichtszügen. Womöglich handelte es sich um Vater und Sohn.

Wie der Inselfürst war der junge Bräutigam hochgewachsen, doch im Gegensatz zu ihm wirkte er außerordentlich durchtrainiert. Seine Augen musterten sie ernst und wach.

Er zog den Älteren beiseite und sprach leise mit ihm. Der Fürst schüttelte energisch den Kopf, so daß die Fleischmassen an seinem Hals zitterten. Doch der junge Mann berührte ihn besänftigend am Arm und redete weiter leise auf ihn ein. Der Inselfürst grübelte eine Weile. Dann wischte er sich mit einem resignierten Seufzer den Schweiß von der hohen, glänzenden Stirn und deutete in einer gleichgültigen Geste zu den Neuankömmlingen. Offenbar bedeutete dies, der Jüngere solle über die Eindringlinge nach Gutdünken verfügen, denn der Bräutigam trat jetzt vor und wandte sich direkt an Surjadora. Auf dem Gesicht des jungen Mannes lag ein feierlicher Ausdruck.

»Mihi nomen est Nukulahi regis filius. Vos esse invasores pristini mihi non videmini. Vestrae naves non minus quam facies et vestes vestrae alteram speciem habent. Praeterea lingua dei loquamini. Hoc igitur die sit inter nos pax. Hodie, quaeso, hospites estis mihi!«[1]

Der Prinz verneigte sich höflich, und Surjadora, die seine Worte mit Überraschung zur Kenntnis nahm, tat es ihm gleich. Forschend betrachtete sie sein offenes Gesicht, aus dem, wie sie mit einem Anflug von Wehmut erkannte, die Aufrichtigkeit und das Vertrauen der Jugend sprachen. Sie bedankte sich mit einem Lächeln. Die Spannung der letzten Augenblicke schmolz wie Wachs auf einem heißen Stein. Auch Tvashis fester Griff um ihre Linke entspannte sich.

---

1 »Mein Name ist Prinz Nukulahi. Für mich seht ihr nicht aus wie die alten Invasoren. Eure Schiffe sind anders, ebenso ist es mit euren Gesichter und eurer Kleidung bestellt. Außerdem sprecht ihr die Himmelssprache. An diesem Tag soll Friede herrschen. Bitte seid heute unsere Gäste!«

»Kapitän Vanakinos? Habt Ihr verstanden, was Seine Hoheit gesagt hat?«

»Ehrlich gesagt, nicht alles«, brummte Vanakinos mißmutig.

Surjadora lachte erleichtert auf. »Für mich hörte es sich so an, als wären wir zu einer Hochzeit eingeladen.«

Copbuh

Palastgarten von Colepa'Taru, in den Abendstunden

Eine angenehme Erregung bemächtigte sich Nukulahis, ein Gefühl, vergleichbar mit dem, wenn er und Tongaro heimlich die Teli-Klippen im Osten der Königsinsel erklommen, um sich von dort oben über siebzig Schritt tief geradewegs in die Fluten des Meeres zu stürzen. Da fühlte er sich stets, als könnte er fliegen, als erwartete der Horizont ihn mit offenen Armen. So war es auch jetzt. Die Welt schien grenzenlos, einzig dafür gemacht, von ihm erobert zu werden ...

Der Prinz war so in Gedanken, daß das Plappern und Lachen der Gäste wie auch die warmen, dunkelrauhen Klänge der Marimbelis kaum in sein Bewußtsein drangen. Dabei waren heute die besten Musikanten des Inselreichs angetreten, um das Hochzeitspaar und seine Gäste mit ihren Melodien zu erfreuen. Die virtuosen Klangfolgen, die sie den hölzernen Stäben ihrer Instrumente zu entlocken wußten, trug der laue Abendwind weit bis nach Colepa'Taru hinein, wo sie sich mit den fröhlichen Tanzliedern des Volkes vermischten, das ausgelassen die Hochzeit seines neuen Königs feierte.

Fackeln erhellten den Palastgarten, und an den Palmen hingen bunte Puri-Girlanden, in denen unzählige Leuchtkäfer ihr Schattenspiel aufführten. Die niedrigen, mit Speisen überladenen Tische wurden von ausgehöhlten und zu wundervollen Gitterkugeln verarbeiteten Kokosnüssen erleuchtet, in denen kleine Kerzen brannten. Der Nachthimmel bot indes ein ungleich prächtigeres Schauspiel. Wann immer man aufblickte, konnte man Sternschnuppen erkennen, die dort oben aufflammten und am Himmelszelt ihre leuchtende Bahn zogen. Doch reichte ihr Licht nicht an die Helligkeit des neuen Sterns heran, der jetzt weit über der Palastmauer am nächtlichen Himmelszelt zu sehen war und eine Fahne gleißenden Lichts hinter sich herzog.

Welch ein atemberaubender Anblick. Seltsam, beunruhigend – und doch so faszinierend wie kaum etwas, das Nukulahi bisher gesehen hatte.

Ob der neue Stern die Ankunft der Fremden angekündigt hatte? Waren sie das Gefolge des Gottessohns? Würde Eomes wie prophezeit wiederkehren? Oder waren sie nicht anders als die Katauеken, die gekommen waren, um alles zu besitzen, was sie nur sahen? Nukulahi wußte es nicht. Aber es war offenbar, daß der Beginn seiner Amtszeit mit bedeutenden Ereignissen einherging. Ereignisse, die das Antlitz der Inseln vielleicht ebenso verändern würden wie einst das Auftauchen der Schmaläugigen. Die Frage blieb, ob zum Guten oder zum Schlechten. Und würde er dieser gewaltigen Aufgabe gewachsen sein?

»Iß doch etwas.« Tuilaepes Stimme hob sich sanft von den Geräuschen um ihn herum ab und lockte ihn in das Hier und Jetzt seiner Hochzeitsfeier zurück. Sie saß neben ihm und schenkte ihm ein aufmunterndes Lächeln. Ihr prachtvolles perlenbesticktes Copbuh-Gewand strahlte mit ihrer Schönheit um die Wette. Tuilaepe hatte seine Entscheidung, die drei Fremden vom Weltenrand zu ihrem Hochzeitsfest einzuladen, ohne zu zögern unterstützt. Nukulahi rechnete ihr dies hoch an, denn er wußte, daß sicher die Hälfte der Gäste seine Vorgehensweise mißbilligte. Sie fürchteten, die Fremden könnten Vorboten einer neuen Invasion vom Rande der Welt sein. Daß ihre Schiffe so anders aussahen als jene der Schmaläugigen, änderte nichts an ihrer Besorgnis. Auf jeden Fall lieferten die Ereignisse des Nachmittags mehr Gesprächsstoff als die eigentliche Hochzeitsfeier – auch wenn sich jeder darum bemühte, dies vor den Gastgebern zu verbergen.

Prinz und Prinzessin knieten, wie das Zeremoniell es vorsah, im Fersensitz auf prachtvollen Kissen an der Stirnseite einer erhöht liegenden Terrasse des Gartens. Vor ihnen erstreckte sich ein niedriger, ausladender Rundtisch, der unter Bergen von gebratenen Käfern, Früchten, Kuchen, Soßen und anderen Leckereien ächzte. Auf Kissen zu Tuilaepes Rechten saß ihr Vater Pateliso. Der alternde Solar von Lavaka'motu hatte ständig mit seiner Müdigkeit zu kämpfen, war aber trotzdem nicht dazu zu bewegen, sein Amt endlich an Tongaro abzutreten. Tuilaepes Mutter war bereits vor zwei Jahren verstorben; ihren Platz nahm heute Tongaro ein, der das bunte Treiben mit versteinertem Gesichtsausdruck betrachtete. Nukulahi wußte, daß sein Freund die Entscheidung, die er heute nachmittag getroffen hatte, zutiefst mißbilligte. Seit dieser Stunde hatte Tongaro kein einziges Wort mehr mit ihm gewechselt. Und das an seinem und Tuilaepes großem Tag!

Der junge Prinz hoffte sehr, sein Freund werde sich im Lauf des Abends besinnen und sein Verhalten ändern. Sollte er jedoch sein eisernes Schweigen beibehalten, so wußte Nukulahi nicht, ob er ihm das jemals verzeihen könnte.

Zur Linken des Prinzen saßen sein Vater und seine Mutter, König Halapua und Königin Hai'pale. Der König hielt schnaufend einen ausgekratzten Käferpanzer in der Linken und saugte genußvoll an einer Auster in seiner Rechten. Er wirkte gelassen wie immer. Keine Rede davon, daß am Himmel ein neuer Stern stand, am Nachmittag Fremde vom Weltenrand vor der Insel aufgetaucht waren und er selbst noch heute, direkt im Anschluß an das Fest, sein Königsamt auf Nukulahi übertragen würde. Doch der Prinz wußte, daß sein Vater nur so unbeteiligt tat, um den Solaren keinen Gesprächsstoff zu liefern.

»Wenn du nichts ißt, glauben die Gäste, du bereust deine Entscheidung bereits«, schreckte ihn seine Braut erneut aus den Gedanken. Halapua hatte Tuilaepes Worte offenbar ebenfalls gehört. Er deutete auf die Schale mit Austern, während er beiläufig einen Blick hinüber zu den drei Fremden warf.

»Du solltest wirklich etwas essen, mein Sohn«, murmelte er

leise und schlürfte dann den Inhalt einer weiteren Auster. »Als künftiger Herrscher mußt du zeigen, daß du über den Dingen stehst.«

Nukulahi griff ohne Appetit nach einem Löffel und tauchte ihn in ein warmes Gelee mit Dutzenden kleinen Vevis. Die Panzer der Käfer knisterten beim Kauen, und wie immer kitzelten ihre Beine den Gaumen auf angenehmste Weise. Trotzdem konnte er seine Blicke kaum von den drei Fremden abwenden. Er hatte für sie eigens einen Platz an einer der Spezialitätentafeln mit den Käfergerichten freiräumen lassen.

Die Palastköche hatten dort duftende Käferpasteten, gesottene Aioks auf Ananas, pikant gewürzte Morahäppchen im Schalenpanzer, knusprig gebackene Beulenkäfer und sogar einige köstliche Puras angerichtet. Letztere lagen mit Soße beträufelt auf dem Rücken, damit sie nicht weglaufen konnten. Trotzdem hatten die eigenartigen Fremden bislang nur wenig davon angerührt, sondern lächelten nur seltsam starr in die Runde.

Ob sie wohl befürchteten, vergiftet zu werden? Der kleine Junge an der Seite der Frau mit dem Copbuh-artigen Gewand und dem dicken Tuch um den Kopf machte auf ihn sogar den Eindruck, als ginge es ihm nicht gut. Er wirkte kränklich, während er die Leckereien der Tafel betrachtete. Vielleicht litt der Kleine ja noch unter der Wellenkrankheit, die sich manchmal einstellte, wenn man auf dem Meer segelte. Wer wußte schon, wie lange die Fremden auf ihren Schiffen unterwegs gewesen waren?

Nukulahi betrachtete eingehend die fremde Frau, die dem kleinen Jungen mit aufmunterndem Grinsen einen Trinkbecher reichte. Nukulahi lächelte – ihr Verhalten machte sie in seinen Augen ... menschlich.

Trotzdem standen zwei Richter mit ihren Helas in ihrer Nähe – eine reine Vorsichtsmaßnahme. Einer von ihnen war Richter Thaman, der Prinzessin Tuilaepe von ihrer Heimatinsel bis nach Nuku'atepe eskortiert hatte. Er war für diese Aufgabe vom Obersten Richter Buralofa persönlich ausgewählt worden.

Nukulahi ließ den Blick über die Schar der Gäste schweifen,

die den Garten vom einen Ende bis zum anderen bevölkerten. Doch er konnte seinen alten Lehrmeister nirgendwo entdecken.

»Du hast diese Entscheidung getroffen, mein Sohn«, murmelte König Halapua so, daß seine Stimme nur schwach an Nukulahis Ohr drang. Seinem Vater war nicht entgangen, daß er zu den Fremden starrte. »Jetzt mußt du sie auch tragen. Glaub mir, ich hätte die Fremden wieder ins Meer gejagt.«

»Vater, sie sprechen die Himmelssprache!«

»Aber in einem Dialekt, der sehr eigenartig ist.«

»Wer weiß, vielleicht hat Eomes noch andere Orte als nur unsere Inseln besucht?« mischte sich Prinzessin Tuilaepe leise in das Gespräch ein. »Dann hätte er dort auch das Wort des großen Fischers verbreitet, oder nicht?«

Halapua und Nukulahi warfen ihr einen überraschten Seitenblick zu. Doch nichts an ihrer gelassenen Haltung verriet, daß sie mehr als nur einen beiläufigen Kommentar an ihren Bräutigam gerichtet hatte. Über Halapuas Gesicht huschte ein Lächeln, während er ein Käferbein aus seinem Mund zog und dieses in eine Schale mit ausgelutschten Panzerhälften warf.

»Eine bedeutsame Frage, die deine hübsche Gemahlin aufwirft, mein Sohn. Ihr werdet sicher bald Gelegenheit erhalten, das herauszufinden. Ich hätte Nukulahis Entscheidung heute nachmittag auch ignorieren können. Noch bin ich der König. Aber ich bin mir sicher, daß der neue Stern am Himmel für euer beider Schicksal steht, ja, vielleicht sogar für das Schicksal ganz Coleopas. Es ist schwer, sich das einzugestehen«, dabei wandte er Prinz und Prinzessin erstmals seine ganze Aufmerksamkeit zu und lächelte wehmütig, bevor er weitersprach, »aber das alles liegt jetzt in eurer Verantwortung. Doch ihr seid nicht allein. Ich werde euch künftig mit Rat und Tat zur Seite stehen, wenn ihr es denn wünscht.«

»Sagtest du nicht, der Stern sei ein Glücksbringer?« Nukulahi bemühte sich, ebenfalls so gelassen wie Tuilaepe und sein Vater zu wirken, was ihm, wie er mit einem leichten Anflug von Ärger bemerkte, doch recht schwerfiel.

Dein Gesicht ist wie eine weit geöffnete Tür zu deinem Herzen, mein

Sohn, hatte seine Mutter einmal zu ihm gesagt. Er wußte, daß sie recht hatte. Verstellung war noch nie eine seiner erprobtesten Eigenschaften gewesen.

»Ich hoffe es. Es gibt da andererseits gewisse Dinge ...« Halapua zögerte. »Aber davon werde ich euch morgen berichten. Genießt ihr nur unbeschwert diesen Tag. Für kurze Zeit nehme ich euch die Bürde der Krone noch ab.« Halapua zwinkerte den beiden zu. »Im übrigen finde ich, daß ihr beide ein hübsches Paar abgebt. Daß ich auf dich stolz bin, mein Sohn, muß ich dir nicht sagen.«

Nukulahi warf seinem Vater einen überraschten Blick zu. Doch der ließ sich, einmal in Fahrt, nicht beirren. »Du hast meine Erwartungen nie enttäuscht. Auch bei deinen Eskapaden mit Tuilaepes Bruder hast du nicht allzu sehr über die Stränge geschlagen. Wenn ich allerdings an den Streich denke, den ihr beide damals Fatafehi während eures Besuchs auf Jama'tape gespielt habt ...«

»Was, du wußtest die ganze Zeit über, daß wir beide den Katamaran angebohrt hatten?« Überrumpelt schaute Nukulahi seinen Vater an.

»Natürlich wußte ich das. Genau so, wie ich von euren Ausflügen zu den Teli-Klippen und noch vielem anderen mehr weiß.« Halapuas fettbeschmiertes Doppelkinn hüpfte unter seinem herzhaften Lachen vergnügt auf und ab. »Manchmal bin ich vor Sorge um dich fast krank geworden, aber wenn ich mir überlege, was Fatafehi und ich früher alles angestellt haben ...«

Halapua winkte ab und wurde wieder ernst, als er an seinen kranken Freund dachte, der nicht hatte kommen können.

»Ihr beide werdet das besser verstehen, wenn ihr selbst einmal Kinder habt. Wie dem auch sei, du, Nukulahi, denkst mit dem Herzen. Vielleicht ist das in Tagen wie diesen gut so, wenngleich ich befürchte, daß du noch wirst lernen müssen, wie manche dir dies als Schwäche auslegen. Du, Tuilaepe, verfügst nach allem, was mir zugetragen wurde, über einen scharfen Verstand. Ich bin mir sicher, daß ihr beide euch gut ergänzt und ihr zusammen weise über Coleopa herrschen werdet. Außerdem hoffe ich«, dabei ergriff er zärtlich die Hand seiner Gemahlin Hai'pale, die überrascht von ihrer Fischsuppe aufblickte, »daß ihr beide in Liebe zueinander finden werdet. Denn wenn ihr euch nicht gegenseitig vertrauen könnt, dann werdet ihr niemandem vertrauen können.«

Nukulahi und Tuilaepe blickten sich verlegen an.

»Sorge du nur dafür, daß Nukulahi nicht so dick wie sein Vater wird«, wandte sich die Königin an Tuilaepe und streichelte dabei zärtlich über Halapuas weichen Handrücken.

»Dick? Würdig! Ein Herrscher muß nicht nur stattlich wirken, er muß es sein!«

Halapua klopfte sich gut gelaunt auf den Bauch und zwinkerte Nukulahi verschwörerisch zu.

»Vater, wo ist eigentlich der Oberste Richter Buralofa? Ich vermisse ihn unter unseren Gästen.« Doch noch ehe Halapula zu einer Antwort ansetzen konnte, tauchten hinter Tuilaepe zwei verführerische Tänzerinnen im Copbuh-Kostüm auf, und Musiker, die purpurne Buruganis in der Hand hielten, lösten die Marimbeli-Spieler ab. Erwartungsvoll richteten sich die Blicke der Gäste auf die Prozession.

Königin Hai'pale lächelte Tuilaepe ermutigend zu. »Scheuch deinen Vater Pateliso auf. Es ist an der Zeit für den Hochzeits-Copbuh. Bevor ihr euch verseht, seid ihr bereits Mann und Frau!«

Tongaro hatte seinem Vater bereits einen unsanften Knuff versetzt. Der Solar schreckte hoch, sah seinen Sohn irritiert an und lächelte schläfrig seiner Tochter zu. Tongaros Mienenspiel blieb maskenhaft starr.

Würdevoll erhob sich Tuilaepe von ihrem Kissen, und jegliche Gespräche im Palastgarten verstummten. Auch die Augen der drei Fremden waren gebannt auf sie gerichtet. Die Prinzessin ging zusammen mit den beiden Tänzerinnen, unter denen Nukulahi Lumelume ausmachte, seine Dienerin im königlichen Bad, leichten Schrittes um die Festtafel herum und betrat die Mitte des großen Palastgartens. Sie warf ihrem Bräutigam einen letzten, langen Blick zu, dann schloß sie die Augen, winkelte ihre Arme in einer grazilen Bewegung ab und schien in sich selbst zu versinken. Die beiden anderen Tänzerinnen stellten sich hinter sie und taten es ihr gleich.

Ein atemloser Augenblick verstrich, und aus der Menge der Zuschauer war das Klirren einer Kriegsschürze zu hören.

Darauf setzte, erst leise, dann immer ungestümer werdend, das Spiel der Buruganis ein, und Tuilaepe und ihre beiden Begleiterinnen bewegten sich im immer schneller werdenden Rhythmus ihrer Ahnen.

Der Copbuh war nicht einfach nur ein Tanz. Er war ein Zwiegespräch mit der Schöpfung.

Nukulahi erhob sich jetzt ebenfalls, ganz so, wie es das Zeremoniell vorsah, und betrachtete ergriffen seine künftige Gemahlin. Jede ihrer Bewegungen war ein Ausdruck vollendeter Harmonie. Und obwohl sich die beiden anderen Tänzerinnen im Einklang mit Tuilaepe bewegten, kam ihr keine an Eleganz und Grazie gleich. Der Copbuh stellte den Akt der Schöpfung dar, den Anbeginn aller Zeiten, als der große Fischer den ersten Menschen Leben einhauchte. Man sagte, daß der Geist des Lebens wie ein Rausch in die Seele der Tänzerin trat und eine Meisterin des Tanzes diesen Rausch auch auf ihre Zuschauer zu übertragen vermochte. Tuilaepe war wahrhaft eine Meisterin des Copbuh, und Nukulahi konnte deutlich spüren, daß alle Zuschauer von ihrer Schönheit ergriffen waren. Er wußte, daß er den Anblick Tuilaepes, die dort vor ihm im Palastgarten tanzte, niemals in seinem Leben würde vergessen können.

Die coleopäische Verschwörung

Palastgarten von Colepa'Taru, etwa zum gleichen Zeitpunkt

»Bei allen Hochheiligen ... wollen diese Wilden uns provozieren? All dieses widerliche Viehzeug hier, da dreht sich einem doch der Magen um!«

Angeekelt betrachtete Vanakinos einen schillernden Käfer, der sich zusammen mit einem Dutzend Artgenossen aufgespießt auf einem Holzstöckchen befand, das ihm irgendein Diener gereicht hatte.

»Immerzu lächeln, Herr Kapitän.« Tapfer trennte Surjadora einen Käfer von einer warmen Ananasscheibe und schob sich dann langsam das Fruchtfleisch in den Mund. Aber auch sie mußte all ihre Willenskraft aufbringen, um nicht daran zu denken, was eben noch darauf geklebt hatte. Ständig fühlte sie die Blicke der Umsitzenden auf sich ruhen, und es fiel ihr zunehmend schwerer, ihren Ekel vor den dargebotenen Speisen zu verbergen. Sehnsüchtig blickte sie zu einer anderen Tafel hinüber, an der Muscheln und gebratene Fische gereicht wurden.

Links von ihr war ein leises Würgen zu hören. Tvashis Blick war starr auf ein Tablett mit zeigefingergroßen, auf dem Rücken liegenden Laufkäfern gerichtet, deren fragile Beine hilflos in der Luft ruderten. Es fehlte nicht mehr viel, und seine Gesichtsfarbe würde der eines jungen Palmblatts ähneln. Gerade eben hatte ein Insulaner einen dieser Käfer vom Tablett gefischt und sich genüßlich in den Mund geschoben. Man konnte das Knacken des Panzers hören, während er kaute und sie dabei mißtrauisch aus den Augenwinkeln heraus betrachtete.

»Ruhig, Schiffsjunge Tvashareo! Denk an kurjamäische Maisgrütze oder nimm dir dort eine Schale mit Wasser und trink einen Schluck.«

Surjadora konnte nur hoffen, daß der Kleine durchhielt und sich nicht öffentlich erbrach. Sie wäre jede Wette eingegangen, daß dies zu einem Eklat führen würde. Hoffentlich hatte dieses … Festbankett … bald ein Ende. Unpassenderweise schoß ihr der Gedanke durch den Kopf, daß die beiden Schiffe dringend neu verproviantiert werden mußten. Aber davon abgesehen, daß sie nicht wußte, ob die Insulaner ihr überhaupt dabei helfen würden, wie sollte sie der Mannschaft ganze Faßladungen eingelegter Insekten schmackhaft machen? Sie stellte sich vor, wie ihr neuer Proviant aus den Holzschalen der Seeleute krabbelte und versuchte, in alle Himmelsrichtungen zu fliehen … Es hatte schon geringere Anlässe für eine Meuterei gegeben. Surjadora schüttelte sich innerlich und verschob die Lösung dieses Problems auf später.

Vanakinos räusperte sich.

»Scheint mir, daß diejenigen, von denen die alte Seekarte stammt, damals ganz schönen Eindruck auf die Wilden hier gemacht haben.«

Surjadora überzeugte sich davon, daß Tvashi sein Übelkeitsgefühl mit einigen großen Schlucken Pfefferminzwasser wegspülte, und wandte sich dann dem Kapitän zu, der leise sprach und mit dem Daumen vorsichtig hinter sich deutete.

»Nicht nur, daß die Wilden hier die *lingua dei* beherrschen; schaut Euch einmal die Waffe dieses Burschen da drüben an.«

Die Kapitänin ließ ihren Blick zu einem der behelmten Krieger mit blinkender Kriegsschürze schweifen, der neben einer Palme stand. Er hob sich deutlich von den anderen Wachen ab, und in seiner ganzen Erscheinung wirkte er wie eine dieser alten Statuen, die sie einmal bei einem Handelspartner im fernen Markomassa gesehen hatte. Nicht das erste Mal fiel Surjadora auf, daß die Bewaffnung dieser … Hauptleute? … sich deutlich von derjenigen der übrigen Palastwachen unterschied.

»Diese Hellebarde. Die Art, wie das Blatt geformt ist … und der gerade Dorn auf der Rückseite … So sahen Hellebarden in der Zeit der Götzenkriege aus. Sie sind die einzigen Eisenwaffen hier. Keine Ahnung, wie die Eingeborenen das Metall über eine solche Zeitspanne hinweg vor Korrosion schützen konnten; bei uns wäre das Ding längst eingeschmolzen worden.«

Surjadora ließ ihren Blick über die Köpfe der Gäste wandern

und entdeckte ein halbes Dutzend weiterer Krieger, die Hellebarden trugen. Sie beugte sich leicht zu Vanakinos hinüber. »Diese merkwürdigen Krieger haben schon vorhin am Strand meine Aufmerksamkeit auf sich gezogen. Scheinen offenbar so etwas wie Offiziere zu sein. Habt Ihr bemerkt, daß ihre Haare mit Purpur gefärbt sind? Welch eine unglaubliche Verschwendung!«

Vanakinos nickte ernst, und Surjadora fuhr fort. »Es ist nicht nur der Umstand mit der *lingua dei* oder die Sache mit den Waffen, die mir zu denken geben. Habt Ihr Euch diesen Palast schon einmal näher angesehen? Er ähnelt von seiner Architektur her den alten Fürstenpalästen in Leonien. Es muß früher schon einmal Kontakte zum Festland gegeben haben. Warum weiß niemand mehr, daß einst Seeleute aus Ajuna hierher gekommen sind?«

»Falls uns die Wilden hier nicht selbst darüber Auskunft geben können, finden vielleicht die Philosophen daheim in Andhakleia Näheres dazu in der Universitätsbibliothek.« Vanakinos sah die Kapitänin mit ausdrucksloser Miene an, dann lächelte er einem prächtig gekleideten Gast zu, der sie mit seinen Blicken förmlich durchbohrte. Surjadora seufzte. Die Falschheit stand Vanakinos ins Gesicht geschrieben.

»Vielleicht. Aber ich glaube nicht so recht daran, daß solche Dokumente der Aufmerksamkeit des Hohen Philosophen Ramaogeus entgangen wären.« Surjadora legte grübelnd die Stirn in Falten. »Vielleicht sollten wir dem Maharadscha nach unserer Rückkehr vorschlagen, die Priesterschaft um Rat zu bitten. Es heißt, ihre Skriptoren bewahren Wissen, das ... niemand anderem zur Verfügung steht.«

»Ich glaube nicht, daß das hilfreich wäre«, sinnierte Vanakinos. »Angeblich kann kein Laie verstehen, was die Priester in ihren geheimen Bibliotheken hüten. Es heißt, man verliert sein Augenlicht, wenn man die heiligen Schriften dort nur zu Gesicht bekommt.«

»Meint Ihr die Roten Kammern? Ich dachte, das seien Orte, an denen man Reliquien verwahrt und Ordensgründer bestattet hat?« Surjadora fragte sich, woher der Kapitän der *Bavakuleos* von den Geheimnissen der Kirche wußte.

Vanakinos zuckte gleichgültig mit den Schultern und trank einen großen Schluck Pfefferminzwasser. »So oder so. Die Priester sind allesamt Geheimniskrämer. Die heilige Sarmantha möge mir diese Feststellung verzeihen, aber ich glaube nicht, daß die Kirche uns helfen wird.«

»Das kommt ganz darauf an, ob der Maharadscha die Kirche an dem Handel mit diesem Reich beteiligt.« Surjadora betrachtete nicht zum ersten Mal das gewaltige Blumengebinde auf dem niedrigen Tisch vor sich, in das Perlen und Edelsteine im Wert von mindestens 100 Golddubokinen eingeflochten waren. Welch ungeheuerliche Zurschaustellung von Reichtum! Wenn sie es nur richtig anstellte, dann würde sie zur reichsten Händlerin Andhakleias aufsteigen. Ach was, zur reichsten Händlerin in ganz Kurjameos!

»Wenn wir die Wilden hier überhaupt dazu überreden können, mit Kurjameos Handel zu treiben.« Vanakinos setzte wieder sein starres Lächeln auf, als ihm Surjadora mit einem Fingerzeig zu verstehen gab, daß die Herrscherfamilie zu ihnen herüberblickte.

»Das laßt mal meine Sorge sein, Vanakinos. Nach allem, was ich verstanden habe, sind die Kataueken mehrere Generationen vor uns hier gewesen. Und sie scheinen einen denkbar schlechten Eindruck hinterlassen zu haben. Fürs erste sollten wir den Herrschern hier klarmachen, daß auch wir die Kataueken nicht sonderlich schätzen.«

Vanakinos lachte gehässig. »Diese arroganten Tangfresser! Immerhin eine Gemeinsamkeit, die uns mit den Wilden hier verbindet.«

»Der Schlüssel zu unserem Erfolg scheint mir dieser junge Prinz dort zu sein.« Die Kapitänin deutete vorsichtig mit dem Kinn in Richtung der erhöht liegenden Terrasse, auf der die Herrscherfamilie Platz genommen hatte. »Im Gegensatz zu den anderen Einheimischen macht er einen recht weltoffenen Eindruck. Außerdem scheint er einen gewissen Einfluß auf seinen

Vater zu haben. Wenn wir uns mit ihm gutstellen, dann machen wir uns vielleicht den künftigen König dieses Inselreichs zum Freund.«

»Zur Not halten wir es eben wie die Katauken. Sollte doch wohl nicht so schwer sein, diesen Eingeborenen hier mit einem gutorganisierten Heer auf die Sprünge zu helfen.« Der Seeoffizier strich selbstzufrieden über den Knauf seiner Waffe. Dann versuchte er, eine Ananasscheibe von den gezuckerten Krabbeltieren zu befreien, die mit Sirup daran befestigt waren.

In Surjadora kochte wieder die Wut auf den Mann hoch. Dieser arrogante Mistkerl! Vanakinos war offensichtlich nicht klar, daß, traute man der alten Karte, allein diese Insel hier fast so groß wie halb Kurjameos war. Und sie hatten keine Ahnung, wie weit sich diese Inselwelt noch nach Westen zog.

Schlagartig verstummten die angenehmen Klänge der Holzxylophone, und Musiker mit großen, käferartigen Blasinstrumenten nahmen die Plätze der Klöppelspieler ein. Das angeregte Gemurmel der Umsitzenden verstummte, und Surjadora meinte, Metall klirren zu hören. Verunsichert blickte sie hinter sich, doch der Krieger an der Palme stand nicht mehr an seinem Platz.

In diesem Augenblick erhob sich die junge Prinzessin in ihrem Perlengewand und näherte sich in kleinen, anmutigen Schritten mit zwei anderen Inselschönheiten der Gartenmitte. Die drei Tänzerinnen nahmen eine eigenartige Haltung ein und konzentrierten sich; dann setzten die Musiker die schnabelartigen Mundstücke ihrer käferförmigen Instrumente an, um ihnen erst leise, dann immer lautere elegische Klänge zu entlocken, die die Herzen der Zuhörer mit Wehmut erfüllten. Klänge, deren weiche, dumpfe Tonfolgen sich unvermittelt zu einer fröhlichen Melodie wandelten. Das immer schneller werdende Tempo ging auch Surjadora ins Blut. Schmunzelnd nahm die Kapitänin zur Kenntnis, daß sich der Prinz von seinem Platz erhoben hatte und seine Braut mit leuchtenden Augen betrachtete. Ohne Zweifel, dieser Nukulahi war aufrichtig verzückt von der Prinzessin. Liebe konnte Berge versetzen, aber auch zur Torheit verleiten. Zärtliche Erinnerungen stiegen in Surjadora auf. Sie wußte das, denn sie hatte selbst einmal geliebt. Damals, in jenem Sommer vor elf Jahren, als sie die Hoffnung schon längst aufgegeben hatte, daß es einen Mann geben könnte, der ihr Herz für sich zu gewinnen vermochte …

Die drei Tänzerinnen schienen förmlich von der Musik getragen zu werden, so leicht und spielerisch wirkten ihre Bewegungen. Jeder ihrer Tanzschritte war meisterhaft einstudiert, und jede der harmonisch aufeinander abgestimmten Gesten verriet die jahrelange Übung und Erfahrung der Frauen. Das traf ganz besonders auf die junge Braut in ihrem glitzernden Perlengewand zu.

Mit einer gewissen Verwunderung erkannte Surjadora, daß sogar Tvashi vom Anblick der Tänzerinnen gebannt war. Mit weit aufgerissenen Augen betrachtete er, wie die drei Frauen sich anmutig zum Rhythmus der Melodien bewegten, während er noch immer die Schale mit Pfefferminzwasser in der Hand hielt.

Auch Vanakinos schien von Tanz und Musik eingenommen zu sein, denn zu ihrer Rechten erklang ein leises Klatschen. Als sich Surjadora zu ihm umwandte, sah sie zum ersten Mal Ergriffenheit in den hochmütigen Gesichtszügen des Seeoffiziers. In gewisser Weise versöhnt, wollte sie sich bereits wieder abwenden, als ihr bewußt wurde, daß etwas an dem Bild nicht stimmig war. Dann erkannte sie es: Der Gesichtsausdruck des Offiziers spiegelte nicht entrückte Begeisterung, sondern Fassungslosigkeit wider, die sich nun zu Entsetzen wandelte. Er wandte ihr den Kopf zu, hob zu sprechen an, doch nichts als ein Gurgeln entrang sich seiner Kehle. Erst jetzt entdeckte Surjadora den fingerlangen Schaft, der aus dem Nacken des Offiziers ragte. Aus Vanakinos' hervortretenden Augen sprach eine einzige, haßerfüllte Anklage. Deine Schuld, leichtgläubige Metze!

Das Röcheln erstarb. In Helm und Harnisch kippte Vanakinos vornüber und krachte mitten zwischen die kunstvoll angerichteten Käferspeisen.

Bei Aionar! Vergiftete Blasrohrpfeile! Heimtückische Waffen, wie sie gerüchteweise die wilden Kannibalen aus dem Land der

Lotophaer gebrauchten, ein blutrünstiges Volk, das den tyrannischen *mercatoren* des Merkantilischen Imperiums diente.

Surjadora ließ sich in einer hastigen Bewegung nach links fallen und riß Tvashi mit sich zu Boden. Dort, wo sie eben noch gesessen hatte, bohrte sich ein weiterer kleiner Pfeil in die Tischplatte. Aus den Augenwinkeln heraus erfaßte die Kapitänin einen Schatten, der hinter ihr von der Mauer in den Garten sprang. Etliche hochgestellte Gäste brachen unter dem tückischen Geschoßhagel zusammen. Die Musik verstummte in disharmonischen Pfeiftönen, dann brandete von überall her wildes Kriegsgeschrei auf.

Manche der Hochzeitsgäste sprangen panisch auf und warfen Tische um, andere standen einfach nur starr und blickten verwirrt um sich. Einige brüllten wütend Anweisungen, die meisten aber schrien vor Angst. Surjadora bemerkte zwei Frauen in unmittelbarer Nähe, die kreischend unter einen der niedrigen Tische krochen. Auf der Palastmauer waren indes die Schatten zahlreicher Angreifer aufgetaucht. Surjadora erkannte in ihren Händen Sichelschwerter und andere Waffen, wie sie die Seeleute auf den Nauken Serkan Kataus gebrauchten. Doch die Krieger dort waren keine Kataueken, das waren Einheimische!

Mit der Gewandtheit von Raubtieren sprangen die Bewaffneten von der Mauer in den Garten, wo ihnen die Palastgarde mit ihren Speeren und Schilden entgegeneilte. Doch jegliches koordiniertes Vorgehen wurde den Wächtern durch das Gewimmel der zu Tode geängstigten Hochzeitsgäste unmöglich gemacht. Selbst vom Palast her schallte Kampfeslärm herüber. Offenbar waren die Angreifer auch dort eingedrungen.

Fassungslos beobachtete Surjadora, wie einer der Angreifer einem der prächtig gekleideten Gäste ein katauekisches Schwert zuwarf. Dieser nutzte die Waffe, um damit einen Hellebardenträger hinterrücks niederzustechen, der eigentlich angetreten war, um ihn und seine Frau vor zwei Angreifern zu schützen.

Bei der Knute des heiligen Chrysantho! Sie waren mitten in eine sorgfältig geplante Verschwörung hineingestolpert.

»Los! Schnell unter den Tisch!« herrschte Surjadora Tvashi an, und der Junge tat umgehend, wie ihm geheißen. Die Kapitänin versuchte, es dem Schiffsjungen gleichzutun und ebenfalls Schutz zu suchen, doch da trampelte eine Horde schreiender Gäste über sie hinweg. Sie wurde unsanft zurückgeworfen, und ein wahrer Berg klebrig-warmer Käferspeisen ergoß sich über ihren Sari. Angewidert fegte Surjadora einen der Laufkäfer von ihrem Gesicht, der jetzt nicht mehr hilflos mit dem Rücken auf dem Silbertablett lag, sondern ihren Körper als Brücke in die Freiheit betrachtete. Der Palastgarten erzitterte unter dem Geschrei der Gäste, das sich mit dem Geklirr der Waffen zu einer grauenvollen Kakophonie vereinte.

Aus den Augenwinkeln heraus erkannte die Kapitänin, wie ein Palastgardist in unmittelbarer Nähe von einem wuchtig gestoßenen Spieß getroffen wurde. Der Angreifer hatte die Spitze durch den Bronzeschild des Gardisten direkt in dessen Brust getrieben. Röchelnd brach der Getroffene zusammen. Surjadora hörte von irgendwoher die Angstschreie Tvashis, doch sie konnte sich nicht um den Jungen kümmern, da der Angreifer sich jetzt ihr zugewandt hatte. In seinem Blick loderte fanatischer Haß.

Surjadora wirbelte zu der Leiche von Kapitän Vanakinos herum und versuchte, an den schweren Prunksäbel des Seeoffiziers zu gelangen. Der Angreifer zog seinen Spieß derweil mit einem wilden Ruck aus der Leiche des vor ihm liegenden Gardisten und versuchte seinerseits, den an der Klinge verhedderten Schild mit dem blanken Fuß abzustreifen. Surjadora zerrte und zerrte an der Waffe, aber Vanakinos lag so unglücklich auf dem Griff, daß sie es nicht schaffte, den Säbel an sich zu reißen.

Ein blechernes Scheppern war zu hören, und der durchlöcherte Schild fiel zu Boden. Mit einem Schrei auf den Lippen griff der fremde Krieger an. Surjadora ahnte die Bewegung mehr, als daß sie sie sah. Im letzten Augenblick warf sie sich zur Seite, und die blutüberströmte Spießspitze fuhr splitternd in das Holz des Tisches. Ihr blieb jetzt nur noch eine einzige verzweifelte Möglichkeit – und die mußte sie nutzen!

Mit aller Wucht warf sie sich gegen die Beine des Mannes, der vor Überraschung das Gleichgewicht verlor und hart neben ihr zu Boden ging. Nur nicht auf einen Nahkampf einlassen, ermahnte sie sich. Das war nicht ihre Stärke, außerdem wäre sie diesem muskulösen Mann hoffnungslos unterlegen. Nein, die Sache mußte blitzschnell beendet werden.

Der Krieger musterte sie abschätzig. Dann schlug er ihr mit voller Kraft ins Gesicht. Der flammende Schmerz raubte ihr fast die Sinne, und sie taumelte zurück. Schon war der Fremde erneut über ihr, und sie roch seinen süßlichen Atem. Mochte Aionar ihr beistehen!

Da erstarb das triumphgierende Lachen des Kriegers. Ungläubig tastete der Mann nach dem vergifteten Blasrohrpfeil, den Surjadora aus der Tischplatte gezogen und mit dem Mut der Verzweiflung in seinen Oberschenkel gerammt hatte. In fassungslosem Entsetzen wanderte sein Blick von ihr zu dem Pfeil in seinem Körper. Seine Muskeln begannen zu zucken. Haßerfüllt holte er noch einmal zum Schlag aus, doch da sank er auch schon in sich zusammen, und seine Waffe klirrte neben ihr auf den Boden.

Surjadora warf sich herum und hörte, daß Tvashi unter dem Tisch leise wimmerte. Doch wenigstens schien er einstweilen in Sicherheit zu sein.

Die Kapitänin stürzte wieder zurück zu Vanakinos und warf seinen Körper herum. Mit Stangenwaffen konnte sie nicht umgehen, sie brauchte den verdammten Säbel! Mit einer schnellen Bewegung zog sie die Waffe aus der Scheide und blickte auf, als unvermittelt ein zerbrochener Speer dicht neben ihr durch die Luft wirbelte. Was Surjadora sah, ließ sie erbleichen.

Tanz des Todes

Palastgarten von Colepa'Taru, zum selben Zeitpunkt

Nukulahi glaubte zuerst, die Tänzerin neben Tuilaepe sei ins Stolpern geraten, als diese plötzlich vornüberkippte und zu Boden fiel. Doch als er sah, wie es einer Reihe von Richtern und Gardisten ebenso erging und das Spiel der Buruganis mit Mißklängen zum Erliegen kam, konnte sich sein Verstand dem Ungeheuerlichen, das da geschah, nicht länger verweigern

»Nein! Das wagen sie nicht!«

König Halapua sprang mit einer Hast auf, die man einem so beleibten Mann nicht zugetraut hätte. In seiner Stimme mischte sich Wut mit Entsetzen. Überall auf den Palastmauern waren Angreifer zu erkennen, die Gäste aus den Hohen Familien sprangen schreiend auf, und innerhalb von Augenblicken verwandelte sich das Hochzeitsfest in ein Schlachtfeld.

Halapuas dröhnende Baßstimme rief laut nach den Wachen; die hatten bereits von sich aus Alarm gegeben und versuchten, sich den Angreifern entgegenzustellen. Doch die Krieger starben unter den Streichen der Angreifer wie arglose Moralarven, die einem Zaikar zum Opfer fielen. Bei Eomes, wo blieben die anderen Wachen? Nukulahi erkannte, daß auch Tongaro aufsprang, um sich einen Überblick über den Tumult zu verschaffen. Erst jetzt hörte der Prinz den Kampfeslärm hinten im Palast. Offenbar waren die unbekannten Angreifer auch dort eingedrungen.

»Sieh zu, daß du dich in Sicherheit bringst, Sohn!« Halapua zog seine Gemahlin hinter sich, die ebenso fassungslos wirkte wie die meisten der Anwesenden. »Diese Verräter haben bereits vor Tagen unsere geheime Waffenkammer geplündert. Ich hatte Buralofa ausgeschickt, um herauszufinden, wer dafür verantwortlich ist. Aber er muß gescheitert sein.« Halapuas Augen funkelten vor Zorn. »Niemals hätte ich geglaubt, daß die Verschwörung solche Ausmaße annimmt. Ich dachte, daß irgendwelche Solaren wieder ihre Machtspielchen untereinander austragen. Aber das hier ...«

Halapua brüllte den Wachen Kommandos zu. Rings um sie herum hatte sich ein gutes Dutzend Palastkrieger mit Speeren und Schilden aufgebaut, um den Rückzug der Herrscherfamilie zu decken. Doch wohin? Auch im Palast wurde gekämpft, und Nukulahi mußte mit ansehen, wie oben auf einer Balustrade zwei königstreue Krieger von zwei Angreifern vor sich hergetrieben wurden. Er hatte nicht vor zu fliehen. Nicht, solange sich Tuilaepe inmitten des Getümmels befand.

»Tongaro, beschütze meine Eltern!«

Der Prinz sah aus den Augenwinkeln heraus, daß sein Freund sich zu dem Königspaar umwandte. Mit einem gewaltigen Satz sprang Nukulahi über den Tisch, direkt hinein ins Getümmel, wo er einem Toten den Speer aus der Hand nahm. Hinter sich hörte er den Vater schreien, doch Nukulahi wandte sich nicht um. Ihm war alles egal.

Nur nicht Tuilaepe!

Als er in das wilde Treiben der Menschen eintauchte, war ihm, als stünde er hoch oben auf den Teli-Klippen und spränge von dort in die Tiefe, wo die Fluten der Lagune über ihm zusammenschlugen und er durch das tiefe Wasser zum Grund glitt.

Jeder Muskel seines Körpers war angespannt und all seine Sinne auf sein Ziel gerichtet. Die Geräusche um ihn herum verblaßten zu einem Brausen, jegliche Bewegung um ihn herum verlangsamte sich.

Spür den Rhythmus! Spür den Rhythmus! Tam teram. Tam teram.

Nukulahi erinnerte sich wieder an die Unterweisungen seines alten Lehrmeisters. Die Stimme des Obersten Richters ertönte tief in ihm, wie ein fernes Echo seiner Erinnerung. Und doch erinnerte er sich ihrer so deutlich, als stünde Buralofa neben ihm und gäbe ihm leise den Takt der Kampfschritte mit seiner Buruganí vor.

Spür den Rhythmus! Spür den Rhythmus! Tam teram. Tam teram.

Das erste Mal in seinem Leben verstand Nukulahi wirklich, was Buralofa damit gemeint hatte. Er hörte den Rhythmus. Er fühlte den Rhythmus. Der Kampfeslärm um ihn herum war wie Musik, und er tanzte dazu den geheimen Tanz des Todes. Erst jetzt begriff er, daß der Copbuh der Frauen das geheimnisvolle Gegenstück zu diesem Tanz war. Der Tanz des Lebens und der Tanz des Todes waren wie die zwei Flügeldecken auf dem Rücken eines Käfers. Sie waren einander ebenbürtig, und das eine schien ohne das andere nicht denkbar zu sein …

Welle des Südens, Sprung des Zirjak, Wirbel der Lagune. Nukulahi fuhr in das wüste Treiben im Palastgarten ein wie ein Sturmwind. Nur am Rande bekam er mit, wie er im Weg stehende Gäste beiseite schleuderte, sich mit Tritten, Sprüngen und Drehungen Raum verschaffte oder unter den Hieben der Angreifer hindurchtauchte, um diesen schon einen Atemzug später unerbittlich den Speer zwischen die Rippen zu treiben oder ihre Kehlköpfe mit gezielten Hieben des Schaftes zu zertrümmern.

Dann hatte er den Ort erreicht, wo er Tuilaepe das letztemal gesehen hatte. Die drei Tänzerinnen lagen am Boden. Aus dem Copbuh-Kostüm der unbekannten Dritten ragte die Spitze eines Blasrohrpfeils. Sie war tot. Lumelume hingegen hatte sich tapfer über die benommene Tuilaepe geworfen, um sie mit ihrem eigenen Körper vor den Tritten und Stößen der panischen Menschenmasse zu schützen. Dennoch blutete seine Braut am Kopf und schien nur benommen wahrzunehmen, was um sie herum geschah.

Nukulahi brüllte vor Zorn. Drei der Aufrührer stürmten mit erbeuteten Waffen und lautem Kriegsgeschrei auf ihn zu. Zwei Palastwachen warfen sich ihnen entgegen, doch die harten Eisenwaffen zertrümmerten ihre Schilde und Speere. Dann waren sie bei ihm. Nukulahi hatte sich schützend vor den beiden Frauen aufgebaut. Aus den Augenwinkeln heraus sah er, wie die Fremde, die er vor wenigen Stunden zu seiner Hochzeit geladen hatte, nicht weit von ihm entfernt mit einem Angreifer rang, während sich der kleine Junge unter einem Tisch verborgen hielt. Sie war es nicht, die diesen Aufstand anführte. Die Entdeckung erleichterte und entsetzte ihn zugleich.

Flug des Aiok. Mit einem gezielten Tritt fegte er dem ersten der Heranstürmenden die Waffe aus der Hand und wirbelte ihn gegen den zweiten Angreifer.

Speer in Brandung. Sein Speer bohrte sich tief in dessen Brust.

Welle des Südens. Nukulahi duckte sich und spürte den Luftzug einer langen Hiebwaffe knapp über sich hinwegfegen. Der dritte Angreifer ließ sein Sichelschwert auf ihn niedersausen.

Dach der Brandung ... Nukulahi hörte ein Splittern, als die Waffe seinen Speer zertrümmerte und die Spitze in hohem Bogen davonflog. Mit einer geschmeidigen Bewegung wich er der Schneide aus; trotzdem konnte er nicht verhindern, daß sie auf seinem Arm eine blutige Schramme hinterließ.

Faust des Südens, Lauf des Jovo, Regen auf Fels – Nukulahi tat alles, um sich die beiden verbliebenen Angreifer mit Händen, Füßen und zersplittertem Schaft vom Leib zu halten. Doch die wurden vorsichtig und umkreisten ihn lauernd. Ohne eine Waffe würde er gegen sie nicht standhalten können.

Ein schriller Pfiff gellte durch die Nacht und übertönte den Kampfeslärm. Nukulahi fuhr herum und sah, daß die Fremde vom Weltenrand etwas in seine Richtung schleuderte. Direkt vor ihm bohrte sich eine fremdartige Waffe in den Boden, die über eine lange, geschwungene Klinge verfügte. Sofort erkannte er, daß die Waffe aus dem harten Metall bestand, aus dem auch die Helas der Richter und die Waffen der Schmaläugigen gefertigt waren.

Nukulahi überlegte nicht lange. Er warf sich zu Boden, rollte sich ab und zog die eigenartige Hiebwaffe noch im Sprung aus dem Boden. Die Waffe lag schwer in der Hand. Sie fühlte sich ungewohnt an, war jedoch auffallend gut ausbalanciert. Dort, wo er eben noch gestanden hatte, zerschnitt eine Axt die Luft. Der Angreifer wirbelte wütend herum, doch der Prinz war schon aufgesprungen und schlitzte ihm mit der Klinge die gesamte rechte Seite auf. Schreiend taumelte der Krieger zurück. Mit einem wütenden Knurren hatte der letzte der Angreifer nun sein Sichelschwert erhoben und führte es mit aller Kraft von oben nach unten – ein Schlag, der ihm den Schädel spalten sollte. Nukulahi riß im letzten Augenblick seine neue Waffe über den Kopf, und die beiden Klingen prallten laut klirrend gegeneinander. Zu seiner Überraschung bemerkte er, wie Funken aufsprühten.

Sprung des Zirjak. Nukulahis Tritt gegen die Brust des Kriegers ließ diesen stöhnend nach hinten taumeln. Der Prinz wollte bereits nachsetzen, als von einem Moment zum anderen die schrillen Klänge von Buruganis zu hören waren, die dem Treiben um ihn herum Einhalt geboten.

Erst jetzt bemerkte Nukulahi, daß der Kampf im Palastgarten zum Erliegen gekommen war. Nur hier und dort leisteten vereinzelte Grüppchen von Palastwachen noch Widerstand. Aus den Augenwinkeln heraus sah er, wie Richter Thaman, der Leibwächter Tuilaepes, einen der Bewaffneten überwältigte, sich mit einem bedauernden Blick zu ihm umschaute und dann über die Palastmauer sprang.

Dieser Feigling!

Um Nukulahi herum hatte sich ein Kreis gebildet. An die Gartenmauern gedrängt, standen in stummem Entsetzen zahlreiche Gäste, die von unbekannten Kriegern in Schach gehalten wurden. Ungläubig erkannte Nukulahi, daß sich unter den Bewaffneten zahlreiche Solare befanden, die ihn mit höhnischem Blick musterten. Überall im Palastgarten lagen Tote und Verwundete – ausnahmslos Mitglieder jener Hohen Familien, die sein Vater Halapua zu den treuesten unter seinen Verbündeten zählte. Andere Solare und ihre Familienmitglieder hatte man zu Gruppen zusammengetrieben, die von Bewaffneten bewacht wurden, welche Waffen und Rüstungen aus coleopäischem Metall trugen. Nukulahi preßte entsetzt die Lippen aufeinander, als er das Ausmaß des Verrats erkannte. Die Verschwörer hatten die Aufregungen der letzten Tage dazu genutzt, heimlich eine ganze Heerschar nach Nuku'atepe zu bringen. Die Männer mit den Eisenwaffen der Schmaläugigen bildeten nur die Speerspitze des Angriffs.

»Gib auf, Nukulahi! Es ist vorbei.«

Wie in einem bösen Traum erblickte er Tongaro, der ihn kalt von der Terrasse aus anlächelte und in der Himmelssprache zu ihm sprach. In seiner Rechten hielt er den abgeschlagenen Kopf Halapuas. Nukulahi schien es, als blickte sein Vater ihn noch im Tode vorwurfsvoll an und fragte ihn, warum er nicht geflohen sei. Nukulahis Augen füllten sich mit Tränen, dann schluckte er seinen Schmerz hinunter und sah wieder Tongaro an.

»Warum?«

Nukulahi war bis ins Mark erschüttert. Sein Vater – tot. Sein bester Freund – ein Verräter. Nur am Rande nahm er wahr, wie sich neben ihm Tuilaepe erhob, die ihren Bruder ebenso ungläubig anstarrte wie er selbst. Mitfühlend berührte sie Nukulahi am Arm.

Tongaro lachte. Entsetzt entdeckte der junge Prinz einen glänzend eingeölten Krieger, der Königin Hai'pale an ihrem Haar gepackt hielt und nun neben Tongaro trat. Nukulahis Mutter wimmerte vor Schmerz und Kummer.

»Ich sehe, meine kleine Überraschung ist geglückt. Buralofa hat mich mit dem gleichen dummen Gesichtsausdruck angesehen wie du, Nukulahi. Man sagt, du habest ein ganz besonders inniges Verhältnis zu ihm gehabt.«

»Gib meine Mutter frei!«

Die Stimme des Prinzen klang beherrscht und ebenso kühl wie die Tongaros. Jeder im Palastgarten nahm die Veränderung wahr, die Nukulahi erfaßt hatte. Etwas in ihm war zerbrochen. Die Leichtigkeit der Jugend war von ihm gewichen. Nie mehr würde er blind Vertrauen schenken. Während eines Atemzuges sah er sein Leben an sich vorüberziehen: er und Tongaro bei den Teli-Klippen. Das Leuchten in den Augen seines Vaters, als er ihn nach seinem Mannbarkeitsfest in die Arme schloß. Richter Buralofa, der ihn feierlich zu seiner ersten Übungsstunde begrüßte. All das war vorbei.

»Wenn du deine Waffe nicht unverzüglich niederlegst, dann wird mir leider nichts anderes übrigbleiben, als auch deine Mutter zu richten.«

Nukulahi schüttelte ungläubig den Kopf – innerlich erstarrt, nicht fähig, einen klaren Gedanken zu fassen.

»Wie konntest du?!« Aus der schrillen Stimme Tuilaepes sprachen Unglaube und Wut. »Wie konntest du solche Schande über unsere Familie bringen? Unser Vater wird dich für diesen Verrat strafen!«

»Unser Vater?« Tongaros Stimme war schneidend vor Kälte. »Unser Vater war ein Schwächling. Nichts als ein närrischer alter Mann. Ich habe ihm die einzige Ehre erwiesen, die ich ihm als Sohn zukommen lassen konnte. Den Tod als Krieger!«

Zwei der Aufrührer neben Tongaro traten zurück und gaben den Blick auf einen Leichnam frei, den man auf die leergeräumte Festtafel gelegt hatte. Wäre nicht die Waffe gewesen, die in seiner Brust steckte, man hätte selbst jetzt glauben können, Pateliso schlafe friedlich.

»Ich bin sein Nachfolger. Ich bin der neue Solar von Lavaka'motu – und nicht nur das. Vor euch steht der neue König Coleopas!«

Die Aufrührer im Palastgarten jubelten laut. Ihr Geschrei war gewiß bis hinunter in die Stadt zu hören. Langsam fand Nukulahi wieder in die Wirklichkeit zurück.

Sein Vater war tot, und er selbst hatte zum ersten Mal in seinem Leben Menschenblut vergossen. Der Tanz des Todes, den er getanzt hatte, war diesmal kein Spiel gewesen. Erst jetzt kam Nukulahi wirklich zu Bewußtsein, daß er drei Männer getötet und mindestens fünf schwer verletzt hatte.

Tuilaepe schluchzte trocken, und Nukulahi fühlte trotz seines eigenen Schmerzes mit ihr. Sanft berührte er sie mit der freien Hand am Arm. Dann schleuderte er angewidert die Waffe zur Seite, die ihm die Fremde vom Weltenrand zugeworfen hatte.

»Wenn du ein Mann bist, Tongaro, dann versteckst du dich nicht hinter deinen Kriegern, sondern kämpfst mit mir!«

»Du wagst es, Forderungen zu stellen? Nein, ich habe andere Pläne mit dir.« Tongaro lächelte kalt. »Und jetzt bringt Tuilaepe auf ihre Gemächer!«

Zwei Krieger traten auf Nukulahi und die Prinzessin zu.

»Ich bleibe bei meinem Gemahl!« Tuilaepe reckte stolz ihr Kinn und ergriff Nukulahis Hand.

»Du närrisches Weib. Du bist noch immer unvermählt, begreife das! Der Vermählungsritus wurde unterbrochen. Du wirst deine Zeit nicht weiter mit diesem Narren verschwenden. Auch mit dir habe ich andere Pläne!«

Die beiden Krieger entrissen dem Prinzen seine Braut. Nukulahi hatte das Gefühl, sein Herz müsse zerspringen. Allein der Gedanke, sie in Sicherheit zu wissen, schenkte ihm Trost. Tongaro würde seiner Schwester nichts zuleide tun – noch nicht. Langsam wandte er sich dem selbsternannten coleopäischen König zu. Kälte floß aus Nukulahis Herzen in seine Glieder, ergriff Besitz von seinem ganzen Sein und bündelte sich durch seine goldbraunen Augen zu einem Pfeil aus abgrundtiefer Verachtung. Ein Blick, der Tongaros Krieger instinktiv einen Schritt zurückweichen ließ.

»Wenn du mich jetzt nicht tötest, Tongaro, dann wirst du für deinen Verrat büßen. Dann wirst du für jeden Tropfen Blut, der heute vergossen wurde, bitter bezahlen. Das schwöre ich dir bei der Ehre meiner Ahnen.« Nukulahis Stimme klang fremd in seinen Ohren. Kalt. Beherrscht. Tot. Er hatte nichts mehr zu verlieren. Denn er besaß nichts mehr.

»Nichts wirst du mehr tun«, erwiderte Tongaro, ohne eine Gefühlsregung zu zeigen. »Sterben wirst du, und das schon sehr bald. Aber nicht hier. Dazu bist du mir zu kostbar. Nein, ich werde dich und deine neuen Freunde vom Weltenrand in den Krater des Mauga Kara'tubo werfen lassen. Eomes erwartet ein Opfer von uns, wenn wir das Reich von deiner unwürdigen Blutlinie reinwaschen. Euer Tod wird das Ende eines ehrlosen Zeitalters besiegeln!«

Nukulahi antwortete nicht. Längst war in ihm der Geist eines Kriegers erwacht. Und das erste Wort, das in seinem Herzen erblühte, lautete Rache. Ja, er würde sich rächen.

»Lebt noch einer von den Fremden?« Tongaro warf einen Blick zu der umgestürzten Tafel mit den Spezialitäten, und sofort traten drei Rebellen mit Speeren vor, die die Frau und den Jungen vom Rande der Welt im Klammergriff hielten. Mit einem Stoß trieben sie die beiden zu Nukulahi. Die Frau in ihrem verdreckten Kostüm, das jetzt nur noch schwach an die Farbe des Meeres gemahnte, sah ihn gefaßt an. Der Kleine hingegen machte den Eindruck, als würde er sogleich losheulen. Er schien die Himmelssprache gut genug zu verstehen, um zu begreifen, was Tongaro mit ihnen vorhatte.

»Du wirst scheitern, Tongaro. Die übrigen Mitglieder der Hohen Familien werden dich aufspüren und vernichten. Wenn nicht ich das tue.« Nukulahis Gesichtsausdruck war starr wie eine Totenmaske, während er sprach.

»So, werden sie das?« Tongaro warf mit einer verächtlichen Geste den Kopf Halapuas hinter sich, der dumpf auf der Palastterrasse aufschlug. Dann schmunzelte er böse.

»Fünfzehn Solare sind auf meiner Seite, und die anderen sollten sich gut überlegen, was sie tun. Schließlich haben sich heute auf Nuku'atepe zahlreiche Gäste aus allen Familien versammelt. Wir wollen doch nicht, daß ihnen etwas geschieht ...«

Die umstehenden Verschwörer lachten.

»Und jetzt wünsche ich, daß ihr diesen Schwachkopf und seine lästerlichen Freunde in den tiefsten Kerker werft, den ihr im Palast findet! Anschließend sollen die Solare zu mir kommen. Wir müssen uns um diese beiden Schiffe dort draußen kümmern.«

Weltenecho

Vor der Küste von Nuku'atepe,
vormittags am 17. Tag des Hitzemondes,
im 458. Jahr der Abwesenheit Gottes

Steuermann Lakshapheus wälzte sich in seiner Hängematte hin und her, die quer durch die kleine Schiffsmesse aufgespannt war. Erst vor zwei Stunden hatte er seinen Platz oben auf dem Heckkastell verlassen und das Kommando Bootsmann Brahthos übergeben. Schlaf hatte er dennoch keinen gefunden. Von Deck ertönte gedämpft das Glasen der Schiffsglocke und erinnerte Lakshapheus daran, daß es jetzt bereits 14 Stunden her war, daß Kapitänin Surjadora zusammen mit Kapitän Vanakinos und dem Schiffsjungen die Insel betreten hatte. Die Besatzungen des Beiboots waren mit der Nachricht zurückgekehrt, die drei seien nach anfänglichen Schwierigkeiten auf eine königliche Hochzeit eingeladen worden.

Sicher, die Kapitänin hatte im Augenblick gewiß alle Hände voll zu tun, um mit den Herrschern des neu entdeckten Reichs diplomatische Noten auszutauschen. Trotzdem machte sich Lakshapheus Sorgen. Eigentlich hatte er erwartet, die Kapitänin werde in der Nacht Signal setzen, um wieder zurück aufs Schiff gebracht zu werden. Doch inzwischen war am Horizont wieder die Sonne aufgegangen.

Es mochte zahlreiche Gründe dafür geben, daß sich die Kapitänin bislang nicht zurückgemeldet hatte. Vielleicht war sie eingeladen worden, die Nacht im Palast zu verbringen? Vielleicht befand sie sich gerade jetzt in einem wichtigen Gespräch mit dem König dieses Reichs? Vielleicht hatte sie auch andere Verpflichtungen zu erfüllen? Was wußte er schon, was die Kultur dieser Inselwelt hier vorschrieb.

Dennoch, wenigstens eine kurze Mitteilung hätte sie ihm zukommen lassen können. Lakshapheus drehte sich unruhig wieder auf die andere Seite, und sein Blick fiel auf ein kleines Gemälde über der Klappbank, das er Kapitänin Surjadora vor vielen Jahren geschenkt hatte. Es zeigte drei merkantilische Galeeren vor einer Ansicht der stolzen Stadt Porto Oldo, oben im Norden Ajunas, auf der jedes wichtige Gebäude zu erkennen war. Es war nicht irgendein Gemälde, sondern ein Jugendwerk von der Hand des berühmten Malers Niccola Lodovico Malatesta. Sein Talent war schon als Dreizehnjähriger so außergewöhnlich gewesen, daß das einflußreiche Haus da Gona, das im gesamten Merkantilischen Imperium Handelsniederlassungen besaß, auf den jungen Künstler aufmerksam geworden war.

Malatesta galt heute, trotz der vier Lebensjahrzehnte, die er erst durchschritten hatte, als einer der talentiertesten Maler, Bildhauer und Baumeister Ajunas. Das berühmte Fresco des *Myriander im Sturm*, das sich im Palast der Primarchin zu Cantamo befand, war von Malatesta und dreien seiner begabtesten Schüler gestaltet worden, ebenso die andhakleischen Wasserspiele, die er vor zehn Jahren im Auftrag des Maharadschas Mahatargos III. errichtet hatte. Schon seit langem rissen sich Kirchenfürsten und Herrscher von beiden Seiten des Kontinents um Malatesta.

Lakshapheus wollte lieber nicht wissen, auf welche Weise jener Händler damals an das Bild gekommen war. Er hatte zehn kurjamäische Golddubokinen und etwa die gleiche Anzahl katauekischer Lochmünzen in Silber dafür hinlegen müssen. Dennoch war das Bild in seinen Augen trotz des stattlichen Preises nur ein unzureichendes Zeichen des Danks.

Lakshapheus war vor neun Jahren vor der Küste von Honaghûsa in die Hände von Sklavenjägern geraten. Ohne zu zögern, hatte Surjadora ihn und fünf weitere Kurjamäer freigekauft, als sie die Männer auf dem Sklavenmarkt von Markomassa entdeckt hatte. Er hatte ihr nie die Wahrheit erzählt, wie es dazu gekommen war. Doch man konnte sagen, daß ihn mit der Kapitänin seit dieser Zeit so etwas wie Freundschaft verband, auch wenn sie nach all den Jahren selbst ihm gegenüber stets eine gewisse Unnahbarkeit wahrte. Nicht das erste Mal fragte er sich, ob es jemals einem Mann gelungen war, ihren Kokon aus seemännischen Dienstvorschriften, kühler Selbstbeherrschung und kaufmännischer Gewieftheit zu durchdringen.

Von Deck ertönten aufgeregte Stimmen und dumpfes Lachen. Als er kurz darauf Schritte im Niedergang hörte und jemand an die Tür zur Messe klopfte, stand er bereits mit gewickeltem Turban im Raum und hatte seine Stiefel übergestreift.

»Herein!«

Die Tür öffnete sich. Überrascht sah ihn der diensthabende Rudergänger an, der wohl nicht erwartet hatte, den Steuermann wach vorzufinden. Seine vielen hölzernen Ohrringe schlugen klickend gegeneinander, als er Meldung machte.

»Bootsmann Brahthos schickt mich. Auf der Insel tut sich was. Scheint so, als ob die uns offiziell begrüßen wollen.«

Endlich hatte diese Warterei ein Ende! Der Steuermann griff zu seinem Waffengehänge und folgte dem Mann an Deck. Dort hatten sich die Männer der Bugwache schon neugierig versammelt, um einen Blick auf das bunte Treiben in der Bucht vor ihnen zu werfen. Auch Geschützmeister Bashorides und das halbe Dutzend kurz vor der Ablösung stehender Seesöldner, die die Nacht über müde auf dem Vorderkastell ausgeharrt hatten, traten näher an das Schanzkleid.

Im Hafen konnte man mehrere Hundert Insulaner erkennen, die im Licht der Morgensonne und unter festlichen Klängen fremdartiger Musikinstrumente die Segelflöße beluden. Lakshapheus trat an die Reling und zog das Fernrohr aus, das ihm Kapitänin Surjadora überlassen hatte. Dann warf er einen Blick hindurch an den Strand. Die Insulaner luden große Körbe auf die Segelflöße. Einige von ihnen waren verschlossen, in anderen stapelten sich Früchte. Die Fremden in ihren bunten Metallschürzen lachten und sangen, und immer wieder winkten sie zu den beiden Schiffen herüber.

»He, sieht so aus, als hätte die Kapitänin dafür gesorgt, daß diese Wilden uns was zum Fressen bringen!« Laut tönte die Stimme von Schiffskoch Garuleos, und die Männer lachten rauh. Fast zwanzig Segelflöße konnte Lakshapheus durch das Rohr erkennen, die jeweils von vier festlich geschmückten Insulanern besetzt wurden.

»Bei den Nüssen des heiligen Guelfo! Seht euch das an. Weiber!«

Man konnte die Baßstimme von Bootsmann Brahthos aus den Umstehenden heraushören, der zum Strand deutete, wo eine Gruppe leicht bekleideter Tänzerinnen mit Blütenkränzen erschienen war, die die Hüften im Takt der Musik kreisen ließen.

Mit leuchtenden Augen folgten die Seeleute seinem Fingerzeig.

»He, vielleicht bekommen wir ja Landgang?« war eine aufgeregte Stimme zu hören. Lakshapheus verdrehte die Augen gen Himmel. Wo war nur die Kapitänin? Aufmerksam ließ er das Sehrohr am Strand der Bucht entlangwandern und entdeckte dann inmitten einer Gruppe Insulaner den grün umwickelten Helm von Vanakinos. Der Kapitän der *Bavakuleos* war umringt von einer Gruppe Würdenträger in bunten Kleidern und deutete auf drei weitere Körbe, die am Strand standen. Auch diese wurden jetzt auf ein Segelfloß geladen, von denen die ersten bereits ins Wasser geschoben wurden.

Von der *Bavakuleos*, die etwa eineinhalb Mastlängen von ihnen entfernt Anker geworfen hatte, waren begeisterte Rufe zu hören. Auch dort sah man mit Freude der Aussicht entgegen, endlich wieder etwas Vernünftiges zum Beißen zu bekommen.

Lakshapheus ließ das Sehrohr sinken und atmete erleichtert aus. Dann war offensichtlich alles gutgegangen.

»Alle Männer zurück auf ihre Plätze! Bereitmachen zum Aufnehmen der Ladung!«

Lakshapheus strich zufrieden über seinen Wickelbart. Das war ein Befehl, den er den Seeleuten nicht zweimal zu geben brauchte. Der Ladebaum wurde klargemacht und das Gatter zum Stauraum geöffnet. Sogar die Männer der Freiwache waren an Deck gekommen und halfen ihren Kameraden. Die Karavelle ähnelte nunmehr einem aufgeregten Bienenstock.

Inzwischen näherte sich den beiden Karavellen eine ganze Flotte der Segelflöße, die schnell herankamen. Lakshapheus wurde erst jetzt gewahr, wie viele es waren. Hatte die Kapitänin vorgesehen, daß die Bewohner des Archipels beim Beladen helfen sollten?

Irritiert suchte er den Strand wieder nach Surjadora ab. Doch sie war nirgends zu sehen. Lakshapheus war schon neugierig darauf, was der Kapitän der *Bavakuleos* berichten würde. Der hatte unterdessen in Begleitung dreier Würdenträger eines der Segelflöße bestiegen. Der Steuermann wunderte sich, wie geschickt sich der Kapitän in seiner blinkenden Rüstung auf dem fremden Segler bewegte.

Die ersten Segelflöße hatten unterdessen die *Bavakuleos* erreicht, wo die Männer begeistert das Fallreep hinunterließen. Lakshapheus registrierte mit neuerlicher Verblüffung, wie gewandt sich Vanakinos unter dem Segel dieses doppelrümpfigen Floßes hindurchschwang. Es sah beinahe so aus, als wäre der Kapitän barfuß. Wie ungewöhnlich für ihn!

Noch einmal klappte der Steuermann das Fernrohr aus und warf einen Blick hindurch. Endlich standen die drei Würdenträger nicht mehr im Weg, und Lakshapheus konnte einen Blick auf den Behelmten werfen. Ihm stockte der Atem. Das war nicht Vanakinos!

»Alarm! Alle Mann an Deck! Das ist eine Falle!«

Die Männer erstarrten mitten in ihren Tätigkeiten und warfen ihrem Steuermann zweifelnde Blicke zu. Doch der war schon in großen Sätzen zum Heckkastell gelaufen und schlug eigenhändig die Schiffsglocke. Laut ertönte ihr Klang an Bord und weckte auch den letzten der unter Deck liegenden Männer auf.

»Sofort Anker lichten! Brahthos, aufbrassen! Tarjixes, die Entermesser!«

Drüben auf der *Bavakuleos* waren inzwischen die ersten Insulaner an Bord geklettert. Etwas Metallisches blitzte im Licht der Morgensonne auf, und vom Vorderkastell des Schwesterschiffes stürzte ein kurjamäischer Seemann ins Wasser. Kampflärm brandete zu ihnen herüber.

Etwa ein halbes Dutzend Segelflöße waren nun auch an die *Stern von Andhakleia* herangekommen. Die Deckel der Körbe und einige der zuoberst liegenden Früchte wurden ins Meer geworfen. Die Fremden stimmten Kriegsgeschrei an und zogen lange Messer, blinkende Äxte und Holzstangen aus den bauchigen Behältern.

Auf dem Hauptdeck der *Stern von Andhakleia* brach Panik aus. Lakshapheus konnte sehen, wie Brahthos umgehend reagierte und seinen langen Stock auf Arme und Rücken der Seeleute niedersausen ließ. Endlich wurden auch seine Befehle ausgeführt. Zwei Dutzend Männer kletterten eilends die Wanten hinauf, um die Segel klarzumachen, während auf dem Vorderkastell die Rufe von Geschützmeister Bashorides zu hören waren. Auf dem Vorschiff erklang das Rattern einer Winde, während die schwere Kette mit dem Anker rumpelnd durch die eisenverstärkte Klüse fuhr.

Drei der Segelflöße gingen längsseits. Acht fremde Krieger in bronzenen Kriegsschürzen sprangen auf das Fallreep und kletterten brüllend an Deck, wo sie schon von den Seesöldnern erwartet wurden, die Bashorides dorthin abkommandiert hatte. Auf den Mann war Verlaß!

Zwei weitere Segelflöße rauschten dicht an der Karavelle vorbei; auf ihnen standen fremde Krieger mit Holzrohren am Mund, mit denen sie auf die Männer in den Wanten zielten. Einige der Seeleute schrien gellend auf und versuchten, sich etwas aus dem Körper zu ziehen. Dann verließ sie die Kraft, und sie stürzten krachend aufs Deck.

Was war das? Gift? Lakshapheus fluchte stumm. Diese Waffen mußte sich der Bucklige in seiner Kakerlakenkutsche ausgedacht haben!

Überall war Brüllen und lautes Geschrei zu hören. Weitere Insulaner kletterten an Bord.

Die Siebener-Elephantinen auf dem Vorderkastell waren längst gespannt und gefechtsbereit. Der Geschützmeister klang ruhig und konzentriert.

»Ziel auffassen! Gut so ... Schuß!«

Die Geschützbedienung hinter dem Schanzkleid hatte die Lafette der Arcuballistae auf einen der Segler mit den Blasrohrschützen ausgerichtet und schoß alle drei Steinkugeln des Torsionsgeschützes gleichzeitig ab.

Volltreffer! Die Schreie der Insulaner gingen in dem Splittern und Krachen unter, mit dem die Geschosse den Segler in Trümmer legten. Auf dem Hauptdeck der *Stern von Andhakleia* tobten erbitterte Kämpfe. Trotzdem fanden sechs Seesöldner mit Bögen den Weg über die Treppe zum Heckkastell. Lakshapheus erkannte mit grimmigem Vergnügen, daß Schiffszimmermann Tarjixes und zwei weitere Männer ein großes Faß mit Entermessern aus dem Schiffsbauch geholt hatten und die Waffen nach und nach an die Seeleute verteilten. Die waren in der Zwischenzeit nicht untätig geblieben. Ein Dutzend von ihnen hielt schwere Belegnägel in den Händen, mit denen sie den Söldnern auf Haupt- und Zwischendeck dabei halfen, die Enterer wieder über Bord zu werfen.

Auch von der Backbordseite hörte man jetzt Alarmrufe. Drei weitere Segler hatten sich dort dem Schiff genähert, und auch hier machte sich ein Dutzend der Insulaner zum Entern bereit.

Einer der Seeleute brach von einem Speer getroffen zusammen und stürzte über die Reling. Zwei weitere Männer schrien auf, als sie am Kopf von Tonkugeln getroffen wurden, die beim Aufprall zerbarsten und sie in eine weiße Staubwolke hüllten. Zumindest diese Waffe kannte Lakshapheus von Berichten über die Eingeborenen auf den Jaguarinseln. Das war eine besondere Form von Kalk, den man angeblich aus Muscheln gewinnen konnte. Er verätzte Augen und Münder. Wenn die beiden nicht umgehend Wasser bekamen, würden sie erblinden.

»Legt an!« Der Befehl eines der Seesoldaten neben ihm erklang, und die Bogenschützen schossen eine Breitsalve auf die Insulaner ab. Fünf Angreifer stürzten getroffen von ihren Flößen.

»Legt an!« Obwohl sich einer der Bogenschützen plötzlich an die Brust faßte und stöhnend zusammenbrach, gaben die übrigen ungerührt eine zweite Salve auf die Insulaner ab. Der Angriff brach auf dieser Seite in sich zusammen.

Unvermittelt war hinter dem Kastell ein Geräusch zu hören. Lakshapheus, der die ganze Zeit über am Steuerrad gestanden hatte, wirbelte herum und sah einen dunkelhäutigen Krieger, der in dieser Sekunde über das Schanzkleid sprang. In seiner Rechten hielt er eine bronzene Streitaxt. Ohne zu zögern, zog Lakshapheus sein Wurfmesser und warf es aus dem Handgelenk. Der fremde Krieger griff sich an den Hals, taumelte gegen das Schanzkleid und brach röchelnd in sich zusammen. Blutiger Schaum troff von seinen Lippen. Ungerührt bückte sich der Steuermann, zog dem Toten sein Messer aus der Kehle, wuchtete ihn hoch und warf ihn dorthin zurück, wo er hergekommen war.

Als er sich umdrehte, fühlte er die anerkennenden Blicke einiger Soldaten auf sich ruhen. »Was ist? Habt ihr nichts zu tun?«

Sofort verteilten sich die fünf Männer auf dem Kastell und gaben Einzelschüsse ab, so lange, bis auch der letzte Angreifer niedergekämpft war. Lakshapheus verschaffte sich einen Überblick an Bord und erkannte neben den Leichen der Coleopäer, die seine Männer jetzt über Reling warfen, fast ein Dutzend gefallener Seeleute. Die meisten von ihnen waren offensichtlich durch heimtückische Giftpfeile ums Leben gekommen. Ein halbes Dutzend weiterer Matrosen lag stöhnend auf den Planken, darunter die beiden Männer, die von dem ätzenden Kalk getroffen worden waren. Ein hoher Preis, aber immerhin, der Angriff war zunächst einmal zurückgeschlagen.

Um die *Stern von Andhakleia* herum tanzten Trümmerteile und sieben leere Segelflöße auf dem Wasser. Ihre Segel verstellten zeitweilig den Blick auf die See um sie herum. Dennoch erkannte Lakshapheus, daß die *Bavakuleos* geentert worden war. Von der Bucht her näherten sich weitere zehn Segelflöße der *Stern von Andhakleia.*

Oben in den Rahen war endlich das Fallen der Segel zu hören. Was sie jetzt brauchten, war Wind – und das schnell!

Als hätten ihn alle Hochheiligen Aionars auf einmal erhört, fegte plötzlich eine starke Brise aus nördlicher Richtung über das Deck und blähte mit Macht die Segel. Sie war so stark, daß sich die Karavelle leicht nach Lee neigte. Einige der Seeleute kamen ins Stolpern.

»Sturmfront aus Nord-Nordost!« überschlug sich plötzlich eine Stimme im Ausguck, und die schreckgeweiteten Blicke der Männer oben in den Rahen ließen Lakshapheus herumfahren.

Tatsächlich, was dort am Himmel auf sie zurollte, war ... erschreckend! Eine verderbnisschwarze Wolkenfront stand in ganzer Breite über dem nördlichen Horizont und verdunkelte dort den strahlendblauen Himmel. Ein Himmel, an dem jetzt zahlreiche ... Rauchfäden? ... in fein zerfaserten Linien zu erkennen waren.

Rauch am Himmel?

Mit einemmal lag ein infernalisches Heulen in der Luft, und die Seeleute schrien auf vor Entsetzen. Einer der eigentümlichen Rauchfäden traf in etwa zehn Seemeilen Entfernung auf das Meer und ließ die See in einer gewaltigen Fontäne aufspritzen.

Bei allen Hochheiligen, was war das?

Unwillkürlich fiel Lakshapheus' Blick wieder auf den eigentümlichen Stern weit im Westen. Er war so groß wie noch nie, und selbst das Licht der Sonne, die langsam von der heraufziehenden Sturmfront verdunkelt wurde, konnte sein Gleißen nicht überdecken. Die ganzen letzten Tage über hatte ihn der ferne Himmelstrabant schon beunruhigt, auch wenn er dies der Kapitänin gegenüber nicht einzugestehen gewagt hatte.

Doch jetzt bereitete ihm diese Wand aus schwarzen Sturmwolken Sorge, die sich ihnen unausweichlich von Nordosten her näherte. Sie wirkte wie mit dem Messer gezogen. Auch die feindseligen Insulaner auf ihren Segelflößen brüllten furchterfüllt auf und deuteten wild gestikulierend in Richtung des Horizonts. Entschlossen wandte Lakshapheus seinen Blick von ihnen ab. Jetzt galt es, das Schiff zu retten.

»Sofort Großsegel bergen! Auf, auf, auf! Worauf wartet ihr!«

Der Steuermann hetzte zurück zum Steuerrad, und die Männer in den Rahen des Großmasts machten sich mit aller Kraft daran, das eben erst gebraßte Segel wieder einzuholen. Während Lakshapheus das Rad drehte, gellten auch schon seine nächsten Befehle über das Deck.

»Brahthos, laßt Sturmsegel setzen! Garuleos, Tote und Verletzte unter Deck! Tarjixes, laßt Strecktaue über das Schiff spannen. Die Männer sollen alles festlaschen, was nicht niet- und nagelfest ist! Bashorides, schafft sechs Eurer Männer zu den Pumpen!«

Lakshapheus wußte, daß er das Schiff herumwerfen und von der Insel fortbringen mußte, bevor der Sturm sie mit aller Kraft erreichte.

Das Sturmsegel wurde gehißt, und träge nahm die *Stern von Andhakleia* Fahrt auf. Die Karavelle durchstieß den engen Kordon aus Segelflößen, die achtern hinter ihnen zurückblieben, und Lakshapheus steuerte das Schiff direkt auf das offene Meer zwischen den Inseln zu.

Daß das Rettungsmanöver nur mit Glück würde gelingen können, war Lakshapheus klar, als der *Stern von Andhakleia* die erste hohe Welle entgegenrollte. Schwerfällig hob sie ihren Bug, und die Karavelle begann gefährlich zu krängen, während das Wasser unter ihr vorbeirauschte. Dann senkte sich das Vorschiff schwer in ein Wellental nieder. Seewasser spritzte über Deck, und die Männer mußten sich an den hüfthoch gespannten Strecktauen festhalten, um nicht gegen die Schiffsverkleidung geworfen zu werden.

Beim heiligen Myriander! Was geschah hier? Egal, sie mußten weit auf die See hinaus, wenn der Sturm das Schiff nicht an die Küste schmettern sollte!

Der Himmel über dem Horizont verdunkelte sich weiter, als unvermittelt ein tiefes Grollen in der Luft lag. Zunächst dachte Lakshapheus an ein Gewitter. Doch das war es nicht. Es hörte sich vielmehr an wie … der Widerhall einer großen Erschütterung!

Am westlichen Horizont war mit einemmal rotes Flackern zu erkennen, gefolgt von einem dumpfen Donnerschlag, der über die See rollte. Über einer der Inseln stand eine tiefschwarze Wolke, die auf ihrer Unterseite rot glühte. Gott, einer der Vulkane dieses Archipels war ausgebrochen. Und mit welcher Macht! Feuer und Asche regneten auf die See hinab.

War dies das Weltenende? Lakshapheus wußte es nicht, während er das Schiff hinaus auf die immer dunkler werdende See steuerte. Aber tief in seinem Innern hatte er das Gefühl, daß irgendwo, weit im Norden, etwas unfaßbar Schreckliches geschehen war.

Der Gefangene

Im Kerker des coleopäischen Königspalasts, einige Stunden zuvor

Surjadora fühlte sich wie zerschmettert. Die Krieger dieses wahnsinnigen Thronräubers hatten sie über steinerne Treppen tief in die unterirdischen Areale des Palasts geführt, die offenbar vor sehr langer Zeit in den Fels des Berges geschlagen worden waren. Weiter oben mochte alles aus strahlendweißem Korallengestein bestehen, hier unten aber war es schwarz wie die Nacht.

Die Verschwörer hatten die Aufforderung ihres Anführers anscheinend wörtlich genommen und sie in den tiefsten Kerker gebracht, der sich nur finden ließ. Irgendwann, am Ende eines uralten Ganges, hatte man sie schließlich in eine Felshöhle geworfen, die an einer Seite von einer Mauer aus Basaltquadern und Ziegeln begrenzt wurde. Offenbar hatte man hier einst weitere Verliese abgeteilt.

Am Boden lagen halb verschimmelte Bastmatten herum, ein Holzeimer neben der schweren hölzernen Tür mochte zur Aufnahme von Unrat bestimmt sein. Die Luft hier unten roch verbraucht. Trotzdem hatte Surjadora das Gefühl, daß dieses Loch schon seit sehr langer Zeit nicht mehr benutzt worden war.

Immerhin, der alternde Kerkermeister, der die inselfremden Krieger ängstlich angeführt hatte, hatte ihnen eine Fackel dagelassen, die aber bereits zur Hälfte abgebrannt war. Ein oder zwei Stunden vielleicht noch, dann würde sie endgültig die Finsternis einhüllen.

Der junge Prinz hatte seit ihrer Gefangennahme kein Wort mehr gesprochen. Er hockte, ein seidenartiges Gewebe in der Hand haltend, auf einem steinernen Sims und brütete dumpf vor sich hin. Tvashi hingegen hatte eine der Matten gesäubert und sich im Schneidersitz darauf niedergelassen. Er blickte sie aus traurigen Augen an. Am liebsten hätte sie den Jungen umarmt, aber Surjadora konnte sich nicht dazu durchringen. Zuallererst war sie seine Kapitänin.

Und auch sie mußte sich ihrer Furcht stellen.

Sie wußte nicht, wie lange sie schon im Kerker auf und ab gegangen war. Die schwere Holztür zum Gang bewegte sich nicht einmal, wenn man sich dagegenwarf, und es gab nirgendwo ein Fenster. Die einzige Hoffnung, die sie hatte, trug sie verborgen unter ihrem Sari. Man hatte ihr zwar den kleinen leomannischen Zierdolch abgenommen, aber niemand hatte bemerkt, daß sie heimlich den Parierdolch aus dem Waffengehänge von Vanakinos eingesteckt hatte. Man hatte sie noch nicht einmal untersucht. Offenbar traute man einer Frau auch auf diesen Inseln nicht allzu viel zu.

Sie hatte die ganze Zeit darauf gewartet, daß Nukulahi seine

Lethargie überwinden würde, aber als dies nicht geschah, fuhr sie schließlich herum und baute sich vor dem jungen Mann auf. Wütend redete sie ihn in der *lingua dei* an.

»Hoheit, wie lange wollt Ihr noch dort herumsitzen und Euch selbst bemitleiden?«

Der junge Mann blickte zu ihr empor und schnaubte lakonisch.

»Soll ich ebenso wie Ihr meine Kräfte vergeuden und wie ein Pura hin und her laufen? Ihr befindet Euch in der Königsfestung. Aus dieser gibt es kein Entkommen.«

Surjadora dachte wieder an die erstaunlichen Kampfkünste zurück, die der Prinz im Palastgarten zur Schau gestellt hatte. Mit aufforderndem Blick zog sie den Parierdolch unter ihrem Sari hervor.

»Es ist nicht so, daß wir ganz ohne Hoffnung wären. Vielleicht könntet Ihr damit etwas anfangen?« Sie reichte ihm die Waffe, und der Prinz betrachtete den Dolch mit einigem Interesse. »Irgendwann müssen diese Wachen doch wieder zurückkommen. Und dann ...«, sie zog eine Hand in vielsagender Geste über ihren Hals. »Ihr versteht?«

Nukulahi gab ihr den Parierdolch zurück.

»Unter anderen Umständen eine nette Idee. Aber vielleicht ist Euch schon aufgefallen, daß sich unter den Verrätern, die uns hierher begleitet haben, sogenannte Richter befinden?«

»Richter?«

Müde erklärte Nukulahi ihr die Funktion der Krieger mit den Purpurhaaren.

»Zwei von ihnen gehören ebenfalls zu den ... Mördern meines Vaters.« Die Stimme des Prinzen war ausdruckslos. »Ich weiß nicht, ob ich es gegen sie und die Wachen aufnehmen kann. Tongaro ist nicht dumm. Er wird kein Risiko eingehen und stets mehrere Krieger zu uns herunterschicken. Selbst wenn ich mich auf einen Kampf mit unseren Bewachern einlasse, hat einer von ihnen immer die Gelegenheit, oben Verstärkung zu holen. Vielleicht werden die anderen Euch auch mitten im Kampf als Geiseln nehmen? Was soll ich dann tun?«

Surjadora starrte den Prinzen wütend an. Wie konnte man nur so schwarzsehen? Sie fand ihre Idee eigentlich ausgezeichnet. Doch in der Gemütsverfassung, in der sich der Königssohn befand, war an einen Ausbruch wirklich nicht zu denken. Vielleicht hatte er sogar Recht. Daß er nicht bereit war, eine Flucht ohne Rücksicht auf sie und Tvashi in Erwägung zu ziehen, nun, das war zumindest ... erstaunlich.

Verdammt, langsam begann sie selbst die Hoffnung zu verlieren. Surjadora ertappte sich dabei, sich Vanakinos an ihre Seite zu wünschen. Der ehemalige Kapitän war in seiner Überheblichkeit zwar unerträglich gewesen, aber hier und jetzt hätten sie beide sicher aufs eifrigste Pläne geschmiedet.

Es mußte eine Möglichkeit geben, aus diesem Kerker zu fliehen und Lakshapheus eine Warnung zukommen zu lassen. Wenn die beiden Karavellen aufgebracht würden, wäre jede Hoffnung, von den Inseln zu entkommen, zunichte.

Surjadora seufzte. Sie konnte es drehen und wenden, wie sie wollte. Wahrscheinlich kam sie erst wieder aus diesem Loch, wenn der Wahnsinnige dort oben beschloß, sie in den Vulkankrater zu werfen.

Müde ließ sich die Kapitänin an der künstlichen Wand hinabgleiten. Sollte das hier gar das Ende sein? Lieber würde sie sich den verdammten Dolch selbst ins Herz jagen, bevor sie dem Kerl da oben seinen Triumph gönnte. Kurz schoß ihr die Frage durch den Kopf, wie viele große Entdecker es wohl vor ihr gegeben hatte, von denen man nur deswegen nie etwas erfahren hatte, weil sie von den Bewohnern der entdeckten Länder umgebracht worden waren.

Surjadora spürte die Blicke Tvashis auf sich ruhen, und sie kämpfte den Impuls nieder, ihr Haupt erschöpft auf die Knie zu betten. Der Junge stand plötzlich auf und zog mit einem verschämten Seitenblick in Richtung des Prinzen etwas Goldenes unter seinen Kleidern hervor. »Das lag oben im Garten«, flüsterte er.

Ungläubig starrte Surjadora auf den prachtvollen Stirnreif mit dem Saphir, den der Prinz während der Festlichkeit getragen hatte. Der Coleopäer hatte ihn während des Kampfes verloren, und Schiffsjunge Tvashareo hatte offenbar die Tollkühnheit besessen, ihn praktisch vor den Augen der Gegner einzustecken.

»Gut gemacht, Schiffsjunge.« Sie nahm den Reif entgegen und schwenkte ihn in Richtung des Prinzen. »Hoheit, schaut, was wir hier haben.«

Der Coleopäer blickte irritiert zu ihnen, dann sprang er auf. »Das gehört mir! Es ist das *Linke Auge des Eomes*!«

Surjadora stutzte, als sie den Namen hörte, während der Prinz den Reif ergriff.

»Sicher gehört es Euch, Hoheit. In diesem Raum hat niemand vor, Euch Eure Krone streitig zu machen.«

Der Coleopäer strich sich zögernd eine lange Haarsträhne aus der Stirn und warf Tvashi einen mißtrauischen, zugleich aber auch anerkennenden Blick zu. Gerade wollte er sich wieder setzen, als Surjadora ein leises Geräusch vernahm. Zuerst glaubte sie, die Wachen kämen zurück, doch dann begriff sie, daß das Geräusch von der Wand hinter ihr zu ihnen drang. Es war ein Klopfen.

Surjadora drehte sich um und betrachtete die alten Basaltquader. Vielleicht befand sich dahinter eine Kammer oder ein Gang?

Wieder ertönte ein Klopfen.

Vorsichtig spähte Surjadora zur Tür ihrer ungastlichen Stätte, nahm dann den Knauf des Parierdolchs und klopfte dreimal gegen die Wand.

Das Geräusch verstummte. Dann ertönte wieder ein Klopfen. Dreimal. Sie probierte es noch einmal. Diesmal zweimal kurz, zweimal lang. Nukulahi und Tvashi blickten sie erstaunt an.

Die Antwort erfolgte im gleichen Rhythmus.

»Vielleicht existiert hinter der Wand ein Gang?«

Der Prinz runzelte die Stirn und trat zu ihr.

»Ich glaube, nicht. Jedenfalls weiß ich davon nichts. Aber die Palastanlage ist uralt. Es heißt, der Gottessohn Eomes habe sie selbst einst errichten lassen.«

Gottessohn? Diese Heiden.

»Keine Ahnung, wer Euer Eomes sein soll, aber mir scheint sein Wirken etwas weltlich, wenn Ihr mich fragt.«

Nukulahi funkelte sie an.

»Ihr solltet seine Göttlichkeit nicht in Frage stellen! Natürlich war sein Wirken ... weltlich.« Die Worte des Prinzen ließen große Verwunderung erkennen, und Surjadora, die viel zu pragmatisch war, um sich ernsthaft mit Religion zu beschäftigen, erinnerte sich daran, daß sich auch die Lehre der Kirche auf die Leibhaftigkeit Aionars berief. Damals, bevor sich Aionar von der Welt abwandte ... Surjadora ignorierte den Prinzen und klopfte erneut gegen die Wand. Augenblicke später kam die Antwort. Doch von wo? In steter Folge klopfte sie die Wand ab und versuchte zu ermitteln, wo sich ihr Gegenüber befand.

Das Geräusch ertönte keinen halben Schritt zu ihrer Linken.

»Hier, da ist unser unbekannter Signalgeber.« Die Kapitänin deutete auf einen der Quader. »Scheint mir recht nah. Vielleicht ...«

Sie ließ ihre Worte unausgesprochen und versuchte, mit der Klinge den alten, harten Mörtel in den Fugen zwischen den Blöcken herauszukratzen, aber sie hatte nur leidlichen Erfolg damit. So kam sie nicht voran. Sie brauchte einen Hammer. Die Kapitänin erklärte, was sie vorhatte, und Nukulahi und Tvashi suchten die Kerkerhöhle ab. Tvashi kam mit dem großen Eimer zurück, der neben der Tür gestanden hatte.

»Sonst gibt es hier nichts.« Seine Stimme klang unsicher.

Surjadora war zufrieden. Kurz prüfte sie den Inhalt. Leer. Nur eine leichte Staubschicht bedeckte den Boden. Hoffentlich hielt er aus, was sie vorhatte. Behutsam wickelte die Kapitänin ihre Schärpe ab, in der sich eingenäht die flache Silberdose mit dem Signalpulver befand, das sie vielleicht noch benötigen würden.

Dann umwickelte sie den schweren Behälter sorgfältig. Sie wollte nach Möglichkeit einen lauten Hall vermeiden, wenn sie damit zuschlug.

»Schiffsjunge, geh zur Tür und lausche. Sag Bescheid, wenn Schritte zu hören sind.«

Sie wechselte in die *lingua dei* und wandte sich dem Prinzen zu.

»Wenn wir uns abwechseln, wird es uns vielleicht gelingen, die Ziegel in der Wand zu lösen. Hilft unser unbekannter Freund jenseits der Mauer ebenfalls mit, werden wir womöglich durchbrechen können.«

Der coleopäische Prinz blickte sie überrascht an. Surjadora war vorerst zufrieden – endlich hatte sie es geschafft, ihn auf andere Gedanken zu bringen. Sie verwendete den Parierdolch jetzt wie einen Meißel. Vorsichtig trieb sie die Klinge in die Fugen und schlug den Mörtel heraus. Auch von der anderen Seite erklangen Klopfgeräusche. Dann übernahm der Coleopäer und arbeitete dort weiter, wo sie aufgehört hatte. Besorgt warf die Kapitänin einen Blick auf die Fackel. Viel Zeit blieb ihnen nicht mehr.

Plötzlich war ein Knirschen zu hören, und der erste Block lockerte sich. Gemeinsam drückten sie ihn durch die Wand und spähten hindurch. Ein Geruch von Schweiß und Staub schlug ihnen entgegen.

»Hallo!«

Auf der anderen Seite erklang ein zögerliches Räuspern, und krächzend waren fragende Worte in einer ungelenken Sprache zu hören. Eine Männerstimme, zweifelsohne. Es hörte sich an, als hätte ihr Gegenüber schon lange nicht mehr gesprochen. Als die Kapitänin jedoch erkannte, in welcher Zunge der Fremde zu ihnen sprach, stieg maßloser Ärger in ihr auf. Das war doch die Sprache dieser – wie hatte sie Vanakinos so treffend bezeichnet? – Tangfresser!

Bei der Knute des heiligen Chrysantho! Nicht einmal hier, in diesem Loch, war man vor ihnen sicher. Surjadora war so wütend, daß ihr gar nicht zu Bewußtsein kam, wie absurd ihre Gedanken waren. Verärgert fuhr sie Nukulahi an.

»Ich dachte, Ihr hättet die Kataueken von Euren Inseln verjagt?«

Nukulahi schaute die Kapitänin verwundert an. »Ja, vor mehreren Generationen.«

»Und wie kommt es dann, daß der Kerl da drüben katauekisch spricht?«

Der Prinz warf ebenfalls einen finsteren Blick auf die Öffnung in der Wand.

»Ich weiß es nicht. Offenbar sind sie heimlich zurückgekehrt, und die Richter haben diesen Mann gefangengesetzt.« Dann weiteten sich seine Blicke schreckerfüllt. »Am Ende steht dem Reich jetzt auch noch eine neue Invasion bevor? Vielleicht ...«

»Ah, sein sprechen Sprache von ajunäische Gottesdienern? Ich mich freue in dies Lage zu hören!«

Durch die schmale Öffnung schob sich eine dürre, schmutzstarrende Hand wie zum Gruß. Tvashi, der ebenfalls an das Loch herangetreten war, war so verblüfft, daß er unwillkürlich in sie einschlug. Surjadora zog den Kleinen wütend zurück.

»*Bei den Blauen Göttern*, welch Freude. Ja, wirklich. Bitte ihr seien doch so nett und sprechen mit mir. Ist schon eine Weile her, daß sich jemand mit mir unterhalten.« Der Fremde hüstelte und zog seine Hand wieder zurück. »O bitte, ihr mir sehen nach, wenn ich neige zu Schwatzhaftigkeit. Aber in letzte Zeit ich mir habe angewöhnt, mich mit mich selbst zu reden. Verstehen? Schon eine Weile her, daß ich Vergnügen von richtige Unterhaltung hatte.«

»Was macht ein Kataueke hier an diesem Ort?« Surjadoras Stimme klang unwirsch.

»Oh, geschätzte *Lotosblüte*. Du doch Frau, oder? Das ich dich kann auch fragen.«

Die Kapitänin wollte etwas erwidern, war aber für den Augenblick sprachlos. Da erlosch die Fackel hinter ihnen.

»Ihr brauchen Licht? Ihr warten.« Hinter der Öffnung rumpelte es, dann konnte man einen schwachen, flackernden Lichtschein wahrnehmen. Durch das Loch wurde eine kleine Kerze gereicht.

»Seien vorsichtig mit Kerze. Ist meine vorletzte.«

Verblüfft nahm Surjadora die kleine Lichtquelle entgegen und drückte sie Nukulahi in die Hand.

»Vielleicht wir sollten schlagen größer Loch in Wand. Dann ihr mich können vielleicht ziehen heraus?« ertönte es jenseits der Wand.

Surjadora rollte ergeben mit den Augen, und abwechselnd mit Nukulahi erweiterte sie die Öffnung, bis die Kerze halb heruntergebrannt war. Dann, endlich, war das Loch in der Wand groß genug, daß sie den Kataueken hindurchziehen konnten.

Tvashi leuchtete, und Surjadora und Nukulahi beobachteten, wie sich der Fremde mit knackenden Gliedern erhob. Er war groß und mußte um die 50 Jahre alt sein. Gestalt und Gesicht wirkten ungewöhnlich hager, und seine Haare hingen lang und wirr von seinem Kopf herab. Ebenso wie sein zotteliger, bis zur Brust reichender Bart waren sie mit Steinstaub bedeckt. Die ehemals stattliche Kleidung des Kataueken hing in Fetzen von seinem Körper, und ein säuerlicher Geruch umgab ihn. Nichtsdestotrotz strahlte er sie an.

»Frei! Endlich! Ich hab zu danken.«

Dann erblickte er Nukulahi, der ihn ausdruckslos musterte, und das Lächeln des Mannes wirkte plötzlich unsicher. Endgültig gefror es, als er sich umsah und bemerkte, wo er sich befand.

»*Bei allen Wung Ling*! Das doch nicht können sein wahr! Das hier doch bloß sein andere Zelle.«

Der Kataueke wirkte fassungslos. Bei Aionar, wie lange war der Kerl schon hier eingesperrt? Mit einem Ruck zog Surjadora ihren Sari straff. »Habt Ihr erwartet, in der Palastküche rauszukommen?«

»Nein, natürlich nicht. Vielleicht in Raum von, öh«, der Mann suchte verzweifelt nach dem entsprechenden Wort in der *lingua dei*, »... Abfall?«

»Dann ist das nebenan also ebenfalls eine Zelle?«

»Ja. Wenn auch ... nicht sein ganz so ... kahl.« Der Kataueke betrachtete Surjadora eine Weile und schien über etwas nachzugrübeln. »Ehrwürdige ... Schiffsführerin von Steinige Staatenbund?«

»Eherne Liga!« raunzte Surjadora weniger giftig zurück, als sie es eigentlich vorgehabt hatte. Immerhin, der Kataueke hatte wenigstens erkannt, wer vor ihm stand. Sie verschränkte die Arme hinter dem Rücken und nahm Haltung an.

»Mein Name lautet Surjadora Kerishades. Ich bin Kapitänin der kurjamäischen Expeditionskaravelle *Stern von Andhakleia*, unterwegs im Auftrag des Maharadschas Mahatargos III.«

Unwirsch stellte sie dem Fremden Nukulahi und ihren Schiffsjungen vor. Der Kataueke musterte den Prinzen mißtrauisch, verkniff sich aber weitere Fragen, obwohl ihm diese sichtlich auf der Zunge lagen. Dann blickte er Tvashi an.

»Gute Junge. Sein gewesen auf See auch schon in deine Jahre.« Der hagere Kataueke beugte sich lächelnd zu Tvashi herunter, der furchtsam einen Schritt zurücktrat. Räuspernd richtete sich der geschundene Gefangene wieder auf und hob beiläufig seine Rechte; drei seiner Finger wurden von Goldringen überspannt.

»Mein Name Gijao Näng Singua. Dritte Kammer von Nautik. Treuer Diener von *Herr von Unwandelbare Ordnung*.«

Dem Kaiser von Katau? Auch das noch. Surjadora musterte den dreifachen Ring.

»Wie habt Ihr den an den Wachen vorbeigeschmuggelt?«

Der Kataueke grübelte nach den entsprechenden Worten und lächelte dann. »Hab ihn verborgen in Mund.«

Nukulahi, der den Katauekén die ganze Zeit über stumm betrachtet hatte, brach jetzt sein Schweigen. Aufgewühlt fuhr er ihn an. »Seit wann bist du hier eingekerkert? Bist du der einzige? Gibt es hier noch mehr von deiner Sorte? Plant dein Volk eine neue Invasion? Rede, Schmaläugiger!«

Der Kataueke setzte ein gezwungenes Lächeln auf und hob beschwichtigend die Hände.

»Oh, du sprechen Priestersprache von Land der … von ajunäischen Kontinent? Welch Überraschung. Invasion? Nein, nein. Ich schon hab gehört, daß gekommen vor einige Generation zu bedauerliche Mißverständnis zwischen unsere Völker. Nein, wir … ich gekommen mit Nauke in Sturm, der uns brachte bis dies Ort.«

Surjadora glaubte dem Katauekén kein Wort. Daß Katauekén logen, wenn sie nur den Mund aufmachten, wußte in den Häfen der Ehernen Liga jedes Kind.

»Seit wann bist du hier?« Nukulahi wiederholte wütend seine Frage und packte den unglücklichen Katauekén an den Resten seines Kragens. Der bemühte sich noch immer zu lächeln.

»Seit wann? Das sein gute Frage. Ehrwürdige Kapitänin, vielleicht Ihr so freundlich mir zu sagen, was für Tag wir heute zählen?

»Mittlerweile dürfte es der 17. Hitzemond sein.« Surjadora ahnte, daß diese Angabe angesichts der Lage des Mannes wohl nicht ganz ausreichte. »Wir schreiben das 458. Jahr der Abwesenheit Gottes.«

Gijao rechnete kurz nach, und sein Gesichtsausdruck wirkte bekümmert, während ihn Nukulahi weiterhin gepackt hielt.

»Das müssen sein also irgendwann in *Vierte Mond im Jahr 472 der Blauen Götter*. Das heißt, ich jetzt bin hier seit fast drei Jahre. Drei ganze Jahre!«

Er zuckte mit den Schultern und lächelte wieder. »Mein höchstehrwürdiger Vetter Liän wohl würde sagen, hätte schließlich auch sein können zehn Jahre …«

Plötzlich hielt Gijao seine Nase in die Luft, schnupperte und beugte sich zu Nukulahi. Genießerisch schloß der Kataueke die Augen. »Minze! Ah, das tun so gut, zu riechen Duft von freie Welt.«

Nukulahi trat vor dem Kataueken zurück und betrachtete fragend die Kapitänin. Die deutete auf den flackernden Stummel in Tvashis Händen. »Woher habt Ihr diese Kerze?«

»Oh, äh … ehrwürdige … Blüte von ajunäische Seefahrer.« Surjadora schürzte mißmutig die Lippen, doch Gijao ließ sich nicht beirren. »Wie ich konnte vergessen alle Regel von *Tugendhafter Weg des Himmlischen Willens*? Bitte, wenn du geruhst zu folgen, auf andere Seite ich habe eine bescheidene … *Kammer*.«

Der Kataueke winkte ermutigend und bückte sich wieder, um durch die Wand auf die andere Seite zu klettern. »Ihr natürlich könnt auch bleiben, wenn heute noch Besseres vor …« Seine Stimme erklang nur gedämpft, aber man hörte deutlich den leichten Spott heraus. Unmöglich, dieser … katauekische Lächler!

Surjadora blickte von Nukulahi zu Tvashi und wieder zurück. Der Prinz hob ergeben die Schultern, dann kletterten sie, Tvashi voran, ihrem Leidensgenossen hinterher.

Offenbar hatte Gijao schon längere Zeit an dem Durchbruch gearbeitet. Denn dieser war etwa einen Schritt tief und endete hinter einer an die Wand gerückten Kiste aus Bambusrohren. Surjadora, die als letzte hinter den anderen hergekrochen war, bemerkte zunächst nur, wie sich Tvashi und Nukulahi verwundert im Raum umblickten. Als auch sie sich aufrichtete, schüttelte sie ungläubig den Kopf. Das konnte doch wohl nicht wahr sein!

Höhlendecke und Wände waren über und über mit äußerst kunstvollen Ockermalereien bedeckt. Sie konnte über sich die Gestirne erkennen, an denen sich die Seeleute in der ganzen Welt orientierten. An den Wänden aber befanden sich detailliert herausgearbeitete Ockermalereien, die ohne Zweifel kataueki-sche Städte, Nauken, Landschaften und vieles mehr darstellten.

Unglaublich! Der Fremde war offenbar nicht nur Nautiker, auch sein künstlerisches Talent war nicht zu verachten.

In einer Ecke befand sich ein karges Schlaflager aus weiteren Bambusrohren, auf denen eine zerschlissene Decke aus Kokosfasern lag. Ein daneben befindliches Sims war über und über mit Wachs vollgetropft. Daneben standen zahlreiche Basaltplatten mit angefangenen Motiven, die offenbar Blumen, Gebäude und zahlreiche Alltagsgegenstände Serkan Kataus darstellten. In der Mitte des Kerkers aber befand sich ein hüfthoher Haufen Bimssteinblöcke, neben dem mehrere herausmodellierte Tier- und Menschenfiguren standen.

Surjadoras Blick fiel auf eine Figur mit riesigen Glotzaugen und sechs Armen, die sich deutlich von den anderen Figuren abhob.

»Was ist denn das für ein Vieh?« Entsetzt hob sie die schwere Figur an, während ihre Blicke weiter ungläubig durch den Raum wanderten.

»Vieh? O nein, das sein grenzenlos ehrwürdiger *Fang* … Blauer Gott. Leben wie alle Blaue Götter in *Unvollendeter Palast.* In meine Heimatstadt Tschöng-Hau Leng«, Gijao deutete auf eine Zeichnung zu seiner Linken, »sie sind in große Statuen gemeißelt. Hoch wie …«, der Kataueke suchte nach einem Vergleich. »Götter hoch wie Elefant.«

Surjadora lächelte innerlich über den naiven Glauben der Kataueken. Sechsarmige Götter? Hoch wie Elefanten. Soso. Hatte man schon einmal so etwas Albernes gehört? Bei diesen schlitzäugigen Grinsgesichtern mußte man wirklich auf alles gefaßt sein.

»Wie bist du zu all dem hier gekommen?« Nukulahi wunderte sich offenbar ebenso sehr über diesen eigenartig ausgestatteten Kerker wie Surjadora und Tvashi.

Der Katraueke grinste und sprach Nukulahi unvermittelt in dessen melodiöser Heimatsprache an. Der Prinz riß verwundert die Augen auf und erwiderte etwas. Das Ganze ging einige Male hin und her, bis Surjadora ein ungeduldiges Räuspern von sich gab. Nukulahi drehte sich kopfschüttelnd zu Surjadora um und wechselte wieder in die *lingua dei.*

»Der Oberste Richter Buralofa hat ihn offenbar vor einigen Jahren an der Küste aufgespürt. Nach jenem Schiffsunglück, von dem der Schmaläugige zuvor berichtet hat. Offenbar war er der letzte Überlebende. Der Oberste Richter hat ihn nicht getötet, sondern ihn heimlich hier unten eingesperrt, damit die Kunde von ihm nicht die Runde im Inselreich macht. Buralofa brachte dem Schmaläugigen unsere Sprache bei, wohl um mehr über sein verfluchtes Volk herauszufinden. Ich vermute, daß sich oben in der Perlschnurbibliothek noch weitere Zeichnungen befinden, die er für den Richter angefertigt hat.«

»Oh, nicht nur Zeichnungen, auch kleine Statuen«, mischte sich Gijao ein. »Hat gedauert eine Weile, bis ... ehrwürdiger ... Richter mir vertraut hat.« Schamlos grinsend zog der Kataueke einen Stichel aus Bronze hervor. »Das ich brauchte natürlich für Figuren. So er mir hat gegeben. Aber war auch gut für Steinwand.«

Surjadora starrte Gijao ungläubig an. Dieser Kataueke war wirklich gerissen. Sie kam nicht umhin, seinen Einfallsreichtum zu bewundern. Man würde sich vor ihm in acht nehmen müssen.

»Und wo ist der ganze Schutt?« Die Kapitänin deutete schroff auf das Loch in der Wand.

»Oh, das hier.«

Der Kataueke hob noch immer unschuldig lächelnd die Bastmatten seines Schlaflagers an, die in Wahrheit über einer größeren Mulde im Boden lagen. Der Hohlraum war bis zum Rand mit Steinen und Mörtelresten aufgefüllt.

»In dies besondere Lage, ich darf davon ausgehen, daß niemand verrät kleines Geheimnis?« Der Nautiker warf vor allem dem Prinzen einen Seitenblick zu.

»Wußte mein Vater von dem Ganzen hier?« Nukulahi ignorierte die Frage, die im Raum stand.

»Hochehrwürdiger König von Inselreich? Leider weiß ich nicht.« Gijao hob bedauernd die Schultern. »Ich müssen ehrwürdigen Richter fragen, wenn er wieder hier. Mich hoffentlich nicht hat vergessen. Kerzen gehen auch zur Neige.«

»Der Oberste Richter ist tot! Genauso wie mein Vater.« Nukulahi wandte sich brüsk ab und hockte sich an eine der Wände. Das hagere Gesicht Gijaos zeigte einen kurzen Anflug von Betroffenheit.

»Weiß der Kerkermeister, daß Ihr hier seid?«

Der Kataueke sah Surjadora an und nickte zögernd.

»Nun, Gijao, oben im Palast hat heute eine Revolte stattgefunden. Das Inselreich hat jetzt einen neuen ...« Surjadora warf einen flüchtigen Blick zu Nukulahi und suchte geschwind nach einem anderen Begriff. »... einen neuen Herrscher. Und ich befürchte, daß schon bald herauskommen wird, wer hier unten noch eingekerkert ist. Mit anderen Worten, so wie es aussieht, werden wir alle nicht mehr lange leben – wenn uns nicht ganz schnell etwas einfällt!«

Gijao schob sein langes Haar zur Seite und hob eine Augenbraue.

»Mein hochehrwürdiger Vetter Liän würde sagen, die Gefahr ist Vater von List.«

Surjadora war völlig egal, was dieser Vetter behauptete, denn das Funkeln in den Augen des Katraueken konnte nur eines bedeuten: Gijao hatte einen Plan zur Flucht ausgebrütet.

Flucht!

Palast von Colepa'Taru und Königsinsel Nuku'atepe, zum Zeitpunkt der Katastrophe

Nukulahi schämte sich dafür, daß er selbst nichts zum Gelingen ihrer Flucht beizutragen vermochte. Während sich die Frau und der Schmaläugige berieten, ließen ihm die Gedanken an Tuilaepe und seine Eltern keine Ruhe.

Hin und wieder fiel sein Blick auf die drei Fremden. Ihm entging nicht, daß der Schmaläugige und die Schiffsführerin einander mißtrauten. Der ferne Weltenrand mußte völlig anders sein, als er sich das immer vorgestellt hatte; nicht zuletzt deswegen, da die beiden Schiffe vor Colepa'Taru den Beweis geliefert hatten, daß es jenseits des Weltenmeeres noch andere Völker außer den einstigen Invasoren gab. Ob die Schmaläugigen das Volk dieser Frau auch schon einmal überfallen hatten? Er erinnerte sich daran, daß die Ältesten behaupteten, die Heimat der Schmaläugigen liege im Westen. Die Frau und ihre Begleiter aber waren, wie es schien, aus dem Osten gekommen. Welche Völker mochten dann den Weltenrand im Norden und Süden bevölkern? Und da war noch etwas. Hatte es nicht geheißen, daß die einstigen Invasoren die Himmelssprache nicht sprechen konnten? Wieso verstand sich dann dieser Schmaläugige darauf? Ob er sie vom Obersten Richter gelernt hatte? Bei dem Gedanken an seinen alten Lehrmeister übermannte ihn erneut die Trauer.

Aus seiner Lethargie erwachte Nukulahi erst, als Gijao vorschlug, die Nachbarzelle, in die man sie gesperrt hatte, gründlich von Schutt und Staub zu reinigen und die Mauerziegel von seiner Zelle aus wieder einzusetzen. Angesichts der Finsternis, die drüben herrschte, sollte es ihnen gelingen, ihre Bewacher einstweilen zu täuschen. Diese Surjadora hatte umgehend begriffen, wie der Plan des Schmaläugigen aussah. Ihm und dem kleinen Jungen mußte man erst erklären, was sie vorhatten.

Auch dafür schämte sich der Prinz.

Kaum, daß sie den Plan in die Tat umgesetzt hatten, hörten sie draußen die hektischen Schritte einiger Wachen auf der Treppe. Nukulahi konnte aus den aufgeregten Unterhaltungen schließen, daß Tongaro sie geschickt hatte, da Eomes jetzt angeblich sein Opfer erwartete.

Immer wieder war von *Eomes' Zorn* die Rede. Nukulahi fragte sich, was sie damit meinten.

Nachdem der Kerkermeister die Tür zu ihrer Zelle aufgesperrt hatte, hörte man drüben wie erwartet alarmierte Schreie. Den Aufrührern mußte es so scheinen, als hätten sich ihre Gefangenen in Luft aufgelöst.

Sofort wurde der alte Kerkermeister verdächtigt, ihnen zur Flucht verholfen zu haben. Sie trieben ihn unter Schlägen die basaltene Treppe hinauf.

Kaum war drüben wieder Ruhe eingekehrt, war es an ihm, Nukulahi, die Ziegel leise zu entfernen und durch das Loch in ihre alte Zelle vorzustoßen. Der Krieger, den man im Gang zurückgelassen hatte, hörte Geräusche. Doch bevor er begriff, wer ihm unvermittelt gegenüberstand, lag er bereits bewußtlos am Boden.

Nukulahi griff sich den Speer des Kriegers und seinen Schild und wartete ab, bis auch die drei Fremden durch das Loch in der Wand geklettert waren. Dann eilten sie durch die offen stehende Zellentür nach oben. Zweimal mußten sie sich in Seitengängen verstecken, weil Krieger aufgeregt an ihnen vorbeiliefen. Weiter oben dann bestand ihre Aufgabe vornehmlich darin, den zahlreichen Palastdienern aus dem Weg zu gehen, die Körbe und Kisten trugen. Offenbar wollten sie diese in Sicherheit bringen – doch wovor?

Dann, endlich, hatten sie es geschafft. Ihr Fluchtweg hatte sie zu einem ungenutzten Zimmer geführt, von dem aus man einen Blick auf den Palastgarten und Colepa'Taru hatte. Doch bei Eomes! Was war in der Zwischenzeit geschehen?

Draußen heulte der Wind über die Insel. Der Himmel hatte sich verfinstert, und grelle Blitze zuckten über das Firmament. Der Sturm peitschte schwere Regenschauer über die Mauern des Palastgartens. Die Palmen bogen sich unter dem Ansturm der

Naturgewalten, und ihre langen Blätter flatterten wie zornige Fahnen im Wind. Unten in der Stadt, so viel war zu erkennen, wurden die Dächer mehrerer Häuser abgedeckt, und alle möglichen Gegenstände wirbelten durch die Luft.

Über Nuku'atepe wütete ein Orkan, wie ihn die Insel schon seit Jahren nicht mehr erlebt hatte.

Doch das war es nicht, was den Prinzen in erster Linie besorgte. Unwetter wie diese hatte es früher schon gegeben. Nein, was ihn tief beunruhigte, war der schwache, ins Rötliche gehende Schimmer, der am Horizont aufflackerte.

»Dort! Seht doch!« Aufgeregt deutete Nukulahi durch ein schmales Gitterfenster, an dessen Wölbungen sich heulend der Wind brach.

»Der Mauga Kara'tubo! Er ist ausgebrochen!«

Von ihrem Standpunkt aus konnte man das Leuchten des heiligen Vulkanberges am Horizont erkennen, der unablässig seine heiße Glut in den tiefschwarzen Himmel warf.

Das mußten die Wachen mit *Eomes' Zorn* gemeint haben!

»Welch ein Wunder! Der Gottessohn selbst rächt den Verrat an meiner Familie! Jetzt wird alles wieder gut.« Nukulahi trat von dem Fenster zurück und blickte seine drei Schicksalsgefährten feierlich an.

»Dieser Eomes rächt Eure Familie? Indem er da unten Dutzende Unschuldiger umkommen läßt? Hoheit, draußen auf See sind meine Schiffe – wenn sie nicht inzwischen von den Männern Eures Feindes aufgebracht worden sind oder der Sturm sie an irgendwelche Felsen geschleudert hat. Das da draußen ist kein Wunder, das ist eine Katastrophe, die uns der Bucklige selbst auf den Leib gehetzt haben muß!«

»Wer?« Nukulahi warf der Schiffsführerin einen irritierten Blick zu, die lediglich das verschmutzte, Copbuh-artige Kostüm enger um sich zog, da der Wind jetzt kühl durch das Fenster fauchte. Der Prinz dachte nach. Die Fremde hatte Recht. Seine Euphorie legte sich so schnell, wie sie gekommen war. Ein abgerissenes Palmblatt flog vor dem Fenster vorbei.

»Der dort Anführer von Verräter?« Der Schmaläugige drängte

sich neben ihn ans Fenster und deutete zu einer Ecke der Palastmauer, in dessen Schutz ein Dutzend Männer stand. Ein Blitzschlag entflammte den Himmel, und Nukulahi erkannte die Solare von Ubu'akapa und Koko'tubele, die ihm gestern noch ihre Segenswünsche überbracht hatten. Sie diskutierten erregt mit diesem Fremden vom Rande der Welt. War der denn nicht tot?

Plötzlich riß sich der Mann wütend den Helm vom Kopf, und der Prinz erkannte Tongaro. Der verdammte Mörder seines Vaters wirkte wie von Sinnen. Offenbar war es zu einem Streit unter den Verrätern gekommen. Ein gutes Dutzend weiterer Krieger mühte sich derweil, vom Palasttor kommend, gegen den Sturm zu der Gruppe vor.

Die Stimme des Kataueken klang hoffnungsfroh. »Ob Feuerberg Zeichen von Göttermacht oder nicht, vielleicht sich Blatt bald wenden? Ich sehe Angst in Gesichter. Mein höchstehrwürdiger Vetter Liän würde sagen, auf ... wie heißt das? ... auf Pauke hauen jeder will, aber keiner sie will tragen!«

Tongaro hielt unvermittelt eine Waffe in der Hand, und kurz darauf lagen die beiden Solare tot am Boden.

»Das dazu.« Die Stimme des Schmaläugigen klang so unberührt, als hätte er nichts anderes erwartet.

In diesem Augenblick liefen zwei Krieger vom Palast aus in den Garten, in dem soeben ein alter Kinokbaum entwurzelt wurde und ächzend umstürzte. Sie zerrten den beklagenswerten Kerkermeister mit sich und schienen Bericht zu erstatten. Tongaro bekam einen weiteren Tobsuchtsanfall, und kurz darauf verröchelte auch der Alte. Dann wirbelte Tongaro zu den Kriegern hinter ihm herum und brüllte Befehle. Zu Nukulahis Bedauern erstickte der Sturm seine Stimme. Die ganze Gruppe eilte gegen Wind und Regen zum Palast zurück.

»Wir sollten zusehen, daß wir hier schleunigst wegkommen! Die werden jetzt alles durchkämmen.« Surjadora wirkte außerordentlich besorgt, doch Nukulahi schüttelte vehement den Kopf.

»Nein. Das geht nicht. Ich kann nicht fliehen, ohne meine Mutter und die Prinzessin zu befreien.« Ernst blickte er seine Begleiter an. Diese Fremden würden ihre Familienangehörigen in der gleichen Situation auch nicht so einfach zurücklassen. Oder etwa doch? Dem Schmaläugigen hätte er das zugetraut. Aber wie stand es mit dieser Schiffsführerin und dem Jungen? Konnte er sich so in ihnen getäuscht haben? Die Frau zögerte und wandte sich dann entschlossen zu dem Schmaläugigen um.

»Gijao, könnt Ihr kämpfen?«

»Ich Nautiker! Ich nicht entstamme Kaste von Ziang.« Der Schmaläugige klang beinahe empört, auch wenn Nukulahi keine Ahnung hatte, was er überhaupt meinte.

»Hoheit«, wandte sich ihm die Schiffsführerin wieder zu, »ich würde vorschlagen, daß wir es auf einen Versuch ankommen lassen. Wir helfen Euch, und Ihr helft uns dafür, sobald wir es erst bis in den Dschungel geschafft haben. Wenn wir hier raus wollen, könnten wir sowieso noch das eine oder andere gebrauchen. Also, Hoheit, wo sind die beiden Frauen?«

»Ich vermute, in den Gemächern meiner Eltern!« Nukulahi deutete zu einer steinernen Dienertreppe am Ende eines nachfolgenden Ganges.

»Gut, dann führt uns dorthin, und überlegt Euch schon einmal, wie wir da wieder rauskommen. Und jetzt Beeilung! Schiffsjunge Tvashareo …?«

Der Junge stand zitternd am Fenster und konnte sich nur schwer von dem Anblick des Unwetters lösen. Die Schiffsführerin wechselte wieder in ihre seltsame Sprache und schien dem Jungen zu erklären, was sie gerade gesagt hatte. Der stand plötzlich stramm und riß die Hand zackig an die Stirn. Dann folgte er der Fremden, die wie selbstverständlich die Führung übernahm. Diese Frau war wirklich sonderbar. Nukulahi konnte nicht anders, als dem Schmaläugigen einen scheelen Seitenblick zuzuwerfen, der ebenfalls erstaunt eine seiner Augenbrauen hob. Dann liefen sie ihr hinterher.

Es dauerte eine Weile, bis sie einen Weg an den Palastwachen und den Dienern vorbei zu einem ausladenden Balkon gefunden hatten, der bei diesem Wetter menschenleer war. Der Regen peitschte ihnen ins Gesicht und riß an ihrer Kleidung. Die Böen waren so heftig, daß es Nukulahi fast den erbeuteten Schild vom

Arm gerissen hätte. Er wußte nicht, was sich als gefährlicher erweisen würde: hier im Palast das Ende des Sturmes abzuwarten und beständig auf der Hut vor Tongaro und seinen Kriegern zu sein oder sich bei diesem Orkan einen Weg aus der Stadt hinauszubahnen. Bei Eomes, er hatte nicht einmal eine Ahnung, wohin sie sich dann wenden sollten. Entschlossen verdrängte er den Gedanken. Zunächst mußte er Tuilaepe und seine Mutter befreien.

Als sie es endlich geschafft hatten, sich über den Balkon zu einem verlassenen Raum durchzuschlagen, der als Ankleidezimmer der Königin diente, waren sie bis auf die Haut durchnäßt. Der Junge schlotterte vor Kälte und griff sich eines der Kleider, um es sich über die Schultern zu legen. Nukulahi wollte zunächst aufbegehren, als der Kleine sich am Besitz seiner Mutter vergriff, doch als er das unglückliche Gesicht des Schiffsjungen sah, verzieh er ihm. Sie standen jetzt im Blütenzimmer seiner Mutter Hai'pale. Hier irgendwo mußten sie und Tuilaepe sein.

Seine drei Begleiter stolperten hinter ihm her, als er vorsichtig eine Tür zum Schlafzimmer seiner Mutter öffnete. Es war menschenleer. Kleider und Gegenstände lagen in heillosem Durcheinander auf dem Boden verstreut. Wütend beobachtete er Surjadora, die sich hastig ein paar Tücher und Stoffe schnappte und sie zu einem Bündel verschnürte.

»Was macht Ihr da?« fuhr Nukulahi die Fremde vom Weltenrand an. »Diese Dinge gehören meiner Mutter!«

»Mit Verlaub, Hoheit, aber für falsche Rücksichtnahme ist jetzt keine Zeit.« Die Fremde sah ihm fest in die Augen und versuchte, trotz des lauten Sturms draußen möglichst leise zu sprechen. »Wenn wir die beiden Frauen finden, dann werden sie die Sachen gebrauchen können. Falls nicht, dann werden wir schon bald für jeden Fetzen trockenen Stoffes dankbar sein.«

Ungerührt fuhr sie mit ihrer Tätigkeit fort und riß sogar eine Schnur aus Kokosfasern von einem Vorhang ab. Der Schmaläugige lächelte lediglich zu ihren Worten, verneigte sich entschuldigend und kippte dann eine Truhe kopfüber auf dem Bastlager aus. Nukulahi wollte sich schon zornig auf ihn stürzen, als der Junge unvermittelt ein warnendes Zischen von sich gab. Tvashi stand an der Tür zum Bilderzimmer, dem prachtvoll mit Muschelornamenten geschmückten Gemeinschaftsraum seiner Familie, zu dem nicht einmal die Dienerschaft Zutritt hatte. In seiner Kindheit hatte er dort viele glückliche Tage verbracht.

Da flog die Tür auf. Der Junge stolperte zurück, und einer der Krieger Tongaros stand im Raum. Fassungslos starrte er die vier an.

Bevor er einen Alarmruf von sich geben konnte, hatte Nukulahi auch schon den Speer geworfen, der sich tief in die Brust des Mannes bohrte. Der Krieger schrie schmerzerfüllt auf und krachte dann gegen einen Schminktisch mit Töpfen aus Perlmutt, die polternd auf den Boden flogen. Der Lärm ging im Heulen des Sturms unter, der mit neuer Wucht gegen die Mauern des Palasts prallte.

Sofort stand Nukulahi an der Tür und warf einen Blick in das große Bilderzimmer.

Auch hier herrschte heilloses Durcheinander. Es wirkte, als wäre es noch vor kurzem von zahllosen Menschen bevölkert gewesen. Der Geruch von Schweiß und duftenden Ölen hing in der Luft. Baststühle lagen kreuz und quer im Raum verteilt, auf Treppensockeln standen Tonkrüge mit Wasser, und vereinzelt lagen Tücher am Boden. Sogar eine herrenlose Sandale war auf dem Boden ausmachen. Die Türen zu den anderen Zimmern waren verschlossen, und das gewaltige Walbildnis zu seiner Rechten, das kunstfertige Handwerker dort vor langer Zeit aus Hunderten von Muscheln zusammengesetzt hatten, hatte diesmal nichts Tröstliches. In diesem Augenblick schien es Nukulahi wie ein Sinnbild der Einsamkeit.

Ein leises Stöhnen drang an seine Ohren. Der Prinz suchte den Raum mit Blicken ab und eilte dann zu einer kunstvoll geschnitzten Trennwand, hinter der ein behelfsmäßiges Lager aus Bastmatten verborgen war. Der Prinz riß die Stellwand beiseite und entdeckte zwei Frauen auf den Matten. Die eine war die Gemahlin des Solars von Rumu'atoa, die andere ... Lumelume! Jene Dienerin, die noch am Abend zusammen mit Tuilaepe getanzt hatte.

Ihre rechte Gesichtshälfte war angeschwollen. Es war deutlich zu erkennen, daß man ihr ins Gesicht geschlagen hatte. Erschrocken blickte sie zu Nukulahi auf. Als sie ihn erkannte, begann sie zu weinen.

»Prinz ... Ihr? Ihr seid frei? Jetzt wird alles wieder gut.«

Nukulahi ging vor ihr auf die Knie und legte ihr mitfühlend die Hand auf die Schulter. »Lumelume, was ist geschehen? Wo sind Tuilaepe und meine Mutter?«

Lumelumes Schultern bebten. »Man hat uns Frauen alle zusammen in diesen Raum geführt, kurz nachdem man Euch und die Fremden in den Kerker gebracht hatte. Die ganze Nacht über waren wir hier eingesperrt. Dann war draußen plötzlich dieser Donner zu hören, und der fürchterliche Sturm begann. Man sagt, Eomes' Zorn habe das Reich der Tausend Inseln getroffen. Zehn Krieger sind vorhin gekommen und haben die Frauen weggeführt – irgendwohin in Sicherheit, wie sie sagten. Nur mir hat man erlaubt hierzubleiben, damit ich mich um Balamale kümmern kann.« Sie deutete unglücklich auf die verletzte Solarsgattin. »Eure Mutter und Prinzessin Tuilaepe haben sie ebenfalls fortgebracht. Ich weiß nicht, wohin!«

Verzweifelt starrte Nukulahi Lumelume an. Er war zu spät gekommen. Tuilaepe war fort. Verzweifelt versuchte er sich alle Möglichkeiten, die ihm blieben, vor Augen zu führen. Doch wie er es auch drehte und wendete, er konnte sich nicht mit allen Männern Tongaros zugleich anlegen.

»Lumelume ... Wenn ich Tongaro diesen Verrat heimzahlen soll, dann muß ich jetzt den Rat meines Vaters befolgen und fliehen. Ich würde dich gern mitnehmen, aber ich brauche dich, damit du meiner Mutter und Tuilaepe ausrichtest, daß du mich getroffen hast. Sage ihnen, daß ich am Leben und frei bin. Sage ihnen, daß ich alles in meiner Macht Stehende tun werde, um sie und das Reich von Tongaros Herrschaft zu befreien.«

Lumelume nickte gefaßt und blickte dann mit großen Augen an ihm vorbei. Nukulahi fühlte, daß hinter ihm seine drei Schicksalsgefährten aufgetaucht waren.

»Sage ihnen, daß ich mit den Fremden gegangen bin. Und

wohin meine Reise mich auch führen wird, ich werde zurückkehren. Das ist ein feierliches Versprechen! Richtest du ihnen das aus?«

Lumelume schlug ihre Augen nieder. »Ja, mein Prinz, das werde ich.«

»Gut.« Nukulahi schenkte Lumelume ein tröstliches Lächeln und stand dann auf.

»Wir müssen fort von hier, Hoheit«, flüsterte Surjadora drängend. »Wäre ich der Feind, würde ich hier als erstes nach uns suchen lassen.«

»Ich weiß.« Der Prinz blickte Surjadora ruhig in die Augen. »Was würdet Ihr an meiner Stelle tun?«

Die Frau wirkte überrascht, aber offenbar schien sie es gewohnt zu sein, ständig lebensnotwendige Entscheidungen treffen zu müssen.

»Ich fürchte, Hoheit, Ihr habt in diesem Reich so gut wie keine Verbündeten mehr. Selbst diejenigen, die sich nicht gegen Euch und Eure Familie erhoben haben, werden wahrscheinlich zögern, Euch zu helfen. Denkt an die Geiseln, die der Thronräuber genommen hat!«

»Ich könnte versuchen, mich zu Solar Fatafehi durchzuschlagen – falls er noch lebt ... Er ist krank und konnte nicht zur Hochzeit kommen. Aber er war der beste Freund meines Vaters und gebietet über viele Krieger. Er und seine Söhne leben auf den Inseln weit im Westen.«

»Aber er ist nur einer, Hoheit. Darf ich Euch einen kühnen Vorschlag unterbreiten? Kommt mit mir über das Meer, falls meine Schiffe den Sturm da draußen überstanden haben. Dieser Archipel ist reich an Schätzen. Mein Maharadscha würde sich glücklich schätzen, mit Euch Handel treiben zu dürfen. Er wird Euch beistehen und eine Flotte mit Soldaten entsenden, die Euch dabei helfen werden, Euer Königreich zurückzuerobern. Doch dazu müßt Ihr mit mir kommen. Ihr seid der lebende Beweis dafür, daß ich die Purpurinseln gefunden habe. Und bei Aionar, ich verspreche Euch, daß ich alles in meiner Macht Stehende tun werde, um Euch bei diesem Unterfangen zu unterstützen.«

»Warum tut Ihr das?« Nukulahi blickte die Frau forschend an.

»Ich bin Händlerin, Hoheit. Ich möchte von Euch die Erlaubnis zum Handel mit diesen Käfern, aus denen Euer Volk die Farbe gewinnt, mit denen sich Eure Hohen Familien schmücken.«

»Die Purpurkäfer?«

»Ja. Es gibt sie in meiner Heimat nicht.« Die Schiffsführerin hob eine Augenbraue und blickte zu Gijao, der einige farbenfrohe Umhänge von Nukulahis Mutter Hai'pale über seine zerschlissene Kleidung geworfen hatte. »Dort treiben allein die Katauеken Handel mit Kleidung und Stoffen in dieser Farbe, und sie lassen sich jedes noch so kleine Tuch mit Edelsteinen und Gold aufwiegen.«

Scheinbar unbekümmert wog der Nautiker den Speer des Toten in seiner Rechten und tat, als wäre er völlig unbeteiligt. In Wahrheit, das wußte der Prinz, spitzte er natürlich neugierig die Ohren.

»Dann haben die Schmaläugigen damals die Purpurkäfer mit in ihre Heimat genommen?« überlegte Nukulahi laut.

»Ja, so ist es!« bestätigte die Schiffsführerin.

Der Prinz überlegte nicht lange. »Wie lauten Eure Pläne, Schiffsführerin Surjadora?«

Sie wandte sich an den katauekischen Nautiker. »Gijao besteht darauf, daß er, bevor wir die Insel verlassen, zu einer bestimmten Stelle mit turmhohen Felsen gebracht wird. Sie liegt offenbar im Osten, direkt am Meer. In diesen Felsen nisten, wie er sagt, fingergroße Käfer mit langen Beinen.«

Nukulahi riß überrascht die Augen auf.

»Er meint die Teli-Klippen! Zu Fuß sind sie drei Tagesreisen entfernt, bei diesem Sturm vielleicht vier oder fünf. Warum will er dorthin?«

Die Schiffsführerin bemühte sich nicht einmal darum, ihre Worte vor dem Schmaläugigen zu verbergen. »Ich denke, er hat dort etwas vor seiner Gefangennahme versteckt. Etwas, das er wiederhaben möchte. Soll mir egal sein. Ich will ebenfalls zu diesen Klippen. Wenn wir es schaffen, dort hinaufzugelangen, können wir ein Signalfeuer setzen. Ich trage ein Pulver bei mir, das in grellroter Farbe verbrennt und weithin auf dem Meer zu sehen sein wird. Wir Kurjamäer verwenden es, wenn wir nahe unserer Küste in Seenot geraten. Mein Steuermann hat Anweisung, bei einer etwaigen Gefangennahme meinerseits noch mindestens eine Woche vor der Insel auf See zu kreuzen. Wenn er überlebt hat, wird er dieses Signalfeuer entdecken.«

Nukulahi willigte zögernd ein.

»Gut, ich bringe Euch zu den Klippen. Und ich werde für Euch auch das Feuer dort oben entzünden. Ich habe die Felsen schon oft erklettert. Aber wenn das Licht so grell ist, wie Ihr sagt, dann werden auch Tongaro und seine Krieger darauf aufmerksam werden.«

Die Fremde ließ sich nicht beirren. »Dann betet zu Eurem Eomes, daß meine Schiffe nicht weit sind!«

Fünf Tage sollte es dauern, bis die Schicksalsgefährten die Teli-Klippen endlich erreicht hatten. Die kleine Gruppe verließ den Palast fast auf dem gleichen Weg in Richtung der Küste, den Nukulahi wenige Tage zuvor beschritten hatte, um Prinzessin Tuilaepe am Nooga'Ka'ata zu treffen. Nur, daß es diesmal der Sturm war, der ihr Entkommen letztlich möglich machte.

Der heftige Orkan flaute erst nach drei Tagen ab, und mehr als nur einmal waren die vier im Dschungel Gefahren ausgesetzt, die sie an Leib und Leben bedrohten. Als sie ihr Ziel erreichten, waren sie hungrig und zu Tode erschöpft.

Es zeigte sich, daß Gijao in der Nähe eines kleineren Felsens einen Tornister vergraben hatte, dessen Inhalt er niemandem zeigen wollte. Nukulahi hingegen erkletterte in Surjadoras Auftrag die hohen Klippen und entzündete dort oben unter viel Mühen ein Feuer, in das er das kurjamäische Signalpulver warf, das die Kapitänin bislang in einer flachen Silberdose in ihrer Schärpe verborgen hatte.

Die vier hatten die Hoffnung auf Rettung schon fast aufgegeben, als nach einem halben Tag unerwartet die Silhouette eines Schiffes auf dem Meer auszumachen war: Es war die STERN VON ANDHAKLEIA!

Der Sturm hatte ihr schwer zugesetzt. Das Takelwerk war nahezu gänzlich weggefegt, und weitere sieben Mann waren während der schweren See über Bord gegangen. Die Mannschaft jubelte, als ihre Kapitänin, die alle für tot gehalten hatten, an Bord zurückkehrte. Surjadoras Reaktion aber – so besagt es die Überlieferung – bestand nur aus einem Wort: Weitermachen.

Nukulahi und Gijao begegnete die Mannschaft mit Argwohn. Schiffsjunge Tvashareo hingegen bekam von Stund an keine schweren Arbeiten mehr zugeteilt, denn da die Rückkehr der vier auf Tvashis elften Geburtstag fiel, verbreitete sich hartnäckig das Gerücht, der Junge sei ein Glücksbringer.

Solches Glück hatte die Besatzung bitter nötig, denn das Signalfeuer war auch andernorts gesichtet worden. Schon wenige Stunden später sammelte sich östlich Nuku'atepes ein halbes Dutzend Katamarane, die die Verfolgung der Karavelle aufnahmen. Surjadora bemühte sich, die schnellen Segler auszukreuzen, da sie bei einer der Inseln ungesehen an Land gehen wollte, um frisches Wasser und Nahrungsmittel aufzunehmen. Doch dieses Unterfangen mißlang. Während sie die dringend notwendigen Reparaturarbeiten an Bord ausführen ließ, hefteten sich immer mehr Katamarane an das Kielwasser des Schiffes. Es schien so, als ob der Königsmörder Tongaro alles unter Segel hatte setzen lassen, was die Katastrophe überstanden hatte.

Nachdem die Karavelle in das dritte Gefecht verwickelt worden war, ohne daß die Kapitänin ihrem Ziel auch nur einen Schritt näher gekommen wäre, traf sie einen folgenschweren Entschluß. Sie ließ Proviant und Wasser weiter rationieren und dann Kurs nach Norden setzen – in Richtung Heimat.

Das Schiff war noch immer

so schwer beschädigt und die Winde so ungünstig, daß die Karavelle weit über zwei Monde benötigte, bis die am Ende völlig ausgemergelte Mannschaft endlich wieder Land sah. In dem Logbuch Surjadoras, das durch spätere Ereignisse – denen ich an dieser Stelle nicht vorgreifen möchte – in meine Hände gelangt ist, finden sich Eintragungen, die heute als bemerkenswerte Zeugnisse jener Zeit gelten müssen, als die Tage der Katastrophe auf unserer Welt noch jung waren.

Sechs Eintragungen von Surjadoras Hand möchte ich an dieser Stelle wiedergeben, um in ihren Worten von den Beschwernissen der Heimfahrt der STERN VON ANDHAKLEIA zu berichten:

›13. Tag des Sturzregenmondes, 458. Jahr der Abwesenheit Gottes

(…) Der Himmel ist noch immer von dichten Wolken verhangen, und wir müssen gegen den Wind kreuzen (…) Selbst wenn der Wind die Wolken auseinandertreibt, kann man die Gestirne am Himmel nicht sehen. Es ist, als ob sich ein Leichentuch über die Welt gelegt hätte. (…) Die Breitengradbestimmung mittels Oktant ist unmöglich. Ich gebe es nur ungern zu, aber hätten wir nicht den Katauеken Gijao an Bord, der sich angeboten hat, uns mit seinen geheimnisvollen Methoden bei der Navigation zu helfen, hätten wir uns wohl längst hoffnungslos auf dem Meer verirrt. Dabei versuchen wir lediglich, gen Norden zu steuern. Er behauptet zu wissen, wo wir uns befinden, doch auch er scheint Schwierigkeiten mit der Bestimmung unserer Position zu haben. Wir müssen für ihn zweimal am Tag das Vorderkastell räumen lassen, damit niemand hinter das Geheimnis der katauekischen Navigation kommt. Trotzdem konnte ihn Schiffsjunge Tvashareo einmal während dieser Tätigkeit beobachten. Er berichtete Steuermann Lakshapheus und mir von einer silbernen Schüssel, die er in der Hand des Kataueken gesehen haben will. Beide können wir uns keinen Reim darauf machen (…)

19. Tag des Flutregenmondes, 458. Jahr der Abwesenheit Gottes
Von den 65 Mann der Besatzung sind mit dem heutigen Tage nur mehr 49 am Leben. Kämpfe, Stürme, Wassernot, Hunger und Fieber haben ihren Preis gefordert. Frische Nahrung gibt es nicht mehr. Das Maisbrot, das wir essen müssen, ist kein Brot mehr, sondern bloßer Staub. Staub, der mit Würmern vermischt ist, die alles Gute darin längst aufgezehrt haben. Ganz zu schweigen davon, ist es durch den Unrat von Mäusen von einem unerträglichen Gestank durchdrungen. Das Wasser, das zu trinken wir uns genötigt sehen, ist faulig und übelriechend. Wir haben bereits damit begonnen, das Leder zu essen, mit dem die große Rahe zum Schutz der Taue umwunden ist. Obwohl es ständig dem Sturm ausgesetzt war, müssen wir es noch immer zwei Tage lang im Meer einweichen, damit Garuleos es kochen kann. Mäuse sind längst zu einer gesuchten Mahlzeit gewor-

den, für die ein Vollmatrose eine Wochenheuer bietet (…)

25. Tag des Flutregenmondes, 458. Jahr der Abwesenheit Gottes

Eine seltsame Krankheit hat die Männer befallen, die der Bucklige persönlich geschickt haben muß. Dabei schwillt den Männern das Zahnfleisch in Ober- und Unterkiefer so stark an, daß es die Zähne bedeckt und sie kaum noch Nahrung zu sich nehmen können. Der Kataueke behauptet, daß diese Krankheit bei langen Fahrten zur See durch den Mangel an guter Nahrung zustande kommt. Ich müsse bald mit Todesfällen rechnen. Ich frage mich, welche Schrecknisse die Fahrt noch für uns bereithält (…)

28. Tag des Flutregenmondes, 458. Jahr der Abwesenheit Gottes

Wie vom Katauekn Gijao angekündigt, ist heute ein Mann an der seltsamen Seuche zugrunde gegangen, deren Auswirkung inzwischen jeder an Bord spürt. Jetzt leben nur noch 46 der Männer, die sich mir für diese Reise anvertraut haben (…)

29. Tag des Flutregenmondes, 458. Jahr der Abwesenheit Gottes,

Ich mußte heute morgen drei Männer hängen lassen, die sich an den verbliebenen Wasser- und Nahrungsvorräten zu schaffen gemacht haben. Keinesfalls darf herauskommen, daß sie von Prinz Nukulahi dabei entdeckt wurden, da ihm das gesamte Unglück dieser Fahrt angelastet wird. Der Ausfall

von immer mehr Besatzungsmitgliedern wird es uns bald unmöglich machen, das Schiff noch zu steuern (…)
In den Nachmittagsstunden sind wir in eine unheimliche Meeresregion vorgestoßen, die die Mannschaft das Trümmermeer getauft hat. Bis zum Horizont sieht man auf der See entwurzelte Bäume, Holz und Bruchstücke jeglicher Art treiben. Die Männer haben unter anderem das zersplitterte Ruder einer merkantilischen Galeere, eine merkwürdige Heidenstatuette und einen Balken aus dem Wasser geborgen, den Zimmermann Tarjixes als Teil eines Dachfirstes gedeutet hat. Zwischen den Trümmern konnten wir auch treibende Leichen von Menschen und Vieh sehen. Was auch immer weiter im Norden geschehen ist, niemand von uns vermag sich vorzustellen, von welcher Katastrophe all diese Funde künden (…)

Fest der Fleischwerdung, 458.
Jahr der Abwesenheit Gottes

Gepriesen seien alle Hochheiligen. Am Horizont haben wir endlich Land gesichtet. Steuermann Lakshapheus und ich sind uns sicher, daß es sich dabei nur um die INSULA DEI handeln kann, da die Küste von hohen, roten Sandsteinklippen gesäumt ist. Welch ein Fanal der Hoffnung an diesem hochheiligen Tag!
Bootsmann Brahthos hat am Nachmittag einen Aionarsdienst an Deck abgehalten, und die Männer haben geweint vor Glück. Bis zum Abend werden wir endlich Land erreicht haben (…)‹

Das gesichtete Gestade stellte sich tatsächlich als die Küste der INSULA DEI *heraus. Hier erfuhr die Mannschaft erstmals von dem Unglück, das den ajunäischen Kontinent heimgesucht hatte. Die Rede war von schrecklichen Erdbeben und einer gewaltigen Flut, die die Küsten des Merkantilischen Imperiums verheert hatte.*

Dort, wo sich einst die Jaguarinseln befanden, so hieß es, habe sich meilenweit neues Land aus dem Meer erhoben. Und es hieß ferner, daß es bei Ebbe schwierig sei, eine Passage durch das Labyrinth an neuen und alten Inseln zu finden. Doch so recht konnte das niemand von Surjadoras Besatzung glauben.

Der Handel mit den Merkantiliern war vollständig zum Erliegen gekommen, und jeder befürchtete das Schlimmste.

Glaubwürdige Zeugen berichteten der Kapitänin, daß die Bevölkerung des gesamten nördlichen Küstenabschnitts der Insel ausgerottet worden sei: Zwei Städte, sieben Dörfer und drei Klöster seien innerhalb von Augenblicken in den Fluten versunken, die sich am Schicksalstag vor der Insel auftürmten.

All dies hatte zumindest in einer Hinsicht sein Gutes: Kapitänin Surjadora konnte in der Hafenstadt Cita zu Höchstpreisen einige der ursprünglich für die Coleopäer bestimmten Handelswaren im Bauch ihres Schiffes losschlagen und davon die notwendigsten Reparaturen der STERN VON ANDHAKLEIA *bezahlen.*

Obwohl sie das erste Schiff seit langem waren, das die Insel anlief, gelang es Surjadora, vor dem PRINCEPS *der In-*

sel und den anderen aionargeweihten Würdenträgern verborgen zu halten, woher sie gekommen war. Sie wollte nicht, daß die Kirche Maharadscha Mahatargos III. die großartige Entdeckung streitig machte, die sie in seinem Auftrag gemacht hatte. Sie drohte jedem Mann ihrer Besatzung an, ihn streng zu bestrafen, wenn auch nur ein Wort über seine Lippen käme.

Am 12. Mosquitomond im Jahr 458 der Abwesenheit Gottes machte sich die STERN VON ANDHAKLEIA mit 17 neuen Besatzungsmitgliedern – Überlebenden eines kurjamäischen Lastenseglers, der während der Katastrophe vor der Insel auf Grund gegangen war – auf die Heimreise. Eine Fahrt, die noch einmal weit über einen Mond andauern sollte und die Schiff und Besatzung an zahlreichen Hafenstädten der Ehernen Liga vorbeiführte, die alle weit weniger schlimm von der Katastrophe getroffen worden waren als die Häfen der INSULA DEI.

Als vor dem Bug der Karavelle endlich die Küste von Kurjameos auftauchte, war jeder der Männer, die von Anfang an dabei gewesen waren, fest überzeugt, an der bedeutendsten und gefährlichsten Entdeckungsreise ihrer Generation teilgenommen zu haben. Wie hätte selbst Surjadora wissen sollen, daß all dies erst der Auftakt zu einer noch viel größeren Fahrt war …«

SCHWESTER DOLORES,
CHRONIK EINER VERLORENEN ZEIT, BD. II,
NIEDERGELEGT ZU CANTAMO IM 540. JAHR DER ABWESENHEIT GOTTES

Eulykische Geschäfte

Villa des eulykischen Handelskontors in Andhakleia,
Hauptstadt des Königreichs Kurjameos,
früher Vormittag des 26. Tages des Grünen Erntemondes,
im 458. Jahr der Abwesenheit Gottes

Kallyê schlug die Decke beiseite und schlüpfte leise aus dem Baldachinbett, dessen prachtvolles, bis zur Zimmerdecke reichendes Gestell mit üppigen Wolfs- und Sphingenschnitzereien verziert war. Im Gewirr der Decken ertönte ein zufriedenes Schmatzen, und eine feiste Gestalt wälzte sich auf die Seite. Es roch nach Schweiß und Knoblauch. Ein unverständliches Grunzen folgte, das daraufhin in blubbernde Schnarchgeräusche überging.

Die Herrin des eulykischen Kontors in Andhakleia überzeugte sich mit einem vorsichtigen Seitenblick davon, daß der herzogliche Gesandte Goldwangos nicht aufgewacht war. Mit Abscheu betrachtete sie sein speckiges Hinterteil und mußte unwillkürlich an die stämmigen Elefanten denken, die die Einheimischen hier in Kurjameos zu Arbeits- und Kriegszwecken einzusetzen wußten. Nicht zum ersten Mal in den letzten Stunden fiel ihr wieder jener Unfall vor zwei Jahren ein, dessen Zeuge sie geworden war, als ein Elefant nahe der andhakleischen Himmelswarte umgestürzt war und den schmächtigen Treiber unter sich begraben hatte. Kallyê schüttelte sich und dachte mit Widerwillen an die Nacht zurück, die sie mit dem feisten Ligisten verbracht hatte.

Natürlich hatte der Mann geglaubt, sie sei seiner männlichen Ausstrahlung erlegen. Es war wie immer.

Und natürlich hatte er auch geglaubt, seine Manneskraft habe ihre Leidenschaft entfacht. Auch das war wie immer.

Kallyê schlich durch das Zimmer und zog leise einen dicken Vorhang beiseite. Dann betrat sie einen mit Marmorplatten ausgekleideten Gang. Er führte sie ins Bad ihrer Villa, wo bereits ein Kessel warmen Wassers auf einer Ofenplatte vor sich hin köchelte. Mit dem Wasserdampf hatte sich aromatischer Eukalyptusgeruch im Raum verteilt, und die Eulykierin atmete befreit ein. Dann griff sie nach einem bereitgestellten Gefäß mit Melonenwasser. Sie wollte zunächst den üblen Geschmack fortspülen, der an ihrem Gaumen klebte, seitdem sie erwacht war. Es war für sie beinahe schon zu einem Ritual geworden. Denn auch dies war wie immer.

Von draußen, jenseits der Gartenmauern, erklang gedämpft der übliche Lärm. Ein Lärm, wie er zu dieser Tageszeit stets Andhakleias Straßen erfüllte. Wenigstens hatte sich am geschäftigen Treiben in dieser Stadt nichts geändert, und irgendwie hatte das etwas Beruhigendes. Denn seitdem immer mehr Katastrophenmeldungen aus allen Teilen der Welt eingetroffen waren, hatte sich in Andhakleia eine gewisse Unsicherheit breitgemacht. Viele Waren für den täglichen Gebrauch waren teurer geworden, und die Basiliken und Bethäuser der Aionarskirche hatten Zulauf wie nur selten in den Jahren zuvor.

Kallyê wußte, daß die Kirche des Abwesenden Gottes, die in nahezu ganz Ajuna den Glauben der Menschen bestimmte, auch in vielen anderen Städten der Ehernen Liga vor dem Problem stand, dem Ansturm der Bedürftigen Herr zu werden. Vielleicht sogar überall auf dem Kontinent? Nicht aber in ihrer eulykischen Heimat. Denn dort hatten es die Herrinnen des Silbergartens in Thalliopê, der Hauptstadt Eulykiens, bis heute verstanden, den Einfluß der Aionarskirche gering zu halten. Eine Eulykierin empfand es als närrisch, an einen abwesenden Gott zu glauben. Aber war nicht auch ihr eigener Glaube verlogen?

Kallyê nahm noch einen weiteren Schluck Melonenwasser, gurgelte und spuckte die Flüssigkeit in die bereitstehende Waschschüssel. Es war besser, über all das nicht nachzudenken. Es gab schon genügend andere Probleme, mit denen sie sich befassen mußte.

Nicht nur ihr, auch den Bewohnern dieses Landes wurde erst nach und nach bewußt, wie gewaltig die Katastrophe gewesen war, die die Welt vor gut sechs Monden heimgesucht hatte. Auch war die Ursache dafür jedem in der Stadt noch immer ein Rätsel.

Philosophos Varuidas, Astronom der Universität und Mitglied im Kosmographenrat der andhakleischen Himmelswarte, hatte die Theorie aufgestellt, daß das Unglück mit dem eigenartigen Kometen zusammenhing, den er im frühen Hitzemond erstmals am Nachthimmel ausgemacht hatte; eine Theorie, die die restlichen Mitglieder des Kosmographenrates von Andhakleia zumindest nicht abschlägig beschieden hatten. Die Philosophen der andhakleischen Universität und die studierten Gelehrten der Stadt stimmten der Theorie unumwunden zu. Auch bei den Vertretern der Aionarspriesterschaft hatte Varuidas' Entdeckung rege Betriebsamkeit nach sich gezogen. Ganze Schwärme an Brieftauben hatten die Basiliken verlassen, und der Eulykierin war schon im Hitzemond bewußt gewesen, daß die Tiere letztlich Cantamo zum Ziel hatten: die Hauptstadt des ehrwürdigsten aller Kirchenstaaten, jener Ort, an dem die Primarchin Altheia residierte, die höchste Vertreterin der Aionarskirche.

Natürlich hatten sich die Priester darum bemüht, ihre Aufregung zu verschleiern. Doch wie üblich hatten diese Informationen dennoch den Weg zu Kallyê gefunden.

Wenn die Theorie des Aionarsastronomen stimmte, dann mochte *philosophos* Varuidas vielleicht der erste Mensch auf dieser Welt gewesen sein, der das Unglück vorausgesehen hatte. Bei den gelehrten Philosophen der Universität hatte man den eigenartigen Himmelstrabanten nach seinem Entdecker benannt: *Varuidas-Stern*. Doch hörte man sich in Andhakleias Straßen um, hatte sich in Wahrheit bereits ein ganz anderer Name durchgesetzt: *Unglücksbringer*.

Kallyê erinnerte sich noch gut an den fürchterlichen Monsun, der ganz Kurjameos zum Ende des Hitzemondes heimgesucht hatte. Andhakleia war Regen gewohnt, auch Regenmassen. Doch diesmal war es, als hätten überirdische Mächte beschlossen, die Stadt endgültig vom Festland zu spülen.

Mondelang war es brüllend heiß gewesen, und das, obwohl der Himmel schwarz vor Wolken gewesen war. Die Wassermassen, die wochenlang auf Andhakleia herabgeregnet waren, hatten zu zahllosen Unglücken geführt. Der Andhuata, an dessen

Mündung die Stadt lag, war weit über die Ufer getreten und hatte in der Unterstadt zu folgenschweren Überschwemmungen geführt. Über fünfzig Gebäude waren im nassen Untergrund in sich zusammengesackt, und noch immer waren die von Maharadscha Mahatargos III. ausgehobenen Arbeitstrupps damit beschäftigt, ganze Häuserzeilen einzureißen. Es hieß, daß über 500 Männer und Frauen dem Unwetter zum Opfer gefallen seien, darunter zahllose Alte und Schwache, die die schwüle Hitze nicht ertragen hatten. Ein geringer Preis, wenn man bedachte, welche Auswirkungen die Katastrophe gerüchteweise in den Städten und Ländern des Merkantilischen Imperiums nach sich gezogen hatte.

Wirklich furchteinflößend aber war der mysteriöse Blutregen gewesen, der in der ersten Woche des Flutregenmondes auf Andhakleia herabgeregnet war. Erst die offizielle Erklärung des hohen Philosophen Ramaogeus, des Leiters der andhakleischen Universität und Ersten Beraters des Maharadschas, daß die rote Färbung des Regens nicht von Blut, sondern von rotem Staub herrühre, hatte den Ausbruch einer größeren Panik verhindert.

In einer der Satrapien, wie die Provinzen des Königreichs Kujameos genannt wurden, hatte dieses Phänomen zu einem Aufstand geführt, der nur mit Mühe hatte niedergeschlagen werden können. Der oberste Statthalter dieser Reichsprovinz, der Satrap Rahmakaio, war bei dem Aufstand selbst nicht zugegen gewesen, da er zu diesem Zeitpunkt, so die Gerüchte, an der Nordgrenze von Kurjameos in ein Gefecht mit imperialen Truppen der merkantilischen *provincia* Odia verwickelt gewesen war, die unter dem Kommando eines Mannes namens Joacino da Gona standen.

Auch aus den Nachbarstaaten von Kurjameos waren beängstigende Gerüchte bis nach Andhakleia vorgedrungen. In Elephantinos war im Flutregenmond angeblich ein unheimlicher Froschregen niedergegangen. Und nahe Urtumbra hatte ein gefallener Aionarspriester den Weltuntergang ausgerufen; weit über 1000 Menschen, so hieß es, hatten sich daraufhin selbst entleibt. Im Fieberland hingegen, so war zu hören, war es zu einem verheerenden Erdbeben gekommen, auf das wieder einmal eine schreckliche Epidemie mit zahllosen Toten gefolgt war. Auf die eine oder andere Weise, so schien es, hatte jeder Staat der Ehernen Liga die Folgen dieser Weltenkatastrophe zu spüren bekommen. Angesichts all dieser schrecklichen Geschehnisse begannen viele Menschen bereits wieder an Zauberei und böse Flüche zu glauben.

Nicht zum erstenmal fragte sich die Kontorsleiterin, wie es wohl um ihre ferne Heimat Eulykien bestellt sein mochte. Schon seit Monden waren von dort keine Nachrichten mehr eingetroffen.

Kallyê nahm noch einen Schluck von dem Melonenwasser, doch der üble Geschmack in ihrem Mund wollte nicht vergehen. Sie fühlte sich noch immer beschmutzt, ausgelaugt und ... verlassen. Sie stellte den Krug neben die Schüssel und trat nachdenklich an eines der Fenster des Bades, von dem aus sie einen Ausblick auf den kleinen, ummauerten Garten hatte, der hinter der Villa lag. Doch selbst das satte Grün der Palmen und die gepflegten Beete mit Varanasiblumen, deren leuchtend rotgelbe Blüten sie an anderen Tagen jedwede Sorgen vergessen ließen, wirkten heute stumpf. Ausdruckslos blieb Kallyês Blick am grauen Himmel über Andhakleia hängen, an dem die Sonne nur als schmieriger Lichtfleck auszumachen war. Das war nun schon seit dem Schwemmmond so. Der Himmel hätte längst wieder aufklaren müssen.

Den Mond am nächtlichen Firmament hatte Kallyê seit dem Unglück überhaupt nicht mehr zu Gesicht bekommen – und das war ein Umstand, der sie als Eulykierin besonders verunsicherte. Denn der Mond bestimmte den Rhythmus des Lebens in ihrer Heimat. Allerdings durfte sie sich in ihrer Stellung solche Unsicherheiten keinesfalls anmerken lassen.

Mit Mühe wandte sie sich wieder von dem schmalen Fenster ab, nahm Bürste und Seife zur Hand und begann sich zu reinigen. Sie wusch und schrubbte ihren Leib wie unter einem Zwang, bis ihre makellose weiße Haut von roten Flecken gezeichnet und der unangenehme Geruch des fetten Gesandten endgültig von ihr genommen war.

Erschöpft hielt sie inne und betrachtete sich nun erstmals an diesem Morgen in dem reich mit Wolfsmotiven verzierten Silberspiegel ihrer Heimat. Man sagte ihr nach, daß sie ihrer Mutter ähnelte, einer eulykischen Orakelpriesterin, die kurz nach ihrer Geburt verstorben war. Die Schwesternschaft der Sphinx hatte sie anschließend in ihre Obhut genommen und erzogen. Dann, als ihre Schönheit erblüht war, hatte man sie mit anderen Mädchen nach Menetenê gebracht, wo ihre Ausbildung als Agentin des Silbergartens begonnen hatte. Keine der gewöhnlichen Priesterinnen wußte, welchem Zweck diese Ausbildung diente. Doch es galt als Ehre, die nur außergewöhnlich hübschen oder talentierten Jungschwestern angetragen wurde. Sie war beides.

Prüfend fuhren ihre Finger über die hochstehenden Wangenknochen. Ihre weiche Haut war blaß wie der Mond, die vollen Lippen eine Versuchung und die großen grünen Augen ... Diese Augen hatten so manchen ihrer Liebhaber an die einer Katze gemahnt. Es waren nicht nur die Reize ihres Körpers, mit denen sie die Männer zu umgarnen verstand; sie wußte, daß sie einen Mann allein mit ihren Blicken um den Verstand bringen konnte. Ihre Augen waren Waffen. Ganz nach Belieben konnte sie ihnen einen sanften oder spöttischen, aber auch einen herausfordernden oder lüsternen Zug abgewinnen. Doch der Spiegel enthüllte mehr, als Kallyê lieb war.

Sie wirkte ausgelaugt. Um ihre Augen herum zeichneten sich Schatten ab. Kallyê ließ erschrocken ihre Hand sinken. Bei der heiligen Sphinx von Thalliopê! Sie mußte unbedingt ihre Schönheit bewahren, damit sie weiter ihrer Aufgabe gerecht wurde.

Wie jeden Tag zwang sie sich vor dem Spiegel zu ausgiebigem Lächeln, so wie es sie die *Philophore*, die oberste Herrin des Silbergartens, die Landesmutter Eulykiens, persönlich gelehrt hatte. Als Eulykierin war ihr nur zu bewußt, wie schnell sich Anspannung und Erschöpfung in die Linien eines Gesichts eingraben konnten. Sie aber mußte rätselhaft wie die Sphinx selbst bleiben. Schön wie die Nacht und makellos wie der volle Mond. Doch heute ähnelte ihr Lächeln einer schiefen Grimasse, und sie ertrug es nur schwer, sich selbst in die Augen zu blicken. Hastig griff

Kallyê nach den Schminktiegeln mit katauekischem Jadegrün und Silberreif und machte sich für einen Tag zurecht, der sein würde wie all die Tage zuvor.

Gemäß ihrem Kalender mußte der Mond derzeit als zunehmende Sichel am Himmel stehen. Wie es sich für eine Eulykierin geziemte, nahm sie wertvollen Silberdraht aus einer Schatulle und formte ihr honigblondes Haar mit seiner Hilfe zu kunstvollen Kringeln, an dessen Seiten sie anschließend Locken löste, die ihr verspielt ins Gesicht fielen.

Prüfend musterte sie sich im Spiegel. Jeder Schatten war verschwunden. Schon besser. So hatte eine Frau ihrer Stellung auszusehen! Dann griff sie zu dem Ohrschmuck mit den silbernen Sphingen. Als die Kontorsleiterin sich endlich dazu bereit fühlte, sich ihren Untergebenen zu stellen, zog sie an der Glockenschnur neben der Wasserschüssel.

Es dauerte nicht lange, und ihre Leibdienerin Iambê erschien im Eingang zum Bad. Mit dem jungen Pferdeknecht des Gesandten hatte sie in der letzten Nacht sicher mehr Vergnügen gehabt als ihre Herrin. Wie ausschweifend die Nacht auch immer gewesen war, die Sechzehnjährige wirkte frisch wie der Morgentau. Aber das würde sich ändern, wenn das Mädchen in der Hierarchie erst einmal aufgestiegen war. Noch sorgte Kallyê für die Zuteilung ihrer Liebhaber. Sie wollte, daß Iambê zunächst einige angenehme Erfahrungen mit Männern sammelte. Iambê würde diese Erinnerung in den kommenden Jahren mehr als nötig haben. Männer waren wie Wölfe. Sie konnten, sorgsam ausgesucht, willige und fügsame Gefährten sein. Doch war ihre Gier erst einmal entfacht, stellten sich viele von ihnen als unberechenbar heraus. In der Politik ebenso wie auf dem Lager.

Wieder fühlte Kallyê, wie Müdigkeit sie lähmte.

»Tochter, führ den Gesandten Goldwangos hinten hinaus, wenn er erwacht. Erkläre ihm, daß mich die Geschäfte des Kontors leider früh zum Aufbruch gezwungen haben.«

»Wie du wünschst, Herrin des Kontors.« Die Dienerin verneigte sich und strich sich eine Strähne aus ihrem hübschen Gesicht.

»Hast du etwas aus dem Knecht herausbekommen?«

Ein schelmisches Lächeln umspielte die Lippen des Mädchens.

»Ja, Kontorsleiterin. Ich habe Euch die Notizen in Euer Arbeitszimmer gelegt. Viel wußte er aber nicht.«

Kallyê hatte das befürchtet. Aber in der Regel stellte es sich als sinnvoll heraus, die Informationen, die sie ihren Bettgefährten entlockt hatten, tags darauf zu vergleichen. Manchmal ergaben sich völlig neue Zusammenhänge.

»Gut, Tochter. Sind schon Besucher eingetroffen?«

»Ja, Herrin des Kontors. Dieser Kapitän Anaxketos aus Elephantinos, der die Ablösesumme für jene Kiste dabei hat, die er uns vor drei Monden zur Aufbewahrung hinterließ ...«

Kallyê erinnerte sich. Eine merkwürdige Angelegenheit. Das eulykische Kontor galt als überaus reich. Neben den eigenen Handelsaktivitäten bestritt es seine Einnahmen durch das Verleihen von Geld, so wie es die von ihren Schwestern geleiteten Bankhäuser in einigen Nachbarstaaten taten. Der Tempel Thalliopês hatte schon vor Jahrzehnten mit viel Erfolg die Praxis einiger großer merkantilischer Familien aufgegriffen, Geld gegen Zins oder Gewinnbeteiligung an vertrauenswürdige Bittsteller zu verleihen. Von dem eigentlichen Beweggrund der Eulykierinnen für diese Aktivitäten ahnte niemand etwas.

Zu dem Kontor in Andhakleia gehörten auch drei große Speicher. Hin und wieder vermietete sie freistehenden Raum an Händler, die nicht zu den etablierten Familien dieser Stadt zählten. Der Kapitän, von dem Iambê gesprochen hatte, hatte vor drei Monden einen ganzen Raum für eine einzelne Truhe aus fester, imperialer Eiche angemietet, die durch drei kunstvolle Schlösser gesichert war. Natürlich hatte Kallyê der Versuchung nicht widerstehen können, die Kiste zu öffnen, aber ihre herausragende Fingerfertigkeit war an diesen Schlössern erstmals gescheitert. Sie war noch immer unzufrieden mit sich, als sie daran zurückdachte.

»... außerdem ist soeben diese Kapitänin Surjadora eingetroffen. Sie führt einen jungen Mann mit sich, der offenbar aus Esanuk stammt ... Er sieht ziemlich gut aus.«

Kallyês Neugier war geweckt. Dann hatte die Trägerin des Kontorschlüssels der Familie Kerishades ihre Einladung erhalten? Obwohl: Einladung war geschmeichelt. Es hatte sich um eine recht unverblümte Aufforderung gehandelt, sich endlich bei ihr einzufinden. Immerhin schuldete die Kapitänin ihr fast 3000 kurjamäische Golddubokinen.

»Tochter, führe den Kapitän in das Sphingenzimmer und weise Hauptmann Edyakyr an, daß zwei Männer die Kiste dorthin bringen sollen. Ich werde den Kapitän gleich empfangen. Dieser Surjadora und ihrem Begleiter bringe derweil Maisbrot und Mangomus. Ich werde anschließend mit ihnen sprechen.«

Iambê verneigte sich und glitt lautlos davon, um die Befehle der Kontorsleiterin auszuführen.

Kallyê war vor allem auf die Begegnung mit Kapitänin Surjadora neugierig. Ihr Handelshaus hatte Anfang des Jahres zwei von drei Schiffen durch Piraten verloren. Die *Stern von Andhakleia* war das letzte und kleinste Schiff, das der Herrin des Kontorschlüssels und letzten Vertreterin der Familie Kerishades verblieben war. In der Stadt hatte sich schon das Gerücht breitgemacht, die Schlüsselmeisterin sei so hoch verschuldet, daß sie ihren Platz im Kapitänsrat verlieren werde und ihr Kontor für immer werde schließen müssen. Doch seitdem die Trägerin des Kontorschlüssels damals Prinzessin Fatihia, der Lieblingsgattin von Maharadscha Mahatargos III., das Leben gerettet hatte, wachte das Herrscherhaus selbst über ihr Schicksal. Als Kallyê erfahren hatte, man habe Surjadora das Kommando über eine Expedition in den Ozean des Morgens anvertraut, hatte sie dieser Frau unbedingt begegnen wollen. Und sie hätte der Schlüsselmeisterin und Kapitänin sicher auch dann die stolze Summe geliehen, wenn sie den eigentlichen Grund für die Expedition nicht erfahren hätte. Denn die Frau war einzigartig in Andhakleia.

Im Gegensatz zu Eulykien war Kurjameos ein von Männern regiertes Land. Eine Kurjamäerin mochte noch so vermögend sein; heiratete sie, führte von Stund an der Ehegatte die Geschäfte. Wenn er dazu nicht mehr in der Lage war, sah das kurjamäische Gesetz vor, daß der erstgeborene Sohn ab seinem dreizehnten Lebensjahr das Amt als Familienoberhaupt übernahm. Kapitänin Surjadora aber hatte anscheinend völlig auf Familie verzichtet, um das vom Vater ererbte Vermögen nicht an einen Mann abtreten zu müssen. Eine Entscheidung, die Kallyê Respekt abverlangte.

Die Rückkehr der *Stern von Andhakleia* vor zwei Wochen war bei all der Unruhe in der Stadt kaum aufgefallen. Ihr natürlich schon – schließlich gehörte es zu ihrem geheimen Auftrag, über alles unterrichtet zu sein. Für die restlichen Städter war die kurjamäische Karavelle nur eines von zahlreichen beschädigten Schiffen mehr, die in den Monden nach der Katastrophe zurück in den Heimathafen gefunden hatten.

Hinzu kam, daß zum gleichen Zeitpunkt die ersten Schiffe mit den Gesandten aus allen Teilen der Ehernen Liga eingetroffen waren. Alle sieben Jahre fanden wechselweise in verschiedenen Hauptstädten des Handels- und Schutzbundes sogenannte Liga-Treffen statt, bei denen um Zölle, Möglichkeiten der Piratenbekämpfung und die gemeinsame Politik gegenüber dem Merkantilischen Imperium gefeilscht und debattiert wurde. Die Treffen wurden auch zum allgemeinen Informationsaustausch, zur Beilegung von Streitigkeiten und Anbahnung fürstlicher und königlicher Hochzeiten genutzt. Die Vielzahl der Intrigen gegen- und untereinander, die während dieser Wochen in irgendwelchen Hinterzimmern gesponnen wurden, vermochte selbst Kallyê nicht zu überblicken. Doch so viel wie möglich darüber herauszufinden und in die eulykische Hauptstadt Thalliopê weiterzuleiten war eine ihrer dringlichsten Aufgaben.

Im Gegensatz zu den Provinzen des Merkantilischen Imperiums oder den vom Imperium abgefallenen Staaten der Ehernen Liga war Eulykien unabhängig, und das bereits seit über 500 Jahren. Die Sphinx von Thalliopê und das zugehörige Orakel ihrer Heimat waren weltberühmt. Niemand auf dem ajunäischen Kontinent wollte es sich freiwillig mit der Schwesternschaft verderben, abgesehen vielleicht von den wilden Jarmatenstämmen im Norden Eulykiens oder einigen unbelehrbaren Völkern im

Westen. Doch mit diesem Problem wurden die Eisernen Männer ihrer Heimat in der Regel leicht fertig.

Nicht einmal die überhebliche Aionarspriesterschaft wagte den Status Eulykiens anzuzweifeln. Schließlich besagte die Legende, die Sphinx von Thalliopê sei einst vom Abwesenden Gott selbst nach Eulykien entsandt worden. Doch ob diese Legende der Wahrheit entsprach oder einst von den Herrinnen des Silbergartens ausgeheckt worden war, um sich vor dem Zugriff des Alten Imperiums zu schützen, wußte noch nicht einmal Kallyê selbst zu sagen, obwohl sie einen hohen Rang innerhalb der Schwesternschaft bekleidete – oder besser gesagt, gerade *weil* sie der Schwesternschaft angehörte. Denn wie oft hatte sie selbst dazu beigetragen, Lügen und Halbwahrheiten in die Welt zu setzen? Die Menschen ließen sich mit Vorliebe von dem leiten, was sie für wahr halten wollten, und nicht von dem, was wirklich wahr war.

Kallyê brauchte nur in sich selbst hineinzulauschen. Wie gern hätte sie daran geglaubt, daß es im Leben mehr als nur Heucheleien gab. Sie schreckte ja noch nicht einmal davor zurück, sich selbst zu belügen. Was war die heilige Sphinx von Thalliopê, der sie und die anderen Schwestern dienten, denn anderes als eine große Statue? Und die Orakelpriesterinnen? Bestand ihre vordringlichste Aufgabe nicht allein darin, allen anderen weiszumachen, da wäre mehr? Lügen, nichts als Lügen. Das ganze Leben war eine Lüge.

Wieder spürte die Kontorsleiterin, wie die Erschöpfung ihr ansonsten so stolzes und selbstsicheres Wesen überschattete. Sie war wohl schon zu lange in Kurjameos. Es war ihr selbst unerklärlich, warum ihr in letzter Zeit ständig diese ketzerischen Gedanken kamen. Sie brauchte dringend etwas Ruhe. Natürlich war die Sphinx mehr als nur eine Statue. Ganz bestimmt. Damals, bei ihrer Weihe, hatte sie es gespürt. Tief in sich. Sie konnte sich nicht getäuscht haben. Oder doch?

Unwirsch schüttelte Kallyê ihr Haupt und zupfte mit den sorgfältig gepflegten Fingern entschlossen ein letztes Mal ihre Frisur zurecht. Genug gegrübelt, ermahnte sie sich selbst und konzentrierte sich wieder auf die vor ihr liegenden Aufgaben. Das hiesige Liga-Treffen, von den Königreichen und Fürstentümern damals in Sadi ausgehandelt, stand ganz im Schatten der Katastrophe. Jedem Ligisten war klar, daß die schiere Existenz des großen Konkurrenten im Norden, das mächtige Merkantilische Imperium, der eigentliche Grund für den Schutz- und Handelsbund des südlichen Kontinents war. Es war kaum 150 Jahre her, daß sich die südlichen Kolonien, Provinzen, Fürsten- und Königtümer vom Imperium losgesagt hatten. Kurjameos war damals der erste Staat gewesen, der diesen Schritt gewagt und damit einen regelrechten Flächenbrand ausgelöst hatte. Jedes der Liga-Mitglieder wußte, daß es ohne Beistand der anderen hilflos dem Nachfolger des Alten Imperiums ausgeliefert wäre. Ein gutes Dutzend Mal in den letzten Jahrzehnten war es bereits zu gefährlichen Grenzkonflikten mit den Merkantilern gekommen, doch bislang hatten sich die *mercatoren* in Maganta noch nicht zu einem Vorgehen unter Einsatz der Truppen entschließen können.

Nun aber schien es, als würden die Karten gänzlich neu gemischt. Wenn die Gerüchte stimmten, dann hatte das Merkantilische Imperium vor sechs Monden seine Zähne verloren. Und damit stand auch die Eherne Liga vor einer Zerreißprobe. Entweder, die Liga würde sich, bar ihrer äußeren Bedrohung, in den kommenden Jahren zerstreiten, oder aber die Staaten würden ihre neu gewonnene Stärke erkennen und sich zu einem noch nie dagewesenen Schritt durchringen – und den verhaßten *mercatoren* im Norden des Kontinents so vielleicht endgültig den Todesstoß versetzen.

All dies galt es herauszufinden. Und wie es ihre Aufgabe war, hatte Kallyê alles, wirklich alles in ihrer Macht Stehende getan, um an Informationen über den derzeitigen Beratungsstand heranzukommen.

Die Herrinnen des Silbergartens verließen sich auf sie. Thalliopê würde alle Informationen, die sie in diesen Tagen herausfand, dringend benötigen.

Wenn, ja wenn Eulykien nicht ebenfalls einem Unglück anheimgefallen war.

Wenn das Orakel überhaupt noch existierte ...

Kallyê schüttelte entschieden den Kopf und pustete sich energisch eine ihrer gedrehten Locken aus dem Gesicht. Das Orakel von Thalliopê war so alt wie die Welt. Wenn in den letzten Monden keine Nachrichten aus der Heimat eingetroffen waren, dann konnte das zahlreiche Gründe haben. Thalliopê war immerhin doppelt so weit entfernt wie Maganta.

Entschlossen begab sie sich in ihr Arbeitszimmer. Kurz warf sie einen Blick auf die Aufzeichnungen Iambês und glich sie mit dem ab, was sie dem Gesandten Goldwangos im Liebesrausch hatte entlocken können. Demzufolge hatten die goldwangischen Herzöge schnell gehandelt und bereits damit begonnen, die berüchtigten Goldwangen auszuheben, die noch immer mit Kriegsbemalung – angeblich aus purem Goldstaub – kämpften, um für den Fall des Zerbrechens der Liga gewappnet zu sein. Denn auch mit dieser Möglichkeit rechnete insgeheim jeder Staat des Bündnisses. Daß den Herzögen seiner Heimat an den Goldflüssen Pardingards gelegen war, war nur zu offensichtlich. Vielleicht wollten sie ihren Nachbarn aber auch nur zuvorkommen, damit sich niemand an den Schätzen ihres eigenen Reiches vergriff?

Immerhin hatte der fette Gesandte großes Interesse an einem kompletten Mondrudel geäußert. Die Eisernen Männer, wie die Söldner ihrer eulykischen Heimat genannt wurden, galten auf dem Kontinent als die gefürchtetsten und diszipliniertesten Krieger, die für Gold zu erstehen waren. Doch wer sich ihrer bediente, mußte den zweifachen bis dreifachen Preis dessen bezahlen, den gewöhnliche Söldnertrupps verlangten.

Im voraus, verstand sich.

Die Kontorsleiterin machte sich geschwind einige Notizen, dann schritt sie würdevoll zum Sphingenzimmer, in dem sie wie gewöhnlich Händler und Bittsteller begrüßte.

Kapitän Anaxketos, der gerade vor der mannshohen Statue am Kopfende des mit geschnitzten Holzstühlen und Silberspiegeln ausgestatteten Raums stand und die detailgetreue Plastik der Sphinx von Thalliopê aufmerksam musterte, drehte sich ungeduldig zu ihr um. Nach danakingischer Art trug er seine schwarzen Haare in verfilzten Strähnen, was ihm etwas Wildes verlieh; der Bart war sorgfältig geschabt. Seine Seeuniform bildete ein Gemisch aus Kleidungsstilen aus allen Teilen der Ehernen Liga.

»Kontorsleiterin Kallyê, Tochter der Ulanyê, Enkelin der Adyssê!«

Kallyê nahm beiläufig Hauptmann Edyakyr und einen weiteren Mann der Garde Eiserner Männer neben der Eingangstür wahr. Der Hauptmann war es auch gewesen, der sie angekündigt hatte. Mitten im Raum stand die eigenartige Truhe mit den drei Schlössern. Der flackernde Blick von Kapitän Anaxketos wanderte zwischen ihr und den gefürchteten eulykischen Söldnern hin und her. Es war nicht nur die Zahnlücke, die dort klaffte, wo sich eigentlich ein Schneidezahn hätte befinden müssen, die dem Lächeln des Kapitäns etwas Durchtriebenes verlieh.

»Ich bin erfreut, daß mein kostbares Kleinod noch immer wohlverwahrt ist«, stellte er mit einem breiten Grinsen fest und rieb sich zufrieden die schwieligen Hände. Dann trat er neben die Kiste, und seine Hände fuhren liebevoll über das Holz. »Ich hatte während meiner letzten Reise schon befürchtet, ihr könnte etwas zugestoßen sein. Als ich gestern nach Andhakleia zurückkam, hieß es, mein ... ich meine natürlich, Euer Speicher sei von der Überschwemmung heimgesucht worden. Man hört dieser Tage ja so viele Gerüchte. Ihr versteht?«

Kallyê musterte den Mann mit kühlem Blick. Es war wirklich aufschlußreich. Gewöhnlich konnten die Männer kaum genug von ihrem Anblick bekommen, doch die Aufmerksamkeit dieses Kapitäns galt einzig und allein der eigentümlichen Kiste in der Raummitte.

»Nun, Kapitän, wie Ihr seht, mußten wir die Truhe in den Keller dieser Villa auslagern. Wir hatten vorsichtshalber alle wichtigen Waren des betroffenen Speichers in der Stadt umverteilt.«

»Jaja, schon gut. Bin zufrieden.« Kapitän Anaxketos warf einen kurzen Blick auf die drei Schlösser, und für einen winzigen Augenblick meinte Kallyê, ein Runzeln auf seiner Stirn wahrzunehmen. Doch dann erhob er sich auch schon wieder und lächelte. Kallyê hätte wirklich zu gern gewußt, was sich in der Kiste befand.

»Wir hatten schon befürchtet, Euch sei etwas während Eurer Abwesenheit zugestoßen.«

»Nein, nein, Werteste, das Glück ist immer auf meiner Seite ... Immer ... Meistens jedenfalls. Die ausstehende Rate habe ich bereits Eurem Sekretär zukommen lassen. Wenn Ihr nichts dagegen habt, werde ich die Truhe noch einige Tage in Eurer Verwahrung lassen. Ich hole sie dann ab, sobald ich wieder auslaufe.«

Kallyê nickte lediglich. Kapitän Anaxketos schenkte ihr wiederum ein Lächeln, das seine Zahnlücke offenlegte, und verneigte sich dann eine Spur zu übertrieben. Anschließend begleitete ihn ein hinzugerufener Diener aus dem Raum.

»Kapitänin Surjadora, Trägerin des Kontorschlüssels der Familie Kerishades und Begleitung!« Wieder war es Hauptmann Edyakyr, der die Neuankömmlinge ankündigte, die diesmal von Iambê in das Sphingenzimmer geführt wurden.

Die Kapitänin trug wie bei ihrer letzten Begegnung einen blauen Sari mit den ihr gebührenden Rangabzeichen der kurjamäischen Handelsmarine. Sari und Turban der Frau saßen wie immer tadellos. Kallyê fragte sich insgeheim, ob diese Surjadora auch andere Kleidungsstücke besaß. Zumindest eine kleine Veränderung nahm sie an der Gestalt der Kapitänin wahr: In ihre Gesichtszüge hatten sich fast unmerklich einige weitere Linien eingegraben, die von Entbehrungen sprachen. Von dieser Härte abgesehen, hätte sie sicher eine gute Eulykierin abgegeben.

Der junge Mann neben der Kapitänin fesselte Kallyês Aufmerksamkeit. Wie Iambê gesagt hatte, sah er gut aus. Sehr gut sogar. Er mochte etwa vier oder fünf Jahre jünger als Kallyê sein und trug eine knielange Schürze aus bronzenen Metallschuppen. Seine Füße steckten in kurjamäischen Sandalen aus Krokodilsleder. Sein Oberkörper hingegen wurde nur teilweise von einer vorne offenen Weste aus einer Mischung aus Baumwolle und blaugrüner Katauekenseide bedeckt; sie war offensichtlich von einem hiesigen Schneider gefertigt – allerdings einem, der für die kurjamäische Oberschicht arbeitete. Seine langen schwarzen

Haare wurden hinten am Rücken von einer bronzenen Klammer zusammengehalten. Auf seinem Haupt aber thronte ein prächtiger goldener Stirnreif, der von einem wertvollen Saphir geziert wurde.

Beeindruckend. Angesichts der Haut des Fremden hätte Kallyê ihn für einen Heiden aus Esanuk gehalten. Er wirkte durchtrainiert, und sein Blick hatte etwas, das eine verborgene Saite in Kallyês Innerem zum Klingen brachte. Es war eine Mischung aus naiver Offenheit und ... Wehmut.

Wehmut? Plötzlich erinnerte sie sich an die Augen jener Frau, die ihr keine halbe Stunde zuvor aus dem Silberspiegel entgegengeblickt hatte. Kallyê atmete tief ein und verdrängte einmal mehr an diesem Tag die irritierenden Gedanken. Was war bloß los mit ihr?

Sie bot den beiden Besuchern Stühle an und setzte sich ebenfalls.

»Ich freue mich, Eure Einladung erhalten zu haben, Kontorsleiterin Kallyê. Ich hatte selbst bereits den dringenden Wunsch verspürt, Euch einen Besuch abzustatten.« Die Kapitänin verstand es meisterhaft, Kallyês deutliche Aufforderung, ihr endlich Rechenschaft abzulegen, herunterzuspielen.

»Davon bin ich ausgegangen, Kapitänin«, ging Kallyê bereitwillig auf das Spiel Surjadoras ein. »Doch wie Ihr wißt, hört man in diesen Wochen viele besorgniserregende Nachrichten.«

»Selbstverständlich, Kontorsleiterin. Ich hätte mich schon viel früher gemeldet, wenn nicht Schiff und Besatzung meine volle Aufmerksamkeit in Anspruch genommen hätten. Leider hat die Katastrophe auch uns nicht verschont.« In der Stimme der Kapitänin lag Bedauern.

Natürlich hatte Kallyê bereits vor einigen Tagen Iambê ausgeschickt, die sich unter den Besatzungsmitgliedern der *Stern von Andhakleia* umhören sollte.

»Kapitänin, Ihr verzeiht, wenn ich offen spreche?« Sie beugte sich leicht vor. »Es heißt zwar, daß Ihr tatsächlich ein neues Reich entdeckt habt. Aber gemäß der mir vorliegenden Berichte war Eure Expedition ein völliger Fehlschlag. Die *Bavakuleos* soll nach einem Schiffsgefecht gesunken sein, und Ihr selbst seid nur mit Mühe und Not dem eigenen Tod entronnen. Mit anderen Worten: Eure Unternehmung gleicht einem Desaster. Ihr seid ruiniert!«

Kapitänin Surjadora ließ mit keiner Regung erkennen, ob sie diese Worte getroffen hatten. Kallyê fuhr ohne zu zögern fort.

»Im Besitz Eurer Familie befinden sich noch immer zwei Speicher, ein halbwegs intaktes Schiff, außerdem Eure Villa nahe dem Universitätsviertel. Angesichts der Schulden, die Ihr bei mir habt, schlage ich vor ...«

Die Kapitänin begann plötzlich zu lachen. Es war ein schallender Klang, der den Sphingensaal unerwartet mit Heiterkeit erfüllte und selbst Hauptmann Edyakyr aufmerken ließ, der der Unterhaltung bislang ungerührt wie eine Statue gelauscht hatte. Selbst der gutaussehende Fremde neben der Kapitänin, der nicht den Eindruck erweckte, als hätte er bisher auch nur ein Wort der Unterhaltung verstanden, blickte Surjadora überrascht an.

»Verehrte Kontorsleiterin, verzeiht meine Heiterkeit.« Surjadora wirkte noch immer überaus belustigt. »Ich verstehe, daß Ihr für jede investierte Golddubokine in Eurer Heimat Rechenschaft ablegen müßt. Ebenso wie für jeden guten Kontrakt, der Euch im Namen Thalliopês entgeht ...« Letzteres betonte die Kapitänin auf eigentümliche Weise. »Aber glaubt mir, wäre ich ruiniert, würde ich wohl nicht so ohne weiteres zu Euch kommen. Oder glaubt Ihr allen Ernstes, daß mich der Bucklige bereits derart vor seine Kakerlakenkutsche gespannt hat, daß ich zu solch einer Dreistigkeit fähig wäre?«

Surjadora schüttelte milde lächelnd den Kopf, und Kallyê beschlich das Gefühl, als spräche die Kapitänin zu ihr wie zu einem Kind, das ihr eine törichte Frage gestellt hatte. Verstimmt zog sie ihre geschwungenen Augenbrauen zusammen, während Surjadora vergnügt lächelnd einen Fussel von ihrem Sari abstreifte.

»Verehrte Kontorsleiterin! Ihr habt natürlich nur das gehört, was jeder hier in der Stadt vernehmen sollte. Meine Mannschaft hatte da gewisse Anweisungen. Ihr versteht? In Andhakleia wimmelt es von tüchtigen Seeleuten. Und das nicht nur aus Kurjameos, wie wir beide wissen. Würde herauskommen, welches Ziel die Expedition hatte und daß diese im Gegenteil ein voller Erfolg war, könnten wir uns der goldgierigen Blutegel kaum noch erwehren.«

Surjadora hakte den Daumen ihrer Rechten lässig in den Gürtel ihres Waffengehänges und blickte zufrieden auf ihren fremdländischen Begleiter.

»Darf ich Euch statt dessen Prinz Nukulahi vorstellen? Er ist der erstgeborene Sohn des Königs jenes fernen Reiches, das wir entdeckt haben – der Purpurinseln.«

Kallyês Blick fiel wieder auf den prachtvollen Saphir, der Haupt und Stirn des Fremden schmückte. »Es war der ausdrückliche Wille Seiner coleopäischen Majestät, daß sein Sohn diplomatische Kontakte zum kurjamäischen Herrscher aufnimmt und Andhakleia kennenlernt.«

Der Fremde verbeugte sich, als er seinen Namen vernahm. Dann legte er seinen Kopf schräg und musterte Kallyê aufmerksam. Wieder traf sie sein Blick, der ihr auf seltsame Weise unter die Haut ging, und wieder spürte sie seine Traurigkeit. Doch sie konnte in ihm keine Falschheit erkennen. Im Gegenteil, in ihm lag Bescheidenheit und auch ... Güte! Verunsichert entzog Kallyê sich dem Blick seiner goldbraunen Augen, dann musterte sie wieder die Kapitänin.

»Ihr wollt mir allen Ernstes einreden, daß ich bloß einem Gerücht aufgesessen bin? Ihr seid mit einem halben Wrack in den Hafen eingelaufen!«

»Ein schrecklicher Sturm, der uns auf dem Rückweg ereilt hat. Die Katastrophe hat auch uns nicht verschont.«

»Und die *Bavakuleos?*«

»Kapitän Vanakinos weilt derzeit am coleopäischen Königshof und bereitet alles für den künftigen Handel vor, der Kurjameos und Coleopa, die Heimat von Prinz Nukulahi, in Zukunft zu Macht und Reichtum verhelfen wird.« Verstohlen beugte sie sich ein wenig vor und fügte leise hinzu: »Unter uns, Kontorsleiterin, Kapitän Vanakinos und seine Mannschaft dienen natürlich als Unterpfand für die glückliche Heimkehr Seiner Hoheit. Ihr versteht?«

Kallyê nickte unwillkürlich – und ärgerte sich sogleich darüber, daß sie sich nicht besser unter Kontrolle hatte. Bei der Sphinx, konnte man Iambê tatsächlich so irregeführt haben?

»Und Eure Mannschaft? Seit wann hat ein Kapitän solchen Einfluß auf seine Leute, daß diese allesamt bei der gleichen Geschichte bleiben?«

»Ah, Ihr habt gleich mehrere meiner Männer ausgehorcht?« Surjadora musterte die Kontorsleiterin nun ihrerseits neugierig. »Ganz einfach. Den Männern wurde ein gewisser Anteil an der zweiten Ladung versprochen, die Andhakleia erreicht. Glaubt mir, danach wird keiner mehr zur See fahren müssen. Danach werden alle so reich sein, daß sie sich vielleicht ihre eigenen Schiffe leisten können.«

Kallyê konnte nicht glauben, was sie da zu hören bekam. Entweder war die Kapitänin noch viel kompetenter als bereits vermutet, oder sie log, daß sich die Balken bogen. Die Eulykierin glaubte noch immer, daß letzteres zutraf. Im besten Fall hatte Surjadora die Schiffsladung, die sie auf der *insula dei* losgeschlagen hatte, gerade so viel eingebracht, daß sie ihre Schulden bei ihr zurückzahlen konnte. Und den Betrag galt es zu sichern.

»Nun, Schlüsselmeisterin, dann werdet Ihr sicher in der Lage sein, mir meinen Anteil in Gold zurückzuzahlen. Ihr habt Euch von mir 3000 kurjamäische Golddubokinen geliehen. Zusammen mit der Gewinnbeteiligung für diese waghalsige Expedition erhalte ich von Euch noch weitaus mehr! Abzuliefern nach Eurer Rückkehr.«

Gespannte Stille lag im Saal.

»Selbstverständlich, Kontorsleiterin«, fuhr die Kapitänin ungerührt fort, »das ist nicht vergessen. Wünscht Ihr den Betrag noch heute? Dann werde ich anweisen lassen, die entsprechenden Goldtruhen bis zum Abend in Euer Kontor bringen zu lassen. Ich bin im übrigen froh darüber, daß Ihr die eher private Beteiligung an dieser Expedition nicht öffentlich gemacht habt. Das ist auch sehr im Sinne Seiner Majestät, des Maharadschas Mahatargos III., wie ich Euch versichern darf. Man hat es überaus kritisch aufgenommen, als herauskam, daß meine private Beteiligung an der Expedition zu einem Großteil mit Eurem Geld finanziert wurde, Kontorsleiterin. Wir sollten allerdings noch über Euer vertraglich verbrieftes Recht auf stille Teilhaberschaft sprechen.«

»Wie beliebt Ihr?« Kallyê glaubte nicht recht zu hören. Die Schlüsselmeisterin nahm auf einen Paragraphen im ausgehandelten Kontrakt Bezug, der dem eulykischen Handelshaus im Erfolgsfall der Expedition eine weitere Beteiligung am Handel mit dem entdeckten Reich zusicherte. War das ein weiterer, noch unverschämterer Zug der Kapitänin? Oder sollte sie tatsächlich ...?

»Wie gesagt, sprechen wir offen, Kapitänin. Wenn Ihr tatsächlich Purpur nach Andhakleia gebracht habt, dann will ich dafür einen Beweis.«

Surjadora zögerte das erste Mal und sah Kallyê mit offenkundiger Überraschung an. »So einfach sind die Dinge leider nicht, Kontorsleiterin. Ihr werdet verstehen, daß der Vater Seiner Hoheit hier«, dabei deutete die Kapitänin auf Prinz Nukulahi, »zunächst gewisse Garantien erhalten will. Mit den Katauеken haben die Bewohner der Purpurinseln nicht allzu gute Erfahrungen gemacht. Über Kurjameos als neuen Bündnispartner wäre man daher sehr froh. Nun ist es aber so, daß die erste Purpurlieferung allein für den Maharadscha bestimmt war. Ich schätze den Wert der Ladung auf etwa 30 000 Golddubokinen. Und das ist erst der Anfang. Seine Majestät Mahatargos III. drängt daher auf strengste Geheimhaltung. Nicht einmal ich darf den mitgebrachten Purpur anrühren. Zumindest so lange nicht, bis die Handelsroute als gesichert gilt. Entlohnt wurde ich für meine Bemühungen natürlich. Fürstlich, will ich sogar meinen.«

»Ich wünsche einen Beweis zu sehen, Schlüsselmeisterin!« Kallyês Stimme hatte einen ungnädigen Ton angenommen.

»Den Beweis trage ich bei mir. Schaut euch dies an.« Die Kapitänin zog ein kleines Kästchen aus Zedernholz aus dem Gürtel und klappte es auf. Kallyê warf einen Blick auf den mit weißer Baumwolle ausgekleideten Inhalt und stutzte. Dort lagen die zerdrückten Reste eines fingergroßen Käfers, vor dessen Hinterteil sich ein kleiner, purpurner Fleck ausgebreitet hatte.

»Vor Euch seht Ihr das Geheimnis des katauekischen Purpurs. Er wird aus einer bestimmten Sorte von Käfern gewonnen, die man zur Gewinnung des Farbstoffes zerdrücken muß. Aber glaubt mir, diese Sorte ist auf Coleopa so häufig wie hier die Fliegen. Wir alle halten den Fuß in der Tür zu einer unerschöpflichen Schatzkammer. Versteht Ihr?«

»Warum habe ich den Eindruck, daß Ihr mir nicht die ganze Wahrheit sagt?«

»Wie könnt Ihr das glauben?« Die Kapitänin lehnte sich empört zurück. »Habt Ihr eine Ahnung, auf welch gefährlichem Boden ich mich bewege, daß ich Euch all dies offenbare, Kontorsleiterin?«

»Gut. Dann erklärt mir, was Euer Beweggrund dafür ist.«

»Darf ich diesmal offen sprechen, Kontorsleiterin?«

»Ich bitte darum!«

Surjadora holte tief Luft. »Die Sache verhält sich wie folgt. Der zukünftige Handel mit Coleopa wird über zwei Verbindungen mit dem Festland erfolgen. Zum einen durch die Schiffe des Maharadschas, zum anderen durch jene Schiffe, die meine Familie aufstellen kann. Ich, als Entdeckerin des neuen Reiches, besitze als einzige kurjamäische Kapitänin das vom Maharadscha verbriefte Recht zum Aufbau einer privaten Handelsroute. Ganz davon abgesehen, daß ich die einzige bin, die den Weg nach Coleopa kennt. Mein Problem ist, daß ich nur über die *Stern von Andhakleia* verfüge. Und die wird zur Zeit überholt. Damit und mit Eurer Auszahlung, Kontorsleiterin Kallyê, sind meine finanziellen Möglichkeiten vorerst erschöpft. Das bedeutet, daß ich leider nur mit einem einzigen Schiff die neuerliche Reise antreten kann. Es gäbe da allerdings eine Alternative.«

Kallyê fixierte die Kapitänin mit gespielter Neugier und wußte bereits jetzt, was diese ihr vorschlagen würde.

»Die Alternative besteht darin, daß Ihr einstweilen auf die Rückzahlung des ausstehenden Betrages verzichtet und Ihr mir anstelle dessen weitere 2000 Golddubokinen leiht. In diesem Fall wäre ich in der Lage, ein weiteres Schiff samt Ladung auszurüsten. Der mögliche Gewinn würde sich verdoppeln. Das wären 60 000 Golddubokinen für den Fall, daß beide Schiffe unbeschadet die Heimreise überstehen. Mit anderen Worten, Kontorsleiterin, ich biete Euch eine stille Teilhaberschaft an, die uns unermeßlich reich machen wird. Einzige Bedingung: All dies muß unter uns bleiben!«

In Kallyês Kopf begannen die Gedanken hitzig zu kreisen. Eine innere Stimme schrie ihr zu, daß der Vorschlag der Kapitänin einen Haken hatte. Mehr noch: daß die Schlüsselmeisterin ihr bei weitem nicht alles erzählt hatte. Doch wenn auch nur der Bruchteil der Ausführungen stimmte, dann stand sie kurz davor, für Thalliopê einen der gewinnträchtigsten Kontrakte aller Zeiten abzuschließen.

»Warum bietet Ihr das alles ausgerechnet mir an, Kapitänin?«

»Ganz einfach. Weil Ihr bereits zu viel wißt. Ich habe Euch lieber im Boot denn als Hai draußen.« Surjadora grinste Kallyê frech an. »Versteht mich richtig, Kontorsleiterin. Ich bin Händlerin. Mein ganzes Streben gilt dem Gewinn. Eines Tages werden andere erfahren, daß wir das Purpur-Monopol der Kataueken gebrochen haben. Und dann werden die Handelshäuser und anderen Staaten versuchen, uns das Geheimnis abzuringen. Nicht nur die Kataueken ... Euer Ruf, Kontorsleiterin, eilt Euch voraus. Ich kann mir selbst ausrechnen, daß Ihr oder andere eulykische Händler nicht stillschweigend mit ansehen werdet, wie Kurjameos allein den Profit abschöpft, den die neue Handelsverbindung abwirft. Zusammen aber werden wir länger von der neuen Purpurquelle profitieren. Wenn wir umsichtig vorgehen, werden wir dieses Geheimnis vielleicht zehn oder zwanzig Jahre für uns bewahren können. Und da ist noch etwas ...« Die Kapitänin legte eine Pause ein und sah Kallyê ins Gesicht. »Mir ist eine Frau als Partnerin bei diesem Unterfangen lieber. Männer sind Eroberer und haben keine Geduld. Bei ihnen ist ein wirklich großes Geheimnis nicht sicher.«

Kallyê sah Surjadora schweigend an und musterte dann noch einmal Prinz Nukulahi, der die ganze Zeit über ruhig an ihrer Seite ausgeharrt hatte. Wieder war es das sanfte Braun seiner Augen, das Kallyê gefangenhielt. Die meisten Männer hatten lediglich Blicke für ihren Körper. Doch dieser Prinz schien anders zu sein. Zu keinem Augenblick hatte er sie auf diese bestimmte Weise angestarrt, wie es die Männer üblicherweise taten.

Vielmehr schien er ihr Mienenspiel zu studieren. Mehr noch, sie hatte das beunruhigende Gefühl, als könnte er tief in sie hineinschauen, wann immer sich ihre Blicke trafen.

»Hauptmann Edyakyr …« Kallyês Stimme klang belegt. Sie mußte sich beinahe mit Gewalt von dem Anblick Nukulahis losreißen. »Sorgt dafür, daß noch heute 2000 Golddubokinen den Weg zur Villa der Familie Kerishades finden. Diskret bitte!«

Der Hauptmann gab mit einem knappen Nicken zu verstehen, daß der Befehl ausgeführt werden würde. Dann wandte Kallyê sich wieder Surjadora zu.

»Die Einzelheiten des neuen Kontrakts werden wohl am besten unsere Sekretäre aushandeln. Üblicherweise schließe ich Vereinbarungen dieser Art nur bei Neumond ab. Aber ich denke, im vorliegenden Fall sollten wir eine Ausnahme machen.«

Surjadora verneigte sich mit einem Lächeln und stellte damit klar, daß sie mit dem Vorschlag zufrieden war. »Ihr werdet Euren Beschluß nicht bereuen, Kontorsleiterin!«

»Und Ihr solltet nie vergessen, daß der Blick der Sphinx Eulykiens sehr weit reicht, Kapitänin!«

»Wie könnte ich.«

Die beiden Frauen musterten einander kühl, verhakten schließlich die Mittelfinger ihrer Rechten miteinander und zogen dreimal daran, um die Vereinbarung auch gemäß der alten Sitten in Kurjameos rechtskräftig werden zu lassen. Dann erhoben sie sich.

Noch einmal kreuzten sich die Blicke Kallyês und Nukulahis, und die Kapitänin und der Prinz verließen den Saal.

Kallyê atmete tief ein. Dann wandte sie sich der Sphingenstatue zu.

In der Tat, diese Surjadora hätte eine gute Eulykierin abgegeben. Sie wurde von einem inneren Feuer getrieben. Nur ein Blinder hätte das übersehen können. Daß sie tatsächlich das Geheimnis des katauekischen Purpurs entdeckt hatte, davon war

Kallyê inzwischen überzeugt. Daran teilzuhaben rechtfertigte den Einsatz nahezu jeden Mittels.

Fast bedauerte sie es, daß sie Surjadora hintergehen mußte. Die Herrinnen Thalliopês würden sich nur so lange mit einer stillen Teilhaberschaft zufriedengeben, bis man die Seeroute nach Coleopa kannte und man sich der lästigen Mitwisser aus Kurjameos entledigt hatte. Auch dafür standen Eulykien genügend Mittel zur Verfügung.

Doch da war noch mehr. Sie war sich sicher, daß Surjadora und diesen coleopäischen Prinzen ein Geheimnis verband. Und Geheimnisse hatten Kallyê noch nie ruhen lassen. Auch dieses würde sie aufdecken.

Die Alte Basilika

Ostteil von Andhakleia, eine halbe Stunde später

Nukulahi stand im Schatten einer Palme, die am Rande eines großen Basars aufragte. Wohin er auch blickte, der Platz war übersät mit überdachten Ständen, wo schreiende Turbanträger und laut keifende Weiber ihre Waren feilboten. Es schien, als wäre ganz Andhakleia auf den Beinen.

Hauptsächlich wurde hier mit Fisch und anderen Meeresfrüchten gehandelt, doch der Prinz entdeckte auch Händler, die kurjamäischen Mais, kostbar wirkende Stoffe, bunte Glaswaren und teure Gewürze verkauften. Dazwischen tummelten sich Musikanten, Straßenmaler und Bettler, die ebenfalls auf die Gunst der Marktbesucher hofften.

Nachdem sie das Kontorsviertel hinter sich gelassen hatten, hatte ihn Surjadora direkt hierhergeführt und ihn dann gutgelaunt darum gebeten, kurz auf sie zu warten. Anschließend war sie inmitten des lärmenden Treibens verschwunden.

Noch immer mußte Nukulahi an das sonnenhelle Haar der

schönen Eulykierin denken. Daß es überhaupt derart hellhäutige Menschen geben konnte! Die Frau war faszinierend, aber auch seltsam und fremd. Wie so vieles hier am Rande der Welt.

Seit einer knappen Woche weilten sie nun schon in Andhakleia, und kein Tag verstrich, ohne daß er nicht neuer Wunder gewahr wurde. Die Menschen hier lebten in großen Steinhäusern, die auf ihre Art an den heimischen Königspalast von Colepa'Taru gemahnten. Jedoch verfügten die stolzen Gebäude der Stadt über geschwungene Kuppeldächer, stolz auftragende Türme und reich ornamentierte Balustraden.

Überhaupt war Andhakleia viel gewaltiger als irgendeine Stadt in ganz Coleopa. Im Hafen lagen zahlreiche der großen, bauchigen Schiffe, wie Surjadora eines besaß; viele der Seefahrer, die diesen Ort besuchten, sahen noch viel fremdartiger aus. Sie und die Einheimischen waren in Kleider gehüllt, wie sie zu Hause nur die Solare und ihre Familien trugen. Und dann diese Vielzahl wundersamer Tiere, die die Schiffsführerin ihm gezeigt hatte! Darunter jene großen Vierbeiner mit den metallenen Füssen, auf denen man ritt, die kläffenden Wachtiere und die geschmeidigen Schleicher – Katzen hatte Surjadora sie genannt. Vor allem letztere fand er faszinierend, schien es doch, als ob die geschmeidigen vierbeinigen Wesen mit ihren Augen, die ihn ein wenig an jene der Kontorsleiterin Kallyê erinnerten, auf rätselhafte Weise bis auf den Urgrund der Seele zu blicken vermochten. Und was die Federschnäbel am Himmel über Andhakleia betraf, so hatte er entdeckt, daß es unzählige Arten von ihnen gab.

Er hatte versucht, sich seine Verwunderung nicht anmerken zu lassen, doch insgeheim fühlte er sich schon seit Tagen wie ein Kind, das dabei war, die Welt für sich zu entdecken.

Nukulahi erinnerte sich noch an den Schreck, der ihm durch die Glieder gefahren war, als er das erste Mal einer der furchteinflößenden grauen Langnasen, die schwerste Lasten trugen, mit den gewaltigen Stoßzähnen gegenübergestanden hatte – ein Geschöpf, dessen Äußeres er bis dahin nur durch die hölzerne Galionsfigur der *Stern von Andhakleia* gekannt hatte. Die Kurjamäer verstanden es zwar, die gewaltigen Tiere zu zähmen, aber

Surjadora hatte ihm versichert, daß ein Elefant ein unberechenbarer Gegner sein konnte. Nukulahi hatte daran keinen Zweifel.

Überhaupt schien der Rand der Welt gefährlich, viel gefährlicher als seine wundervolle Heimat. Zugleich fühlte Nukulahi tief in sich die Gewißheit, daß Kurjameos und das Reich der Tausend Inseln mehr miteinander gemein hatten, als er ursprünglich zu glauben bereit gewesen war. Nicht nur, daß die kurjamäischen Krieger Waffen aus Eisen trugen. Die Gestalt der Waffen ähnelte auf verblüffende Weise jener der alten Hela, die die Richter Coleopas im Zweikampf führten. Sogar ihre Namen wiesen Gemeinsamkeiten auf: Surjadora hatte sie als Hellebarden bezeichnet.

Für all das konnte es nur eine Erklärung geben. Der Sohn des großen Fischers hatte einst auch den Weltenrand besucht. Vielleicht hatte Eomes den Menschen in diesem Land wegen der vielen Gefahren, die ihnen hier drohten, beigebracht, wie man hartes Eisen schmiedete. Doch warum erinnerte sich dann niemand an ihn? Statt dessen verehrten sie einen Gott namens Aionar, der so ganz anders war als der göttliche Fischer. Um vieles ferner als der Weltenschöpfer der coleopäischen Mythologie, schien er nicht einmal eine Gestalt zu haben und war ohne jede Fürsorge für die Menschen hier.

Bereits während der langen, zehrenden Irrfahrt über das Weltenmeer hatten er und die Schiffsführerin viele Gespräche geführt, in denen Surjadora ihm zu erklären versucht hatte, wie das Leben am Rande der Welt verlief. Sogar das Groß-Kurjamäische, die Sprache Surjadoras, hatte er zu lernen begonnen. Nukulahi war sich sicher, daß er diese Kenntnisse noch brauchen würde, denn auf die Himmelssprache verstanden sich hier nur einige Händler und Würdenträger. Doch immerhin war das ein weiteres Wunder, das er sich nur durch das Wirken Eomes' erklären konnte.

Dennoch, seine Kenntnisse über die Welt waren noch immer so lückenhaft wie das Netz eines Webkäfers. Gleichsam spürte er mehr und mehr, wie sich Ungeduld in ihm breitmachte. Er war Surjadora nicht gefolgt, um die Wunder des Weltenrandes zu bestaunen, er hatte sie nur deswegen begleitet, weil sie ihm die Hilfe ihres Königs versprochen hatte.

Doch die Tage verstrichen, ohne daß er Maharadscha Mahatargos III. seinen Wunsch auch nur hätte vortragen können. Surjadoras Schiff lag inzwischen im Hafen, wo es unter Aufsicht von Steuermann Lakshapheus und Bootsmann Brahthos repariert wurde. Die erschöpfte Mannschaft erholte sich auf ihrem Landgang, und sogar den kleinen Tvashi hatte er kaum noch zu Gesicht bekommen. Surjadora hatte ihm erklärt, daß der Junge die Tage mit seinen Freunden aus dem Waisenhaus verbrachte, aus dem er stammte.

Es gab nur einen, an dem die Kurjamäer offenes Interesse gezeigt hatten. Und das war der Schmaläugige. Gijao war noch in der Nacht ihrer Ankunft im Hafen von Andhakleia von kurjamäischen Soldaten abgeführt worden. Offenbar fürchtete man sein Wissen um die Expedition der Schiffsführerin. Ihn selbst hingegen hatte man vertröstet und bis auf weiteres der Obhut Surjadoras unterstellt.

Nukulahi wußte nicht so recht, was er davon zu halten hatte. Nicht, daß er für Gijao Mitleid empfand. Der Nautiker mochte sich nach außen umgänglich geben, doch Nukulahi war davon überzeugt, daß er ihnen allen etwas vorgespielt hatte. Die Schmaläugigen waren allesamt hochtrabende Diebe und Mörder, die sich auch nach den Erzählungen Surjadoras nur wenig um das Schicksal anderer Völker scherten. Dennoch, wenn er ehrlich zu sich selbst war, mußte er sich eingestehen, daß ihn der Respekt, den die Kurjamäer dem Schmaläugigen durch diese Behandlung zukommen ließen, verärgert hatte. Offenbar würdigte man auch in Kurjameos nur jene Völker, vor denen man sich fürchtete.

Und er selbst? Sein Los schien es, sich in Geduld üben zu müssen, während Tongaro seine ferne Heimat ins Unglück stürzte. Verbittert schlossen sich die Finger des Prinzen um den coleopäischen Speer, den er damals dem wachhabenden Krieger bei der Flucht aus dem Kerker abgenommen hatte. Die Waffe gemahnte ihn an die Aufgabe, die noch vor ihm lag. Jeden Tag aufs neue malte er sich aus, was sein Volk unter der Herrschaft des Thronräubers erdulden mußte. Und nicht nur sein Volk.

Seine Linke glitt zu der Gürteltasche an seiner Kriegsschürze, worin er seine beiden größten Schätze verwahrte, das *Linke Auge des Eomes* und vor allem Tuilaepes Schleier, jenes Unterpfand der Liebe, das ihm seine Braut am Nooga'Ka'ata überreicht hatte. Niemals würde er den verzweifelten Ausdruck ihrer Augen vergessen können, damals, vor nunmehr sechs Monden, als Tongaros Männer sie ihm entrissen hatten. Bei Eomes, mit jedem Tag verzehrte er sich mehr nach ihr. Tuilaepe verließ sich auf ihn. Er durfte und würde sie nicht enttäuschen. Niemals. Was auch immer ihr widerfuhr, er würde zurückkehren und sie erretten.

Hoffentlich hatte ihr die Dienerin Lumelume seine Nachricht übermittelt. Er hoffte so sehr, daß diese Nachricht Tuilaepe ein wenig Trost schenkte. Der einzige Trost, den er selbst in all der Zeit empfand, war die Gewißheit, Tongaro eines Tages seinen blutigen Umsturz heimzahlen zu können. Er konnte es kaum abwarten, dem elenden Verräter endlich wieder gegenüberzustehen und ihn im Namen seines Vaters zur Rechenschaft zu ziehen.

In diesem Augenblick erspähte Nukulahi wieder die Schiffsführerin, die sich an einem Stand mit Früchten vorbeischob. Er bemühte sich, die aufwühlenden Gedanken an seine Heimat zu verdrängen. Der Schnitt ihres blauen Copbuh-artigen Gewandes und der weiße, sorgsam gewickelte Turban auf ihrem Haupt verliehen ihr wie immer eine würdevolle Strenge, die es ihr leicht machte, sich einen Weg durch die Menschenmassen zu bahnen. In ihren Händen trug sie ein gewickeltes Palmblatt. Heute morgen noch hatte sie überaus angespannt gewirkt. Doch seit dem Gespräch mit der eulykischen Kontorsleiterin wirkte sie so, als wäre ihr eine gewaltige Last von den Schultern genommen. Die beiden Frauen hatten Groß-Kurjamäisch gesprochen, und demzufolge hatte er nur einige Wortfetzen verstanden. Doch was er aus dem Gespräch sehr wohl herausgehört hatte, war, daß Surjadora der Eulykierin die tatsächlichen Zustände auf Coleopa verschwiegen hatte – ein Zug der Schiffsführerin, den er sich merken würde. Denn wenn alle kurjamäischen Händler so gewieft waren, würde sein Volk sich auch vor ihnen in acht nehmen müssen.

Surjadora hatte den Prinzen erreicht, zwinkerte ihm verschwörerisch zu und öffnete das Palmblatt. In seinem Innern lagen zwei gebackene Taschen aus Maisteig, von denen sie ihm eine reichte. Warm und weich lag das Gebäck in seiner Hand. Es war mit Fleisch und einer bräunlichgelben Soße gefüllt, die nach den fremdartigen Gewürzen duftete, die die Kurjamäer so liebten.

»Probiert es, Prinz.« Surjadora biß herzhaft in ihre Teigtasche. Genießerisch schloß sie die Augenlider, während sie kaute. Auch Nukulahi probierte eine Ecke der kurjamäischen Speise. Sie schmeckte fremdartig, wie alles, was die Kurjamäerin ihm bislang an Speisen aufgetischt hatte.

»Die kurjamäische Küche ist sehr reichhaltig, Schiffsführerin«, war er um eine höfliche Erwiderung bemüht. Eigentlich verspürte er keinen Appetit. »Verratet Ihr mir, um was es sich dabei handelt?«

»Ihr haltet eine Hundstasche in der Hand, Majestät. Ihr erinnert Euch an die bellenden vierbeinigen Tiere, die die Gärten und Häuser dieser Stadt bewachen? Es ist ihr Fleisch, aus dem diese Köstlichkeit zubereitet wird.«

Nukulahi erinnerte sich an die zähnefletschenden Tiere, die es in Kurjameos in vielen verschiedenen Gestalten gab. Diese Hunde waren also noch nützlicher, als er bislang geahnt hatte. Dennoch, wieder einmal hätte er einiges für ein coleopäisches Käfergericht gegeben.

»Erfolgreiche Geschäftsabschlüsse pflege ich stets auf diese Weise zu feiern«, fuhr die Schiffsführerin kauend fort. »Ich gestehe es nur ungern ein, Prinz, aber von der Vereinbarung mit der Eulykierin hing sehr viel für mich ab.«

Sie hielt kurz inne und sah ihn entschuldigend an. »Für uns beide, wollte ich sagen. Ich danke Euch, daß Ihr mich begleitet habt, um meinen Worten den rechten Nachdruck zu verleihen.«

Nukulahi ließ die Teigtasche sinken und legte seinen Kopf prüfend auf die Seite. »Ihr seid nicht ehrlich zu der Eulykierin gewesen, Schiffsführerin.«

Überrascht schaute Surjadora zu ihm auf. »Ihr habt verstanden, worüber wir sprachen?«

Nukulahi enthielt sich einer Antwort und musterte sie stattdessen prüfend. Surjadora räusperte sich verlegen. »Es ist sonst nicht meine Art zu lügen. Gut, ich übertreibe vielleicht manchmal, aber ... Kontorsleiterin Kallyê ist Eulykierin, Prinz. Geschäfte mit Eulykierinnen sind stets wie kleine Kriege. Im übrigen habe ich die Wahrheit nur etwas verdreht. Glaubt mir, ich war bemüht, zu unserem Besten zu handeln.«

Die Schiffsführerin hatte ihre Teigtasche inzwischen verspeist und wischte sich ihre Hände an dem Palmblatt ab. »Im übrigen wäre ich Euch dankbar, Hoheit, wenn Ihr über das Gespräch mit der Kontorsleiterin Dritten gegenüber Stillschweigen bewahren würdet. Niemand darf wissen, daß ich zu der Eulykierin Kontakt pflege. Kallyê gilt als undurchschaubar. Viele trauen ihr und dem Kontor, dem sie vorsteht, nicht über den Weg.«

Nukulahi mußte an den erschöpften, traurigen Ausdruck in den Augen der Eulykierin denken. Hatte die Schiffsführerin das nicht bemerkt? »Diese Kallyê ... Ich denke, sie ist hier lediglich fremd. Mir tut sie ein wenig leid.«

»Sie tut Euch ... was?« Surjadora schüttelte den Kopf. »Dem eulykischen Kontor geht es besser als manch alteingesessener Händlerfamilie in Andhakleia. Die Dame Kallyê zählt zu den einflußreichsten Personen in der ganzen Stadt. Die muß einem wirklich nicht leid tun!« Surjadora schnaubte abfällig.

»Doch. Ich fühle, daß sie einsam ist. Es ist nicht gut für einen Menschen, einsam zu sein«, entgegnete ihr Nukulahi.

Surjadora stutzte und hielt inne, so als überlegte sie, von wem er gesprochen hatte. Dann schüttelte sie unmerklich den Kopf und warf das Palmblatt zu Boden.

»Die meisten Mitglieder des Kapitänsrates halten die Eulykier für falsch und verlogen.« Surjadora glättete mit Nachdruck ihr blaues Gewand. »Diesem Verdacht setzen sich leider auch jene aus, die mit ihnen engeren Kontakt pflegen. Aber eulykisches Gold ist begehrt. Zumindest wenn man verzweifelt genug ist, sich auf die Forderungen der Eulykierinnen einzulassen.«

»Und Ihr wart verzweifelt genug?«

Nukulahi hob aufmerksam eine Augenbraue und fühlte, daß er die Schiffsführerin mit dieser Frage überrumpelt hatte.

»Vielleicht«, antwortete sie gepreßt. Ihr schien das Thema sichtlich unangenehm zu sein. Doch von einem Augenblick zum anderen lächelte sie wieder und beschrieb mit der Rechten eine gleichmütige Geste.

»Üblicherweise sind es die Eulykier, die einen Geschäftspartner zu übervorteilen suchen. Man sagt von ihnen sicher nicht ohne Grund, daß sie das Tageslicht scheuen. Das kommt daher, weil sie ihr Leben nach dem Stand des Mondes ausrichten. Aber ich bleibe dabei, daß alles, was die Eulykier tun, so rätselhaft ist wie diese Sphinx, die sie in ihrer Hauptstadt angeblich verehren.«

»Eine was?«

»Erinnert Ihr Euch an die geflügelte Wolfsstatue, die in dem Saal der Kontorsleiterin stand?«

Nukulahi nickte und biß, um Höflichkeit bemüht, ein weiteres Stück von der kurjamäischen Hundstasche ab. Nein, er würde sich an den Geschmack der Gewürze niemals wirklich gewöhnen können.

»Die Statue stellt das Abbild eines Wesens dar, das über alle Dinge in der Welt Bescheid weiß und jede Frage beantworten kann. Die Eulykier behaupten, die Sphinx sei die Tochter des Mondes. Überall in Ajuna gilt der Halbmond als Schutzzeichen, und die Kirche toleriert die Priesterinnen Eulykiens. Sie werden von der Aionars-Priesterschaft zwar als ›Geringere Schwestern‹ tituliert. Aber wie so viele andere, die genügend Reichtümer besitzen, schickt auch die Kirche regelmäßig Gesandtschaften auf die weite Reise in den Süden, um das Orakel von Thalliopê zu befragen.«

»Um was handelt es sich bei diesem Orakel?« Noch ein Wort, das der Prinz bislang nie vernommen hatte. Ein großes Fleischstück fiel aus seiner Teigtasche zu Boden. Es war nicht schade darum.

»Es handelt sich dabei um eine heilige Stätte, Prinz. Ein wundersamer Ort, an dem man Antworten auf jede nur denkbare

Frage erhält. Diese Antworten sind rätselhaft, aber stets treffen ihre Aussagen ein. Jedes Jahr reisen unzählige Pilger zu dem Orakel von Thalliopê, und alle erhoffen sie sich Rat in wichtigen Lebensfragen. Es heißt, daß die Sphinx selbst die Antworten erteilt. Die Priesterinnen Eulykiens dienen diesem Wesen. Wahrscheinlich halten sich die Eulykier deswegen für etwas Besonderes.«

Nukulahi war verblüfft. »Heißt das, diese Sphinx kann in die Zukunft sehen? Dann müßte sie über Kräfte verfügen, wie sie allein Eomes oder der göttliche Fischer besitzen.«

Surjadora hob aufmerksam eine Augenbraue. »Eine bemerkenswerte Feststellung, Hoheit. Ihr habt natürlich Recht, eigentlich dürfte an der Sache nichts dran sein. Trotzdem ist das Orakel weltberühmt. Und das wird seinen Grund haben.«

»Habt Ihr dieses Orakel schon einmal besucht?«

»Nein«, entgegnete Surjadora. »Ich habe bislang nur die Länder der Ehernen Liga bereist. Und nun auch Euer schönes Coleopa.«

Surjadora blickte den Prinzen freundlich an. Er lächelte zurück, dann wurde er wieder ernst. »Wann sehe ich endlich Euren Maharadscha, Schiffsführerin? Ihr habt mir versprochen, daß ich ihm heute meine Bitte vortragen kann.«

Nukulahi wollte nun endlich auf das zu sprechen kommen, was ihn wirklich bewegte. »Wir sind nun schon so viele Tage in der Stadt, und er hat mich noch immer nicht empfangen. Er weiß doch, daß ich in Andhakleia weile, oder?«

»Natürlich, Prinz.« Surjadora wirkte entrüstet. »Es ist nur so, daß auch Kurjameos nicht von der Weltenkatastrophe verschont geblieben ist. Außerdem findet derzeit in Andhakleia ein großes Treffen der Staaten der Ehernen Liga statt. Purpur ist bei uns sehr kostbar, doch Seine Majestät muß sich in diesen Tagen um viele Dinge gleichzeitig kümmern. Aber«, in einer freundschaftlichen Geste berührte die Schiffsführerin ihn am Arm, »heute werden wir den Ersten Berater des Maharadschas treffen. Es handelt sich dabei um den Hohen Philosophen Ramaogeus. Er ist der Leiter der andhakleischen Universität und Mitglied des Kosmographenrates der Stadt. Er ist schon sehr neugierig darauf, Euch kennenzulernen, Prinz. Wir treffen ihn in der Alten Basilika. Dort, wo auch das Ligatreffen stattfindet.«

Endlich. Nukulahi fühlte, wie ihn neue Zuversicht durchströmte. Er drückte der verblüfften Surjadora die halb verspeiste Teigtasche in die Hand und hob auffordernd seinen Speer.

»So laßt uns gehen. Ich kann es kaum erwarten, diesem weisen Mann gegenüberzutreten.«

Surjadora führte ihn über eine palmengesäumte Allee zu einem prachtvollen Viertel, in dem zahlreiche große Villen aus Kalkstein und hellem, geädertem Gestein das Stadtbild prägten. Die Gebäude wiesen verspielte Türme und Erker auf, deren Dächer von der Form her an die Eier der Federschnäbel erinnerten. Während sich Nukulahi beeindruckt umsah, hielt die Schiffsführerin geradewegs auf ein gewaltiges, kuppelförmiges Bauwerk im Zentrum dieses Stadtteils zu, das inmitten einer gepflegten Parkanlage errichtet worden war. Das mußte die Alte Basilika sein.

Der Park war von einer mannshohen Mauer umgeben, doch das Mauerwerk war von fremdartigen Ornamenten durchbrochen und gewährte ihm einen Blick in den üppigen Garten dahinter. Auf den Straßen und Wegen vor dem Gelände flanierten vornehme kurjamäische Bürger, und Dutzende kurjamäische Krieger hielten ein wachsames Auge auf die Umgebung.

Endlich hatten sie ein großes steinernes Portal erreicht, vor dem ein halbes Dutzend weiterer Bewaffneter Posten bezogen hatten. Die Wachen ähnelten in ihrer blinkenden Kriegstracht jenen Männern, die Surjadora an Bord ihres Schiffes mit sich geführt hatte. Nur, daß die Bänder ihrer Helme aus ineinander verdrehten Tüchern bestanden, in denen Rot und nicht Grün vorherrschte. Allesamt hielten sie Helas in den Händen, deren Schneiden ebenso poliert wirkten wie die prachtvollen Brustharnische, die sie zur Schau trugen.

Mißtrauisch beäugten die Krieger den Speer in seiner Hand. Doch Nukulahi bemühte sich, möglichst gleichmütig dreinzuschauen. Sein Augenmerk galt vielmehr dem steinernen Rundbogen des stattlichen Tors. Er war so hoch, daß ohne Probleme ein kurjamäischer Elefant hindurchgepaßt hätte.

Surjadora zeigte den Männern derweil ein Wachssiegel, und der diensthabende Hauptmann winkte sie nach kurzem Zögern durch das steinerne Portal hindurch. Wenige Augenblicke später befanden sie sich auf einem weißen Kiesweg, der direkt zu der Alten Basilika führte.

Nukulahi war beeindruckt. Königliche Gärtner hatten die großen Büsche im Park zu machtvollen Schiffen und Tierskulpturen zurechtgestutzt, und um die Basilika herum kündete ein regelrechter Wald aus bunten Fahnen und Bannern davon, welch bedeutendes Treffen an diesem Ort stattfand. Doch sosehr die farbenprächtigen Banner und kunstvoll beschnittenen Büsche dem Auge auch schmeichelten, sie verblaßten angesichts des Baus, der sich direkt vor ihnen erhob.

In den Tagen zuvor hatte Nukulahi bereits andere architektonische Meisterleistungen Andhakleias kennengelernt, etwa die mit Flügeln bewehrte, zur Sternenbeobachtung dienende Himmelswarte im Universitätsviertel der Stadt oder die prachtvolle Palastanlage von Maharadscha Mahatargos III. Doch keiner der Bauten verströmte eine solche Aura von Macht wie das alte Haus der Anbetung, zu dem ihn Surjadora nun geführt hatte. Da war der unendliche Reichtum an Formen und an dekorativem Schmuck, der den Tempelbau zierte. Zahllose Bilder, die sich halb greifbar aus der Außenwand des Aionarheiligtums erhoben, gemahnten die Kurjamäer wohl an ihre längst verblichenen Helden und vor Generationen geschlagenen Schlachten. Die Schiffsführerin hatte ihm bereits vor Monden berichtet, daß ihr Volk an heilige Männer und Frauen glaubte, die einst, als Aionar, der Abwesende Gott, noch in Fleisch gekleidet gewesen war, gegen Götzen, Geister und Unholde angetreten waren; alles in allem ein Glaube, der Nukulahi ebenfalls daran erinnerte, wie gefährlich der Rand der Welt war. Einstmals wie heute. Kein Zweifel, sein Volk war mit Frieden gesegnet.

Noch immer eilte Surjadora mit schnellen Schritten voran, und Nukulahi folgte ihr zu dem großen Eingangsportal der Alten Basilika. Die beiden passierten eine weitere Wache und standen kurz darauf in einer großen, mit grauen, polierten Steinen gepflasterten Vorhalle. Die Wände waren mit einem Gestein ausgekleidet, das die Farbe von Fleisch mit zarten Adern darin aufwies. Auch dort hingen bunte Banner und Wappenschilde, die wohl aus allen Teilen des Staatenbundes kamen.

Aus der großen Versammlungshalle im Innern der Alten Basilika drang beständig der Hall gedämpfter Wortfetzen an ihre Ohren, den auch die großen Holztüren nicht schlucken konnten. Mehrere Dutzend Gefolgsleute und Diener, vielleicht auch Gesandte standen in der Vorhalle und musterten die beiden Neuankömmlinge neugierig.

»Ich sehe, daß nur siebzehn Staaten an dem Ligatreffen teilnehmen«, flüsterte ihm die Schiffsführerin besorgt zu.

»Und was, glaubt Ihr, ist der Grund dafür?« wollte Nukulahi wissen, der die Banner nun ebenfalls eingehender betrachtete. Sie leuchteten in allen Farben des Regenbogens, und einige von ihnen wiesen Darstellungen noch fremderer Tiere auf.

»Nun, Prinz, es ist allgemein bekannt, daß viele Staaten und Königreiche der Ehernen Liga ihre Bündnispflichten nicht allzu ernst nehmen. Insbesondere, wenn sie keine direkte Grenze zu den Provinzen des Merkantilischen Imperiums im Norden des Kontinents aufweisen. Doch daß diesmal so wenig Gesandtschaften zur Versammlung gekommen sind, kann ich mir nur mit dem gewaltigen Unglück erklären.«

Staaten. Wenn er das Wort richtig deutete, dann wurde der Rand der Welt von vielen verschiedenen Königen beherrscht. Und manche waren verbündet und manche verfeindet. Der Prinz atmete tief ein und schaute nun zu dem großen Gewölbe über ihm auf. Es wurde in seiner Gänze von einem gewaltigen Schlachtengemälde geziert. Tausende von Kriegern in strahlenden Gewändern zogen dort oben mit erhobenen Lanzen gegen eine gewaltige Streitmacht am Horizont. Schwarze Wolken verdeckten Himmel und Sonne. Oder waren das Schwärme von geflügelten Wesen? Nukulahi vermochte es nicht zu sagen.

»Dieses Gebäude ist sehr … beeindruckend.« Auch er hatte seine Stimme ehrfurchtsvoll gesenkt.

»Ja, in der Tat.« Surjadora folgte seinem Blick. »Die Basilika wurde vor über 400 Jahren gebaut, und zwar von der legendären Baumeisterin Lucretia, nach deren Plänen auch die Himmelswarte errichtet wurde. Damals, als Kurjameos noch *provincia* des Alten Imperiums war. Kurjameos hat vor rund 200 Jahren als erster Staat der heutigen Ehernen Liga gegen das Imperium rebelliert. Damals kam es in Andhakleia zu erbitterten Kämpfen mit imperiumstreuen Truppen. Dabei fing die Basilika Feuer. Sie wäre beinahe bis auf die Grundmauern niedergebrannt, wenn die Soldaten des Imperiums und die damaligen Rebellen ihre Streitigkeiten nicht beigelegt hätten, um den Brand gemeinsam zu bekämpfen. Als die Kirche den Ländern der neu gegründeten Ehernen Liga später ihren Segen gab, ließ unser erster Maharadscha die Basilika wieder aufbauen. Diesmal aber nicht vorrangig als Sakralbau, sondern als Ort für künftige Liga-Versammlungen.«

Surjadora schmunzelte. »Die Geschichte dieses Bauwerks sollte die Gesandten der Ehernen Liga wohl stets daran erinnern, daß es zwar zwei bedeutende weltliche Reiche auf Ajuna gibt, aber nur eine Kirche.«

Der Prinz berührte nachdenklich sein Kinn. Er hatte sich bereits damit abgefunden, daß er die Welt der hiesigen Menschen und ihre Gepflogenheiten wohl niemals in seiner Gänze verstehen würde.

Leise Schritte erklangen auf einer geschwungenen Treppe zu ihrer Rechten. In schwarzer Robe und schwarzem Turban, der von einem kleinen Rubin geschmückt wurde, näherte sich ihnen mit würdigen Schritten eine ernst dreinblickende Frau und sprach sie in der Himmelssprache an. Ihre Stimme hatte einen näselnden Unterton.

»Willkommen, Kapitänin.« Die Frau verneigte sich mit überkreuzten Armen vor der Schiffsführerin und musterte Nukulahi mit gelangweiltem Blick. »Das dürfte dann wohl der Wilde aus dem unbekannten Reich im Ozean des Morgens sein, das Ihr zu entdecken beliebtet?«

Nukulahis Augen verengten sich entrüstet, während die Schiffsführerin einmal mehr ihren Sari straffzog. Scharf blickte sie die

Turbanträgerin an. Einen Atemzug lang hatte der Prinz den Eindruck, als wollte sie der Fremden eine Ohrfeige versetzen.

»Majestät«, Surjadora betonte den Titel Nukulahis, »darf ich Euch *philosopha* Rawalpinda vorstellen. Sie arbeitet für den Ersten Berater des Maharadschas, den Hohen Philosophen Ramaogeus, der seinerseits Leiter der andhakleischen Universität und Mitglied im Kosmographenrat der Himmelswarte ist. *Philosopha* Rawalpinda hingegen lehrt Geographie und Mathematik und bemüht sich schon seit langem darum, im Kosmographenrat aufgenommen zu werden. Ich bin mir sicher, daß es bei ihrem Eifer und ihrem Geschick nur noch wenige Jahre dauern wird, bis man ihrem Gesuch die nötige Aufmerksamkeit schenkt.«

Empört schaute die Gelehrte Surjadora an, und die beiden Frauen maßen einander mit stummen Blicken. Nukulahi fixierte die Fremde seinerseits scharf und zwang sich zu einem maskenhaften Lächeln.

»Ich vermute, der Erste Berater des Maharadschas dieses Landes hat Euch geschickt, um uns zu ihm zu bringen?« fragte er in der Himmelssprache. Zufrieden wurde er sich des Umstandes gewahr, daß Rawalpinda erschrocken zusammenzuckte. Erst jetzt schien sie begriffen zu haben, daß er jedes ihrer Worte verstanden hatte.

Rawalpinda warf ihnen beiden einen wütenden Blick zu und schnaubte verstimmt. Dann bedeutete sie ihnen, ihr über die Marmortreppe nach oben zu folgen. Die Kapitänin warf dem Prinzen einen knappen Seitenblick zu, in dem eine gewisse Genugtuung lag. Dennoch hatte er das Gefühl, daß sie beide mit dieser Frau noch einmal Verdruß bekommen würden.

Das Geheimnis hinter dem Schleier

Universitäts-Loge, Empore der Alten Basilika, kurz darauf

»Bei dem merkantilischen Feldherrn, der Kurjameos mit 3000 Soldaten von Norden her angreifen wollte, handelte es sich um einen gewissen Joacino da Gona. Dieser Mann ist wie jedes Mitglied seiner einflußreichen Familie ein erklärter Feind der Ehernen Liga! Doch dieses Heer war winzig im Vergleich zu der gewaltigen Kriegsflotte, die die Merkantilier im Norden zusammengezogen hatten!«

Die Alte Basilika verfügte über eine beeindruckende Akustik. Obwohl der Redner, der kurjamäische Satrap Rahmakaio von Biritimon, jüngster der acht Statthalter des Maharadschas, fast fünfzig Schritt entfernt stand, waren seine Worte in der Versammlungshalle klar und deutlich zu verstehen.

Hinter Surjadora und Prinz Nukulahi schloß sich die Tür zu der Loge, zu der sie *philosopha* Rawalpinda mit verkniffenem Gesichtsausdruck gebracht hatte. Auf einem der Sitze, im Schatten eines muschelförmigen Baldachins, thronte der Hohe Philosoph Ramaogeus und lauschte der angeregten Debatte, die weiter unten in der großen Halle der Basilika geführt wurde.

Der Mann trug, wie alle Philosophen der andhakleischen Universität, eine lange schwarze Robe. Sein Haupt wurde von einem tadellos gewickelten, pechschwarzen Turban geschmückt. Der kleine rote Rubin an dessen Vorderseite wies Ramaogeus als Angehörigen der Universität aus.

Mit freundlichem Lächeln bedeutete ihnen Ramaogeus, Platz zu nehmen und sich ruhig zu verhalten. Dann beugte er sich wieder über den Rand der Balustrade, die mit zahlreichen Heiligenschnitzereien verziert war.

Surjadora und Nukulahi kamen seiner Aufforderung nach, und erstmals in ihrem Leben erhielt die Kapitänin Gelegenheit, einen ausführlichen Blick ins Innere des alten Sakralbaus zu werfen. Vor knapp 200 Jahren war die Alte Basilika noch jedem Kurjamäer zugänglich gewesen. Doch heute fanden hier nur noch vereinzelte Staatsfeiern und besondere Andachten statt.

An den acht tragenden Säulen der großen, mit bunten Glasfenstern ausgestatteten Gewölbedecke standen die nahezu drei Schritt hohen Statuen der Hochheiligen und Gründer der Aionarskirche: Surjadora erkannte Sarmantha, Malachias, Myriander, Chrysantho, Narcissa, Guelfo und Eleutheria. Die Statuen stellten die Heiligen als Menschen von edlem Wuchs und herausragender Schönheit dar. Ihre Gesichter, soweit Surjadora sie erkennen konnte, blickten ernst und asketisch auf die in der Halle versammelten Gesandten herab, und Surjadora schien es, als läge eine stumme Warnung in den steinernen Zügen.

Sie war kein sonderlich gläubiger Mensch. Abgesehen vom heiligen Myriander, der den Legenden nach wie sie selbst mehr Zeit auf See verbracht hatte als an Land, waren ihr die anderen Heiligen stets fremd geblieben. Natürlich war sie als Händlerin immer gut damit beraten, die Macht der Kirche in den Ländern Ajunas wenn schon nicht zu fürchten, so doch zu respektieren. Doch an wirklicher Ehrfurcht hatte es ihr bislang gemangelt.

Auf eigentümliche Weise war dies heute anders. Surjadora wußte nicht zu sagen, woran das lag. Waren es die Entbehrungen während der langen Irrfahrt gewesen, die sie nachdenklicher gestimmt hatten? Oder lag es an der großen Katastrophe, die sie wie jeden Ajunäer mit Nachdruck an die Vergänglichkeit allen Seins gemahnte? Heute jedenfalls spürte sie beim Anblick der Heiligen dort unten in der Halle das erstemal so etwas wie Trost. Unmerklich schüttelte sie den Kopf. Offenbar wurde sie mit dem Alter rührsam.

Besonders ins Auge fiel ihr ein leerer Sockel nahe dem Eingang. Sie wußte, daß dort einst ein Abbild des Buckligen gestanden hatte: des heimtückischen Mörders und sündhaften Verräters, des Vaters aller Lügen und Bewahrers schrecklicher Geheimnisse.

Der wahre Name des achten Hochheiligen war längst vergessen. Einst, als sich Aionar von der Welt abgewandt hatte, so hieß es, hatte er die anderen Heiligen in blinder Machtgier hintergangen, um die alleinige Herrschaft über Aionars Reich an sich zu reißen. Je nach Königreich, Fürstentum und Landesteil lautete die Überlieferung wahlweise, daß es Aionar selbst oder aber einer der sieben anderen Hochheiligen – vorzugsweise die schöne Sarmantha – gewesen seien, die ihn für seinen Verrat mit körperlicher Mißgestalt gestraft hatten. Heute galt der Bucklige in der Ehernen Liga als gefallener Heiliger und Mahnmal für jene, die es ihm gleichtun wollten.

Mit einem merkantilischen Kapitän war Surjadora einmal in Streit geraten über die Natur des Buckligen. Der Mann hatte sie beinahe angesprungen, als sie ihn als einen gefallenen Hochheiligen bezeichnet hatte. Für ihn war der Bucklige eine mißgestaltete Kreatur gewesen, die einer Erdspalte entkrochen war; außerdem hatte er im Gegensatz zu ihr den achten Hochheiligen namentlich benennen können.

Surjadora lenkte ihre Aufmerksamkeit nun zur Stirnseite der Halle, wo die Gastgeber stolz ihr riesiges Wappen aufgehängt hatten: ein silberner kurjamäischer Kriegselefant auf grünem Grund, über dem eine goldene Krone schwebte.

Auf einem Podest unter dem Banner stand der Thron von Maharadscha Mahatargos III., links und rechts davon jeweils vier weitere Stühle, auf denen seine untergebenen Provinzherren, die Satrapen, Platz genommen hatten. Maharadscha Mahatargos III. war mit seinen fast sechzig Jahren und dem weißen, gepflegt wirkenden Vollbart eine stattliche Erscheinung. Der hochgewachsene Mann trug einen ausladenden Turban, der vorn von einem prachtvollen Aquamarin geschmückt wurde. Bewundernd verharrte Surjadoras Blick auf dem kostbaren Stein Seiner Majestät. Er funkelte, als spiegelte das Wasser einer tiefblauen Lagune das Sonnenlicht wider. Dann lauschte sie wieder der erregten Debatte, die in der ausladenden Halle unterhalb der Loge geführt wurde.

Ungläubig hörte sie mit an, daß offenbar nur die große Katastrophe verhindert hatte, bei ihrer Rückkehr ein von merkantilischen Truppen besetztes Andhakleia vorzufinden. Weit im Norden des Kontinents, bei einer Stadt namens Porto Oldo, hatten die einflußreichen *mercatoren* der merkantilischen Hauptstadt Maganta im Unglücksmond die größte Flotte seit den Tagen des heiligen Myriander zusammengezogen. Das alles war in aller Heimlichkeit geschehen.

Erst jetzt hatte sich herausgestellt, daß das Imperium den Plan gefaßt hatte, mittels dieser Armada und einem riesigen Heer Kurjameos niederzuwerfen. Doch die Flotte war von einer gewaltigen Flutwelle zerstört worden. Der Redner, der Satrap Rahmakaio, schien sich daraufhin an einem übereilten Angriff auf die imperialen Truppen an der Nordgrenze versucht zu haben. Doch er war gescheitert. Niemand wußte zu sagen, wohin die imperialen Truppen nach der Schlacht verlegt worden waren.

Eines aber war jedem der empörten, weit über hundert Delegierten deutlich geworden. Das Merkantilische Imperium hatte nach über 200 Jahren den Plan gefaßt, die rebellischen Staaten der Ehernen Liga erneut zu unterwerfen. Kaum daß die Worte des Satrapen Rahmakaio verklungen waren, verstrickten sich die Würdenträger und Gesandten aus allen Teilen des Staatenbundes in erregte Dispute. Einige von ihnen forderten energisch, die derzeitige Schwäche des Imperiums auszunutzen, um den Merkantilern nun ihrerseits den Todesstoß zu versetzen. Besonnenere wiesen darauf hin, daß selbst ein angeschlagenes Merkantilisches Imperium noch immer weitaus größer sei als Kurjameos oder Leonien, von den kleinen Ligastaaten ganz abgesehen. Andere kümmerte mehr die Frage, wer die finanzielle Last für einen solchen Angriff tragen sollte. Schnell drohte die Debatte auszuufern.

Die Kapitänin spürte den fragenden Blick von Prinz Nukulahi auf sich ruhen, während in der großen Halle der Alten Basilika hitzige Wortgefechte ausgetragen wurden. Da die Ligisten miteinander in der *lingua dei* diskutierten, hatte sich der Coleopäer inzwischen sicher ein eigenes Bild von der Lage auf dem Kontinent machen können. Im Augenblick stand es wirklich nicht gut um seine Pläne, das Inselreich zurückzuerobern.

Entschlossen machte Surjadora Ramaogeus zu ihrer Linken mit einem Räuspern auf sich aufmerksam.

»Hoher Philosoph, darf ich Eure Aufmerksamkeit auf Prinz Nukulahi von Coleopa lenken?«

»Natürlich, natürlich.« Der Hohe Philosoph wandte sich dem Prinzen zu und legte die Rechte grüßend auf Herz und Stirn, während er ihn aufmerksam musterte. Nukulahi zögerte kurz und wiederholte die Geste dann überraschend elegant.

»Verzeiht, Hoheit, daß mich die Debatte dort unten so in Anspruch genommen hat. Aber Ihr hört ja selbst, wie es derzeit um den Kontinent bestellt ist. Auch wir in der Ehernen Liga haben in dieser Zeit unsere Probleme ...«

Nukulahis Gesichtsausdruck verriet nur wenig von den Gefühlen, die ihn bewegten. »Der Rand der Welt hat bislang viele Überraschungen für mich bereitgehalten. Vieles hier ist so anders als in meiner Heimat, und die Menschen ...« Der Prinz blickte entschuldigend zu Surjadora. »Vor kurzem dachte ich, die Menschen in Eomes' Reich wären anders. Ich habe mich wohl geirrt. Ich muß offenbar noch viel lernen. Doch mein Vater hat mich Geduld gelehrt.«

Der Hohe Philosoph warf Surjadora einen kurzen Blick zu, die nicht zum ersten Mal Mitleid für den coleopäischen Prinzen empfand. Wie mußte es sein, so weit von der Heimat entfernt langsam jede Hoffnung verrinnen zu sehen? Wäre nicht der Purpurreichtum Coleopas gewesen, man hätte ihrem Gast wohl kaum mehr Aufmerksamkeit gezollt als einem Heiden aus Esanuk.

»Wir haben Eure Aufzeichnungen und Vorschläge wohl studiert, Kapitänin«, wandte sich Ramaogeus nun gleichermaßen an Nukulahi und Surjadora. »Nur ist die Lage im Reich derzeit etwas kompliziert.«

»Wird mich der Maharadscha empfangen?« Nukulahis Frage ließ Surjadora betreten zu Boden blicken. Umständlich rückte der Philosoph seine Robe auf dem Stuhl zurecht und wählte seine Worte mit Bedacht.

»Nicht sofort. Aber zu einem anderen Zeitpunkt bestimmt, Hoheit. Ich kann nur noch nicht sagen, wann dies sein wird. In diesen Tagen muß sich Seine Majestät Mahatargos III. um andere, dringlichere Probleme kümmern. Immerhin, Ihr sprecht mit seinem Ersten Berater.«

Der Hohe Philosoph Ramaogeus versuchte es mit einem aufmunternden Lächeln. Surjadora wußte, daß ihr weiteres Schicksal mit dem des Prinzen verknüpft war, und brachte daher noch einmal die Bedeutung ihrer Entdeckung zur Sprache.

»Hoher Philosoph, die Purpurinseln sind fast so groß wie die gesamte Eherne Liga. Es ist überhaupt noch nicht abzusehen, welcher Segen sich für Kurjameos durch eine Handelsverbindung mit dem neu entdeckten Reich Coleopa ergeben würde. Völlig unabhängig vom Purpurreichtum!«

»Wie gesagt, Kapitänin, ich habe Eure Aufzeichnungen mit großem Interesse gelesen.«

Der Leiter der Universität wandte sich wieder Prinz Nukulahi zu. »Hoheit, seid versichert, daß wir es als Ehre betrachten, daß Ihr Andhakleia als Ort Eures, nun, sagen wir: unfreiwilligen Exils gewählt habt. Auch der Maharadscha ist hocherfreut, Euch in der Stadt zu wissen. Sobald wir die Katastrophe und ihre Folgen überstanden haben, werden wir uns mit Eifer dem Problem in Eurer Heimat annehmen. Bis dahin sollten wir die Zeit nutzen, voneinander zu lernen.«

Nukulahi hob überrascht eine Augenbraue, während der Hohe Philosoph fortfuhr.

»Die Entdeckung Coleopas hat in den eingeweihten Kreisen der Universität von Andhakleia großen Eindruck hinterlassen.«

Ramaogeus zog an einer Klingel, und die Tür zur Galerie öffnete sich bereits Augenblicke später. Im Türrahmen stand ein hagerer Mann, gleichfalls mit schwarzer Robe und rubingeschmücktem Turban bekleidet. Neugierig blickte er Nukulahi an und verneigte sich höflich.

»Hoheit, darf ich Euch *philosophos* Vishnaidas vorstellen?« Ramaogeus deutete mit der Rechten auf den Neuankömmling. »Er ist wie ich ein angesehenes Mitglied im Kosmographenrat der andhakleischen Himmelswarte und gilt im Kollegium als außerordentliches Sprachtalent. Er ist sehr interessiert an der Kultur und Religion Eurer fernen Heimat und wird Euch gern eine Weile im Universitätsviertel herumführen. Außerdem hat er einige Fragen, die uns Kapitänin Surjadora naturgemäß nicht beantworten kann.«

Prinz Nukulahi sah Surjadora zögernd an, die ihm unmerklich zunickte. Der Coleopäer verneigte sich daraufhin ebenfalls vor dem Neuankömmling. Noch einmal bedachte er den Ersten Berater des Maharadschas mit einem prüfenden Blick, und Surjadora war, als wollte der Prinz das Wort an ihn richten. Doch dann hob Nukulahi stolz sein Haupt und folgte dem Philosophen nach draußen.

Kaum war die Tür zur Loge ins Schloß gefallen, drehte sich Surjadora zu dem Hohen Philosophen um. »Ich schätze, Ihr möchtet ein paar Worte mit mir allein wechseln?«

»Richtig. Zunächst einmal möchte ich Euch im Namen des eingeweihten Kollegiums zu Eurem außerordentlichen Erfolg gratulieren. Den Verlust der *Bavakuleos* und das große Opfer, das Eure Männer gebracht haben, bedauern wir. Wir Philosophen wissen Eure tollkühne Tat und die Entbehrungen, die Ihr im Namen der Wissenschaft auf Euch genommen habt, sehr wohl zu würdigen.«

Von wegen Wissenschaft ... Surjadora dachte vor allem an den gewaltigen Reichtum, den sie unerreichbar fern im Ozean des Morgens wähnte.

»Deute ich Eure Worte richtig, daß es noch eine Weile dauern kann, bis sich der Maharadscha des coleopäischen Problems annimmt?«

»Ja, Kapitänin. Leider. Maharadscha Mahatargos III. hat alle Hände voll zu tun, um die Eherne Liga zusammenzuhalten. Ihr seht ja selbst, was dort unten los ist.«

Ramaogeus deutete in Richtung der großen Halle und seufzte ungehalten. »Hinzu kommen die Probleme in den Küstenregionen. Habt Ihr Euch schon im Kapitänsrat umgehört?«

Surjadora nickte. Das war das erste gewesen, was sie nach ihrer Ankunft getan hatte. »Der Rat schätzt, daß während der Katastrophe über zwei Dutzend kurjamäische Karacken verlorengegangen sind. Man hofft jeden Tag aufs neue darauf, daß einige von ihnen wieder nach Andhakleia zurückfinden.«

»Dann wißt Ihr, wie es derzeit um die Schlagkraft des Reichs bestellt ist. Und glaubt mir, im Landesinnern sieht es nicht viel besser aus. Der fürchterliche Monsun hat unvorstellbare Schäden angerichtet, vor allem auf den Feldern. Es ist überhaupt noch nicht abzusehen, wie die nächste Ernte ausfällt, geschweige denn die folgende. Im schlimmsten Fall wird Kurjameos das erste Mal seit seinem Bestehen mit einer Hungersnot zu rechnen haben. Es sieht also wirklich nicht gut aus.«

Surjadora blickte entmutigt hinunter in die Halle der Alten Basilika, wo die Gesandten noch immer erregt über den zukünftigen Kurs der Ehernen Liga diskutierten.

»Die Universität hingegen hätte schon Verwendung für Euch und Euren Gast ...«

Surjadora schaute überrascht wieder auf, doch das Mienenspiel des Hohen Philosophen blieb unbewegt.

»Wie meint Ihr das?«

»Nun, Ihr habt Euch als äußerst wagemutig erwiesen, Kapitänin. Ihr seid Risiken eingegangen, die andere gescheut hätten. Außerdem bewundern wir Euren Pragmatismus in gewissen Angelegenheiten.«

Surjadora runzelte die Stirn. »Wie meint Ihr das?«

»Habt Ihr nach Eurer Rückkehr in Andhakleia mit Kirchenvertretern über Eure Mission gesprochen?«

»Nein. Warum? Hätte ich das tun sollen?«

Ramaogeus schüttelte unmerklich den Kopf und fuhr sich mit dem rechten Zeigefinder gedankenverloren über den Nasenflügel.

»Wenn Ihr das bisher nicht getan habt, dann solltet Ihr dies auch weiterhin so halten. Kapitänin, haltet Ihr Euch für einen gläubigen Menschen?«

Surjadora schnappte überrascht nach Luft und zuckte hilflos mit den Schultern. Worauf wollte der Hohe Philosoph hinaus? Solche Fragen hatte ihr noch niemand gestellt.

»Ich opfere hin und wieder etwas dem heiligen Myriander.«

Sie räusperte sich. »Welcher Kapitän tut das nicht? Aber davon abgesehen ... Ich unterstütze den Orden der heiligen Myrea, der das Waisenheim von Andhakleia leitet.«

»Ich erinnere mich. Euer Schiffsjunge, dieser Tvashareo, stammt von dort, richtig?«

Surjadora sah den Hohen Philosophen verblüfft an. Er war ihr eine Spur zu gut über sie unterrichtet. Bis jetzt hatte sie in Ramaogeus nur den Würdenträger gesehen, dessen Gelehrte die Karte entdeckt und gedeutet hatten, die sie zu den Purpurinseln geführt hatte.

»Wenn Ihr bereits alles wißt, warum fragt Ihr dann?«

Ramaogeus hob besänftigend die Hände und blickte sich zu den Nachbarlogen um, als wollte er sichergehen, daß ihnen niemand zuhörte. Surjadora hatte den Leiter der Universität noch nie so geheimnisvoll erlebt.

»Könnt Ihr Euch vorstellen, daß die Kirche des Abwesenden Gottes gewisse Dinge vor uns verbirgt?«

»Ja, natürlich. Wer nicht?« Surjadoras Verblüffung über den Hohen Philosophen steigerte sich von Augenblick zu Augenblick.

»Möchtet Ihr in den tieferen Sinn Eurer Suche nach Coleopa eingeweiht werden?«

Welcher tiefere Sinn? Verdammt noch mal, wovon redete der Hohe Philosoph überhaupt?

»Was meint Ihr damit, *philosophos?* Wenn Ihr das Purpur-Monopol der Katauеken meinen, dann ...«

»Nein, davon rede ich nicht. Dieser Vorwand diente nur dazu, den Maharadscha davon zu überzeugen, die Expedition zu finanzieren. Aber selbst er ist nicht in alles eingeweiht.«

Empört richtete sich Surjadora auf. »Hoher Philosoph, ich bin mit Leib und Seele Dienerin Seiner Majestät. Wie darf ich Eure Worte verstehen? Falls Ihr andeuten wollt, daß Ihr mich in eine Verschwörung gegen das Herrscherhaus zu verwickeln beabsichtigt, dann erteile ich Euch hiermit eine scharfe Absage! Rechnet damit, daß ich Eure Pläne offenlege. Was auch immer der Bucklige Euch eingeflüstert haben mag ...«

»Ihr wißt gar nicht, wie treffend Eure kleine Anspielung ist,

Kapitänin.« Ramaogeus beugte sich vor und musterte Surjadora ernst. Dann deutete er hinunter, dorthin, wo einst die Statue des Buckligen gestanden hatte. »Wißt Ihr, wie die Inschrift auf dem Sockel dort lautet?«

Surjadora reagierte nicht, sondern musterte den Hohen Philosophen kühl.

»*Utinam lingua mendacis flammam concipit!* Oder frei in Groß-Kurjamäisch übersetzt: Möge die Zunge des Verleumders im Feuer schmoren! Im Augenblick seid Ihr es, die mich verleumdet.« Ramaogeus' Blick hatte etwas Unergründliches. »Glaubt mir, nicht alles ist, wie es scheint. Über allem liegt ein Schleier, der den Blick für das Wesentliche trübt.«

Der Hohe Philosoph zauberte unter seiner Robe ein Tuch aus kostbarer katauekischer Seide hervor und legte es über die Brüstung des Balkons.

»Man braucht Mut und das rechte Wissen, um hinter den Schleier zu blicken. Damit man Wahrheiten erkennt, die man zuvor nicht gesehen hat. Schaut Euch selbst an. Ihr gehört zu den achtbarsten Kapitänen der Ehernen Liga und werdet sicher einmal als große Entdeckerin in die Geschichtsbücher eingehen. Wer würde für möglich halten, daß ausgerechnet Ihr ...«

»Daß ausgerechnet ich ... was?« Surjadora wurde langsam wütend.

»Nun, daß ausgerechnet Ihr Euren Anteil an der coleopäischen Expedition mit eulykischem Gold finanziert habt und die Eulykier damit um ein kurjamäisches Staatsgeheimnis wissen!«

Surjadora starrte den Hohen Philosophen fassungslos an. »Ihr wußtet das?« Sie wurde aschfahl im Gesicht. Wenn das herauskam, würde Maharadscha Mahatargos III. sicher höchstpersönlich dafür sorgen, daß ihr der Kopf abgeschlagen wurde – natürlich erst, nachdem man ihr unter Folter den Seeweg nach Coleopa entlockt hätte.

»Selbstverständlich, die ganze Zeit über!« Der Hohe Philosoph lächelte gefährlich und lehnte sich gelassen wieder zurück. »Und nun sollten wir damit aufhören, uns gegenseitig unsere kleineren oder größeren Verfehlungen vorzuhalten. Wir sind doch beide nur Menschen.«

Surjadora ließ sich wieder auf ihren Platz zurücksinken und wußte nicht, was sie darauf erwidern sollte.

»Ich habe Euch beobachtet, Kapitänin. Über viele Jahre hinweg. Euch treibt die Gier nach dem Unbekannten. Ihr wollt Großes in Eurem Leben leisten! Den Mut dazu habt Ihr. Aber verfügt Ihr auch über das nötige Wissen? Wenn Ihr es wünscht, werde ich Euch mit Personen zusammenbringen, die Euch in Geheimnisse einweihen, von denen Ihr bislang nicht einmal zu träumen gewagt habt. Aber Eure Entscheidung zu diesem Schritt muß freiwillig erfolgen. Ich werde Euch nicht zwingen. Doch wenn Ihr mein Angebot annehmt, wird es kein Zurück mehr für Euch geben. Ihr werdet mächtige Feinde, aber auch einflußreiche Freunde gewinnen. Wählt Eure Entscheidung mit Bedacht. Wollt Ihr einen Blick hinter den Schleier werfen, seid in drei Tagen eine halbe Stunde vor Mitternacht bei den berühmten Wasserspielen nahe dem Herrscherpalast. Andernfalls hat dieses Gespräch in beiderseitigem Einverständnis, wie ich annehme, niemals stattgefunden.«

Der Hohe Philosoph erhob sich mit maskenhaftem Lächeln, während Surjadora Mühe hatte, ihre Fassung zu wahren. Bei Aionar, in was war sie da hineingeraten?

Ramaogeus stand schon an der Tür zur Loge, als er sich noch einmal zu ihr umwandte.

»Ach ja, wißt Ihr eigentlich, wer die berühmten Wasserspiele in unserer Stadt erbaut hat?«

»Natürlich.« Surjadoras Stimme klang belegt. Tausende von Gedanken schwirrten ihr im Kopf herum. »Das war Niccola Lodovico Malatesta. Der berühmte Maler und Bildhauer. In der Messe meines Schiffs hängt ein Gemälde von ihm.«

»Ich sehe, Ihr verfügt über einen außergewöhnlichen Geschmack. Malatesta hat sich damals, als er bei uns in Andhakleia weilte, übrigens ebenfalls dazu entschlossen, hinter den Schleier zu blicken. Viele bedeutende Persönlichkeiten haben das. Ich empfehle mich.«

Die Tür fiel zu, und die Kapitänin war allein. In der Halle unter ihr diskutierten noch immer erregt die Gesandten, doch ihre Stimmen waren nicht mehr als ein leises, auf und ab schwellendes Summen in Surjadoras Ohren. Ramaogeus kannte ihr Geheimnis. Sie war ihm ausgeliefert. War sie das wirklich? Erst jetzt bemerkte sie, daß der Hohe Philosoph den Seidenschleier vergessen hatte, der noch immer halb über dem Balkon hing. Die Kapitänin ergriff ihn und zog ihn langsam zu sich. Ihr Blick wanderte dabei über die alten Heiligenschnitzereien, mit der die Brüstung über und über verziert war. Es handelte sich um ungezählte Männer und Frauen, die ihr kaum etwas sagten. Die meisten der geringeren Heiligen hätte sie wahrscheinlich noch nicht einmal dem Namen nach zuordnen können.

Unvermittelt blieb ihr Blick an einer Stelle hängen, die eben noch von dem Schleier verdeckt worden war. Dort, versteckt inmitten des heiligen Reigens, war ein Symbol eingearbeitet, das sie erschreckte. Denn die Balustrade war sicher viele hundert Jahre alt.

Es war ein Stern.

Ein Stern mit einem langen Schweif.

Teevögel

Westflügel des Palasts von Mahatargos III., Andhakleia, einen Tag später

Gijao näng Singua blickte mißmutig aus dem Fenster des Quartiers, das man ihm im Herrscherpalast von Andhakleia zugewiesen hatte, und wartete.

Er erinnerte sich noch gut daran, welche Hoffnung ihn erfüllt hatte, als sie mit der Karavelle vor zehn Tagen nachts im Hafen von Andhakleia eingelaufen waren. Das Schauspiel, das sich ihm dabei geboten hatte, war beeindruckend gewesen – zumindest nach den Maßstäben einer ajunäischen Barbarenstadt. Offenbar besaß in Andhakleia jeder Haushalt, der etwas auf sich hielt und es sich leisten konnte, Fenster aus dem bunten Glas, für deren Herstellung Kurjameos so berühmt war. Die Wirkung nach Einbruch der Dunkelheit, wenn die Kurjamäer im Innern der Häuser die Herdfeuer und Lampen entzündeten, war wirklich einzigartig.

So kam es, daß Gijao, als sie die Mündung des Andhuata hochgefahren waren, den Eindruck gewonnen hatte, in der Stadt habe man Hunderte bunter Lampions entzündet. Ein hübscher Anblick, wie er zugeben mußte.

Gijao übermannte Wehmut. Im Schein abendlicher Lampions hatte er sein einziges Kind zuletzt gesehen. Kiaora war damals eben erst ins heiratsfähige Alter getreten. Aber die *Kammer der Nautik* hatte sie bereits als seine Erbin akzeptiert. Wie lange war es schon her, daß er Serkan Katau verlassen hatte? Fast fünf Jahre! Und noch immer trennte ihn ein ganzer Ozean von seiner Heimat: die *Große Passage*. Erst in den Jahren seiner Gefangenschaft auf den Purpurinseln hatte er wieder zur Ruhe gefunden – und sich auf seine Wurzeln besonnen.

In seinen Adern floß das heiße Blut der mangalischen Piraten – auch wenn keiner der ajunäischen Barbaren zwischen Mangaliern und Katauеken zu unterscheiden wußte. Die Bewohner der Mangalischen Küste im Westen Serkan Kataus waren schon vor sehr langer Zeit als *Eroberung* in das *Reich der Tugend* eingegliedert worden. Doch ein Mangalier brauchte Freiheit und Lebensfreude wie ein Vogel den Wind unter seinen Schwingen – anders als die stets so beherrschten Katauеken in den zentralen Provinzen des *Reiches der Tugend*. Deren Einstellung zum Leben war Gijao stets ein Rätsel geblieben. Er hatte dies immer für sich behalten, aber all die katauekischen Bonzen und Priester, denen er in den zurückliegenden Jahren begegnet war, erinnerten ihn mehr an die Porzellanpuppen mit den starren Gesichtern, die sich in Mantikor Leng so großer Beliebtheit erfreuten, denn an lebendige Menschen. Puppen war es egal, wenn ihr Besitzer mit ihnen spielte und sie dabei zerbrachen.

Der einzige Kataueke, der vielleicht eine Ausnahme machte, war der Schiffsführer Schaung näng Nohei, mit dem Gijao fast so etwas wie Freundschaft verbunden hatte. Sie beide hatten gemeinsam die beklemmende Enge katauekischer *Kammern* und die ebenso schreckliche Weite des Meeres durchlebt, und der Nautiker hoffte nicht zum ersten Mal, daß Schaung sich in der Zwischenzeit seiner Tochter Kiaora angenommen hatte.

Stellten die Mangalier vielleicht deswegen die meisten Nautiker des *Reiches der Tugend*? Lag es daran, daß man nur auf hoher See der lähmenden Umklammerung des Mantikorenthrons entkam? Daß man nur dort jene Freiheit fand, die die Katauеken seinem Volk einst geraubt hatten?

Gijao seufzte und warf einen letzten Blick auf die schlanke Silhouette der berühmten andhakleischen Himmelswarte, die sich inmitten des Dächermeers in den trüben Himmel schraubte. Man hatte sie auf einem Hügel im Norden der Stadt nahe des Andhuata errichtet, wie die Kurjamäer den Fluß nannten, an dem die Stadt lag. Oben, unterhalb der eiförmigen Beobachtungskuppel, zeichneten sich vor dem grauen Nachmittagshimmel vier große, windmühlenartige Flügel ab. Mit ihrer Hilfe ließ sich die komplette Turmspitze drehen, um das darin befindliche große Sehrohr auf den Mond und die Sterne auszurichten; für Ajunäer ein bemerkenswerter Erfindungsreichtum. Doch seit Gijao in der Stadt war, standen die Flügel still.

Ein zynisches Lächeln huschte über sein Gesicht. Das Bauwerk erinnerte ihn stets an die Katastrophe, die die Welt ereilt hatte. Gijao hatte schon lange keine Sterne mehr am Nachthimmel gesehen. Selbst die Sonne war nicht mehr als ein schmieriger Lichtfleck zwischen den immergrauen Wolken, die den Himmel bis zum Horizont trübten. Die ach so berühmte Himmelswarte der kurjamäischen Barbaren war innerhalb von nur einem Tag zur nutzlosesten Einrichtung der ganzen Welt geworden!

Nutzlos wie so vieles.

Nutzlos wie die Künste der Sterndeuter in der *Kammer der Astrologie*. Nutzlos wie die astronomischen Kenntnisse, derer sich Seefahrer und Navigatoren auf der ganzen Welt bedienten. Und nutzlos wie ... die *Kammer der Nautik*? Hatte sie überhaupt schon bemerkt, daß die *Staubigen Spiegel der Roten Steine* allerorten neue Steinbilder zeigten? So viele, daß man Mühe hatte, die alten noch zu erkennen? Die Welt geriet aus den Fugen.

Sein Vetter Liän hätte all diese Veränderungen gewiß nur mit einer seiner Weisheiten bedacht. Er sah ihn förmlich vor sich, wie er ihn auslachte. Ihn, der hier stand und sich selbst und sein Schicksal bedauerte. Er konnte sich gut vorstellen, was Liän zu ihm gesagt hätte: daß das Schicksal der Welt nicht sein eigenes sein mußte!

Dennoch, Gijao konnte den Anblick der Himmelswarte nicht mehr ertragen. Ebensowenig wie den Anblick der Räumlichkeiten, in die man ihn gesperrt hatte. Zwei Turmzimmer im Westflügel des Palasts hatte man für ihn bereitgestellt. Die Diener bezeichneten den größeren der beiden Räume stolz als *katauekischen Salon* und glaubten wohl, er werde sich darin schon heimisch fühlen.

Die Wahrheit war, daß die kurjamäischen Herrscher hier in den letzten Generationen offenbar alles hatten zusammentragen lassen, was sie als katauekisch ansahen. Da hingen billig bemalte Seidenbahnen aus Tschöng-Hau Leng an den Wänden, die ein echter Kataueke noch nicht einmal als Lampionbezug für den Hühnerhof hergenommen hätte. Eine Specksteinfigurine, die wohl den *Herrn der Unwandelbaren Ordnung* auf dem Mantikorenthron darstellen sollte, wahrscheinlich in der halbwilden *Eroberung* Sturmland gefertigt, fand als profaner Kerzenhalter Verwendung, und ein alter Turga-Rundschild von den Barbaren jenseits des Labyrinths diente als Tischplatte. Irgend jemand hatte ihn zu allem Übel auch noch kitschig mit Lotosblüten und tanzenden Mädchen bemalt.

Der Gipfel war allerdings eine typisch katauekische Waschschüssel aus schwarz glasierter Keramik – in Wahrheit ein Behälter, mit dem Tempeldiener die verkohlten Innereien brandgeopferter Widder und Ziegen entsorgten, nachdem die Priester aus ihnen die Zukunft gedeutet hatten. Sie stand direkt neben einem großen, prachtvoll geschmückten Lackschrein, der jedoch aus Belabadangbarad stammte und hier als Handtuchhalter Verwendung fand.

Immerhin, zumindest der Nutzen der beiden häßlich knurrenden Pao-Ping-Vögel , die noch bis vor kurzem zur Zierde des Raums in dem vergoldeten Käfig neben dem Fenster gesessen hatten, würde sich schon bald erweisen ...

Alles in allem konnte Gijao über die Dreistigkeit, mit der die Fernhändler seiner Heimat den Ajunäern diesen Plunder angedreht hatten, nur den Kopf schütteln. Und so wie es aussah, stellte er selbst die Krönung dieser Sammlung dar. Lebendes menschliches Inventar sozusagen. Gijao hätte am liebsten laut geschrien.

Die Barbaren hier bezeichneten ihn offiziell als Gast, doch in Wahrheit erging es ihm in Andhakleia nicht viel anders als auf den Purpurinseln. Nur, daß der kurjamäische Kerker im Vergleich zum coleopäischen etwas komfortabler eingerichtet war. Draußen im Gang standen Wachen, und auch bei den Spaziergängen in dem mit Arkaden gesäumten Palastgarten, die man ihm täglich zugestand, hielt man ihn unter strengster Beobachtung.

Hinzu kam jeden Tag die Angst, daß man ihn eines Morgens abholen würde, um ihn gewaltsam nach dem Geheimnis der katauekischen Navigation zu befragen. Er verstand selbst nicht, warum man ihn darauf noch nicht angesprochen hatte. Auch den *Staubigen Spiegel der Roten Steine* hatte man noch nicht als sein kostbares Handwerkszeug erkannt. Doch eigentlich hätte er schon längst handeln müssen. Die Doktrin der *Geheimen Kammer der Nautik* hatte für einen Fall wie den seinen ziemlich eindeutige, um nicht zu sagen endgültige Anweisungen parat.

Gijao schüttelte den Kopf. Hätte er sich immer an die Doktrin gehalten, wäre er schon seit Jahren nicht mehr am Leben.

Andererseits, würden diese Barbaren es wirklich wagen, Hand an ihn zu legen? Auch auf dieser Seite des Barbarenkontinents dürfte bekannt sein, daß das *Reich der Tugend* seine Nautiker als unverletzlich betrachtete – und wie es den einzigen bekannt gewordenen Übergriff geahndet hatte.

Dennoch: Seine Situation war entwürdigend. Und er wußte, wem er das zu verdanken hatte.

Diese Schiffsführerin Surjadora hatte ihn hintergangen, zweifellos!

Zumindest überrumpelt.

Anstatt ihm Dankbarkeit dafür zu zollen, daß er ihr Schiff mit seinen überlegenen nautischen Kenntnissen zurück zum Festland geführt hatte, hatte sie ihn bereits kurz nach Erreichen dieser *insula dei* in das enge Kabelgatt der Karavelle sperren lassen, wo sonst nur Tauwerk, Teer und Werkzeuge gelagert wurden.

Das gleiche Spiel hatte sich wiederholt, als sie in Andhakleia angelegt hatten. Er hatte nicht lange warten müssen, bis ihn Bewaffnete höflich, aber bestimmt aufgefordert hatten, ihnen durch die Nacht zu folgen.

Offenbar befürchtete die Schiffsführerin, daß er zu fliehen gedachte, sobald er wieder festen Boden unter den Füßen hätte.

Zugegeben, natürlich wäre er geflohen!

Schließlich war auch das etwas, was die Doktrin der *Geheimen Kammer der Nautik* für einen Fall wie diesen vorsah. Doch Doktrin hin oder her, ihn hätten selbst zehn Mantikoren nicht daran hindern können, wieder einen Weg zurück nach Serkan Katau zu suchen.

Surjadora und ihre Auftraggeber befürchteten selbstverständlich, daß durch ihn die kurjamäische Entdeckung der Purpurinseln bekannt würde. Die ajunäischen Barbaren hatten ja keine Ahnung, daß selbst er mehr oder minder zufällig in den Einflußbereich der *Kammer des Purpurgeheimnisses* geraten war. Obwohl er als Nautiker dritten Ranges in der *Eroberung* Mangalische Küste zu den höchsten Würdenträgern zählte, kannte er allenfalls die historischen Hintergründe. Denn es waren mangalische Seefahrer gewesen, welche die Purpurinseln entdeckt und besetzt und damit das Geheimnis jenes Farbstoffs gewonnen hatten, dessen unvergleichliches Rot in Serkan Katau die Kriegerkaste und in Ajuna die Priester als Standeszeichen für sich beanspruchten. Doch jene Häuser, welche die *Eroberung* organisiert und finanziert hatten, hatten mit ihrem neuen Reichtum bald die Gründung einer eigenen *Kammer* erwirkt. Und als die Coleopäer die Kataueken vertrieben hatten, waren es nicht mehr halbblütige Seefahrer von der Küste, sondern Händler aus Schang La Pur gewesen, die das Geheimnis gehütet hatten. Es war noch gar nicht so lange her, daß sich in der Oberschicht herumsprach, der begehrte Farbstoff werde aus Käfern gewonnen, welche die Machthaber der *Eroberung* im Süden des *Reiches der Tugend* auf riesigen, überdachten Feldern hielten. Ernährung und Aufzucht der Insekten waren aber nach wie vor ein strenggehütetes Geheimnis der entsprechenden *Kammer.*

Auch wenn die Purpurinseln selbst längst nicht mehr das Geheimnis bargen, waren sie für einen Nautiker doch nicht zu übersehen. Das *Purpurherz* von Coleopa war ein Steinbild ehedem sechsten, inzwischen siebten Ranges und damit einer der wichtigsten Navigationspunkte der Gezeitenwelt. Und es war seine Rettung gewesen ...

Er hatte gewußt, auf welche Gefahren er sich einließ, als die *Geheime Kammer des Himmlischen Willens* ihn zum Nautiker einer Expedition zur Weltenmauer ernannt hatte. Abenteuerlust und Ehrgeiz zugleich hatten in ihm jubiliert, als er die geheimen Anweisungen mit dem fünffachen Siegel des Hohenpriesters Hüang näng Lüoging gelesen hatte. Als er den Weg durch die Fjorde des Rochlandes eingeschlagen hatte, hatte es gegolten, gegen die meist westwärts wehenden Handelswinde anzukreuzen. Doch die Stürme waren unerbittlich gewesen; statt nordwärts, die Ostküste Serkan Kataus entlang zur Weltenmauer, waren sie immer weiter südwärts getrieben, bis das Meer gar gefroren war. Und als Schiffsführer und Mannschaft sich im stillen schon auf ein eisiges Grab vorbereitet hatten, da hatte Gijao einen Weg eingeschlagen, den er beinahe ebenso gefürchtet hatte: durch das Hungermeer, jene windlose Wasserfläche im südlichen Ozean des Morgens, die er als einer der wenigen schon einmal überlebt hatte. Diesmal aber waren es nicht die Flauten gewesen, welche die Fahrt zur Katastrophe gemacht hatten, sondern die Winde. Das *Purpurherz* hatte ihm das einzige Land im Umkreis tausender *Läng* gewiesen – und genau dort war seine Nauke gescheitert.

Erst durch diesen coleopäischen Richter, der ihn all die Jahre lang über Serkan Katau ausgefragt hatte, war er dahintergekommen, wie die Provinzherren Schang La Purs seinerzeit die Käfer aufgespürt hatten – und welches Drama sich auf den Purpurinseln vor vier Generationen abgespielt hatte. Strenggenommen war es den Mangaliern einst ähnlich ergangen. Auch sie waren von den Katauеken mit Gewalt unterworfen worden …

Doch all das waren Dinge, um die er sich später kümmern würde.

Jetzt ging es erst einmal darum, dem Käfig zu entkommen, in dem man ihn gefangenhielt.

Ein katauekischer Nautiker hatte in den Barbarenreichen Ajunas als unverletzlich zu gelten! Surjadora würde ihre Respektlosigkeit noch bereuen.

Es wurde Zeit, daß er die Barbaren an diesen Umstand erinnerte. Sollte man ihm etwas antun, würden die Kurjamäer die Folgen auszubaden haben. Aber dazu würde es hoffentlich ohnehin nicht kommen. Entweder, er konnte Surjadora klarmachen, auf was sich die Stadt mit seiner Gefangennahme einließ – oder seine kleine List würde die erhoffte Wirkung erzielen. Und seine Einfälle hatten ihn bislang noch aus jeder Lage gerettet.

Gijao blickte zur Mitte des Salons, wohin er vor einer halben Stunde den kniehohen Zeremonientisch mit den Einlegearbeiten aus Jade geschoben hatte. Diese Barbaren hatten darauf einen Tonkübel mit einem Kepri-Strauch aus dem ajunäischen Belabadangbarad gestellt. Offenbar hielten sie auch die Pflanze mit den schillerndblauen Glockenblüten für wahrhaft katauekisch.

Sein Blick wanderte zu den beiden Schnabeltassen und der Teekanne aus dem feinen Porzellan der *Eroberung* König Kranich, die er auf dem Tischchen abgestellt hatte. Die Kanne stand auf einer Wärmeplatte, in der eine kleine Kerze flackerte, und der darin zubereitete Tee dampfte und verbreitete einen würzigen Geruch.

Wie lange, bei den Blauen Göttern, wollte Surjadora ihn noch warten lassen?

Endlich klopfte es an der großen Salontür, und ein Schlüssel wurde ins Schloß gesteckt. Die Tür öffnete sich. Surjadora betrat den Raum und steckte den Schlüssel zurück in ihre Tasche. Sie war die einzige neben dem Wachhabenden, die über einen Schlüssel für den Salon verfügte. Er hatte bereits vor Tagen versucht, die Tür mit einem kleinen Metallbügel zu öffnen – doch das Schloß hatte sich leider als zu knifflig erwiesen.

Die Schiffsführerin wurde von zwei Palastwachen eskortiert, die mit rotweißen Bändern umwickelte Kriegshauben und schwere Säbel an ihrer Seite trugen. Ernst blickten ihn die drei an. Das Spiel konnte beginnen.

Gijao setzte sein herzlichstes Lächeln auf.

»Ich mich freue, Euch zu sehen ... ehrwürdige ... Blüte von ajunäische Seefahrer!«

Er hatte sie diesmal auf Groß-Kurjamäisch angesprochen, denn er hoffte, sie werde sich davon beeindruckt zeigen. Und er hatte versucht, der strengen Nomenklatur des *Tugendhaften Weges des Himmlischen Willens* Genüge zu tun, aber die schmeichelhafteste Übersetzung der einer ajunäischen Barbarin zustehenden Anrede zu verwenden. Tatsächlich blickte die Schiffsführerin ihn überrascht an.

»Wie ich höre, habt Ihr erstaunliche Fortschritte in unserer Landessprache gemacht.«

Natürlich hatte er das. Fremde Sprachen waren ihm noch nie schwergefallen. Er hatte schließlich lange genug Zeit gehabt, sich darin zu üben. Groß-Kurjamäisch war nun schon bereits die sechste Fremdsprache, die er während seiner Fahrten erlernt hatte. Diesmal hatte ihn sogar ein recht praktischer Grund getrieben. Wollte er fliehen, würde er sie noch dringend brauchen.

Gijao tat erfreut, lächelte und verneigte sich.

»Ihr sein zu gütig. Euer Lob tut wohl in Herz.«

»Ihr fühlt Euch noch immer wohl?« Surjadoras Stimme hatte einen schroffen Unterton, dennoch bemerkte Gijao ein leichtes Bedauern, das wohl für seine derzeitige Situation mitschwang. Wie bei ihrem letzten Besuch musterte sie ihn neugierig. Gijao war froh darüber, wieder wie ein Mann der Tugend auszusehen. Seine Wangen waren geschabt, sein Fadenbart gestutzt und gesalbt, sein Schädel rasiert bis auf den Schopf, in dem sein langes schwarzes Haar bis auf den Rücken hing. Nur seine Stirnbandmütze aus dem Fell des roten Leoparden vermißte er; an die kurjamäische Kleidung mußte er sich noch gewöhnen.

Aber was machte er sich darüber überhaupt Gedanken? Vor ihm stand lediglich eine Ajunäerin, die das *Reich der Tugend* und seine Fernhändler haßte. Immerhin, Gijao mußte zugeben, daß sie ihm bei ihrer Fahrt zurück zum Festland niemals den Respekt verweigert hatte. Und als die Nahrungsmittel knapp geworden waren und die Mannschaft seinen Kopf gefordert hatte, hatte sie sich hinter ihn gestellt.

Jetzt durfte er nur nicht weich werden. Dieselbe Frau hatte nicht gezögert, ihn ins Kabelgatt sperren zu lassen.

»Hier wunderbar. Ich mir beinahe komme vor wie in Heimat. Ich nicht hätte erwartet all dies Freundschaft!«

Die Schiffsführerin musterte mißtrauisch das Teegedeck.

»Nun, wenn Ihr noch etwas wünscht, dann laßt es die Palastdiener wissen.«

»Oh, ich nur ein Wunsch. Ich mich möchte bedanken mit kleine Teezeremoniell von Heimat! Und ich möchte haben ... äh ...«, Gijao grübelte nach dem passenden Wort, »ja, kleine Gespräch unter Freunde. Private Gespräch!«

Surjadora wand sich. Ihr war die Situation sichtlich unangenehm. »Ich habe eigentlich nicht viel Zeit. Ihr wißt sehr gut, daß die Philosophen unserer Akademie schon seit Tagen darauf brennen, sich mit Euch zu unterhalten. Ich dachte, Ihr gäbet mir heute Euer Einverständnis ...«

»Oh, bitte, Ihr machen mir Freude!«

Gijao deutete mit einer einladenden Geste zu dem Teegeschirr und ließ sich auf seiner Seite des Jadetisches mit verschränkten Beinen nieder. Die Schiffsführerin musterte ihn kühl, drehte sich dann zu den beiden Wachen um und wies sie an, nahe der Tür Posten zu beziehen. Danach kniete auch sie sich nieder.

Gijao verbeugte sich und schenkte ein. In den Tassen dampfte der rötlich-braune Sud, den er gemäß der alten mangalischen Tradition zubereitet hatte. Dann nahm er seine Tasse, die wie der

Kopf eines Kranichs geformt war, trank einen Schluck, wischte den Rand ab und drehte den Schnabel der Schiffsführerin zu. Er lächelte.

»Ihr müssen machen ebenso.«

Die Kurjamäerin seufzte und tat es ihm gleich. Anschließend forderte Gijao sie auf, mit ihm die Tasse zu tauschen.

»Sein altes Zeremoniell, das in *Mangalische Küste* gemacht, wenn Abschluß von, äh, Verhandlung von Geschäft.«

Surjadora hob eine Augenbraue. »Ich muß zugeben, daß mich Eure Ausführungen bislang erstaunt haben, Gijao. Ich wußte nicht, daß in Serkan Katau in Wahrheit so viele unterschiedliche Völker leben.«

»Oh, sein nicht viel anders als in Euer Steinige Staatenbund.«

»Eherne Liga!«

Gijao war amüsiert. Nachdem er festgestellt hatte, daß die Schiffsführerin etwas gereizt darauf reagierte, wenn er die Bezeichnung dieses aufmüpfigen Staatenbundes falsch aussprach, hatte er stets doppelt so große Freude daran, sie damit aufzuziehen.

Im nächsten Augenblick schalt er sich dafür auch schon einen alten Narren. Offenbar hatte ihn die lange Kerkerhaft sentimental gemacht. Gijao räusperte sich und deutete zu einigen getrockneten Krümeln, die auf einem Teller neben der Wärmeplatte lagen.

»Bitte Ihr nehmen von Gewürz.«

Der Nautiker sah gespannt zu, wie Surjadora arglos zu den Krümeln griff und diese in die Tasse warf, wo sie, braune Schlieren ziehend, auf den Boden sanken. Geschwind sprach er weiter.

»Wir vielleicht kommen zu sprechen auf Zukunft?«

Surjadora trank einen Schluck und verzog entzückt die Lippen. Der Tee schien ihr zu munden. »Ihr meint Eure Zukunft?«

»Natürlich. Ich nicht dumm, ehrwürdige Schiffsführerin. Wir beide wissen, warum ich hier!«

Surjadora fixierte ihn wieder mit diesem bedauernden Blick, der aber schnell einen geschäftsmäßigen Ausdruck bekam. Unvermittelt wechselte sie nun in die *lingua dei*. Offenbar wollte sie verhindern, daß die Wachen sie verstanden. Gijao war das nur recht.

»Nautiker, es tut mir leid, aber ich kann zur Zeit nichts für Euch tun. Seid froh, daß man Euch hier nicht ebenso wie in Coleopa behandelt. In den Staaten der Ehernen Liga genießen die Kataueken nicht das gleiche … Wohlwollen wie im Merkantilischen Imperium. Daß man Euch hier einquartiert hat und nicht unten im Kerker des Palasts, war das einzige, was ich für Euch erwirken konnte. Persönlich bedauere ich das zutiefst, aber auch ich habe mich den vorherrschenden Regeln zu beugen. Wir wissen beide, um was es geht!«

Gijaos Lächeln hatte starre Züge angenommen. Auch er wechselte in die Kirchensprache. »Euch ist nicht bekannt, welche Folgen all dies für Andhakleia haben kann?«

Surjadora trank ausdruckslos einen weiteren Schluck aus ihrer Schnabeltasse.

»Ich weiß, vor zwei, drei Jahrzehnten hat Euer Reich ein Exempel statuiert. Es ging damals um einen entführten Nautiker, richtig? Oben, im merkantilischen Selketo. Wir haben das nicht vergessen. Der *praefectus navigius*, der damals die Macht über die Stadt an sich gerissen hatte, hieß Kastellano Korte.«

»Ihr wissen darum, und dennoch Ihr haltet mich an diese Ort gefangen?« Gijao starrte die Schiffsführerin ungläubig an.

»Nautiker. Die Arroganz, mit der die Armada Eurer Heimat damals über die Stadt hergefallen ist …«

Gijao lächelte sardonisch. »Armada? Waffenschiffe? Waren nur Schiffe von Fernhändlern. Wenn *Innere Kammer des Krieges* hätte damals beschlossen zu schicken Armada, dann …«

»… hätte es Krieg gegeben.« In der Stimme der Schiffsführerin lag eine Kälte, die Gijao aus dem Konzept brachte. »Handelswaren aus Serkan Katau hin oder her. Daß diese Tat folgenlos geblieben ist, lag einzig und allein daran, daß Eure … Fernhändler … den gierigen *mercatoren* in Maganta in die Hände gespielt haben. *Praefectus* Kastellano Korte wollte sich damals der Ehernen Liga anschließen! Das ist der Grund dafür, warum in der Handelsgemeinschaft der Empfang für Eure Landsleute weniger herzlich ausfällt als im Merkantilischen Imperium. Und glaubt mir, sowohl die Merkantiler als auch wir sind seit jener Zeit vorbereitet, Euren Schiffen einen entsprechenden Empfang zu bereiten, falls Euer Volk dergleichen noch einmal vorhaben sollte. Das heißt, die Merkantiler sind dazu nach den jüngsten Entwicklungen wohl nicht mehr in der Lage, aber die Eherne Liga wird Eurem Volk die Zähne zeigen. Verlaßt Euch darauf!«

Gijao und die Schiffsführerin musterten einander feindselig. Doch als der Mangalier die hektisch-roten Flecken auf dem Gesicht der Kurjamäerin bemerkte, lächelte er wieder.

Es erfüllte ihn schon die ganze Zeit mit stiller Freude, wie sehr die Schiffsführerin dem Tee zusprach. Eigentlich war er viel zu kostbar für die hiesigen Barbaren, aber wenigstens rührte seine Gesprächspartnerin beständig die getrocknete Leber der beiden Pao-Ping-Vögel in die Tasse. Nun bedurfte es nur noch eines kleinen Schocks, der die giftige Substanz darin zum Wirken brachte.

Gijao warf den beiden Wachen einen vorsichtigen Blick zu. Eigentlich hatte er gehofft, daß seine Gesprächspartnerin durch die Androhung einer katauekischen Kriegsflotte vor Andhakleia so recht in Wallung zu bringen wäre. Aber diese Gefahr schien sie nicht im entferntesten ernst zu nehmen. Sie lächelte sogar wieder.

»Ihr vergeßt übrigens einen wichtigen Umstand, Nautiker Näng Singua. Niemand weiß, daß Ihr hier seid. Ich vermute, in Eurer Heimat geltet Ihr schon lange als verschollen. Ihr versteht? Wo kein Nautiker ist, wird auch keine katauekische Armada aufkreuzen.«

Gijao verstand nicht so recht. Gerade bei den rückständigen Barbaren Ajunas mußte es sich doch wie ein Lauffeuer herumsprechen, daß ein Nautiker Serkan Kataus in der Stadt weilte. Und das wiederum würde irgendwann an die Ohren eines katauekischen Fernhändlers dringen.

Surjadora senkte ihre Stimme, obwohl sicher keiner der beiden Wächter die *lingua dei* beherrschte. »Was ich sagen will, ist: Ihr seid mir daher ein Mindestmaß an Dankbarkeit schuldig!«

Gijao schaute die Kurjamäerin überrascht an. Dankbarkeit? Er ihr?

»Wer war es, der Schiff zurückgeführt hat? War ich! Wenn jemand in diese Kammer dankbar sein soll, dann Ihr.«

Surjadora strich in einer beiläufigen Geste über ihre erhitzten Wangen. Dennoch blieb sie die Ruhe selbst. Beeindruckend.

»Genau deswegen habe ich bislang niemandem auf die Nase gebunden, daß Ihr in Wahrheit Nautiker seid. Ebensowenig, wie ich irgend jemandem gegenüber diese seltsame Silberschüssel erwähnt habe, die Ihr so eifersüchtig hütet. Sie hat doch etwas mit dem Geheimnis der katauekischen Navigation zu tun, richtig?«

Gijaos Augen weiteten sich vor Verblüffung. Der *Staubige Spiegel der Roten Steine* war von der Schiffsführerin also bemerkt worden? Und sie hatte dennoch Stillschweigen über diesen Umstand bewahrt?

»Mein Schiffsjunge hat Euch bei Eurem Tun beobachtet! Ich muß lediglich ein Wort über Eure wahre Aufgabe an Bord eines katauekischen Pfauenschiffes verlieren, und schon morgen habt Ihr einen ganzen Schwarm Philosophen am Hals. Und die wollen dann sicher nicht nur mehr über den Kontinent erfahren, von dem Ihr stammt. Die werden Euch Euer kleines Geheimnis nötigenfalls mittels Gewalt abpressen!«

Die Schiffsführerin fixierte ihn über den Tee hinweg. »Das verstehe ich unter Ehre! Wir beide sind quitt!«

Die Kapitänin lehnte sich wieder zurück, nahm genießerisch einen Schluck aus der Schnabeltasse und betrachtete den Kranichkopf, als wäre weiter nichts vorgefallen. Sie brachte es sogar fertig zu schmunzeln.

Gijao hingegen hatte das Gefühl, als hätte man ihm den Boden unter den Füßen weggezogen. Er hatte Surjadora und die Situation, in der er sich befand, völlig falsch eingeschätzt. Das würde ihm nie wieder passieren. Weder hatte seine Drohung gefruchtet, noch war seine List aufgegangen.

Hinzu kam, daß er nicht damit gerechnet hatte, tatsächlich in der Schuld der Schiffsführerin zu stehen. Sie hatte ihn auf allen Gebieten geschlagen.

Gijao räusperte sich. »Ausgezeichnete Auge, der kleine Tvashi. Junge geht es gut?«

»Ich denke schon.« Die Stimme Surjadoras hatte plötzlich einen versöhnlichen Ton angenommen. »Schiffsjunge Tvashareo genießt derzeit seinen Landgang. Hoffe ich wenigstens. Im Augenblick hilft er seinen Freunden aus dem kirchlichen Waisenheim und den Priestern vom *ordo nostrae dominae myrea*, die das Heim leiten, bei den Festvorbereitungen. Wir feiern hier in Andhakleia in drei Tagen das *Fest der Götzenschlacht*. Es leitet die Jahreswende ein. Wenn Ihr aus dem Fenster schaut, werdet Ihr an diesem Tag überall Umzüge beobachten können. Die Elefanten werden geschmückt, die Städter tragen bunte Masken und Kostüme, und überall erklingt Musik. Ich hatte als junges Mädchen auch Spaß an dem bunten Treiben.«

Surjadora räusperte sich und zupfte an ihrem Sari. Ein Zeichen der Unsicherheit, wie Gijao annahm.

»Eine Stunde vor Mitternacht werden dann überall in der Stadt die Lichter gelöscht, und die Feiernden strömen in die Basiliken und Bethäuser, um dort das neue Jahr abzuwarten. Wir nennen es die *dunkelste Stunde*.«

Gijao runzelte die Stirn. »Warum?«

»Weil das Fest an den Kampf von Aionar und den acht Hochheiligen in den Bergen von Nurandar erinnern soll. Damals, als sie das Heer der Götzendiener besiegten. Es heißt, daß die Götzen die Sonne verdunkelt hätten. Erst als der letzte von ihnen gefallen war, kehrte das Licht zurück. Deswegen feiert man überall in Ajuna tags darauf das *Fest der Rückkehr des Lichts*. Bei Sonnenaufgang werden alle Feuerstellen wieder entzündet, und das Fest geht bis zum Mittag weiter. Danach müssen die meisten erst einmal ihren Rausch ausschlafen.« Die Schiffsführerin lächelte gedankenverloren. »Vielleicht werden sich unsere Herzen dann wieder mit etwas mehr Zuversicht füllen. Die Zeiten sind hart genug.«

Surjadora nahm einen weiteren Schluck, und Gijao musterte die Frau vor ihm mit einem Anflug von Rührung.

Für den Augenblick war all ihr Hader vergessen. Sie beide

stammten zwar von zwei entgegengesetzten Enden der Welt, aber wenn man es genau nahm, waren sie sich gar nicht so unähnlich.

Wie er liebte sie das Meer – und die Freiheit, die es schenkte. Und wie er befand sie sich in einem Alter, in dem man sich die Zeit nehmen sollte, auf das Erlebte zurückzublicken. Auch sie hatte sicher schon manches Abenteuer erlebt. Und wenn er sich nicht irrte, hatte die Schiffsführerin ebenfalls nicht viele Freunde.

»Ihr haben Familie? Mann? Kinder?«

Die Schiffsführerin schreckte aus ihren Gedanken, und die hektischen Flecken auf ihrem Gesicht verstärkten sich.

»Ich?« Sie lachte gekünstelt. »Bei einer Heirat hätte ich gemäß der kurjamäischen Tradition nicht mehr zur See fahren dürfen. Ich habe daher darauf verzichtet. So wie es derzeit aussieht, wird meine Linie wohl leider mit meinem Tod erlöschen. So, wie es derzeit aussieht …«

Die Schiffsführerin zupfte erneut an ihrem Sari, obwohl ihr Gewand tadellos saß, und tippte gegen die Tasse in ihrer Hand. Sie war sichtlich bemüht, das Thema zu wechseln. Offenbar war er zu einem Gebiet vorgestoßen, in das sie Fremden nicht gern Einlaß gewährte. Dennoch hatte er etwas über sie erfahren, was ihn, wie er feststellte, gleichermaßen rührte und erfreute.

»Vorzüglich, dieser Tee, wenn mir die Bemerkung gestattet ist. Was ist das?«

Gijao atmete tief durch und deutete beiläufig zu dem vergoldeten Vogelkäfig neben dem Fenster.

»Es handelt sich um eine Spezialität aus meine Heimat. Tee aus Blut von Pao-Ping-Vögel.«

Daß die Krümel auf dem Teller neben der Wärmeplatte aus der getrockneten Leber der beiden Tiere bestanden, die man dem Tee tunlichst nicht beimengen sollte, verschwieg er.

»Was?!« Die Schiffsführerin richtete sich schockiert auf und starrte abwechselnd auf die Tasse in ihrer Hand und den leeren Käfig, auf dessen Boden noch immer ein paar Federn lagen.

Irritiert sah Gijao sie an.

»Pao Ping bedeuten so viel wie Teevögel! Ihr kennen diese Tun nicht?«

»Ihr habt mir Vogelblut ...?« Surjadora begann plötzlich zu würgen und wollte die Tasse schnell wieder auf den Tisch stellen. Klirrend landete sie auf dem Boden.

Bei den Schwingen des Vogels Roch, was hatte die Ajunäerin? Es konnte doch wohl nicht sein, daß diese Frau ausgerechnet durch zwei lächerliche Teevögel aus der Fassung zu bringen war?

Die Schiffsführerin faßte sich an den Kopf, wollte etwas sagen und kippte ohne Vorwarnung nach hinten. Umgehend war Gijao an ihrer Seite und fühlte ihren Puls. Er war flach, aber regelmäßig.

»Schiffsführerin Surjadora ...?«

In diesem Augenblick traf ihn ein harter Schlag von der Seite. Gijao taumelte zurück. Seine Schulter schmerzte. Zwischen ihm und der Kurjamäerin standen plötzlich die beiden Palastwachen. Einer der beiden Männer kümmerte sich bereits um Surjadora, während ihn der andere mit seinem Säbel in Schach hielt und ihn wütend auf Groß-Kurjamäisch anbellte, sich ja nicht zu rühren.

Ein leises Stöhnen war zu vernehmen, und die Schiffsführerin bewegte sich wieder. Gestützt von dem Soldaten, erhob sie sich und starrte Gijao feindselig an. Sie war immer noch benommen und griff sich an ihr rasendes Herz.

»Ihr verdammter ... Tangfresser! Ihr wolltet mich vergiften!«

»Nein, ich ...«

»Dafür werdet Ihr mir büßen! Morgen schon wird man Euch holen und das verdammte Geheimnis der katauekischen Navigation aus Euch herauspressen. Das schwöre ich Euch!« Die Schiffsführerin gab den Soldaten hastige Anweisungen, dann verließ sie gestützt den Raum. Gijao hörte, wie die Soldaten die Tür abschlossen und den Gang hinuntereilten. Sicher würden sie die Kurjamäerin jetzt zu einem Arzt bringen.

Ruhe kehrte ein, und fast bedauerte der Mangalier, was geschehen war. Doch die Drohung konnte ihn nicht schrecken. Morgen würde er bereits nicht mehr hier sein. Gijao lächelte wieder und betrachtete den Schlüssel, den er aus der Tasche der Ohnmächtigen entwendet hatte.

Verdacht!

Werftgelände, Hafen von Andhakleia, Vormittag, einen weiteren Tag später

Steuermann Lakshapheus stand in der kleinen Werkhalle, die der Werftmeister ihnen zugewiesen hatte. Er verstaute seinen Oktanten und das Fernrohr der Kapitänin in der neuen Seekiste, die Zimmermann Tarjixes für die Schiffsmesse gebaut hatte. Hinter ihm, auf dem großen Werftgelände Andhakleias, brummte es vor Betriebsamkeit.

Im gesamten Werftbecken sah man Schiffe auf Kiel liegen, darunter Fischerboote, Flußsegler und große Karacken, die von turbantragenden Arbeitern instand gesetzt wurden. Am Himmel ballten sich die ersten Wolken zusammen. In wenigen Tagen würde die Regenzeit beginnen. Die Luft roch nach heißem Kohlenteer und verbranntem Holz, und von überall her war geschäftiges Hämmern und Sägen zu vernehmen. Die Männer legten sich ins Zeug, ehe die schwüle Mittagshitze sie zur Mußestunde in den Schatten der Schiffsrümpfe vertreiben würde.

Neue Schiffe wurden derzeit nur wenige gebaut. Dafür hatte der Seehandel in den letzten Monden zu große Einbußen erlitten. Doch noch immer hatte man alle Hände voll mit den Nachwirkungen der Katastrophe zu tun, die auch die kurjamäische Handelsflotte nicht verschont hatte. Viele Schiffe warteten darauf, in der Werft ausgebessert zu werden.

In einiger Entfernung piekerten Zimmerleute das Unterschiff einer neuen Karacke der reichen andhakleischen Händlerfamilie Indranopaios mit Platten aus Blei. Diese Prozedur bot Schutz gegen den Pahlwurm, einen überaus lästigen Meeresbewohner, der überall an der Küste der Ehernen Liga die Außenhaut der Segler zerfraß. Und in den von Seesoldaten des Maharadschas abgeschirmten Bogenhallen im Osten des Hafens wurde an zwei neuen Kriegsgaleeren gebaut.

Lakshapheus griff gerade zu dem großen Kassenbuch, als er durch das laute Trompeten eines Arbeitselefanten aufgeschreckt wurde, der dicht bei der Werkhalle vorbeistapfte. Der Treiber beruhigte das Tier, und erst jetzt erkannte der Steuermann, daß der Elefant einen großen Karren mit Bauholz hinter sich herzog.

Da stürmte auch schon Zimmermann Tarjixes in die Halle.

»Ich habe es bekommen! Vier Klafter bestes Zypressenholz! Das ist mehr als genug, um die Aufbauten wieder in den alten Zustand zu bringen. Mit den richtigen Leuten schaffe ich das in einer halben Woche!«

Lakshapheus hob anerkennend eine Augenbraue. »Gut. Scheint so, als ob die Kapitänin vor hat, bald wieder auszulaufen. Jedenfalls hat sie mich angewiesen, mich um Mannschaft und Ausrüstung zu kümmern.«

»So bald schon?« Tarjixes schaute den Steuermann verblüfft an. »Will sie etwa wieder zurück …?«

Lakshapheus zuckte mit den Schultern und strich sich dabei nachdenklich über seinen Wickelbart. Ihm war die Vorstellung ebenfalls unangenehm, noch einmal zu diesen verdammten Käferinseln segeln zu müssen. Niemand von ihnen würde diese Reise wohl je vergessen können.

»Die *Stern von Andhakleia* ist immerhin das letzte Schiff der Kapitänin. Vielleicht geht es auch nach Osten? Keramik aus Honaghûsa, Teppiche aus Gautamar, Edelsteine aus Sadi – zur Zeit ist alles Mangelware. Und wenn diese verdammten Wolken da oben am Himmel die Navigation weiterhin erschweren, wird das so schnell nicht besser werden. Ein guter Seefahrer kann jetzt überall Gewinn machen.«

»Oder den Tod finden.« Der Zimmermann klang nicht sehr zuversichtlich.

»Wir werden sehen. Kommen die anderen Reparaturarbeiten voran?«

Tarjixes führte den Steuermann nach draußen und deutete zum nahen Dock, das nicht weit vom Hafenbecken entfernt war.

Dort lag sie. Etwas ramponiert, aber noch immer eines des schönsten Schiffe des Stadt: die *Stern von Andhakleia.*

Man hatte die Karavelle an Land gezogen. Der Rumpf des Seglers wurde von riesigen Balken abgestützt, und überall an der

Außenhaut hingen Seile herab. Oben, an Deck, konnte man Arbeiter mit Pluderhosen und nackten Oberkörpern ausmachen, die unter Anleitung von Bootsmann Brahthos damit beschäftigt waren, das frische Bauholz an Deck zu ziehen. Selbst von hier unten war der kupferne Aionarsstern zu sehen, den Brahthos wie immer um den Hals trug.

Weitere Männer waren dabei, die schwarze Außenhaut des Unterschiffs der Karavelle nach Bohrwürmern abzusuchen. Doch die eigens zum Schutz vor diesen Würmern verkohlte Holzkruste hatte sich als dick genug erwiesen, um die Karavelle vor größeren Schäden zu bewahren.

»Vielleicht sollten wir eines Tages doch einmal darüber nachdenken, das Unterschiff mit Bleiplatten auszukleiden. So wie die da drüben.« Tarjixes deutete zu der neuen Karacke der Familie Indranopaios.

»Ich glaube kaum, daß sich die Kapitänin davon überzeugen läßt. Das mag zwar sicherer als die alte Röstmethode sein, macht das Schiff aber auch langsamer.«

»Wie Ihr meint.« Der Zimmermann hob bedauern die Schultern. »Kiel und Vorsteven sind jedenfalls wieder in gutem Zustand. Die meisten Schäden haben wir ja schon auf der *insula dei* ausbessern können. Nur bei den Aufbauten, da ist noch einiges zu tun.«

»Ihr habt freie Hand, Zimmermann.« Lakshapheus klopfte Tarjixes auf die Schulter, der jetzt zu der großen Rampe schritt, neben der Elefant und Arbeiter das angelieferte Holz aufschichteten.

Der Steuermann hatte soeben wieder die Werkshalle betreten, wo er sich endlich dem Kassenbuch zuwenden wollte, als er eine Gruppe von Knaben und Mädchen auf dem Gelände der Werft bemerkte, die sich in der Begleitung eines Aionarspriesters befanden. Sie kamen direkt auf die Halle zu.

Da entdeckte er unter ihnen den Schiffsjungen Tvashi, der bei seinen Freunden aus dem Waisenheim inzwischen sicher Heldenstatus genoß.

»Melde mich wieder zurück, Steuermann!« Der Junge grüßte

ihn so zackig wie sonst nur selten – was ihm bei den anderen Kindern bewundernde Blicke einbrachte. Lakshapheus mußte wider Willen schmunzeln und entschloß sich, dem Jungen zuliebe ihn heute nicht zu duzen, sondern wie einen Erwachsenen und somit als gleichwertiges Besatzungsmitglied zu behandeln.

»Genießt Ihr Euren Landgang, Schiffsjunge Tvashareo?«

Tvashi strahlte ihn begeistert an. »Ja, wir basteln im Waisenheim Masken und Kostüme für das Fest übermorgen. Wir wollen beim Fest der Götzenschlacht den Kampf des Hochheiligen Malachias gegen den Anführer der bösen Götzendiener aufführen!«

»Was auch der Grund ist, der uns zu Euch geführt hat.« Der Aionarspriester, der die Knaben und Mädchen begleitet hatte, trat mit gefalteten Händen auf Lakshapheus zu und verneigte sich lächelnd. Etwas riet Lakshapheus beim Anblick des Priesters zur Vorsicht. Doch er konnte nicht sagen, ob es daran lag, daß das Lächeln des Priesters seine Augen nicht erreichte, oder ob es der schleimige Tonfall des Mannes war, der ihm so mißfiel. Lakshapheus musterte den Priester kühl. Er war von schlanker Gestalt und hatte eine Glatze, obwohl er die Dreißig sicher kaum überschritten hatte. Seine dünnen, fast blutleeren Lippen verliehen ihm überdies etwas Verkniffenes. Mit Sicherheit stammte er aus dem Merkantilischen Imperium.

Alles in allem nichts, was für ihn sprach.

»Ich bin *pater* Massimilio vom *ordo nostrae dominae myrea*. Ich unterrichte die Kinder des Waisenhauses. Da die Eignerin dieses Schiffes hier«, der Priester deutete auf die *Stern von Andhakleia*, »unseren Orden stets so großzügig beschenkt hat, dachten wir uns, wir könnten hier vielleicht ein wenig Holz und Tuche bekommen. Für den Umzug.«

Der Priester lächelte erneut und verneigte sich. Lakshapheus blickte zu Tvashi und ahnte, wer den *pater* auf diese Idee gebracht hatte. Der Junge schaute ihn mit schlechtem Gewissen an.

Lakshapheus seufzte resigniert und stieß einen lauten Pfiff aus. Er winkte Garuleos zu, dem dicken Schiffskoch, der gerade schwer atmend mit einem Korb Maisbrote angestapft kam. Dann wandte er sich an den Priester.

»Eigentlich haben Kinder hier nichts zu suchen. Und Ihr, *pater*, auch nicht.« Der Glatzköpfige musterte ihn ausdruckslos. »Aber gut. Fragt die Männer. Irgend etwas bleibt bei den Arbeiten immer liegen.«

Die Knaben und Mädchen tuschelten aufgeregt und starrten hinüber zu der stolzen Karavelle.

»Die heilige Myrea wird es Euch vergelten.« Der Priester lächelte wieder auf seine unangenehme Weise und zückte ein Holztäfelchen, auf dem ein von Kinderhand gemaltes Gesicht einer älteren Frau mit schräg stehenden Augen zu sehen war.

»Hier, nehmt ein Heiligenbild und tragt es am Herzen, guter Mann.«

Lakshapheus nahm das Heiligenbildnis Myreas widerwillig an sich. Endlich war Garuleos eingetroffen, der ebenfalls ein Täfelchen überreicht bekam und es verwundert anstarrte. Der Priester wandte sich an die Kinder, die, wie der Steuermann erst jetzt bemerkte, ebenfalls Heiligenbildnisse in Händen hielten.

»Und ihr, meine Lieben, sorgt dafür, daß auch die anderen schwer arbeitenden Männer ein Heiligenbild für ihre Mühe erhalten. Auf daß Myreas Segen jeden ereile.«

Lakshapheus ließ das kleine Bildnis unter seinem Hemd verschwinden.

»Garuleos, führt die Kinder herum und sorgt dafür, daß sich keines von ihnen verletzt.«

»Ja, sicher.« Garuleos wirkte sichtlich überfordert. Tvashi hingegen jubelte, und zusammen mit den anderen stürmte er auf die Rampe zu, über die man auf das Schiff gelangen konnte.

»He, so war das nicht gemeint! Doch nicht auf das Schiff ...«, rief Lakshapheus den Kindern zu, doch von denen wollte offenbar niemand hören. Garuleos stürmte schnaubend hinter ihnen her.

»Laßt den lieben Kleinen doch die Freude. Wer weiß, ob sie je wieder Gelegenheit erhalten, ein Schiff so aus der Nähe zu sehen. Sie müssen doch etwas fürs Leben lernen.« Die Stimme des Priesters troff förmlich vor Ergebenheit. Der Steuermann winkte fluchend ab.

»Seht lieber zu, daß sich keiner Eurer Schützlinge da oben verletzt – oder gar die Arbeiten behindert.« Der Priester nickte, blieb aber stehen.

»Ein herrliches Schiff. Ihr habt eine große Entdeckungsreise hinter Euch, wie man hört.«

Was sollte das jetzt wieder? »Kann schon sein«, murmelte Lakshapheus und wandte sich wieder dem Kassenbuch zu.

»Wer hat schon in seinem Leben Gelegenheit, ein unbekanntes Land zu entdecken. Und das auch noch mit einer solch einzigartigen *Fauna*. Wie ich hörte, habt Ihr es *Coleopa* genannt?«

Mißtrauisch drehte sich Lakshapheus wieder zu dem Priester um. »*Pater*, habt Ihr nichts anderes zu tun?«

»Sicher, sicher. Ich werde wohl besser mal nach den Kindern schauen. Die lieben Kleinen ...«

Lakshapheus starrte dem Priester hinterher, bis dieser ebenfalls über die Rampe an Bord geklettert war. Dort wurde er umgehend von Bootsmann Brahthos in Empfang genommen, der sich demütig vor dem *pater* verneigte. Fast schien es, als kennten die beiden einander.

Der Steuermann schüttelte unwillig den Kopf und ging endlich das Kassenbuch durch. Es waren recht viele Ausgaben, die sie zu tätigen hatten. Er wunderte sich, wie die Kapitänin so schnell die Barschaft dafür hatte auftreiben können. Denn daß es um die Vermögensverhältnisse der Familie Kerishades, dessen letzte Vertreterin die Kapitänin war, derzeit nicht zum besten stand, war jedem Kaufmann in der Stadt bekannt.

Endlich klappte Lakshapheus das Buch zu und legte es in die neue Seekiste. Anschließend pfiff er zwei Arbeiter herbei und wies diese an, die Kiste aufzunehmen und ihm zu folgen.

Er hatte die Werkhalle kaum hinter sich gelassen, als er bereits lautes Kinderkrakeelen vernahm, zwischen das sich schwach die erschöpften Rufe des Schiffskochs mischten. Offenbar war es wirklich keine gute Idee gewesen, die Kinder auf das Schiff zu lassen. Als Lakshapheus die Decksaufbauten erreicht hatte, bestätigte sich seine Ahnung. Überall an Deck streunten die Waisenkinder herum und hielten die Männer von der Arbeit ab. Auf dem Zwischendeck plärrte laut ein kleines Mädchen, da ihr einer der Männer ein Stück Tuch nicht überlassen wollte, und drei der Jungen hatten sich Belegnägel gegriffen und spielten johlend einen wilden Enterkampf nach. Dabei hatten sie, ohne es zu bemerken, einen Topf mit Teer umgekippt, dessen schwarzer, dampfender Inhalt sich jetzt träge über die Planken ergoß. Einer der Jungen war sogar hoch hinauf in die Wanten geklettert. Doch seine eigene Tollkühnheit schien ihn selbst zu überraschen, denn inzwischen klammerte er sich mit einem verzweifelten Blick in die Tiefe an das Tauwerk. Zwei der Seemänner mußten ihm schließlich nacheilen, um ihn sicher wieder herunterzubringen.

Lakshapheus trommelte wütend einige Männer zusammen, die dem Schauspiel bisher feixend zugesehen hatten, und wies sie an, Garuleos dabei zu helfen, die Kinder zusammenzutreiben. Einige Zeit später standen sie um den Schiffskoch herum, der sich schnaufend die Stirn abwischte. Tvashi wirkte sichtlich verlegen. Die Kinder hielten Tuchfetzen, Holzstücke und andere Reste von Baumaterialien in den Händen und brüsteten sich voreinander damit, was sie daraus anfertigen würden.

Verdammt, wo war dieser *pater* Massimilio?

Mit einem Kopfnicken wies der Steuermann die beiden Arbeiter mit der Seekiste an, ihm ins Heck des Schiffes zur Messe zu folgen. Doch kaum hatte er den engen Gang betreten und die Tür zur Messe aufgeschlossen, fiel ihm auf, daß die Tür zur Kapitänskajüte nur angelehnt war. Er bedeutete den Arbeitern, die Kiste in die Messe zu tragen, und betrat vorsichtig Surjadoras Reich. Eigentlich hätte die Kajüte verschlossen sein müssen. Hier hatte niemand etwas zu suchen.

Tiefe Zornesfalten bildeten sich auf seiner Stirn, als er des Durcheinanders in dem Quartier der Kapitänin gewahr wurde. Jemand hatte die Tür aufgebrochen und den Raum hektisch durchsucht. Nichts war beschädigt, aber überall herrschte große Unordnung.

Beim Buckligen. Verdammt!

Er konnte sich schon denken, was der unbekannte Eindringling hier gesucht hatte: das Logbuch mit den geheimen Kurseintragungen. Die Narren hatten doch wohl nicht geglaubt, daß die Kapitänin diese Aufzeichnungen an Bord lassen würde?! Oder etwa doch?

In diesem Moment fiel ihm etwas am Boden auf. Ein kleines Heiligenbildnis!

Lakshapheus versicherte sich, daß er seines noch bei sich trug, dann wirbelte er herum und rannte an den beiden Arbeitern vorbei zurück an Deck. Wo war der verdammte Priester?

Der Steuermann entdeckte den Aionarspriester auf dem Vorderkastell, wo er in ein ernstes Zwiegespräch mit Bootsmann Brahthos vertieft war, der wieder einmal nervös an dem achtzackigen Stern vor seiner Brust rieb. Mit wenigen Schritten hatte Lakshapheus das Hauptdeck überquert. Wütend fixierte er den Priester.

»*Pater* Massimilio! Ich verlange augenblicklich zu wissen, wo Ihr in der letzten Viertelstunde wart!« Der glatzköpfige Priester lächelte besänftigend.

»Aber das seht Ihr doch, werter Herr. Ich unterhalte mich hier mit Eurem Bootsmann. Ich freue mich, daß ein so gottesfürchtiger Mann an Bord dieses Schiffes ...«

Lakshapheus kam ein anderer Gedanke. »Brahthos, wo wart Ihr eigentlich?« unterbrach er den Priester.

Der Bootsmann leckte sich nervös über die Lippen. »Hier und unter Deck. Wir haben den Kindern dabei geholfen, Holz- und Stoffreste einzusammeln.«

»So, habt Ihr das?«

Diesmal schien es ihm, als ob sich Lakshapheus und *pater* Massimilio einen wissenden Blick zuwarfen.

»*Pater*, verschwindet von Bord dieses Schiffes! Und zwar augenblicklich!«

»Ich weiß zwar nicht, was in Euch gefahren ist, aber wenn Ihr es wünscht, komme ich Eurer Aufforderung selbstverständlich nach. Bootsmann Brahthos ...« Der Priester verneigte sich vor dem Seemann und wandte sich dann ab. Lakshapheus hätte ihn am liebsten am Kragen gepackt und kurzerhand über Bord geworfen. Tief in seinem Innern *wußte* er, daß der Kerl etwas mit dem Einbruch zu tun hatte. Aber einen Aionarspriester ohne triftigen Beweis festzuhalten war unmöglich.

Der Priester war mittlerweile auf der Rampe angelangt und kletterte hinunter zu den Kindern, die Garuleos um sich versammelt hatte. Lakshapheus starrte der Gruppe eine Weile nach, dann drehte er sich zu dem Bootsmann um.

»Brahthos, hat Euch dieser Priester eigentlich auch ein Heiligenbildchen geschenkt?«

Der Bootsmann schien unsicher. »Ja, hat er.«

»Zeigt es mir.«

Der gottesfürchtige Seemann griff fahrig zu seinem Gürtel und zog ein kleines Holztäfelchen mit dem Antlitz Myreas hervor. »Hier.«

Wütend fixierte Lakshapheus das Bildnis.

»Ihr könnt jetzt wegtreten!«

Der Bootsmann sah zu, daß er aufs Hauptdeck kam. Lakshapheus starrte ihm noch eine Weile nach. Warum war die Kirche an ihrer Expedition interessiert? Und in welchem Verhältnis stand Brahthos zu diesem Priester Massimilio? Oder irrte er sich am Ende?

Er würde bei der Kapitänin Meldung machen und Brahthos von jetzt an strenger im Auge behalten.

Die Gesalbten Meister

Universitätsviertel von Andhakleia, am selben Tag, kurz vor Mitternacht

Gedankenversunken starrte die Kapitänin auf die großen, im Schatten liegenden Elefantenskulpturen, die die berühmten Wasserspiele auf der *Rama Agora*, dem Platz der Heiligen, schmückten.

Bei Tag war der Platz zwischen Villen- und Universitätsviertel ein beliebter Treffpunkt. Dann flanierten hier unzählige *studiosi*,

Schriftsteller, Künstler, Sänger und andere Arbeitsscheue zwischen den sprudelnden Fontänen und Wasserblumen. Surjadora hatte keine hohe Meinung von jenen Kurjamäern, die in ihren Augen lediglich dem Müßiggang frönten.

Doch zu dieser späten Stunde war der Platz weitgehend leer, und die Kapitänin schaute sich mißtrauisch nach allen Seiten um und legte die Hand auf den Griff des Säbels in ihrem Waffengehänge. Selbst hier hatte es immer wieder Überfälle auf unbescholtene Städter gegeben. Eine Frau, die bei Nacht allein angetroffen wurde, setzte sich überdies geschwind dem Verdacht aus, dem Handwerk der Dubokinenschläferinnen nachzugehen. Und jetzt ließ man sie hier auch noch warten.

Surjadora wischte sich den Schweiß von der Stirn. Die drückende Schwüle war kaum dazu geeignet, ihre Laune zu verbessern.

Im Gegenteil. Sie war wirklich wütend.

Nicht nur hatte man ihr heute morgen mitgeteilt, daß dieser hinterlistige Gijao es geschafft hatte, aus dem Palast zu entkommen; zu allem Übel mußte sie sich auch noch mit dem Gedanken abfinden, daß – jedenfalls nach Aussage ihres Steuermannes – die Aionarskirche etwas mit dem Einbruch in ihre Schiffskajüte zu tun hatte. Die Verdächtigungen, die Lakshapheus gegen *pater* Massimilio und Bootsmann Brahthos erhoben hatte, waren nicht ganz von der Hand zu weisen. Lakshapheus' Ausführungen legten nahe, daß der Priester verdächtig war. Doch der Bootsmann? Immerhin arbeitete er schon seit etlichen Jahren für sie. Sie war nicht bereit, den Mann wegen eines am Boden liegenden Heiligenbildchens des Schiffes zu verweisen.

Und wenn ein anderer für den Einbruch verantwortlich war? Sie wußte es nicht. Sollte die Kirche tatsächlich Geheimnisse hüten, die in diesem Fall sogar sie direkt betrafen? Sie hoffte, mehr darüber von den Philosophen zu erfahren.

»Kapitänin?«

Eine nur schemenhaft zu erkennende Gestalt trat hinter einem der großen, steinernen Schreine hervor. Es war jener, der der heiligen Lakshmadora geweiht war. Die Heilige, die einst den

Riesen von Elephantinos mit ihrem Zaubergesang bezwungen hatte, genoß auch bei den kurjamäischen Bänkelsängern und Musikanten beträchtliche Verehrung. Erst als der Mann direkt vor ihr stand, erkannte sie in ihm *philosophos* Vishnaidas, der sich Tage zuvor Prinz Nukulahis angenommen hatte. Der Coleopäer war sehr enttäuscht über das Zusammentreffen dem den Philosophen gewesen. All die Hoffnungen, die der Prinz und auch sie sich gemacht hatten, hatten sich als haltlos erwiesen. Aber woher hätte sie damals in Coleopa auch wissen sollen, was in der Welt während ihrer Abwesenheit geschehen war? Glücklicherweise machte ihr der Prinz keinen Vorwurf. Noch nicht.

Die Kapitänin nickte dem Philosophen zu, und Vishnaidas bedeutete ihr, ihm in Richtung des Universitätsviertels zu folgen. Immer wieder schaute er sich in den Gassen und Straßen um, so als fürchtete er, verfolgt zu werden. Als sie endlich das altehrwürdige Hauptgebäude der Universität erreicht hatten, entzündete er eine Laterne und führte sie zu einer Nebenpforte des großen Bauwerks.

Er schloß eine Hintertür auf und geleitete sie über zahllose Gänge und Treppen ins Innere des Gebäudes, wo es nach Staub und Tinte roch. Vishnaidas legte sein heimliches Gebaren auch innerhalb des Gebäudes nicht ab und sorgte stets dafür, jede Tür, die sie durchschritten, sorgfältig wieder abzuschließen.

Als sie das Ziel ihrer nächtlichen Wanderung erreicht hatten, ein mit Mond- und Sternensymbolen geschmücktes Portal, hängte er sich einen dunklen Schleier vor das Gesicht. Was sollte das? Anschließend tauschte er den Rubin an seinem Turban gegen einen schmucklosen, rötlichgrauen Stein aus.

»Da sind wir. Unsere Halle der Illumination.«

Surjadora konnte sich auf das mysteriöse Verhalten des Philosophen noch immer keinen Reim machen. Vishnaidas löschte das Licht der Laterne und öffnete würdevoll die Tür zu einem dahinterliegenden Hörsaal.

»Einen Augenblick, *philosophos*«, die Kapitänin deutete verstimmt auf den Schleier, den sich Vishnaidas umgelegt hatte. »Was soll das?«

Der hagere Mann hielt irritiert inne. »Nun, ähem, wir tragen den Schleier aus Gründen der Tradition. Er erinnert uns daran, daß wir unsere ... Forschungen ... vor der Welt geheimhalten müssen. Ich dachte, *philosophos* Ramaogeus hätte Euch bereits in Grundzügen unterrichtet?«

»Nein!« Der Ärger in Surjadoras Stimme war unüberhörbar. »Von alledem hat er mir nichts erzählt.«

»In diesem Fall wird er das sicher in wenigen Augenblicken nachholen. Glaubt mir, Ihr habt nichts zu befürchten. Bitte folgt mir.« Vishnaidas winkte ihr aufmunternd zu und schritt voran.

In den Sitzreihen war verhaltenes Geflüster zu hören, als jetzt auch Surjadora den abgedunkelten Hörsaal mit der großen Kuppeldecke betrat. Der junge Philosoph brachte die Kapitänin zu einer der Sitzreihen ganz vorn im Raum mit Blick auf das Rednerpult und bat sie, Platz zu nehmen.

Ein kurzer Blick offenbarte ihr, daß etwa zwanzig auf die gleiche Weise verschleierte Philosophen in schwarzen Roben und Turbanen um sie herumsaßen und sie unverhohlen musterten. Der Saal war in flackerndes Zwielicht gehüllt. Selbst die zuckenden Schatten an den mit schwarzem Ebenholz getäfelten Wänden hatten etwas Verstohlenes. Am eigenartigsten aber war eine Metallkugel auf einem Podest im Zentrum der Halle, in die gläserne Steine und Linsen eingearbeitet waren. Das Podest entpuppte sich als eine Konstruktion aus Glas und Metall, die auf den ersten Blick an einen Ofen erinnerte. In ihm erstrahlte Helligkeit, die den Saal in ein grünliches Halbdunkel tauchte. Surjadora hatte noch nie zuvor ein derart seltsames Gerät gesehen.

Vishnaidas verneigte sich höflich und verschwand dann in einer der Sitzbänke hinter ihr.

»Ich danke dir, *philosophos centaurus*!«

Surjadora runzelte die Stirn angesichts dieser Anrede. Einer der Gelehrten zu ihrer Linken, den Surjadora anhand seiner Stimme leicht als den Hohen Philosophen Ramaogeus ausmachen konnte, erhob sich. Auch er hatte sein Gesicht verhüllt, und auch er trug einen dieser glanzlosen Steine am Turban.

Welch ein lächerliches Possenspiel trieben die Philosophen

hier? Surjadora hatte nicht vor, sich von diesem Spektakel beeindrucken zu lassen. Sie zückte das Tuch, das Ramaogeus in der alten Basilika zurückgelassen hatte, und hielt es kämpferisch in die Höhe.

»Hoher Philosoph, ich glaube, Ihr habt neulich etwas vergessen. Scheint so, daß hier viele etwas zu verschleiern haben.«

Die Kapitänin spürte, wie Ramaogeus sie hinter seiner Maskerade musterte. Er antwortete in der gelehrten *lingua dei.* »Hier und heute, Kapitänin, bin ich nicht der Hohe Philosoph Ramaogeus, heute abend bin ich *philosophos unicornus*.«

Surjadora schüttelte amüsiert ihr Haupt. »Hoher Philosoph. Was soll dieser Aufzug? Das Fest der Götzenschlacht feiern wir erst übermorgen.«

Ramaogeus ging auf ihre kleine Spitze nicht ein. »Ich hatte gehofft, daß Ihr hinter den Schleier blicken würdet.«

»Wie wäre es, *philosophos unicornus* ...«, Surjadora betonte den Begriff so, daß er fast schon lächerlich klang, »wenn Ihr den Euren abnehmen würdet? Erklärt mir endlich, was diese ganze Scharade zu bedeuten hat.«

Anstatt zu antworten, betätigte der Philosoph einen Hebel unterhalb der Eisenkugel mit den Prismen und Glaslinsen. Ein sprudelndes Geräusch war zu hören, so als mischten sich im Innern der metallischen Konstruktion Flüssigkeiten. Kurz strahlte das Gebilde hell auf, doch dann senkte sich die Prismenkugel auch schon auf das Gestell herab. Schlagartig wurde es finster im Hörsaal. Doch zugleich umtanzten feine Lichtlanzen die Kugel, dort wo die Kapitänin zuvor Glaslinsen erkannt zu haben glaubte. Das Ganze erinnerte sie jetzt entfernt an die Stacheln eines Seeigels. Ein leises Raunen lief durch die Sitzreihen des Saals.

Über ihnen aber, an der Kuppel der Gewölbedecke, waren von einem Moment auf den anderen zahlreiche Lichtpunkte auszumachen. Erst jetzt erkannte Surjadora, um was es sich dabei handelte: Das waren Sterne!

Das Gerät verstand es, den Nachthimmel über Andhakleia an die Kuppeldecke des Saals zu zaubern. Surjadora entdeckte über sich all die bekannten Sternbilder, an denen sich die Navigatoren der gesamten bekannten Welt orientierten: Malachias' Schwert, die Weinrebe, die Schriftrolle der Eleutheria und viele andere mehr.

»Schaut nach oben, Kapitänin! Ihr wünscht, daß ich den Schleier für Euch lüfte? Aber was wiegt mein Gesichtsschleier schon gegenüber jenem, der derzeit über der Welt liegt? Jener Schleier, der nun schon seit Monden den Himmel trübt? Genießt den Anblick, denn vielleicht ist diese *illuminatio*, eingefroren in Eisen und Glas, für lange Zeit das letzte, was uns an die alten Zeiten gemahnt.«

Surjadora war noch immer sprachlos, während der *philosophos unicornus*, wie er sich jetzt nannte, fortfuhr.

»Seit über 400 Jahren studieren die Mitglieder des Kosmographenrates schon die Gestirne. Ihr praktischer Nutzen ist unverkennbar. Gerade Ihr, Kapitänin, werdet das wissen. Kein Seemann kommt ohne sie aus. Ihr Stand verrät uns überall auf dem Kontinent, wann die Zeit gekommen ist, die Saat auszubringen und die Ernte einzuholen. Sie verraten uns auch, wann das Jahr beginnt – und wann es endet! Und nicht nur das. Wir sind überzeugt davon, daß auch der Mond und die acht Wandelsterne Einfluß auf unser aller Leben nehmen.«

In den Rängen war verhaltenes Flüstern zu hören.

»Die Priesterschaft der Aionarskirche jedenfalls bezeichnet das nächtliche Firmament als Sternenbuch, in dem die kosmische Ordnung der Welt niedergeschrieben steht. Zu Recht oder zu Unrecht, wer vermag das zu sagen? Auf jeden Fall ist es eine Ordnung, die durch den neuen Stern, der im Hitzemond erschienen ist, überall auf der Welt erschüttert wurde. Das Sternenbuch ist geschlossen. Ein Schleier liegt jetzt auch über ihm.«

»Hoher Philosoph«, Surjadora weigerte sich, die alberne neue Anrede zu gebrauchen, »Eure kleine Vorführung ist recht beeindruckend, aber ich möchte jetzt endlich wissen, was das alles mit meiner Expedition zu tun haben soll.«

»Wartet es ab, Kapitänin. *Philosophos hippogryphus* ...?« Ramaogeus bedeutete einem der anderen Gelehrten, sich zu erheben und nach vorn zu treten.

Surjadora erkannte den weißhaarigen Mann an seiner gebückten Haltung. Es handelte sich bei ihm um den Philosophen Varuidas, von dem behauptet wurde, er habe den Kometen als erster in Ajuna entdeckt. Die Stimme des alten Gelehrten klang wie brüchiges Papier.

»Als ich den neuen Stern bei meinen Beobachtungen in der Himmelswarte zum ersten Mal sah, verursachte dies bei der Priesterschaft im Kollegium des Kosmographenrates großen Aufruhr. Es hieß, der neue Stern werde die festgefügte Ordnung am Firmament gefährden. Doch so geheimnisvoll, wie sich unsere gottesfürchtigen Kollegen im Rat aufführten«, in den Sitzreihen war ein verächtliches Schnauben zu hören, »konnte man beinahe den Eindruck gewinnen, als hätte der eine oder andere von ihnen das mit dem neuen Stern verbundene Unglück vorausgesehen. Die Entdeckung hat innerhalb der Kirche jedenfalls zu beeindruckenden Aktivitäten geführt. Wir wissen, daß bereits am folgenden Tag Nachrichten an die *primarchin* Altheia in Cantamo gesandt wurden. Und inzwischen wissen wir ebenfalls, daß auch die Kirchenfürsten überall auf dem Kontinent kurz darauf in rege Betriebsamkeit verfielen. In Cantamo, so heißt es, hat man die heiligen Choräle des Hesperischen Chors fast zwei Wochen lang ohne Unterlaß hören können. Der *ordo silentii mysteriorum*, die Roten Mönche, haben angeblich eine Prozession zum Berg Gottes nahe Gondallo unternommen, um das Raunen der Eisheiligen zu deuten, und der *princeps* von Maganta hat in seiner Provinz an acht Scholaren den *ritus aurorum sarmanthae* vollziehen lassen.«

»Den was?« Surjadora hatte sich noch nie allzu sehr mit den Riten der Kirche beschäftigt.

»Die Gottesdiener haben sich bei lebendigem Leib in siedendes Gold tauchen lassen, das die *mercatoren* der Stadt zu diesem Zweck spenden mußten. Ein geheimer Ritus, dessen Sinn und Zweck sich mir entzieht.«

»Welch eine Verschwendung«, murmelte eine Philosophin in den Bänken hinter der Kapitänin, der bei der Vorstellung, was die Scholaren hatten erdulden müssen, ganz flau wurde.

»*Philosopha chimaira*, ich bitte um etwas mehr Zurückhaltung.« Ramaogeus fixierte die Unbekannte mit scharfem Blick, und Varuidas fuhr fort.

»Ich könnte noch zahlreiche weitere Geschehnisse dieser Art anführen, auch solche, bei der die Kirche versucht hat, einfache Gläubige einzubinden. Erst vorgestern hat mich durch unsere ... Freunde ... in der Kirche die Nachricht erreicht, daß man in der merkantilischen *provincia* Cornia versucht habe, die Gnade Aionars durch den Ritus der Endgültigen Askese zu erwirken. Drei zufällig bestimmte Gläubige waren dazu ausersehen, sich in Monte Flora zu Tode zu fasten. Doch eines der vorgesehenen Opfer, eine Walfängerin, die man in einem Fischerdorf oben am Kap der Türme ausgesucht hatte, soll den mit der Aufgabe betrauten *collector* daraufhin harpuniert haben.«

Im Saal erklang unterdrücktes Gelächter. Surjadora hingegen hatte langsam genug von alledem.

»Und was hat das alles mit meiner Entdeckung zu tun?« unterbrach sie den Philosophen ungeduldig.

Ramaogeus bedeutete Varuidas, sich zu setzen, und trat einige Schritte auf die Kapitänin zu. »Mit diesem Kometen, Kapitänin Surjadora, ist ein Geheimnis verbunden, das zu klären wir uns zu unserer höchsten Aufgabe gemacht haben. Die Wahrheit ist, daß man in früheren Zeiten Kometenabbildungen in allen Aionarsbasiliken finden konnte. Zumindest in jenen Bauwerken, die, glaubt man den Liturgien und Überlieferungen der Kirche, noch aus der Zeit stammen, als Aionar in Fleisch gekleidet war. Erst später hat die Kirche des Abwesenden Gottes diese Darstellungen zerschlagen und entfernen lassen. Auf der Rückseite alter Goldmünzen, die man in Danakinga gefunden hat, prangt das Abbild eines Kometen, und sogar das alte Stadtwappen Antilopias wurde einst mit der Darstellung eines gehörnten Sterns geziert – bis man diesen dann gegen einen Antilopenkopf ersetzt hat; übrigens ebenfalls auf Betreiben der Kirche! Ja, der achtzackige Stern selbst, das heilige Symbol der Kirche, soll auf eine solche Kometendarstellung zurückgehen. Zeichen dieser Art trifft man aber auch auf anderen Zeugnissen an, die die Jahrhunderte seit den Bardenverbrennungen und Bibliotheksplünderungen überdauert haben.«

»Die was?« Surjadora beäugte den Hohen Philosophen verwirrt. Von all diesen Dingen hatte sie noch nie etwas gehört.

»Wir wissen selbst nicht viel darüber. Diese Geschehnisse fallen in die Zeit der Gründung des Alten Imperiums. Tatsächlich ist uns kaum mehr über jene Epoche bekannt als das, was die Kirche offiziell dazu verkündet. Aber entspricht die kirchliche Darstellung jener Tage der Wahrheit? Wir können es nicht mit Bestimmtheit sagen, denn alle unabhängigen Zeugnisse aus jenen Tagen wurden von der Kirche verbrannt oder eingesammelt. Habt Ihr schon einmal von den Roten Kammern gehört, deren Inhalt die Roten Priester so eifersüchtig hüten?«

Surjadora zögerte, bevor sie sich zu einer Antwort durchrang. »Es heißt, man verlöre sein Augenlicht, wenn man die dort gehüteten Kirchenschätze erblickt.«

Ramaogeus lachte abfällig. »Ist dem so? Oder hortet die Kirche in diesen Kammern nicht vielmehr gewisse Dinge, die man aus bestimmten Gründen vor der Allgemeinheit verbergen will? Dinge, die den alleinigen Machtanspruch der Kirche festigen sollen? Es heißt, in jedem Reich der Ehernen Liga und in jeder merkantilischen Provinz existierten solche Roten Kammern. Vielleicht sogar hier in Andhakleia. Was aber wäre, wenn die Schätze in diesen Kammern nur dazu dienten, die geheimsten Mysterien eines Landstrichs zu bewahren, um die Macht der Kirche damit für alle Zeiten zu festigen? Erbfolgelisten, uralte Urkunden und philosophische Erkenntnisse, die allein dazu dienen, die weltlichen Herrscher des Kontinents am Gängelband zu führen? Im Jahre 389 hat die Kirche mittels dieses Wissens einen der Herzöge Goldwangos entmachtet, und 200 Jahre zuvor haben gewisse Schenkungsurkunden, die aus der Roten Kammer von Cita stammen, dazu geführt, der Insel den Status einer *insulae dei* zu verleihen, einer unabhängigen Kirchenprovinz. In Andhakleia und den anderen Staaten der Ehernen Liga mußte man erst eine blutige Rebellion anzetteln, um sich aus der Umklammerung zu befreien. Das, Kapitänin, verstehe ich unter wahrer Macht! Die

Kirche hat nicht die Wahrheit, sondern Lügen und Intrigen zu ihrem obersten Prinzip erhoben!«

Die Worte des Hohen Philosophen wurden von zustimmendem Gemurmel begleitet. Bei Aionar, Surjadora wurde immer klarer, daß sie es hier in der Tat mit einer geheimen Gruppe von Verschwörern zu tun hatte. Ramaogeus' Ausführungen waren zutiefst ketzerisch. Allmählich verstand sie die Heimlichtuerei der Philosophen. Schließlich galt es als außerordentlich ungeschickt, es sich offen mit der Kirche zu verderben.

»Was wäre, Kapitänin Surjadora, wenn der neue Stern und die damit verbundene Katastrophe in Wahrheit eine Zeitenwende eingeläutet hätten? Eine Epoche, die jenen, die über das richtige Wissen verfügen, ungeheuerliche Macht verspricht? Und was wäre, wenn die Kirche bereits seit Jahrhunderten von alledem wüßte – und diese Macht allein für sich beanspruchen wollte?«

»Hoher Philosoph, wie kommt Ihr auf eine solch törichte Idee?« Surjadora schüttelte verständnislos den Kopf. »Die Katastrophe hat uns allen nur Unglück beschert. Hätte die Kirche davon Kenntnis gehabt, und hätte sie versucht, sich an den Folgen zu bereichern, dann hätte sie früher gehandelt. Sie hätte Lebensmittel aufkaufen und Söldner anwerben können, um für die Zeit danach gewappnet zu sein. All das ist meines Wissens nicht geschehen.«

»Ihr denkt wie eine Händlerin, Kapitänin«, antwortete ihr Ramaogeus. »Ich spreche von wahrer, einer fast vergessenen Macht. Denn auch unser kleiner Zirkel hier blickt auf eine mehrere hundert Jahre alte Tradition zurück. In unseren Reihen bewahren wir geheimes Wissen aus Tagen, die sehr weit zurückliegen. Wissen, das die Kirche in den vergangenen Jahrhunderten rücksichtslos auszulöschen versucht hat. Wissen, für das viele Mitglieder unserer Gemeinschaft den Tod gefunden haben.« Ramaogeus hielt kurz inne, um seine Worte nachwirken zu lassen. »Was wäre, Kapitänin, wenn diese Katastrophe die Welt nicht zum ersten Mal ereilt hätte?«

Surjadora zog die Stirn in Falten. Dann schüttelte sie verständnislos den Kopf. Langsam wurde sie wirklich ungeduldig. »Hoher Philosoph, Eure phantastisch klingenden Spekulationen in allen Ehren. Aber zum dritten Mal: Was hat das alles mit Coleopa zu tun?«

»Wir wandeln auf den Spuren des Buckligen, Kapitänin.«

Surjadora versteifte sich. Nur Königsmörder, Verschwörer und Intriganten brüsteten sich damit, dem Buckligen nachzueifern. Sie erinnerte sich wieder an Ramaogeus' Worte in der Alten Basilika, nach denen Seine Majestät Mahatargos III. nicht über alles im Reich in Kenntnis gesetzt war. Empört sprang sie auf und legte die Rechte auf den Griff ihres Säbels.

»Jetzt seid Ihr zu weit gegangen, Ramaogeus! Langsam begreife ich, um was es hier in Wahrheit geht. Euer Zirkel plant die Machtübernahme in Kurjameos! Ich arbeite nicht mit Staatsverschwörern zusammen!«

»Kapitänin«, die Stimme des Hohen Philosophen bekam einen schärferen Unterton. »Die Gemeinschaft der Gesalbten Meister vom Schreienden Stern hat sich den Wissenschaften und dem Bewahren alten Wissens verpflichtet. Niemand in diesem Saal denkt an solch profane Dinge wie eine Staatsverschwörung. Würdet Ihr mir besser zuhören, so würdet Ihr auch begreifen, wovon ich spreche.«

Die Gesalbten Meister vom Schreienden Stern?

Die Kapitänin musterte den Hohen Philosophen verwirrt und blickte sich verstohlen zu den anderen Gelehrten um, deren Blicke noch immer erwartungsvoll auf ihr ruhten. Eine Stimme in ihrem Innern riet ihr energisch, die Unterhaltung mit den Gelehrten an dieser Stelle abzubrechen und den Saal zu verlassen. Doch sie wußte zugleich, daß sie ein Leben lang die Erinnerung an diese Nacht quälen würde. Nein, sie hatte eine Tür geöffnet und wollte jetzt wissen, was sich dahinter befand.

»Gut, überzeugt mich.«

Ramaogeus verhakte seine Daumen in der Schärpe seines schwarzen Gewandes. Dann nahm er den Faden wieder auf.

»Unsere Gemeinschaft, Kapitänin, sammelt und archiviert alles, was die Kirche vor uns zu verbergen sucht. Wir verfügen in den Räumen unserer *zoologica* über Beweise, die belegen, daß vor langer Zeit Wesen existiert haben, die heute nur noch in den Märchen und Sagen der Völker ihren Widerhall finden. Denkt an die Legenden der Kirche, auch diese künden von einer Zeit, als nicht nur Menschen und Tiere auf dem Weltenrund wandelten.«

Ramaogeus mußte die Götzenkriege meinen. Irritiert schüttelte Surjadora den Kopf, ließ den Philosophen aber ausreden. »Und nicht nur das. Unsere Gemeinschaft ist davon überzeugt, daß die Welt in ihrem Innersten von Kräften durchdrungen ist, die der Volksmund Zauberei nennt. Ein Wissen, das die Kirche auszurotten versucht hat. Bei unseren Forschungen sind wir dem vielleicht größten Geheimnis der Kirche überhaupt auf die Spur gekommen. Der Wahrheit um die düstere Legende, die sich um den Buckligen rankt!«

Surjadora spürte Beklemmung in sich aufsteigen, als Ramaogeus den Verderber schon wieder beim Namen nannte. Gewiß, man sprach im Namen des Buckligen so manche Verwünschung aus. Aber man beschäftigte sich doch nicht näher mit ihm!

Ramaogeus fuhr fort. »Die Kirche des Abwesenden Gottes hat über Jahrhunderte hinweg alles getan, um Herkunft und Identität des Buckligen zu verschleiern. Man hat sogar versucht, seine Existenz zu leugnen. Aber das ist fehlgeschlagen, dafür hatte sich der achte Hochheilige zu tief in das Bewußtsein der Gläubigen eingegraben. Die Machthaber in Cantamo haben ihn daher mit jenen Mitteln bekämpft, die schon immer die schärfsten Waffen der Kirche waren: Lüge, Verschleierung und Verleumdung.«

Alles in Surjadora sträubte sich, weiter zuzuhören. Die Ausführungen des Hohen Philosophen widersprachen allem, womit sie groß geworden war. »Und was hatte es Eurer Ansicht nach in Wahrheit mit dem ... Buckligen auf sich?« Die Frage stahl sich widerstrebend über ihre Lippen.

Ramaogeus straffte sich. »Der wahre Name des Buckligen lautet Leomedes! Er ist der sagenhafte Begründer des *ordo mechanici dei,* der Orden der Ingenieure, Baumeister und Erfinder, der seinen Hauptsitz bis heute im Merkantilischen Imperium hält. Oben, in den Bergen von Gondallo. Alles, was man sich von

Leomedes als Buckligem erzählt, sind Unwahrheiten. Wahr ist lediglich, daß er damals, als sich Aionar von der Welt abwandte, seine ehemaligen Schwestern und Brüder bekämpfte. Nicht er ist der Urvater der Lüge und des Verrats, die anderen Hochheiligen waren es! Denn als sich Aionar von der Welt abwandte, übergab er seine Schöpfung den Menschen, damit diese ihr Schicksal in freier Selbstbestimmung in die Hand nehmen konnten. Doch jene, die ihm in den Jahren der Götzenkriege gedient hatten, sahen sich damit um ihre Macht betrogen. Leomedes, der vielleicht größte Genius aller Zeiten, war der einzige, der sich an den Auftrag Aionars halten wollte.«

»Ihr wollt mir weismachen, daß die Kirchengeschichte eine einzige Lüge ist? Daß genau das Gegenteil davon geschah?« Surjadora starrte fassungslos in die Runde.

»Mir ist bewußt, wie das für Euch klingen muß, Kapitänin. Aber genau das behaupten wir.«

Ramaogeus deutete zur Kuppel mit den Sternenilluminationen.

»Vielleicht wurde der neue Stern vom Abwesenden selbst geschickt. Es ist an der Zeit, uns an seinen letzten Willen zu erinnern und uns der Schöpfung und der Möglichkeiten, die Aionar uns überlassen hat, würdig zu erweisen.«

»Und wenn das die größte Lüge von allen ist?« Surjadora rang nach Worten. »Ersonnen von … von diesem Leomedes selbst?«

»Warum sollte der Hochheilige das getan haben, Kapitänin? Und warum sollten ausgerechnet wir lügen? Wir alle hier versuchen, den Menschen im Namen der philosophischen Wissenschaften zu dienen und das Wissen um die Welt zu mehren. Wir agieren im verborgenen, weil die Kirche uns verfolgen würde, wenn sie von unserer Existenz wüßte.«

»Und falls dieser Zirkel nun doch einem Irrtum aufsitzt?« Surjadoras hartnäckige Frage lag wie Blei im Raum.

»Aionar segnete uns mit Verstand und Neugier, Kapitänin. Es ist nicht so, daß wir uns diese Frage nicht selbst gestellt hätten. Die Antwort darauf werden wir vielleicht mit Eurer Hilfe erhalten.«

»Mit meiner Hilfe?«

»Richtig, Kapitänin. Deswegen haben wir Euch hergebeten.«

Ratlos starrte Surjadora den Hohen Philosophen an, der sogleich nachsetzte.

»Leomedes hat Erben und Nacheiferer gehabt. Ihr wißt, wer einst die Alte Basilika und die stolze Himmelswarte in unserer Stadt errichtet hat?«

»Das soll die berühmte Baumeisterin Lucretia gewesen sein.«

»Richtig. Offiziell war sie einst Mitglied des *ordo mechanici dei*, doch in Wahrheit war sie eine Schülerin des Hochheiligen Leomedes, der von der Kirche als Buckliger verleumdet wurde. Leider lebte sie zu einer Zeit, bevor die Gesalbten Meister zusammengefunden und sich hier in Andhakleia niedergelassen haben. Doch in unserem Besitz befinden sich Dokumente, die, wären sie zu Lucretias Zeiten gefunden worden, zu einem sehr unschönen Tod ihrerseits geführt hätten. Statt dessen wird sie heute überall in Ehren gehalten. So kann es kommen ...«

In den Bänken war leises Gemurmel zu vernehmen, und Ramaogeus sorgte mit einer knappen Handbewegung wieder für Ruhe.

»Ihr glaubt nicht, wie überrascht wir waren, als wir vor etwas über einem Jahr bei Archivierungsarbeiten in der Privatbibliothek von Mahatargos III. ein verstaubtes Bündel mit alten Pergamenten fanden. Es handelte sich um alte architektonische Skizzen und Berechnungen Lucretias. Doch einer der Funde war von gänzlich anderer Art. Ihr kennt das Dokument. Es handelte sich dabei um jene mit Purpur beschriftete Seekarte, die Euch nach Coleopa geführt hat.«

Surjadoras Augen verengten sich. Endlich kam der Hohe Philosoph auf den eigentlichen Grund ihrer Anwesenheit zu sprechen.

»Wir haben Euch erklärt, daß wir jede Einzelheit der Karte in die Euch zur Verfügung gestellte Kopie übertragen hätten. Aber das entspricht nicht der Wahrheit. Was wir verschwiegen haben, ist, daß die Karte die Signatur des verfemten Hochheiligen Leomedes selbst trägt.«

Der Hohe Philosoph betätigte den Hebel unter der wundersamen Metallkugel. Die Sternenillumination an der Kuppel verschwand, und es wurde wieder etwas heller im Saal. Ramaogeus trat zu einem Rednerpult an der Stirnseite des Saals und zog unter der Abstellfläche eine Glasröhre hervor, aus der er vorsichtig ein altes, an den Seiten eingerissenes Dokument fischte.

»Hier, Kapitänin, schaut Euch das Original an!« Der Hohe Philosoph trat zu ihr und breitete das Dokument vorsichtig vor ihr aus. Selbst in den hinteren Sitzreihen reckten einige der Philosophen die Hälse, um mehr erkennen zu können. In der unteren rechten Ecke entdeckte die Kapitänin einen verblaßten Schriftzug in Purpur.

In nomine ordo mechanici dei, Leomedes.

Sie war sprachlos.

»Wir gestehen freimütig ein, Kapitänin, daß wir für Leomedes' tatsächliche Existenz bis zu diesem Zeitpunkt keinen wirklichen Beweis hatten. Doch indem Ihr für uns den sagenhaften Käferarchipel auf der alten Seekarte entdeckt habt, habt Ihr uns den Nachweis geliefert, daß Leomedes wirklich gelebt hat.«

Surjadora räusperte sich. »Das beweist noch nicht, daß Euer Zirkel nicht trotzdem einem großen Irrtum aufsitzt. Vielleicht hat jemand die Karte gefälscht? Sogar die Signatur hier könnte ...«

»Kapitänin, jetzt werdet Ihr spitzfindig. Der Kreis der Gesalbten Meister vom Schreienden Stern ist jedenfalls fest entschlossen, einen alten Plan in die Tat umzusetzen. Wir wollen Leomedes' Grab finden, so es denn existiert!«

»Das Grab eines Hochheiligen? Das Grab ... des Buckligen?« In Surjadora rangen die seltsamsten Gefühle miteinander.

»Ihr habt richtig gehört, Kapitänin. Mit ein wenig Glück werden wir dort die Erkenntnisse gewinnen, die uns das Mysterium um den achten Hochheiligen, aber auch manch anderes gewichtige Rätsel aus alten Zeiten aufzudecken helfen. Ich spreche von nichts Geringerem als den Geheimnissen der alten Zauberei!«

Für einen Augenblick herrschte atemloses Schweigen im Hörsaal, und Surjadora fühlte erneut, wie Dutzende von Augenpaaren auf ihr ruhten. Sie räusperte sich unangenehm berührt.

»Hoher Philosoph, verzeiht mir, aber abgesehen davon, daß einst ein Mann mit dem Namen Leomedes gelebt hat, der schon in früheren Zeiten über die Lage Coleopas Kenntnis hatte, klingen Eure Theorien in meinen Ohren allesamt nur wenig überzeugend. Ich halte mich für einen sehr bodenständigen Menschen. Die Anwesenden werden daher sicher verstehen, daß ich nur wenig Verständnis für Geschichten über Zauberei und Märchenwesen aufbringe. Gäbe es all das, wäre ich auf meinen Fahrten sicher auf überzeugendere Beweise dafür gestoßen. Ich vermute daher, daß sich dieser Kreis von mir einen konkreten Dienst bei der Suche nach dem Grab dieses Leomedes erhofft. Wenn die Bezahlung stimmt, können wir darüber reden. Also, um was handelt es sich genau?«

Ramaogeus strich in einer nachdenklichen Geste über den rötlichgrauen Stein an seinem Turban. »Wir möchten Euch bitten, für uns eine Reise nach Eulykien anzutreten. Zum Orakel von Thalliopê. Mit etwas Glück werden wir dort eine Antwort auf die Frage erhalten, wo sich Leomedes' Grab befindet.«

Surjadora schaute sich in den Reihen der Philosophen um. Offenbar war es diesen Gesalbten Meistern damit wirklich ernst.

»Ach ja, und nicht nur das. Auch eine andere, nicht ganz ungefährliche Unternehmung gilt es zu bewältigen. Dabei haben wir ebenfalls an Euch gedacht.«

Mißtrauisch kniff Surjadora die Augen zusammen.

»Und das wäre?«

»Erinnert Ihr Euch noch daran, wie die Inschrift auf dem Sockel in der Alten Basilika lautet? Dort, wo einst die Statue des Buckligen stand?«

»Möge die Zunge des Verleumders im Feuer schmoren«, rezitierte Surjadora.

»Richtig. Als vor knapp 200 Jahren die Basilika brannte, damals, als sich Kurjameos vom Imperium lossagte, wurde die Statue des Buckligen beschädigt. Man hat damals die Universität damit betraut, das vom Feuer angegriffene Standbild zu restaurieren. Auf diese Weise gelangte sie in die Hände unserer Vorgänger, die eine recht interessante Entdeckung machten. Es wird

Euch vielleicht überraschen, aber die Inschrift auf der Statue hatte man wörtlich zu nehmen. Denn die Zunge des Verleumders, wenn Ihr so wollt, hatte während des Brandes tatsächlich im Feuer geschmort.«

Surjadoras Gesicht war ein einziges Fragezeichen. Der Philosoph wirkte indes geradezu erheitert. »Schaut, was damals dabei herausgekommen ist. *Philosophos lykanthropus,* wäret Ihr so freundlich und würdet das Fragment hereinbringen.«

Ramaogeus winkte einem der Philosophen zu, der einen kleinen Wagen mit dem abgedeckten Torso einer Statue hereinrollte. Der Mann verneigte sich und zog das Tuch beiseite. Surjadora atmete tief ein und zog ihren Sari straff.

Auf dem Karren lag eine schrecklich entstellte, steinerne Gestalt mit fratzenhaftem Schädel: der Bucklige! Aus seiner Mundöffnung ragte gleich einer Schlange eine lange, gespaltene Zunge hervor.

»Wir wissen nicht, wie Lucretia es angestellt hat, aber schaut, was geschehen ist, nachdem der Stein mit dem Feuer in Berührung kam.«

Surjadora beugte sich über die furchterregende Fratze und entdeckte auf der Steinzunge schwärzliche Schriftzeichen in der *lingua dei*:

VERITAS MECUM SEPULTA EST!

»Die Wahrheit wurde mit mir begraben!« übersetzte Surjadora halblaut ins Groß-Kurjamäische. Der Hohe Philosoph nickte vieldeutig.

»Auch wenn das sicher eine Anspielung auf Leomedes' einstiges Wirken ist, glauben wir, daß seine Schülerin, die Baumeisterin Lucretia, nachfolgenden Generationen einen Hinweis geben wollte, der mit ihr selbst zu tun hat.«

Surjadora bemerkte zu ihrer eigenen Überraschung, daß angesichts all dieser Rätsel langsam auch in ihr das Jagdfieber geweckt wurde. »Und dieser Hinweis wäre?«

»Wir glauben, daß Lucretias Grab einige äußerst aufschlußreiche Beigaben enthält.«

»Weiß man denn, wo ihre Gebeine liegen?«

»Aber natürlich, oben im Observatorium der Himmelswarte! Unter einer Gedenkplatte in der Nähe des großen Teleskops!«

»Ja, und?« Die Kapitänin bemühte sich, möglichst ruhig zu klingen. »So rührig, wie ich diesen Kreis einschätze, habt Ihr das Grab längst aufgebrochen und inspiziert.«

»Nun, also, die Sache ist die ...«, der Hohe Philosoph wand sich. »Die Beobachtungskuppel an der Spitze der Himmelswarte wird seit genau 234 Jahren, also seitdem man dort das Teleskop anstelle der alten Beobachtungsinstrumente aufgestellt hat, von den priesterlichen Kollegen des Kosmographenrates und uns gemeinsam genutzt. Da die Kirche die Sterne ununterbrochen beobachten läßt, war dort oben immer mindestens ein Priester des Kosmographenrates zugegen. Eine Untersuchung des Grabes war uns daher bislang verwehrt. Die jetzige Situation hingegen ist absolut einzigartig. Da der Himmel schon seit Monden mit Wolken bedeckt ist, wurden die Beobachtungen auch von seiten der Priesterschaft eingestellt. Und nicht nur das. Übermorgen, beim Fest der Götzenschlacht, ist der Kosmographenrat geschlossen zu einem Bankett im Herrscherpalast geladen. Das heißt, die Himmelswarte steht erstmals seit Jahrzehnten leer. Fast jedenfalls.«

»Fast?« Surjadora ahnte schon, worauf das hinauslaufen sollte.

»Seine Majestät hat vor einigen Jahren beschlossen, die Himmelswarte als höchstes Bauwerk der Stadt auch zu militärischen Zwecken zu nutzen. Kurz gesagt, dort oben halten einige Soldaten Ihrer Majestät Wacht, die die Umgebung und die See im Auge behalten sollen. Aber das sollte eigentlich keine Schwierigkeit darstellen. Wie Ihr wißt, wird die Stadt während des Festes vollkommen verdunkelt. Die Gelegenheit ist mithin so günstig wie nie.«

Surjadora musterte den Philosophen kühl.

»Mit anderen Worten, ich soll für Euch nicht nur einmal um den halben Kontinent segeln, Ihr wollt mich auch noch zu einem Einbruch in das berühmteste Bauwerk unserer Stadt überreden?«

»Vergeßt das Grab Lucretias nicht ...«, erklang die zögernde Stimme von *philosopha chimaira* im Hintergrund.

Die Kapitänin explodierte, und ihre zornigen Worte brausten wie ein Orkan durch den Saal: »Könntet Ihr mir bitte erklären, wie Ihr auf die Idee kommt, daß ich mich freiwillig auf diesen Wahnsinn einlassen könnte?«

»Weil es Leomedes war, der als Entdecker und Meister eines Geheimnisses gilt, für das Ihr noch sehr viel mehr wagen werdet, Kapitänin. Deswegen«, antwortete Ramaogeus.

»Und was, bitte schön, soll das sein?« polterte sie weiter. »Mir liegt nichts an Geheimnissen. Ich bin Händlerin! Und ich sehe nichts, und zwar überhaupt nichts, was bei der ganzen Sache für mich herausspringen könnte. Außer, daß ich meinen Hals riskiere.«

»Ihr könntet unermeßlich reich werden, Kapitänin. Und Euer Name würde in die Annalen der Geschichtsschreibung eingehen, wenn Ihr fändet, wonach wir suchen.«

Die Stimme des *philosophos unicornus* blieb bewundernswert gelassen, während er beiläufig die Nägel seiner rechten Hand betrachtete.

»Was Leomedes entdeckte, war … das Weltennetz.«

Macht der Gezeiten

Garten im Säulenhof der Familie Kerishades,
Kapitänsviertel von Andhakleia,
am Nachmittag des darauffolgenden Tages

»Wie bitte?« Nukulahi hörte deutlich den Unglauben, der in der Stimme von Steuermann Lakshapheus mitschwang.

»Das Weltennetz ist ein Mythos! Blanke Theorie! Kein Navigator auf dem ganzen Kontinent ist in der Lage, es zu nutzen. Das haben schon andere vor uns versucht.«

»Aber überlegt doch, Steuermann«, beschwor ihn Surjadora. »Es heißt, daß der Hochheilige Myriander das Weltennetz zu nutzen verstand! In den Götzenkriegen hat man das Weltennetz eingesetzt, um jeden Punkt in der Welt zielgenau anzusteuern. Die Legenden berichten, daß die alten Seefahrer mit seiner Hilfe sogar den Kontinent der Wunder erreicht haben – das muß Serkan Katau gewesen sein! Wenn es uns gelingt, uns das Weltennetz nutzbar zu machen, dann würde Kurjameos sogar den verdammten Katauеken die Stirn bieten können. Die ganze Eherne Liga könnte das! Das Monopol der Fernhändler Serkan Kataus wäre damit endgültig gebrochen. Die Weltmeere würden uns gehören, und auch der Ruhm, es wiederentdeckt zu haben!«

Nukulahis hörte nur halb hin. Gedankenverloren betrachtete er die reich verzierte Pendeluhr im gegenüberliegenden Teil des Säulenhofs. Die Schiffsführerin hatte ihm erklärt, daß es sich bei dieser um ein mechanisches Meisterwerk handelte, das sich seit zwei Generationen in ihrer Familie befand. Die Uhr stammte angeblich aus dem Norden, aus einer Stadt namens Mezzogenia. Sie war in eine Art hölzernen Schrein eingebettet und so aufgestellt, daß der Blick des Betrachters vom Innenhof aus direkt auf sie fallen mußte. Das gemächliche Ticken des hin und her schwingenden Pendels war selbst hier deutlich zu hören.

Verstimmt lauschte er dem rhythmischen Klang und tastete nach dem Schleier, den ihm Tuilaepe damals am Nooga'Ka'ata überreicht hatte. Wenn diese Pendeluhr da hinten schon zu sonst nichts nütze war, so erinnerte sie ihn daran, daß jeder Tag, den er hier untätig verbrachte, ein schwarzer Tag für seine Heimat war. Sein Volk verließ sich auf ihn. Tuilaepe verließ sich auf ihn!

Doch bislang hatte er nichts von dem erreicht, was er sich erhofft hatte. Ihm war bewußt, daß die Schiffsführerin nicht die Schuld daran trug. Kurjameos plagten andere Sorgen.

Sein Vorschlag, ein anderes Reich des Staatenbundes um Hilfe bei der Rückeroberung seiner Heimat zu bitten, war bei Surjadora wie Erwarten nur auf wenig Gegenliebe gestoßen. In schillernden Farben hatte sie ihm ausgemalt, welche Folgen dies für sie hätte. Und nicht nur das. Es schien, daß dieser Tage jedes der Reiche hier am Rande der Welt ähnliche Probleme hatte wie Kurjameos. Doch was konnte er sonst unternehmen?

Er mußte wieder an seinen Vater denken. Was er wohl an seiner Stelle getan hätte? Halapua hatte ihn früh gelehrt, niemals von der Gnade anderer abhängig zu sein. Er hätte auf seinen Rat hören sollen.

Mittlerweile bereute er es zutiefst, seiner Heimat überhaupt den Rücken gekehrt zu haben. Er hätte im Reich der Tausend Inseln bleiben und den Widerstand gegen Tongaro auf andere Weise entfachen müssen. Ja, vielleicht hätte er doch versuchen sollen, sich zu Solar Fatafehi und seinen Söhnen durchzuschlagen? Jetzt war es für all das zu spät. Es war zum Verzweifeln.

Nukulahi war so in Gedanken, daß die Stimmen der Schiffsführerin und ihres Steuermanns nicht lauter als ein Summen an seine Ohren drangen. Erst nach und nach wurde er sich wieder des Gesprächs gewahr, das die beiden führten. Surjadora hatte ihm noch am Morgen versichert, einen neuen Plan ersonnen zu haben. Doch alles, was die beiden besprachen, drehte sich um ein altes Geheimnis der Navigatoren hier am Weltenrand. Wenn er ehrlich zu sich selbst war, verstand er nicht, wie ihm das bei seinen Nöten helfen sollte. Mit dem Bild seiner Braut vor Augen, gab sich Nukulahi bewußt einen Ruck und verscheuchte die düsteren Gedanken. Sein Vater hatte ihm auch beigebracht, sich in Geduld zu üben.

»Könnt Ihr mir erklären, was es mit diesem … Weltennetz … genau auf sich hat?«

Surjadora und Lakshapheus verstummten und drehten sich überrascht zu ihm um. Die beiden saßen auf einer Bank, und es war nur zu deutlich, daß sie ihn in ihrem Eifer fast vergessen hatten. Die Schiffsführerin seufzte ergeben.

»Ich will es gern versuchen, Hoheit. Wenn Ihr in Coleopa das Meer zwischen den Inseln befahrt, wie bestimmt Ihr Euren Kurs?«

»Wir beobachten die Sonne, die Wolken und die Wellen.«

Surjadora und Lakshapheus warfen sich überraschte Blicke zu.

»Die Wellen?« brummte der Steuermann. »Sehr aufschlußreich. Offenbar hat jede seefahrende Kultur ihre eigenen Methoden.«

»Bei Nacht orientieren wir uns außerdem am Mond und an den Sternen«, führte Nukulahi weiter aus. Er setzte sich auf den steinernen Sims eines Blumenbeets und fuhr mit der Hand sanft über die bunten Blütenblätter. Es waren Blüten von einer Art, wie Tuilaepe sie am Hochzeitsabend im Haar getragen hatte.

»Zumindest in diesem Punkt unterscheiden sich Eure und unsere Methoden offenbar nicht allzu sehr«, fuhr Surjadora fort. »In Ajuna bedienen sich alle seefahrenden Nationen der Methode der Breitengradbestimmung. Ihr erinnert Euch, Prinz, wie ich Euch sagte, daß die Welt nach den Erkenntnissen unserer Kosmographen keine Scheibe, sondern eine Kugel ist?«

Nukulahi nickte, auch wenn ihm dies noch immer eigentümlich vorkam. In Wahrheit konnte er sich nur schwer an den Gedanken gewöhnen, daß Coleopa nicht der Mittelpunkt der Schöpfung sein sollte.

»Den Beweis dafür liefern die Kataueken jedes Jahr aufs neue, wenn sie die Weltenkugel auf den Ozeanen mit ihren Pfauenschiffen umrunden. Auch deren Nautiker stützen sich auf diese Erkenntnis. Das ist aber leider auch schon alles, was wir über ihre geheimnisvollen Navigationsmethoden wissen.«

Surjadora nahm einen Stock zur Hand und unterstrich ihre Erklärung mit einer Zeichnung am Boden. »Stellt Euch jetzt eine Kugel vor, die um ihre Achse rotiert. Die Rotationspunkte hier oben und unten bezeichnen wir als Pole. Wenn Ihr Euch jetzt etwa hier die Sonne vorstellt«, Surjadora zeichnete ein Sonnensymbol neben der Skizze mit der Weltenkugel ein, »wird klar, warum man die Sonne von verschiedenen Punkten des Weltenballs aus unterschiedlich am Himmel stehen sieht.«

Nukulahi räusperte sich, und Surjadora fuhr fort.

»Euch dürfte aufgefallen sein, daß sich die Sonne hier in Kurjameos fast senkrecht über uns befindet …« Surjadora deutete hinauf zu dem schmierigen Lichtfleck in der Wolkendecke über ihnen. »In Coleopa hingegen ist die Sonne stets etwas weiter im Norden zu sehen. Das liegt daran, daß Euer Volk im Süden der Weltenkugel lebt, wir aber sehr nah am sogenannten Äquator.«

Nukulahi bemühte sich, den Gedanken der Schiffsführerin zu

folgen. Er hatte sich in den vergangenen Monden bereits an manche Erkenntnis der hiesigen Gelehrten gewöhnen müssen. Und bislang hatte die Schiffsführerin stets recht behalten. Warum nicht auch hierbei? Er begriff zwar immer noch nicht, wie ihm all das bei seinem Problem mit Tongaro weiterhelfen sollte, aber er wollte zumindest so höflich sein, weiter zuzuhören.

»Seht, Prinz, der Äquator erstreckt sich als Kreis über den gesamten Weltenball. Die Sonne befindet sich auf dieser gedanklichen Linie immer direkt über Euch.«

Surjadora zeichnete den Äquator in ihr kleines Modell ein. »Wenn Ihr das mit dem Äquator verstanden habt, dann werdet Ihr auch das Konzept der Breitengrade verstehen. Dabei handelt es sich um parallele Kreise oberhalb und unterhalb des Äquators, die bis zu den Polen in immer kleiner werdenden Ringen angeordnet sind. Seht Ihr?«

Die Schiffsführerin ergänzte das gezeichnete Modell um die erwähnten Ringe.

»Seit den Tagen des Alten Imperiums sind die Nordhalbkugel und die Südhalbkugel in jeweils 90 Breitengrade eingeteilt, die unsere Kosmographen vom Äquator aus nach oben und unten durchnumeriert haben. Der Äquator stellt dabei gleichsam den Ausgangspunkt dieser Berechnung dar. Wir Ajunäer kennen praktisch von jedem bekannten Land des Kontinents den entsprechenden Breitengrad, auf dem es liegt. Und jeder fähige Seemann kann die Breitengrade mit Hilfe von Tageszeit, Sonnenstand oder durch die Ermittlung der Höhe bekannter Sterne über dem Horizont ziemlich genau bestimmen.«

Nukulahi blickte fasziniert auf die Zeichnung und lauschte Surjadoras Ausführungen. »Wir sind uns sicher, daß man ohne Probleme den Weg nach Serkan Katau finden könnte, indem man stets auf einem der Breitengrade entlang nach Westen oder Osten segelt. Allerdings darf einem dabei nichts dazwischenkommen. Keine Insel, keine Riffe, kein Sturm. Vor allem nicht bei Nacht oder Nebel. Vielleicht ist dies sogar schon dem einen oder anderen Kapitän gelungen, nur ist es bislang nicht bekannt geworden. Doch da die Geschwindigkeit eines Schiffes nicht genau zu ermitteln ist, ist man gemäß dieser Methode auf dem Meer völlig orientierungslos. Man kann zwar leicht errechnen, auf welchem Breitengrad man sich bewegt, aber man weiß nicht genau, wo! Ihr glaubt nicht, wie viele Schiffe schon gesunken und wie viele Seeleute ihr Leben gelassen haben, weil vor ihnen aus dem Meer plötzlich Klippen auftauchten. Oder stellt Euch einen Sturm vor, der Euch abtreibt. Ein Schrecken für jeden Seemann.«

Nukulahi nickte beklommen. Sein Volk dachte nicht in solchen Dimensionen.

»Die Kosmographen sind daher schon früh auf die Idee gekommen«, fuhr die Schiffsführerin fort, »daß es sinnvoll wäre, die Erdkugel auch in Längengrade aufzuteilen, die die Breitengrade schneiden. Solche Längengrade lassen sich in der Theorie ziemlich leicht festlegen. Wir wissen, daß die Weltkugel für eine vollständige Drehung vierundzwanzig Stunden benötigt: also einen Tag und eine Nacht. Mit den Methoden der Zeitmessung könnte man die Weltkugel also theoretisch in vierundzwanzig Zeitzonen aufteilen, die in diesem Fall von oben nach unten, also von Pol zu Pol verlaufen – die Längengrade. Natürlich müßte man diese noch weiter unterteilen, damit sie für einen Kapitän praktischen Nutzen haben. Könnte man diese Längengrade bestimmen, wüßte man jederzeit, wo genau man sich auf der Weltenkugel befindet.«

Surjadora zeichnete jetzt halbbogenförmige Linien von Pol zu Pol, die die Breitengrade schnitten. Die Weltenkugel war inzwischen mit einem Gittermuster bedeckt.

»Seht Ihr! Das ist es. Längen- und Breitengrade zusammen ergeben das sagenhafte Weltennetz!«

»Und worin besteht das Problem mit den Längengraden?« Nukulahi hatte schon jetzt Mühe, den Ausführungen der Schiffsführerin zu folgen. Lakshapheus meldete sich erstmals zu Wort.

»Die Breitengerade lassen sich, wie die Kapitänin schon ausgeführt hat, leicht durch Sonnen- und Sternenstand ermitteln. Die Bestimmung der Längengrade aber beruht auf der genauen Zeitmessung.«

Surjadora legte den Stock beiseite und atmete tief ein. »Ich möchte mich nicht in Kleinigkeiten verlieren, aber seid versichert, daß diese Methode von unseren Vorfahren mit Erfolg angewandt wurde. Ein Navigator, der auf hoher See mittags, sobald die Sonne den höchsten Stand erreicht, eine geeignete Schiffsuhr auf zwölf Uhr Ortszeit einstellt und diese Zeit mit einer zweiten Uhr vergleicht, die die Uhrzeit im Heimathafen angibt, kann rechnerisch aus jeder Stunde Differenz die Längengrade und damit auch die zurückgelegte Entfernung ermitteln. Nur leider existieren solche Uhren heute nicht mehr.« Surjadora schaute Nukulahi unglücklich an.

Dem Prinzen schwamm bereits der Kopf angesichts all der Erläuterungen. Er deutete zu der Pendeluhr. »Aber Ihr besitzt doch Uhren! Warum nehmt Ihr nicht die dort?«

»Ganz einfach«, Lakshapheus blickte bedauernd zu dem beeindruckenden Zeugnis merkantilischer Uhrmacherkunst. »Solche Uhren gehen an Bord eines schlingernden Schiffes mal schneller und mal langsamer. Manchmal bleiben sie sogar ganz stehen. Das Merkantilische Imperium hat schon vor langer Zeit entsprechende Versuche mit ihnen unternommen. Außerdem weiß man, daß die Temperatur und die Luftfeuchtigkeit auf die Mechanik einer solchen Uhr Einfluß nehmen. Bei den zurückgelegten Entfernungen, von denen wir sprechen, können sich solche Ungenauigkeiten katastrophal auf die errechnete Entfernung auswirken.«

»Eine Uhr aber, die nicht genau geht, kann man gleich über Bord werfen.« Surjadora stand auf, verschränkte die Arme hinter dem Rücken und lief auf dem Pflaster des Säulenhofes auf und ab. Fast kam es Nukulahi so vor, als hielte sie dabei mit dem Takt der Pendeluhr Schritt.

Lakshapheus rieb nachdenklich über seinen Wickelbart. »Ich bin mir noch nicht einmal sicher, ob es solche Wunderwerke überhaupt je gegeben hat. Aus diesem Grund sollten wir uns gründlich überlegen, ob wir uns von diesen Philosophen wirklich vor den Karren spannen lassen wollen.«

Nukulahi war noch immer verblüfft darüber, mit welcher Offenheit Surjadora ihm und Lakshapheus von der geheimnisvollen

Begegnung mit den Philosophen berichtet hatte. Nein, eigentlich verwunderte es ihn, daß sie ihn, den Fremden, überhaupt ins Vertrauen gezogen hatte. Er war sich sicher, daß dies einen Grund hatte, den er noch nicht erfahren hatte.

»Schiffsführerin, heute morgen sagtet Ihr mir, Ihr hättet einen neuen Plan ins Auge gefaßt. Welche Verbindung besteht zwischen diesem Weltennetz und meinem Problem?«

Die Schiffsführerin blieb stehen. Dann räusperte sie sich.

»Hoheit, sehen wir den Tatsachen ins Auge. Kurjameos und mit ihm die gesamte Eherne Liga hat derzeit mit anderen Problemen zu kämpfen als jenen, die Eure Heimat betreffen. Es kann noch Monde, vielleicht sogar Jahre dauern, bis sich die Lage auf dem Kontinent so weit gefestigt hat, daß wir beim Maharadscha Gehör und Unterstützung finden. Bis dahin wird uns niemand ein Heer zur Verfügung stellen, um Eure Heimat zurückzuerobern. Wir können natürlich weiterhin in Andhakleia ausharren und warten, was ich mir aber schon aus merkantilen Beweggründen nicht erlauben kann. Oder aber wir nutzen die anderen Möglichkeiten, die uns verbleiben.«

»Und die wären?« Der Prinz hob neugierig eine Augenbraue.

»Der Hohe Philosoph wünscht, daß wir mit der *Stern von Andhakleia* wieder in See stechen und diesmal in den Süden vorstoßen. Wir sollen dem Orakel von Thalliopê einen Besuch abstatten, um dem Geheimnis des Weltennetzes auf diese Weise auf die Spur zu kommen. Erinnert Ihr Euch noch an unser Gespräch auf dem Basar?«

»Ja«, antwortete Nukulahi.

»An diesem Ort erhält man Antworten auf jede Frage, sei sie noch so dringlich oder noch so verzweifelt. Auch Ihr, Hoheit, könntet das Orakel befragen. Vielleicht finden wir dort eine Lösung für Euer Problem. Eine Lösung, an die wir noch gar nicht gedacht haben?«

Der Prinz hob an, um zu widersprechen, doch seiner Kehle entrang sich nichts als ein leiser Seufzer. Das alles lief doch lediglich auf eine weitere Seefahrt hinaus, die ihn nur noch weiter in die Ferne führte. Andererseits, welche Möglichkeiten blieben ihm? Allein der Gedanke daran, hier noch Monde lang untätig herumzusitzen, machte ihn bereits wahnsinnig. Schließlich konnte er schlecht allein ein Segelschiff kapern, um damit nach Coleopa zurückzufahren. Ganz zu schweigen davon, daß er ohne die Schiffsführerin nie wieder in seine Heimat fände. Und wenn es nun doch stimmte, daß ihm dieses eulykische Orakel einen Rat erteilen konnte?

»In Thalliopê waren wir noch nicht«, brummte Steuermann Lakshapheus. »Die Eulykier sollen aber sehr begierig auf Silber und Mondsteine sein. Letztere könnten wir in Sadi einhandeln. Wir müßten dort sowieso einen Lotsen für das Meer des Schlafes auftreiben.«

»Das ist aber leider noch nicht alles.« Surjadora räusperte sich und berichtete zögernd, welchen Wunsch die Philosophen noch an sie herangetragen hatten. Während sie sprach, stob oben auf dem umlaufenden Dach des Anwesens unvermittelt ein Schwarm roter Federschnäbel auf, die man hier in Kurjameos als Guelfofinken bezeichnete. Nukulahi sah zu den Tieren auf, die aber schnell am grauen Nachmittagshimmel verschwunden waren. Was hatte die Tiere wohl aufgeschreckt?

»Wie bitte?« Lakshapheus erhob sich aufgebracht. »Die Fahrt nach Thalliopê ist eine Sache, aber wenn wir uns *darauf* einlassen, kann uns das Kopf und Kragen kosten! Ich hoffe, das ist Euch klar, Kapitänin!«

Der Steuermann wirkte sichtlich empört.

»Ich weiß. Aber ich will dem Geheimnis des Weltennetzes auf den Grund gehen! Wenn tatsächlich dieser Leomedes damit zu schaffen hatte, dann müssen wir jede noch so kleine Informationsquelle nutzen, die uns zur Verfügung steht.«

»Und die Wachen? Ich bin Seemann! Und Ihr seid das auch. Wie wollt Ihr die Soldaten überwinden?«

Surjadora drehte sich zu Nukulahi um, der bereits geahnt hatte, daß er eine Rolle in den Plänen der Schiffsführerin spielen sollte.

»Prinz, auf Coleopa habt Ihr Eure zahllosen Talente unter Beweis gestellt. Ihr seid geschickt und beweglich wie kein Zweiter. Und ich habe auch noch niemanden wie Euch kämpfen gesehen ...«

Die Schiffsführerin redete voller Eifer auf ihn ein, doch Nukulahis Aufmerksamkeit galt in Wahrheit etwas anderem. Vorsichtig ließ er seine Augen im Säulenhof der Villa hin und her wandern. Auf dem Dachfirst über den Köpfen der Schiffsführerin und des Steuermanns bewegte sich ein Schatten!

»Schschsch ...!« Der Prinz legte einen Finger an die Lippen, und Surjadora hielt überrascht in ihren Ausführungen inne. Mit einem Satz war Nukulahi auf den Beinen und rannte auf eine der großen Säulen zu, die den Innenhof der Villa flankierten. Seine Finger und Zehen fanden in den üppigen Reliefs, mit denen die gut drei Schritt hohe Säule überzogen war, ohne Schwierigkeit Halt. Wie ein Klippkäfer zog er sich an ihr in die Höhe und hatte einen Klimmzug später das umlaufende Dach der Veranda erreicht.

Dem Unbekannten auf dem Dachfirst der Villa war nicht entgangen, daß er entdeckt worden war. Die Gestalt war in ein schwarzes Gewand gekleidet und zeichnete sich kaum merklich vor dem trüben Nachmittagshimmel ab. Jetzt erhob sie sich mit einer grazilen Bewegung.

Nukulahi rannte über die Schindeln des Daches auf den Unbekannten zu, während unter ihm im Säulenhof ein herzhafter Fluch zu hören war. Die Schiffsführerin gab ihrem Steuermann wütende Anweisungen, doch Nukuhali konnte sich nicht weiter um die beiden kümmern. Der Unbekannte hatte inzwischen eine Kette mit drei metallischen Kugeln unter der Kleidung hervorgezogen und wirbelte diese über seinem Kopf durch die Luft. Nukulahi steigerte sein Tempo. Unter seinen Füßen zerbrachen einige der Schindeln, die in die Tiefe rutschten und unter ihm im Hof zerbarsten.

Der Unbekannte schleuderte die Waffe, und mit einem Sausen wirbelten die Kugeln auf ihn zu.

Flug des Mora!

Nukulahi sprang in die Höhe und konnte doch nicht verhindern, daß eine der Kugeln ihr Ziel fand. Er spürte einen brennenden Schmerz am rechten Oberschenkel und entdeckte erst jetzt, daß die Kugeln mit scharfen, halbmondförmigen Sicheln versehen waren, während sich der Rest der Wurfwaffe um sein Bein wickelte. Schwer stürzte der Prinz auf die schräge Dachfläche und rutschte hilflos in Richtung Innenhof.

Der Unbekannte wirbelte herum und suchte das Weite. Er balancierte auf dem Dachfirst und rannte von dort in Richtung Straße.

Endlich fanden Nukulahis Finger einen Widerstand, und es gelang ihm, sich festzuhalten. Mühsam zog er sich wieder in die Höhe.

Mit einer schnellen Bewegung befreite er sich von der Waffe, die klirrend auf den Innenhof fiel, und ignorierte das Blut, das aus der Wunde quoll. Nukulahis Zorn war geweckt! Der Fremde wollte den Tanz des Todes mit ihm tanzen? Das konnte er haben!

Tam teram. Tam teram.

Hinter seiner Stirn erklang der leise Rhythmus der Buruganis. Und wieder hatte Nukuhali das Gefühl, daß ihn sein alter Lehrmeister Buralofa beobachtete und ihm seine Schritte vorgab. Mit einem Satz war er er auf den Beinen und rannte die Dachschräge wieder in die Höhe. Das schmerzhafte Pochen, das von seiner Wunde ausging, war vergessen.

Der Unbekannte drehte sich kurz zu ihm um und steigerte ebenfalls sein Tempo. Nur am Rande nahm Nukulahi den beeindruckenden Blick über das bis zum fernen Dschungel reichende Dächermeer Andhakleias wahr. Ein schwüler, warmer Wind trug von Süden den Geruch des Hafens zu ihm heran. Es war, als stünde er wieder weit oben, auf dem schmalen Grat der Teli-Klippen.

Nukulahi stürmte voran, und seine Füße trommelten im Takt der Buruganis über die Dachschindeln.

Der Unbekannte hatte derweil einen überdachten Erker der Villa erreicht und setzte dort zu einem gewaltigen Sprung an. Wie die Flügel der Federschnäbel flatterten die Ärmel des Unbekannten, als er unerschrocken die Kluft zwischen dem Hauptgebäude der Villa und dem benachbarten Stall überwand.

Kurz verzögerte Nukulahi seinen Lauf, doch wieder vernahm er in seinem Innern die Stimme seines Lehrmeisters.

»Spür den Rhythmus! Spür den Rhythmus!«

Tam teram. Tam teram.

Kraftvoll stieß er sich ab und flog durch die Luft. Kurz darauf fanden seine Füße sicheren Halt auf dem Dach des Nachbargebäudes.

Als er sich wieder aufrichtete, erkannte er den überraschten Blick des Unbekannten hinter der Vermummung. Dieser stand sechs Schritt von ihm entfernt, am anderen Ende des Stalldaches. Dahinter begann die Straße.

Die beiden taxierten einander, bemüht, die Stärken und Schwächen des Gegenübers einzuschätzen. Nukulahi fragte sich, wer der Fremde sein mochte, der über Fähigkeiten verfügte, von denen er dachte, daß sie nur ein Richter und seine Schüler ihr eigen nannten.

Beinahe schien es ihm, als läge in dem Blick des Fremden eine gewisse Belustigung. Ungläubig sah der Coleopäer mit an, wie ihm sein Gegner einen stillen Gruß entbot – und sich dann nach hinten kippen ließ. Von einem Augenblick zum anderen war er jenseits der Dachkante verschwunden.

Nukulahi hetzte zum anderen Ende des Stalls und sah in fast vier Schritt Tiefe einen rumpelnden Karren davonfahren, der mit Maisgarben beladen war. Darauf erhob sich der Unbekannte, die Augen weiter auf ihn gerichtet.

Ringsum war kein Dach, über das Nukulahi die Verfolgung hätte aufnehmen können. Dann war das Gefährt auch schon in eine Nachbarstraße eingebogen.

Nukulahi starrte mißmutig hinunter auf das nackte, steinige Pflaster der Straße.

Dort waren jetzt aufgeregte Stimmen zu hören. Die Schiffsführerin und der Steuermann erschienen mit einigen bewaffneten Dienern im Toreingang.

Zu spät. Nukulahi beschlich das eigentümliche Gefühl, als hätte ihn das Schicksal soeben um eine wichtige Erkenntnis betrogen.

Silberne Pfade

Straße auf dem Weg zum Eulykischen Handelskontor, kurz darauf

Kallyê streifte ihre Maske aus schwarzem Samt ab und warf sich einen schlichten Umhang um. Dann betastete sie mit der Rechten ihren Fußknöchel, den sie sich beim Sprung auf das Stalldach verstaucht hatte. Die Kontorsleiterin verzog das Gesicht, während sie vorsichtig dem Schmerz nachspürte.

»Schneller, Hauptmann Edyakyr! Ich will nicht, daß Surjadora und ihre Leute uns noch schnappen.«

Der Hauptmann, in das unauffällige Gewand eines kurjamäischen Maismehlkutschers gehüllt, schnalzte mit der Zunge. Die beiden Pferde vor dem Karren verfielen in einen schnellen Trab. Zwei Amphorenträgerinnen retteten sich mit einem Sprung in die Gosse und wünschten seinem Lenker laut fluchend einen Platz an der Seite des Buckligen.

Kallyê konnte noch immer nicht fassen, wie gewandt sich dieser ansonsten so sanft wirkende coleopäische Prinz angestellt hatte, als er zu ihr auf das Dach geklettert war. Er war wie ausgewechselt gewesen. Wie ein Raubtier, das seine Beute nicht aus den Augen ließ. Man konnte fast den Eindruck gewinnen, er habe die harte Ausbildung einer Agentin des Tempels hinter sich. Und dann der Sprung zwischen den Gebäuden!

Kallyê gestand sich ein, daß sie wirklich beeindruckt war. Selbst unter den Eisernen Männern hätten viele Krieger nicht den Mut dazu aufgebracht.

Sie schüttelte noch immer verblüfft den Kopf.

Als das große Gebäude des Kapitänsrates neben dem rumpelnden Karren auftauchte, kletterte die Leiterin des Eulykischen Handelskontors nach vorn auf den Kutschbock. Hauptmann Edyakyr warf seiner Herrin nur einen flüchtigen Blick zu, stellte ihr ansonsten aber keine weiteren Fragen. Das war eine seiner vielen segensreichen Eigenschaften.

Kallyê haßte geschwätzige Männer, die nicht wußten, wie sie

sich ihrem Geschlecht und ihrer Stellung entsprechend zu verhalten hatten.

Die Eulykierin begann über das Gehörte nachzugrübeln. Das, was sie in der Villa der Kapitänin vernommen hatte, war in der Tat mehr als bemerkenswert. Sie verfluchte die verdammten Guelfofinken, die sie um einen wichtigen Teil des Gesprächs gebracht hatten. Aber schon der Rest des Gehörten hatte vollkommen ausgereicht, sie in Alarmstimmung zu versetzen.

An der Universität arbeitete also ein Geheimbund, dessen Bestrebungen sich gegen die Aionarskirche richteten? Thalliopê mußte unbedingt eine geeignete Agentin in die Universität von Andhakleia einschleusen. Und dann der Name des Buckligen. Leomedes!

Wenn das stimmte, würde es bei den Archivarinnen des Tempels sicher für Aufruhr sorgen. Und zu guter Letzt auch noch die Sache mit dem Weltennetz!

Die Kontorsleiterin wußte nicht, ob bereits zuvor ein gewiefter Seefahrer auf den Gedanken gekommen war, das Orakel nach diesem Rätsel zu befragen – und vor allem: ob der Tempel darauf eine passende Antwort parat hatte.

In jedem Fall mußte Thalliopê umgehend davon in Kenntnis gesetzt werden. Und zwar bevor Surjadora und ihre Gruppe dort einträfen. Doch wie? Vor zwei Monden hatte sie die letzte ihrer Brieftauben losgeschickt. Anscheinend hatte das eulykische Agentennetz auf dem Südkontinent durch die Katastrophe einige empfindliche Schäden erlitten. Bislang war keine Taube mit einer Antwort eingetroffen. Und kein Schiff mit Nachrichten aus Eulykien oder wenigstens einer ihrer anderen Schwestern hatten sie erreicht.

Was war, wenn ihre größte Sorge zutraf und Eulykien selbst schwer von der Katastrophe betroffen war? Kallyê fröstelte trotz der drückenden Hitze, die das Leben in Andhakleia schon seit Monden zur Qual machte.

Sollte sie ihre Dienerin Iambê nach Eulykien entsenden? Nein, das Mädchen war noch zu unerfahren, um allein mit einer solchen Aufgabe betraut zu werden.

Langsam reifte in ihr der Entschluß, selbst die weite Reise zum Tempel anzutreten. Man sah es dort zwar nicht gern, wenn die Agentinnen des Orakels vor der ihnen bestimmten Zeit wieder nach Thalliopê zurückkehrten. Doch die Gründe, die sie trieben, erschienen ihr gewichtig genug, um einen solchen Schritt zu rechtfertigen.

Es würde vorerst vollkommen genügen, wenn sie den Hafen von Sadi erreichte. Schon das war eine Reise von über zweitausend Meilen. Dort würde sie gewiß eine Passage in den tiefen Süden finden ... Allerdings waren zur Zeit nur wenige Kapitäne bereit, die weite Reise anzutreten. Das Wetter trug daran ebenso seine Mitschuld wie die simple Tatsache, daß viele Handelsherren der Stadt durch den verheerenden Sturm ihrer Schiffe beraubt worden waren und jetzt noch gewissenhafter kalkulierten. Hinzu kam, daß über das Schicksal der Hafenstädte Gwanapurs und am Meer der Säulen viele gegensätzliche Gerüchte kursierten. Und das, obwohl zahlreiche Gesandtschaften des Liga-Treffens erst nach der Weltenkatastrophe aufgebrochen waren und der Kapitänsrat von Andhakleia damit sicher besser über das Schicksal der Nachbarländer informiert war als der Rest der Liga.

Plötzlich kam Kallyê ein Gedanke, der sich binnen weniger Augenblicke zu einem Entschluß formte: Ja, sie würde die Reise nach Thalliopê antreten. Und sie wußte auch schon, an wen sie sich diesbezüglich wenden würde.

Das Schiff im Stein

Die Himmelswarte, am Westufer des Andhuata,
Fest der Götzenschlacht, eine Stunde vor Mitternacht,
am darauffolgenden Tag

Die Gassen der Stadt waren erfüllt von den schrillen Klängen der Kurjarinen und Elfenbeinflöten. Nur hin und wieder wurde der peitschende Rhythmus von dem Trompeten eines der Elefanten unterbrochen, die man für die Umzüge durch Andhakleia prächtig geschmückt hatte.

Wohin man sich auch wandte, überall stieß man auf Menschen, die auf den ersten Blick fröhlich und übermütig wirkten. Man erwartete die Regenzeit und auch das neue Jahr mit großer Hoffnung. Doch Surjadora kannte ihre Landsleute. Sie spürte, daß die Ausgelassenheit bei vielen nur aufgesetzt war. In den Augen so mancher Städter spiegelte sich blanke Verzweiflung, die sie wenigstens an diesem Tag zu vergessen suchten. Auffallend viele Betrunkene hatten sich unter die Feiernden gemischt, und noch nie waren bei den Umzügen so zahlreiche Soldaten vertreten gewesen, die ein wachsames Auge auf mögliche Randalierer warfen.

Die Kapitänin wußte, daß viele der Städter Angehörige bei der Katastrophe verloren hatten, und mancher Kaufmann und mancher Handwerker zitterte mit jedem verstreichenden Tag mehr um seine Existenz. Denn seit den katastrophalen Ereignissen im Hitzemond war auch der einstmals blühende Handel der Stadt spürbar eingebrochen, und die reichen Familien horteten ihr Gold für bessere Zeiten.

Wie jedes Jahr zum Fest der Götzenschlacht trugen die Feiernden grell bemalte Masken, die Unholde darstellten. Mit schrecklichen Fratzen versehene Rauchglaslaternen tauchten die Straßen der Stadt in blutrotes Licht. Überall wurde getanzt, man spielte einander Streiche und versuchte, sich gegenseitig zu erschrecken. Doch auch der Schabernack, den die Menschen miteinander trieben, trug dieses Jahr bösartigere Züge als in den Jahren zuvor. Vor allem nahe dem Hafen war es deswegen bereits mehrfach zu großen Schlägereien gekommen.

Dennoch gedachte das Volk von Andhakleia mit der Neujahrsfeier der Heiligen, die die bösartigen Götzen am Anbeginn der Zeit besiegt hatten. Der kurjamäische Ritus war sicher etwas ausgefallen; in vielen Staaten des Kontinents feierte man heute auf weitaus stillere und ernstere Weise, doch unterstrich dies nur die rebellische Natur, die jedem Kurjamäer im Blut lag. Es hatte seinen Grund, warum Surjadoras Heimatland damals als erstes gegen das Alte Imperium aufbegehrt und die anderen Staaten der Ehernen Liga nach und nach zur Rebellion geführt hatte.

Der Kapitänin selbst war heute ebenfalls nicht zum Lachen zumute. Sie, Lakshapheus und der coleopäische Prinz Nukulahi hatten sich Geiermasken aufgesetzt und gemahnten damit an die besiegten Boten des schrecklichen Vogelkönigs Roch. Den Aasfressern wurde noch heute die Weisheit, aber auch die Tücke und Verschlagenheit des einstigen Wolkengötzen unterstellt, den der Hochheilige Guelfo damals ans Ende der Welt verbannt hatte. In den schauerlichen Legenden hieß es, daß die gefiederten Boten des Vogelkönigs die letzten Gedanken der Toten lesen konnten, indem sie deren Gehirne verzehrten.

Bei dem Gedanken an die Toten fragte sich Surjadora, ob sie und ihre beiden Begleiter noch unter den Lebenden weilen würden, wenn morgen das *Fest der Rückkehr des Lichts* eingeläutet wurde. Denn das, was sie heute, unmittelbar vor der Jahreswende, vorhatten, war überaus gefährlich. Zumindest würde der Kerker auf sie warten, falls das Unternehmen fehlschlug.

Ihr Steuermann Lakshapheus trug einen Sack auf dem Rücken, der all jene Dinge barg, die man für einen Einbruch benötigte: Seile, Brecheisen, Öl für rostige Türscharniere und einiges mehr. Jeder von ihnen hielt eine abblendbare Schiffslaterne in der Hand, und Prinz Nukulahi trug überdies seinen coleopäischen Speer eingewickelt in einer aufgerollten Bastmatte bei sich. Stumm und entschlossen hielten sie am Ufer des Andhuata auf den großen Felshügel zu, der wie eine Klippe in das Flußbett hineinragte. Dort, unberührt von den Umtrieben in der Stadt zu ihren Füßen, wartete still und erhaben die riesige Himmelswarte auf sie.

Das Bauwerk ragte etwa 50 Schritt empor und zählte damit seit über 400 Jahren zu den höchsten des Kontinents. Der Turm war rund und stützte sich auf eine mächtige Basis aus finsteren Granitblöcken. Seine Außenwände waren ein schierer Wald aus nebeneinanderstehenden Säulen, die in regelmäßigen Abständen mit üppigen Fresken verziert waren, auf denen Stern- und Mondsymbole abgebildet waren.

Nach oben hin verjüngte sich der Turm zusehends. Die Plattform auf seiner Spitze, die die Kuppel mit dem Sternenobservatorium trug, war am verfinsterten Nachthimmel kaum auszumachen, ebensowenig die gewaltigen Luftschaufeln jenes beeindruckenden Windgetriebes, mit denen die Astronomen die Beobachtungskuppel in jede beliebige Richtung drehen konnten.

Inzwischen hatten die drei den Vorplatz zur Himmelswarte erreicht, auf dem eine Menschengruppe einem Geschichtenerzähler lauschte. Der Schausteller trug den karierten Rock eines Harlekins und hielt eine große Bildertafel in Händen. Auf ihr war die Geschichte der heiligen Lakshmadora dargestellt, wie diese den Riesen von Elephantinos besiegte. Surjadora und ihre Begleiter drückten sich gegen die Hauswand einer kleinen Seitengasse.

Der Gaukler hatte sich direkt auf den Stufen zum großen Portal des Gebäudes aufgebaut. Die maskierten Kinder und ihre Eltern hielten rot scheinende Laternen in den Händen, während der Mann soeben seine Erzählung von dem Riesen beendete.

»Und was lernen wir aus der Geschicht'?«

Der Mann hob seine Arme in einer auffordernden Geste. Die Kinder stimmten begeistert ein: »Deswegen lebt er heute nicht!« und klatschten vergnügt Beifall.

Surjadora wandte sich an die beiden Männer. »Gleich müßte es soweit sein! Haltet Euch bereit!«

In nächsten Augenblick hoben die Trommler auf den Stadtmauern ihre Stöcke, und ein Trommelwirbel brauste gleich einem mächtigen Puls durch die Gassen Andhakleias.

Der Geschichtenerzähler klappte hastig seine Bildertafel zusammen und mischte sich unter die Zuhörer, die ihm schnell noch einige Kupferdubokinen in die Hand drückten. Die Eltern nahmen ihren Nachwuchs an die Hände, der eifrig die Laternen auspustete.

Finsternis senkte sich über die Stadt. Am deutlichsten konnte man das Erlöschen der Lichter am jenseitigen Ufer des träge zum Meer fließenden Andhuata mitverfolgen. Das Schauspiel war ergreifend und beängstigend zugleich.

Auch wenn die Kirche des Abwesenden Gottes es lieber sah, wenn die Menschen die Nacht bei Gebet und Andacht zubrachten, wurden die Festlichkeiten traditionell zu Hause fortgesetzt.

Surjadora seufzte. Das Fest der Götzenschlacht hatte natürlich auch seine Schattenseiten. Morgen früh würden wieder viele Raubüberfälle zu beklagen sein, dieses Mal sicher weit mehr als in den Jahren zuvor. In neun Monden allerdings ... Die Kapitänin schüttelte den Gedanken ab. Die Stimmen der Gruppe auf dem Vorplatz der Himmelswarte entfernten sich.

»Jetzt!«

Vorsichtig huschten die drei in der völligen Dunkelheit auf das Eingangsportal des alten Turms zu. Ihr Ziel war nur zu erahnen. Surjadora hörte, wie Lakshapheus leise fluchte, als er beinahe über die erste Treppenstufe zum Aufgang des Turms stürzte. Die Dunkelheit war ihnen Segen und Fluch zugleich.

Als sie das Holz der großen Portaltür unter ihren Fingern fühlte, griff Surjadora nach dem Schlüssel, den ihr der Hohe Philosoph mitgegeben hatte, und schloß auf. Hastig schlüpften sie durch das Portal. Dann schloß Surjadora die Tür hinter sich wieder und hielt wie ihre Begleiter gebannt inne.

Im Innern der Himmelswarte roch es nach Staub, Holz und altem Stein. Ein leises Knarren im alten Gebälk hoch über ihren Köpfen war das einzige Geräusch in der Dunkelheit – abgesehen von ihren Atemzügen, die Surjadora unvorstellbar laut erschienen.

Neben der Kapitänin flammte plötzlich ein Streifen hellen Lichts auf. Steuermann Lakshapheus hatte die Verblendung seiner Laterne einen Spalt breit geöffnet, und Nukulahi tat es ihm gleich. Staunend warfen sie einen Blick in die große Halle, die sich aus den Schatten schälte. Die Wände ringsum hatte man schwarz mit der Silhouette Andhakleias bemalt. An der südwärts gelegenen Wand erkannte man die Umrisse des Hafens mit seiner Befestigung. Selbst die schwere Kette war dort eingezeichnet, mit der der Zugang zur See nach Einbruch der Dunkelheit geschützt wurde.

Im Norden konnte man unter anderem die Umrisse des Herrscherpalasts ausmachen, und an der Ostwand ragte die riesige Kuppel der Alten Basilika aus dem schattenhaften Häusermeer. Darüber aber war der Nachthimmel mit seinen Sternen dargestellt, die mit Hilfe von silbern funkelnden Einlegearbeiten nachempfunden waren.

Surjadora mußte unwillkürlich an die Vorführung in der Universität denken. Abfällig schürzte sie die Lippen. Die Astronomen liebten solche Spielereien offenbar.

In der Mitte der Halle ragte eine hölzerne Wendeltreppe in die Höhe, die einerseits ins Kellergeschoß, andererseits zum nächsten Stockwerk des Turms führte.

»Ich will, daß wir diese Sache so schnell wie möglich hinter uns bringen!« flüsterte sie Nukulahi und Lakshapheus zu. »Wir gehen rauf, überwältigen die Wachen, nehmen uns das Grab dieser Lucretia vor und verschwinden wieder. Kurz und schmerzlos!«

Ein kurzer Blick auf den Prinzen und ihren Steuermann zeigte ihr angespannte, ernste Gesichter. Die beiden Männer nickten entschlossen.

»Gut, dann los!«

Surjadora eilte voran und enterte die Treppe nach oben. Nukulahi hatte seinen Speer von der Umhüllung befreit, und Lakshapheus schulterte den Ausrüstungssack. Unerfahren, wie sie im Einbrecherhandwerk waren, hofften sie dennoch, auf alle Eventualitäten vorbereitet zu sein.

Der Aufstieg war mühsam, und die Wendeltreppe schraubte sich endlos durch die Ebenen des Turms. Sie durchquerten verlassene Bibliotheken, Skriptorien, Kartenräume, Werkstätten und Arbeitsbereiche, deren Nutzen sie aufgrund der ihnen unbekannten Instrumente, die dort herumstanden, nicht zu deuten wußten.

Dann, endlich, endete die Wendeltreppe in einem Geschoß mit gewaltigen Zahnrädern und Gewindestangen. Der Hohe Philosoph hatte diese Ebene als Windkammer bezeichnet. Hier roch es streng nach Eisen und Schmierfetten. Außerdem war es heiß und stickig. Die Decke der Windkammer erhob sich fast drei Schritt über ihren Köpfen. Darüber befand sich, nach Aussage der Philosophen, die drehbare Kuppel mit dem Observatorium. Zu ihr führte eine weitere Treppe an der gegenüberliegenden Außenwand dieser Turmebene, die an einer offenen Luke endete. Schwach fiel durch sie der abgeblendete Lichtschein einer Laterne auf die hölzernen Stiegen. Ein deutliches Zeichen dafür, daß sich dort oben tatsächlich Wachen befanden.

Surjadora legte einen Finger an die Lippen und sah sich forschend in der Windkammer um. Hier war die Mechanik der Luftschraube untergebracht. Das Heulen des Windes, der das Gebäude umwehte und sich an den Verzierungen der Außenverkleidung brach, war deutlich zu hören.

Erst jetzt streifte ihr Blick eine zentrale, eine Handspann dicke Eisensäule, die sich mitten im Raum lotrecht zur Decke erhob und diese durchstieß. Steuermann Lakshapheus trat vorsichtig an ein Gestell mit Hebeln und Kurbeln heran und musterte es neugierig. Nukulahi hingegen hielt aufmerksam die Zustiegsluke zur Beobachtungskuppel im Auge, während Surjadora, wie stets in solchen Situationen, entschieden ihren Sari straffte und dann zu einer schmalen Sichtscharte trat. Ihr Blick durch die bunten Glasscheiben offenbarte schemenhaft das Dächermeer Andhakleias und das dunkle Band des Andhuata, der zu Füßen des Turms dem Hafen und offenen Meer entgegenströmte. Direkt neben dem Fenster aber erstreckte sich der große hölzerne Vorbau mit der zentralen Aufhängung der Windschraube. Ihre gewaltigen Luftschaufeln zitterten leicht im Wind, standen aber still. Sie reichten gerade eben bis zu der Unterseite der Außenbalustrade, die die Beobachtungskuppel über ihnen umgab. Sicher hielt sich auf dem Rundgang mindestens eine der Wachen auf.

Surjadora drehte sich um und gab Nukulahi ein Zeichen. Jetzt würde sich zeigen, ob sein Plan aufging.

Der Prinz hatte vor einigen Tagen bei einem Rundgang in der Werft festgestellt, daß sich an der Bordwand der *Stern von Andhakleia* einige Muscheln aus seiner Heimat festgesetzt hatten, die er als Moi'bas bezeichnete. Aus ihnen gewann sein Volk ein Gift, das einen Menschen je nach Konzentration töten oder außer Gefecht setzen konnte.

Lakshapheus hatte die durchschlagende Wirkung dieses Giftes damals bei dem Angriff der Insulaner auf das Schiff miterleben können.

Obwohl die Reinigungsarbeiten an der Außenhaut der Karavelle bereits in vollem Gang waren, hatte Nukulahi am gestrigen Nachmittag immerhin noch einige dieser Muscheln gefunden, aus denen er etwas Gift hatte gewinnen können. Den Rest der Nacht hatte er damit zugebracht, ein Blasrohr mit Pfeilen zu fertigen.

Nun hielt er das Rohr in der Hand und lud es mit einem seiner beiden präparierten Pfeile. Sollten sich dort oben mehr als zwei Wachen aufhalten, mußten sie auf herkömmliche Weise ausgeschaltet werden.

Wie ein Schatten huschte der Coleopäer die Stufen hoch und warf einen vorsichtigen Blick durch die Luke. Surjadora konnte erkennen, daß auch Steuermann Lakshapheus die Bewegungen ihres Begleiters aufmerksam verfolgte.

Dann richtete Nukulahi das Rohr aus, und es sah so aus, als spuckte er hinein. Kurz darauf war ein gedämpftes Rumpeln zu hören. Surjadora hoffte, das Gift sei wirklich so dosiert, daß es nicht tödlich wirkte. Da oben versahen schließlich Landsleute ihren Dienst.

Wieder schlichen sich Angst und Zweifel in ihre Gedanken, doch der Coleopäer hatte das Blasrohr bereits neu geladen und war mit einem schnellen Satz durch die Luke gesprungen. Ein heiserer Aufschrei drang zu ihnen hinunter.

Surjadora warf ihrem Steuermann einen Blick zu. Jetzt konnte auch sie nichts mehr halten. Sie zog ihren Säbel und hetzte die

Stiege zum Observatorium nach oben. Lakshapheus folgte ihr mit grimmiger Miene. Er hielt zwei Messer in den Händen.

Als Surjadora die Luke hinter sich gelassen hatte, stellte sie mit Erleichterung fest, daß Nukulahi ganz Herr der Situation war. Vor ihm, am Boden, lagen im Dämmerlicht einer abgeblendeten Laterne zwei zusammengekrümmte Gestalten in Uniformen des kurjamäischen Militärs. Surjadora schämte sich, daß ausgerechnet sie die Mitschuld an dem derzeitigen Zustand der Männer trug. Sicher waren beide ebenso wie sie treue Diener Seiner Majestät Mahatargos III. Sie konnte nicht verhindern, daß sich ein leichtes Zittern in ihre Stimme schlich. »Leben sie noch?«

Nukulahi zog einem der beiden Männer einen Pfeil aus dem Oberarm. Sein Gesicht wirkte im Halbdunkel entspannt und sicher. Als hätte er ihre Sorgen erraten, lächelte er ihr beruhigend zu. »Die beiden Krieger werden bis zum Sonnenaufgang schlafen.«

Hinter Surjadora war auch ihr Steuermann durch die Luke gestiegen. Die drei sahen sich jetzt genauer in dem berühmten Observatorium der Himmelswarte um. Was sich ihnen hier im schwachen Schein der Lampen darbot, war atemberaubend.

Die gesamte Rundkuppel des zentralen Raums bestand aus Holz. Sie erkannten Fenster mit Butzenglasscheiben und inmitten der Wände dicke Streben, die sternförmig über ihnen in der Mitte der Gewölbedecke zusammenliefen. Dort waren sie mit der Spitze der wuchtigen Eisensäule verankert, die sie schon in der Windkammer weiter unten hatten ausmachen können. Offenbar trug die Säule die Kuppel. Eine Drehung ihrerseits mußte bewirken, daß sich mit ihr auch der gesamte Dachstuhl bewegte.

Lakshapheus entfuhr ein leiser, anerkennender Pfiff.

Noch beeindruckender aber war ein nahezu vier Schritt langes Himmelsrohr, das man mit Hilfe eines Rades nach oben und unten verstellen konnte und für das eigens eine Luke ausgeschnitten worden war. Unwillkürlich dachte Surjadora an ihr eigenes, kleines Fernrohr.

Erst als sie sich genauer im Observatorium umschaute, begriff sie, wie dieser Koloß von der Stelle bewegt werden konnte. Das große Untergestell des Himmelsrohrs verfügte über quer ausgerichtete Metallräder und war vorn fest mit dem Dachstuhl verschraubt. Drehten sich die Wände, wurde mit ihnen auch das Teleskop bewegt.

Warm fuhr der Nachtwind durch eine offenstehende Tür und hob einige der leichteren Sternenkarten an, die die Astronomen in Wandschränken und Regalen verwahrten. Eine der niedergestreckten Wachen lag direkt davor. Surjadora räusperte sich.

»Meine Herren, wir haben keine Zeit zu verlieren. Machen wir uns an die Arbeit! Laßt uns dieses Grab finden und nachschauen, ob es etwas enthält, was uns auf die Spur dieses Leomedes führt.«

Die drei zogen die Wachen hastig in die Raummitte und schauten sich anschließend auf dem steinernen Fußboden um, wo nach Aussage des Hohen Philosophen das Grab der Baumeisterin Lucretia zu finden sein sollte.

»Hier!«

Lakshapheus war es, der schließlich entdeckte, was sie suchten. Seine Stimme klang entmutigt, als er auf die alte Grab- und Gedenkplatte zu seinen Füßen deutete. Auch Surjadora wurde sich des Umstandes gewahr, daß die steinerne Tafel halb von dem schweren Untergestell des Teleskops bedeckt war.

»Das hat uns gerade noch gefehlt«, brummte der Steuermann. »Sieht so aus, als ob wir das verdammte Ding erst mal beiseite schieben müssen, wenn wir an das Grab heranwollen.«

Eine Sorgenfalte bildete sich auf Surjadoras Stirn. Dann bückte sie sich, um wenigstens einen Blick auf die Inschrift der Steintafel zu werfen. Sie war in Alt-Kurjamäisch verfaßt und nur noch schwer zu entziffern. Laut las sie vor:

HIER RUHEN
SCHLÜSSEL UND VERSCHLOSSEN
LUCRETIA SIOLANTE DA GONA
TREULICH DIENTE SIE
DEM FINDIGEN GEIST IN STERNENHÖH
XIX, I, VIII, III, X, XVI, IX

Unter den Schriftzeichen befand sich das kaum noch erkennbare Symbol eines Halbmondes. Surjadora schürzte abfällig die Lippen und erhob sich wieder.

»Scheint so, als ob alle da Gonas gern Schwierigkeiten machen …«

Ihre Gedanken galten jenem Joacino da Gona und seinem Bruder, von denen sie während ihres Aufenthaltes in der Alten Basilika erfahren hatte. Sie fragte sich, wie viele bedeutende Mitglieder diese *mercatoren*-Familie im Lauf der Jahrhunderte noch hervorgebracht hatte.

Lakshapheus gab Nukulahi ein Zeichen, und zusammen stemmten sie sich gegen das Sternenrohr. Die beiden drückten mit aller Kraft, doch das Gestell gab keinen Finger breit nach. Der Steuermann fluchte ein weiteres Mal.

»So kommen wir nicht weiter!«

»Seltsam«, Surjadora berührte mit den Fingern nachdenklich ihre Nasenspitze. »Liegen hier zwei Menschen begraben?«

Die beiden Männer blickten sie verwundert an. Surjadora deutete auf die Schriftzeichen. »Wieso steht hier *ruhen* und nicht *ruht*? Eigentlich müßte es doch heißen: Hier *ruht* Lucretia Siolante da Gona?«

Lakshapheus trat einen Schritt zurück und beäugte die Platte ebenfalls verwundert. »Die Inschrift ist in der Tat etwas merkwürdig.«

»Ich glaube nicht, daß unter dem Stein ein Leichnam liegt«, meldete sich Nukulahi zu Wort. »Dazu ist die Platte viel zu klein. Hinzu kommt, daß die Decke zwischen hier und der Ebene unter uns zwar recht massiv ist, dennoch bezweifle ich, daß in dem Zwischenraum ein Toter Platz hätte.«

Erstaunt blickte die Kapitänin zu dem Prinzen auf. »Ihr habt recht, Prinz. Aber irgend etwas wird trotzdem darunter verborgen sein.«

Lakshapheus schnaubte ungehalten. »Wenn wir die Platte aufstemmen wollen, müssen wir zunächst einmal das Gestell mit dem Teleskop beiseite schaffen. Ich schlage vor, ich suche die Windkammer noch einmal auf und versuche dort, die Schraube mit den Windflügeln in Gang zu bekommen. Draußen ist es so dunkel, da wird es wohl kaum jemanden in der Stadt auffallen, wenn wir sie in Betrieb nehmen.«

»Hoffentlich«, entgegnete Surjadora, die sich sorgenvoll unter ihrem Turban kratzte. »Wenn doch, haben wir es bald mit der halben Stadtgarde zu tun.«

Lakshapheus strich sich nachdenklich über den Wickelbart, dann nickte er, als wollte er sich selbst in seinem Beschluß bekräftigen, und eilte zu der Luke, durch die sie das Observatorium betreten hatten. Zufrieden blickte Surjadora ihm nach. Ihr Steuermann war ein Mann der Tat, nicht nur an Bord eines Schiffes, auch an Land.

Beruhigt trat sie zu einem der Schreibpulte an der Wand und nahm Papier und eine Schreibfeder zur Hand, die sie vorher in ein Fäßchen mit Tinte tauchte. Draußen rüttelte der Wind an der Kuppel. Nukulahi beobachtete sie verwundert.

»Was macht Ihr da?«

»Prinz, ich werde die Inschrift abschreiben. Ich vermute, daß wir die Platte beim Aufstemmen zerbrechen müssen. Ich habe den Verdacht, daß sie noch ein Rätsel birgt.«

»Wie kommt Ihr darauf?«

»Wenn es tatsächlich mehrere Dinge sind, die darunter verborgen liegen, ergibt die Inschrift Sinn.« Surjadora übertrug die Schrift kritzelnd auf das Papier.

»Es ist alles eine Sache der Formulierung. Man kann die Schrift schließlich auch so lesen: Hier ruhen Schlüssel ...«, Surjadora machte eine kurze Pause, »... und verschlossen Lucretia da Gona. In diesem Fall wären es tatsächlich mehrere Objekte.«

Nukulahi sah sie staunend an. »Es ist *Eure* Sprache.«

Surjadora übertrug jetzt auch den Rest der Buchstaben. »Aber das erklärt noch nicht diese Sache mit dem *findigen Geist* oder die Ziffernfolge ganz unten.«

»Habt Ihr nicht gesagt, diese Lucretia sei eine Schülerin oder Erbin dieses ... Leomedes ..., den Ihr in Eurem Land als Buckligen verehrt?« wollte Nukulahi wissen.

»Also, *verehrt* wäre wohl zuviel der Ehre.«

»Aber die Weisen der großen Schule Eurer Stadt haben Euch doch berichtet, daß er ein Erfinder neuer Dinge war. Vielleicht ist er mit diesem Begriff gemeint? Ein findiger Geist?«

Surjadora faltete den Zettel zusammen, steckte ihn ein und schaute den Prinzen mit einem Ausdruck ehrlich gemeinter Hochachtung an. »Nicht schlecht, Majestät! Dann frage ich mich allerdings ...«

»Das könnt Ihr Euch im Kerker des Maharadschas fragen, Kapitänin! Jedenfalls, wenn wir mit Euch fertig sind!«

Surjadora und Nukulahi wirbelten herum. Neben der Luke stand die Philosophin Rawalpinda, die sie vor einigen Tagen auf so arrogante Weise in der Alten Basilika in Empfang genommen hatte. »Nur eine unvorsichtige Bewegung, und ich lasse Euch beide erschießen!«

Neben ihr standen zwei Männer, die geladene Armbrüste auf sie gerichtet hielten. Es waren keine Soldaten, sondern Männer, deren kühles Mienenspiel darauf hindeutete, daß es sich bei ihnen um kampferprobte Söldner handelte. Beiläufig registrierte Surjadora, daß die Frau dunkle Straßenkleidung trug. Sie hatten die drei offenbar wegen des heftigen Windes nicht gehört. Was aber war mit Lakshapheus? Hatten sie ihn ... getötet?

Zeit gewinnen! schoß es der Kapitänin durch den Kopf.

»Was verschafft uns die Ehre Eures Besuchs?« Mit Befriedigung stellte die Kapitänin fest, daß es ihr gelungen war, ihrer Stimme einen plaudernden, unangemessen freundlichen Unterton zu verleihen.

»Ich stelle hier die Fragen!« Rawalpinda schnitt ihr das Wort ab. »Wir sind schon seit langem darüber informiert, daß innerhalb der Universität gewisse Irrlehren Verbreitung gefunden haben. Doch bislang haben wir keine Beweise gegen den Hohen Philosophen erbringen können. Aber sein unverhohlenes Interesse Euch gegenüber ... Ich hatte mir schon gedacht, daß Ihr mit ihm unter einer Decke steckt.«

»Dann habt Ihr mir hinterherspioniert?« Surjadora lächelte noch immer freundlich, während es in ihrem Innern fieberhaft arbeitete. Verdammt, was konnte sie nur tun? Wenn man sie tatsächlich abführte, wäre sie erledigt.

Rawalpinda schnaubte verächtlich, dann herrschte sie Kapitänin und Prinz wieder an. »Tretet zur Seite!«

Vorsichtig und mit erhobenen Händen wichen sie zurück. Ein schneller Seitenblick zu Nukulahi verriet Surjadora, daß er nur auf eine Gelegenheit wartete, sich den Männern entgegenzuwerfen. Doch die beiden Begleiter der Philosophin schienen das ebenfalls zu spüren, denn sie behielten ihn sorgsam im Auge.

Für wen arbeitete die Philosophin? Die Erkenntnis traf Surjadora wie ein schmerzhafter Pfeil. Jetzt fielen ihr wieder die Geschehnisse auf der Werft ein. Außerdem hatte Rawalpinda von Irrlehren gesprochen. Das war eine Formulierung, wie sie nur eine Organisation auf dem Kontinent gebrauchte: die Kirche!

Ihre Gegnerin hatte sich neben das Himmelsrohr gestellt und starrte auf die Platte unter dem Gestell. Sie schnaubte verdrießlich. »Natürlich, warum sind wir da nicht selbst drauf gekommen ...?«

Dann drehte sie sich zu Surjadora und Nukulahi um. »Ihr beide habt Euren Zweck hervorragend erfüllt. Es sei denn, Ihr seid überdies bereit, gegen den Hohen Philosophen auszusagen und ...«

Weiter kam sie nicht, weil sich Kuppel und Himmelsrohr plötzlich rumpelnd in Bewegung setzten. Rawalpinda wurde von hinten hart am Kopf getroffen und stolperte benommen auf Surjadora zu. Von draußen war laut und vernehmlich das dumpfe Wummern der großen Luftschaufeln des Turms zu hören.

»Jetzt!«

Mit blitzschnellem Griff schnappte sich Surjadora die Frau, drehte ihr den Arm auf den Rücken und brachte Rawalpindas Körper einem Schutzschild gleich zwischen sich und die Armbrustschützen.

Auch Nukulahi reagierte augenblicklich und warf sich nach links an die Wand. Keinen Atemzug zu spät, denn sein Bewacher drückte ab, und mit einem sirrenden Geräusch löste sich der Bolzen seiner Waffe.

Dennoch hörte Surjadora einen gedämpften Schmerzensschrei. Das Geschoß hatte Nukulahi in den rechten Oberarm getroffen. Sein Gegner ließ die Armbrust fallen und zog ein Kurzschwert. Der zweite Schütze richtete die Waffe auf die Kapitänin und visierte ihren Arm an, der Rawalpindas Kehle umklammert hielt.

»Schieß doch, verdammt …!« gurgelte die falsche Philosophin. Doch anstatt abzudrücken, riß der Mann die Augen weit auf und brach einen Augenblick später vor der Luke zusammen. Die Armbrust entglitt ihm; schnalzend löste sich der Bolzen, und eines der Kuppelfenster fiel splitternd in sich zusammen. Bunte Glasscherben regneten in den Raum, dessen Wände sich noch immer drehten.

Erst jetzt entdeckte Surjadora die zwei Wurfmesser im Rücken des Mannes. Lakshapheus sprang aus der Luke und verharrte kurz, um sich einen Überblick zu verschaffen.

Prinz Nukulahi war derweil in einen erbitterten Nahkampf verstrickt. Sein Speer lag am Boden und wurde in diesem Augenblick von dem eisernen Untergestell des Himmelsrohrs zermalmt, dessen Räder knirschend über den Boden des Observatoriums rollten. Als Waffe diente ihm einzig ein eisernes Meßgerät, das er mit der Linken abwehrend erhoben hielt. Mit einigen geschickten Tritten versuchte er Raum zwischen sich und das Kurzschwert des Angreifers zu bringen.

Das Himmelsrohr rollte unaufhaltsam auf die Kapitänin zu. Surjadora fegte Rawalpinda kurzerhand den Turban vom Kopf, griff brüsk in ihr Haar und riß sie mit sich nach hinten.

In diesem Moment stieß Nukulahi einen Kampfschrei aus. Mit der Linken rammte er das Schwert seines Gegners beiseite, dann wirbelte er herum und trat ihm mit voller Wucht in den Bauch. Getroffen taumelte der Schütze zurück. Nukulahi stieß sich von der Wand ab und setzte mit zwei weiteren kräftigen Tritten nach.

Die Wucht der Attacke trieb den Mann direkt auf die offen stehende Tür zur Balustrade zu. Mit einem entsetzten Schrei stolperte er rückwärts und stieß gegen das umlaufende Geländer.

Seine Augen weiteten sich vor Entsetzen, als er das Gleichgewicht verlor und hintenüber kippte. Ohne einen weiteren Laut verschwand er in der Tiefe.

Mit einer Mischung aus Erstaunen und Entsetzen blickte Lakshapheus, der seine Messer inzwischen wieder an sich gebracht hatte, den Prinzen an. Der verzog schmerzerfüllt das Gesicht und betastete die Wunde in seinem Oberarm, aus der noch immer der Bolzen ragte.

Surjadora rang derweil mit Rawalpinda. Kurzerhand schlug sie ihre Gegnerin mit dem Kopf gegen das weiterhin auf sie zu rumpelnde Himmelsrohr, woraufhin diese bewußtlos zusammenbrach.

»Lakshapheus, bringt diesen verdammten Mechanismus zum Stehen!«

Ihr Steuermann hetzte die Stiege ein weiteres Mal nach unten. Inzwischen hatte das schwere Gestell die Leiche ihres zweiten Angreifers erreicht, und die Räder walzten über sein rechtes Bein. Sie hörten das Splittern von Knochen.

Beim Buckligen! In fliegender Eile zerrte die Kapitänin Rawalpinda zu der rotierenden Außenwand und brachte sie so vor den walzenden Rädern in Sicherheit. Dann eilte sie zu den beiden bewußtlosen Wachsoldaten, die ebenfalls im Weg lagen. Mit der Kraft der Verzweiflung wuchtete sie den ersten zur Seite. Verdammt, das Ganze lief ihr gehörig aus dem Ruder! Nukulahi war unterdessen zu dem anderen Soldaten gerannt und versuchte ihn zu ergreifen und fortzuziehen. Doch der Mann war außerordentlich korpulent und der Prinz konnte bei dem Rettungsversuch nur seinen linken Arm benutzen. Es war aussichtslos. Das rumpelnde Gestell hatte die Leibesmitte des Benommenen schon fast erreicht. Surjadora ahnte, was folgen würde. Entsetzt wandte sie ihr Gesicht ab.

Plötzlich ging ein Ruck durch die Eisensäule, und die Kuppel kam quietschend zum Stillstand. Mit ihr hielt das schwere Gestell mit dem Himmelsrohr inne, dessen Räder sich keine Handbreit mehr von dem Bauch des Mannes entfernt befanden.

Surjadora atmete erleichtert aus.

Bis Lakshapheus wieder zu ihnen gestoßen war, lag auch der korpulente Wächter sicher am Rande des Raumes.

»Geht es?« Besorgt fixierte die Kapitänin Nukulahi, der soeben seinen Arm abband. Der Prinz nickte stumm.

»Prinz, ich kenne einen Medicus, zu dem ich Euch nachher bringen werde. Jetzt aber ...« Sie überzeugte sich, daß Rawalpinda noch immer bewußtlos war, und fesselte sie mit dem Gürtel einer der Wachen. Dann gab sie Lakshapheus einen Wink. Der griff zu dem mitgebrachten Sack und kramte ein Stemmeisen hervor. Seine Stimme klang gepreßt, als er sich an die Kapitänin wandte und zu der Tür mit der Balustrade deutete. »Verflucht, das hätte nicht passieren dürfen! Wir müssen uns beeilen. Wer weiß, wo der ...«, er schluckte kurz, ehe er fortfuhr, »wo der Tote runtergekommen ist.«

Surjadora griff sich ebenfalls ein Stemmeisen. Kurz erwog sie, das Kommando zum Rückzug zu geben. Aber das kam nicht in Frage. Was geschehen war, konnte nicht mehr rückgängig gemacht werden. Sie würde es bis an ihr Lebensende bereuen, wenn sie jetzt so kurz vor dem Ziel aufgäbe.

Mühsam verkeilten sie und Lakshapheus die Stangen nebeneinander in die schmale Kante neben der Platte mit der Inschrift. Knirschend lockerte sich das Gestein, und mit Mühe wuchteten sie die Steinplatte ein Stück weit aus dem Fußboden. Schweiß rann ihnen über die Gesichter, als sie nachsetzten, Keile anbrachten und die Platte Stück für Stück nach oben wuchteten. Endlich gab der schwere Block nach. Lakshapheus stemmte sich noch einmal gegen die Außenkante der Platte, und die steinerne Tafel kippte mit trockenem Rumpeln nach hinten, auf den Boden des Observatoriums.

Auch Nukulahi war mit schmerzerfülltem Gesicht zu ihnen herangetreten. Zu dritt blickten sie in die steinerne Mulde; sie war vielleicht eine Elle tief und mit Marmor ausgekleidet. Darin aber befand sich das hölzerne Modell einer Totenbarke, die bis zur Reling mit Asche gefüllt war.

»Was ist das?« stieß Nukulahi verwundert hervor.

»Leichenasche. In früheren Zeiten hat man die Toten verbrannt und ihre Reste in den Andhuata gestreut.« Surjadora hatte noch immer Mühe, ihren Atem unter Kontrolle zu bringen.

Lakshapheus bückte sich und hob das unterarmgroße Modell aus der Mulde.

»Gar nicht so leicht!«

Anschließend stellte der Steuermann die Miniaturbarke auf den Fußboden ab. Noch immer waren ihre Blicke auf die Asche in ihrem Innern gerichtet. Einem inneren Drang folgend, zog Surjadora ihren Sari straff und griff nach dem Säbel. Was sie jetzt zu tun gedachte, war pietätlos, aber angesichts dessen, was bereits geschehen war …

Ungeduldig fischte sie mit der Spitze der Waffe im Staub herum. Knochenstückchen traten an die graue Oberfläche und etwas … Dunkles.

Die Kapitänin sah überrascht zu Nukulahi und ihrem Steuermann auf, ehe sie sich bückte und das dunkle Etwas mit spitzen Fingern aus der grauen Masse herauszog. Es handelte sich dabei um ein spindelförmiges Objekt, das an ein Rollsiegel erinnerte. Es war über und über mit einer fettigen Ascheschicht bedeckt.

Surjadora räusperte sich und wischte das Objekt mit einem herumliegenden Tuch ab, das wahrscheinlich zur Pflege der Linsen des Himmelsrohrs bestimmt war. Es zeigte sich, daß ihr Fund aus einem rötlichen Stein gefertigt und mit eigentümlichen Mustern, Zeichnungen und Glyphen graviert war.

Surjadora erinnerte sich wieder an die rötlichen Steine, die die Gesalbten Meister am Turban trugen. Sie war sich sicher, daß es sich dabei um das gleiche Gestein handelte.

Ratlos musterte sie das seltsame Objekt, bis Lakshapheus sich räusperte und nach der Barke griff. »Lucretia, Ihr werdet entschuldigen …«

Noch ehe Surjadora es verhindern konnte, hatte er das Miniaturschiff ergriffen und entleerte es in die Mulde.

»Lakshapheus, Ihr könnt doch nicht …«

Staub wirbelte empor, und vorsichtshalber hielt sich Surjadora den Saum ihres Saris vor den Mund. Der Steuermann hustete trocken, ließ sich aber nicht beirren. Wußte er denn nicht, was er da einatmete?

Mit einem dumpfen Klang fiel ein weiteres Objekt aus der kleinen Barke. Surjadora trat trotz ihres Ekels vor die Mulde, hielt den Atem an und griff danach.

Der handgroße Gegenstand war aus dem gleichen Material wie das Rollsiegel gefertigt. Er hatte die Form des Halbmondes, den man in die Grabplatte eingeritzt hatte.

Nukulahi trat mit einer der Laternen heran, und Surjadora musterte den eigentümlichen, rötlichgrauen Stein genauer. Es zeigte sich, daß er in eine Goldfassung gebettet war, die auf der Rückseite in einem langen Zapfen auslief. Ein Schutzsymbol? Oder mehr?

»Bei den pöbelnden Götzen vom Ende der Welt! Das Ding sieht wertvoll aus!« Lakshapheus sprach aus, was die Kapitänin dachte.

»Ja, allein das Gold der Fassung dürfte gut und gerne 30 Goldubokinen wert sein«, murmelte sie.

»Und jetzt?« Nukulahis Blick wanderte unruhig zur Bodenluke, über die sie den Raum betreten hatten. Aufmerksam lauschte er auf weitere Geräusche innerhalb des Turms. Surjadora ließ die Fundstücke in ihre Tasche gleiten.

»Jetzt verschwinden wir hier so schnell wie möglich und bringen Euch zu einem Medicus!«

»Und was machen wir mit der dort?« Der Prinz deutete auf Rawalpinda, die noch immer bewußtlos am Boden lag. Surjadora schnaubte ungehalten. »Die nehmen wir mit.«

Passage nach Süden

Liegeplatz der Karacke Leokothea, *Hafen von Andhakleia, später Vormittag des 3. Tages des Wolkenmondes, im 459. Jahr der Abwesenheit Gottes*

»Verdammt noch mal! Ich habe gesagt, ihr sollt vorsichtig mit der Kiste sein! Wie oft soll ich euch tumben Mißgeburten das noch eintrichtern! Nur ein Kratzer, und ihr seid Fischfutter! Habt ihr mich verstanden?«

Gijao beobachtete den Schiffsführer Anaxketos schon eine ganze Weile. Der Danakingar stand an der Reling seines Schiffes und brüllte vier Lastenträger an, die eine große Truhe mit drei Schlössern an Deck brachten. Erschrocken duckten sich die Männer.

Liebevoll glitten die Finger des Schiffsführers mit dem verfilzten Haar und der zusammengestückelten Kapitänsuniform über das Holz der Kiste. Er grinste breit, wobei er eine große Zahnlücke zur Schau stellte. Dann wies er die Arbeiter an, die Kiste unter Deck zu bringen, und drehte sich wieder zu der hübschen, vornehm gekleideten Frau an seiner Seite um. Freundlich sprach er ein paar Worte mit ihr. Die Frau strich sich zufrieden eine Strähne ihres blonden Haares aus dem Gesicht, und die silbernen Mondanhänger an ihren Ohren blitzten mit ihrem Lächeln um die Wette.

Die Unbekannte machte auf Gijao den Eindruck, als gehörte sie dem Adel des Landes an. Doch die Art und Weise, in der sie ihr helles Haar trug, erinnerte ihn eher an eines der *Wartenden Mädchen* aus dem *Reich der Tugend*.

War es möglich, daß die Unbekannte Eulykierin war? Gijao wußte es nicht mit Sicherheit zu sagen. Es war fast zwei Jahrzehnte her, daß er zuletzt dort gewesen war: die erste Fahrt durch das Hungermeer …

Sein Blick wanderte zurück zu der Kiste, die die Träger jetzt vorsichtig in den Schiffsbauch hievten. Gijao verschwendete einen kurzen Gedanken darauf, was sich wohl darin befinden mochte. Doch nein, er hatte sich wirklich um Wichtigeres zu kümmern. Er mußte endlich fort aus dieser Stadt. Wie immer in den letzten Tagen war er äußerst vorsichtig gewesen, wenn er die Straßen Andhakleias betrat. Vor allem, wenn er patrouillierende kurjamäische Soldaten entdeckte.

Vor seiner Flucht hatte er einige wertvolle Gegenstände aus dem sogenannten *Katauekischen Salon* im Königspalast mitgehen lassen, die er auf den Märkten Andhakleias leicht für viel Gold hatte losschlagen können.

Natürlich hielt ihn jeder der Barbaren hier für einen katauekischen Fernhändler und begegnete ihm dementsprechend mit großem Respekt. Doch man wußte nie, wann man an den Falschen geriet. Sicher setzte auch der Maharadscha dieses Landes auf unauffällig gekleidete Spitzel, die ihn über alles informierten, was in der Stadt geschah. Glücklicherweise schien sich bislang auch noch keiner seiner Gesprächspartner gefragt zu haben, was ein Kataueke in der Stadt machte, obwohl keines der großen Pfauenschiffe seiner Heimat im Hafen lag.

Anfangs hatte Gijao aus Furcht vor den Häschern des Stadtherrn jeden Tag die Herberge gewechselt, bis ihm das zu gefährlich geworden war. Schließlich hatte er einen abgelegenen Speicher nahe des Andhuata entdeckt, dessen Dachstuhl sich als hervorragendes Versteck entpuppt hatte. Aber der Mangalier wußte, daß er auch dort nur eine Zeitlang vor Entdeckung sicher war.

Was er dringend brauchte, war eine Passage nach Belabadangbarad, um den halben Kontinent herum. Dort würde er am ehesten auf die großen Nauken seiner Heimat treffen. Und nach allem, was er im Hafen aufgeschnappt hatte, würde dieser Schiffsführer Anaxketos schon in wenigen Tagen mit seiner Karacke nach Ikarilla, genauer gesagt nach Sadi aufbrechen.

Von Sadi hatte er schon mehrfach gehört. Es gehörte zu den Städten der Ehernen Liga, die ganz im Südosten des Staatenbundes lagen, nicht weit von dem gefährlichen Meer des Schlafes.

Ajunäer, die von der Halbinsel Gwanapur oder dem Meer der Säulen aus südlichen Kurs setzten, um beispielsweise nach Eulykien zu gelangen, waren gezwungen, die weite Reise dorthin anzutreten. Nur die ganz Wagemutigen entschlossen sich, das Meer des Schlafes ohne einen der dekadenten Lotsen aus Ikarilla zu durchqueren.

Die *Geheime Kammer der Nautik* wußte selbstverständlich schon lange um die Gefahren dieser ajunäischen Meeresregion. Und jeder Nautiker, der damit beauftragt wurde, eine Nauke in die Eherne Liga zu steuern, war natürlich darüber informiert, was er bei Gefahr für die Mannschaft zu tun hatte. Aber selbst diese Methode war nicht immer sicher – und auf gewisse Weise auch ekelhaft …

Selbst viele Pfauenschiffe vermieden daher in der Regel diesen letzten Teil der *Großen Passage* und verzichteten auf den Handel mit der Ehernen Liga.

Doch dieses Problem war zweitrangig. Anaxketos schien genau der richtige Mann für seine Pläne zu sein. Gijao mußte ihn bloß noch davon überzeugen, ihn an Bord seines Schiffes mitzunehmen.

Endlich verabschiedete sich die elegant gekleidete Frau von dem Kapitän und betrat mit leichtem Fuß den Steg zum Kai. Der Nautiker blickte ihr eine Weile hinterher und stellte schmunzelnd fest, daß er nicht der einzige war, der ihr nachstarrte. Eine hübsche Frau. Vom Alter her hätte sie sicher seine Tochter sein können. Wieder einmal ging ihm Kiaora durch den Kopf, die er zurück im fernen Serkan Katau gelassen hatte. Nach all den Jahren seiner Abwesenheit rechnete sie sicher nicht mehr damit, daß er überhaupt noch unter den Lebenden weilte.

Gijao massierte seine Schläfen, ließ die Hände dann langsam an den knochigen Wangen hinabwandern und rief sich zur Ordnung. Noch einmal überprüfte er, daß keine Patrouille in der Nähe war, dann löste er sich von seinem Beobachtungsposten und ging auf das Schiff zu.

Anaxketos blickte ihm mißtrauisch entgegen. Gijao verneigte sich höflich und lächelte. »Darf ich kommen auf ehrenvolle Schiff?«

Mit dem Zeigefinger in seiner Zahnlücke stochernd, musterte ihn der Mann eingehend. »Nein. Ich komme zu Euch runter.«

Augenblicke später stand Anaxketos vor ihm und ließ seinen Blick aufmerksam über Gijaos Kleidung schweifen.

»Serkan Katau?«

Der Mangalier lächelte. Ganz schön scharfsinnig.

»Richtig, ehrwürdiger Schiffsführer! Mein Name Wong näng Tschüeng.« Gijaos oberster Barbier daheim in Tschöng-Hau Leng würde ihm sicher verzeihen, daß er sich seinen Namen in dieser Situation ausborgte. »Ich bin Gesandter im Auftrag der *Kammer von glückselig machende Diplomatie* in Mantikor Leng.«

Daß es eine glückselig machende Kammer in ganz Serkan Katau niemals gegeben hatte und wohl auch niemals geben würde, mußte der Mann ja nicht wissen. Aber die Barbaren dieses Kontinents waren durch Namen und Titel immer zu beeindrucken.

Der Schiffsführer kratzte sich, scheinbar nur mäßig beeindruckt, hinter dem Ohr.

»Und?«

»Leider haben Katastrophe dafür gesorgt, daß meine tugendhafte Schiff, die«, Gijao dachte an die Nauke seines Freundes, des hochehrwürdigen Schaung, »die *Vollendete Harmonie* hat erlitten Mastbruch. Mich jetzt hat Nachricht erreicht, daß sie kommen erst in ein Mond. Und das obwohl ich muß dringend nach Ikarilla! Ich daher erlaube mich zu erbitten Passage. Man mir gesagt, daß Ihr macht Fahrt nach Sadi?«

Der Schiffsführer beobachtete ihn lauernd.

»Hm. Ist alles eine Sache des Preises. 30 Golddubokinen.«

Der Mann mußte verrückt sein.

»Nun, ehrwürdiger Schiffsführer. Ich denke, zehn Golddubokinen wären angemessener.«

Das Gespräch artete schnell in eine üble Feilscherei aus, bei der die beiden stets so taten, als wären sie die Freundlichkeit in Person. Beide einigten sich schließlich auf 23 kurjamäische Golddubokinen. Gijao verfluchte den Umstand, daß er nicht so handeln konnte wie ein kaltblütiger Kataueke. Dieser Anaxketos hatte ihn zweifellos über den Tisch gezogen. Und er grinste ihn dabei auch noch schamlos an!

»Ich laufe in drei Tagen aus, Wong. Seid eine Stunde nach

Sonnenaufgang am Kai. Ansonsten ist die *Leokothea* leider schon unterwegs.«

Gijao lächelte.

»Ach ja, was Eure Kabine anbelangt«, Schiffsführer Anaxketos kratzte sich hinter dem Ohr und fixierte Gijao aufmerksam, »kurz vor Euch hat bereits ein weiterer Passagier bei mir um eine Passage ersucht. Eine Adlige! Ihr werdet verstehen, daß ich ihr die Schiffsmesse versprochen habe.«

»Und wo werde ich sein in Nacht – für meine 23 Goldduboki-nen?« Gijaos Stimme hatte etwas Lauerndes.

Anaxketos stellte wieder seine Zahnlücke zur Schau und deutete zum Bug seiner Karacke. »Na ja, wird ein bißchen eng. Aber ich dachte mir, ich lasse für Euch einen Platz vorn im Kabelgatt räumen.«

Das Kabelgatt? Ausgerechnet das Kabelgatt! Gijao hätte sich vor Ärger auf die Lippe beißen mögen. Surjadora hatte ihn mehrfach für ganze Tage im Kabelgatt ihrer Karavelle eingesperrt.

Und jetzt sollte er da freiwillig Quartier beziehen?

Der Nautiker lächelte höflich und verneigte sich leicht: »Ich bedanke mich. Ist ausgezeichnete Idee …«

Das Ailurische Siegel

Kartenraum der geographia,
Westtrakt der Universität von Andhakleia,
abends am selben Tag

»Bei den Zauberern der Totgeborenen Stadt, es handelt sich hierbei um das verschollene *Ailurische Siegel!* Seht doch, all die Gravuren im leonîlischen und mantischen Stil. Hier, die sieben Löwenköpfe! Und dort: die Darstellung der vier Mondphasen! Es ist genau so, wie auf den Merasischen Scherben beschrieben!«

Nukulahi beobachtete verwundert, wie eine gewisse *philoso-*

pha chimaira den roten Stein von der Form einer Spindelmuschel, den sie unter der Grabplatte gefunden hatten, in die Höhe hielt und sich vor den anderen Gesalbten Meistern in der Himmelssprache ereiferte. Sie bemerkte vor Aufregung noch nicht einmal, daß sich der Schleier an ihrem schwarzen Kopfwickel gelöst hatte.

Um die *philosopha* herum drängten sich wie ein Schwarm aufgeschreckter Jovokäfer ein halbes Dutzend weiterer Lehrmeister, vor deren Gesichtern ebenfalls schwarze Schleier hingen. Unter ihnen befand sich auch der Hohe Lehrmeister Ramaogeus, der die anderen Weisen fast um Haupteslänge überragte.

Warum trugen die Menschen hier diese Schleier?

Viele Sitten und Gebräuche dieses Landes waren Nukulahi noch immer rätselhaft. Unwillkürlich betastete er seinen Oberarm. Die Wunde unter dem Verband schmerzte. Schiffsführerin Surjadora und Steuermann Lakshapheus, die neben dem coleopäischen Prinzen auf hochlehnigen Stühlen saßen, musterten das Treiben vor ihnen ebenfalls mit einem gewissen Argwohn. An den Wänden des Raums hingen große Karten, die fremde Küsten und Städte zeigten. Und in hohen Regalen befanden sich zahlreiche weitere Pergamente und Schriftrollen, die allesamt mit beschrifteten Zetteln markiert waren.

Der Hohe Lehrmeister Ramaogeus wandte sich jetzt wieder den Gästen zu.

»Wir hatten schon befürchtet, Euch sei etwas zugestoßen! Ihr könnt Euch nicht vorstellen, was bei Hofe los war, als man oben in der Himmelswarte die Spuren Eures Einbruchs entdeckte. Ich muß sagen, Ihr seid nicht gerade vorsichtig mit den teuren Instrumenten umge...«

Die Schiffsführerin schnitt ihm empört das Wort ab.

»Hoher Philosoph, glaubt Ihr etwa, es hat uns Freude bereitet, uns wie Diebe aufzuführen? Und überdies ...«, kurz stockte ihre Stimme, und Nukulahi beendete in Gedanken ihren Satz: ... zu töten! Surjadora fing sich und fuhr fort.

»Glaubt Ihr am Ende, daß wir begeistert waren, als wir feststellen mußten, daß Eure kleine Geheimgesellschaft gar nicht so geheim ist? Da oben ging es um unser Leben! Und ganz nebenbei auch um Ruf, Ansehen und Freiheit aller hier Anwesenden! Euch ist doch wohl hoffentlich klar, wie man mit Eurem Geheimbund verfahren wäre, wenn wir uns nicht zur Wehr gesetzt hätten?« Ihre Stimme hatte gegen Ende einen drohenden Unterton angenommen.

Der Hohe Lehrmeister versuchte sie zu beschwichtigen. »Ich weiß, ich weiß. Wir sind Euch ja auch überaus dankbar ...«

Surjadora fiel ihm erneut ins Wort. »Ihr werdet hoffentlich verstehen, daß wir nach diesem Zwischenfall mit Eurer Kollegin Rawalpinda äußerst mißtrauisch waren und erst einmal untergetaucht sind.«

Die schwarz gekleideten Lehrmeister verstummten, als Surjadora den Namen der Philosophin nannte.

»Die Kosten für die Herbergen in den letzten drei Nächten werden selbstverständlich von Eurer Vereinigung getragen. Sieben Silberdubokinen und vier Kupfermünzen, um genau zu sein. Inzwischen bin ich aber zu dem Entschluß gekommen, mich nicht weiter zu verstecken. Trotzdem kann mir niemand versichern, daß ich nicht weiter auf Schritt und Tritt beobachtet werde.«

Ramaogeus wirkte nachdenklich. »Zumindest wißt Ihr jetzt, daß meine Warnungen nicht aus der Luft gegriffen waren. Und Rawalpinda ist auch nicht irgend jemand. Seht, was wir bei ihr gefunden haben.«

Ramaogeus griff unter seine Robe und zog eine Kette mit einem schlichten, achtzackigen Stern aus Kupfer hervor.

»Kennen wir bereits«, stellte Lakshapheus unbeeindruckt fest und meldete sich somit das erste Mal seit ihrer Ankunft zu Wort. Ramaogeus wandte sich irritiert zu dem Steuermann um, als nähme er ihn erstmals wirklich wahr. Lakshapheus lächelte grimmig und forderte Surjadora mit einem Nicken auf fortzufahren. Die hielt jetzt einen kleinen Lederbeutel in der Hand. Sie schüttelte ihn leicht, und ein metallisches Klingen ertönte. Dann fischte sie diverse Gold- und Silbermünzen daraus hervor.

»Selbstverständlich haben wir Rawalpinda untersucht, bevor wir sie Euch sorgsam verschnürt haben zukommen lassen. Seht selbst.« Surjadora beugte sich vor und zählte verschiedene Münzen ab.

»Zwei imperiale Silberdenare, ein Silberleon, vier kurjamäische Kupferdubokinen, eine danakingische Kauri – aber sechs Silbersancti und gleich zwei cantamäische Aureale!«

Die Schiffsführerin hielt eine der beiden großen Goldmünzen mit dem Heiligenbild Sarmanthas in die Höhe. »Wißt Ihr eigentlich, wie oft man das Gold des Kirchenstaates zu Gesicht bekommt? Ziemlich selten, Hoher Philosoph!«

»Nun, dann dürftet Ihr ja für Eure Ausgaben entschädigt sein«, entgegnete dieser ungerührt.

Surjadora richtete sich kerzengerade auf, und ihre Stimme war schneidend. »Versucht nicht, mit mir zu feilschen.«

Ramaogeus hob beschwichtigend die Hände. »Ein Scherz, Kapitänin. Ein Scherz. Wir beide wissen doch auch so, in wessen Auftrag Rawalpinda gearbeitet hat. Ich bin mir sicher, daß wir in den nächsten Tagen mehr aus ihr herausbekommen werden.«

»Wo ist sie jetzt?« Erneut mischte sich Lakshapheus in die Unterhaltung ein.

»An einem gut bewachten Ort.«

»Und was ist, wenn sie euren anderen Priestern berichtet, wen sie oben im Observatorium überrascht hat? Sie hat uns erkannt!« ergriff Nukulahi selbst das Wort. Der Hohe Lehrmeister musterte ihn aufmerksam. Der Prinz fühlte deutlich, daß Ramaogeus es nicht guthieß, daß Surjadora ihn in ihre Pläne mit einbezogen hatte.

»Glaubt mir, Hoheit. Das ist wirklich das letzte, um das Ihr Euch sorgen solltet. Das allerletzte. Überlaßt dieses Problem ganz uns ...«

Die Stimme des Hohen Lehrmeisters war plötzlich von tödlicher Kälte erfüllt, und Nukulahi bemerkte, daß auch die anderen verschleierten Lehrmeister auffällig still geworden waren. Ein Prickeln durchlief seinen Körper, und instinktiv überschlug er ihre Möglichkeiten, den Raum auch gegen den Willen ihrer Gastgeber zu verlassen. Sie standen gut, wenn die Männer und Frauen, wie es den Anschein hatte, tatsächlich unbewaffnet waren.

Auch der Schiffsführerin war der Stimmungsumschwung offenbar nicht entgangen. In der ihr eigenen Art wanderten ihre Hände unruhig zu ihrem Copbuh-artigen Kostüm, und fragend blickte sie sich zu ihm und Lakshapheus um. Nukulahi nickte ihr beschwichtigend zu. Surjadora hörte auf, am Stoff ihrer Uniform zu ziehen.

Nukulahi taxierte weiterhin aufmerksam seine Umgebung, und sein Blick fiel wieder auf das rote Objekt in den Händen der Lehrmeisterin. Er konnte es nicht in Worte fassen, aber etwas an dem bauchigen Gegenstand machte ihn nervös. Und da war noch etwas, das ihm Rätsel aufgab. Als dieser Lehrmeister Vishnaidas ihn in der großen Schule Andhakleias herumgeführt wurde, hatten die Lehrmeister kleine Rubine an ihren Turbanen getragen. Die verschleierten Männer und Frauen vor ihm aber schmückten sich mit roten Steinen, die aus dem gleichen Material zu bestehen schienen wie das Fundstück aus der Himmelswarte.

Auch die anderen Lehrmeister hatten sich mittlerweile wieder dem rötlichgrauen Steinobjekt mit den Gravuren zugewandt.

»Vielleicht sollte die Kapitänin beim Orakel von Thalliopê lieber den eigentlichen Ursprung des *Ailurischen Siegels* in Erfahrung bringen?« sinnierte *philosopha chimaira* laut. »Schließlich darf jeder der Pilger nur eine Frage stellen.«

»Nein, wenn wir unsere Pläne schon ändern«, meldete sich einer der anderen verschleierten Lehrmeister zu Wort, »dann sollten wir versuchen, das Geheimnis um diese *Eisheiligen* zu ergründen!«

Nukulahi runzelte irritiert die Stirn. Wer sollte das sein? Ein schneller Seitenblick zu Surjadora und Lakshapheus überzeugte ihn davon, daß auch seine Begleiter nicht wußten, wovon die Lehrmeister sprachen.

»Ich bitte Euch, werte Kollegen.« Die Runde wandte sich überrascht einem Philosophen zu, unter dessen Gesichtsschleier die Enden eines Wickelbartes hervorlugten, wie auch der Steuermann einen trug.

»Wenn wir schon alles umwerfen wollen, wäre dann nicht die Frage wichtiger, was es mit den flüsternden Säulen in der Totgeborenen Stadt auf sich hat? Die Damen und Herren Kollegen wissen schon, dritter Abschnitt der verbotenen Fassung des *Baduranischen Leporellos*. Wir haben uns doch schon immer gefragt ...«

»*Ihr* habt Euch das vielleicht immer gefragt«, ereiferte sich ein gebückt gehender Lehrmeister, unter dessen Schleier sich ein Gestell mit Gläsern abzeichnete, deren Sinn sich Nukulahi noch nicht erschlossen hatte.

»Wenn schon, dann stellen wir natürlich die Fragen aller Fragen: jene nach den Misanthropischen Wäldern von Nolokene! Oder, ja, natürlich ... die roten Statuen der Medusa ... nein, noch besser, wir fragen nach der Stadt der Wünsche!«

Was sollte das jetzt alles schon wieder sein? Auch die Schiffsführerin begann unruhig zu werden.

»Unsinn!«, »Ignorant!«, »Jetzt hört mir doch zu!« – innerhalb von Augenblicken glich die Versammlung einem aufgebrachten Schwarm Moras.

»Ruhe!« donnerte Ramaogeus dazwischen. »Ja, ja, ja. Mir ist klar, daß den anwesenden Herrschaften zahlreiche Fragen auf der Seele brennen. Insbesondere nach diesem außergewöhnlichen Fund! Aber das hatten wir bereits alles ausdiskutiert, und ich habe entschieden. Unsere Suche hat einen Namen. Und dieser Name lautet Leomedes!«

Unter den verschleierten Lehrmeistern machte sich verlegenes Schweigen breit, während sich Ramaogeus zu der Schiffsführerin umdrehte.

»Also, wann könntet Ihr auslaufen?«

»Wenn alles gutgeht, in vier Tagen.« Die Schiffsführerin blickte zu Lakshapheus, der nachdenklich an seinem Wickelbart zupfte. »Die Fahrt kann allerdings ziemlich beschwerlich werden.«

»Gut, dann meldet Euch bei uns, falls Ihr noch etwas benötigt. Hat noch jemand eine Frage?«

Der Hohe Lehrmeister ließ seinen Blick erwartungsvoll durch den Raum wandern, doch die Anwesenden schwiegen.

»Was hat es mit diesem ... mit diesem Stein mit den Gravuren auf sich?«

Nukulahi war die Frage entschlüpft, bevor er sich dessen bewußt war. Niemand schien wirklich damit gerechnet zu haben, daß er sich noch einmal zu Wort melden würde. Die Anwesenden musterten ihn mit neugierigen Blicken. Surjadora schmunzelte.

Die weibliche Lehrmeisterin blickte den Hohen Lehrmeister fragend an, der eine Weile überlegte und ihr dann ein stummes Zeichen des Einverständnisses gab.

»Den Merasischen Scherben zufolge konnte man mit dem *Ailurischen Siegel* in alten Zeiten das *res supernatura* eines lebenden Geschöpfes aufspüren.«

Das Wesen des Übernatürlichen? Nukulahi hörte den Begriff, doch er wußte nicht, was damit gemeint sein sollte.

»Alles, was man dazu benötigt, ist etwas Wasser.« Die Lehrmeisterin schaute sich im Kartenraum um und schöpfte mit einer feierlichen Geste Wasser aus einem Krug, der auf einem Tablett mit Gläsern aus dem bunten, durchsichtigen Gestein dieses Landes stand.

Sie räumte einen Tisch frei, säuberte ihn unter befremdlichem Gemurmel und besprenkelte die Holzplatte mit zahlreichen Tropfen. Dann nahm sie den bauchigen roten Stein in die Rechte, hielt ihn über den Tisch und deklamierte mit geschlossenen Augen.

»Das Wasser folgt dem Willen!«

Es geschah ... nichts.

Die Lehrmeisterin öffnete die Augen und war sichtlich verlegen.

»Ich verstehe das nicht.« Sie probierte es noch einmal. Wieder mit dem gleichen Ergebnis. In den Reihen der Philosophen war ein Räuspern zu hören.

»Scheint, daß Ihr über kein *res supernatura* verfügt, geschätzte Kollegin.«

»Aber ich bin doch gesalbt?« Die Frau wirkte enttäuscht. »Vielleicht handelt es sich hierbei doch um ein anderes Artefakt?«

»Oder an der ganzen Sache ist überhaupt nichts dran!« Die Feststellung des Philosophen mit dem Wickelbart führte zu erregtem Gemurmel. Surjadora rollte kopfschüttelnd mit den Augen.

»Laßt es unseren coleopäischen Gast versuchen!«

Erst jetzt bemerkte Nukulahi, daß der Hohe Lehrmeister ihn die ganze Zeit über nachdenklich beobachtet hatte. Im Raum wurde es still. Nukulahi schaute sich verwirrt zu Surjadora um. Die zuckte gleichgültig mit den Schultern. Widerstrebend folgte er der Aufforderung und trat dann an den Tisch. Mit leichtem Zögern drückte ihm die Lehrmeisterin den spindelförmigen Stein in die Hand.

»Ich weiß zwar nicht, was Ihr Euch davon versprecht, *philosophos unicornus*, aber bitte. Also, Majestät. Haltet Eure Hand über die Tischplatte und sprecht mir nach …«

Die Welt um Nukulahi herum versank in grellen bunten Farben. Für einen Augenblick hatte er das Gefühl, er spränge von den Teli-Klippen und tauchte tief in das kristallklare Wasser vor Nuku'atepe ein. Von irgendwoher glaubte er, den Gesang sterbender Wale zu hören. Dann, gänzlich unvermittelt, sah er seine geliebte Braut. Tuilaepe stand am gegenüberliegenden Ufer eines reißenden Flusses. Auch sie erkannte ihn, und ein glückliches Lächeln huschte über ihr schönes Gesicht. Nukulahi rief nach ihr, doch als er sich bewegen wollte, fühlte er eine eigentümliche Schwere, die sich um seine Glieder gelegt hatte. Er war nicht in der Lage, sich von der Stelle zu rühren.

Tuilaepe winkte ihm aufgeregt zu und sprang zu einem flachen Stein, der aus dem Flußbett ragte und von den sprudelnden Fluten umspült wurde. Da waren noch mehr Felsbrocken, die aus dem Wasser ragten. Tuilaepe schaute sich um und wollte erneut zu einem Sprung ansetzen. Nein, nicht jener Stein zu ihrer Linken! Er schien ihm zu glitschig. Tuilaepe würde ausrutschen. Er brüllte gegen das laute Rauschen des Wassers an und wies ihr einen anderen Fels. Tuilaepe hörte ihn und befolgte seinen Rat. Erneut sprang sie, und wieder war sie ihm auf dem Weg über den Fluß ein Stück näher gekommen. Verzweifelt schaute sie sich um. Nur noch zwei weitere Sprünge, und sie wäre bei ihm. Dann würde er sie endlich in seine Arme schließen können.

Doch die Steine in den Fluten glänzten feucht und tückisch. Hilfesuchend blickte sie ihn aus ihren großen braunen Augen an.

Da, Nukulahi hatte einen weiteren Stein ausgemacht, der ihm sicher schien. Wieder wollte er ihr den Weg weisen, als er unvermittelt von einer unsichtbaren Macht nach hinten gerissen wurde, fort von Tuilaepe und dem reißenden Fluß. Die Prinzessin kreischte verzweifelt auf und reckte ihm die Hände entgegen. Mutig sprang sie nach vorn, doch der Stein, den sie diesmal gewählt hatte, war schlüpfrig. So, wie Nukulahi es vorausgesehen hatte.

Wieder wurde der Prinz von einem Wirbel aus schillernden Farben erfaßt, und das letzte, dessen er gewahr wurde, war Tuilaepe, seine wunderschöne Braut, die schreiend in den Fluß stürzte und von den Fluten fortgerissen wurde ...

Jemand rüttelte ihn an der Schulter, und Nukulahi japste aufgewühlt nach Luft.

Er schlug die Augen auf und bemerkte, daß er sich in Wahrheit in der großen Schule am Rande der Welt befand. Seine Hand mit dem Fundstück aus der Himmelswarte hing noch immer über der Tischplatte, doch sie zitterte vor Anspannung. Der Hohe Lehrmeister hielt ihn an der Schulter gepackt und sah ihn ernst an.

»Kommt zu Euch, Prinz! Wir sollten uns dieses Mal nicht so weit vorwagen.«

Energisch streifte Nukulahi die Hand des Mannes ab. Warum hatte ihn der Lehrmeister aus diesem wundervollen Traum gerissen? Nukulahi blinzelte verwirrt. Als er sich umschaute, sah er Erstaunen in den Augen von Surjadora und dem Steuermann. Auch die verschleierten Lehrmeister wirkten eigentümlich ergriffen.

Dann brach ein wahrer Tumult aus.

»Phantastisch!« – »Den Katalog der neun mal neun Fragen. Wir müssen ihm den Katalog vorlegen.« – »Das müssen wir näher untersuchen!« – »Warum habt Ihr ihn unterbrochen, Ramaogeus?«

Zahlreiche Hände zerrten an seiner Kleidung. Jemand nahm ihm den gravierten Stein ab, und ein Orkan von Fragen brach über Nukulahi herein. Nur am Rande nahm er wahr, daß sich inmitten der Tischplatte, dort, wo vorher versprengte Wassertropfen gewesen waren, eine größere Lache gebildet hatte. Eine jäh aufflackernde Müdigkeit ließ seine Glieder schwer werden, und er schwankte.

»Das reicht jetzt!«

Die laute Stimme Surjadoras brachte die verschleierten Lehrmeister um ihn herum wieder zum Schweigen. »Seine Majestät wird Euch jetzt verlassen. Er begleitet mich nach Thalliopê!«

»Aber Ihr könnt ihn doch jetzt nicht ...« Ramaogeus wollte Widerspruch einlegen, doch Schiffsführerin und Steuermann hatten Nukulahi bereits in ihre Mitte genommen und zogen ihn in Richtung der Ausgangstür.

»Stellt Eure Versuche mit jemand anderem an«, bellte die Schiffsführerin wütend durch den Raum. »Das ist mein letztes Wort! Ansonsten könnt Ihr Euch ein anderes Schiff suchen! Wir hören voneinander.«

Enttäuscht blickten die verschleierten Lehrmeister den dreien hinterher, als die Tür sich hinter ihnen schloß.

Korridore und Säulengänge wischten an Nukulahi vorbei wie Erinnerungen. Erst auf der Straße vor dem Universitätsgebäude kehrten seine Lebensgeister langsam wieder zurück. Er entwand sich dem Griff des Steuermanns und atmete tief die warme Nachtluft ein. Surjadora und Lakshapheus schauten ihn aufmerksam an. Er fühlte sich noch immer leicht benommen. Vor allem aber hatte er das ungute Gefühl, etwas Wichtiges, etwas sehr Wichtiges verloren zu haben.

»Hm ... Könnt Ihr mir bitte erklären, warum die Lehrmeister so aufgeregt waren? Und was ist mit dem anderen Gegenstand, den wir gefunden haben?« Nukulahis Stimme klang belegt.

Lakshapheus grinste, und Surjadora zwinkerte ihm zu.

»Nicht so laut, Prinz. Wir dachten uns, es wäre besser, den vergoldeten Halbmond für uns zu behalten. Der ist viel zu wertvoll für die Gesalbten Meister. Und wenn das tatsächlich ein Schlüssel sein soll, wie es die Grabinschrift immerhin vermuten läßt, wer weiß, vielleicht brauchen wir ihn noch einmal.«

»Was Eure Vorführung anbelangt, Prinz«, ergriff Lakshapheus das Wort. »Sehr beeindruckend ...«

Wovon sprach der Steuermann? »Welche Vorführung? Was ist überhaupt passiert?«

»Sagt bloß, Ihr wißt nicht, was Ihr da oben getan habt?« Lakshapheus schaute erst Surjadora und dann wieder Nukulahi verblüfft an.

»Nein. Mir wurde schwindelig, ich hatte einen Traum ... mehr weiß ich nicht.«

Die Schiffsführerin warf dem Coleopäer einen ungläubigen Blick zu. Dann berührte sie ihn anerkennend am Oberarm.

»Ich weiß ja nicht genau, was die Philosophen mit Euch angestellt haben, Prinz. Aber Ihr habt gesungen! Noch nie habe ich jemanden so singen hören wie Euch! Ich hoffe, Ihr gebt uns auf unserer Reise noch einmal die Ehre!«

Widerstand

Palast von Colepa'Taru,
Hauptstadt der Königsinsel Nuku'atepe, Archipel von Coleopa,
zur selben Stunde

Prinzessin Tuilaepe hatte schon lange keine Tränen mehr. So auch nicht, als sie von ihrem Gemach aus einen scheuen Blick hinunter in den Palastgarten warf. In dem verwaisten Areal ragten noch immer die bleichen Schädelknochen dreier aufständischer Krieger aus dem Erdreich.

Tongaro hatte die drei Königstreuen bereits vor über vier Monden bis zur Schulter in der Erde vergraben lassen und dann persönlich einen Korb Blutkäfer über ihnen entleert. Die Schreie der Männer hatte man beinahe eine Stunde lang überall im Palast hören können. Seitdem mieden selbst die Diener den Garten.

Als der fürchterliche Sturm vor einem halben Jahr sich endlich gelegt hatte, hatte sich herausgestellt, daß den Solaren von Togo'labahi und Pilu'huata die Flucht geglückt war. Schnell war durchgesickert, daß es ihnen und ihren Familien gelungen war, sich zum Fischerdorf Noa'tari durchzuschlagen, wo sie Katamarane geentert hatten.

Tongaro war so versessen darauf gewesen, Nukulahi und diese fremde Schiffsführerin zu fassen, daß er alles, was nach dem schrecklichen Orkan noch hatte schwimmen können, auf die Suche nach dem entkommenen Schiff vom Weltenrand ausgeschickt hatte. Ein Aufwand, der sich gerächt hatte. Denn die Solare von Togo'labahi und Pilu'huata hatten ihm schon wenige Wochen später den Krieg erklärt. Und sie standen nicht allein. Ihnen hatte sich auch Solar Fatafehi von Jama'tape angeschlossen, der alte Freund von König Halapua. Doch sosehr man den dreien auch Glück wünschte, jeder auf der Königsinsel wußte, daß sie einen schweren Stand haben würden.

Hinter Tongaro standen mehr oder minder offen alle anderen Hohen Familien des Reichs der Tausend Inseln. Viele von ihnen hatten sich ihm schon vor der Verschwörung angeschlossen. Die anderen waren durch die vielen Geiseln, die sich noch immer im Palast befanden, gezwungen, ihm zu gehorchen.

Tongaro hatte vor Zorn getobt, als er von dem Aufstand erfahren hatte. Auf allen Inseln des Archipels hatte er Hunderte Krieger ausheben lassen.

Seit dieser Zeit herrschte erbitterter Krieg im Reich der Tausend Inseln. Vor drei Monden war Tongaro mit einer riesigen Flotte an Katamaranen aufgebrochen, um das aufrührerische Togo'labahi niederzuwerfen. Und nach allem, was man hörte, war ihm dies auch gelungen. Die gewaltige Streitmacht hatte sich danach Pilu'huata zugewandt, um auch am dortigen Solar ein Exempel zu statuieren. Seit nunmehr einem Mond waren keine Nachrichten mehr bis zu Tuilaepe vorgedrungen.

Sie hoffte, daß ihr Bruder noch lange Zeit der Königsinsel fern bleiben würde. Sie ertrug seinen Anblick nicht mehr, insbesondere seit sie erfahren hatte, was er der jungen Lumelume während seines kurzen Aufenthalts in Colepa'Taru angetan hatte.

Alle Lebensgeister der jungen Frau waren seitdem erloschen. Und nichts deutete darauf hin, daß sich am Zustand der Dienerin jemals wieder etwas ändern würde. Meist saß sie apathisch auf ihrem Lager und summte Kinderlieder. Tuilaepe und Königsmutter Hai'pale mußten sie jeden Tag mit sanfter Gewalt füttern, damit sie überhaupt am Leben blieb.

Zusammen mit Nukulahis Mutter und der Dienerin lebte sie in den königlichen Gemächern, die sich rund um den Bildersaal erstreckten. Die Aufrührer hatten sie einige Tage nach der Rebellion für sie freigeräumt.

Tuilaepe trat von dem Gitterfenster des Raums zurück und starrte niedergeschlagen zu dem gewaltigen Muschelrelief des sterbenden Wals empor. Sein Anblick hatte wie stets etwas Tröstliches für sie. Seit Monden schon hatte man ihnen verwehrt, die Gemächer zu verlassen. Ihr einziger Kontakt zur Außenwelt waren einige treu ergebene Palastdiener, die sie mit dem Lebensnotwendigen versorgten.

Die Tür zu dem alten Gemach Hai'pales öffnete sich, und Nukulahis Mutter trat leise zu ihr in den Saal. Vorsichtig schloß sie die Tür hinter sich.

»Schläft sie jetzt?«

Die Frau nickte. All die schrecklichen Ereignisse, die sich seit der Hochzeitsfeier zugetragen hatten, hatten das sanfte Antlitz der Königin um etliche Jahre altern lassen.

»Ja, ich habe ihr ein Lied vorgesungen, und jetzt ruht sie. Doch manches Mal denke ich, der Tod wäre eine Erlösung.«

Sorgenvoll blickte Tuilaepe die alte Frau an. Sie hatte das Gefühl, daß Hai'pale gleichermaßen auch für sich selbst gesprochen hatte. Beherzt trat die Prinzessin vor und umarmte die alte Frau.

»Sprich nicht so. Noch gibt es Hoffnung! Denk daran, was Lumelume uns ausgerichtet hat. Nukulahi wird zurückkommen und uns alle erretten. Ich spüre es. Ich *weiß* es!«

Hai'pale blickte Tuilaepe kummervoll in die Augen und strich der jungen Frau über die Wange.

»Ich denke jeden Abend daran. All meine Gebete an Eomes sind darauf gerichtet, daß er ihm beistehen möge, wo auch immer er sich jetzt befindet. Aber deine Zuversicht ... Es fällt mir so schwer, sie zu teilen. Er ist jenseits der fernsten Inseln. Alles, was ich je geliebt habe, ist nun so fern.«

Hai'pale ließ sich auf einer bunten Bastmatte nieder, und eine einzelne Träne bahnte sich ihren Weg über die eingefallenen Wangen. Tuilaepe wußte nicht, was sie ihr Tröstliches hätte sagen können. Die Wahrheit war, daß sie manches Mal selbst jegliche Hoffnung verlor. Daß sie zweifelte, ob ihr Vertrauen und ihre Liebe zu Nukulahi gerechtfertigt waren. Sie kannte ihn doch kaum. War er wirklich, was sie in ihm zu sehen hoffte? Aber dann versuchte sie sich stets an jenen Augenblick am Nooga'-Ka'ata zu entsinnen, als sie ihrem Bräutigam das erste Mal begegnet war. Er hatte ihr damals ein Versprechen gegeben. Während des Aufstands hatte er sich unerschrocken zu ihr durchgeschlagen, um sie mit seinem Leben zu verteidigen. Und nicht nur das. Er hatte sie gesucht, hatte nach dem Entkommen aus den Kerkern nicht gleich die Flucht ergriffen, sondern war das Wagnis eingegangen, erneut in den Palast vorzudringen. Nein, sie war sich sicher, daß Nukulahi zurückkehren würde. Sie mußten Geduld haben. Allein dafür lebte sie.

»Wir dürfen die Hoffnung nicht aufgeben, Königsmutter!« Tuilaepe fiel es unsagbar schwer, ihrer Stimme einen heiteren Klang zu geben.

»Ja, Hoffnung ...« Hai'pale seufzte kummervoll.

Geräusche wurden an der Tür zum Gang vor dem Bildersaal laut. Der Riegel wurde zurückgeschoben, und ein Palastdiener betrat zusammen mit einer Wache den Raum. Der Diener schien neu, und doch glaubte Tuilaepe ihn zu kennen.

Der Wächter wollte gerade wieder neben der Tür Aufstellung beziehen, als sich der Mann unvermittelt zu ihm umdrehte, ihn hinten am Kopf packte und dem Überraschten mit einer ruckartigen Bewegung das Genick brach.

Tuilaepe und Hai'pale fuhren wie von einem Bavak gestochen hoch.

Der Fremde legte einen Finger an die Lippen und bedeutete ihnen, still zu sein. Hastig zog er den Leichnam des Mannes in den Raum, warf einen schnellen Blick in den Gang und schloß die Tür.

Anschließend nahm er in einer routinierten Bewegung die Waffen des Mannes auf, trat vor die beiden Frauen hin und verneigte sich.

»Königin. Prinzessin.«

»Richter Thaman!« entfuhr es Tuilaepe überrascht. Erst jetzt erkannte sie den Richter wieder, der sie damals, während der langen Überfahrt zur Königsinsel, auf Weisung des Obersten Richters Buralofa begleitet hatte.

»Ich dachte, Ihr wäret während der Feier umgekommen ...« Als Tuilaepe die Worte entschlüpft waren, bemerkte sie, daß diese nicht sehr feinfühlig gewesen waren. Verlegen senkte sie den Blick.

Der Richter musterte sie ausdruckslos. »Nein, Prinzessin. Ich konnte entkommen und habe mich anschließend bis nach Jama'tape durchgeschlagen.« Er wandte sich Hai'pale zu. »Ich soll Euch von Solar Fatafehi Grüße ausrichten. Er bedauert den Tod des Königs sehr.«

»Eomes! Ich danke Euch, Richter.« Hai'pale berührte erleichtert seinen Arm und zeigte plötzlich wieder einen Lebensmut, wie ihn Tuilaepe schon seit Monden nicht mehr an ihr gesehen hatte. »Wie steht es um den Widerstand im Reich?«

»Als ich ausgeschickt wurde, war Euer Bruder«, der Richter verneigte sich steif vor Tuilaepe, »gerade dabei, mit seinen Männern über Pilu'huata herzufallen. Es sieht schlecht aus. Ich bedauere, daß ich keine besseren Nachrichten für Euch habe.«

Hai'pale ließ enttäuscht den Kopf sinken.

»Und jetzt?« Tuilaepe wandte sich an den Richter, der sie mißtrauisch beäugte.

»Meine Aufgabe besteht unter anderem darin, Königin Hai'pale zu befreien. Und Euch, falls Ihr noch immer der alten Herrscherfamilie treu seid.«

Tuilaepes Wangen röteten sich vor Empörung. »Wie könnt Ihr glauben ...«

Hai'pale berührte die Prinzessin besänftigend am Arm und

wandte sich dann dem Richter zu. »Seid versichert, Richter. Seit der Hochzeit hat sich nichts verändert. Prinzessin Tuilaepe steht unverbrüchlich auf unserer Seite.«

»Gut, vielleicht könnt Ihr mir helfen. Solar Fatafehi ist sich sicher, daß wir Tongaro stürzen können, wenn es uns gelingt, die Geiseln zu befreien. Nur muß dieser Schlag überraschend erfolgen. Wißt Ihr, wo sich die Gefangenen befinden?«

Hai'pale blickte zu Tuilaepe, die das Wort ergriff.

»Man hat die Geiseln in den Korallentrakt gesperrt. Ausnahmslos Frauen und Kinder.«

»Ist das dort, wo sich die berühmte Käfersammlung Eures Gemahls befindet?« wandte sich der Richter wieder an Hai'pale.

Die Königsmutter schaute überrascht auf. »Ja, ganz in der Nähe der Perlschnurbibliothek.«

»Solar Fatafehi hat mir berichtet, daß in den Räumen der Käfersammlung ein Geheimgang existiert«, fuhr Thaman fort. »Er hat ihn in seiner Jugend zusammen mit König Halapua entdeckt. Scheint, daß die beiden damals ...«

Der Rest seiner Worte ging in dem Getrappel von Schritten und dem Geklirr von Kriegsschürzen unter, die draußen vor den Fenstern des Palasts zu hören waren. Eine Stimme bellte unten im Garten Kommandos. Thaman versteifte sich.

»Bei Eomes! Wir müssen verschwinden!«

»Was ist mit Lumelume?« Königsmutter Hai'pale schaute fragend zu Tuilaepe.

»Hier lebt noch jemand?«

»Ja, unsere treue Dienerin«, antwortete Tuilaepe. »Sie ist krank. Wir können sie nicht ...«

Doch der Richter schnitt ihr energisch das Wort ab.

»Prinzessin, Ihr müßt Eure Dienerin zurücklassen. Jetzt zählt jeder Augenblick. Es scheint, daß Tongaros Männer den Toten unten beim Brunnen entdeckt haben. Der Krieger überraschte mich dabei, als ich über die Palastmauer kletterte. Wir werden uns, so wie es steht, nicht einmal um die Geiseln kümmern können. Aber wenigstens Euch will ich aus der Stadt schaffen. Kommt jetzt!«

Tuilaepe war nicht wohl dabei, Lumelume zurückzulassen. Doch was blieb ihnen anderes übrig?

Der Richter glitt zur Tür des Saals und warf vorsichtig einen Blick auf den Gang. Dann eilte er ihn hinunter, direkt zu dem königlichen Speisesaal. Tuilaepe hatte derweil Hai'pale untergehakt, und zusammen versuchten sie mit dem Richter Schritt zu halten.

Ihr Weg führte sie vorbei an Treppen, Kammern und Räumen, die mit gestutzten Kinokbäumen und Muschelreliefs ähnlich jenem im Bildersaal geschmückt waren. Hin und wieder bat Richter Thaman Königsmutter Hai'pale, ihnen den rechten Weg zu weisen. Und beständig mußten sie auf der Hut vor Dienern sein, die den Palast überall zu dieser Tageszeit bevölkerten. Tuilaepe klopfte das Herz vor Aufregung bis zum Hals.

Sie hatten soeben die mit leuchtenden Blumen und hohen Farnen geschmückte Halle mit dem Zugang zum Palastgarten erreicht, als Thaman die beiden Frauen unvermittelt durch eine Tür in einen Nebenraum drängte, in dem die Palastdiener ihre Gerätschaften für die Gartenarbeit aufbewahrten.

Von draußen war plötzlich das Klirren von Waffen und Rüstungen zu hören, und nur wenige Augenblicke später eilte ein gutes Dutzend Krieger vom Palastgarten aus in die mit Pflanzen geschmückte Vorhalle. Thaman hatte die Tür des Nebenraums bis auf einen Spalt zugezogen. Tuilaepe konnte erkennen, daß die Männer Speere trugen und grimmig entschlossen wirkten. Ihr Anführer gebot ihnen mitten in der Halle laut Einhalt. Tuilaepe hörte am Dialekt, daß der Krieger wie sie von der Insel Lavaka'motu stammte. Mehr noch, sie erkannte ihn an der Stimme: Er war einer jener Günstlinge Tongaros, die eigentlich zusammen mit ihrem Bruder im Westen kämpften.

»Latukefu«, der Anführer sprach jenseits der Tür einen der Krieger an, »nimm dir vier Männer und sieh im Korallentrakt nach dem Rechten. Richter Thaman wird sicher versuchen, die Geiseln zu befreien. Wir anderen werden einen Blick in die Königsgemächer werfen. Ich vermute, daß Thaman diesen Räumlichkeiten als erstes einen Besuch abstatten wird. Los jetzt!«

Die Krieger hinter der Tür setzten sich wieder in Bewegung, und ihre Schritte verhallten schon bald in den Gängen des Palasts.

»Bei Eomes! Woher wissen die, daß ich hier bin?« Richter Thaman warf Tuilaepe und Hai'pale einen verärgerten Blick zu. »Es scheint, daß ich verraten wurde.«

»Vielleicht hat dieser Verräter einen Warakkäfer nach Nuku'atepe geschickt?« warf Hai'pale fragend ein.

»Ich befürchte etwas viel Schlimmeres«, meldete sich Tuilaepe mit bebender Stimme zu Wort. »Dieser Anführer eben ... Ich bin mir sicher, daß ich ihn kenne. Wenn er hier ist, dann kann auch Tongaro nicht weit sein.«

Thaman schnaubte ungehalten »Das gefällt mir nicht. Immerhin, im Palastgarten dürfte jetzt niemand mehr sein. Das werden wir uns zunutze machen. Mein Katamaran ist eine halbe Tagesreise im Süden versteckt. Wir müssen lediglich Colepa'Taru hinter uns lassen. Wenn wir den Dschungel erst einmal erreicht haben, dann sind die Vorteile wieder auf unserer Seite.«

Er blickte sich um und riß ungestüm einige Dienergewänder von den Haken an der Wand. Erst als Tuilaepe und Hai'pale sich unauffälliger gekleidet hatten, öffnete er wieder die Tür und eilte ihnen dann voraus in die Halle. Prinzessin und Königsmutter folgten dem Richter in den Garten, wo sie geduckt von Baum zu Baum und von Farn zu Farn huschten.

Hinter dem strahlendweißen Palast ragte finstergrün der dschungelbewachsene Tarupiberg auf, an dessen Flanke der Herrschaftssitz vor Generationen errichtet worden war. Der Himmel über ihnen war schon seit Monden mit einem grauen Wolkenschleier bedeckt, und die Sonne war nicht mehr als ein trübe leuchtender Lichtball am fernen Himmelsrund. Dennoch genoß Tuilaepe das Grün der Pflanzen und den Duft der Blumen um sie herum.

Auf einem Stein, der ein Blumenbeet zierte, entdeckte sie ein grünes Solarschamäleon. Das Tier hatte sich dort auf die Lauer gelegt, um Jagd auf gelbschillernde Purakäfer zu machen, die schwerfällig die Blüten umkreisten. Und im Hintergrund war das Glitzern eines Fischteichs zu erkennen. Tuilaepe wußte, daß die Gärtner dort zum Vergnügen der Bewohner grüne Felsbeißer ausgesetzt hatten, deren Flossen an feine Schleier aus Meertang gemahnten. All das schien der Prinzessin ein Vorgeschmack auf die Freiheit, die jetzt zum Greifen nah war.

Ihr Bruder hatte sie schon so lange in die Königsgemächer gesperrt, daß sie fast vergessen hatte, welche Schönheiten das Reich der Tausend Inseln hervorbrachte.

Oben im Palast waren Alarmschreie zu hören. Tongaros Männer hatten entdeckt, daß sie geflohen waren.

»Wartet!« ermahnte sie Richter Thaman leise, dann schlich er geduckt auf eine schmale, hölzerne Gartenpforte inmitten der Palastmauer zu, vor der zwei Krieger mit Kriegsschürzen, Speeren und Schilden Wache hielten. Selbst Tuilaepe verlor ihn aus den Augen. Da sprang Thaman auch schon hinter einem Blumenbeet mit mannshohen Jovolilien hervor. Ihre weißen Blüten knickten unter seinem Ansturm ab, und eine Schneise inmitten des Beets zeugte von dem Weg, den der Richter für seinen Angriff gewählt hatte. Überrascht ruckten die Köpfe der beiden Krieger herum, als der Richter wie ein Blitz zwischen sie fuhr. Bevor die Männer um Hilfe rufen konnten, ging der erste von ihnen auch schon zu Boden. In seiner Brust steckte zitternd der Speer, den Thaman dem getöteten Krieger oben im Bildersaal abgenommen hatte. Der andere schaffte es eben noch, seinen Schild hochzureißen, da krachte Thaman auch schon im Strecksprung gegen ihn. Schwer stürzte der Krieger gegen die Palastmauer und versuchte noch, den Speer gegen Thaman zu richten. Doch dieser war ihm bereits mit einem weiteren Satz nachgesprungen, so daß der Krieger die Waffe nicht mehr wirkungsvoll zum Einsatz bringen konnte. Der Richter wirbelte um die eigene Achse, fegte den Speer mit einem gezielten Tritt beiseite und hatte dem Krieger im nächsten Augenblick einen Dolch in den Hals gerammt. Gurgelnd kippte der Mann zur Seite.

Hai'pale gab einen erschreckten Laut von sich, und Tuilaepe tastete beruhigend nach ihren Arm. Einmal nur hatte sie einen Mann so kämpfen gesehen wie den Richter dort vorn. Das Spiel seiner Muskeln erinnerte sie an Nukulahi, damals, als er sie während der Revolte mit seinem Leben beschützt hatte.

Der Richter nahm seine Waffen wieder auf und winkte Tuilaepe und der Königsmutter ungerührt zu. Als sie ihn erreicht hatten, hatte Thaman bereits die Pforte aufgesperrt und schob sie hindurch.

Dort schlängelte sich ein Pfad den Berg hinunter zur Königsstadt, deren Dächer sich wie ein Meer aus hölzernen Wellen und Buckeln erstreckten. Ein unangenehm warmer, nach Tang und Fisch riechender Wind fuhr von Meer kommend den Berg bis zu ihnen herauf.

»O nein!« Erschrocken strich sich Tuilaepe das lange dunkle Haar aus der Stirn und deutete auf die Bucht mit dem Hafen von Colepa'Taru. Dort waren die Masten zahlreicher Katamarane auszumachen. Ein Teil von Tongaros Kriegsflotte!

Und noch immer näherten sich weitere Segler von der See kommend der Stadt.

Am Strand hatten sich bereits große Gruppen von Kriegern versammelt. Golden blitzten ihre Rüstungen, Waffen und Schilde, während sie die Straßen und Gassen der Königsstadt hinauf zum Königspalast eilten.

»Wenn wir uns unauffällig verhalten, kann uns die Flucht trotzdem gelingen«, versuchte sie Thaman zu beruhigen. Zu dritt rannten sie den Pfad hinunter – keinen Atemzug zu spät, denn in diesem Moment waren im Palastgarten die Rufe der Krieger zu hören, die den Palast durchkämmt hatten. Hinter ihnen wurde ein Muschelhorn geblasen.

Hai'pale keuchte erschöpft, als sie die ersten Pfahlbauten Colepa'Tarus erreichten, und auch Tuilaepe rann der Schweiß die Stirn hinunter. Die Einwohner der Stadt hatten längst bemerkt, daß Gefahr im Verzug war, und sich in ihre Häuser zurückgezogen. Doch das würde sie nicht vor der Willkür von Tongaros Kriegern schützen.

Die Bewaffneten schienen bereits zu wissen, daß sich die Flüchtenden innerhalb der Stadt aufhielten. Die Krieger eilten nicht etwa weiter hinauf zum Palast, sondern durchkämmten gezielt eine Gasse nach der anderen. Abgesehen von den Kriegern wirkte Colepa'Taru wie ausgestorben.

»Ich begreife das nicht.« Selbst Richter Thaman klang mittlerweile besorgt. Sie drückten sich gegen die Wand einer Hütte, hinter der das Geschrei eines Kindes erklang, und beobachteten in ihrem Schutz einen Trupp aus acht Kriegern. Die Männer kamen ihnen in einer der Gassen langsam entgegen und suchten auf ihrem Weg auch die Gärten der umliegenden Pavillons ab.

Leise fuhr der Richter fort. »Entweder haben wir einen Verräter in den eigenen Reihen, oder ...« Er ließ die letzten Worte unausgesprochen und schüttelte unwillig den Kopf. »Es ist wie bei den Schlachten, die wir im Westen austragen. Ständig hat man das Gefühl, daß Tongaro unsere Pläne schon im voraus kennt.«

Auch aus einer anderen Gasse war bereits das Klirren der Kriegsschürzen zu vernehmen. Es war zum Verzweifeln. Wenn ihnen nicht geschwind etwas einfiel, dann hatten Tongaros Krieger sie schon bald eingekreist.

»Wir könnten uns in einer der Hütten verstecken«, schlug Richter Thaman leise vor.

»Nein.« Königsmutter Hai'pale winkte energisch ab. »Ich lasse nicht zu, daß wir unbescholtene Colepa'Taris gefährden. Uns muß etwas anderes einfallen.«

Mit einemmal glaubte Tuilaepe von irgendwoher Gesang zu hören. Es handelte sich um ein wehmütiges Liebeslied, das der Situation, in der sie sich befanden, völlig unangemessen war.

Irritiert schüttelte die Prinzessin den Kopf, doch das Lied verstummte nicht. Im Gegenteil, der Gesang wurde lauter, klarer und lockender. Auf eigentümliche Weise schien es ihr, als würden die Melodien aus weiter Ferne von den Schwingen des Windes bis zu ihrem Versteck getragen. Erstaunt riß sie die Augen auf. Bei Eomes, sie kannte die Stimme des Sängers vom Nooga'-Ka'ata her. Das war Nukulahi!

»Königsmutter, hörst du das Lied?« Sie rüttelte Hai'pale an der Schulter, die sie erschrocken anblickte. »Nukulahi ist zurück.«

Die Königsmutter und der Richter warfen sich verwirrte Blicke zu.

»Ich höre nichts, Prinzessin«, flüsterte Richter Thaman an Hai'pales Stelle. In seiner Stimme lag Ungeduld. »Wir sollten uns besser entscheiden, welchen Weg wir jetzt einschlagen. Es scheint mir, als ob die Krieger einen Ring bildeten.«

Der Gesang wurde mit jedem Ton klarer, drängender und schien ihren Körper liebkosen zu wollen. Auf ihrer Haut breitete sich ein wohliges Prickeln aus. Ja, es schien ihr, als riefe Nukulahi sie. Da wußte sie, was zu tun war. »Stellt mir keine Fragen, sondern folgt mir!«

Sie nahm entschlossen Hai'pales Hand und stieß sich von der Hütte ab. Die Königsmutter gab einen erschreckten Laut von sich, doch im nächsten Moment hatten sie auch schon das Gewirr einiger Pfähle erreicht, auf denen einer der Pavillons errichtet war. Auch Thaman war ihnen nachgeeilt.

»Prinzessin«, herrschte er sie leise an. »Das eben war sehr gefährlich. Wenn wir noch einmal ein solches Wagnis eingehen, entdecken uns die ...« Weiter kam er nicht, denn Tuilaepe gebot ihm energisch zu schweigen.

Das Lied erklang jetzt weiter zu ihrer Rechten. Sie zog Hai'pale wieder mit sich und hatte wenige Augenblicke später eine kleine Gasse erreicht, die frei von Kriegern war. Richter Thaman wollte wieder sein Wort erheben, doch stattdessen blickte er sich erstaunt um und schwieg.

Entschlossen führte Tuilaepe die kleine Gruppe an. Manchesmal vermeinte sie Nukulahis Stimme zu ihrer Linken, manchesmal zu ihrer Rechten zu hören. Doch stets führte sie sein Gesang zu einem Ort, an dem ihnen Tongaros Krieger entweder den Rücken zukehrten oder den sie bereits abgesucht hatten.

Auf diese Weise gelangten sie zwischen all den Bauten zielsicher bis zur Stadtgrenze. Die Prinzessin spürte selbst, daß dies nicht mit rechten Dingen zugehen konnte. Aber sie fühlte tief in ihrem Herzen, daß die wundersame Melodie keine Einbildung war. Sie schmeichelte ihrem Herzen, neckte, behütete und leitete sie. Schon bald würden sie das Gewirr der Häuser und Pavillons hinter sich gelassen haben. Niemand würde sie aufhalten können, sie mußten sich lediglich dem Gesang anvertrauen.

Ein strahlendes Lächeln huschte über ihr Gesicht. Sie gab sich ganz Nukulahis Stimme hin, jeder Zweifel war vergessen. Das war das Lied, das er ihr damals am Nooga'Ka'ata versprochen hatte. Oh, sie liebte und sehnte sich nach ihrem Bräutigam.

Schlagartig verstummte Nukulahis Gesang. In diesem Augenblick war es Tuilaepe, als zerrisse ein unsichtbares Band zwischen ihr und Nukulahi. Ein stechender Schmerz schoß ihr durch die Brust, raubte ihr die Sinne und ließ sie schwer auf den Boden stürzen.

Bei Eomes, was war geschehen? Ihr Herz, das eben noch leicht und beschwingt im Takt der Melodie geschlagen hatte, schien jetzt schwerer als ein Brocken harten Felsgesteins. Sie bekam nur beiläufig mit, wie Richter Thaman sie vom Boden hochzog und sie besorgt anblickte. »Prinzessin, was ist mit Euch?«

Sie wollte antworten, doch alles, was sich ihrer Kehle entrang, war ein trockenes Schluchzen. Tränen liefen über ihre Wangen, und der Verlust, den sie mit einemmal fühlte, wog schwerer als jede Vernunft.

»Da sind sie!«

Die Stimme eines Kriegers drang an Tuilaepes Ohren. Erst jetzt bemerkte sie, daß sie auf einem kleinen Platz standen, der von Palmen umgeben war. Richter Thaman ließ die Prinzessin los und wirbelte herum.

»Mir nach!« rief der Richter. Doch noch während sie auf eine Gasse zuliefen, bog er ruckartig ab. Auch hier kamen ihnen Krieger entgegen. Noch einmal schlugen sie sich in eine winzige Nische. Eine Sackgasse!

Jegliche Fluchtwege waren ihnen abgeschnitten. Von überall her strömten weitere Krieger herbei, die wütend die Waffen auf sie gerichtet hielten.

Thaman atmete tief ein und wandte sich mit ernstem Gesicht an Königsmutter Hai'pale.

»Ich habe versagt. Ich bedauere, Euch enttäuscht zu haben ...«

Die Krieger hatten den Platz zwischen den Hütten inzwischen erreicht und umstellten sie von allen Seiten. Tuilaepe fühlte, wie die Königsmutter sie beschützend in die Arme nahm. Jetzt ließ auch der Tränenstrom nach.

In diesem Augenblick öffnete sich der Ring aus Kriegern, und zu Tuilaepes Schrecken betrat niemand Geringerer als Tongaro selbst den Platz.

Mit wildem, flackerndem Blick verschaffte sich der Königsmörder einen Überblick über die Lage. Er war unrasiert, und eine frisch verheilte Narbe leuchtete rot auf seiner rechten Wange. Es war offensichtlich, daß er direkt vom Hafen der Stadt hierhergestürmt war. In seiner Rechten hielt er eine Hela. Tuilaepe war sich sicher, daß dies die Waffe des Obersten Richters Buralofa war, mit dessen Ermordung sich ihr Bruder bei dem Hochzeitsfest gebrüstet hatte.

Tuilaepe und Hai'pale traten ängstlich einen Schritt zurück und hielten einander weiterhin fest umklammert. Die Prinzessin spürte, daß auch Hai'pale vor Furcht zitterte. Selbst die Krieger lockerten den Kreis ein wenig, den sie um die Flüchtigen geschlossen hatten. Kalt lächelte Tongaro den Richter an.

»Sieh einmal an, Richter Thaman. Ich hatte mich immer gefragt, was aus Euch geworden ist. Als Richter solltet Ihr doch eigentlich wissen, daß es außerordentlich ungesetzlich ist, gegen den Willen des Königs zu verstoßen.«

Thaman musterte seinen Gegner kühl und hielt seinen Speer vor sich.

»Du bist nichts weiter als Abschaum, Tongaro. Ein feiger Mörder und Thronräuber. Ich diene noch immer dem wahren König. Und der heißt Nukulahi.«

Tongaros Augen verengten sich, bevor er mit hochrotem Kopf losbrüllte. Speichel sprühte aus seinem Mund.

»Nukulahi! Nukulahi! Immer wieder dieser Name! Ich habe verboten, ihn auch nur auszusprechen! Wie kann es nur sein, daß es immer noch Männer gibt, die an diesen Schwächling überhaupt denken? Nukulahi hat sich zu seinen Freunden vom Weltenrand geflüchtet. Begreift das denn niemand?«

Tongaro sah sich mit glühendem Blick um. »Zu den Feinden von Eomes' Reich! Und die Freunde unserer Feinde sind ebenfalls unsere Feinde! Aber diese Schwäche werde ich aus dem fauligen Fleisch unseres Volkes herausschneiden. Ein für allemal.«

Tuilaepe sah, wie ihr Bruder die Augen schloß und sich scheinbar von einem Augenblick auf den anderen wieder beruhigte. Mit falschem Lächeln fixierte er den Richter.

»Willst du nicht wissen, wie es kommt, daß ich so plötzlich hier bin?«

Tongaros Stimme troff vor Zynismus. Der Richter blickte seinen Gegner ausdruckslos an.

»Weil mittlerweile auch Pilu'huata gefallen ist. Der Solar lebt nicht mehr. Aber ich habe dafür gesorgt, daß er mir vor seinem Tod – und glaubt mir, der war äußerst qualvoll! – ewige Treue geschworen hat. Und als treuer Diener des neuen Königs hat er mir natürlich euren kleinen Plan verraten. Aber damit ist es jetzt zu Ende, Thaman. So, wie es auch mit dir zu Ende ist.«

Tongaro hob die Hela und trat einen Schritt vor. Er baute sich in der Kampfhaltung der Richter auf. Thaman musterte ihn aufmerksam. Tongaro bleckte seine Zähne und gab ihm mit einem großmütigen Wink seiner Linken zu verstehen, daß er ihm die Initiative überließ.

Thaman wirbelte um die eigene Achse und trat schneller zu, als Tuilaepe es für möglich hielt. Doch Tongaro schien die Bewegung bereits im Ansatz erahnt zu haben. Er sprang in die Höhe, riß den Schaft seiner Hela nach oben und …

Eine Finte!

Thaman der soeben mit seinem Speer zustoßen wollte, blickte ungläubig auf seine Brust. Dort steckte bereits, bleich wie der Tod, der Schaft eines Dolches aus Perlmut. Tongaro hatte ihn ungesehen unter seiner Kleidung hervorgezogen.

Der Kampf war zu Ende, ehe er recht begonnen hatte. Tongaro trat einen Schritt zurück und sah mit an, wie Thaman zusammenbrach.

Breit grinsend rieb er über den Schaft seiner Waffe. »Was lernen wir daraus? Man sollte seinen Gegner nie unterschätzen.«

Dann heftete sich sein Blick unvermittelt auf Tuilaepe.

»Ich hoffe doch, du hattest nicht vor, böse Dinge zu tun?« fragte er tadelnd, und in seinen Augen blitzte der Spott.

Tuilaepe löste sich von Hai'pale und trat mit langsamen, beherrschten Schritten vor ihren Bruder. Ihre Stimme zitterte vor unterdrücktem Haß.

»Töte uns ruhig. Aber das wird dich auch nicht vor seiner Rache bewahren. Ich weiß es, und du weißt es auch! Er wird zurückkommen! Nukulahi kommt, und er wird sich holen, was ihm gebührt.« Mit Todesverachtung spuckte Tuilaepe ihrem Bruder ins Gesicht. Der zuckte noch nicht einmal mit den Augenlidern. Nachdenklich musterte Tongaro seine Schwester, dann wischte er sich über die Wange. Plötzlich packte er sie an ihrem Copbuh-Gewand und zog sie an sich. Seine Augen waren nun dicht vor den ihren, sein Mund nah an ihrem Ohr.

»Ich weiß, daß dieser Schwächling zurückkommt«, flüsterte er rauh, und der grausame Tonfall erschreckte die Prinzessin bis ins Mark. »Aber zuerst werde *ich* mir nehmen, was mir gebührt.« Seine Finger glitten über Tuilaepes Brüste. Immer noch sah er ihr in die Augen. Sie versuchte entsetzt, sich aus seinem Griff zu lösen. In den Augen ihres Bruders flackerte der Wahnsinn.

»Unsere Familie ist die ehrenvollste im ganzen Inselreich, Schwester«, fuhr er sie laut an. »Aus unser beider Blut werden rein und klar die künftigen Könige Coleopas hervorgehen. Wir beide werden eine neue Dynastie begründen, und unsere Söhne werden Eomes' Botschaft an den Rand der Welt tragen.«

»Nein!« Tuilaepes gellender Schrei hallte über den Platz, und die Verzweiflung verlieh ihr Kraft. Mit einem Ruck riß sie sich von ihrem Bruder los, und nur mühsam konnte sie ein Würgen unterdrücken. Schluchzend stürzte sie zurück in die Arme Hai'pales. Das Gesicht der Königsmutter war wie in Stein gemeißelt. Sie schloß das Mädchen in die Arme und sah Tongaro unverwandt in die Augen.

»Du bist ein Ungeheuer«, flüsterte sie.

Tongaro lachte nur und drehte sich dabei zu seinen Kriegern um. Diese sahen sich verunsichert an und stimmten dann zaghaft in sein Gelächter ein.

Der Thronräuber wandte sich wieder seiner Schwester zu, und sein Blick richtete sich nach innen. Er verdrehte die Augen, bis nur noch das Weiße zu sehen war.

Tuilaepe zitterte bei diesem Anblick, und sie wünschte sich mit aller Macht seinen Tod.

»Ich habe noch keinen meiner Gegner unterschätzt«, sagte er leise. »Ja, Schwester, vielleicht wird dein *Nukulahi* wiederkehren. Und vielleicht wird er auch seine falschen Freunde vom Rand der Welt um Hilfe bitten. Aber ich werde ihn erwarten und ihm einen gebührenden Empfang bereiten.«

Tongaro schüttelte sich unmerklich, und sein Blick wurde wieder klar. »Schon jetzt habe ich die Schiffsbauer angewiesen, Katamarane zu entwerfen, die größer und stärker sind als alles, was wir zuvor gebaut haben. Und ich habe noch weitere Überraschungen für ihn ersonnen ... Erst wenn ich seinen Kopf in Händen halte, wird meine Herrschaft vollkommen sein!« Der selbsternannte König lachte.

»Leider muß ich dich jetzt verlassen.« Tongaro deutete zu seinen Kriegern, die dem Schauspiel unbewegt beigewohnt hatten. »Meine Männer erwarten, daß ich sie nach Jama'tape führe. Auch über Fatafehi werde ich wie ein Sturmwind hereinbrechen!«

Er machte einen Schritt auf seine Schwester zu. »Wenn ich zurückkehre, werden wir Hochzeit feiern. Du wirst als meine Gemahlin an meiner Seite herrschen. Ich erwarte, daß du dich in aller gebührenden Form darauf vorbereitest, Prinzessin. Und ich erwarte, daß du für mich tanzt!« Er fuhr sich mit der Zungenspitze über die trockenen Lippen.

Zwei der Krieger traten aus dem Kreis hervor und schickten sich bereits an, die Leiche Thamans fortzuschaffen. Doch auf eine gebieterische Geste Tongaros hin hielten sie inne.

»Nein, bringt den Richter in den Bildersaal. Dort, wo schon die Leiche jenes Mannes liegt, der so dumm war, sich von Thaman überrumpeln zu lassen. Niemandem ist es erlaubt, sie von dort zu entfernen.«

Ungerührt wandte er sich wieder zu seiner Schwester um.

»Auch ihr beide werdet wieder in den Räumen des Bildersaals Quartier beziehen. Schon bald wird Thaman und den anderen der Duft des Todes umwehen. Das wird euch lehren, daß man sich mir nicht widersetzt!«

Auf ein Zeichen von Tongaro hin ergriffen die Krieger Prinzessin und Königsmutter und zerrten sie unsanft durch die Stadt zum Palast zurück. Tuilaepe spürte nichts von alledem. Ihre Gedanken galten allein dem Gesang Nukulahis, der ihr zuvor die Hoffnung zurückgegeben hatte.

Umsonst.

Der einzige Zeuge

Castra dei *des* princeps *von Kurjameos,*
Goldschlägerviertel von Andhakleia,
zu Mittag am 13. Tag des Wolkenmondes,
im 459. Jahr der Abwesenheit Gottes

Pater Massimilio kniete andächtig vor dem Standbild der Hochheiligen Sarmantha. Wie überall in Andhakleia war sie als atemberaubend schöne Frau in einem luftigen Gewand dargestellt, das ihre fraulichen Wölbungen mehr enthüllte als verbarg. Er betete in ihrem Angesicht, und daß, obwohl ihm Statuen wie diese stets anzüglich erschienen.

Der *pater* versuchte sich auf die beiden Locken des Abwesenden Gottes zu konzentrieren, die die Heilige in Händen hielt. Doch immer wieder wanderte sein Blick zu den sinnlichen Lippen und dem entblößten Ansatz ihrer Brüste. Das Bildnis war empörend. Ihm mangelte es an Askese und Bescheidenheit, zu der die Priester angehalten waren. Statt sich auf die Tugenden der Heiligen zu besinnen, wie man es in seiner Heimat, dem Merkantilischen Imperium, tat, hatte der Bildhauer ihre körperlichen Attribute hervorgehoben.

Kurjameos hielt es damit nicht anders als viele Länder der

Ehernen Liga. In manchen Gegenden sah man die Heiligen halbnackt, so wie es der Lebenssitte einiger Bewohner des Südens entsprach. Wieder andere waren über und über mit unnötigem Zierat geschmückt, der den Tugendwächtern des Abwesenden Gottes wirklich nicht anstand. Ganz zu schweigen von Zumutungen wie dem vierarmigen Malachias von Uhurubad oder den Darstellungen anderer Wilder am Leonîl.

Die Menschen sollten sich besser auf die Lehren der Heiligen besinnen und ihr Leben nach ihren Taten ausrichten.

Von Sarmantha war überliefert, daß sie sich zeit ihres Lebens aufopferungsvoll um die innere Festigung der Kirche gesorgt hatte. Es hieß, Sarmantha habe 211 Basiliken gegründet. Und viele der Brauchtümer, Zeremonien und Rituale, die die Kirche bis heute pflegte, gingen auf die Schriften der Hochheiligen zurück – das *res gestae divi aionari*.

Selbst er kannte die umfangreichen Unterweisungen Sarmanthas nur in Auszügen. Es hieß, daß die in rote Soutanen bekleidete Priesterschaft des *ordo silentii mysteriorum*, jenes gestrengen Ordens, der über die verbotenen Geheimnisse der Kirche wachte, die Urschrift des bedeutenden Werkes in den Bergen von Gondallo hütete. Gerüchteweise bestand das Lebenswerk der Hochheiligen aus mehr als 72 Büchern. Es war damit so umfangreich, daß der Rote Orden schon vor Jahrhunderten begonnen hatte, ihre Hinterlassenschaft neu zu gliedern und nach Themen und Inhalten unterteilte Abschriften zu verbreiten.

Sarmantha galt aber auch als gestrenge Richterin über die Feinde der Kirche. Massimilio hatte jede der kommentierten Schriften, die in seine Hände gelangt waren, eifrig studiert. Denn der Kampf gegen die Gegner der Kirche war auch sein Lebensziel.

Vor sechs Jahren hatte er dazu beigetragen, die Missetaten dreier Priester in Grazzianda an der Küste des Weißen Meeres aufzudecken. Sie hatten sich über Monde hinweg am Gold der Kirche bereichert. Ein halbes Jahr später war es ihm gelungen, den Raub einer Reliquie aufzuklären: den Schädel des heiligen Kebaldus, der einst ein demütiges Leben als Einsiedler führte und als Schutzpatron gegen Hunger und Kälte galt. Sein Erfolg bei der Aufklärung dieser Verbrechen hatte sich schon bald in anderen Kirchenprovinzen herumgesprochen, deren *principes* ebenfalls an diskreter Hilfe gelegen war.

Keiner unserer Gegner ist unfehlbar! Massimilio hatte sich die überlieferten Worte Sarmanthas zu eigen gemacht. Scharfsinn und Beharrlichkeit, das waren die Waffen im Kampf gegen die Kirchenfeinde, die die Hochheilige seiner Ansicht nach gemeint hatte. Und er verfügte über diese Tugenden.

Dies und der tadellose Ruf, den er sich erworben hatte, waren die Gründe, warum ihn *princeps* Purusheos von Andhakleia gebeten hatte, in die Hauptstadt des kurjamäischen Reiches zu kommen, um hier im Range eines *collectors* ein Spitzelnetzwerk aufzubauen. Denn eine Stadt, die eine Lehranstalt unterhielt, die nicht von der strengen und lenkenden Hand der Aionars-Priesterschaft betreut wurde, war den Einflüsterungen des Buckligen ganz besonders erlegen. Zu große Neugier war der Boden, auf dem der Mißgestaltete seine Saat ausstreute.

Überhaupt schien ihm die Stadt ein Nährboden für Ungehorsam und Freidenkertum. Massimilio war sich sicher, daß dies auch der Grund dafür war, warum sich Kurjameos als erstes Reich gegen das Merkantilische Imperium erhoben und damit einen Flächenbrand entfacht hatte, der bis weit über das Meer der Säulen hinausreichte. Wenn er ehrlich zu sich selbst war, mußte er sich eingestehen, daß er Andhakleia nicht mochte, mehr noch – aus tiefstem Herzen verachtete!

Die einzige, die ihm seinen Aufenthalt in dieser Stadt erträglicher gemacht hatte, war Schwester Rawalpinda. Zwar war sie Kurjamäerin und stellte daher viele seiner Ansichten in Frage, doch wie er hatte sie ihr Leben ganz der Aufgabe geweiht, die Kirche vor inneren und äußeren Feinden zu schützen. Als Philosophin an der Universität vermochte sie ihm die besten Hinweise zu geben. Aber sie war weit mehr als das. Er liebte die Gespräche mit der gebildeten Priesterin. Und er liebte auch ihre samtene Haut und die Nächte, die sie zusammen verbrachten. Doch seit dem Jahreswechsel war sie verschwunden. Er machte sich ernstlich Sorgen um sie. Wahrscheinlich hatte man sie verschleppt.

Immerhin war Rawalpinda dem umtriebigen Dekan der Universität auf der Spur gewesen, dem Hohen Philosophen Ramaogeus. Ein überaus dubioser Mann.

Dank ihr besaß die Kirche von Andhakleia Hinweise darauf, daß der Hohe Philosoph Gelder der Universität für den Ankauf gewisser Bücher und Exponate verwendete, die nicht in den allgemein zugänglichen Bibliotheken oder Schauräumen auftauchten, darunter ketzerische Schriften, die die Allmacht der Kirche in Frage stellten, Artefakte, denen nachgesagt wurde, daß sie einst Götzendienern gehört hatten, und mancherlei andere Dinge mehr. Doch bislang mangelte es ihnen an eindeutigen Beweisen, die es ihnen ermöglichen würden, vor einem Kirchengericht Anklage gegen den Obersten Berater des Maharadschas zu erheben.

Ihr Plan war es gewesen, die nächtliche Verdunkelung während der Feierlichkeiten zur Jahreswende und den seltenen Leerstand in der Himmelswarte zu nutzen, um den Bleikammern im Kellergeschoß einen Besuch abzustatten. Rawalpinda hatte herausgefunden, daß es dort einen Raum gab, der allein von dem Hohen Philosophen genutzt wurde. Doch wie es aussah, war seine Glaubensschwester im Turm auf unerwarteten Widerstand gestoßen. Nicht in den Kellergeschossen, sondern oben, im Observatorium. Nur ein einziger Zeuge dieser Nacht hatte die Ereignisse im Turm überlebt – und der war noch immer nicht ansprechbar.

Noch nicht.

Im Eingang zur Bethalle war ein Hüsteln zu hören. *Pater* Massimilio wurde aus seinen Gedanken aufgeschreckt, küßte den schlichten Aionarsstern um seinem Hals, erhob sich und wandte sich um. In der Tür stand *pater* Bavaphios in seiner schlichten Soutane aus hellem Leinen. Er war *magister officiorum* und Mitglied des *ordo curatoris dei,* dessen Angehörigen für gewöhnlich die Verwaltungsaufgaben der Kirche übertragen wurden. Damit war er die rechte Hand des Kirchenfürsten und auch darin eingeweiht, welcher Aufgabe Massimilio in Andhakleia nachging.

»Bruder, der *princeps* Purusheos wünscht dich zu sehen. Der Verletzte ist erwacht!«

Massimilio nickte und folgte Bavaphios eilenden Schrittes zu einem kargen Raum im hinteren Teil des Kirchenpalasts, der als Krankenzimmer hergerichtet war. Leises Stöhnen empfing sie.

Princeps Purusheos erwartete sie bereits. Er trug eine strahlendweiße Soutane, die im auffälligen Kontrast zu dem purpurfarbenen Turban stand, mit dem sich der Kirchenmann schmückte. Der kostbare Farbton der Kopfbedeckung verriet, daß sie dem kurjamäischen Kirchenfürsten gegenüberstanden. Einst ein kräftiger Mann, war er inzwischen weit über siebzig, und seine Bewegungen waren steif und langsam. Doch seine dunklen Augen blitzten noch immer hellwach und gemahnten Massimilio daran, den *princeps* trotz seines hohen Alters nicht zu unterschätzen. Purusheos begrüßte sie mit stummem Nicken, dann wandte er sein Augenmerk wieder dem Krankenlager zu. Der Kopf des Mannes, dessen geschundener Leib auf einer schmalen Pritsche ruhte, war bandagiert. Sein Körper war durchtrainiert, keine Frage. Vermutlich hatte ihm dieser Umstand das Leben gerettet. Der Narbengesichtige galt seit seiner Jugend als treuer Streiter Aionars. Früher hatte er im *ordo militis dei*, dem bewaffneten Arm der Kirche, als Ordensritter gedient. Doch seit einem halben Jahr war er jener kleinen Gruppe Verschworener zugeteilt, die Massimilio zur Beobachtung und Unterwanderung der Universität hatte aufstellen lassen. Flußfischer hatten ihn zu Beginn des neuen Jahres am Ufer des Andhuata gefunden, und es war ein Wunder, daß er noch lebte. So wie es schien, hatte der Mann einen Sturz von der Himmelswarte überstanden. Der Fluß war seine Rettung gewesen.

Pater Massimilio hoffte, daß ihm der Ordensritter endlich jene Antworten geben konnte, nach denen er schon seit so vielen Tagen dürstete. *Princeps* Purusheos und *pater* Bavaphios hielten sich im Hintergrund, als er sich vorsichtig auf die Kante der Pritsche setze.

»Wie geht es dir, mein Sohn?« hob Massimilio zu sprechen an.

Der Mann nickte schwerfällig. »Immerhin, Bruder, ich atme noch.«

»Erzähle mir, was hat sich in der Himmelswarte zugetragen?«

»Wir waren gerade dabei, die Tür zur Bleikammer aufzustemmen, als wir plötzlich Stimmen im Turm hörten ...« Die Stimme des Bandagierten klang rauh, das Sprechen fiel ihm sichtlich schwer. *Pater* Bavaphios trat vor, schenkte Wasser ein und gab es dem Mann zu trinken. Der Ordensritter hustete, bevor er mit schwacher Stimme fortfuhr. »Schwester Rawalpinda beschloß, daß wir der Sache nachgehen sollten. Es waren Fremde. Wir folgten ihnen nach oben, zum Observatorium.«

»Das ahnte ich bereits, mein Sohn. Habt ihr herausgefunden, was sie dort oben wollten?«

»Ich weiß nicht, um was es im einzelnen ging. Aber die Fremden nannten einen Namen, der Schwester Rawalpinda sehr erregte, bevor wir sie stellten.«

»Und der lautete?«

»Der Name war ...« Der Verletzte hustete wieder. »Sie sprachen von einem gewissen Leomedes.«

Massimilio runzelte die Stirn, ihm sagte der Name nichts. *Princeps* Purusheos hingegen stieß einen überraschten Laut aus. Er warf ihm einen Blick zu, doch der Kirchenfürst gebot ihm energisch, mit der Befragung fortzufahren.

»Wer waren die Fremden?«

»Eine Frau und zwei Männer. Schwester Rawalpinda sprach sie mit Kapitänin an. Einer der Männer sah aus wie ein Heide aus Esanuk. Er hatte auffallend lange Haare und wußte verdammt noch mal zu kämpfen. Er war es, der mich vom Turm gestoßen hat. Den dritten habe ich schon einmal unten am Hafen gesehen. Er ist ...«

»Ich weiß, wer die drei sind!« unterbrach ihn Massimilio zornig. »Es handelt sich bei ihnen um Kapitänin Surjadora, Steuermann Lakshapheus und einen Eingeborenen namens Nukulahi, den sie von ihrer Expedition mitgebracht haben. Die Kapitänin wird ebenfalls schon seit einiger Zeit verdächtigt, mit den Philosophen gemeinsame Sache zu machen.«

»Die Kapitänin kommandiert die Karavelle *Stern von Andhakleia*, richtig?« *Pater* Bavaphios nahm dem verwundeten Ordensritter das Glas ab und füllte es erneut mit Wasser.

»Richtig«, antwortete Massimilio.

»Die ist gestern mit unbekanntem Ziel ausgelaufen«, mischte sich der *princeps* Purusheos überraschend in das Gespräch ein. Der Kirchenfürst trat jetzt ebenfalls dicht an das Krankenlager heran und tätschelte die Hand des Verletzten. »Du hast gute Arbeit geleistet, mein Sohn. Wir werden dich gesundpflegen.«

Der Bandagierte nickte dankbar.

»Ich weiß, daß die Kapitänin die Stadt verlassen hat«, nahm Massimilio den Gesprächsfaden verärgert wieder auf. »Entweder, sie hat Schwester Rawalpinda mitgenommen, oder aber ... sie hat sie umgebracht und dann beseitigt.« Die Stimme des Merkantiliers wurde spröde. Insgeheim klammerte er sich noch immer an die Hoffnung, daß seine Geliebte noch leben könnte. Doch zugleich fühlte er, daß der Gedanke töricht war. Gegenüber Rawalpindas Begleitern hatten Kapitänin Surjadora und ihre Männer auch keine Nachsicht gekannt.

Der Verletzte trank einen weiteren Schluck. *Pater* Bavaphios deckte ihn zu und überprüfte den Sitz der Verbände, während Massimilio und der Kirchenfürst den Raum verließen, um sich auf dem Gang vor der Tür ungestört unterhalten zu können. Kaum hatten sie die Tür geschlossen, wandte sich der Merkantiler aufgebracht an den Kirchenfürsten.

»*Princeps* ... wir müssen Rawalpinda rächen. Ich werde nichts unversucht lassen, um die Verstrickungen der Kapitänin mit dem Hohen Philosophen aufzudecken und ...«

»Bruder Massimilio, beruhige dich!« entgegnete der Kirchenfürst knapp und hob in einer besänftigenden Geste die Hände. Seine dunklen Augen funkelten, und er wirkte in diesem Augenblick alles andere als gebrechlich. »Auch mich läßt das mögliche Schicksal Schwester Rawalpindas nicht ruhen. Doch zunächst werden wir Cantamo verständigen müssen!«

»Cantamo?« Der merkantilische Priester schaute den Kirchenfürsten verblüfft an. »Werden wir mit der Angelegenheit denn nicht selbst fertig?«

»Das wird sich zeigen.« Purusheos rieb sich nachdenklich das Kinn. Er zögerte kurz, dann fuhr er fort. »Dieser Name ... Leomedes ... er befindet sich ganz oben auf der Roten Liste des *ordo silentii mysteriorum*!«

Die Rote Liste? Massimilios Augen weiteten sich vor Überraschung. »Du meinst jene Namensliste, die angeblich vom Roten Orden zusammengestellt wurde? Ich dachte, diese Liste sei nicht mehr als ein ... Gerücht.«

»Die Liste existiert, Bruder.« Der Kirchenfürst räusperte sich und trat gebeugt auf ein Fenster der Basilika zu, um einen Blick nach draußen zu werfen. »Sei dir dessen gewiß. Jeder *princeps* hat von ihr Kenntnis. Darauf befinden sich eine Reihe von Namen und Begriffen. Kommen diese Namen an unsere Ohren, dann sind wir verpflichtet, eine Nachricht nach Cantamo zu senden.«

»Was sind das für Namen?« wollte Massimilio wissen. »Namen von Flüchtigen, die sich an der Kirche versündigt haben?«

Der Kirchenfürst wandte sich ihm wieder zu und hob bedauernd die Schultern. »Vielleicht. Selbst ich kann dir das nicht mit Sicherheit sagen. Es ist das erste Mal in meiner Amtszeit, daß ein solcher Fall eintritt.«

Massimilio sah den Kirchenfürsten aufmerksam an und ballte schließend die Hände zu Fäusten. »Cantamo ... Ich zumindest bin nicht gewillt, die Angelegenheit abzugeben. Das bin ich Schwester Rawalpinda einfach schuldig. Wenn wir erst einmal wissen, wohin die Karavelle unterwegs ist, werde ich Rawalpindas Mördern nachreisen und herausfinden, was sie mit dieser ganzen Angelegenheit zu tun haben. Ich bin davon überzeugt, daß die Kapitänin mit Ramaogeus im Bunde ist. Wenn ich diese Information erst einmal aus ihr herausgepreßt habe, wird den Philosophen nicht einmal mehr König Mahatargos III. persönlich schützen können.«

»Wir wissen aber nicht, wohin die Kapitänin aufgebrochen ist«, entgegnete *princeps* Purusheos mit leichtem Bedauern. Massimilio schnaubte ungehalten und verzog sein Gesicht zu einem bösen Lächeln. »Warten wir es ab. Ich habe einen Spitzel an Bord untergebracht. Diese verdammte Mörderin wird die Macht der Kirche noch in ihrer ganzen Härte zu spüren bekommen.«

Surjadora ahnte nicht, was sich in Kurjameos' Hauptstadt kurz nach ihrem Auslaufen zutrug. Im Gegenteil: Sie wähnte ihr kleines Geheimnis sicher. Dennoch verspürte sie als treue Untertanin Seiner Majestät Mahatargos' III. ein Gefühl des Unbehagens, sich mit einer Geheimgesellschaft eingelassen zu haben, deren Ziele ihr in mancher Hinsicht zweifelhaft erschienen.

Mit jeder Meile, die die STERN VON ANDHAKLEIA zurücklegte, steigerte sich die Entdeckerlust der Kurjamäerin. Die Aussicht auf den Ruhm, der sie erwartete, falls es ihr gelänge, das größte nautische Geheimnis aus den Tagen der Hochheiligen zu enträtseln, trieb sie an. Hätte sie gewußt, was ihr auf dieser Reise bevorstünde, so hätte sie sich diese Unternehmung sicher zweimal überlegt.

Selbst PATER Massimilio, der getreu seinen Glaubensgrundsätzen handelte, konnte damals nicht ermessen, welche Folgen sein Aufbruch nach Cantamo nach sich ziehen würde.

So segelte die STERN VON ANDHAKLEIA dem äußersten Südosten

der Ehernen Liga entgegen. Fast vier Monde sollte die Fahrt dauern, und die Besatzung hatte während der gesamten Reise mit selbst für diese Jahreszeit ungewöhnlich schwerer See, heftigen Gegenwinden, Sturmböen und Gewittern zu kämpfen, ganz zu schweigen davon, daß die Navigation in jenen Tagen durch den bedeckten Himmel deutlich erschwert wurde. Wochen vor der Ankunft in Sadi aber kam es zu einem Ereignis, das sich aus der Begegnung mit einem anderen Schiff ergab, welches sich gleichfalls auf die Reise nach Süden begeben hatte – der Karacke LEOKOTHEA. *Ein Ereignis, das in der Folge nicht nur für die geheime Mission der Kapitänin bestimmend war, sondern auch das Schicksal von Prinz Nukulahi maßgeblich beeinflussen sollte …«*

SCHWESTER DOLORES,
CHRONIK EINER VERLORENEN ZEIT, BD. 11,
NIEDERGELEGT ZU CANTAMO IM 540. JAHR DER ABWESENHEIT GOTTES

Rauhe See

Keridische Küste, im Südwesten der Halbinsel Gwanapur, etwa 200 Meilen südlich von Markomassa, am späten Nachmittag des 2. Tages des Blütenmonds, im 459. Jahr der Abwesenheit Gottes

Surjadora stand mit ihrem Fernrohr an der Reling des Hauptdecks und warf einen sorgenvollen Blick auf die aufgewühlte See. Der Wind, der um die Decksaufbauten fegte, trug den ernsten Gesang des coleopäischen Prinzen Nukulahi vom Vorderkastell herüber.

Jeden Tag stand er dort für einige Stunden, starrte auf das Meer und stimmte die melancholischen Weisen seines Volkes an, als suchte er in den alten Liedern nach einem versteckten Fingerzeig, der ihm bei seiner Aufgabe weiterhelfen konnte. Vielleicht war es auch das Heimweh, das den Coleopäer singen ließ. Er war ein in der Fremde Gestrandeter, dessen Zukunft im dunkeln lag.

Surjadora hatte schon vor geraumer Zeit verblüfft festgestellt, daß es nicht nur die Aussicht auf den einträglichen Purpurhandel mit seiner Heimat war, die sie standhaft an der Seite des Prinzen ausharren ließ, sondern daß sie längst freundschaftliche Gefühle für ihn hegte – soweit das zwischen zwei Menschen möglich war, die aus derart unterschiedlichen Kulturen stammten.

Die Mannschaft mochte es, wenn der Prinz seine Stimme erhob. In diesen Stunden verstummte das allgegenwärtige Geschrei an Deck, und die Männer gingen folgsam ihrer Arbeit nach, um ihren eigenen Gedanken nachzuhängen. Dennoch war jeder Seemann konzentriert bei der Sache, und – was ungewöhnlich war – seit ihrer Abreise hatte es nur zweimal Streit zwischen den Männern gegeben.

Die Küstenlinie im Nordosten war bei dem grauen Dunst nur zu erahnen. Doch bei den heimtückischen Winden, die den Ozean des Morgens schon seit ihrer Abfahrt heimsuchten, wagte

Surjadora es nicht, nördlicheren Kurs setzen zu lassen. Wie schnell hätten die launischen Böen das Schiff auf die Riffe der zerklüfteten Gestade auflaufen lassen können!

Sie hatte gehofft, daß sich das Wetter gegen Ende des Sturmmondes beruhigen würde, doch es schien, als ob sich der Bucklige selbst gegen sie verschworen hätte. Der Bucklige ...

Verstandesmäßig war der Kapitänin klar, was die Gesalbten Meister ihr offenbart hatten, aber ihr Herz sträubte sich noch immer dagegen, den Buckligen als Menschen zu sehen, geschweige denn als Heilsgestalt.

Überhaupt hatte sie sich in den letzten Wochen insgeheim viele Gedanken über die Heiligen gemacht. Erst, als Leomedes' Name gefallen war, war ihr bewußt geworden, daß auch die Heiligen einst ganz gewöhnliche Menschen gewesen waren – Menschen aus Fleisch und Blut. Menschen mit Sorgen und Nöten, Freuden und Zielen. Wie mußte es gewesen sein, in einer Zeit zu leben, als Aionar noch in Fleisch gekleidet war? Konnte man sich das überhaupt vorstellen?

Surjadora schwirrte der Kopf bei diesen Gedanken. Sie sollte sich lieber wieder dringlicheren Problemen zuwenden, etwa der Positionsbestimmung ihres Schiffes.

In diesem Augenblick eilte Schiffsjunge Tvashareo die Treppe vom Heckkastell herunter. Seine Wangen waren gerötet, und die steife Brise, die die Segel der Karavelle blähte, trieb ein wildes Spiel mit seinem dunklen Haar. Am Steuerrad des Schiffes stand Bootsmann Brahthos, der aufmerksam die See im Auge behielt, während Steuermann Lakshapheus neben ihm mit dem Oktanten in der Hand die trübe Sonne am Horizont anpeilte und aufwendige Berechnungen auf einer Schiefertafel durchführte – bereits zum dritten Mal am heutigen Tag.

Hinter den beiden, direkt am Heck, standen zwei Seeleute mit Sanduhr und einer großen Rolle, an der die Logleine hing, die sich hinter dem Schiff langsam abwickelte, um die Geschwindigkeit des Schiffes zu bestimmen.

Der Schiffsjunge bahnte sich ungestüm seinen Weg durch eine Reihe von Seeleuten, die auf dem Hauptdeck eine Eimerkette gebildet hatten, um eingedrungenes Wasser aus der Schiffsbilge über Bord zu kippen.

Tvashi baute sich mit wichtigem Gesichtsausdruck vor Surjadora auf und hob die Hand grüßend an die Stirn.

»Auch die zweite Messung hat ergeben: kaum zwei Knoten, Kapitänin!«

Das Lächeln, das sich beim Anblick des Jungen auf Surjadoras Lippen gestohlen hatte, wich Verärgerung. Dieses verdammte Wetter sorgte dafür, daß sie schon seit Anbeginn ihrer Reise nur mit der halben Geschwindigkeit vorankamen. So konnte es noch Wochen dauern, bis sie Sadi erreichten.

»Gut, Schiffsjunge Tvashareo. Du kannst wegtreten.«

Tvashi eilte wieder hinauf zum Heckkastell, um den Männern bei der Arbeit zuzusehen.

Unterdessen hatte auch Steuermann Lakshapheus das Achterdeck verlassen und kam auf Surjadora zu. Unsicher zupfte er an seinem Wickelbart, während er prüfende Blicke auf die Schiefertafel warf.

»Tja, nichts Neues, Kapitänin.« Lakshapheus kratzte sich sorgenvoll unter dem Turban. »Wir dürften uns irgendwo auf Höhe Keridiens befinden. Es ist aber gut möglich, daß uns von deren Küste noch ein oder anderthalb Tage trennen. Eigentlich hätten wir längst die Lichter von Cripia sehen müssen, aber wenn die Gerüchte von dem Erdbeben stimmen, dann gibt es das Dorf vielleicht gar nicht mehr.«

»Oder wir sind bei dem Sturm gestern nacht daran vorbeigesegelt, ohne das Nest ausgemacht zu haben«, entgegnete Surjadora besorgt und verzog mißmutig das Gesicht. »Hm ... Ab morgen sollten wir aber aufpassen. Ich verspüre wenig Lust, daß mein Schiff auf die tückischen Felsen hinter Cripia aufläuft. Wir sollten daher vorne noch einen zusätzlichen Mann ...«

Der Gesang Nukulahis war unvermittelt abgebrochen. Kapitänin und Steuermann schauten überrascht auf.

»Mitkommen«, befahl Surjadora und stieg das Treppchen zum Vorderkastell hoch.

Dort blies ihr mit Macht der Fahrtwind ins Gesicht, und

kleine Wasserspritzer benetzten ihre Haut. Nukulahi, der lediglich mit seiner coleopäischen Kriegsschürze und einem Umhang bekleidet war, den sie ihm in Andhakleia besorgt hatte, starrte aufmerksam ins Wasser. Was mochte er dort entdeckt haben?

Surjadora klappte ihr Fernrohr auf und warf einen Blick auf den trüben Horizont. Viel mehr als grauer Dunst war nicht zu erkennen.

»Was hat Euch das schöne Lied abbrechen lassen, Majestät?«

»Wir nähern uns Land. Keinem großen Land, sondern kleineren Eilanden. Womöglich großen Felsen!«

Aufgeregt wanderten Surjadoras Hände zu ihrem Sari und zogen den Stoff glatt. Sollten die Sirenenfelsen tatsächlich schon so nahe sein? Aber ihren Berechnungen zufolge war das nicht möglich.

Andererseits, was war, wenn sie Cripia tatsächlich verfehlt hatten? Oder wenn sie während des Sturms in den letzten Tagen doch schneller vorangekommen waren, als die Messung mittels Log ergeben hatte?

»Wie kommt Ihr darauf, Prinz?«

»Ich lese es in den Wellen. Vielleicht drei, vielleicht vier Stunden noch. Aber dann haben wir den Ort erreicht.«

Lakshapheus warf seiner Kapitänin einen ungläubigen Blick zu. »In den Wellen?«

Surjadora runzelte die Stirn. Der Coleopäer hatte ihr gegenüber schon mehrere Male erwähnt, daß die Seefahrer seiner Heimat ihr Handwerk anders ausübten als sie. Konnte sie seiner Behauptung trauen?

In diesen Breiten gab es nur einen Ort, auf den die Beschreibung des Prinzen zutraf, und das waren die tückischen Sirenenfelsen: eine langgezogene Kette schroffer Eilande aus dunklem Granit, die bei hohem Wellengang überspült wurden, so daß sie selbst tagsüber nur schwer auszumachen waren. Ein Riff war ihnen vorgelagert, das schon manchem Schiff den Rumpf aufgerissen hatte. Die einzig größere Erhebung waren die Ruinen eines alten Leuchtturms. Dieser Ort hatte sie damals immerhin auf die Spur nach Coleopa geführt.

Sollten sie sich also wirklich verrechnet haben? Drei bis vier Stunden hieß, daß sie mitten in der Nacht auf die tückische Felskette stoßen würden. Bei Tage ließ sie sich leichter umgehen.

»Wenn wir jetzt vor Anker gehen, Kapitänin, verlieren wir wertvolle Zeit. Glaubt mir, meine Berechnungen stimmen. Da draußen ist nur das offene Meer.« Lakshapheus schien nicht viel auf die Aussage des Prinzen zu geben. Surjadora musterte Nukulahi prüfend, dann wandte sie sich zu ihrem Steuermann um.

»Nein, lieber verliere ich Zeit als mein Schiff. Ihr wißt, Steuermann, daß die Sirenenfelsen schon manchem, der diese Breiten falsch eingeschätzt hat, zum Verhängnis geworden sind. Solange wir das Tageslicht noch nutzen können, sollten wir etwas näher an die Küste heranfahren und Anker werfen. Wir werden unsere Reise morgen bei Sonnenaufgang fortsetzen. Dann werden wir ja sehen, was es mit den Beobachtungen des Prinzen auf sich hat.«

Die Sirenenfelsen

Einige Meilen weiter südöstlich, am nächsten Morgen

Mit Sonnenaufgang hatte die Karavelle wieder Fahrt aufgenommen. Nukulahi stand zusammen mit Tvashi am Schanzkleid des Vorderkastells und blickte aufs Meer hinaus. Natürlich hatte sich während der Nacht herumgesprochen, warum Surjadora bei Sonnenuntergang vor der Küste der Halbinsel von Gwanapur hatte Anker werfen lassen.

»Die Mannschaft hat Wetten abgeschlossen!« Tvashis Stimme klang sehr aufgeregt. Inzwischen hatte der Prinz genügend Zeit unter den Kurjamäern verbracht, um die Seeleute einigermaßen verstehen zu können.

»Die meisten glauben, daß Steuermann Lakshapheus recht hat. Sie sagen, in den Wellen lesen sei Zauberei!«

Nukulahi schmunzelte. Der Junge gefiel ihm. Er hatte nicht vergessen, daß er es gewesen war, der ihm damals das *Linke Auge des Eomes* mit dem wertvollen Edelstein wiederbeschafft hatte. Tongaro suchte sicher immer noch nach dem kostbaren Stirnreif. Wieder mußte er daran denken, daß es dem Jungen auf seine Weise sicher ähnlich erging wie ihm. Außer dem Schiff und seiner Besatzung hatte er nichts und niemanden auf der Welt, das ihm ein Gefühl der Zugehörigkeit gab.

Der Prinz fragte sich, wie alt Tvashi gewesen sein mochte, als seine Eltern gestorben waren. Er hatte bisher nur in Erfahrung bringen können, daß der Kleine schon ziemlich lange im Waisenhaus gelebt hatte, bevor ihn Surjadora zu sich auf das Schiff geholt hatte. Oder war er gar einst ausgesetzt worden? In Andhakleia hatte Nukulahi viele elternlose Straßenkinder gesehen, die in den Gassen herumlungerten. So etwas gab es in Coleopa nicht. Kinder galten in seiner Heimat als Garant für Wohlstand und Glück des ganzen Volkes.

Doch er wagte es nicht, den Jungen nach seinen Eltern zu befragen. Er wußte, welche Gefühle es hervorrief, wenn er an den Tod seines Vaters zurückdachte. Seine Gedanken schweiften ab, und er hatte wieder das Bild seiner unglücklichen Mutter Hai'pale vor Augen. Doch nicht nur ihres – auch Tuilaepe sah er vor sich. Es verging keine Nacht, in der er nicht von ihr träumte. Doch seit den eigentümlichen Ereignissen in der großen Schule Andhakleias schien sie ihm ferner denn je. Jeden Tag aufs neue versuchte er die Erinnerung an sie mit seinem Gesang wachzurufen, doch das einzige, was er fühlte, war ... Schmerz.

Nukulahi atmete tief ein und wischte seine Sorgen beiseite. Er zwang sich zu einem unbekümmerten Lächeln, als er Tvashi antwortete.

»Zauberei gibt es nicht, Tvashi. Zauberei steht nur dem großen Fischer oder seinem Sohn Eomes zu.«

Tvashi schaute ihn scheu von der Seite an und schürzte die Lippen. »Wer ist das? Aionar? Oder einer der Heiligen?«

Nukulahi schüttelte milde das Haupt. »Der große Fischer ist der himmlische Schöpfer der Welt. Er hat einst seinen Sohn zu meinem Volk gesandt, um uns zu lehren, dieses Geschenk zu achten. Sicher war er es, der uns beigebracht hat, die Sprache des Meeres zu verstehen. Dazu braucht man einen scharfen Blick.«

Der Prinz deutete auf die See. »Schau auf das Meer, Tvashi. Wenn seine Fluten auf Inseln treffen, dann ist dies wie ein Ruf. Und die Inseln antworten dem Meer. Du kannst ihre Antwort hören, wenn du der Brandung lauschst. Denn die Wellen, die du an ihren Küsten siehst, rollen auch wieder auf die weite See hinaus.«

Nukulahi suchte nach einem Beispiel, so daß der Junge ihn besser verstehen konnte.

»Stell dir einen Stein vor, den du ins Wasser wirfst. Um ihn herum bilden sich Ringe und kleine Wellen. Bei den Inseln ist das nicht viel anders. Stell dir jetzt zwei Steine vor, die du zugleich ins Wasser wirfst. Du wirst feststellen, daß sich die Wellen wie das Gitter eines Fensters kreuzen. Auf dem offenen Meer ist das ähnlich. Wer diese Wellen von jenen zu unterscheiden vermag, die Wind und Gezeiten vorgeben, der weiß, in welcher Richtung er Land finden kann.«

Tvashi starrte mit offenem Mund auf die Wogen.

»Also, ich seh nur Wasser.«

Nukulahi schmunzelte. »Es dauert eine Weile, bis du die Zeichen des Meeres lesen kannst. Aber mit Zauberei hat das nichts zu tun.«

»Ehrlich?« Tvashi wirkte glücklich. »Dann ist es ja gut. Ich hab nämlich drei Kupferstücke darauf gesetzt, daß Ihr ein guter Mensch seid und ...«

Plötzlich waren oben im Ausguck aufgeregte Rufe zu hören. Die Schiffsführerin hatte die Mastspitze bereits bei Fahrtbeginn am Morgen erneut mit Zimmermann Tarjixes besetzt und ihm sogar ihr kostbares Sehrohr überlassen.

»Felsen voraus!« Die Stimme des Zimmermanns überschlug sich regelrecht. Ein Teil der Mannschaft grinste feixend und warf dem Coleopäer anerkennende Blicke zu. Bootsmann Brahthos bedachte Nukulahi indes mit einem beinahe feindseligen Blick. Offenbar hatte er eine größere Summe verloren.

»Sieht so aus, als ob wir Euch einiges zu verdanken haben.« Lakshapheus war ebenfalls neben den Prinzen getreten. »Ihr seht mich aufrichtig erstaunt. Bei Gelegenheit erklärt Ihr mir, wie Ihr das gemacht habt, wenn's recht ist.«

Surjadora hingegen stand bereits auf dem Heckkastell und brüllte ihre Kommandos. Auch sie nickte Nukulahi beiläufig zu. Bewegung kam in die Männer. Zwei Dutzend Seeleute kletterten eilends in die Wanten, um das Hauptsegel einzuholen.

Nukulahi wandte sich zu dem Steuermann zu. »Es freut mich, wenn ich dazu beitragen kann, nicht zur Last zu fallen.«

»Tut Ihr nicht, Prinz. Tut Ihr nicht.« Lakshapheus eilte wieder zum Hauptdeck zurück.

Die nächste halbe Stunde war die Mannschaft damit beschäftigt, Fahrt von dem Schiff zu nehmen. Neben der hölzernen Schiffsfigur mit dem Elefanten hockte ein Seemann mit auffällig großen Ohrringen, der mit einem schweren Lot ständig die Wassertiefe überprüfte.

Mittlerweile waren die Sirenenfelsen, wie die Schiffsführerin die Klippen genannt hatte, bereits mit dem bloßen Auge zu erkennen. Nukulahi versuchte den Männern an Bord so gut wie möglich zu helfen.

»Ich denke, wir werden die Felsen großzügig im Süden umschiffen. So wie sonst auch. Jetzt spielt es keine Rolle, ob wir das Festland dabei aus den Augen verlieren. Wir können ...« Surjadora stand in Hörweite des Prinzen, als aus dem Ausguck erneut die aufgeregten Rufe des Zimmermanns zu hören waren.

»Kapitänin, ich kann Menschen auf einem der Eilande ausmachen. Sie winken. Scheint, daß da jemand Schiffbruch erlitten hat.«

Mit gerunzelter Stirn trat die Schiffsführerin an die Reling, um selbst einen Blick voraus zu werfen. Doch wie Nukulahi bemerkte, offenbar mit nur wenig Erfolg. Verärgert schüttelte Surjadora ihr Haupt.

»Bootsmann Brahthos! Laßt Tarjixes im Ausguck abwechseln. Er soll runterkommen und mir mein Sehrohr zurückbringen!«

Brahthos grunzte und wandte sich einem kräftigen Matrosen

mit grober Weste und behaartem Oberkörper zu. Der kletterte daraufhin behende in die Wanten nach oben zum Ausguck.

Kurze Zeit später stand der Schiffszimmermann schwer atmend neben der Schiffsführerin und reichte ihr das Sehrohr. Die verlor nicht viel Zeit und eilte zum Vorderkastell. Nukulahi, Tvashi und drei weitere neugierige Seeleute folgten ihr.

Surjadora starrte eine Weile durch die Linsen.

»Zimmermann Tarjixes hat recht. Da hinten, auf der Felsklippe bei der alten Ruine, befinden sich ein gutes Dutzend Seeleute. Unsere Ehre und die Gebote des heiligen Myriander verlangen, daß wir den armen Seelen helfen.«

Inzwischen vermochte auch der Prinz die Leute mit bloßem Auge zu sehen. Sie winkten und gaben sich die allergrößte Mühe, erkannt zu werden. Vor dem großen Felsen, auf dem sie mit einigen geretteten Habseligkeiten standen, konnte man den Mast eines gesunkenen Schiffes ausmachen, der schräg aus dem Wasser ragte. Sogar die oberen Aufbauten des unbekannten Seglers waren inmitten der Schaumkronen um den Felsen zu erahnen.

»Sollen wir das Beiboot zu Wasser lassen, Kapitänin?« Einer der Seeleute hatte sich beklommen zu Wort gemeldet. Der Ausdruck seiner Augen, die auf das bewegte Meer zwischen der *Stern von Andhakleia* und den tückischen Sirenenfelsen gerichtet waren, war leicht zu deuten. Nukulahi las darin Angst.

Denn wer auch immer mit der Rettung der Schiffbrüchigen betraut wurde, lief Gefahr, zwischen den Riffen selbst den Tod zu finden.

»Ja, laßt das Beiboot klarmachen«, bestimmte Surjadora. »Allerdings sollten wir uns vorher etwas einfallen lassen. Lakshapheus, Tarjixes, folgt mir bitte zum Heckkastell. Jetzt sind ein paar frische Ideen gefragt.«

Nukulahi verfolgte mit, wie die Schiffsführerin zusammen mit den Genannten zum Heck des Segelschiffs eilte und dort erregt mit den Männern diskutierte.

Der Prinz beäugte seinerseits die riesige Felsklippe, auf die sie langsam zusteuerten: eine lange Linie von Eilanden, Klippen und Felsmassiven, die wie schwarze Zähne aus dem Wasser ragten.

»Bin neugierig, was Kapitänin Surjadora ausheckt.« Tvashi blickte den Prinzen erwartungsvoll an, dessen langes Haar in diesem Augenblick von einer starken Böe angehoben wurde.

»Allzu nah können wir nicht ranfahren«, plapperte der Junge weiter. »Hier soll es hundsgemeine Riffe geben, die uns den Bauch aufschlitzen können. Das hat mir der Steuermann persönlich erklärt!«

Längst hatten die Seeleute alle Segel des Schiffes eingeholt, nur das Sturmsegel am Bugkastell stand noch im Wind. Vorn, nahe der Elefantenfigur, war noch immer der laute Singsang des Matrosen zu hören, der mit dem Bleilot die Tiefe unter dem Schiff ermittelte.

Beständig näherten sie sich den tückischen Felsen. Surjadora stand mittlerweile eigens am Ruder ihres Schiffes. Selbst auf die Entfernung hin konnte der Prinz die Anspannung erkennen, die auf ihrem Gesicht lag. Auch die Seeleute um ihn herum schwiegen vor lauter Unruhe.

Die Karavelle war unterdessen bis auf etwa zwei Mastlängen an den Felsen mit den Schiffbrüchigen herangefahren, als der Lotgast in den Rüsten losbrüllte.

»Grund! Grund in fünf Faden Tiefe!«

»Anker werfen!« Laut gellte das Kommando der Schiffsführerin über das Deck, ein Ruf, den auch der heulende Wind nicht zu übertönen vermochte. Die Männer hatten nur darauf gewartet. Neben dem Vorderkastell konnte man jetzt die schwere Schiffskette hören, die sich rumpelnd durch die eisenverstärkte Öffnung im Schanzkleid abwickelte. Auch am Heckkastell wurde ein Anker ausgebracht. Kurze Zeit später spannten sich die Ketten.

Die Karavelle lag verhältnismäßig ruhig im Wasser. Sie konnten von Glück sprechen, daß die See nicht mehr so aufgewühlt war wie die Tage zuvor.

Das Felsmassiv, auf das sich die unbekannten Seeleute gerettet hatten, wies eine eigenartige Erhebung auf. Auf dem höchsten Punkt dieses Fleckens befanden sich die Überreste einer steinernen Brustwehr. Erst auf den zweiten Blick erkannte er, daß

es sich dabei um die Ruine eines Turms handelte. In diesem Augenblick erhob sich eine Gestalt hinter dem Mauerwerk, deren sonnenhelle Haare aufgeregt im Wind flatterten. Er kannte nur eine Person, die solches Haar hatte ... die Eulykierin!

Nukulahi staunte. Was machte die Kontorsleiterin an diesem Ort?

»Also, versuchen wir es!« Surjadoras Schritte waren auf der Treppe zum Kastell zu hören. Zusammen mit Lakshapheus und zwei weiteren Seeleuten enterte sie das Vorschiff. Zimmermann Tarjixes stand auf dem Hauptdeck und hatte seinerseits einige Männer zusammengetrommelt, die Taue, Werkzeuge und Geräte aus dem Schiffsbauch nach oben brachten.

Surjadora baute sich unvermittelt vor Nukulahi auf.

»Prinz, wir haben da einen ganz außerordentlichen Plan ausgetüftelt, bei dem wir Eure Hilfe gebrauchen könnten.«

Einer der in der Nähe stehenden Seeleute räusperte sich verlegen, und Nukulahi hob gespannt eine Augenbraue.

»Wir planen, mit einem unserer Schiffsgeschütze ein Seil zu dem Eiland hinüberzuschießen. Wenn es gelingt, können die Schiffbrüchigen eine am Seil befestigte Trosse zu sich hinüberziehen, das sie irgendwo auf dem Felsen verankern müssen. Am besten bei der Ruine. Auf unserer Seite werden wir die Trosse am Hauptmast verankern. An dem gespannten Tau können wir dann das Beiboot mit weiteren Seilen befestigen. Auf diese Weise läuft die Rettungsmannschaft nicht Gefahr, abzutreiben und zwischen die Klippen zu geraten. Zimmermann Tarjixes baut derzeit an der entsprechenden Vorrichtung mit Rollen, wie wir sie auch in der Takelage verwenden. Wir können das Beiboot anschließend zwischen dem Felsen dort und unserem Schiff hin und her ziehen.«

Surjadora sah sich zu Lakshapheus um. »Mein Steuermann hat sich zwar angeboten, das Beiboot an der Trosse entlang zur Klippe zu steuern, aber mir ist nicht ganz wohl bei der Sache. Dummerweise ist das Unternehmen nicht ganz ungefährlich. Wenn das Boot erst in die Brandung bei den Felsen gerät, könnten die Ruderer in die See stürzen ... Ihr hingegen habt in jüngster Vergangenheit nicht zum ersten Mal bewiesen, über welch außerordentliche Gewandtheit Ihr verfügt.«

Die Schiffsführerin zerrte beinahe flehend an ihrem Sari. »Davon abgesehen seid Ihr einer der wenigen an Bord, die schwimmen können ...«

Nukulahis Augen weiteten sich vor Verwunderung. Diese Kurjamäer bereisten auf ihren großen Schiffen unerschrocken das Weltenmeer – und konnten nicht schwimmen! Die Menschen am Rande der Welt waren wirklich sonderbar.

»Selbstverständlich werde ich Euch helfen, Schiffsführerin.«

Surjadora lächelte, so als hätte sie keine andere Antwort erwartet. Doch das Lächeln erstarb, als der Prinz zur Insel mit den Schiffbrüchigen deutete.

»Habt Ihr schon bemerkt, daß sich dort drüben die Kontorsleiterin Kallyê befindet?«

»Wie bitte?« Die Schiffsführerin zog hastig ihr Sehrohr hervor und warf einen gründlichen Blick hindurch. Nachdenklich ließ sie das Rohr sinken und sprach so leise, daß nur er sie verstehen konnte: »Außerordentlich unangenehm, das. Ich werde mir wohl eine Ausrede einfallen lassen müssen, warum wir nicht die Reise nach Coleopa angetreten haben, sondern uns auf dem Weg in den Süden befinden.« Mit einem schweren Seufzer auf den Lippen begab sie sich wieder zum Achterdeck.

Die folgenden zwei Stunden war an Deck das Hämmern, Sägen und Bohren der Zimmerleute zu hören. Nukulahi verfolgte mit, wie Steuermann Lakshapheus eines der schweren Schiffsgeschütze feuerbereit machen ließ. Einen Augenblick lang erinnerte er ihn bei dieser Tätigkeit an Geschützmeister Bashorides, der dort oben während all der Monde ihrer schrecklichen Rückfahrt seinen Dienst versehen hatte. Doch Bashorides diente dem Heer des Maharadschas und war demzufolge nicht mehr an Bord.

Lakshapheus ließ eine große Garnrolle herbeischaffen und das eine Ende mit dem Bolzen verbinden, das andere Ende aber mit dem schweren Tau, das sie zwischen Fels und Schiff spannen wollten.

Die Schiffsführerin hatte derweil einen trichterförmigen Gegenstand ergriffen, setzte diesen an ihre Lippen und brüllte etwas zu den Schiffbrüchigen hinüber. Sie versuchte anscheinend, den Männern drüben auf der Klippe klarzumachen, was sie zu tun hatten. Zu Nukulahis Überraschung reagierten diese bereits auf die dritte Ansprache in Groß-Kurjamäisch.

Dann war es soweit.

»Schuß!« Auf das Kommando von Lakshapheus hin schossen die beiden Seeleute das Geschütz ab. Die Spindel mit dem Garn, die auf einem Holzbock verankert war, wirbelte sausend um ihre Achse. Der Bolzen schien sein Ziel nicht verfehlt zu haben, denn die Schiffbrüchigen rannten plötzlich los, und einige bange Augenblicke später zogen sie das Garn mit dem daran befestigten Tauende zu sich auf das Eiland. Schwer klatschte die Trosse ins Wasser.

Einige Zeit später war das Tau gespannt und baumelte zwischen dem obersten Mauerfragment der alten Turmruine und dem Hauptmast sachte hin und her. Vor der Reling der Karavelle dümpelte bereits das Beiboot, das Tarjixes und seine Männer mit der Haltevorrichtung versehen hatten. Zwei Seeleute, der Matrose Krishphos und der Segelmacher Parvateo, die er noch von der Fahrt von Coleopa her kannte, warteten bereits auf ihn. Auch sie waren gute Schwimmer.

»Nun ist es an Euch, Prinz!« Surjadora hatte sich wieder neben Nukulahi aufgebaut, und ihm wurde warm ums Herz, als er aus ihrem Blick aufrichtige Besorgnis herauslas. »Paßt auf Euch und meine Männer auf.«

Einen Atemzug lang hingen ihre Worte in der Luft, dann wandte sie sich brüsk ab und winkte Tarjixes herbei.

Nukulahi ließ sich von dem Zimmermann erklären, wie man die eigenartige Seilkonstruktion zwischen Beiboot und Trosse zu bedienen hatte. Nur Rudern mußten sie noch selbst.

Ruhig und umsichtig kletterte er ins Fallreep, während der Seewind ihm scharf ins Gesicht fuhr. Unter den gespannten Blicken der Seeleute stieg er zu den Männern ins Beiboot hinunter, das leicht auf den Wellen dümpelte. Er setzte sich und ergriff die Ruder, die ihm der Segelmacher reichte. Sie waren viel länger und schwerer als die Paddel, die man im Reich der Tausend Inseln benutzte.

Entschlossen stießen sie sich von der Bordwand der *Stern von Andhakleia* ab und ruderten los. Um sie herum gurgelten die Fluten, und die Rolle mit dem Seil, das an der Trosse hing, quietschte im selben Rhythmus, mit dem sie die Riemen ins Wasser tauchten.

Immer wieder spritzte Wasser ins Beiboot, und schon bald waren sie durchnäßt. Der Großteil der Strecke lag bereits hinter ihnen, als Nukulahi im Wasser um das Boot herum die düstere Silhouette scharfkantiger Felsen erkannte. Wie die Reißzähne eines Zaikarhais lauerten sie unter der schaumbedeckten Oberfläche. Kraftvoll ruderten sie weiter, und Nukulahi fühlte bald einen leisen Stich dort, wo ihn vor zwei Monden der Bolzen getroffen hatte.

Immerhin, die Konstruktion aus Tauen und Seilen über ihnen hielt. Eine große Welle hob das Boot unvermittelt an, und er hörte ein dumpfes Geräusch, als die Außenplanken gegen Fels stießen. Sie hatten das Eiland erreicht.

»Sie sind da. Kommt schon!«

Hinter sich hörte Nukulahi erleichterte Rufe. Einige der Schiffbrüchigen kamen auf sie zugeeilt, und Dutzende hilfreicher Hände streckten sich ihnen entgegen. Nukulahi sprang ins Wasser, und gemeinsam mit Parvateo, Krishphos und drei anderen Männern gelang es ihm, das zerbrechlich wirkende Gefährt zwischen die Felsen zu ziehen.

Voller Freude klopften ihnen die Schiffbrüchigen auf die Schulter, wenngleich sie auch verwundert seine dunkle Haut beäugten. Besonders einer der Seeleute, ein hagerer Kerl mit kurzgeschorenem Haar und großen Ohrringen, schien außer sich vor Erleichterung zu sein. Sein irrlichternder Blick suchte ständig die nahe Karavelle, und er lachte eine Spur zu laut.

Die Umstehenden waren ähnlich wie die Seeleute der *Stern von Andhakleia* gekleidet. Einige trugen verschmutzte Westen und Pluderhosen, andere hingegen Trachten, die Nukulahi an fernere Länder gemahnten. Nicht weit von ihnen entfernt standen einige Kisten, und sogar ein kleines Faß mit Trinkwasser konnte er ausmachen.

Doch erst jetzt, da er direkt auf dem Massiv stand, nahm er ein eigenwilliges Heulen wahr. Es schien von den geborstenen Mauern der alten Ruine herzurühren, über die der Seewind ohne Unterlaß strich. Einen Herzschlag lang glaubte er, darin die Stimmen klagender Weiber zu vernehmen. Doch sobald er sich genauer darauf konzentrierte, war wieder nur das Sausen und Pfeifen des Windes zu hören.

Eigenartig ...

Augenblicke später stapfte ein Mann mit Fransenhaar und merkwürdig bunter Tracht auf sie zu, offenbar der Schiffsführer des untergegangenen Seglers. Er entblößte freudestrahlend eine große Zahnlücke.

»Donnerwetter! Wer hätte gedacht, daß uns bei all dem Unglück das Schicksal doch noch hold sein würde.« Der Fremde musterte Nukulahi grübelnd. »Kann es sein, daß wir uns schon einmal über den Weg gelaufen sind?«

Bevor er etwas erwidern konnte, mischte sich eine Frauenstimme in die Unterhaltung.

»Kapitän Anaxketos' Schiff, die Karacke *Leokothea*, ist vor fünf Tagen in einen Sturm geraten, der uns auf diese Klippen geworfen hat.«

Der Prinz blickte mit einer eigentümlichen Mischung aus Vorsicht und Wiedersehensfreude zu der Eulykierin Kallyê, die frierend und mit einer zerfransten Decke über den Schultern hinter der Turmruine hervorgetreten war. Ihr flackernder Blick strafte ihre nüchterne Stimme Lügen. Endlich fiel auch ihm wieder ein, wo er den Schiffsführer schon einmal gesehen hatte: im Kontor der Eulykierin!

Anaxketos schnaubte mißmutig.

»Ich habe nicht nur mein Schiff verloren. Über fünfzig Mann sind bei der Havarie ums Leben gekommen. Unsere Lebensmittel hier wären bereits morgen zu Ende gewesen. Vor Euch seht Ihr alle Überlebenden.«

Nukulahi schaute sich um und bemerkte einige weitere Männer, die hoffnungsfroh hinter den schützenden Mauern der Ruine hervorgetreten waren.

»Wir – und dieser katauekische Gesandte dort drüben …«

Schiffsführer Anaxketos deutete zu einem Mann in dem zerschlissenen Umhang eines kurjamäischen Kaufmanns, unter dem farbenprächtige Seidenkleider hindurchschimmerten. Offenbar versuchte der Mann, sich diskret zurückzuhalten – und beinahe wäre ihm das auch gelungen. Verschwörerisch lächelte ihn der Schmaläugige an.

Nukulahis Augen verengten sich, als er in ihm den flüchtigen Gijao näng Singua erkannte.

»Schiffsführerin Surjadora von der *Stern von Andhakleia* wird sicher sehr interessiert an Euren Gästen sein. Insbesondere an dem verlogenen Schmaläugigen dort. Er hat sich Euch gegenüber als Gesandter seiner Heimat ausgegeben?«

Anaxketos und einige der fremden Seeleute drehten sich verwundert zu Gijao um, der bedauernd die Schultern hob und ein schiefes Lächeln aufsetzte.

»Er ist gar kein Gesandter Kataus?« fragte Kallyê verärgert. Nukulahi schüttelte grimmig den Kopf.

»Die besten Flaschen eulykischen Weins habe ich mit ihm geteilt …«, fauchte sie wütend. Auch Anaxketos und der Rest der Mannschaft musterten Gijao mit grimmigen Blicken. Einige der Seeleute fuhren erbost hoch.

»Ich mußte ihm jeden Tag seine Schuhe bürsten!«

»Von mir hat er verlangt, daß ich ihm nur das beste Fleisch auftische!«

»Und ich wurde gezwungen, meine Hängematte an ihn abzutreten!«

Zwei weitere Männer mit muskelbepackten Oberarmen kreisten den Schmaläugigen entschlossen ein.

»Aber werte Herren. Ich war außerordentlich zufrieden mit den geleisteten Diensten …« Offensichtlich hatte der Schmaläugige in der Zwischenzeit auch das Groß-Kurjamäische besser gelernt. Doch es half ihm nicht. Bevor jemand eingreifen konnte, lag Gijao am Boden und faßte stöhnend an sein rechtes Auge. Mit geballten Fäusten stand einer der Seeleute über ihm, packte den Nautiker am Kragen und wollte ihm erneut einen Faustschlag verpassen, als Schiffsführer Anaxketos eingriff.

»Genug jetzt, verdammt noch mal! Soll die Kapitänin des Schiffes dort drüben entscheiden, was sie mit dem Mann macht. Ich jedenfalls will jetzt endlich diesen fluchbeladenen Ort verlassen.«

Die Männer stürmten zum Beiboot, allen voran der Kurzhaarige mit dem Ohrschmuck. Jeder wollte der Erste sein, der zu der Karavelle gebracht wurde. Und wieder war es Anaxketos, der Ordnung in die Reihen brachte, indem er brüllend seine Stimme erhob.

»Zuerst meine Kiste, ihr verdammten Halsabschneider! Erst wenn die drüben ist, seid ihr an der Reihe, habt ihr mich verstanden?« Die Männer blickten ihren Kapitän verwundert an, doch der ließ sich nicht beirren. »Los, bringt sie her. Und ich warne euch, auch nur ein Kratzer …«

»Nein, erst werde ich Kontorsleiterin Kallyê an Bord bringen. Danach mögt Ihr die Reihenfolge festlegen, wie es Euch beliebt, Schiffsführer.«

Nukulahis Stimme klang ruhig. Die Seeleute schauten ihn erstaunt an. Selbst Anaxketos verstummte und kratzte sich verlegen hinter dem Ohr.

Kallyê hob überrascht eine Augenbraue und ließ sich von Nukulahi anschließend in das Beiboot heben. Mit einer grazilen Bewegung setzte sie sich auf die Bank. Die beiden Seeleute der *Stern von Andhakleia* schafften derweil die Reste ihres Gepäcks in das Boot.

Anaxketos' Leute stießen das Boot murrend ab, so daß Nukulahi und seine Begleiter das Gefährt wenden und die Ruder erneut kraftvoll ins Wasser tauchen konnten. Wieder tänzelte das Rettungsboot auf der Brandung. Die Eulykierin hielt sich verkrampft an der Bordwand fest. Der Prinz lächelte ihr beruhigend zu und zog an den Riemen. Sie hatten bereits einige Schritte zwischen sich und das Eiland gebracht, als der Wind lautes Geschrei an ihre Ohren trug.

»Beim Abwesenden, ich weiß es. Sie werden uns zurücklassen. Wir werden hier alle elendig verrecken!«

»Bleib stehen, du Narr!« ertönte Anaxketos' donnernde Stimme. Nukulahi fuhr hoch und erkannte mit Schrecken, wie der Kurzhaarige Anlauf nahm und mit einem gewaltigen Satz zu ihnen herübersprang.

»Paßt auf!« fuhr der Prinz Seeleute und Kontorsleiterin an, die von der drohenden Gefahr nichts mitbekommen hatten. In diesem Moment krachte der Kurzhaarige auch schon neben Kallyê gegen die Bordwand, und der heftige Ruck ließ das Boot gefährlich hin und her schaukeln. Die Kontorsleiterin stieß einen spitzen Schrei aus. Sie war durch den Aufprall des Seemannes zur Seite geworfen worden, und unter ihrer beider Gewicht legte sich das Rettungsboot bedrohlich auf die Seite. Mit lautem Quietschen straffte sich das Seil, das über die Rolle mit der Trosse verbunden war. Verzweifelt versuchten Parvateo, Krishphos und Nukulahi das Gleichgewicht zu wahren.

Der Mann war zu kurz gesprungen. Halb hing er im Wasser, halb im Boot, und seine zappelnden Bewegungen brachten das kleine Schiff nur noch mehr zum Schlingern. »So helft mir doch!«

Der Kurzhaarige versuchte noch immer brüllend Halt zu finden. Schließlich krallten sich seine Finger in das Gewand der Eulykierin. Die bemühte sich entsetzt, den Griff abzuschütteln – und verlor dadurch endgültig das Gleichgewicht. Mit einem lauten Schrei auf den Lippen ging sie über Bord, und der Prinz und seine Begleiter mußten erschüttert mit ansehen, wie sie und der Kurzhaarige mit dumpfen Klatschen in der aufgewühlten See versanken. Umgehend stabilisierte sich das Boot wieder. Vom Eiland her waren besorgte Rufe zu hören.

Nukulahi zögerte keinen Augenblick. Er befreite sich unter den Augen der Matrosen von seinem Umhang und löste mit fliegenden Fingern den Gürtel seiner Kriegsschürze. Klirrend rutschte das Kleidungsstück auf den Boden des Rettungsbootes. Nur mit einem Lendenschurz bekleidet, erhob er sich, stürzte zur Bordwand und hechtete von dort mit gestrecktem Körper ins Wasser.

Die kalten Fluten schlugen über seinem Leib zusammen. Alle Geräusche um ihn herum verstummten. Hastig versuchte er sich im trüben Wasser zu orientieren.

Schräg unter sich, nahe einem dunklen Felsen, der wie eine Messerspitze vom Meeresgrund aufragte, entdeckte er das helle Haar der Kontorsleiterin. Es wurde von der Strömung wie ein langer, glänzender Schleier hin und her bewegt. Sie und der Seemann waren einige Schritte von dem Boot abgetrieben worden. Noch immer rang die Frau mit dem Kurzhaarigen, der sich panisch an sie gekrallt hatte. Doch ihre Bewegungen wurden von Augenblick zu Augenblick schwächer. Keiner der beiden schien schwimmen zu können.

Nukulahis Körper spannte sich, und er tauchte geschwind zu ihnen. Er riß den Kopf des Seemanns nach hinten, aus dessen Mund Luftblasen aufstiegen. Für falsche Rücksichtnahme blieb keine Zeit mehr, der Mann hatte das Unglück herausgefordert.

Der Kurzhaarige schlug schwach nach ihm, doch die Kampfgriffe, die der Oberste Richter Buralofa Nukulahi beigebracht hatte, entfalteten auch unter Wasser ihre Wirkung. Mit einem kräftigen Tritt drückte er den Seemann von sich fort und griff, ohne sich weiter um ihn zu kümmern, nach der Taille der Eulykierin. Sie ruderte verzweifelt mit den Armen. Auch ihrem Mund entwichen bereits Luftblasen.

Mit Kallyê im Arm stieß sich der Prinz an dem nahen Felsen ab, geradewegs der Wasseroberfläche entgegen. Einige bange Augenblicke später durchstießen ihre Köpfe wie Korkbojen die Fluten. Beide rangen sie keuchend nach Luft. Von Schiff und Felsinsel drangen entfernt jubelnde Laute an Nukulahis Ohren.

Hin und wieder rollte eine der Wellen über sie hinweg, doch dem Prinzen gelang es, Kallyês Kopf hoch über Wasser zu halten. Sie verhielt sich ruhig in seinen Armen, und mit kräftigen Bewegungen schwamm er wieder auf das Beiboot zu, das noch immer an der Trosse auf den Wellen tanzte.

Nukulahi mußte sich eingestehen, daß es ihn befremdete, der Eulykierin so nahe zu sein. Mit ihrer blassen Haut und dem nassen, noch immer sonnenhellen Haar erschien sie ihm wie eine kostbare Perle, die er vom Meeresgrund hochgeholt hatte. Beim Anblick ihrer vollen Lippen direkt vor seinen Augen mußte er zugleich an einen Valiperi-Strauch denken. Seine roten Blüten gehörten zu den schönsten in ganz Coleopa, aber man mußte sich stets vor den vergifteten Dornen in acht nehmen. Der Prinz wußte nicht zu sagen, woher dieses Gefühl kam, doch er konnte es nicht abschütteln.

Endlich hatten sie das Beiboot erreicht, und Krishphos und Parvateo zogen sie wieder hinein. Tropfnaß saßen sie sich in dem schaukelnden Gefährt eine Weile gegenüber. Kallyê musterte den Prinzen atemlos und strich sich das nasse Haar aus der Stirn. Dabei hob und senkte sich ihr Busen, der sich unter dem nassen Gewand deutlich abzeichnete. »Danke.«

Nukulahi nickte lediglich und wandte sich verunsichert von ihrem Anblick ab. Zu seinem eigenen Erstaunen ärgerte er sich darüber, daß auch die beiden Matrosen die Eulykierin eingehend beäugten. Hastig warf er ihr seinen Umhang zu, damit sie sich bedecken konnte.

Auf sein Zeichen hin griffen die Matrosen wieder zu den Riemen und ruderten auf die *Stern von Andhakleia* zu.

Die Mannschaft erwartete sie bereits. Begeistert hatten die Männer den waghalsigen Einsatz des Prinzen mitverfolgt, und zahlreiche Hände halfen ihnen dabei, wieder an Deck zu gelangen.

Glücklicherweise hatte Schiffsführerin Surjadora vorgesorgt und legte ihm und der Kontorsleiterin einige Decken über die Schultern. »Gut gemacht, Prinz! Das war eine ganz außerordentliche Leistung.«

Dann wandte sie sich an die Eulykierin. »Kontorsleiterin, Ihr erlaubt, daß ich die Schiffsmesse für Euch räumen lasse?«

Bevor Kallyê etwas erwidern konnte, hatte Surjadora auch schon Tvashi zu sich gewunken und gab ihm einige Instruktionen. Sicher war sie froh darüber, ihr überraschendes Auftauchen in diesen Breiten nicht umgehend erklären zu müssen.

Steuermann Lakshapheus klopfte dem Prinzen anerkennend auf die Schulter. »Ihr seid ständig für eine Überraschung gut, Hoheit. Jetzt werde wohl ich besser übernehmen.«

Noch bevor Nukulahi Einwände erheben konnte, hatte Lakshapheus das Fallreep geentert und stieg jetzt seinerseits zu den beiden Seeleuten ins Beiboot. Seufzend wandte sich der Prinz dem Deck zu und sah, wie Kallyê von Tvashi zu den Aufbauten des Achterkastells geführt wurde, dorthin, wo die Schiffsmesse lag. Sie warf ihm einen letzten, rätselhaften Blick zu, dann war sie verschwunden.

Die Eulykierin war wirklich seltsam.

Auf der *Stern von Andhakleia* war man erstaunt über die Schiffsbrüchigen, die nun einer nach dem anderen zur Karavelle gerudert wurden. Als erstes betrat Schiffsführer Anaxketos mit einer großen, dreifach versiegelten Kiste das Deck. Er bedankte sich bei Surjadora auf beinahe rührende Weise für die erwiesene Hilfe, um ihr gleich darauf zeternd sein Leid zu klagen. Doch niemand störte sich daran.

Der Untergang eines Schiffes war auch für die Mannschaft der *Stern von Andhakleia* das Schlimmste, was diese sich ausmalen konnte.

Als das Beiboot ein letztes Mal gegen die Bordwand schlug und Gijao an Bord kam, verstummten die Gespräche. Die meisten der Männer hatten den jähen Stimmungswechsel Surjadoras sehr wohl bemerkt.

Nukulahi hatte völlig vergessen, der Kapitänin zu berichten, wer sich noch auf das Eiland gerettet hatte. Die preßte zornig die Lippen aufeinander. Der Schmaläugige schluckte schwer und versuchte es dann mit einem falschen Lächeln.

»Mein Vetter Liän«, hob Gijao zu sprechen an, »würde wohl sagen, manches Mal verliert man, und manches Mal ... gewinnen die anderen.«

»Haltet den Mund, katauekischer Giftmischer!«

Nukulahi war überrascht, daß sich der Schmaläugige an diesen Rat hielt. Die Männer an Bord hielten den Atem an.

»Am liebsten würde ich Euch auf dem Felsen da hinten verrotten lassen«, bellte Surjadora weiter. »Aber ich werde dafür sorgen, daß Ihr Seiner Majestät persönlich Rechenschaft ablegt. Habe ich mich verständlich ausgedrückt?«

Gijao, dessen rechtes Auge mittlerweile dick geschwollen und blau angelaufen war, nickte nur. Es war das erste Mal, daß Nukulahi ihn nicht lächeln sah.

»Und jetzt her mit Eurem Tornister!« Die Schiffsführerin griff ungestüm nach dem Behältnis, in dem sich Gijaos eigenartige Silberscheibe befand, von der Tvashi einst berichtet hatte. Der Schmaläugige schrie auf und setzte sich zur Wehr, doch auf ein Zeichen von Bootsmann Brahthos hin packten ihn ein halbes Dutzend Männer und rangen ihn nieder. Es dauerte nicht lange, und Gijao lag gefesselt vor ihnen auf den Planken des Schiffes. Trotzig blickte er zu der Schiffsführerin auf, die jetzt die Tasche in Händen hielt.

Grimmig zeigte sie ihm die Zähne. »Ihr kennt das ja schon, Gijao.«

Sie gab Brahthos ein knappes Zeichen.

»Ins Kabelgatt mit ihm!«

Sadi

Golf von Ikarilla und Hafen von Sadi,
am frühen Vormittag des 23. Tages des Dürremonds,
im 459. Jahr der Abwesenheit Gottes

»Eigentlich ist diese Dekadenz unglaublich.« Surjadora stand an der Reling und hörte ihrem Bootsmann zu, der entrüstet an seinem Aionarsstern rieb. Wie sie betrachtete Brahthos die fremdartige Kulisse der Hafenstadt Sadi, die sich aus dem Morgendunst schälte.

»Was ist unglaublich?« wollte sie wissen.

»Na, daß diese verdammten ikarillischen Lotsen tatsächlich verlangen, daß ehrbare Kauffahrer aus der gesamten Liga einen Umweg von fast 600 Meilen auf sich nehmen, nur um einen von ihnen anzuwerben. Alles in allem sind das bei dem derzeitigen Wetter fast zwei zusätzliche Wochen Fahrtzeit!«

»Es würde mich nicht wundern«, antwortete ihm Surjadora, »wenn die Vögte dieser Stadt einst ein Abkommen mit den Lotsen getroffen hätten. Das Meer des Schlafes weist eben unkalkulierbare Gefahren auf. Es heißt, daß sieben von zehn Schiffen, die es ohne einen Lotsen durchqueren, scheitern. Und von diesen Schiffen verschwinden die meisten auch noch spurlos.«

»Das weiß ich, Kapitänin. Mir sind auch all die Geschichten über jene Geisterschiffe vertraut, deren Mannschaften eingeschlafen und dann mitten auf dem Meer verdurstet sind. Trotzdem, können diese vermaledeiten Lotsen nicht zur Westküste umziehen? Ikarilla ist doch nun wirklich groß genug.« Bootsmann Brahthos war nicht von seiner Meinung abzubringen

»Die Pilger und Kauffahrer, die nach Eulykien, ins ferne Belabadangbarad oder zu den anderen Staaten des Südens fahren wollen, füllen das Stadtsäckel sicher ganz ordentlich. Seine Majestät Mahatargos III. hätte ebenfalls nichts dagegen einzuwenden, wenn Andhakleia eine ähnliche Stellung genösse. Etwa, wenn Andhakleia als einzige Stadt Lotsen für die Myriander-Passage bei den Jaguarinseln stellen könnte.«

Sie selbst sah die Angelegenheit mit den Lotsen ganz pragmatisch. Zumindest, solange von dieser Dekadenz, wie Brahthos es ausdrückte, jeder in der Liga gleichermaßen betroffen war. Ihr Bootsmann schwieg, wirkte aber immer noch mißmutig.

Surjadora warf einen Blick hoch zum Achterkastell, wo Lakshapheus am Steuerrad stand, und nahm dann ihr Fernrohr zur Hand, um einen Blick zur Küste zu werfen, an der sie nun schon seit Tagen entlangfuhren. Wie auch vor der Halbinsel von Gwanapur kamen ihnen erstaunlich wenige Schiffe entgegen. Geschweige denn, daß sie auf ihrem Weg nach Sadi von einem Segler eingeholt worden wären. Des öfteren hatten sie weiter nördlich, nahe der Küste Ikarillas, große Gebiete mit angeschwemmtem Treibholz und zertrümmerten Schiffswracks ausmachen können. Sie zeugten davon, daß die Region vor einiger Zeit von einer Flutwelle heimgesucht worden war.

Doch wie stand es um Sadi selbst? Vor dem kreisrunden Ausschnitt der Linsen konnte sie die dunklen Mauern der Stadt ausmachen. Irgendwo war ein glitzerndes blaues Band zu erahnen. Das mußte der Vaa sein, an dessen Mündung die Stadt lag.

Surjadora war schon sehr gespannt auf die Metropole. Bisher hatte sie die Stadt der Tausend Heiligen, wie Sadi in der Liga gern genannt wurde, noch nicht mit eigenen Augen gesehen. Es hieß, daß der Heiligenkult hierzulande regelrecht ausgeufert war. Gerüchten zufolge sollten die Ikarillaner für wirklich jeden Anlaß einen Schutzheiligen haben.

Wirkte schon die Küste weiter im Norden nicht sehr einladend, so schien Sadi selbst den ungastlichen Eindruck noch verstärken zu wollen. Je näher die *Stern von Andhakleia* der Stadt kam, desto besser konnte man Einzelheiten ausmachen. Die Kapitänin erkannte zunächst die beiden schwarzen Basalttürme, die den von einer Flutmauer umgebenen Hafeneingang wie mahnende Zeigefinger flankierten.

Sie waren kantig, nahezu zehn Schritt hoch und kamen Surjadora, die als Kurjamäerin an verspielte Fresken und Ornamente gewöhnt war, außerordentlich phantasielos vor.

Ebenso düster war auch der Eindruck, den der Rest der Stadt auf sie machte. Wohin sie auch blickte, überall sah sie abweisende, rechtwinklig angelegte Häuser und Gebäude aus dem gleichen Gestein. Im Gegensatz zu Andhakleia schien die Stadt nicht wild gewachsen, sondern mit ihren geraden Linien und strengen Formen planvoll erbaut worden zu sein. War es das, was ihr mißfiel? Oder lag es an den grauen, tief liegenden Wolken, die das triste Bild der Stadt unterstrichen?

So oder so, ihr war nicht wohl beim Anblick Sadis. Die ganze Stadt hatte etwas Lauerndes, in sich Gekehrtes.

Auf einigen Dächern konnte Surjadora Bewegungen ausmachen. Doch was sie zunächst für Hunde hielt, die sich dort oben herumtrieben, waren in Wahrheit Ziegen.

Erstaunlich.

Als die Karavelle weiter auf den Hafeneingang zuhielt, erkannte die Kapitänin nahe der Wasserlinie eingefallene Mauern und Überreste verrottender Schindeldächer. Eine halb aus den Angeln gerissene Tür bewegte sich in der rauhen Brise. Die Gebäude, die an den Straßenzügen in Ufernähe standen, waren von der Flutwelle fortgespült worden.

Weiterreichende Schäden waren nicht zu entdecken. Offenbar hatte die Stadt die Unbill des letzten Jahres verhältnismäßig glimpflich überstanden. Daß an den Kais nur vergleichsweise wenige Schiffe festgemacht hatten, erkannte die Händlerin allerdings sofort. Zufrieden betrat sie die Treppe zum Achterdeck und wandte sich an ihren Steuermann. »Scheint, daß sich der Fernhandel hier in Sadi noch nicht erholt hat. Gut so!«

Selbst Lakshapheus konnte sich das Grinsen nicht verkneifen. Surjadora wandte sich mit auf dem Rücken verschränkten Armen an die Mannschaft. »Laßt auf dem Vorschiff die Flagge von Kurjameos hissen, Bootsmann.«

Brahthos eilte in die Schiffsmesse, um das Banner zu holen. Lakshapheus musterte derweil nachdenklich das Heiligenbildchen der heiligen Myrea, das der Bootsmann zu seinem Mißvergnügen am Steuerbrett befestigt hatte.

Flüchtig sah Surjadora zum Vorderkastell, wo sich Prinz Nukulahi und die eulykische Kontorsleiterin aufhielten. Wie alle anderen sahen sie Brahthos dabei zu, der nun wieder über das Hauptdeck eilte und mit der Fahne in der Hand zu ihnen hochstieg.

Einige Augenblicke später wehte das Banner ihrer Heimat über dem Vorderkastell, und die Kapitänin blickte stolz auf den silbernen Elefanten auf grünem Grund, über dem die goldene Krone schwebte.

Prinz Nukulahi warf ihr einen kurzen Seitenblick zu, den sie mit einem Nicken erwiderte. Nach ihrem Geschmack hatte der Prinz in den zurückliegenden Wochen viel zuviel Zeit mit der Eulykierin verbracht. Sie hatte ihm eingeschärft, nicht alles über seine Heimat zu verraten. Vor allem nicht, wo Coleopa lag.

Hoffentlich hielt er sich daran. Tatsächlich hatte sie schon genug Scherereien mit Kallyê gehabt, als sie ihr hatte erklären müssen, daß es bedeutsame merkantile Gründe waren, die sie zunächst einmal in ihre Heimat führten, statt, wie mit ihrer Geldgeberin vereinbart, auf direktem Weg zurück nach Coleopa.

Immerhin hatte die Eulykierin überraschend schnell ihre Erklärung geschluckt, nach welcher derzeit in Andhakleia ein neues Schiff Surjadoras ausgerüstet wurde. Das war natürlich gelogen. Aber Kallyê schien noch immer so dankbar über ihre Errettung und auch über das eigentliche Ziel der *Stern von Andhakleia* zu sein, daß sie nicht weiter über das Gehörte nachdachte. Doch was wäre, wenn sie erst einmal eulykischen Boden unter ihren Füßen hätte?

Sie mußte wachsam sein.

Außerdem machte die Frau die Männer an Bord verrückt. Ständig schlichen sie um die Kontorsleiterin herum, und selbst Tvashi machte trotz seines Alters keine Ausnahme!

Unterdessen fuhr das Schiff zwischen den beiden hohen Hafentürmen Sadis hindurch. Nirgendwo in den Türmen war eine Bewegung auszumachen, doch Surjadora war sich sicher, daß hinter den Schießscharten reges Treiben herrschte. Sicher waren in diesem Moment die Augen zahlreicher Hafenwachen auf ihr Schiff gerichtet.

Wie auch immer, jetzt war es endlich an der Zeit, auch den Rest der Besatzung über den weiteren Verlauf der Fahrt zu informieren. Vor ihrer Abfahrt hatte sie nicht das Wagnis eingehen wollen, daß das wahre Ziel ihrer Reise bekannt wurde. Doch einige der Männer waren Familienväter. In Sadi hatten jene, die ihr nicht weiter folgen wollten, zumindest die Gelegenheit, auf einem anderen Segelschiff anzuheuern. Surjadora räusperte sich und gab Bootsmann Brahthos einen Wink.

»Alle Mann hergehört!«

Brahthos' laute Stimme schallte über das Deck und brachte die Seeleute dazu, in ihrer Arbeit innezuhalten. Surjadora dachte daran, daß der Bootsmann während der gesamten Fahrt nicht weiter auffällig geworden war. Sollte sich Lakshapheus in ihm geirrt haben? Sie verschränkte die Arme hinter dem Rücken und straffte sich.

»Männer, wir werden hier fünf Tage festmachen, um einige Güter loszuschlagen und andere einzuhandeln. Danach wird es aber nicht nach Andhakleia zurückgehen, sondern zunächst nach

Thalliopê ins ferne Eulykien. Also ganz in den Süden des Kontinents!«

Die Seeleute sahen sich mürrisch an und sprachen leise miteinander. Die Mannschaft hatte sich sicher schon seit Wochen gefragt, wie lange sie unterwegs sein würden und wann es wieder heimwärts ginge. Surjadoras Eröffnung trug wie erwartet nicht dazu bei, die Stimmung aufzubessern.

»Wer es wünscht, dem zahlt Steuermann Lakshapheus im Hafen die Heuer aus. Für die anderen gilt, daß die Bugwache die ersten beiden Tage Landgang erhält. Die Heckwache bekommt am dritten und vierten Tag frei. Am fünften Tag werden wir die Abreisevorbereitungen treffen und dann wieder auslaufen.«

Einer der Matrosen ließ sorgenvoll den Begriff Meer des Schlafes fallen.

»Um Euch die Weiterreise etwas schmackhafter zu machen, lege ich für jeden, der mit nach Eulykien kommt, eine Silberdubokine pro Woche oben drauf. Weitermachen!«

Die in Aussicht gestellte Aufbesserung der Heuer hob die gedrückte Stimmung umgehend, und die Männer unterhielten sich erregt darüber, ob sie mit in den Süden kommen oder ihr Glück auf einem anderen Segler suchen sollten.

Steuerbords legte das Kanu der sadischen Hafenmeisterei an. Im Unterschied zu den acht Ruderern, deren Oberkörper entblößt waren, waren die drei Hafenbeamten mit graublauen Wickelröcken und dunkelblauen Westen bekleidet. Auf dem Kopf trugen sie hohe, birnenförmige und bis zum Nacken herunterreichende Amtsmützen aus schwarzem Leder.

Surjadora beobachtete, wie Lakshapheus das Fallreep herunterließ und zu den Männern kletterte. Nach einer Weile kam er wieder herauf und wies Bootsmann Brahthos an, einen Kai zu ihrer Linken anzusteuern. Das Zollkanu entfernte sich wieder, und der Steuermann trat zu ihr aufs Achterdeck.

»Unser Einlaufen hat offenbar für große Aufregung gesorgt. Wir sind seit einem Jahr das erste Schiff mit Nachricht aus dem äußersten Westen. Offenbar gibt es in der Stadt keinen Vogt mehr; dafür scheinen, soweit ich das verstanden habe, einfache

Bürger die Macht ergriffen zu haben. Ach ja, und einen Krieg gab es hier wohl auch. Oder mehrere, wie man es nimmt ...«

Lakshapheus schilderte der Kapitänin, was er über die zurückliegenden Ereignisse in Sadi in Erfahrung gebracht hatte. Surjadora warf einen entsetzten Blick auf den Kai, wo bereits einige Schauerleute und Tagelöhner in bunten Röcken auf Arbeit hofften.

»Wie bitte? Einfache Bürger regieren die Stadt?« Surjadoras Stimme schwankte zwischen Ratlosigkeit, Erstaunen und Empörung. »Es scheint mir, daß es Ikarilla wirklich hart erwischt hat. Laßt die Nachtwache auf jeden Fall verdoppeln, solange wir hier vor Anker liegen.«

»Wie Ihr wünscht, Kapitänin.« Lakshapheus kratzte sich an der Nase. »Und Ihr wollt den Männern, die mitkommen, wirklich eine Silberdubokine mehr pro Woche zahlen?«

Surjadora lächelte boshaft.

»Macht Euch darüber keine Gedanken, Steuermann. Das werden diese impertinenten Aufrührer hier bezahlen. Seht Euch doch im Hafen um. Viele Handelsschiffe gibt es nicht. Wenn Ihr nachher die Waren an Land bringt, dann schlagt einfach überall ein Viertel des Preises drauf. Nach alledem, was Ihr mir erzählt habt, dürften die Ikarillaner ganz begierig nach Elfenbein und guten kurjamäischen Glaswaren sein. So viel, wie hier zu Bruch gegangen ist ...«

Das Kinderlied

An Bord der Stern von Andhakleia, *Hafen von Sadi, eine Stunde vor Mitternacht, am selben Tag*

Kallyê wälzte sich in ihrer engen Koje unruhig hin und her, während der leise Gesang Prinz Nukulahis an ihre Ohren drang. Der Klang seiner Stimme hatte etwas Tröstliches, auch wenn sie nicht vorhatte, sich von der Melodie einlullen zu lassen. Dafür gingen ihr zu viele Dinge durch den Kopf.

Wieder mußte sie daran denken, daß beim Untergang der *Leokothea* ihre gesamte Barschaft mit auf den Grund des Meeres gesunken war. Dabei hatte sie vorgehabt, sich in Sadi ein angemessenes Zimmer in einer ordentlichen Herberge zu leisten, um ihren strapazierten Leib wenigstens einmal auf der langen Fahrt in einem behaglichen Bett ausstrecken zu können.

Während der letzten Wochen hatte sie der Ankunft in der Stadt noch mit großer Hoffnung entgegengeblickt. Doch wie sie am Nachmittag erfahren mußte, war ihre hiesige Glaubensschwester vor einigen Monden bei Unruhen zu Tode gekommen. Und nicht nur das. Ihr Kontor hatte ausgerechnet in einer jener Straßen gestanden, deren Häuser vor über einem Jahr von der Flutwelle weggespült worden waren. Von dem Gebäude war nicht mehr übriggeblieben als ein riesiger Haufen Schutt, aus dem sich bereits die Nachbarschaft bedient hatte.

Immerhin hatte sie in Erfahrung bringen können, daß Thalliopê von der Katastrophe gänzlich unversehrt geblieben war. Erst vor einer Woche war wieder ein Schiff mit reichen Pilgern dorthin aufgebrochen. Das war aber auch die einzige gute Nachricht ... Kallyê wickelte gedankenverloren eine Strähne ihres Haars um den schlanken Mittelfinger, während sie dem Lied des Prinzen horchte, in das sich Wehmut gemischt hatte.

Natürlich hatte sie Kapitänin Surjadoras Pläne längst durchschaut. Diese hinterlistige Kurjamäerin hatte sie in ihrem eigenen Handelskontor übers Ohr gehauen. So wie es aussah, war eine neuerliche Expedition nach Coleopa noch lange nicht abzusehen, und Kallyê war davon überzeugt, daß die meisten Waren unten im Schiffsbauch mit ihrem Gold bezahlt worden waren. Sie war wütend.

Während der vergangenen Tage war ihr ein neuer, heimtückischerer Plan durch den Kopf gegangen. Es wäre ein Leichtes, Surjadora gleich bei der Ankunft im Hafen von Thalliopê von der Schwesternschaft gefangennehmen zu lassen. Die Priesterinnen besaßen genügend Mittel, um den Willen eines Menschen zu brechen. Man würde aus der Kapitänin die Lage Coleopas gewaltsam herausbringen und sie dann verschwinden lassen. Sie hatte nichts anderes verdient.

Anschließend stünde einer neuen Expedition in den Ozean des Morgens – und zwar unter eulykischer Flagge – nichts mehr im Wege. Sollten irgendwann doch noch neue Karavellen aus Kurjameos in dem Archipel eintreffen, würden sie die Eisernen Männer ihrer Heimat schon gebührend empfangen.

Allerdings hatte sie doch erhebliche Zweifel, ob diese Idee wirklich klug war. Natürlich hatte sie sich bei jeder sich bietenden Gelegenheit mit Prinz Nukulahi unterhalten. Doch das, was sie ihm nach und nach entlockt hatte, trug keineswegs dazu bei, ihre Stimmung zu heben. Demnach war der Prinz zwar Herrscher eines riesigen Reiches, aber auf Coleopa war es offenbar zu einer Rebellion gekommen. Er war in Wirklichkeit ein Prinz im Exil!

In seiner fernen Heimat herrschte jetzt offensichtlich jemand, der für Fremde nichts als Verachtung übrighatte. Insbesondere, wenn diese Fremden vom sogenannten Weltenrand stammten, wie sich der Prinz ausdrückte.

Er hatte ihr das alles erzählt und ihr dafür das Versprechen abgenommen, daß sie nichts davon weitertrug. Ja, er war sogar so einfältig gewesen, ihr zu glauben, als sie darauf eingegangen war. Welch ein Narr!

Die Schwäche des Prinzen war seine Einsamkeit. Außerdem vertraute er den Menschen zu bereitwillig. Es wunderte Kallyê nicht, daß man Nukulahi entmachtet hatte. Der Prinz hatte nichts über die genaueren Umstände der Rebellion verraten, aber sie war felsenfest davon überzeugt, daß der Verräter jemand aus seinem engsten Bekanntenkreis war.

Trotzdem blieb das Problem bestehen. Wer auch immer Handel mit den Coleopäern treiben wollte, um am Purpurreichtum ihrer Heimat teilzuhaben, vermochte dies nur unter der Herrschaft Nukulahis. Und der stand leider zu dieser Surjadora. Offenbar hatten die beiden sich ein diesbezügliches Versprechen gegeben. Selbst Andeutungen ihrerseits, daß die Kapitänin ihn verraten könnte, hatten nur ein wissendes Lächeln auf sein Gesicht gezaubert. Schließlich hatte er ihr geantwortet, daß Surjadora ihn sicher ebensowenig verraten würde wie sie selbst.

Der Prinz war so leichtgläubig, daß es sie körperlich schmerzte.

Sie schüttelte den Gedanken daran ab wie die Erinnerung an eine unerfüllte Liebesnacht. Der Prinz war eine Figur in einem Spiel, dessen Züge die Herrin des Silbergartens bestimmte. Dummerweise hatte er sich ihren Einflüsterungen gegenüber als äußerst unempfindlich erwiesen. Was sie ihm auch einzureden versuchte, sein Glaube an das Gute im Menschen in allgemeinen und an Surjadora im speziellen schien unerschütterlich.

Wenn es ihr nicht gelang, Nukulahi auf ihre Seite zu ziehen, waren all ihre Pläne wertlos.

Bei der Sphinx von Thalliopê, wie konnte dieser Mann nur so ... sperrig sein.

Andererseits, noch hatte sie ihre stärkste Waffe nicht zum Einsatz gebracht. Mit einem wissenden Lächeln wanderten ihre Hände über ihre weiche Haut und die Wölbung des Busens hinab in das samtene Tal zwischen den Hüftknochen bis zu den hellen Locken in ihrem Schoß. Bislang hatte ihr noch kein Mann widerstehen können.

Kallyê hatte den Prinzen beobachtet. Auf Coleopa lagen ihm die Frauen sicher zu Füßen. Doch hier in der Fremde hatte sich ihm bestimmt noch keine Frau hingegeben. Sie kannte die Männer. Sie war sich sicher, daß sie ein leichtes Spiel mit ihm haben würde.

Wieder führte sich die Eulykierin den muskulösen Körper des Prinzen vor Augen. Kräftig und sehr wohl proportioniert. Unwillkürlich dachte sie an den Nachmittag vor drei Monden, als er sie nach der Schiffskatastrophe aus dem Meer gezogen hatte. Sie gestand es sich nur ungern ein, aber sie hatte ihm ihr Leben zu verdanken.

Schon kurz vor der Jahreswende, als sie ihm auf dem Dach der Kapitänsvilla begegnet war, war ihr nicht entgangen, daß seine Bewegungen von einer Eleganz waren, wie sie es noch bei keinem Mann gesehen hatte. Er schien das Raubtier in sich gut unter Kontrolle zu haben. Und nicht zum ersten Mal verspürte Kallyê Lust, dieses Raubtier zu wecken.

Sicher war Nukulahi trotzdem ein sanfter und einfühlsamer Liebhaber. Sie mußte an seine dunklen Augen, seine geschmeidige Haut und sein weiches langes Haar denken. Zweimal hatte sie es schon berührt, ohne daß der Prinz es bemerkt hatte.

Wie lange war es überhaupt her, daß sie wirklich Lust gehabt hatte, mit einem Mann zu schlafen? Sie spürte ein wohliges Prickeln in ihrem Schoß, und mit einemmal erschien es ihr eng und stickig auf ihrem Lager. Ob es wohl möglich wäre, das Nützliche mit dem Angenehmen zu verbinden?

Kallyê wunderte sich über sich selbst. Wenn sie ihren Körper einsetzen mußte, um ihre Ziele zu erreichen, so tat sie dies stets mit einer gewissen Zurückhaltung. War der Grund dafür, daß sie dieses Mal so lange gezaudert hatte, am Ende gar die Erregung, die Nukulahi in ihr hervorgerufen hatte? Die Kontorsleiterin schüttelte den Kopf, richtete sich auf ihrem Lager auf und schalt sich eine Närrin. Noch nie hatte sie sich von ihren Gefühlen beirren lassen. Sie war schließlich Eulykierin.

Entschlossen erhob sie sich. Sie bedauerte, keinen Spiegel zur Hand zu haben, fuhr sich noch einmal durch ihr Haar, benetzte die Lippen mit der Zungenspitze und schlüpfte in ihre Kleider. Selbstsicher verließ sie die Schiffsmesse.

Nukulahi saß, wie sie es erwartet hatte, auf dem Vorderkastell. Er hatte ihr den Rücken zugewandt, sang und blickte zu einer kleinen Laterne empor, die auf dem Vorschiff hing. Die drei Wachen, die der Steuermann eingeteilt hatte, lungerten an der Reling herum, kauten Tabak und lauschten seinem Gesang.

Der Prinz hatte einen eigentümlichen Einfluß auf die Mannschaft.

Kallyê schaute zum finsteren Himmelszelt auf. Sie fragte sich, ob dort jemals wieder der Mond zu sehen wäre. Daß sich der stumme Wächter der Nacht schon so lange nicht mehr gezeigt hatte, war beunruhigend. Es mußte ein Zeichen von großer Bedeutung sein. Für sie und für die ganze Welt.

Als Eulykierin, deren Lebensrhythmus vom Mond bestimmt wurde, war sie sich dessen völlig sicher. Vielleicht wußten ihre Schwestern im Gezeitentempel Thalliopês, wie dieses Phänomen zu deuten war. Sicher aber die *Philophore*, die Herrin des Silbergartens und oberste Priesterin des Orakels.

Langsam näherte sie sich dem Prinzen, der sein Lied nun ausklingen ließ und sie ansprach, ohne daß er sein Antlitz von der Laterne abwandte.

»Ihr könnt nicht schlafen?«

Kallyê betrachtete seinen starken Rücken. Die meiste Zeit trug der Coleopäer nur seine bronzene Schürze und lief mit freiem Oberkörper herum.

»Nein. Ihr aber offenbar auch nicht, Prinz.«

Langsam ließ sie sich neben ihm nieder und betrachtete sein langes Haar. »Singen bei euch in Coleopa alle Männer so schön?«

Nukulahis Blick war noch immer auf die Laterne gerichtet. »Wenn Ihr meint, ich sei ein guter Sänger, wird es wohl stimmen. Die Seeleute in Coleopa vertreiben sich mit ihrem Gesang die Zeit, wenn sie allein zwischen den Inseln unterwegs sind. Ein guter Sänger ist bei uns hoch angesehen.«

»Ich höre Euch oft singen.« Kallyê schob ihren Körper näher an den des Prinzen und brachte ihr Dekolleté besser zur Geltung. Aufreizend schlug sie das dem Prinzen zugewandte Bein über das andere. Ihr Kleid rutschte den Schenkel hinauf.

»Ich singe, weil ich auf der Suche bin«, antwortete Nukulahi, von ihrer Körperlichkeit scheinbar noch immer unbeeindruckt. »In meinen Liedern fühle ich mich meiner Heimat nah und verbunden. Zumindest war es noch bis vor wenigen Monden so …« Er zögerte, bevor er weitersprach. »Vielleicht sind es die falschen

Lieder, die ich anstimme. Es wird Zeit, daß ich wieder in das Reich der Tausend Inseln zurückkehre.«

»Und Ihr hofft, daß Euch Euer Aufenthalt in Thalliopê bei alledem helfen wird?«

Nukulahi wandte ihr erstmals sein Gesicht zu und musterte sie aus seinen dunklen Augen. »Surjadora berichtete mir, daß die Sphinx in Eurem Tempel allwissend sei. Ich hoffe tatsächlich, daß mir dieses Orakel in Eurer Heimat einen Rat geben kann, wie ich das Unglück von meinem Volk abzuwenden vermag.«

Kallyê seufzte. Der Coleopäer war wie die anderen. Man würde ihn belügen, wie man alle belog. Fast tat er ihr leid. Verärgert stellte sie fest, daß er immer noch keinen Blick für ihre Reize hatte. Vielleicht verlief das Liebesspiel auf Coleopa anders, als sie es kannte? Aber nein, das konnte nicht sein. Die Lust sprach überall auf der Welt dieselbe Sprache.

Nukulahi wandte seinen Blick dem Hafen zu. »Ist die Sphinx denn tatsächlich allwissend? Ihr müßt es doch wissen.«

Kallyê war angesichts der hartnäckigen Unbefangenheit des Coleopäers unbehaglich zumute. Was sollte sie ihm antworten? Daß es sich bei der Sphinx nur um eine Statue handelte? Daß sich das Orakel in Wahrheit auf ein Agentennetz in der ganzen Welt stützte? Daß man die Pilger systematisch mit Halbwahrheiten und doppeldeutigen Rätseln belog? Daß selbst viele Schwestern die Wahrheit nicht kannten?

»Sie ist älter als die Welt. Vielen hat das Orakel geholfen«, antwortete sie statt dessen.

Nukulahi summte zufrieden. »Dann ist es gut. Sagt, wie ist es um die Lieder Eures Volkes bestellt, Kallyê? Singt Ihr in Eurer Heimat nicht?«

Verblüfft schaute Kallyê Nukulahi an. Vielleicht hatten die Werbungsbräuche in Coleopa ja etwas mit Musik zu tun?

»Doch, natürlich«, antwortete sie hastig.

Bei der Sphinx, wie lange war es her, daß sie das letztemal ein Lied angestimmt hatte? Das war damals gewesen, als sie als junges Mädchen zum Tempel gebracht worden war, um dort ihre Ausbildung anzutreten.

»Mögt Ihr mir nicht eines vorsingen?«

Kallyê schüttelte den Kopf, dann aber besann sie sich eines Besseren. »Mir fällt nur noch ein altes Kinderlied ein. Aber das ist albern.«

»Nein, ich finde ganz und gar nicht, daß Ihr albern seid.«

»Nein, das meinte ich nicht. Ich ...« Kallyê bemerkte, daß sie tatsächlich Angst davor hatte, sich lächerlich zu machen. Verstohlen schaute sie zu den Seeleuten an Deck, die hin und wieder einen Blick zum Kastell warfen. Es konnte doch nicht sein, daß ausgerechnet dieser Coleopäer sie unsicher machte.

»Na gut, wenn Ihr es unbedingt wünscht. Ich habe Euch vorgewarnt. Es handelt sich dabei um das Lied vom Silbergarten.«

Sie räusperte sich und begann in ihrer Heimatsprache zu singen. Je länger sie sang, desto mehr erinnerte sie sich wieder an die Gefühle, die sie einst als kleines Mädchen gehabt hatte. Damals, als sie davon geträumt hatte, der Sphinx im Orakeltempel dienen zu dürfen. Und sie mußte auch an ihre Enttäuschung denken, als sie später festgestellt hatte, um was es sich bei dem Orakel in Wahrheit handelte. Mit Bitterkeit stellte sie fest, daß sie ihre Unschuld schon lange vor der ersten Nacht mit einem Mann verloren hatte.

Das Lied endete, und ihre Augen schimmerten feucht. Schnell blinzelte sie die Tränen fort und schalt sich zum zweiten Mal in dieser Nacht eine Närrin. Was war nur los mit ihr? Trotzig schob sie ihre Brust vor.

»Ein schönes Lied, wirklich. Wovon handelt es?« Der Prinz sah sie wieder mit seinen offenen, goldbraunen Augen an, doch Kallyê wich seinem Blick aus.

»Wie ich schon sagte, es handelt vom Silbergarten. Von der Legende, wie die Sphinx einst nach Eulykien kam. Die alten Götter neideten ihr das Wissen um den Weltenplan, und es heißt, daß sie von dem Mächtigsten unter ihnen verflucht wurde. Und so floh sie auf dem Licht des Mondes in meine Heimat. Dort aber, wo die Sphinx das erste Mal den Boden berührte, wuchsen aus dem Mondlicht Blumen aus Silber, und ein wunderschöner Garten entstand. Man sagt, in diesem Garten erfülle sich ein

Herzenswunsch, wenn dieses Herz selbst rein wie das Mondlicht sei.«

In Kallyês Stimme schwang plötzlich Bitterkeit. »Es gibt diesen Garten. Er wird von Priesterinnen gepflegt. Aber die Wahrheit ist, daß seine Blumen einst von den besten Silberschmieden des Landes gefertigt wurden, um die Pilger zu beeindrucken. Er befindet sich im Silbernen Tempel von Thalliopê. Als ich ihn das erste Mal mit eigenen Augen sah, war ich noch ein kleines Mädchen. Damals ... war mein Herz noch rein. Meine Wünsche haben sich trotzdem nicht erfüllt.«

Erschrocken über ihre eigene Offenheit verstummte Kallyê. Was war es nur, das sie in Gegenwart des Prinzen dazu trieb, ihm ihre Gefühle einzugestehen? Bei der Macht der Lust, dieser Coleopäer mit seiner Gefühlsduselei hatte sie beinahe dazu gebracht, die Erziehung des Tempels zu vergessen! Die Welt war nun einmal so, wie sie war.

»Oh, ich bin mir sicher, daß Euer Herz noch immer rein ist, Kallyê.«

Bei der Sphinx, war der Prinz wirklich so ahnungslos? Hätte er gewußt, was sie schon alles getan hatte, hätte er nur Abscheu für sie übriggehabt. Abscheu? Schon wieder diese Gedanken!

»Eine solch schöne Jungfrau wie Ihr solltet ...«

»Wie kommt Ihr darauf, daß ich Jungfrau bin?« platzte es aus ihr heraus. Wollte er sie jetzt auch noch beleidigen? Kallyê blinzelte Nukulahi mißtrauisch an. »Findet Ihr mich denn nicht ... begehrenswert?« gurrte sie und fühlte sich auf klägliche Weise lächerlich.

Der Prinz wirkte überaus verblüfft – und mit einemmal sehr verlegen.

»Doch, Ihr seid schön. Sogar wunderschön!«

Na also. Kallyê fand ihre alte Sicherheit wieder und streckte ihren geschmeidigen Körper. Mit einem hundertfach erprobten Lächeln schüttelte sie ihr Haar und besann sich auf ihr eigentliches Vorhaben.

»Dann beweist es mir!«

»Wie meint Ihr das?« Der Prinz wirkte ratlos. Kallyê beschloß, dies als ein Spiel auszulegen.

»Ihr wißt, was ich meine, Prinz. Ich habe die Schiffsmesse für mich allein. Ich konnte nicht schlafen, weil ich an Euch denken mußte …«

Sacht strich sie mit den Fingerkuppen über seine bronzefarbene Brust und stellte befriedigt fest, wie seine Haut auf ihre Berührung reagierte. Nukulahi starrte sie an, und sein Atem beschleunigte sich. Er würde wie Wachs in ihren Händen sein. Es würde sein, wie es immer war. Das alte Spiel. Sie beherrschte seine Regeln meisterlich. Wenn sie erst miteinander geschlafen hatten, würde das zarte Band zwischen ihnen wachsen. Sie würde eine Macht über ihn gewinnen, der diese Surjadora nichts mehr entgegenzusetzen hätte. Sie würde ihn …

»Nein!« Nukulahi keuchte erregt und hielt ihre Hand mit festem Griff umschlossen. »Bitte glaubt mir, Ihr seid wirklich schön. Aber ich habe gelobt, meine Jungfernschaft bis zu jenem Augenblick zu bewahren, da ich von ganzem Herzen liebe. Ich darf dieses Geschenk nicht leichtfertig aufs Spiel setzen.«

Verblüfft riß Kallyê die Augen auf und starrte Nukulahi unverblümt an. Der schöne Prinz war noch Jungfrau? In all den Jahren hatte sie so etwas noch nicht erlebt.

»Ihr wollt mir sagen, daß Ihr noch nie mit einer Frau zusammen wart?«

»So ist es, Kallyê. Und ich schäme mich dessen nicht. Es ist nicht nur Tradition, es ist … das einzig Richtige.«

In Nukulahis Stimme wechselte Verzweiflung mit Stolz. »Bitte vergebt mir. Es geht nicht.« Der Prinz schob ihre Hand von sich. Es kostete ihn sichtlich Überwindung. Immerhin. Dann erhob er sich und lächelte.

»Ich würde alles aufs Spiel setzen, woran ich glaube. Und es ist nicht gut, seinen Glauben zu verlieren. Ich weiß, daß Ihr mich versteht.«

Mit diesen Worten stieg er die Treppe hinunter und verschwand unter Deck, wo sich seine Hängematte befand.

Kallyê starrte ihm ungläubig hinterher. Nie zuvor hatte ein Mann sie abgewiesen. Noch immer spürte sie seine Haut unter ihren Fingerspitzen – und nur mit Mühe gelang es ihr, ein Schluchzen zu unterdrücken. Verlor sie denn jetzt endgültig die Fassung? Was, wenn die Seeleute sie, eine Eulykierin, beobachteten, wie sie aus der Rolle fiel? Nein. Sie mußte noch ein wenig ausharren. Hier sitzenbleiben. Im Licht der Laterne. Ganz so, als ginge es ihr gut. Wohliges Strecken. Einatmen. Ein leises Seufzen. Ausatmen. Jetzt langsam aufstehen. Einatmen. Auf die Seeleute zubewegen, lächeln. Ausatmen. Ein gekonnter Hüftschwung. Einatmen. Da: die Tür zur Schiffsmesse!

Wieder allein und in ihrer stickigen Koje gab es für Kallyê kein Halten mehr. Du wirst alt, schrie es in ihrem Kopf. Du selbst bist es, die einsam ist!

Erneut fuhren ihre Fingerspitzen über ihre Haut. Doch dieses Mal hinterließen sie blutige Striemen.

Verhandlung mit Folgen

Viertel der Türme Sadi, nachmittags, einen Tag später

»So, da sind wir!« Kapitän Anaxketos bedeutete dem angeworbenen Eseltreiber, sein Tier zum Stehen zu bringen, auf dessen Rücken die geheimnisvolle Truhe festgezurrt war. Regenwasser lief an dem Öltuch herab, mit dem er die Kiste noch im Hafen hatte abdecken lassen.

Surjadora verfluchte den beständigen Nieselregen, der ihren Umhang durchweichte, und fragte sich nicht zum erstenmal, was es wohl war, das Anaxketos in der Truhe verwahrte.

Ihr Blick streifte das Tier, dessen Ohren traurig zuckten. Diese Esel sah man überall in der Stadt. In den engen Gassen Sadis schienen sie am besten dazu geeignet, Lasten zu jedem gewünschten Ort zu transportieren.

»Nach allem, was ich weiß, wohnt hier einer dieser Lotsen«, erklärte Anaxketos und deutete auf eines der schmalen vielstöckigen Häuser, die das Bild des Stadtteils prägten, in welchen er die Kapitänin geführt hatte.

Über der hölzernen Eingangspforte des Gebäudes, vor dem sie stehengeblieben waren, prangte eine große bronzene Platte. Auf ihr war ein Segelschiff dargestellt, über dem eine Art Laterne schwebte. Die Platte machte, ebenso wie das Gebäude selbst, einen äußerst gepflegten Eindruck, auch wenn das Regenwasser in Rinnsalen an ihr herablief.

Surjadora schaute sich um. Überall in der Stadt wechselten flache, einstöckige Gebäude mit mehrstöckigen, die im Erdgeschoß Bogengänge mit Läden aufwiesen. Dieses Viertel mit seinen turmähnlichen Bauten unterschied sich von dem eher tristen Gepräge der Stadt nur unwesentlich, und das, obwohl hier nach Aussage Anaxketos' ausschließlich wohlhabende Bürger lebten.

Beeindruckend und bedrückend zugleich waren vor allem der Palast des ehemaligen Vogts und die große Aionarsbasilika, die sich an entgegengesetzten Enden des Basars inmitten der Stadt befanden. Während der alte Palast, in dem jetzt anscheinend eine Art Bürgerrat zusammenkam, den Charme einer großen Lagerhalle verströmte, wirkte die Aionarsbasilika einfach nur fremdartig. Sie war das einzige weiße und nicht rechteckige Gebäude der Stadt. Von der Form her ähnelte sie ein wenig der steingewordenen Frucht eines Kalebassenbaumes mit vier längsseitig aufgeklebten Okraschoten. Andererseits gemahnte sie jedoch auch an den enthaupteten Torso eines gewaltigen vierarmigen Riesen, den man bis zum Bauchnabel im Erdreich vergraben hatte. Surjadora konnte nicht verstehen, warum die Sadier so wenig Sinn für architektonische Schönheit besaßen.

Vom wolkenverhangenen Himmel erklang ein dumpfes Grollen, und der Nieselregen verstärkte sich. Sie verzog mißmutig das Gesicht und reichte dem Kapitän die Rechte.

»Nun, dann heißt es jetzt wohl Abschied nehmen.«

Anaxketos schlug ein. »Ich danke Euch noch einmal dafür, daß Ihr mich und den Rest meiner Mannschaft draußen auf dem Meer aufgelesen habt.«

»Nichts zu danken, Kapitän Anaxketos. In einer solchen Situation muß man sich gegenseitig beistehen. Ich hoffe, Ihr seid jetzt nicht ruiniert.«

»Es hat schon seinen Grund, warum ich nach Sadi wollte. Ich verfüge durchaus noch über gewisse ... Rücklagen.«

Der Danakingar warf Surjadora einen rätselhaften Blick zu und strich unbewußt über das feucht schimmernde Holz seiner Truhe.

»So, jetzt muß ich leider ...«

»Der Segen Aionars sei mit Euch, mein lieber Anaxketos.«

»Mögen seine Heiligen auch über Euch wachen, Kapitänin. Sollte uns das Schicksal noch einmal zusammenführen, und ich kann Euch helfen, seid versichert, daß ich es tun werde.«

Anaxketos gab dem Eseltreiber, der die ganze Zeit über ungerührt neben ihnen im Regen gestanden hatte, ein Zeichen. Ein letztes Mal nickte er der Kurjamäerin zu, dann eilten die beiden Männer mitsamt dem Esel die Straße hinab. Surjadora hoffte für den Danakingar, daß ihm das Glück in Zukunft mehr gewogen wäre als in der Vergangenheit.

Entschlossen wandte sie sich der vor ihr liegenden Aufgabe zu und klopfte an die Tür des Lotsen.

Es dauerte einige Augenblicke, bis auf ihr lautes Klopfen geantwortet wurde. Die Tür öffnete sich einen Spalt, und eine hübsche junge Frau in Dienertracht öffnete der Kapitänin. Das Mädchen musterte Surjadoras Sari. Sie sagte etwas auf ikarillisch und bat sie dann mit einer freundlichen Geste in das düstere Gebäude.

Im Innern wirkte das Domizil bei weitem einladender, als es der äußere Eindruck hatte vermuten lassen. Offenbar verstanden es die Einheimischen doch zu leben. Surjadora wurde durch einen Gang mit teuren gautamannischen Wandteppichen in ein Zimmer geleitet, das auf sie einen geradezu heimeligen Eindruck machte.

Der Geruch von aromatischem Tabak hing angenehm in der Luft, und überall erblickte sie Mitbringsel aus aller Herren Länder. Von der Decke hing ein präparierter Hai, hinter zwei aufwendig geflochtenen Korbstühlen standen antilopische Silberpalmwedel. Der Boden wurde von bunten Matten aus Belabadangbarad geschmückt, und neben einem Regal mit zahlreichen kleinen Figürchen, Modellen und anderen Keramiken befand sich eine hübsche, mit Wasser gefüllte Glaskugel samt einer Abdeckung aus purem Gold. In ihr schwamm ein Fisch, der Surjadora aus großen Glotzaugen anstarrte.

Entweder handelte es sich bei alledem hier um Erinnerungen an eigene Reisen, oder es waren Geschenke, die dem Lotsen von anderen Kapitänen überbracht worden waren. Surjadora vermutete letzteres.

Die Tür öffnete sich, und das Mädchen erschien wieder.

»Uia o'ad'e'e Aramu!«

Neben ihr schob sich ein fetter Mann in pechschwarzem Knierock aus feingesponnener Wolle und ebensolchem Überwurf herein. Er trug einen auffallend großen Röhrenhut, der so schwarz wie der Rest seiner Kleidung war. Der Lotse gab dem Mädchen einige herrische Anweisungen und deutete dann auf die beiden Korbstühle. Schnaufend ließ er sich in einen von ihnen plumpsen.

Dann sprach er Surjadora in gepflegter *lingua dei* an und kam gleich zur Sache.

»Ihr stammt aus Kurjameos, Kapitänin?«

Surjadora setzte sich ebenfalls.

»Das Einlaufen meines Schiffes hat sich in Sadi offenbar geschwind herumgesprochen.«

»Sicher hat es das, sicher.« Der Mann sah jetzt noch selbstzufriedener aus. »Ich habe mich schon gefragt, ob ich Euch wohl zu Diensten sein kann.«

Er sah neugierig zu ihrer Tasche. Surjadora öffnete sie und stellte zwei bunte Karaffen aus den besten Glasbläsereien ihrer Heimatstadt auf einen kleinen Beistelltisch.

»Für Euch, werter Aramu ...«

Der Dicke wollte schon nach den wertvollen Geschenken greifen, doch Surjadora ließ die beiden Karaffen nicht los. »... falls wir uns handelseinig werden.«

Der Lotse sah Surjadora fest an. Dann schürzte er hochnäsig die Lippen und lehnte sich mit über den Bauch gefalteten Händen in seinem Stuhl zurück. Mit einem häßlichen Knarren dehnte sich das Korbgeflecht.

»Ich bin mir sicher, daß wir das werden, Kapitänin ... äh ...?«

»Surjadora! Ich will in den Süden, durch das Meer des Schlafes. Und dafür möchte ich Eure Dienste in Anspruch nehmen.«

In diesem Augenblick öffnete sich die Tür erneut, und das Dienstmädchen kam mit zwei Weinpokalen herein, die sie vor den beiden auf den Boden stellte. Der Lotse ergriff ächzend eines der Trinkgefäße und wartete ab, bis er und die Kapitänin wieder unter vier Augen waren.

»Selbstverständlich stehe ich zu Eurer Verfügung. Wir müssen uns nur noch über den Preis einig werden.«

Auch Surjadora ergriff ihren Pokal, und die beiden prosteten sich zu.

»Und der lautet?«

Der Lotse nahm einen tiefen Schluck, starrte nachdenklich auf den Hai an der Zimmerdecke und schien zu rechnen. Surjadora spürte etwas Flockiges auf der Zunge und warf einen Blick in den Pokal. Auf dem Wein schwammen einige blaßrosa Krumen. Offenbar Verunreinigungen. Sie schüttelte sich und beschloß, den Wein stehenzulassen. Nach ihren Erfahrungen bei der sogenannten Teezeremonie mit Gijao war sie äußerst mißtrauisch geworden, was von Fremden dargebotene Getränke anbetraf.

Die Stimme des Sadiers hatte etwas Öliges, als er endlich seinen Preis nannte.

»Fünfzig Eurer kurjamäischen Golddubokinen, wahlweise auch zahlbar in katauekischen Silber- oder Goldgürteln und selbstverständlich auch in ikarillischen Dinas. Natürlich nur, falls verfügbar.«

Surjadora hustete. War der Kerl verrückt?

»Habe ich mich verhört, werter Aramu? Fünfzig Golddubokinen?«

»Das ist mein Preis. Ansonsten werdet Ihr Euer Schiff wohl allein durch dieses weite ... tückische ... und äußerst gefährliche Meer steuern müssen.«

Auf seinem Gesicht lag ein bemüht mitleidsvoller Zug. Der Lotse wollte schon wieder nach den Karaffen greifen, doch Surjadora hielt hastig sein Handgelenk fest.

»Und jetzt werde ich Euch sagen, wie mein Angebot lautet. Ich biete Euch 20 Golddubokinen und kein einziges Kupferstück mehr.«

»Zwanzig?« Der Mann zog seine Hand eingeschnappt zurück. »Wie kommt Ihr darauf, daß ich Euch für einen solchen Hungerlohn meine Dienste in Aussicht stelle?«

»Hungerlohn? Von diesem Geld könnte ich Waren erstehen, die sich im Süden für das Vielfache verkaufen ließen.«

»Niemals.« Der Lotse blickte sie mit empörtem Gesichtsausdruck an. Offenbar waren es diese Lotsen nicht gewohnt, daß ihnen jemand den Preis diktieren wollte.

Surjadora sah sich bedauernd im Raum um. »Wie schade, daß Ihr das alles hier bald werdet abstoßen müssen.«

»Wie kommt Ihr darauf?« fragte ihr Gegenüber mißtrauisch.

»Nun, wie man hört, steht es derzeit mit Euren Geschäften nicht zum besten. Ich vermute sogar, daß ich seit einem Jahr die erste Schiffsführerin bin, die an Eure bescheidene Tür geklopft hat. Und Euer Haushalt, werter Aramu, dürfte gewiß Unsummen verschlingen. Wirklich bedauerlich.«

Surjadora erhob sich und packte die Karaffen wieder ein.

»Vielleicht ist ja einer der anderen Lotsen hier bereit, mich zu begleiten. Ich vermute, derzeit genießen in Sadi recht viele Eurer Zunftgenossen ihren wohlverdienten Landurlaub.«

Die Kapitänin wollte das Bündel gerade wieder an sich nehmen, als sich die fleischige Hand des Mannes auf das Leinen legte. Wütend funkelte der Ikarillaner sie an.

»Gut. Zwanzig Eurer Golddubokinen. Ich mache eine Ausnahme.«

Surjadora überlegte, ob sie nicht lieber einen anderen Lotsen aufsuchen sollte. Doch wahrscheinlich waren sie alle so eingebildet wie jener vor ihr.

»Es freut mich, mit Euch Geschäfte zu machen. Ich erwarte Euch dann in drei Tagen an Bord!«

Der Zug der Frauen

Palast von Colepa'Taru, Hauptstadt der Königsinsel Nuku'atepe, Archipel von Coleopa, in der folgenden Nacht

Prinzessin Tuilaepe wischte den Löffel ab, mit dem sie Lumelume gefüttert hatte. Das Mädchen starrte mit nach innen gekehrtem Blick in Richtung des schmalen Fensters, das zum Palastgarten führte. Das Lärmen der Zirjakkäfer erstarb langsam, wie stets, wenn sich die Nacht über Coleopa senkte. Hinter der vergitterten Maueröffnung lauerte die Finsternis. Die Sonne war bereits vor einer Stunde untergegangen, und der Saal wurde von Kerzen in flackerndes Zwielicht getaucht.

Die Dienerin summte wieder eines ihrer Lieder vor sich hin. Immerhin, heute hatte das kranke Mädchen zumindest etwas zu sich genommen. Tief in ihrem Herzen verstand die Prinzessin das arme Ding. Auch sie selbst hatte schon lange keinen Appetit mehr. Die Übelkeit, die von ihr Besitz ergriffen hatte, seit sie wußte, was ihr Bruder mit ihr zu tun gedachte, verließ sie nicht. Ihr Bruder würde kommen und sich das nehmen, was sie Nukulahi nie hatte geben können.

Es schüttelte sie vor Abscheu. Tongaro war wahnsinnig!

Wie hatte es Eomes zulassen können, daß er sich zum Herrscher des Reiches aufschwang?

Vor vier Wochen hatte er auch Jama'tape eingenommen. Jedoch waren Solar Fatafehi und seine Söhne mit einem Teil ihrer Krieger entkommen und versteckten sich nun im Innern des Inselreichs. Tongaro ließ sie suchen und hatte demjenigen, der ihm Fatafehis Kopf brachte, eine überaus hohe Belohnung versprochen.

Zwar flüsterten ihr die Diener heimlich Nachrichten über den anhaltenden Widerstand auf den Inseln zu, doch Tongaro schien seine Macht weitestgehend gefestigt zu haben. Inzwischen sah er es anscheinend noch nicht einmal mehr als notwendig an, sich selbst um die letzten Unruheherde zu kümmern.

Vor zwei Wochen hatte er mittels eines Warakkäfers seine baldige Rückkehr angekündigt und angeordnet, bis dahin alles für seine Hochzeit vorzubereiten. Tuilaepe schauderte bei der Vorstellung.

Nacht für Nacht träumte sie voller Hoffnung von Nukulahi. Noch immer hatte sie jenes wundersame Lied im Ohr, das sie damals bei ihrer Flucht durch Colepa'Taru vernommen hatte. Ein Lied, das nur sie hatte hören können ...

Wie oft hatte sie den Gottessohn schon darum angefleht, er möge den Prinzen zu ihr zurückbringen und ihm die Macht verleihen, das Inselreich von der Schreckensherrschaft ihres Bruders zu befreien! Doch Nukulahi blieb fern.

Seufzend sah die Königsmutter Hai'pale von ihrer Handarbeit auf. »Es ist lange Zeit her, daß ich ein Copbuh-Kostüm genäht habe. Und jetzt, da es fast fertig ist, würde ich es am liebsten wieder verbrennen. O Tuilaepe, es tut mir so unendlich leid ...«

Die alte Frau schluchzte leise, und Tuilaepe strich mitfühlend über ihr Haar. Ihr Blick wanderte über das große, aus Muscheln gefertigte Walbild an der Stirnseite des Raums. Im flackernden Lichtschein der Kerzen mochte man glauben, der Meeresgigant bewege sich. Und wie immer verspürte sie leisen Trost, wenn sie die Einzelheiten des Bildes in sich aufnahm.

Sie warf einen Blick zu der Tür von Hai'pales altem Schlafzimmer. Hinter dieser lag der tote Richter Thaman, in dichte Lagen Stoff eingewickelt. Sie hatten das Zimmer ausgeräumt und die Leiche auf die Schlafstatt gelegt. Dennoch war schnell ein süßlicher Geruch von ihr ausgegangen, der durch die Ritzen der Tür gekrochen war und sich im Saal ausgebreitet hatte.

Niemals könnte sie diesen Geruch vergessen.

Sie hatten daraufhin die Ritzen und Fugen der Tür mit Wachs und weiteren Stoffresten abgedichtet, die ihnen mitfühlende Diener gebracht hatte. Seitdem war der Raum versiegelt. Niemand von ihnen wagte, ihn zu betreten. Dabei konnte Tuilaepe noch nicht einmal sagen, ob es im Saal nicht trotzdem nach den Toten roch. Vielleicht hatten sie sich bloß schon zu sehr an den Gestank gewöhnt?

Überhaupt, die Gewohnheit. Sie war ihr Fluch und Rettung zugleich geworden. Sosehr sie die Eintönigkeit verabscheute, sosehr waren es doch auch ihre kleinen, täglichen Rituale, die sie davon abhielten, sich, wie Lumelume, gänzlich in die Umnachtung zu flüchten.

In manchen Augenblicken beneidete sie die junge Dienerin, die dem täglichen Leid entflohen zu sein schien. Doch wenn Tuilaepe ihr eigenes Elend kaum noch ertrug, hatte sie sich bereits dabei ertappt, wie sie sich aus tiefstem Herzen Lumelumes Tod wünschte. Mehr noch, sich wünschte, sie zu erwürgen, mit ihren eigenen Händen!

Einfach nur, um ihren Anblick nicht mehr ertragen zu müssen.

Sie verabscheute sich selbst für diese Gefühle, und doch waren sie in letzter Zeit immer häufiger aufgetaucht. Der unbändige Drang in ihr zu zerstören wuchs von Tag zu Tag. Auch die Sorge um die Königsmutter schwächte sie und zehrte zunehmend an ihrer Kraft.

Müde maß sie den Raum mit Blicken. Er war zwölf Schritte lang und acht Schritte breit. Es gab noch ein Nebenzimmer, das fünf Schritte in der einen und vier Schritte in der anderen Richtung maß. Sie kannte jeden der Räume in- und auswendig.

Kein einziges Mal hatten sie ihr Gefängnis verlassen dürfen. Jeder Gegenstand hier war ihr mittlerweile so vertraut wie ihr eigener Körper.

Tuilaepe zitterte. Und dann begann sie zu schreien.

Sie nahm eines der Kissen und schlug es wütend gegen eine Truhe. Immer und immer wieder. Sie drosch so lange damit gegen das Holz, bis sein Bezug aufplatzte und sie am ganzen Körper mit dem weißen Flaum des Lilewe-Baums bedeckt war. Sie schrie und schrie, und der hohe, unmenschliche Ton hallte in ihren Ohren hundertfach von den hohen Wänden ihres Gefängnisses wider. Sie schrie sich den Haß von der geschundenen Seele, die Verzweiflung, die unterdrückte Wut. Schrie um ihr Leben. Schrie, bis nichts mehr in ihr war als Leere. Weinend und erschöpft brach sie schließlich vor der Truhe zusammen.

Die Tür zum Gang öffnete sich einen Spalt, und der wachhabende Krieger warf einen prüfenden Blick in den Saal. Als er sah, daß noch alle am Leben waren, schloß er die Tür wieder.

Tuilaepe fühlte, wie Hai'pale ihren Arm berührte. Sie murmelte sanft, doch die Prinzessin schnitt ihr unvermittelt das Wort ab: »Nein!«

Nukulahis Mutter sah sie erschrocken an. Tuilaepe wischte sich mit den Aufschlägen ihres Copbuh-Kostüms die Tränen ab. »Es reicht! Ich werde nicht weiter darauf warten, daß Nukulahi uns rettet. Wenn ich hier nicht bald herauskomme, werde ich ebenso verrückt wie Tongaro! Der Weltenrand ist fern. Es kann noch Monde, wenn nicht sogar Jahre dauern, bis dein Sohn wieder in Coleopa ist. Ich werde es nicht zulassen, daß mein Bruder mich in sein Gemach zerrt und mich in Blutschande entehrt. Wir werden unser Schicksal selbst in die Hand nehmen. Jetzt!«

»Aber wie, Prinzessin? Was können wir schon ausrichten?« Nukulahis Mutter sah sie ohne jede Hoffnung an. »Uns Frauen ist nicht die Kampfeskunst der Richter gegeben. Wir führen keine Kriege. In uns liegt allein die Kraft des Lebens. Nichts anderes können wir geben, mein Kind.«

»Nein, Hai'pale, nein! Wir werden etwas unternehmen. Wir werden nicht länger warten. Wenn wir das Schicksal nicht herausfordern, können wir es auch nicht bezwingen! Wir werden ausbrechen. Und fliehen. Und wir werden so viele der Geiseln im Palast mit uns nehmen, wie wir nur können.« Im Blick der Prinzessin lag bittere Entschlossenheit.

Hai'pales Züge waren in all den Monden wie ein offenes Buch für sie geworden, und sie sah den inneren Kampf, den die alte Frau ausfocht.

»Wie willst du das anstellen?« fragte sie zögernd.

»Ich weiß nicht«, sagte sie und sah sich hilflos in dem Zimmer um. »Irgendeine List.«

Urplötzlich hatte sie einen verwegenen Einfall.

»Hilf mir, Lumelume zu entkleiden!«

In raschen Worten erklärte sie Nukulahis Mutter ihr Vorhaben.

Der alte Zweifel und die alten Ängste kehrten in das sorgenzerfurchte Gesicht Hai'pales zurück. Der Funke des Mutes in ihren Augen erlosch, ehe er noch recht aufgelodert war.

»Das kann nicht gelingen«, widersprach die Königsmutter. »Wir verstoßen gegen Eomes' göttliche Gebote. Sie werden uns bereits hier töten. Uns beide!«

»Königsmutter! Glaubst du denn, daß Tongaro dich am Leben lassen wird, wenn er wieder zurück ist? Ich werde nicht zulassen, daß Tongaro sein Ziel erreicht. Eher gebe ich mich einer seiner Wachen hin oder entleibe mich! Nein, ich habe mich entschlossen. Ich werde es mit oder ohne dich versuchen. Schöpfe Mut, Hai'pale. Es kann nicht in Eomes' Sinn sein, was hier geschieht. Fordern wir ihn heraus. Wenn er unser Vorgehen gutheißt, wird es gelingen. Wenn nicht, werden wir scheitern. Aber sterben ... sterben werden wir auch, wenn wir hier bleiben.«

Hai'pale gab nach. »Gut, ich werde dir helfen. Möge Eomes selbst über unser Handeln richten.«

Die beiden Frauen zogen die willenlose Lumelume aus, und Tuilaepe tauschte mit ihrer Dienerin die Kleider.

Hai'pale steckte anschließend das Haar der Dienerin hoch, so daß sie bei einem flüchtigen Blick wie die Prinzessin aussah.

Tuilaepe hingegen entfernte ihre Haarspangen und zerzauste ihre Frisur so, daß sie Lumelume glich. Anschließend nahm sie eine lange Nadel aus Hai'pales Handarbeitszeug und hockte sich neben die verwirrte Dienerin, die mittlerweile in den Armen von Nukulahis Mutter lag. Hai'pale wiegte sie so lange, bis sie eingeschlummert war. Hoffentlich erwachte das gedemütigte Mädchen nicht.

Als sie sich sicher waren, daß die Dienerin schlief, nickte Tuilaepe der Königsmutter zu.

Die erhob sich mit aschfahlem Gesicht und näherte sich zitternd der Tür. Die kommenden Augenblicke würden über ihr beider Schicksal entscheiden.

»Die Prinzessin! Kommt schnell, ich glaube ... etwas ist mit ihr!«

Die alte Frau schlug gegen die Tür und stolperte zurück in den Raum, als der wachhabende Krieger den Saal betrat.

»Was ist?« Laut fuhr der Mann Hai'pale an, und aus seinen Zügen sprach alarmierte Sorge.

Zaghaft deutete Hai'pale auf die Kissen, auf denen Lumelume lag, und brachte vor lauter Aufregung kein Wort mehr heraus. Indessen wiegte Tuilaepe ihren Oberkörper hin und her, wie sie es so oft bei Lumelume beobachtet hatte, und summte dazu. Sie versuchte sich vorzustellen, was Tongaro mit Lumelume angestellt hatte, daß ihr Geist gebrochen war. Es gelang ihr nicht. Doch sie war sich sicher, daß sie es nur allzu bald selbst herausfinden würde, wenn ihr Plan keinen Erfolg hatte.

»Verdammt!« Der Krieger trat zu dem Lager mit der Dienerin, beugte sich zu ihr hinab und fühlte nach der Schlagader ihres Halses.

»Was soll sein, sie ...«

Weiter kam er nicht. Tuilaepe bleckte die Zähne und rammte die lange Nadel, die sie aus Hai'pales Stickerei gezogen hatte, mit aller Macht in den Nacken des Mannes. Sie stach mit solcher Wucht zu, daß das runde Holz oberhalb ihrer Faust abbrach.

Der Krieger schrie überrascht auf. Ungläubig und mit schmerzerfülltem Blick fuhr er zu ihr herum. Blut floß aus der Wunde, und seine Bewegung hatte etwas Eckiges. Wütend versuchte er über seinen Kopf hinweg nach der vermeintlichen Waffe zu greifen, die in seinem Fleisch steckte. Tuilaepe stürzte sich auf ihn. Sie schlug und trat nach ihm, kratzte und biß ihn. Dem Überrumpelten flog der Speer aus der Hand, und er kippte stöhnend zwischen die Kissen.

»Zu Hilfe!« In dem Ruf des Mannes lag Schmerz. Doch die Königsmutter hatte die Geistesgegenwart besessen, die Tür zum Gang zu schließen.

Ein unerwarteter Schlag in ihr Gesicht ließ Tuilaepe zurücktaumeln. Mit einem Ruck zog der Krieger sich das blutige Holzstück aus dem Nacken. Ihr Plan war gescheitert!

Der Verletzte erhob sich stöhnend und betrachtete sie haßerfüllt.

»Prinzessin ... Ihr habt doch wohl nicht geglaubt, daß Ihr mich mit Eurer List und einer lächerlichen Nadel töten könnt?« Der Mann verzog schmerzhaft die Schultern, während er seinen Dolch zur Hand nahm. »Das werdet Ihr bereuen!«

Hai'pale warf sich schützend vor Tuilaepe. »Ihr dürft ihr nichts tun!«

»Keine Angst, alte Frau! Das habe ich nicht vor. Es wird die Prinzessin mehr schmerzen, wenn ich Euch zur Strafe die Kehle durchschneide!«

Der Mann trat nach vorn und griff in Hai'pales Haar. Mit müheloser Leichtigkeit zog er die wimmernde Frau zu sich hoch.

»Nicht!« Tuilaepe stürzte wieder nach vorn und versuchte, dem Krieger in den Arm zu fallen. Doch der schlug einmal mehr mit der Faust zu, und die Prinzessin taumelte wieder nach hinten.

»Seht mich an, Prinzessin Tuilaepe! Ihr allein seid für den Tod von Halapuas Witwe verantwortlich!« Der Krieger hatte den Kopf Hai'pales nach hinten gezogen und die Schneide seines Messers an ihrem Hals angesetzt. Nukulahis Mutter wimmerte vor Angst.

»Bitte …« Tuilaepe ging flehend auf die Knie. Doch der Krieger lachte nur böse. Da ging ein Ruck durch seinen Körper, und seine Augen traten hervor. Er versuchte den Kopf zu drehen, doch das gelang ihm nicht mehr.

Hai'pale stieß die Hand mit dem Messer von sich und kroch auf Tuilaepe zu.

Der Krieger wollte noch etwas sagen, doch von einem Augenblick zum anderen kam Blut über seine Lippen. Dann kippte er nach vorn und lag still.

Erst jetzt entdeckte Tuilaepe Lumelume, die vor dem Walbildnis stand und mit leerem Blick auf den Toten schaute. Im Rücken des Mannes aber steckte der Speer, den er kurz zuvor verloren hatte.

Sofort waren die beiden Frauen wieder auf den Beinen.

»Lumelume! Wie geht es dir?«

Doch was auch immer die Dienerin zu ihrer Tat getrieben hatte, ihre Augen waren noch immer ohne Glanz. Nichts schien sich an ihrem Zustand verändert zu haben. Verunsichert sahen sich Tuilaepe und Hai'pale an. Keine von beiden hatte eine Erklärung für das, was in Lumelume gefahren war. Aber sie hatte ihnen das Leben gerettet.

Nun konnten sie sie keinesfalls mehr zurücklassen. Erstaunt stellte Tuilaepe fest, daß sie dies zuvor durchaus in Erwägung gezogen hatte. Sie schämte sich dafür.

»Schnell jetzt!« wisperte Tuilaepe. »Am Morgen wird der Mann ausgewechselt. Viel Zeit bleibt uns nicht!«

Die beiden Frauen nahmen Lumelume am Arm und spähten in den Gang hinaus. Er war frei. Im Palast war es ruhig.

Leise verließen sie ihr Gefängnis.

Selbst Lumelume gab keinen Laut von sich, als spürte sie, wie wichtig es war. In einer Kleiderkammer tauschten sie ihre Gewänder gegen die von Bediensteten aus.

Sie huschten durch die Gänge, querten zahlreiche Treppen und weitere Gänge. Manches Mal mußten sie sich in eine dunkle Nische drücken, weil Tongaros Speichellecker vorbeieilten, ein anderes Mal waren es einfache Diener, denen sie auswichen. Hier konnten sie niemandem trauen.

Endlich kamen sie zu jener Biegung, an der sich die große Tür zum Korallentrakt befand. Sie wußten, daß in den Räumen dahinter die Geiseln eingesperrt waren. Ein Krieger mit geflochtenen Zöpfen, blinkender Kriegsschürze und Speer stand vor der verriegelten Tür. Er gähnte herzhaft.

Die Frauen drückten sich verzweifelt gegen die Gangwand, um nur ja nicht vorzeitig entdeckt zu werden.

»Was jetzt?« flüsterte Hai'pale mit ängstlich aufgerissenen Augen. Sie bemühte sich, ihren Atem unter Kontrolle zu bringen, und Tuilaepe bewunderte die alte Frau dafür, wie gut sie sich bisher gehalten hatte. Es würden noch weit größere Strapazen auf sie zukommen. Wenn ihr Plan Erfolg hatte …

Der Blick der Prinzessin fiel auf eine Schale mit langen gelben Bawifrüchten. Von Eomes gesandt, dachte sie. Damit mußte sich doch etwas machen lassen!

Sie legte den Zeigefinger an ihre Lippen und bedeutete Nukulahis Mutter, dafür zu sorgen, daß auch Lumelume still blieb. Dann huschte sie hinüber zu der Schale.

Mit wiegenden Hüften und der Schale in Händen schritt sie um die Gangbiegung herum und an dem Krieger vorbei.

»Na, Hübsche«, sagte der Wächter und blähte sich auf. »Für wen ist das?«

Tuilaepe gab ein gurrendes Lachen von sich, drehte sich verführerisch, achtete aber darauf, daß der Krieger nicht zuviel von ihrem Gesicht sah.

»Bestimmt nicht für die Gefangenen«, erklärte sie mit weicher Stimme. »Der Hohe Hofmeister hat nach den süßen Früchten schicken lassen.«

Sie hatte schon vor Monden gehört, daß ein Günstling der beiden Solarssöhne von Vavaska'tepe den begehrten Posten im Palast von Colepa'Taru erhalten hatte. Dem Hohen Hofmeister unterstanden sämtliche Diener im Palast, und nach allem, was man sich von ihm erzählte, galt er als überaus zügellos. Unbeirrt ging sie einige Schritte weiter und sah sich dann wieder nach dem Krieger um. Der stand noch immer grinsend vor der Tür und konnte den Blick nicht vom Schwung ihrer Hüften abwenden.

»Oder willst du etwa von verbotenen Früchten naschen ...?« Sie schaffte es schon wieder, wie ein dummes Ding zu kichern.

»Kommt ganz darauf an, ob deine Früchte meinen Appetit stillen können ...«

Der Unterton in der Stimme des Kriegers war mehr als anzüglich. Tuilaepe kicherte erneut, dabei war sie so nervös, daß sie am liebsten fortgelaufen wäre.

Doch sie unterdrückte ihr Schamgefühl. Wenn sie jetzt nicht zum Angriff überging, so konnte sie ihr Vorhaben vergessen.

»Neidisch, mein starker Krieger?« hauchte sie. »Fürwahr, du siehst auch schon ganz hungrig aus!«

Mit wiegenden Hüften kehrte sie zu dem Mann zurück und hielt ihm lächelnd die Schale hin. »Laß uns tauschen. Hier hast du meine Bawifrüchte. Und was bekomme ich dafür?«

Der Krieger war so verblüfft, daß er seinen Speer gegen die Wand lehnte und die Schale wortlos entgegennahm. Plötzlich hielt Tuilaepe das Messer des Toten aus dem Saal in der Rechten und richtete die Schneide gegen die Kehle der Wache. In ihren Augen lag tödliche Entschlossenheit.

»Nur ein falscher Laut, und du bist tot!«

Der Überrumpelte starrte auf die schwere Schale in seinen Händen, die ihm eine schnelle Bewegung unmöglich machte. Tuilaepe sah es an seinem Blick, daß er in diesem Moment darüber nachdachte, sie als Waffe einzusetzen.

»Denk nicht einmal daran. Du wärst nicht der erste!« Die Prinzessin trat an seine Seite, griff in sein Haar und zog seinen Kopf zurück, wie es der Krieger oben im Saal mit Hai'pale gemacht hatte. Sie war von ihrer Kühnheit selbst überrascht. Die Spitze der Klinge hatte bereits die Haut des Mannes unter dem Kehlkopf geritzt, und ein Blutstropfen trat hervor. Auf der Stirn des Kriegers bildeten sich Schweißperlen.

»Auf die Knie!« befahl sie grimmig und ließ den Krieger die Dolchspitze fühlen. Bereitwillig gehorchte er.

Dann gab sie den anderen beiden das Zeichen. »Kommt ihr?«

Hai'pale und Lumelume gesellten sich umgehend zu ihr.

»Der Riegel, schnell!«

Die Königsmutter entriegelte mit fliegenden Händen die Tür und drückte einen der Türflügel auf. Tuilaepe packte den Krieger und schob ihn mit sanfter Gewalt in den dahinterliegenden Raum. Er rutschte auf den Knien und wagte es nicht, eine Abwehrbewegung zu machen. Noch immer hielt er die Schale mit den Früchten umklammert.

Hai'pale packte seinen Speer, eilte dann wieder zu Lumelume und zog sie mit sich.

Im Saal roch es nach Schweiß. Ein gutes Dutzend Kerzen erhellte den Raum, in dem zahlreiche Frauen auf Decken und Matten am Boden lagen. Als sie die Tür geöffnet hatten, erhoben sich einige von ihnen und schauten ihnen furchtsam entgegen.

Tuilaepe entdeckte Mitglieder verschiedener Solarsfamilien, auch Kinder. So wie sie aussahen, waren sie hier offenbar schon ebenso lange eingesperrt wie sie und Hai'pale im Bildersaal. Eine Frau mittleren Alters trat auf sie zu. Tuilaepe erkannte in ihr Semivenu, die Frau des Solars von Lolo'tuma. Sie trug ein schlichtes graues Kostüm.

»Königin Hai'pale! Prinzessin! Ihr?«

»Du mieser Kuwu!« rief eine Frau aus. Geschwind riß sie Hai'pale den Speer aus den Händen und stach auf den Wächter ein.

Semivenu starrte ohne Mitleid auf den Sterbenden herab.

»Warum mußtet Ihr das tun?« entfuhr es der Prinzessin entgeistert.

Die Frau des Solars von Lolo'tuma schnaubte zornig.

»Er hat nichts anderes verdient. Die Schurken haben sich an ... Erspart mir, es auszusprechen.«

Inzwischen drängten sich über dreißig Frauen um sie. Aus einem Nachbarraum kamen weitere.

»Wie viele seid Ihr?« fragte Tuilaepe.

»Wir sind insgesamt dreiundsechzig. Außerdem neun Kinder. Kann man Euch überhaupt trauen?«

Der Prinzessin fiel auf, daß sie von vielen sehr zurückhaltend behandelt wurde. Daß ihr Eindruck keiner Einbildung entsprang, merkte sie, als Hai'pale das Wort für sie ergriff.

»Die Prinzessin hat mit dem Treiben ihres Bruders nichts zu schaffen. Wir waren selbst Gefangene. Er will sie zwingen, seine Frau zu werden!«

Entsetzt sahen die Frauen sich an.

»Entschuldigt! Wir wußten nicht, daß er noch nicht einmal vor Euch zurückschreckt«, sagte die Frau mit dem Speer. Ihre Stimme klang verzagt.

»Hört mir zu! Hier irgendwo existiert ein geheimer Gang nach draußen!«

Tuilaepe war mittlerweile auf einen Tisch gestiegen, so daß jeder im Raum sie hören konnte.

Im ganzen Saal erklang aufgeregtes Getuschel. Sie berichtete den Frauen in kurzen Worten, was Richter Thaman ihnen erzählt hatte. Die Frauen schauten sich an, und ein Hoffnungsschimmer stahl sich auf ihre Züge. Einige wollten wissen, wie es um das Reich der Tausend Inseln stand, doch die Prinzessin schüttelte entschieden den Kopf.

»Später! Erst müssen wir raus aus dem Palast!« Tuilaepe zögerte kurz, als ihr bewußt wurde, daß sie dabei war, die Verantwortung für all diese Frauen zu übernehmen, indem sie die Führung an sich riß. Kurz wallte Furcht in ihr auf, doch dann siegte ihr Mut.

»Ich habe einen Plan. Doch zunächst einmal müssen wir den Geheimgang finden. Der Zugang muß irgendwo bei der Käfersammlung sein! Wo befindet sich die?«

Eine junge Frau mit eingefallenen Wangen deutete auf einen Nebenraum.

Tuilaepe sprang vom Tisch. Die Frauen im Saal folgten ihr erwartungsvoll.

Auch im Nachbarraum lagen überall verstreut Decken und Matten, dazwischen standen Tongefäße mit Speiseresten. In offenen hölzernen Vitrinen waren Hunderte von Käfern aufgespießt. Der Raum roch muffig. Die weißgekalkten Wände waren auf Brusthöhe mit einem Ring steinerner Einlegearbeiten aus Lapislazuli verziert, die ebenfalls Dutzende unterschiedliche Käfer darstellten.

»Ihr wißt, was wir suchen. Also: Beeilt Euch, bitte!«

Umgehend schwärmten zwei Dutzend Frauen aus und klopften vorsichtig die Wände und den Boden ab.

Tuilaepe blickte voller Tatendrang zu einer Gruppe Frauen im Eingang.

»Ihr müßt alles an Kleidung, Ausrüstung und Nahrung zusammenpacken, was Ihr besitzt. Wir werden es gebrauchen können!«

Semivenu wandte sich an die Prinzessin, doch in diesem Augenblick winkte eine der anderen Frauen sie heran. Sie hatte sich Tuilaepe vor der Hochzeit als Pilolevu vorgestellt und war, soweit sich Tuilaepe erinnerte, die Schwester eines Solars aus dem Norden.

»Hier!« Die Frau deutete aufgeregt auf eine Platte am Boden nahe einer der Vitrinen. »Die klingt hohl.«

Die Prinzessin deutete auf die Vitrine. »Schiebt sie weg!«

Kurz darauf blickte Tuilaepe in eine finstere Öffnung im Boden.

»Wohin sollen wir uns wenden?« jammerte Semivenu plötzlich. »Tongaros Krieger werden uns finden.«

»Wir werden uns zu einem Fischerdorf durchschlagen«, meldete sich unerwartet Hai'pale zu Wort. Die alte Frau wirkte erschöpft, doch ihre Stimme klang so entschlossen wie nie zuvor. »Wir werden uns dort Nahrungsmittel, Waffen und Werkzeuge besorgen, uns ihre Katamarane nehmen und vor ihren Augen nach Westen in Richtung Wana'tapu aufbrechen.«

»Da werden sie uns doch zuerst suchen!« Semivenu schüttelte ungehalten den Kopf.

»Das ist der Plan. In Wahrheit handelt es sich dabei um eine Finte.«

Tuilaepe hatte wieder das Wort ergriffen, und die Aufmerksamkeit der Frauen galt nun ihr. »Tongaros Männer sollen ruhig glauben, wir würden uns dort verstecken. In Wahrheit schlagen wir uns an der Küste weiter nach Osten durch und versenken die Boote anschließend. Bis Tongaro bemerkt, daß er an der falschen Stelle sucht, haben wir wertvolle Zeit gewonnen.«

»Und was ist unser wahres Ziel?« fragte eine andere Frau.

»Wir verstecken uns an einem Ort, an dem selbst Tongaro nicht mit uns rechnet.«

»Und welcher Ort soll das sein?«

In Tuilaepes Stimme schwang feierlicher Ernst, als sie die Antwort gab.

»Wir verstecken uns beim heiligen Nooga'Ka'ata!«

Im Meer des Schlafes

Karavelle Stern von Andhakleia, *Meer des Schlafes,*
nachmittags am 12. Tag des Hitzemondes,
im 459. Jahr der Abwesenheit Gottes

Warmer Seewind strich über Surjadoras Gesicht. Zusammen mit Lakshapheus stand sie nahe beim Steuerrad und blickte nach vorn zum Bugkastell. Dort thronte, wie jeden Tag in den letzten Wochen, der sadische Lotse.

Inzwischen hatte sie sich an den Anblick seiner pechschwarzen

Kleidung und des großen Röhrenhutes gewöhnt. Der Mann hatte wie immer sein eigenartiges Handwerkszeug vor sich ausgebreitet: eine kleine Luftschraube, die sich von allein in den Wind drehte, ein Käfig mit Laufrad, in dem ein graues Nagetier rannte, ein schwerer, unterarmgroßer Foliant, auf dessen Seiten Karten mit Küstenlinien und unverständlichen Zahlenangaben zu erkennen waren, dazu eine große Sanduhr mit Skala. In einer verbeulten Tasche verwahrte der Lotse mehrere Dutzend Phiolen und verstöpselte Tontiegelchen. Aus ihrem Inhalt mischte er täglich neu eine Tinktur, die er für sein rätselhaftestes Werkzeug benötigte.

Es sah aus wie die Angelrute eines Narren. In die Leine waren in gleichmäßigen Abständen Haken geknotet, während an deren Ende ein Bleigewicht gebunden war. An die Haken hängte der Lotse birnenförmige Glasgefäße, in die er zuvor einige Tropfen seiner Tinktur gefüllt hatte.

Alle halbe Stunde warf der Lotse seine ›Angel‹ aus. Wenn er sie wieder einholte, so pflegte er mit bedeutsam klingendem Murmeln die Glasgefäße zu studieren.

Surjadora erinnerte sein Gebaren an das eines Alchimisten in Andhakleias Altstadt – und nicht an das eines Lotsen.

Daß der Wind heftig an seinem großen Röhrenhut rüttelte, schien den Dicken nicht weiter zu kümmern. Er schwieg und ging gelassen seiner Arbeit nach.

Überhaupt hatte Surjadora seit ihrem Auslaufen kaum ein Wort mit ihm gewechselt. Der Lotse machte noch immer den Eindruck, als ob er außerordentlich gekränkt wäre.

Hin und wieder gab er ihr verschnupfte Kurskorrekturen, die Surjadora an Steuermann Lakshapheus weitergab. Die Karavelle aber durchkreuzte das Meer des Schlafes in einem Zickzackkurs, der die Fahrt um Tage verlängerte.

Dicke Wolken standen am Himmel. Irgendwo im Osten war die Küste Ajunas zu sehen, und steuerbords, am fernen Horizont, hingen dunstige Schwaden über dem Wasser. Der Wind konnte sie war zerzausen und verwehen, aber nie ganz zerstreuen. Sie entstanden stets neu.

Überdies roch die Luft über dem Meer ständig nach verfaulten Eiern. Keiner mochte sich an den Gestank gewöhnen, und so schimpfte jeder immer wieder aufs neue darüber, als hätte er es nicht schon Dutzende Male zuvor getan.

Der Lotse aus Sadi hatte für solche Klagen nur Spott übrig. »Solange Ihr noch etwas riecht, besteht keine Gefahr.«

Selbst Prinz Nukulahi sang nicht mehr. Er und die Eulykierin schienen sich aus dem Weg zu gehen. Aus reiner Neugier hätte Surjadora zwar gern gewußt, was zwischen den beiden vorgefallen war, doch im Augenblick waren ganz andere Dinge wichtig – zumal ihr das Verhältnis zwischen dem Prinzen und der Kontorsleiterin ohnehin zu freundschaftlich geworden war.

Wenn nur der Lotse ihr Schiff durch diese tückische See brachte!

Der einzige, dem es leidlich gutzugehen schien, war der Kataueke Gijao. Im Kabelgatt mochte die Luft derzeit wahrscheinlich besser sein als oben an Deck. Das erinnerte sie daran, daß bald wieder sein täglicher Spaziergang fällig war, den sie ihm großmütig gewährte. Mittlerweile tat ihr der Nautiker sogar ein wenig leid, doch dann gemahnte sie sich wieder an seinen Versuch, sie mit dem Tee zu vergiften. Er bestritt das zwar vehement, aber sie hatte nicht vor, ihm noch einmal zu vertrauen. Mitleid war fehl am Platze.

Der Nautiker war sicher weit im Leben herumgekommen. Sehr viel weiter als sie selbst. Gern hätte sie ihn über das ferne Serkan Katau und das Leben jenseits des Ozeans des Abends ausgefragt. Aber sie war andererseits nicht bereit, sich ihm gegenüber eine Blöße zu geben und ihre Unwissenheit so offensichtlich zur Schau zu stellen.

Dafür hatte sie in den letzten Wochen immer wieder diese eigentümliche Silberscheibe zur Hand genommen, die sie Gijao abverlangt hatte. Sie war kaum wahrnehmbar gewölbt und mit einer Glasscheibe abgedeckt. Zwischen Scheibe und Schale befand sich ein feiner, schmutzigroter Staub, dessen Farbe sie an den halbmondförmigen Stein gemahnte, den sie beim Einbruch in die Himmelswarte hatte mitgehen lassen. Ein Ring aus Kork diente als Dichtung. Wurde die Schale geschüttelt, so ordneten sich die Sandkörnchen zu gefälligen Mustern an. Rand und Boden der Schale waren mit katauekischen Symbolen versehen, die ihr nichts sagten.

Das alles war sehr mysteriös.

»Ich möchte mal wissen, wie lange das noch so weitergehen soll.« Die Stimme von Steuermann Lakshapheus riß sie aus ihren Gedanken. Er blickte mißmutig zum Bugkastell, und seine Hände schlossen sich fester um das Steuerrad.

»Ein oder zwei Wochen sicher noch«, antwortete ihm Surjadora. »Der Kerl will, daß wir ihn bei einer Hafenstadt namens Skara Hamurani absetzen. Offenbar unterhalten die Lotsen dort einen Stützpunkt, wo sie dann wieder auf Schiffe in den Norden warten. Dieser Aramu versicherte mir, die gefährlichsten Gebiete hier im Meer des Schlafes dann hinter uns gelassen zu haben.«

»Skara Hamurani ...?« Lakshapheus überlegte eine Weile. »Von der Stadt habe ich schon einmal gehört. Ein übles Piratennest. Früher war das mal eine Küstengarnison, aber das ist schon lange her. Wir sollten dort vorsichtig sein. Zumindest mit hohen Zöllen müssen wir rechnen – oder was sie eben als solches bezeichnen.«

Surjadora fragte sich wieder einmal, woher das Wissen ihres Steuermanns stammte. Sie war selbst weit herumgekommen, doch seitdem sie ihn auf dem Sklavenmarkt freigekauft hatte, versorgte er sie immer wieder mit Einzelheiten aus den zwielichtigeren Gegenden der Liga. Sie hatte Lakshapheus niemals über seine Vergangenheit befragt – und war froh darüber. Mit Sicherheit gab es dort dunkle Flecken, von denen sie lieber nichts wissen wollte.

Der dicke Lotse stieg steif die Treppe herunter und überquerte das Hauptdeck. Er verneigte sich, wobei er wie immer seine Rechte auf die Brust legte.

»Ich wäre Euch dankbar, wenn Ihr am Hauptmast Eure kurjamäische Flagge hissen könntet. Ich möchte wissen, wie die Windverhältnisse dort oben sind.«

Surjadora zuckte gleichmütig die Achseln. Dann gab sie Tvashareo den Befehl, die Flagge aus der Messe zu holen.

Wenig später waren Bootsmann Brahthos und ein weiterer Seemann dabei, die zusammengewickelte Fahne in den Ausguck zu tragen und am Flaggenmast zu befestigen. Stolz wehte das kurjamäische Banner über dem Schiff, das mit geblähten Segeln und sanftem Stampfen auf den Wogen des Meers des Schlafes dahinglitt.

Als der Lotse wiederum mit seinen Gerätschaften zugange war, ließ Surjadora ihren Steuermann schließlich wissen, daß sie sich in ihre Kajüte zurückziehen wolle. Bevor sie ging, gab sie Tvashi die Anweisung, den Kataueken aus seinem Gefängnis zu holen, damit er sich für eine Stunde die Beine vertreten könne.

Da schallte es plötzlich vom Ausguck: »Kapitänin, zwei Schiffe auf Lee!«

Surjadora griff nach ihrem Fernrohr.

Tatsächlich! Es handelte sich um eine einmastige Galiane danakingischer Bauart und einen schweren Zweimaster mit Kastellaufbauten, wie sie für die Schiffe der Eisernen Garde Eulykiens typisch waren. Beiden Schiffe fuhren auf Kollisionskurs.

»Werft bitte einen Blick durch das Rohr«, bat Surjadora ihren Steuermann.

»Das sind gekaperte Schiffe«, sagte er leise, als er das Rohr wieder absetzte. »Piraten! Wenn wir weiter diesen Kurs halten, haben sie uns in einer halben Stunde eingeholt.«

»Beim Buckligen! Das wollen wir erst einmal sehen!«

Surjadora strich entschlossen ihren Sari straff und wandte sich an ihre Mannschaft.

»Hergehört! Von Backbord nähern sich Piraten! Weckt die Bugwache. Bootsmann Brahthos, laßt die Entermesser austeilen! Außerdem will ich, daß die Geschütze besetzt werden!«

Umgehend kam Bewegung in die Mannschaft, und ein Dutzend Männer kletterte eilends in die Wanten, um die barsch gebrüllten Anweisungen auszuführen

Die Kapitänin wandte sich knapp an Lakshapheus: »Ihr übernehmt.«

Danach eilte sie zu dem Lotsen.

»Rasch, sagt mir, welchen Kurs ich einschlagen soll!«

Plötzlich begann das Meer zu kochen. Der Mann grinste, lüpfte seinen Röhrenhut und zog ein nach Urin stinkendes Tuch unter ihm hervor.

»Zu spät, Kapitänin. Ihr hättet besser meinen Preis bezahlen sollen!«

Bevor Surjadora etwas erwidern konnte, hatte ihr der Kerl einen Stoß versetzt, der sie schwer die Treppe zum Kastell hinunterstürzen ließ. Einige Seeleute beobachteten die Szene mit ungläubigen Blicken. Wütend griffen sie zu den Belegnägeln, andere starrten entgeistert über die Reling. Dort zerplatzten derweil große Gasblasen erbärmlich stinkend an der Wasseroberfläche, und das ganze Schiff begann auf den Wellen zu tanzen.

Zwei der Seeleute stürzten vor Schreck aus der Takelage und schlugen mit einem häßlichen Klatschen auf dem Deck auf. Von einem Augenblick zum anderen war die Karavelle in dichte, stinkende Schwaden gehüllt.

Surjadoras Lungen schmerzten bei jedem Atemzug. Überall entdeckte sie Matrosen, die von Hustenanfällen geschüttelt wurden, nach Luft rangen oder sich erbrachen. Verschwommen sah die Kapitänin den untreuen Lotsen, der sie triumphierend hinter seinem stinkenden Tuch hervor anblickte. Dann wurde ihr schwarz vor Augen.

Die Stunde des Nautikers

Karavelle Stern von Andhakleia, *Meer des Schlafes, zum selben Zeitpunkt*

Gijao hockte gelangweilt auf einer Taurolle und starrte auf die Seile, Blöcke und Pechtöpfe, die die kurjamäischen Barbaren in dem muffigen Raum untergebracht hatten.

Einzig der trübe Schein einer Sturmlaterne spendete ein wenig Licht. Sie schaukelte hinter der Trennwand zum Laderaum an einem Deckenbalken hin und her. Abgesehen von den täglichen Spaziergängen an Deck war für ihn ein Tag wie der andere. Inzwischen glaubte er schon, aus dem Knarren des Schiffsrumpfes Stimmen heraushören zu können.

Doch die meiste Zeit verbrachte er mit Schlafen und Nachdenken. Er fragte sich wieder einmal, ob er seine Tochter Kiaora je wiedersehen würde – oder seinen alten Freund Schaung näng Nohei.

Warum war er damals nur so dumm gewesen und hatte die schmeichlerische Berufung nach Mantikor Leng nicht abgelehnt?

Doch was hatte ihm jener verdammenswerte höchstehrwürdige Priester der *Kammer des Himmlischen Willens* nicht alles in Aussicht gestellt, als der schleimige *Lauzöng* ihn mit der geheimen Expedition betraut hatte! Noch mehr Ruhm, noch mehr Ehre und gürtelweise Gold! Und er war so dumm gewesen, sich darauf einzulassen.

Überzeugt hatte ihn schließlich der Mann, dessen Stimme das Gespräch aus dem Halbdunkel der angrenzenden Kammer geführt hatte: der große Hüang näng Lüoging selbst, der über die Maßen ehrwürdige Unsterblichkeitsberater des *Herrn der Unwandelbaren Ordnung*. Eine neue Kammer in der *Kammer der Nautik* in Tschöng-Hau Leng sollte nach ihm benannt werden. Nach ihm, Gijao näng Singua, dem heldenhaften Bezwinger des Hungermeeres und ruhmreichen Entdecker der Jadepassage.

Die Aufgabe selbst hätte das Blut jedes mangalischen Entdeckers in Wallung versetzt: einen Seeweg zur Weltenmauer zu finden, vielleicht sogar zu den sagenhaften Magiern der Verlorenen Städte. Und dabei hatte er nach seltsamen Zeichen und Vorkommnissen Ausschau halten sollen. Die purpurne Seidenschrift, die nun irgendwo im coleopäischen Meer verrottete, hatte Begriffe enthalten, die auf Unsterblichkeit, ein neues Zeitalter, eine völlige Neuordnung des *Reiches der Tugend* hinwiesen – und auf neugeschaffene Sterne und verheerende Stürme. Hatte der verdammungswürdige, über die Maßen ehrwürdige Priester etwa das Unglück, das die Welt ereilen sollte, vorausgesehen? Gijao wußte es nicht.

Damals war es ihm wie eine Aufgabe erschienen, die all seine Wünsche zugleich greifbar werden ließ.

Der Mangalier verfluchte sich ein weiteres Mal. Was hatte ihm das eingebracht? Zwei Schiffsuntergänge und drei Jahre Kerker auf Coleopa. Neuerdings kam noch die ausgiebige Erfahrung über das Leben in engen Verhauen auf Schiffen hinzu.

Wenn die *Kammer der Nautik* je erfuhr, daß ihm Ajunäer den *Staubigen Spiegel der Roten Steine* abgenommen hatten, so wußte er, was ihm dann blühte. Der Tod der acht Blendungen!

Doch die Heimat war fern, ebenso wie die Aussicht auf Rettung.

Daß es auch ausgerechnet diese Kurjamäerin hatte sein müssen, die ihn gerettet hatte! Wie konnte der *Tugendhafte Weg des Himmlischen Willens* nur so ungerecht sein?

Dabei hatte doch in Andhakleia alles noch so gut für ihn ausgesehen!

Sein Vetter Liän würde sagen, daß er hätte vorgewarnt sein müssen. Auf jeden Tag folgt die Nacht und auf jeden Tag ein Unwetter.

Sein Vetter Liän ... Gerade fiel ihm ein, daß ihm der Kerl seit sechs Jahren noch drei gelochte Silbermünzen schuldete.

Gijao seufzte und lauschte den leisen Stimmen der Seeleute, die sich hinter der dünnen Wand zur Ruhe gelegt hatten. Unten, in der Bilge des Schiffes, gluckste es.

Endlich waren die Schritte des Schiffsjungen vor der Tür zu hören, und der Riegel vor dem Kabelgatt wurde aufgesperrt. Sein täglicher Spaziergang wartete auf ihn.

Tvashi trug eine Laterne, und Gijao mußte bei dem unerwartet hellen Licht blinzeln.

»Ihr dürft wieder raus.«

Der Junge sah ihn mitleidig an. Guter Junge! Jedenfalls für einen Ajunäer. Doch davon wurde seine Lage auch nicht besser.

Gijao erhob sich und streckte seine steifen Glieder, als er durch die Tür trat und, wie schon viele Male zuvor, einen Blick auf das Innere des geräumigen Laderaums warf. An den Stützbalken zur Decke hingen zahlreiche Hängematten. In einigen von ihnen lagen Seeleute, die leise schnarchten, weitere Mitglieder der Besatzung saßen um eine Kiste herum und vergnügten sich bei einem Würfelspiel.

Im Gegensatz zu den Pfauenschiffen seiner Heimat war es in Ajuna üblich, daß stets die eine Hälfte der Mannschaft ruhte, während die andere Hälfte arbeitete. Sie nannten es hier Bug- und Heckwache.

Die Bordwände waren zugebaut mit Kisten, Fässern, Amphoren und Ballen. Wein und Baumwolle, vermutete Gijao, wahrscheinlich auch Glas. Denn dafür war das Herkunftsland der Kapitänin bekannt. Interessant aber waren vor allem die vier schweren, fast fünf Schritt hohen marmornen Statuen, die die Schiffsführerin geladen hatte. Es waren Wölfe mit Flügeln, die ihn ein wenig an die Darstellungen der Mantikoren seiner fernen Heimat erinnerten. Wenn er es aus den Gesprächen der Seeleute richtig herausgehört hatte, waren sie für eine wohlhabende eulykische Familie bestimmt.

Zu Gijaos Überraschung entdeckte er hier unten sogar den Coleopäer. Er lag auf einem Ballen Baumwolle und starrte an die Decke. Der Mann benahm sich neuerdings anders als früher – nicht, daß sich Gijao sonderlich dafür interessiert hätte.

Jäh rumpelte es über ihnen an Deck. Eiliges Trampeln und laute Befehle der Kapitänin waren zu hören. Die Kartenspieler legten ihre Karten weg, als der Bootsmann in den Laderaum stürmte.

»Piraten! Alle an Deck!«

Die Matrosen sprangen auf und schüttelten ihre Kameraden wach. Tvashi schaute entsetzt zu dem Mangalier auf.

Brahthos rannte an ihnen vorbei zur Waffenkammer. Wiederholtes Zittern und Rucken lief durch den Rumpf, so als wäre das Schiff auf eine Sandbank aufgelaufen. Gijao taumelte gegen einen Stapel Kisten.

Der Lärm von oben hörte nicht auf. Auch der Coleopäer hatte sich mittlerweile erhoben. In diesem Moment wallte im Laderaum der schwache Gestank nach verfaulten Eiern auf.

Bei den ungezählten Häuptern der Hydra. Das Meer des Schlafes!

Zahlreiche Körper stürzten oben auf das Holz der Deckaufbauten. Das Vorluk öffnete sich quietschend, und ein Mann versuchte in den Schiffsbauch zu kriechen. Doch er erschlaffte mitten in der Bewegung und baumelte nun mit dem Oberkörper voran über den Köpfen der Seeleute.

Ein Matrose, der auf einer Leiter nach oben gehastet war, um einen Blick durch das Gatter zu erhaschen, wich schnell wieder zurück.

»Sie fallen da oben um wie die Fliegen ...«, würgte er zwischen zwei Hustenanfällen hervor.

Voller Furcht schauten die Seeleute zu Brahthos, der augenscheinlich auch nicht wußte, was er tun sollte. Gijao erkannte, daß jetzt alles an ihm hing.

»Ajunäer, wenn Ihr überleben wollt, dann folgt mir! Macht alles nach, was ich Euch vormache«, schrie er.

Doch statt zu gehorchen, hielten die Männer Maulaffen feil.

»*Bei den Blauen Göttern!* Ich bin Gijao näng Singua! Ich bin Herr der *Dritten Kammer der Nautik*, Ihr Narren. Vertraut mir!« In einer gebieterischen Geste riß der Mangalier seine Rechte mit den drei Ringen hoch, die jedem zivilisierten Seemann seinen Rang verrieten. Doch die Männer waren wie gelähmt.

Ein weiterer Seemann stürzte in diesem Moment durch eine der Luken in die Tiefe. Bootsmann Brahthos, der noch immer fassungslos mit der Tür zur Waffenkammer in der Hand dastand, fuhr zu dem Mangalier herum. »Gut, was sollen wir tun?«

»Tvashi, bring mir den Eimer!«, herrschte Gijao den Schiffsjungen an.

»Den da?« fragte der Bootsjunge unsicher und deutet auf den gut gefüllten Pißpott.

»Ja. Macht den Stoff Eurer Turbane damit naß und haltet ihn euch vor die Nase. Nur so seid Ihr geschützt vor dem Gift!«

Gijao riß entschlossen vom Turban eines der Matrosen einen Fetzen Stoff ab.

Wie angekündigt tauchte er ihn in den Eimer, verzog sein Gesicht voller Widerwillen und band sich den stinkenden Wickel vor Mund und Nase.

Die Männer schauten ihm angeekelt zu, taten es ihm dann aber gleich.

Gijao ließ sich von dem Bootsmann eines der Entermesser geben und bedeutete den Seeleuten, ihm nach oben zu folgen.

Einer nach dem anderen griffen sie nach den Waffen.

Das Bild, das sich ihnen an Deck bot, war entmutigend. Überall lagen die Männer der Steuerbordwache bewußtlos auf den Planken.

Niemand war von den Dämpfen über dem Meer verschont geblieben.

Einzig der Lotse stand noch aufrecht und ebenfalls vermummt am Schanzkleid des Vorderkastells und blickte erwartungsvoll auf zwei sich nähernde Schiffe.

Gijao legte Brahthos die Hand auf die Schulter und deutete zu dem Sadier. Der Bootsmann bestätigte schweigend den unausgesprochenen Verdacht. Mit blankem Entermesser sprang er die Stufen zum Vorderkastell hoch und trieb dem Verräter die Klinge in den Wanst.

»Sie werden uns einholen und entern«, machte sich der Coleopäer bemerkbar.

»Ja«, stimmte er unzufrieden zu. Dann raffte er sich auf. »Aber solange ein katauekischer Nautiker an Bord dieses Schiff weilt, wird niemand die Karavelle bekommen. Wir werden das nicht zulassen, Männer!«

Der Mangalier suchte das Deck nach dem Körper der Schiffsführerin ab. Trotz allem schmerzte es ihn, die stolze Frau hilflos auf den Planken liegen zu sehen.

Er eilte zu der reglosen Gestalt und versuchte die Kapitänin zu wecken. Aus den Augenblicken heraus sah er, daß andere Matrosen seinem Beispiel folgten und sich neben ihre Kameraden knieten. Der eklige Gestank, den er ständig durch den Stoffwickel einatmete, ließ ihn würgen. Gijao riß sich das Tuch vom Gesicht, übergab sich und atmete tief ein. Umgehend bemerkte er einen leichten Schwindel. Rasch band er sich wieder das Tuch vors Gesucht. Ratlos sah er auf die Kapitänin. Die Ausdünstungen des Meeres wirkten immer noch nach, obwohl man sie nicht sehen konnte. Sie würden die Bewußtlosen einen nach dem anderen töten. Vielleicht kam auch jetzt schon jede Rettung zu spät! Auch ohne Piratenschiffe!

Gijao traf eine harte Entscheidung. Er zog die Schlüssel aus Kapitänin Surjadoras Gewand und rief den Schiffsjungen zu sich.

»Lauf zur Kajüte von Schiffsführerin Surjadora und bring mir meinen Silberspiegel. Du wirst ihn leicht erkennen. Eine Silberplatte mit rotem Sand, die mit Glas abgedeckt ist.«

Es behagte ihm gar nicht, so offen über den wertvollsten Besitz eines Nautikers zu sprechen. Doch ihm blieb nichts anderes übrig.

»Du mußt ihn mir bringen, sonst ist alles verloren! Hast du das begriffen?« schärfte er dem Jungen ein.

Der Junge nickte verzagt und stürmte nach vorn, um die Anweisung auszuführen. Erneut wandte sich der Mangalier an die Mannschaft, die jetzt vollzählig an Deck war.

Er nahm sich einen Augenblick Zeit, um kurz durchzuzählen. Genau sechsundzwanzig Mann. Das mußte reichen.

Gijao deutete zu den Verfolgerschiffen. »Zeigt Euch nicht offen. Das Gesindel soll nicht wissen, wie viele wir noch sind. Verstanden?«

»Was ist mit den Bewußtlosen?« warf einer der Männer ein. Gijao tat so, als hätte er ihn nicht gehört.

»Bootsmann!« sprach er Brahthos an, der eben vom Hauptdeck zurückkam. »Wie gut ist die Bewaffnung des Schiffes?«

Der rieb besorgt an seinem Sternenanhänger und machte durchweg den Eindruck, als könnte er sich nicht entscheiden, was ihm weniger gefiel: daß ein Kataueke die Anweisungen gab oder ein Häftling. Doch er war klug genug, sein Unbehagen für sich zu behalten.

»Zwei Siebener-Elephantinen auf jeder Seite. Torsionsgeschütze mit Stein- und Bleigeschossen. Unten sind noch Speere, Messer, Bögen und Netze!«

»Gut, dann laßt das Schiff zum Kampf bereitmachen. Außerdem brauche ich schleunigst einige Männer oben in der Takelage!«

»Was ist mit der Kapitänin und den anderen Bewußtlosen?« entgegnete Brahthos.

Gijao sah keine Möglichkeit, die Frage noch einmal zu überhören.

»Sie werden von allein mit einem dicken Kopf wieder aufwachen«, log er lachend.

Der Bootsmann nickte grimmig und scheuchte die Männer mit herrischen Gesten zu ihren Plätzen. Gijao wußte nicht, ob Brahthos durchschaute, daß er keine Möglichkeit sah, die Vergifteten zu retten, und daher beschloß, wertvolle Zeit zu sparen und sie zum Wohle aller sterben zu lassen.

Ein gutes Dutzend der Seeleute hastete in den Schiffsbauch, um die Munition für die Geschütze an Deck zu tragen.

»Meine Aufgabe?« fragte Prinz Nukulahi den Mangalier.

»Ihr kommt mit mir und seid mein wehrhafter *Nau Ke Ling*!« erklärte ihm Gijao, der an die guten und bösen Schiffsgeister dachte, deren Wohlwollen jeder kluge Seemann zu gewinnen trachtete.

Gefolgt vom Prinzen, eilte der Nautiker zum Steuerrad. Darüber hing der schlaffe Körper von Steuermann Lakshapheus.

Gijao wuchte ihn herunter.

Urplötzlich öffneten sich die Schleusen des Himmels. Der Regen fiel so dicht, daß Gijao kaum noch die Hand vor Augen sehen konnte. Geduldig ertrug er die auf ihn herabstürzenden Wassermassen. Er wagte nicht, einen Unterstand zu suchen, aus Furcht, versehentlich halbblind über die Bordwand zu stürzen.

Als der Regen aufhörte, sah Gijao, daß das kleinere der Schiffe inzwischen gefährlich nahe gekommen war. So nah, daß man die vermummten Männer an Deck ausmachen konnte. Offenbar wußten die Piraten ebenfalls um das Geheimnis, wie man der verpesteten Luft über dem Meer des Schlafes beikommen konnte. Das größere Schiff war glücklicherweise noch ein Stück entfernt.

Ein Blick zu den Rahen sagte ihm, daß die *Stern von Andhakleia* unter voller Besegelung fuhr.

Auf dem Vorderkastell wurden derweil unter der Aufsicht des Bootsmannes die großen Schiffsgeschütze gespannt und geladen.

Gijao hatte einen Einfall: »Feuer neben die Geschütze! Vielleicht können wir unsere Freunde in Brand schießen!«

Er schlug das Ruder ein und steuerte das Schiff aufs offene Meer hinaus.

Die Piratenschiffe folgten. Auf dem kleineren der beiden Schiffe war bereits das Brüllen der Entermannschaft zu hören. Auf dem Vorderkastell gab Brahthos das Zeichen, daß er und die Männer bereit seien.

Gijao bedeutete ihm, so lange zu warten, bis er ihm ein Zeichen zum Schießen gäbe.

In diesem Moment hörte er ein Röcheln. Geschwind sah er zu dem Steuermann. Lakshapheus hatte die Augen geöffnet! Er lebte!

Wie konnte das sein? dachte Gijao. Dann begriff er: Der Regen mußte das giftige Gas aus der Luft gewaschen haben. Doch das bedeutete, daß ...

Gijao riß das uringetränkte Tuch vom Gesicht und brüllte: »Jetzt!«

Bootsmann Brahthos ließ die Schiffsgeschütze auf die Gegner ausrichten.

»Ziel auffassen! Schießt!«

Auf dem Vorderkastell rumpelte es, als die beiden Arcuballistae eine erste Geschoßsalve abgaben. Das Meer um das kleinere der Verfolgerschiffe spritzte auf, und irgendwo auf dem Deck des fremden Ruderseglers splitterte Holz.

»Segel in den Wind!« Der Ruf des Mangaliers schallte erneut über das Deck. Jetzt kam es darauf an, wie geschwind die Seeleute waren. Sieben Mann auf jeder Seite zogen an den Tauen und drehten die Rahen so, daß die Segel schon bald wieder prall standen.

Gijao drehte das Steuerrad hart nach Backbord.

Wieder ächzte und stampfte das Schiff, als er es in eine enge Linkswendung zwang. Vom Heckkastell war ein Splittern zu hören. Ein Geschoß mußte in die Kajüte Surjadoras eingeschlagen sein.

Einige Matrosen nutzten die Gelegenheit, sich um ihre bewußtlosen Kameraden zu kümmern. Außer Lakshapheus waren

noch mehr erwacht, doch sie waren zu schwach, um einen Beitrag zur Verteidigung des Schiffes leisten zu können.

Die *Stern von Andhakleia* schlingerte, gehorchte aber Gijaos Willen. Für ihn war es das erste Mal, daß er einen ajunäischen Segler auf diese Weise kennenlernte.

Ein Pfeilhagel überschüttete das Deck. Langsam drehte sich die Karavelle. Dann endlich konnte Brahthos die Piraten mit den backbordseitigen Geschützen unter Beschuß nehmen.

Wieder hallte das Rumpeln der schweren Geschütze über das Schiff. Auf die verhältnismäßig kurze Entfernung saßen die Treffer besser. Die Steingeschosse verwandelten die Holzaufbauten des ersten Angreifers in Trümmer.

Wutentbrannt gaben die Piraten weitere Bogenschüsse ab, doch die meisten der Pfeile blieben im Schanzkleid der Kastelle stecken.

Dem Mangalier wurde bewußt, daß die Piraten vor allem ihn und das Vorderkastell unter Beschuß genommen hatten. Brahthos und seinen Leuten gelang es nicht, die Geschütze schnell genug wieder zu spannen, um eine zweite Salve abzugeben. Das feindliche Schiff war inzwischen so nah herangekommen, daß die Piraten ihre Enterhaken schleudern konnten.

Stahlhaken bissen sich wie die Zähne eines Hais in Reling und Schanzkleid der Karavelle.

»Dreht die Rahen wieder in den Wind!« peitschte Gijaos Stimme über das Deck. Jetzt war es nur noch die Hälfte der Männer, die an den Tauen zogen und versuchten, die Rahen wieder in den Wind zu drehen. Der Rest der Kurjamäer hatte zu den Waffen gegriffen und rannte den Enterern auf der Backbordseite entgegen.

Stahl klirrte auf Stahl, als sich die ersten Piraten über die Reling schwangen. Es zeigte sich, daß es nicht so viele waren, wie Gijao befürchtet hatte. Ihre Gegner hatten ohne Zweifel mit leichterer Beute gerechnet. Doch ihr Ansturm reichte aus, um die Männer der Karavelle in schwere Bedrängnis zu bringen.

Geduckt hastete Tvashi herbei, den *Staubigen Spiegel der Roten Steine* in den Händen. Ein verirrter Pfeil bohrte sich neben ihm in das Schanzkleid. Tvashi warf sich flach zu Boden.

»Bleib liegen, Junge!« brüllte der Nautiker.

Die Mannschaft der *Stern von Andhakleia* wehrte sich todesmutig. Immer wieder mußten neue Wurfleinen gekappt werden.

Je länger der Kampf dauerte, desto schrecklicher wütete Nukulahi mit seinem Speer unter den Piraten, als hätte die Gefahr für sein Leben erst groß genug sein müssen.

Seine Wildheit riß die Seeleute zu seinen Seiten mit sich. Mit vereinter Kraft gelang es ihnen, die Angreifer zurückzutreiben.

Gleichzeitig ließ Brahthos die Piraten mit Brandpfeilen beschießen.

Sechs mit Bogen bewaffnete Kurjamäer kamen plötzlich unter dem Vorderkastell hervorgeeilt. Um die Spitzen ihrer Pfeile hatten sie brennende Öltücher gewickelt. Schmale Rauchsäulen hingen fast waagerecht in der Luft, und Augenblicke später waren Segel und Decksaufbauten des Piratenseglers mit Brandpfeilen gespickt, die nur mühsam Nahrung fanden.

Einer der Kurjamäer schleuderte einen großen Tonkrug mit Öl hinterher, der an Deck des feindlichen Schiffes zerplatzte. Die Männer gaben jetzt weitere Einzelschüsse auf jeden der Piraten ab, die das Feuer zu löschen versuchten.

Endlich blähten sich die Segel wieder. Nach und nach gelang es Gijao, die Karavelle aus der Reichweite des feindlichen Schiffes zu bringen. Fetter Rauch stieg von ihm auf. Anscheinend hatten die Brandpfeile unverhofft etwas Brennbares getroffen.

Die Kurjamäer jubelten.

In diesem Moment durchschnitt ein lautes Heulen die Luft, und eine gewaltige Fontäne wühlte die See keine zehn Schritt von der *Stern von Andhakleia* entfernt auf.

Gijao wirbelte herum und erblickte die drohende Silhouette des schweren Zweimasters. Auf dem breiten Vorderkastell konnte er den Schlagbaum einer großen Wurfmaschine ausmachen, die von zahlreichen vermummten Gestalten wieder in die Ausgangsposition gebracht wurde.

Bei den Blauen Göttern!

Natürlich war ihre heftige Gegenwehr nicht unbemerkt geblieben.

Einige Seeleute mit Bögen hasteten die Treppe zu ihm hoch und bauten sich hinter ihm am Schanzkleid auf, um von dort das gegnerische Schiff unter Beschuß nehmen zu können. Aber es war zu weit entfernt.

Brahthos und seine Männer spannten erneut die Geschütze. Doch auch deren Reichweite kam nicht annähernd an jene dieses Ungetüms auf dem Verfolgerschiff heran. Wahrscheinlich waren es schwere Felsbrocken, die die Piraten auf sie abfeuerten.

»Das bringt nichts!« Gijaos Stimme donnerte über das Deck. »Einen zweiten Gang überleben wir nicht«, murmelte er in seiner Muttersprache.

Ein verzweifelter Plan kam ihm in den Sinn.

»Wir müssen Ladung über Bord werfen! Hört ihr! Das ist der einzige Ausweg, der uns bleibt!«

Die Männer starrten entgeistert zu ihm hoch. Vor allem Bootsmann Brahthos wirkte, als hätte er nicht recht gehört. »Das können wir nicht machen, Kataueke! Schneller werden wir dadurch auch nicht, und wenn die Kapitänin ...«

Weiter kam er nicht, weil ihm Gijao mit aller Autorität ins Wort fuhr.

»Nein! Ihr seid alle bald tot, wenn Ihr nicht auf mich hört! Wir müssen unbedingt Gewicht abwerfen. Vertraut mir nur noch einmal, Männer. Beginnt mit den großen Statuen unter Deck.«

Er deutete mit der Hand zum Stauraum. »Und jetzt fangt endlich an, sonst verspielen wir die letzte Möglichkeit, die uns noch bleibt!«

Die Mannschaft starrte unentschlossen hinüber zum Bootsmann, der aufgeregt an seinem Sternenanhänger rieb. Niemand wollte in seiner Haut stecken, wenn die Kapitänin wieder erwachte. Wenn hier überhaupt jemand wieder erwachte. Brahthos schloß die Augen, versank einige Herzschläge in ein stummes Zwiegespräch mit sich selbst und klatschte dann in die Hände.

»Also gut! Ihr habt es gehört, Männer. Raus mit dem Plunder. Los, los, los!«

Die Matrosen setzten sich in Bewegung, schoben das Gatter zum Stauraum beiseite und brachten den Schlagbaum mit dem Flaschenzug in Position.

Wieder war lautes Heulen zu hören, und auf der Backbordseite spritzte eine weitere große Fontäne auf, deren Gischt bis zum Deck herüberwehte.

Gijao bemühte sich, der Karavelle einen Schlingerkurs abzutrotzen. Sie und das große Feindschiff waren annähernd gleich schnell. Doch auch das geringe Mehr an Geschwindigkeit, das sie mit dem Abwerfen des Ballasts gewannen, würde nicht ausreichen, um dem Gegner zu entkommen – auch wenn die Kurjamäer glauben mochten, daß dies sein Plan war.

»Tvashi, gib mir endlich den *Staubigen Spiegel der Roten Steine*!«

Ohne es zu wollen, hatte er dem Jungen den wahren Namen dieses Instruments offenbart.

Tvashi, der weisungsgemäß die ganze Zeit über auf den Planken hinter dem Schanzkleid liegengeblieben war, zögerte nicht lange und hielt ihm das katauekische Navigationsgerät hin.

Gijao drückte dem Jungen das Steuerrad in die Hand und hob die Schale an. Er stimmte das rituelle Lied an und ließ den Staub in dem Silbergefäß kreisen. Erfreulich schnell erkannte er das *Steinbild der Krabbe*, so wie man es ihm beigebracht hatte. Doch was war mit den anderen *Steinbildern*? Er rief sich die Ermahnungen seiner einstigen Ausbilder wieder ins Gedächtnis zurück. Vor einem Einsatz im Meer des Schlafes vor dreizehn Jahren hatte er jedes der dreiundzwanzig bekannten *Steinbilder* auswendig lernen müssen. Und er hatte sich damals auch jede Besonderheit dieses Küstenstrichs eingeprägt.

Nur mit Mühe erkannte Gijao nun das *Steinbild des springenden Delphins* weiter im Süden. Doch es war durch weitere Muster überdeckt, so, wie er es schon während ihrer Rückfahrt von Coleopa bei anderen *Steinbildern* festgestellt hatte. Einige von ihnen fand er überhaupt nicht wieder. Und es waren viele weitere Punkte und Muster hinzugekommen. Verzweifelt konzentrierte sich der Mangalier auf den *Staubigen Spiegel*, während unter ihm, auf dem Hauptdeck, die erste der Statuen aus dem Laderaum hochgehievt wurde.

Jene Männer, die bei den Arbeiten am Ladebaum nicht helfen konnten, schleppten Kisten, Ballen und Amphoren durch das Vorluk an Deck und warfen sie über Bord. Was nicht unterging, trieb in einer langgezogenen Linie im Kielwasser der Karavelle.

Man hörte derweil den Ladebaum unter seiner Last ächzen. Eines der großen Wolfsstandbilder schwankte an der Talje leicht hin und her. Brahthos und seine Leute schwenkten die kranartige Vorrichtung mit ihrer schweren Last behutsam über die Reling hinweg, so weit, bis die Statue über dem offenen Meer hing. Hastig lösten sie die Vertäuung, und mit lautem Klatschen stürzte der marmorne Koloß in die Fluten. Der Mangalier hatte von seinem Standort aus den Eindruck, als führe der geflügelte Wolf mit gefletschten Zähnen auf einen Gegner hernieder, den er unter den Wellen ausgemacht hatte.

Wieder war ein lautes Pfeifen zu hören, und vorn auf dem Vordeck schlug eines der Geschosse ein. Männer schrien auf, Holzteile flogen durch die Luft, und die gesamte vordere rechte Hälfte des Bugkastells trieb plötzlich wie ein Floß auf dem Meer. Es wirkte, als ob der Vogel Roch selbst ein Stück aus dem Vorschiff herausgebissen hätte.

Die Männer gingen noch eiliger ans Werk. Gijao hatte entdeckt, was er hatte entdecken wollen. Er hatte es schon geahnt, als er vorhin die eigenartigen Felsen an der Küste gesehen hatte. Wenn sie nur genügend Zeit gewinnen konnten …

Er drückte Tvashi den *Staubigen Spiegel* wieder in die Hand und ermahnte ihn, gut darauf aufzupassen. Dann drehte er das Ruder nach Steuerbord. Die Karavelle beschrieb einen weiten Bogen und steuerte auf einen ganz bestimmten Küstenabschnitt zu.

Die Verfolger versuchten zu ihnen aufzuschließen. Die Kurjamäer hatten soeben ein weiteres der schweren Standbilder im Meer versenkt, als erneut das Heulen eines feindlichen Geschosses zu hören war. Diesmal schlug der Fels in die linke Flanke des Schiffes ein. Die *Stern von Andhakleia* ächzte.

Ein neuerlicher Regen aus Holz- und Trümmerteilen prasselte auf das Deck nieder, und die Männer schrien furchterfüllt. Dort, wo eben noch eine Reling gewesen war, klaffte jetzt ein großer, gezackter Krater aus Holz.

»Weitermachen, Nichtswürdige!«

Gijao blickte mit grimmiger Entschlossenheit zu dem Verfolgerschiff zurück, wo die Wurfmaschine erneut geladen wurde. Die Schützen dort drüben verstanden ihr Handwerk. Nur ein bißchen mehr Zeit! Das war alles, was er brauchte.

Die angeschlagene Karavelle hielt auf die Küste zu, während die Seeleute Kiste um Kiste aus dem Schiffsbauch hievten und über die Reling ins Meer warfen. Auch das dritte der schweren Standbilder ging nun über Bord. Hinter ihnen sah es aus wie nach einem Schiffsuntergang.

In weiter Ferne war das kleinere der Piratenschiffe zu erkennen, das inzwischen lichterloh brannte. Es würde sicher nicht mehr lange dauern, bis es unterging. Doch diese Gewißheit verschaffte Gijao keinen Trost.

Wenn nur sein Plan aufging.

Wieder jagten weitere schwere Felsbrocken über die Karavelle hinweg. Zweimal verfehlten die Geschosse ihr Ziel. Der dritte Versuch hingegen erwies sich als Volltreffer. Der Fels flog heulend über das Achterkastell, und Gijao wurde allein von seinem Luftzug von den Beinen gerissen. Der Lärm, der nun ertönte, war gewaltig. Der schwere Felsbrocken schlug mittschiffs ein und krachte gegen den Hauptmast, der splitternd einknickte und dann mit lautem Getöse in sich zusammenfiel. Rahen und Takelwerk prasselten auf das Hauptdeck nieder. Zahlreiche Seeleute wurden unter den Holztrümmern begraben. Mit ihm stürzte auch der Ladebaum mit dem vierten der geflügelten Wolfsstandbilder um. Die große Statue krachte schwer auf die steuerbordseitige Reling, sorgte dort für weitere Schäden und kippte anschließend ins Meer.

Mit sich riß der marmorne Koloß ein netzartiges Gewirr aus Seilen der Takelage, Holztrümmern und Teilen der Reling. Dazwischen hatten sich ein halbes Dutzend Seeleute verfangen, die rasend schnell über Bord und mit in die Tiefe gerissen wurden. Ihre panischen Schreie wurden umgehend von den Fluten des Meeres erstickt. Auch Tvashi schrie laut vor Entsetzen. Er hatte jede Einzelheit des schrecklichen Schauspiels mit angesehen. Auf der Karavelle sah es aus, als ob ein Orkan über sie hereingebrochen wäre. Die *Stern von Andhakleia* wurde nur noch von den Segeln des Fockmastes vorangetrieben.

Als sich der Mangalier seinerseits wieder aufgerichtet hatte, sah er, daß die Überlebenden unter Führung von Bootsmann Brahthos und Prinz Nukulahi bereits damit begonnen hatten, die Reste des Masts und der Takelage mit Äxten zu bearbeiten, um das Schiff von den sperrigen Trümmerteilen zu befreien.

Die Männer leisteten Übermenschliches. Von überall her hörte man das Hacken der Äxte und das Splittern von Holz. Schließlich ging ein Ruck durch das Schiff, als der gebrochene Hauptmast über Bord ging und mit ihm ein gut Teil des Takelwerks. Gijao rechnete. Noch mehr Gewicht, das über Bord gegangen war. Gut so! »Haltet durch! Nur noch ein Stück!«

Die Männer schauten ihn aus müden Augen an, während der Mangalier eine langsame Rechtswende einschlug und jetzt parallel zur Küste fuhr. Das Schiff hatte stark an Fahrt verloren. Die meisten Männer dort unten wußten wahrscheinlich noch nicht einmal mehr, warum sie sich all die Mühe gaben. Jeder sah, wie das Verfolgerschiff immer weiter aufholte. Sogar das Johlen der Piraten war bereits zu hören.

In diesem Augenblick war ein häßliches Knirschen unter dem Schiffsbauch zu hören, und die Karavelle erbebte. Gijao flehte alle Schicksalsmächte an, daß sie ihnen beistanden – und daß der Segler mittlerweile über einen genügend geringen Tiefgang verfügte. Der Rumpf des Schiffes schabte weiterhin mit häßlichen Geräuschen über das Riff, auf das er zugehalten hatte.

»Wassereinbruch! Ein Leck!«

Irgendwo war der Ruf eines Seemanns zu hören. Bootsmann Brahthos blickte verstehend zu Gijao hoch, und in seinem Blick lag Hochachtung. Dann wandte er sich den Männern zu.

»Was wartet ihr, ihr Hundesöhne? Zu den Pumpen, schnell!«

Der Mangalier drehte sich zu Tvashi um. »Los, geh! Die Männer brauchen jetzt jede Hilfe!«

Der Schiffsjunge rannte nach unten, während unter dem Schiff immer noch ein häßliches Knirschen und Kratzen ertönte. Dann war es vorbei, und die *Stern von Andhakleia* hatte die gefährliche Barriere unterhalb der Wasserlinie überwunden.

Doch das Feindschiff war inzwischen auf Bogenschußweite heran.

Gijao lachte vor Erleichterung laut auf, als er mit ansah, wie die scharfen Felsen den Rumpf des Zweimasters aufrissen. Drüben stolperten Männer über die Reling und stürzten ins Meer.

Nach und nach entfernte sich die halb zerstörte Karavelle von dem Riff, und eine halbe Stunde später sah die erschöpfte Mannschaft mit an, wie das stolze Schiff ihrer Gegner Stück für Stück in den Fluten versank. Die meisten Seeleute begriffen erst jetzt, daß der Mangalier ihre Gegner in eine Falle gelockt hatte.

Hinter Gijao erschien der Coleopäer, der ihn respektvoll ansah. »Wir haben es geschafft, Kataueke. Doch der Preis für den Sieg war hoch.« Nukulahi deutete müde zum Hauptdeck. Die *Stern von Andhakleia* ähnelte einer schwimmenden Trümmerwüste.

Gijaos Augen blitzten. »Immerhin, wir leben! Der Preis mag Euch hoch erscheinen, aber das ist er immer. Jetzt haben wir wieder Hoffnung.«

»Es heißt, die Hoffnung sei die Zwillingsschwester der Lüge«, erwiderte Nukulahi skeptisch. »Nun, in diesem Fall ist sie die bei weitem entzückendere der beiden.« Über das Gesicht des Nautikers huschte ein schmales Grinsen. »Laßt uns lieber die Trümmer von Bord schaffen. Das hier ist noch längst nicht das Ende unserer Reise – das ist erst der Anfang!«

Danksagung

Einer phantastischen Welt Leben einzuhauchen ist der Traum vieler Autoren. Doch man vergißt schnell, daß ein Traum bis zu seiner Verwirklichung einer spannenden Reise ähnelt, die nicht weniger aufregend ist als jene, die wir unseren tapferen Protagonisten zumuten. All jene, die mich auf dieser Reise mit ihrem Engagement begleitet haben, sollen daher nicht vergessen sein.

An erster Stelle danke ich natürlich meinen Co-Autoren Bernhard Hennen, Hadmar von Wieser und Karl-Heinz Witzko, ohne die das Projekt der Gezeitenwelt nicht vorstellbar wäre.

Gedankt sei auch meinen unermüdlichen Testlesern Michaela Kolodziej, Kathrin Lieb und Lars Schiele, vor allem aber Momo Evers und Dietmar Cremers, die mich mit Lob, Vorschlägen und Kritik vor mancher Autorenblindheit bewahrten. Dank schulde ich auch Annette Grund, Petra Jahrmann, Sophia Sossai, Anja Stock, Angie Schwab und Manuel Krainer, die geduldig (und glücklicherweise auch erfreut) ersten Testlesungen gelauscht haben. Nicht zu vergessen Anja Russow und Carola Frost für ihre Aufmunterungen in der heißen Phase vor der Abgabe des Manuskripts.

Unvergessen bleibt ein ebenso witziges wie turbulentes Fotoshooting, das ohne Florian Lancina, Lars Klappert und Heike Lajda nicht hätte realisiert werden können.

Für die sachkundige Transkription mancher Textpassagen ins Lateinische (unsere *lingua dei*) danke ich Robin Fermer. Lars Nieradzik hingegen gebührt das Verdienst, dem coleopäischen Archipel den letzten geologisch korrekten Schliff verliehen zu haben.

Last but not least schulde ich dem erweiterten Gezeitenwelt-Team Dank: zum einen unseren phantasievollen Künstlern Caryad und Franz Vohwinkel, die dem Roman mit ihren reizvollen Illustrationen und Vorsatzkarten auch ein optisches Gewand verliehen haben, zum anderen unserer Lektorin Friedel Wahren für ihren unermüdlichen Einsatz rund um die Gezeitenwelt sowie Angela Kuepper für ihre engagierte und beflügelnde Herangehensweise bei der Bearbeitung des Manuskripts.

Thomas Finn
Hamburg, im Juni 2003

Inhalt

Der Archipel von Coleopa
0
100 km
200 km
300 km
400 km
500 km
Ozean
des Morgens
Manaska'tapu
Rumu'atoa
Togo'Lanahi
Lavaka'motu
Koko'tubele
Lolo'tuma
Ubu'akapa
Pilu'huata
Peni'tapu
Nuku'atepe
Wana'tapu
N
O
S
W
NO
SO
SW
NW

Der Süden Ajunas

Kai Meyers Mythenwelt 1

Die ewige Bibliothek

Roman von James A. Owen. Aus dem Amerikanischen von Sara Schade. 256 Seiten. Serie Piper

Als in Wien eine alte Handschrift auftaucht, ist die Fachwelt mehr als erstaunt: Der Codex birgt unbekannte nordische Legenden, die weit in die Zeit vor der Edda zurückreichen. Die Suche nach der Herkunft des geheimnisvollen Fundes führt zu einer ewigen Bibliothek in des Bergen des Himalaya – und weiter nach Bayreuth, wo sich auf den Wagner-Festspielen das Ende der Welt ankündigt. Und während die Gegenwart in einem Albtraum aus Mythen und Legenden versinkt, erwachen die Geschöpfe der Phantasie, und eine gespenstische neue Genesis nimmt ihren Lauf.

05/1852/01/L

Kai Meyers Mythenwelt 2

Der unsichtbare Mond

Roman von James A. Owen. Aus dem Amerikanischen von Sara Schade. 208 Seiten. Serie Piper

An einem Mondtag in Silvertown verwandeln sich Flugzeuge in Drachen, Tiere und Menschen verschwinden, Gegenstände werden zu Fabelwesen. Mittelpunkt des mythischen Sturms ist eine riesige Bibliothek, die auch als Café dient und einem exzentrischen Ehepaar gehört. Als die Journalistin Meredith eine Seite aus einem uralten Codex im Briefkasten findet, steht fest: Zwischen der Handschrift und den Ereignissen in Silvertown gibt es Zusammenhänge …

Ein Roman wie eine phantastische Achterbahnfahrt – nach dem Konzept des Bestsellerautors Kai Meyer

05/1853/01/R